LUCINDA RILEY

De zeven zussen
Storm

Ally's verhaal

XANDER

Uitgegeven door Xander Uitgevers BV
Hamerstraat 3, 1021 JT Amsterdam

www.xanderuitgevers.nl

Oorspronkelijke titel: *The Storm Sister*
Oorspronkelijke uitgever: Pan Macmillan
Vertaling: Dieuwke van der Veen, Erica Disco en Kees van Weele
Omslagontwerp: zero-media.net, Munich
Belettering: Studio Marlies Visser
Omslagbeeld: Getty Images & FinePic
Auteursfoto: Lana Pinho
Zetwerk: Michiel Niesen, ZetProducties

Eerste druk 2018
Achtste druk 2018

ISBN 978 94 0160 798 8 | NUR 302

Lezers en boekhandelaren over *De zeven zussen*

'Maia's verhaal is een veelbelovend begin van een familiesaga. Lucinda Riley verveelt nergens, haar personages zijn geloofwaardig, de vele raadsels ook. Ik kijk al uit naar het volgende deel. Vijf sterren!' – Jeannie

'Ik zat regelmatig op het puntje van mijn stoel, hoe loopt dit af? Het liefst had ik dit boek in één ruk uitgelezen, wat goed aangeeft hoe mooi en spannend het is. De emoties worden ook heel mooi beschreven. Ik kan je vertellen dat ik niet kan wachten om de volgende boeken ook te mogen lezen! Dit boek moet je echt gelezen hebben.' – Joyce Elise

'Momenten vol hoop, liefde en tegenslagen die je samen met Maia beleeft, zorgen ervoor dat dit boek je vastgrijpt en niet meer loslaat. Hoe alles met elkaar is verweven is echt geweldig! Lucinda Riley heeft een haast niet neer te leggen verhaal geschreven. Dit is het eerste boek dat ik van haar las en ik kijk echt uit naar de andere boeken in deze zevendelige serie.' – Kwante

'Ik kreeg het boek getipt en kon niet stoppen met lezen totdat ik het uit had. Het is een mooi geschreven, makkelijk leesbaar en spannend verhaal, vol puzzelstukjes en interessante historische context.' – Megan

'Wauw! Weer een prachtig boek van Lucinda Riley. Twee mooie verhaallijnen die je vasthouden. Laat je daarom niet weerhouden door de ruim zeshonderd pagina's. Ik ben benieuwd naar de verhalen van de andere zussen.' – Tamara

'Een heerlijk boek, een mooie combinatie tussen het heden en verleden. Boeiend en pakkend vanaf de eerste bladzijdes.' – Sabine

'Je wordt binnen no-time opgeslokt door het verhaal en blijft maar lezen.' – Bregje

'Ik ben verkocht, het boek is in één woord GEWELDIG. Gelukkig had ik vakantie en kon ik lekker doorlezen. Zo mooi geschreven en zo ontroerend. Iedere keer wordt de spanning weer opgebouwd en wil je weten hoe het verdergaat. Een boek waarin je zelf ook wel de hoofdpersoon zou willen zijn.' – Marij, The Readshop Express Oranjerie

'Het is gewoon een zalig boek om tussendoor te lezen. Prettige schrijfstijl en het verhaal zit goed in elkaar!' – Joke, Boekhandel de Korf

'Zo af en toe heb je een juweeltje in handen dat je niet meer weg kunt leggen. Zo verging het mij met dit boek, in vier dagen had ik het uit, kreeg ik heimwee en nu verlang ik naar het volgende deel!' – Heleen, Boekhandel van der Meer

Ook verschenen van Lucinda Riley bij Xander Uitgevers

De zeven zussen (2017)

Voor Susan Moss, mijn *soul sister*

Ik wil niet varen in het veilig zicht van land,
Ik stuur de volle zee op, met de sterren als kompas.

George Eliot

HOOFDPERSONEN

Atlantis
Pa Salt, adoptievader (overleden)
Marina (Ma), verzorgster van de zussen
Claudia, huishoudster op Atlantis
Georg Hoffman, Pa Salts advocaat
Christian, de schipper

De zusjes D'Aplièse
Maia
Ally (Alcyone)
Star (Asterope)
CeCe (Celaeno)
Tiggy (Taygete)
Electra
Merope (afwezig)

ALLY

JUNI 2007

‘OCHTENDSTEMMING’

1

DE EGEÏSCHE ZEE

Ik zal zolang ik leef precies weten waar ik was en wat ik deed toen ik hoorde dat mijn vader was overleden.

Ik lag naakt te zonnen op het dek van de Neptune, met Theo's hand in een beschermend gebaar op mijn buik. Op het eilandje vóór ons lag het goudgele, in een rotsige inham genestelde strandje te schitteren in het zonlicht. Het kristalheldere, turquoisekleurige water deed bij aankomst op het zand een halfslachtige poging om golven te vormen en produceerde daar een sierlijk schuimlaagje, als op een cappuccino.

Uit de wind, net als ik, dacht ik.

De vorige avond hadden we bij zonsondergang het anker uitgegooid in de kleine baai van het Griekse eilandje Makáres en waren we, sjouwend met twee koelboxen, naar het strand gewaad. In de ene koelbox zaten de verse sardientjes en de mul die Theo die dag had gevangen, in de andere water en wijn. Hijgend van de inspanning had ik mijn vrachtje op het zand gezet, en Theo had me een luchtig kusje op mijn neus gegeven.

'We zijn schipbreukelingen op ons privé-eilandje,' had hij, met een weids gebaar naar het idyllische decor, verkondigd. 'En nu ga ik op zoek naar brandhout om de vis te bakken.'

Ik keek hem na toen hij naar de kurkdroge, schaarse struiken tussen de rotsen rondom de baai liep. Als je de tengere gestalte van Theo, zeiler van wereldklasse, zag zou je niet verwachten dat hij zo sterk was. Vergeleken met andere mannelijke zeilers met wie ik aan wedstrijden had meegedaan, stuk voor stuk Tarzans met sixpack, kon je Theo beslist klein noemen. En een van de eerste dingen die me aan hem waren opgevallen was dat rare loopje van hem. Hij vertelde me later dat hij als kind uit een boom was gevallen en zijn enkel had gebroken, en dat de breuk nooit goed was hersteld.

'Nóg een van de redenen waarom ik voorbestemd ben tot een leven op het water. Als ik zeil ziet niemand wat voor een belachelijke indruk ik maak als ik loop,' zei hij grinnikend.

We hadden de vis gebakken en daarna onder de sterrenhemel gevreeën. De volgende ochtend zouden we voor het laatst samen aan boord zijn. En vlak voordat ik besloot dat ik nu echt contact met de buitenwereld moest opnemen door mijn mobieltje aan te zetten, om vervolgens te ontdekken dat mijn leven in duizend scherven uiteen was gespat, had ik daar in opperste harmonie naast hem gelegen. En als in een surrealistische droom had ik de film teruggespoeld van het wonder van Theo en mij en hoe we op deze prachtige plek terecht waren gekomen.

Ongeveer een jaar daarvoor zag ik Theo voor het eerst, bij de Heineken Regatta op het Caraïbische eiland Sint Maarten. Het winnende team vierde bij het overwinningsdiner zijn eindzege, en het feit dat Theo Falys-Kings hun schipper was intrigeerde me. Hij was in de zeilwereld een beroemdheid en had de afgelopen vijf jaar bij offshorewedstrijden meer teams naar de overwinning geleid dan elke andere kapitein.

'Ik had hem me heel anders voorgesteld,' fluisterde ik tegen Rob Bellamy, een voormalig teamgenoot met wie ik in het Zwitserse nationale team had gezeild. 'Een beetje sullig, met die uilenbril,' voegde ik toe terwijl ik zag hoe hij opstond en naar een ander tafeltje liep, 'en wat loopt-ie raar.'

'Niet echt de gespierde doorsneezeiler, dat geef ik toe,' zei Rob, 'maar hij is een waar genie, Al. Hij heeft een zesde zintuig voor het water, en bij storm op zee zou ik geen enkele kapitein méér vertrouwen dan die man.'

Later op de avond werd ik kort aan Theo voorgesteld. Het viel me op dat hij me met zijn groene ogen met hazelnootkleurige spikkels nauwlettend aankeek.

'Zo, dus jij bent de beroemde Al D'Aplièse.'

Onder de Britse tongval was zijn stem warm en stabiel. 'Dat laatste deel van je opmerking klopt, maar volgens mij ben jíj hier de beroemdheid,' zei ik, enigszins verlegen door het compliment. Ik deed mijn best om mijn blik niet te laten afdwalen onder zijn onderzoekende blik, en ik zag zijn trekken geleidelijk aan milder worden, totdat hij ineens begon te grinniken.

'Wat is er zo grappig?' vroeg ik.

'Eerlijk gezegd had ik jóú hier niet verwacht.'

'Hoe bedoel je, mij niet verwacht?'

Zijn aandacht werd afgeleid door een fotograaf die een teamfoto wilde maken, dus wat hij daarmee bedoelde ben ik – ook daarna – nooit te weten gekomen.

Sindsdien begon hij me op te vallen bij de sociale evenementen rondom de regatta's waaraan we deelnamen. Hij had een ondefinieerbare energieke uitstraling en een zacht, vlot lachje, waarmee hij ondanks zijn gereserveerde manier van doen mensen voor zich innam. Bij officiële gelegenheden droeg hij, als kniebuiging naar de etiquette en de sponsors, meestal een kaki broek en een gekreukeld linnen jasje, maar met zijn oude bootschoenen en zijn warrige bruine haar zag hij er altijd uit alsof hij net van boord was gestapt.

Bij die eerste paar keren draaiden we voorzichtig om elkaar heen, alsof we danspasjes maakten. We hadden regelmatig oogcontact, maar Theo deed nooit een poging om dat eerste gesprek voort te zetten. Pas zes weken geleden, toen mijn team in Antigua de overwinning opeiste en we die vierden bij het Lord Nelsons Bal aan het eind van de raceweek, tikte hij me op mijn schouder.

'Goed gedaan, Al,' zei hij.

'Dank je,' antwoordde ik, met een goed gevoel omdat wij voor de verandering zijn team hadden verslagen.

'Ik hoor dit seizoen een hoop goede dingen over je, Al. Heb je zin om mijn team te versterken bij de Cyclades Regatta in juni?'

Ik had al een aanbod gekregen van een ander team maar nog geen besluit genomen. Theo zag mijn aarzeling.

'Ben je al bezet?'

'Voorlopig wel, ja.'

'Nou, hier heb je mijn kaartje. Denk erover na en laat het me tegen het eind van de week weten. Ik kan iemand als jij goed gebruiken aan boord.'

'Bedankt.' Ik zette in gedachten mijn aarzeling al opzij. Je moest wel gek zijn om zo'n kans te laten schieten, deel uitmaken van de bemanning van de 'Koning der Zeeën', zoals hij inmiddels werd genoemd. 'Trouwens,' riep ik hem na toen hij weer wegliep, 'wat bedoelde je laatst toen je zei dat je míj niet had verwacht?'

Hij bleef staan en nam me snel van top tot teen op. 'Ik had je nog nooit persoonlijk ontmoet maar alleen in flarden conversatie over je zeilkwaliteiten horen praten. En zoals ik al zei, ik had niet iemand als jij verwacht. Tot ziens, Al.'

Op de terugweg naar mijn pensionnetje bij St John's Harbour dacht ik terug aan ons gesprek en vroeg ik me af wat me zo fascineerde aan Theo. De zwoele avondlucht streelde langs mijn wangen, de straatlantaarns gaven de vrolijke, kleurige gevels een warme, nachtelijke gloed, en vanuit de verte kwamen de geluiden van ontspannen geroezemoes uit de bars en cafés mijn kant op. Maar het drong allemaal niet echt tot me door, opgetogen als ik was door de overwinning én door het aanbod van Theo Falys-Kings.

Op mijn kamer ging ik linea recta naar mijn laptop en stelde een e-mail op waarin ik zijn aanbod accepteerde. Ik verstuurde hem niet direct maar nam eerst een douche en las hem daarna nog eens goed door. Ik bloosde toen ik zag hoe gretig ik klonk. Ik besloot het bericht op te slaan in de map Concepten en het over een paar dagen te versturen. Daarna ging ik languit op het bed liggen en strekte mijn armen om de spanning en de spierpijn na de wedstrijd van die dag te verlichten.

'Nou, Al,' mompelde ik glimlachend tegen mezelf, 'dat kon weleens een interessante regatta worden.'

Theo reageerde onmiddellijk op het bericht. Hij was blij dat ik lid van zijn bemanning wilde worden. En precies twee weken geleden stapte ik, tot mijn eigen verbazing zenuwachtig, in de haven van Naxos aan boord van het racevaardig gemaakte Hanse 540-zeiljacht om aan de training voor de Cyclades Regatta te beginnen.

Anders dan bij veel zeilwedstrijden was deze race niet overdreven veeleisend. De deelnemers vormden een mix van serieuze zeilers en weekendfanaten, en met een fantastische zeiltocht van acht dagen voor de boeg langs de mooiste eilanden ter wereld was iedereen in een tophumeur. Als een van de meer ervaren bemanningsleden wist ik dat we een grote kans hadden om te winnen.

Theo had altijd een opvallend jonge bemanning. Mijn zeilvriend Rob Bellamy en ik, allebei dertig, waren wat betreft leeftijd en ervaring de seniorleden van het team. Ik had gehoord dat Theo het liefst talent aantrok dat zich nog in de prille fase van zijn zeilcarrière bevond. De rest van de zeskoppige bemanning was voor in de twintig: Guy, een potige Engelsman, Tim, een relaxte Aussie, en Mick, half Duits, half Grieks, die de wateren van de Egeïsche Zee kende als zijn broekzak.

Hoe graag ik ook met Theo wilde samenwerken, ik had me niet blindelings in het avontuur gestort. Ik had van tevoren zoveel mogelijk informatie verzameld over de raadselachtige 'Koning der Zeeën', zowel op internet als door te praten met mensen die eerder met hem hadden gezeild.

Ik hoorde dat hij Brits was en aan Oxford had gestudeerd, wat zijn ietwat bekakte accent verklaarde, maar in zijn profiel op internet stond dat hij Amerikaans staatsburger was, die heel wat keren het zeilteam van Yale University naar een overwinning had geleid. Van een vriend van me hoorde ik dat hij uit een welgestelde familie kwam, van een andere dat hij op een boot woonde.

Wat ik links en rechts ook hoorde waren commentaren als 'perfectionist', 'controlfreak', 'niet snel tevreden', 'workaholic', 'vrouwenhater'. Die laatste typering kwam van een collega-zeilster die beweerde dat ze als lid van zijn team langs de zijlijn was gezet en slecht was behandeld, en dat zette me aan het denken. Maar de overheersende reactie was simpel: 'Verdomd goeie schipper, absoluut de beste met wie ik ooit heb gewerkt.'

Op de eerste dag aan boord werd me duidelijk waarom Theo door zijn teamgenoten met zoveel respect werd behandeld. Ik was gewend aan schreeuwende schippers die instructies brulden en als slechtgehumeurde koks in een restaurant iedereen uitscholden. Theo's beheerste benadering was een openbaring. Hij zei niet veel terwijl hij ons uittestte, maar beoordeelde ons vanaf een afstand.

Aan het eind van de dag riep hij ons bij elkaar en legde hij met zijn rustige, stabiele stem feilloos de vinger op onze sterke en zwakke punten. Niets was hem ontgaan, en dankzij zijn natuurlijke gezag hing iedereen aan zijn lippen.

'En Guy, niet meer stiekem een sigaret opsteken tijdens een wedstrijdtraining,' eindigde hij met een lichte glimlach, en we mochten gaan.

Guy bloosde tot aan de wortels van zijn blonde haar. 'Die vent heeft ogen in zijn rug,' mompelde hij tegen me toen we wegliepen om te douchen en ons te verkleden voor het eten.

Toen ik die eerste avond samen met de rest van de bemanning de deur van het pension uit stapte, was ik blij met mijn besluit om deel uit te maken van het team. We wandelden langs de haven van Naxos, waar het oeroude, door schijnwerpers verlichte kasteel uittorende boven het dorp met zijn witgepleisterde huisjes en wirwar van steegjes die naar de haven kronkelden. De restaurants aan de haven waren afgeladen met toeristen en zeilers, die genoten van de verse vis en zeevruchten en het ene na het andere glaasje ouzo hieven. In een achterafstraatje vonden we een familietentje met wankele rieten stoeltjes en borden in alle soorten en maten. Door de zeelucht en een lange dag op het water hadden we honger als een paard en was het ter plekke bereide eten precies wat we nodig hadden.

Ik stortte me op de moussaka en bediende mezelf van royale porties rijst. Mijn overduidelijke eetlust ontlokte de mannen starende blikken. 'Wat is er? Nog nooit een vrouw zien eten?' vroeg ik sarcastisch, terwijl ik nog een *flatbread* pakte.

Theo droeg met een enkele droge opmerking een steentje bij aan de plagerige sfeer, maar verdween na het eten onmiddellijk; hij wilde niet meedoen met de gezelligheid na het eten. Ik volgde hem al snel. Tijdens mijn jaren als beroepszeiler had ik geleerd dat ik maar beter geen getuige kon zijn van de nachtelijke capriolen van de mannen.

Onder de scherpe blik van Theo's groene ogen waren we in de paar dagen erna al snel op elkaar ingespeeld en werden we een soepel, efficiënt werkend team. En net zo snel groeide mijn bewondering voor zijn trainingsmethode. Op onze derde avond op Naxos stond ik na het eten als eerste op van tafel. 'Oké, jongens, ik taai af,' zei ik, doodmoe na een zware dag onder de blakende Egeïsche zon.

'Ik ook. Truste, jongens. En morgen geen katers aan boord, alsjeblieft,' zei Theo, die direct na mij vertrok. 'Mag ik met je meelopen?' vroeg hij, toen we buiten liepen.

'Ja, natuurlijk,' zei ik, plotseling wat gespannen nu we voor het eerst met zijn tweeën waren.

We liepen door de smalle straatjes met hun hobbelige keitjes terug naar het pension, langs de door de maan verlichte witte huisjes met hun blauwgeverfde deuren en luiken aan weerszijden. Ik deed mijn best om een gesprek op gang te houden, maar Theo hield het bij een enkel 'ja' of 'nee', en zijn zwijgzaamheid begon me te irriteren.

Toen we in de hal van het pension waren draaide hij zich plotseling naar me om. 'Je bent echt een intuïtief zeiler, Al. Je laat de meeste teamleden ver achter je. Van wie heb je dat geleerd?'

'Van mijn vader,' zei ik, verrast door het compliment. 'Die heeft me al van kinds af aan mee uit zeilen genomen, op het Meer van Genève.'

'Ah, Genève. Dat verklaart het Franse accent.'

Ik zette me al schrap voor het onvermijdelijke 'zeg eens iets sexy's in het Frans' waar de meeste mannen op zo'n moment mee kwamen, maar dat bleef uit.

'Nou, die vader van je moet wel een geweldige zeiler zijn, die heeft met jou als leerling een uitstekende prestatie geleverd.'

'Dank je,' zei ik, ontwapend.

'En hoe vind je het om de enige vrouw aan boord te zijn? Hoewel dit vast niet de eerste keer is,' zei hij er snel achteraan.

'Ik denk er niet eens bij na, eerlijk gezegd.'

Hij keek me door dat hoornen brilmontuur doordringend aan. 'Is dat echt zo? Sorry dat ik het zeg, maar volgens mij doe je dat wél. Ik heb het gevoel dat je dat soms wilt overcompenseren en juist dán maak je fouten. Ik wil je meegeven om wat meer te ontspannen en gewoon jezelf te zijn. Nou, in elk geval welterusten.' Hij gaf me een kort glimlachje en klom de wit betegelde trap naar zijn kamer op.

Die nacht kriebelden de witte, gesteven lakens tegen mijn huid en gloeiden mijn wangen vanwege Theo's kritiek. Was het soms míjn schuld dat vrouwen in het professionele racecircuit nog een zeldzaamheid – of, zoals sommige mannelijke collega's ongetwijfeld zouden zeggen, een nieuwigheid – vormden? Wie dacht Theo Falys-Kings wel niet dat hij was? Een of andere populaire psycholoog, die links en rechts mensen analyseerde die daar echt niet op zaten te wachten?

Ik had altijd gedacht dat ik dat vrouw-in-een-mannenwereldgedoe aardig onder controle had, en ik had spottende en zijdelingse opmerkingen over mijn vrouw-zijn altijd geïncasseerd zonder moeilijk te doen. Tijdens mijn carrière had ik een verdedigingsmuur om me heen opgetrokken en twee persoonlijkheden ontwikkeld: de Ally thuis en de Al op het werk. Ja, het was vaak moeilijk en ik had geleerd om me in te houden, vooral als de opmerkingen duidelijk seksistisch waren of als er geïnsinueerd werd dat ik een 'dom blondje' was. Ik probeerde dat soort commentaar zoveel mogelijk te voorkomen door mijn roodblonde krullen strak in een paardenstaart te trekken en nog geen vleugje make-up te gebruiken om mijn ogen te accentueren of mijn sproeten te camoufleren. En ik werkte even hard als elke man op de boot, nog harder zelfs, bedacht ik boos.

Ik was zo verontwaardigd dat ik niet kon slapen, maar ineens herinnerde ik me wat mijn vader ooit eens had gezegd: als persoonlijke kritiek je irriteert, dan schuilt er meestal een kern van waarheid in. En terwijl nachtelijk uur na nachtelijk uur verstreek moest ik toegeven dat Theo waarschijnlijk gelijk had. Ik was 'mezelf' niet.

De volgende avond kwam Theo op de terugweg naar het pension weer naast me lopen. Hij had dan wel geen indrukwekkend postuur, maar ik vond hem enorm intimiderend en hoorde mezelf struikelen over mijn woorden. Toen ik met veel moeite uitlegde hoe het zat met mijn twee 'persona's' hoorde hij me rustig aan alvorens te reageren.

'Mijn vader – die meestal een heel andere kijk op dingen heeft dan ik – heeft ooit gezegd dat vrouwen heersers van de wereld konden zijn als ze hun sterke punten zouden gebruiken en eens zouden ophouden met proberen mannen te zijn. Misschien zou jij dat ook moeten doen.'

'Makkelijk praten voor een man, maar heeft jouw vader ooit in een vrouwenwereld gewerkt? En zo ja, zou hij dan "zichzelf zijn"?' pareerde ik, geïrriteerd door zijn belerende gedrag.

'Da's een goeie,' gaf Theo toe. 'Nou ja, misschien helpt het als ik je "Ally" noem. Dat past ook veel beter bij je dan "Al". Oké?'

Hij bleef plotseling stilstaan. We stonden bij de pittoreske haven, waar vissersbootjes zachtjes tussen de grote jachten en motorkruisers lagen te schommelen en de kalme zee met rustgevende geluiden tegen hun romp kabbelde. Hij keek naar de lucht, sperde zijn neusvleugels open en snoof om te checken wat voor weer het de volgende ochtend zou zijn. Ik had alleen oude zeelui weleens zoiets zien doen en moest grinniken bij het beeld van Theo als stokoude, grijze zeebonk.

Hij keek me met een verbaasde glimlach aan. 'Wat is er zo grappig?'

'O niks. En als jij je daar beter bij voelt vind ik het prima als je me Ally noemt.'

'Dank je. En laten we nu maar doorlopen, we hebben onze nachtrust wel nodig. We hebben morgen allemaal een zwaar programma voor de boeg.'

Die nacht was ik weer rusteloos terwijl ik terugdacht aan ons gesprek. En dan te bedenken dat ik meestal sliep als een blok, vooral bij trainingen of wedstrijden.

En in plaats van dat ik iets had aan Theo's advies maakte ik in de dagen daarna juist talloze domme fouten, zodat ik me eerder een groentje dan een beroepszeiler voelde. Ik was woedend op mezelf en werd goedmoedig geplaagd door mijn zeilmaatjes, maar ironisch genoeg kwam er niet één keer een kritische opmerking van Theo.

Op de vijfde avond voelde ik me zó opgelaten en overstuur door mijn slordige en voor mijn doen ondermaatse prestaties dat ik zelfs niet met het team mee uit eten ging. Ik bleef op het terrasje van het pension zitten en at het brood en de fetakaas met olijven die de vriendelijke eigenares voor me had neergezet. Ik verdronk mijn verdriet in de wrange rode wijn die ze voor me inschonk, en na een aantal glazen had ik erg met mezelf te doen en was ik het liefst een potje gaan janken. Ik wilde net nogal wankel opstaan om naar bed te gaan toen Theo het terras op kwam.

'Gaat het wel goed met jou?' vroeg hij, en hij duwde zijn bril verder op zijn neus om me beter te kunnen zien. Ik keek naar hem met half samengeknepen ogen en begreep maar niet waarom ik zijn silhouet zo vaag zag.

'Ja hoor,' antwoordde ik met dikke tong, terwijl ik snel ging zitten omdat alles waarop ik wilde focussen heen en weer zwaaide.

'We maakten ons zorgen toen je vanavond niet kwam opdagen. Je bent toch niet ziek?'

'Nee hoor.' Ik voelde brandend maagzuur omhoogkomen. 'Het gaat prima.'

'Weet je, je kunt het me gerust vertellen als je ziek bent, ik beloof je dat ik het niet tegen je zal gebruiken. Mag ik gaan zitten?'

Ik gaf geen antwoord. Of liever gezegd, ik kon geen antwoord geven, want ik had de grootste moeite om mijn duizeligheid de baas te worden. Hij wachtte trouwens mijn antwoord niet af maar ging in het plastic stoeltje tegenover me zitten.

'Wat is er aan de hand?'

'Niks,' kon ik nog net uitbrengen.

'Ally, je hebt een vreselijke kleur. Weet je zeker dat je niet ziek bent?'

'Ik... Excuseer me,' zei ik, en ik kwam wankelend overeind. Ik kon nog net de rand van het terras bereiken en gaf op de stoep over.

'Arme jij.' Ik voelde een paar handen stevig om mijn middel klemmen. 'Het gaat helemáál niet goed met jou. Ik help je naar je kamer. Welk nummer is het?'

'Het gaat... uitstekend met me,' mompelde ik dom. Ik was mateloos geschokt door wat me net was overkomen. En dat nota bene onder de neus van Theo Falys-Kings, op wie ik om de een of andere reden dolgraag indruk wilde maken. Het kón niet erger.

'Kom mee.' Hij hees mijn slappe arm over zijn schouder en onder de afkerige blikken van de andere gasten sleepte hij me naar binnen.

Eenmaal op mijn kamer moest ik nog een paar keer overgeven, maar dat was tenminste nog in de wc. Elke keer als ik weer tevoorschijn kwam stond Theo te wachten, klaar om me weer naar bed te begeleiden.

'Heus,' kreunde ik, 'ik ben morgen weer helemaal in orde, dat beloof ik.'

'Dat zeg je al twee uur lang, tussen je braakrondes door,' merkte hij nuchter op, terwijl hij met een koele, vochtige handdoek het plakkerige zweet van mijn voorhoofd veegde.

'Ga naar bed, Theo,' mompelde ik versuft, 'echt, het gaat alweer prima. Ik moet alleen slapen.'

'Zo meteen.'

'Bedankt dat je voor me gezorgd hebt,' fluisterde ik, en mijn ogen vielen dicht.

'Da's oké, Ally.'

En in die andere wereld, in die paar seconden tussen waken en slapen, merkte ik dat ik glimlachte en hoorde ik mezelf 'ik geloof dat ik van je hou' zeggen, voordat ik wegzonk in vergetelheid.

De volgende ochtend voelde ik me nog wat slapjes, maar een stuk beter. Toen ik uit bed stapte struikelde ik bijna over Theo, die een reservekussen had gepakt en diep in slaap opgekruld op de vloer lag. Ik deed de badkamerdeur achter me dicht en liet me op de rand van het bad zakken. Toen schoot me te binnen wat ik de vorige avond had gedacht, of – jezus! – had ik het echt hardop gezegd?

Ik geloof dat ik van je hou.

Goeie genade, waar kwam dát nou ineens vandaan? Had ik het soms hardop gedroomd? Ik had me tenslotte vreselijk beroerd gevoeld, misschien had ik zelfs gehallucineerd. O god, dat hoop ik maar, kreunde ik, met mijn hoofd in mijn handen. Maar als ik het niet had gezegd, waarom herinnerde ik me dat zinnetje dan zo levendig? Het was belachelijk en sloeg natuurlijk nergens op, maar misschien dacht Theo wel dat ik het meende.

Uiteindelijk kwam ik enigszins bedremmeld de badkamer uit. Theo wilde net weggaan, en ik durfde hem niet aan te kijken toen hij zei dat hij op zijn eigen kamer ging douchen en me over tien minuten kwam ophalen voor het ontbijt.

'Echt, Theo, ga jij maar alleen. Ik durf het niet aan.'

'Ally, je móét iets eten. Je moet je eten een uur lang kunnen binnenhouden, anders mag je de boot niet op. Je kent de regels.'

'Oké,' gaf ik met een miserabel gevoel toe. Toen Theo was vertrokken zou ik het liefst onzichtbaar zijn geworden. Nooit eerder had ik zo hartgrondig ergens anders willen zijn dan op dat moment.

Een kwartier later liepen we samen het terras op. De verzamelde teamleden keken ons vanachter de tafel met veelzeggende en besmuikte lachjes aan. Ik had ze het liefst stuk voor stuk een stomp in hun gezicht gegeven.

'Ally heeft een darmvirusje opgepikt,' verklaarde Theo toen we gingen zitten. 'Maar zo te zien heb jij ook je schoonheidsslaapje gemist, Rob.' De andere teamleden grinnikten naar Rob, die gegeneerd zijn schouders ophaalde terwijl Theo rustig verderging over de oefensessie die hij voor die dag had gepland.

Ik zat daar zonder iets te zeggen, blij dat Theo het gesprek op een ander onderwerp had gebracht, maar ik wist heel goed wat de anderen dachten. Maar de ironie was dat ze ernaast zaten, er echt compleet naast zaten! Ik had ooit met mezelf afgesproken dat ik nooit met een zeilmaat naar bed zou gaan, want ik wist hoe snel vrouwen in het gesloten zeilwereldje een bepaalde reputatie opliepen. En nu leek ik zelf zonder enige grond zo'n reputatie te hebben opgedaan.

Ik kon in ieder geval mijn ontbijt binnenhouden en mocht mee aan boord. Vanaf dat moment sloofde ik me uit om iedereen – vooral Theo – duidelijk te maken dat ik niet de minste of geringste belangstelling had voor Theo Falys-Kings. Tijdens de training bleef ik bij hem uit de buurt, voor zover een kleine boot dat toeliet, en gaf hem in eenlettergrepige woorden antwoord. En als hij 's avonds na het eten opstond en terugging naar het pension, beet ik op mijn tanden en bleef ik bij de rest van de bemanning hangen.

Want, zo zei ik tegen mezelf, ik hóú toch ook niet van hem? Dat moesten ze dus vooral niet denken. Alleen ontdekte ik toen ik iedereen probeerde te overtuigen dat ik zelf niet zo heel erg overtuigd was. Ik merkte dat ik naar hem stond te staren als ik dacht dat hij niet keek. Ik bewonderde zijn kalme, weloverwogen manier van omgaan met de bemanning en de alerte opmerkingen waarmee hij ons tot een hecht team vormde, dat daardoor beter presteerde. En ik zag dat er ondanks zijn relatief kleine postuur onder die kleren een gespierd en stevig lijf schuilging. Ik keek naar hem als hij, keer op keer, bewees de fitste en sterkste van ons allemaal te zijn.

Elke keer als mijn verraderlijke brein die kant uit wilde, probeerde ik het uit alle macht bij te sturen. Maar het begon me ook op te vallen dat Theo vaak zonder shirt rondliep. Oké, het wás ook extreem warm overdag, maar moest hij nou echt topless naar die wedstrijdkaarten staan kijken?

'Kan ik iets voor je doen, Ally?' vroeg hij een keer, toen hij zich omdraaide en zag dat ik naar hem staarde.

Wat ik precies terugmompelde weet ik niet meer, maar ik draaide me met een kop als een boei om.

Ik was opgelucht dat hij niet terugkwam op wat ik die ene avond misschien wel of misschien niet had gezegd, en ik wist mezelf geleidelijk aan ervan te overtuigen dat ik het waarschijnlijk gedroomd had. Maar ik wist wél dat er iets met me was gebeurd wat niet meer terug te draaien was. Iets waarover ik voor het eerst in mijn leven geen controle had. Mijn vaste slaappatroon had me in de steek gelaten en mijn gezonde eetlust was verdwenen. En als het me eindelijk lukte weg te dommelen werd ik overvallen door levendige dromen over Theo, het soort waarvan je bij het wakker worden bloost, en daardoor ging ik me tegenover hem nog stunteliger gedragen. Als tiener had ik weleens liefdesromannetjes gelezen, maar daar moest ik niets van hebben, ik las het liefst pittige thrillers. Maar toen ik mijn symptomen op een rijtje zette moest ik tot mijn spijt constateren dat daar maar één diagnose bij paste: ik was tot over mijn oren verliefd op Theo Falys-Kings.

Op de laatste avond van de training stond Theo na het eten op en zei dat we een geweldige klus hadden geklaard en dat hij goede hoop had dat we de regatta zouden winnen. Toen ik na de toost wilde teruggaan naar het pension merkte ik dat Theo me strak aankeek.

'Ally, ik wil iets met je bespreken. Volgens het reglement moet er één bemanningslid worden aangewezen dat verantwoordelijk is voor de eerste hulp. Het stelt niet veel voor, wat papierwerk, een paar formulieren. Wil jij dat doen?' Hij wees naar een plastic map en knikte naar een leeg tafeltje.

'Ik heb totaal geen verstand van eerste hulp. En het feit dat ik een vrouw ben,' zei ik rebels toen we aan het tafeltje gingen zitten, 'wil niet zeggen dat ik iemand beter kan verzorgen dan de mannen. Waarom vraag je Tim niet, of een van de anderen?'

'Ally, alsjeblieft, hou op. Het was een smoesje.' Hij liet me twee blanco vellen papier zien die hij uit de map had gehaald. 'Oké,' zei hij, en gaf me een pen, 'puur voor de vorm, vooral voor jou, voeren we op dit moment een gesprek over jouw verantwoordelijkheden als bemanningslid belast met de eerste hulp. En tegelijkertijd bespreken we het feit dat jij op de avond dat je ziek was, tegen me hebt gezegd dat je van me hield. Feit is, Ally, dat dat gevoel wederzijds is.'

Hij zweeg en ik keek hem vol ongeloof aan om te zien of hij me zat te plagen, maar hij was druk bezig zogenaamd de papieren door te nemen.

'Ik stel voor dat we ontdekken wat dit voor jou en mij betekent,' vervolgde hij. 'Morgen pak ik mijn boot en verdwijn ik voor een lang weekend, en ik zou graag willen dat je meegaat.'

Mijn mond ging afwisselend open en dicht, waarmee ik waarschijnlijk een prima imitatie van een goudvis gaf, maar ik wist echt niet wat ik moest zeggen.

'Goeie genade, Ally, zeg alsjeblieft ja. Vergeef me de flauwe vergelijking, maar we zitten in hetzelfde schuitje. We weten allebei dat er iets tussen ons is, al sinds we elkaar een jaar geleden ontmoetten. Eerlijk gezegd had ik na alle verhalen over jou een gespierd manwijf verwacht. En daar stond je, met je blauwe ogen en je waanzinnig mooie roodblonde haar, en ik viel als een blok voor je.'

'O,' was alles wat ik kon uitbrengen.

'Dus.' Theo schraapte zijn keel en ik begreep dat hij net zo nerveus was als ik. 'Laten we dát doen waar we allebei het meest van houden: samen wat rondlummelen op het water en wat er tussen ons is een kans geven zich verder te ontwikkelen. Vind je dat niks, dan vind je in ieder geval de boot leuk. Die is heel comfortabel. En snel.'

'Is er verder… nog iemand aan boord?' vroeg ik, toen ik eindelijk mijn stem terug had.

'Nee.'

'Dus jij bent de schipper en ik je bemanning?'

'Ja, maar ik beloof je dat ik je niet de mast in laat klimmen en je de hele nacht op het kraaiennest laat zitten.' Hij glimlachte naar me en zijn groene ogen waren vol warmte. 'Ally, zeg nou maar gewoon dat je meegaat.'

'Oké,' zei ik.

'Mooi. En zou je nu op deze stippellijn je handtekening willen zetten om de deal af te ronden?' Hij wees met zijn vinger naar een willekeurige plek op het blanco vel.

Ik keek hem even aan en zag dat hij nog steeds naar me glimlachte. En eindelijk glimlachte ik terug. Ik zette mijn handtekening en gaf het papier aan hem terug. Hij keek er even quasiserieus naar en stopte het in de plastic map. 'Zo, dat is dan geregeld,' zei hij, extra luid vanwege de collega's, die natuurlijk mee zaten te luisteren. 'Dan zie ik je morgen om twaalf uur bij de haven om je bij te praten over je verplichtingen.'

Hij knipoogde naar me en we liepen op ons dooie gemak terug naar de anderen. Een groter contrast dan tussen dat relaxte loopje en mijn op hol geslagen hart was niet denkbaar.

2

De eerlijkheid gebiedt mij te zeggen dat Theo en ik niet wisten wat we moesten verwachten toen we de zeilen hesen van de Neptune, zijn Sunseeker-jacht. Het was een slank en krachtig motorjacht, ruim zes meter langer dan de Hanse waarmee we aan de race zouden deelnemen. Ik was inmiddels gewend aan krappe hutten die ik met heel wat anderen moest delen, en nu we maar met zijn tweeën waren ervaarde ik dat als een grote luxe. De grote hut was een luxueuze suite met een glimmend teakhouten interieur, en toen ik het enorme tweepersoonsbed zag kromp ik in elkaar bij de gedachte aan de vorige keer dat Theo en ik in dezelfde ruimte hadden geslapen.

'Ik heb haar een paar jaar geleden voor een zacht prijsje op de kop kunnen tikken toen de eigenaar failliet ging,' legde Theo uit, terwijl hij de boot de haven van Naxos uitloodste. 'Daardoor heb ik sindsdien in ieder geval een dak boven mijn hoofd.'

'Je woont echt op deze boot?' vroeg ik verbaasd.

'Tijdens langere tussenpozen logeer ik bij mijn moeder in Londen, maar in het afgelopen jaar heb ik hier gewoond tijdens de schaarse momenten waarop ik geen boot naar een race bracht of deelnam aan een wedstrijd. Maar nu ben ik eindelijk zover dat ik een eigen huis op de vaste wal wil. Ik heb zelfs net een eigen onderkomen gekocht, hoewel daar nog ontzettend veel aan moet gebeuren, en god weet wanneer ik de tijd heb om het te renoveren.'

Ik was al gewend aan de Titan, mijn vaders oceaanwaardige superjacht met zijn geavanceerde, computergestuurde navigatie, dus we konden om beurten 'rijden,' zoals Theo het graag noemde. Maar die eerste ochtend vond ik het lastig om uit het vaste protocol te stappen nu ik bij hem aan boord was. Als Theo me vroeg iets te doen moest ik opletten dat ik niet '*aye*, schipper' zei.

Er hing een bijna tastbare spanning tussen ons, we wisten geen van beiden hoe we van de vertrouwde collegiale werksituatie moesten overstappen op een wat intiemere omgang. Onze conversatie was gekunsteld, over alles wat ik in die vreemde situatie zei liep ik achteraf te piekeren, en ik nam regelmatig mijn toevlucht tot loos gebabbel. Theo zei vrijwel niets en tegen de tijd dat we het anker uitwierpen voor de lunch had ik het gevoel dat het hele idee een complete ramp was.

Ik was hem dan ook dankbaar toen hij een fles gekoelde Provençaalse rosé tevoorschijn haalde voor bij de salade. Ik drink nooit veel, zeker niet op het water, maar op een of andere manier hadden we met zijn tweeën de fles vrij snel soldaat gemaakt. We bespraken onze strategie voor de Cycladen en discussieerden over de vraag of het wedstrijdzeilen bij de komende Olympische Spelen in Beijing anders zou zijn dan bij ons. Ik zou aan het eind van de zomer mijn laatste testen voor een plaats in de Zwitserse ploeg afleggen, en Theo zei dat hij voor Amerika zou zeilen.

'Dus je bent Amerikaan van geboorte? Je klinkt Brits.'

'Amerikaanse vader, Engelse moeder. Ik heb in Hampshire op kostschool gezeten en ben daarna naar Oxford gegaan, en vervolgens naar Yale,' legde hij uit. 'Ik ben altijd een beetje een studiehoofd geweest.'

'Wat heb je gestudeerd?'

'Klassieke talen in Oxford, daarna een master psychologie aan Yale. Ik had het geluk dat ik geselecteerd werd voor de zeilploeg van de universiteit en werd uiteindelijk *captain*. Allemaal ivorentorengedoe. En jij?'

'Ik heb fluit gestudeerd aan het Conservatoire de Musique de Genève. Maar nu begrijp ik het.' Ik keek hem grijnzend aan.

'Nu begrijp je wát?'

'Dat je zo graag mensen analyseert. En dat je zo goed met je team omgaat verklaart voor de helft je succes als schipper. En vooral hoe je met mij omgaat,' voegde ik er, dapper geworden door de alcohol, aan toe. 'Ik heb echt veel gehad aan jouw commentaar, ook al was ik er op het moment zelf niet blij mee.'

'Bedankt.' Hij gaf een verlegen knikje bij dat compliment. 'Op

Yale gaven ze me alle ruimte om mijn liefde voor zeilen te combineren met de psychologie, en ik heb een leiderschapsstijl ontwikkeld die sommige mensen misschien vreemd zullen vinden, maar die voor mij werkt.'

'Stonden je ouders achter je zeilcarrière?'

'Mijn moeder wel, maar mijn vader... tja, ze gingen uit elkaar toen ik elf was en dat liep een paar jaar later uit op een vechtscheiding. Mijn vader ging daarna terug naar de Verenigde Staten. Als kind logeerde ik in de vakanties bij hem, maar hij was altijd aan het werk of op reis en huurde nanny's in om op me te passen. Hij is op Yale een paar keer komen kijken bij een wedstrijd, maar ik kan niet zeggen dat ik hem echt goed ken. Ik weet eigenlijk alleen wat hij mijn moeder heeft aangedaan, en ik begrijp best dat haar antipathie voor hem mijn oordeel heeft vertroebeld. Hoe dan ook, ik zou je graag eens fluit horen spelen,' zei hij, plotseling van onderwerp veranderend. Hij keek me recht aan, onze blikken haakten in elkaar, groen op blauw. Maar het moment ging voorbij, hij keek weer weg en schoof ongemakkelijk op zijn stoel heen en weer.

Gefrustreerd omdat mijn pogingen om hem uit zijn tent te lokken leken te falen, viel ook ik terug in een geïrriteerd stilzwijgen. Nadat we de vuile vaat naar de kombuis hadden gebracht, dook ik vanaf de zijkant van de boot het water in en zwom hard en snel om mijn door de wijn benevelde brein op te frissen.

'Zullen we nog wat zonnen op het bovendek voordat we verdergaan?' vroeg hij toen ik weer aan boord kwam.

'Oké,' stemde ik in, ook al voelde ik dat mijn bleke, sproetige huid al meer dan genoeg zon had gehad. Ik smeerde me op het water altijd van top tot teen in met een hoge factor zonnebrandcrème, maar dat stond ongeveer gelijk aan mezelf wit verven, niet echt een verleidelijke aanblik. Ik had die ochtend welbewust een lagere factor gebruikt, hoewel het met die verbrande huid volgens mij zonde van de crème was.

Theo pakte twee flessen water uit de koelbox en we klommen naar het comfortabele zonnedek aan de voorkant van het jacht. We settelden ons naast elkaar op de luxe, zachte kussens en toen ik een steelse blik op zijn halfnaakte lichaam wierp begon mijn hart ongecontroleerd te bonzen. Als hij nu niet snel in actie kwam, moest ik iets niet erg damesachtigs doen en me gewoon op hem storten, besloot ik. Ik draaide mijn hoofd de andere kant op om te voorkomen dat ik door nóg meer schunnige gedachten werd overvallen.

'En vertel eens wat over je zussen en dat huis aan het Meer van Genève waar je in woont. Het klinkt idyllisch,' zei hij.

'Het is... ik...'

In mijn brein hadden de wellust en de alcohol voor een behoorlijke warboel gezorgd, dus een uitvoerig betoog over mijn complexe familiegeschiedenis was wel het laatste waar ik behoefte aan had. 'Ik ben heel slaperig, zal ik je dat een andere keer vertellen?' zei ik, terwijl ik me op mijn buik draaide.

'Natuurlijk. Ally?'

Ik voelde de lichte aanraking van zijn vingers op mijn rug. 'Ja?' vroeg ik, en ik draaide me weer op mijn rug en keek naar hem op, ademloos en met een van spanning dichtgesnoerde keel.

'Je schouders zijn aan het verbranden.'

'O, oké,' zei ik bits. 'Nou, dan ga ik maar beneden in de schaduw zitten.'

'Zal ik meegaan?'

Ik gaf geen antwoord maar haalde mijn schouders op en klauterde het smalle stukje dek naar het achterdek af. Hij pakte mijn hand.

'Ally, wat is er?'

'Niks, hoezo?'

'Je lijkt erg... gespannen.'

'Ha, anders jij wel,' kaatste ik terug.

'Echt waar?'

'Ja,' antwoordde ik, toen hij achter me aan de trap naar de achtersteven afliep, en ik plofte neer op een bankje in de schaduw.

'Sorry, Ally,' zei hij met een zucht. 'Ik ben hier nooit goed in geweest.'

'Wat bedoel je precies met "hier"?'

'Je weet wel, het voorspel en hoe je zoiets aanpakt. Ik bedoel, ik heb respect voor jou en ik mag je graag, en ik wou je niet het gevoel geven dat ik je alleen maar mee aan boord had genomen om met je naar bed te gaan. Ik kan me voorstellen dat je denkt dat het me daar om te doen is, je bent tóch al zo gevoelig over het thema vrouw in een mannenwereld en...'

'Theo, hou op, godsamme! Ik bén niet gevoelig!'

'Dat meen je toch niet, Ally?' Theo rolde vol ongeloof met zijn ogen. 'Eerlijk gezegd zijn wij mannen tegenwoordig doodsbenauwd dat we een aanklacht wegens seksuele intimidatie aan onze broek krijgen als we alleen al bewonderend naar een vrouw kijken. Dat is me al een keer overkomen met een zeilster in mijn team.'

'Is dat zo?' vroeg ik quasiverbaasd.

'Yep. Ik zei geloof ik zoiets als: "Hoi, Jo, leuk je aan boord te hebben om ons mannen een beetje op te peppen." Vanaf dat moment kon ik niks meer goed doen.'

Ik staarde hem aan. 'Heb je dat écht gezegd?'

'Verdorie, Ally, wat ik bedoelde was dat ze ons scherp zou houden. Ze had een fabelachtige reputatie als professioneel zeiler. Maar ze interpreteerde het om de een of andere reden verkeerd.'

'Ik kan me niet voorstellen waarom,' merkte ik sarcastisch op.

'Nee, ik ook niet.'

'Theo, dat was ironisch bedoeld! Ik begrijp heel goed waarom ze zich beledigd voelde. Je kunt je niet voorstellen wat wij als vrouwelijke zeilers allemaal naar ons hoofd krijgen. Geen wonder dat ze daar gevoelig voor was.'

'Maar daarom was ik juist zo ontzettend nerveus over het feit dat ik jou aan boord had. Vooral omdat ik je zo aantrekkelijk vind.'

'Ik ben je tegenpool, weet je nog?' ging ik tekeer. 'Je bekritiseerde me omdat ik een man probeerde te zijn in plaats van uit te gaan van mijn eigen sterke punten.'

'Touché,' zei hij grinnikend. 'En nu zit je hier, alleen met mij, en werk ik met jou samen en denk je misschien...'

'Theo! Dit wordt zo langzamerhand echt belachelijk. Volgens mij heb jíj een probleem, niet ík,' zei ik vinnig; ik was inmiddels behoorlijk pissig. 'Jij hebt me op je boot uitgenodigd en ik ben uit vrije wil meegegaan!'

'Ja, dat ben je, maar om eerlijk te zijn, Ally, dit...' Hij viel even stil en keek me ernstig aan. 'Je bent zó belangrijk voor me. En vergeef me dat ik me als een idioot heb gedragen, maar het is al zo'n tijd geleden dat ik aan dit soort hofmakerij heb gedaan. En ik wil niet dat het misgaat.'

Mijn boosheid verdween. 'Oké. Nou, wat zou je ervan denken om eens op te houden met alles en iedereen te analyseren en gewoon een beetje te ontspannen? Misschien doe ik dat dan ook. Vergeet niet dat ik hier uit vrije wil ben.'

'Oké, ik zal het proberen.'

'Mooi. En omdat ik steeds meer op een overrijpe tomaat begin te lijken,' zei ik, kijkend naar mijn verbrande bovenarmen, 'ga ik nu naar beneden om een tijdje uit de zon te zijn. En als je zin hebt om erbij te komen, dan ben je van harte welkom.' Ik stond op en liep naar de trap. 'En ik beloof je dat ik je dan niet zal aanklagen wegens seksuele intimidatie. Sterker nog,' vervolgde ik stoer, 'misschien ga ik je zelfs nadrukkelijk aanmoedigen.'

Ik ging naar beneden, giechelend om mijn brutale uitnodiging en benieuwd of hij zou reageren. Toen ik de hut binnenkwam en op bed ging liggen, voelde ik me sterk. Ik had het initiatief genomen. Theo mocht op het werk dan wel de baas zijn, ík was vastbesloten om onze persoonlijke relatie, hoe die zich ook zou ontwikkelen, op gelijkwaardigheid te baseren.

Vijf minuten later verscheen een verlegen Theo in de deuropening. Hij begon zich uitgebreid te verontschuldigen voor zijn 'belachelijke' gedrag. Totdat ik zei dat hij zijn mond moest houden en in bed moest komen.

Toen dát eenmaal was gebeurd was alles goed tussen ons. En in de dagen daarna beseften we dat er tussen ons veel meer bestond dan puur fysieke aantrekkingskracht. Het was die zeldzame combinatie waarin lichaam, hart en geest in volledige harmonie met elkaar zijn. En eindelijk durfden we ons onder te dompelen in de wederzijdse vreugde dat we elkaar hadden gevonden.

We groeiden sneller naar elkaar toe dan normaal gebeurde, omdat we elkaars sterke en zwakke punten kenden. Al moet gezegd worden dat die zwakke punten maar zelden aan bod kwamen; we wilden volop genieten van wat we voor elkaar betekenden. We brachten de tijd door met vrijen, wijn drinken en het eten van de verse vis die Theo vanaf de achterkant van de boot ving, terwijl ik met mijn hoofd in zijn schoot loom een boek lag te lezen. Onze fysieke honger ging gepaard met een even onverzadigbare drang om alles over elkaar te weten te komen. Met zijn tweeën op die vredige zee had ik het gevoel dat we buiten de tijd leefden en genoeg hadden aan elkaar.

Op onze tweede avond lag ik in Theo's armen op het zonnedek, onder de sterren, en vertelde ik hem over Pa Salt en mijn zusjes. Net als iedereen aan wie we het vertelden, luisterde Theo gefascineerd naar het verhaal van mijn ongewone en magische jeugd.

'Dus, als ik het goed heb, je vader, die van je oudste zuster de bijnaam Pa Salt kreeg, bracht jou en je vijf babyzusjes mee van zijn reizen rond de wereld? Zoals andere mensen koelkastmagneetjes meebrengen?'

'Zo zou je het kunnen zeggen, ja. Hoewel ik graag denk dat ik iets meer waard ben dan een koelkastmagneet.'

'We zullen zien,' antwoordde hij, knabbelend aan mijn oorlel. 'Zorgde hij in zijn eentje voor jullie?'

'Nee. We hadden Marina, die we van meet af aan Ma hebben genoemd. Pa nam haar in dienst als nanny nadat hij Maia, mijn oudste zus, had geadopteerd. Ze is feitelijk onze moeder en we zijn dol op haar. Ze komt oorspronkelijk uit Frankrijk, en daarom zijn we allemaal opgegroeid met Frans als moedertaal, los van het feit dat dat een van de officiële talen van Zwitserland is. Pa wilde ons per se tweetalig opvoeden, dus hij sprak Engels met ons.'

'Dat heeft hij dan goed gedaan. Afgezien van je verrukkelijke Franse accent zou ik niet gemerkt hebben dat het niet je moedertaal is,' zei hij, terwijl hij me naar zich toe trok en een kus op mijn haar drukte. 'Heeft je vader jullie weleens verteld waarom hij jullie heeft geadopteerd?'

'Ik heb het Ma een keer gevraagd, en toen zei ze dat hij zich eenzaam voelde op Atlantis en geld te over had. Wij als zusjes vroegen ons nooit af waarom, we vonden het net als andere kinderen vanzelfsprekend dat we woonden waar we woonden. We vormden een gezin, er was geen behoefte aan een waarom. We zijn gewoon wie we zijn.'

'Het klinkt als een sprookje: de rijke weldoener die zes weesjes adopteert. Waarom eigenlijk allemaal meisjes?'

'We zeiden weleens voor de grap dat hij de reeks zou verstoren door een jongen te adopteren, nu hij ons naar de sterrengroep de Zeven Zusters was gaan noemen,' zei ik grinnikend. 'Maar eerlijk gezegd hebben we geen flauw idee.'

'Dus je doopnaam is Alcyone, de tweede zuster? Vergeleken met Al is dat een hele mond vol,' zei hij plagerig.

'Ja, maar zo word ik door niemand genoemd, behalve door Ma als ze boos op me is,' zei ik en ik trok een gezicht naar hem. 'En waag het niet!'

'Alcyone, ijsvogeltje van me, ik vind het een prachtnaam en hij past bij je. Maar waarom waren jullie maar met zijn zessen? Er zijn in de mythologie toch zeven zusters?'

'Ik heb géén idee. De laatste zus, die Merope genoemd zou worden als Pa haar had meegebracht, is nooit gekomen,' legde ik uit.

'Best wel jammer.'

'Dat is het zeker, hoewel, als je bedenkt wat voor een nachtmerrie mijn zesde zus Electra direct na aankomst was, denk ik niet dat ook maar een van ons uitkeek naar weer een krijsende baby.'

'Electra?' Theo herkende de naam onmiddellijk. 'Toch niet dat beroemde supermodel?'

'Dat is haar, ja,' antwoordde ik, op mijn hoede.

Theo keek me stomverbaasd aan. Ik vertelde maar zelden dat ik familie was van Electra, want dat leidde steevast tot eindeloos gewroet naar de ware achtergrond van een van de meest gefotografeerde gezichten ter wereld.

'Zo, zo. En je andere zussen?' vroeg hij, tactvol genoeg om niet door te vragen over Electra.

'Maia is mijn grote zus en de oudste. Ze is vertaler en lijkt met haar talenknobbel op Pa. Ik ben de tel kwijt van het aantal talen dat ze spreekt. En als je Electra mooi vindt, dan zou je Maia eens moeten zien. Ik ben een en al sproeten en rood haar, maar zij ziet er met haar schitterende olijfkleurige huid en donkere haar uit als een exotische diva. Maar ze heeft niet het karakter van een diva. Ze leidt een teruggetrokken bestaan, woont nog op Atlantis en zegt dat ze daar wil blijven om voor Pa Salt te zorgen. Maar wij zussen denken dat ze zich verbergt, maar waarvóór? Joost mag het weten,' zei ik, en bij die gedachte ontsnapte me een zucht. 'Er moet iets zijn gebeurd toen ze op de universiteit zat. Ze is in die periode compleet veranderd. Hoe dan ook, als kind adoreerde ik haar en dat doe ik nog, al heb ik het gevoel dat ze me de laatste jaren buitensluit uit haar leven. Maar dat doet ze eerlijk gezegd met iedereen, terwijl we vroeger juist zo'n sterke band hadden.'

'Als je niet naar binnen kijkt, kom je ook niet naar buiten, als je begrijpt wat ik bedoel,' mompelde Theo.

'Heel diepzinnig,' ik gaf hem glimlachend een por. 'Maar daar komt het wel op neer, ja.'

'En de volgende zus?'

'Die heet Star en is drie jaar jonger dan ik. Mijn twee middelste zussen vormen een onafscheidelijk paar. CeCe, mijn vierde zus, werd al drie maanden na Star meegebracht door Pa, en die twee zijn sindsdien onafscheidelijk. Ze leidden na hun studie een zwervend bestaan, trokken door Europa en het Verre Oosten en leefden van losse baantjes. Maar het schijnt dat ze zich nu in Londen willen settelen, zodat CeCe een basisopleiding in de kunst kan volgen. Maar vraag me niet wat Star voor iemand is en wat haar talenten en ambities zijn, want dat zou ik je met geen mogelijkheid kunnen vertellen. Ze zit totaal bij CeCe onder de plak. Ze zegt bijna nooit iets en laat CeCe praten voor twee. CeCe is een sterke persoonlijkheid, net als Electra. Je kunt je dus voorstellen dat er nogal wat spanning tussen die twee heerst. Electra is net zo dynamisch als haar naam suggereert, maar ik heb altijd het gevoel gehad dat ze diep in haar hart heel kwetsbaar is.'

'Je zussen zouden een fascinerend psychologisch studieobject vormen, zeker weten,' zei Theo. 'En wie is de volgende?'

'Tiggy, die je met één woord kunt omschrijven als een schatje. Ze is afgestudeerd in de biowetenschappen en heeft een tijdje onderzoek gedaan in de dierentuin van Servion maar is daarna naar Schotland vertrokken om in een hertenopvangcentrum te werken. Met al die spirituele overtuigingen van haar is ze heel...' Ik moest even naar het woord zoeken. '... etherisch. Ze lijkt ook letterlijk te zweven tussen hemel en aarde. Ik vrees dat we haar al die jaren genadeloos hebben geplaagd als ze weer eens verkondigde dat ze stemmen had gehoord of in de tuin een engel in een boom had gezien.'

'Jij gelooft helemaal niet in dat soort dingen?'

'Ik sta met beide benen op de grond. Of liever gezegd, op het water,' corrigeerde ik mezelf grinnikend. 'Ik ben heel praktisch ingesteld, en ik denk dat dat voor een deel verklaart waarom mijn zussen me altijd als de leider van de "bende" beschouwen. Maar dat wil niet zeggen dat ik geen respect heb voor wat ik niet weet of begrijp. En jij?'

'Nou, ik heb dan wel nooit een engel gezien, zoals je zusje, maar wel altijd het gevoel gehad dat ik beschermd werd. Vooral tijdens het zeilen. Ik heb aan boord een aantal hachelijke situaties meegemaakt en daar ben ik tot nu toe – afkloppen – zonder kleerscheuren uit gekomen. Misschien is Poseidon wel mijn beschermengel, om een mythologische vergelijking te gebruiken.'

'En moge dat nog lang zo blijven,' fluisterde ik van harte.

'En vertel me, *last but not least*, eens wat over die fantastische vader van je.' Theo streelde zachtjes mijn haar. 'Wat doet die voor de kost?'

'Ook dat weet niemand van ons precies. Maar wát hij ook doet, hij heeft er in elk geval erg veel succes mee. Zijn jacht, de Titan, is een Benetti,' zei ik, om Theo een beeld van Pa's rijkdom te geven in een taal die hij verstond.

'Wauw!' Daarbij vergeleken is dit een rubbervlot. Nou, met die paleizen te land en ter zee,' plaagde hij me, 'moet jij wel een geheime prinses zijn.'

'We leefden in luxe, dat wel, maar Pa stond erop dat we ons eigen inkomen verdienden. We hebben als volwassenen bij wijze van spreken nooit blanco cheques gekregen, behalve als het geld aan onderwijs werd of wordt besteed.'

'Verstandig mens. En ben je erg aan hem gehecht?'

'O ja, heel erg. Hij betekent echt álles voor me, voor ons allemaal trouwens. Elke zus denkt graag dat ze een speciale band met hem heeft, maar omdat hij en ik de liefde voor zeilen delen heb ik toen ik opgroeide veel tijd alleen met hem doorgebracht. En hij heeft me meer dan alleen zeilen geleerd. Hij is de aardigste, meest wijze persoon die ik ooit heb ontmoet.'

'Dus je bent een echt vaderskindje. Dat wordt nog hard werken voor mij,' merkte Theo op, terwijl zijn hand van mijn haar naar mijn nek verhuisde.

'Genoeg over mij, ik wil meer over jou weten,' zei ik, afgeleid door zijn aanraking.

'Later, Ally, later. Je moest eens weten wat voor effect dat verrukkelijke Franse accent van je op me heeft. Ik zou er de hele nacht naar kunnen luisteren.' Theo werkte zich op zijn elleboog omhoog en kuste me op mijn mond, en daarna zeiden we niets meer.

3

De volgende ochtend besloten we om naar Mykonos te zeilen om boodschappen te doen. Ik lag nog op het bovenste zonnedek toen Theo riep dat ik beneden bij hem op de brug moest komen.

'Raad eens?' vroeg hij met een triomfantelijke blik.

'Raad eens wat?'

'Ik zat net over de radio te babbelen met Andy, een zeilvriendje van me die in deze contreien op zijn catamaran vaart, en hij stelde voor om elkaar in een baai bij Delos te ontmoeten om wat te drinken. Hij maakte een grap over het feit dat er vlak naast hem een verdomd groot jacht genaamd de Titan voor anker lag, dus dat ik hem niet kon missen.'

'De Titan?' riep ik stomverbaasd. 'Weet je het zeker?'

'Volgens Andy was het een Benetti, en het lijkt me stug dat je vaders boot een dubbelganger heeft. Hij zei ook dat er nóg zo'n drijvend paleis op hem afkwam, en hij begon zich wat claustrofobisch te voelen, dus hij is een paar mijl verderop verhuisd, naar de baai om de hoek. Zullen we op weg naar Andy dan maar bij je vader langsgaan voor een kop thee?'

'Daar begrijp ik echt niks van,' zei ik, oprecht verbaasd. 'Pa heeft helemaal niet verteld dat hij een tochtje deze kant op zou maken, hoewel de Egeïsche Zee wel zijn favoriete zeilgebied is.'

'Hij had waarschijnlijk niet verwacht dat jij zo dicht in de buurt zou zijn, Ally. Als we wat dichterbij zijn kun je met de verrekijker checken of het echt je vaders boot is, en dan kunnen we de schipper seinen dat we eraan komen. Het zou nogal gênant zijn als het niet je vaders jacht blijkt te zijn en we een Russische oligarch met een boot vol wodka en feestende prostituees storen. Dus je hebt een punt.' Theo draaide zich naar me toe. 'Je vader verhuurt de Titan toch nooit, hè?'

'Nooit,' antwoordde ik resoluut.

'Wel, *m'lady*, neemt u de verrekijker en gaat u weer naar boven om zich te ontspannen, uw trouwe kapitein staat aan het roer. Steek je even je duim omhoog voor het raam als je de Titan ziet, dan stuur ik een radioboodschap dat we eraan komen.'

Ik klom terug naar het bovendek en wachtte gespannen tot ik de Titan aan de horizon zag verschijnen. Ik vroeg me af hoe ik me zou voelen bij de ontmoeting tussen de man van wie ik het meest op de wereld hield en de man van wie ik elke dag meer hield. Ik probeerde me te herinneren of Pa ooit een van mijn vroegere vriendjes had ontmoet. Ik had vast weleens iemand aan hem voorgesteld met wie ik in mijn tijd op het conservatorium scharrelde, maar daar was het bij gebleven. Simpel gezegd was er tot nu toe nooit een 'belangrijk iemand' geweest die ik aan Pa of mijn familie had willen voorstellen.

Tot vandaag...

Twintig minuten later kwamen de contouren van een bekende boot in zicht. Ik richtte mijn verrekijker, en ja hoor, het was Pa's boot, absoluut. Ik draaide me om en tikte tegen het raam van de brug achter me en stak mijn duim omhoog. Theo knikte en pakte de radio-ontvanger.

Ik ging naar beneden en temde in de hut mijn verwaaide bos haar tot een nette paardenstaart en deed een short en T-shirt aan. Ik voelde me plotseling opgewonden over het feit dat de rollen voor de verandering waren omgedraaid en dat ik Pa nu eens zou verrassen. Ik ging naar de brug en vroeg Theo of Hans, mijn vaders schipper, al terug had geseind.

'Nee. Ik heb net nog een bericht verstuurd, maar als we geen reactie krijgen moeten we maar op de bonnefooi bij je vader op bezoek gaan. Interessant.' Theo pakte zijn verrekijker en richtte die op een andere boot, dicht bij de Titan. 'Ik ken de eigenaar van het andere superjacht waar Andy het over had. Dat is de Olympus, van tycoon Kreeg Eszu. Hij is eigenaar van Lightning Communications, een bedrijf dat een paar van de boten heeft gesponsord waarop ik kapitein was, dus ik heb hem een paar keer ontmoet.'

'Echt waar?' Dat fascineerde me. Kreeg Eszu was op zijn manier even beroemd als Electra. 'Wat is het voor iemand?'

'Laat ik het zo zeggen: ik vond hem niet bepaald sympathiek. Ik heb eens tijdens een diner naast hem gezeten en hij heeft de hele avond niets anders gedaan dan over zichzelf en zijn talloze successen praten. En zijn zoon, Zed, die is nog erger, een rijk, verwend ventje die denkt dat-ie met zo'n rijke pa overal mee wegkomt.' Theo keek ineens woedend, dat was niets voor hem.

Ik spitste mijn oren. Het was niet voor het eerst dat ik in mijn naaste omgeving de naam van Zed Eszu had horen noemen. 'Is het zó erg?'

'Ja, zó erg is het,' herhaalde Theo. 'Een vriendin van me kreeg een relatie met hem, en hij heeft haar als oud vuil behandeld. Hoe dan ook...' Hij pakte de verrekijker weer. 'We kunnen beter nog eens proberen naar de Titan te seinen. Het lijkt wel of ze ervandoor gaat. Zou jij die boodschap willen sturen, Ally? Als je vader of zijn schipper luistert herkennen ze misschien je stem.'

Dat deed ik, maar er kwam geen antwoord en ik zag de boot steeds meer snelheid maken en bij ons vandaan varen.

'Zullen we ze achterna gaan?' vroeg Theo toen de Titan steeds verder weg voer.

'Ik haal mijn mobieltje en bel Pa rechtstreeks,' zei ik.

'Dan ga ik ondertussen het aantal knopen opvoeren. Ze zijn waarschijnlijk al te ver weg, maar ik heb nog nooit een superjacht ingehaald, dus dat kan weleens leuk worden,' zei hij kwajongensachtig.

Ik liet Theo en zijn kat-en-muisspel met Pa's boot achter en ging naar de hut, waar ik me aan de deurpost moest vasthouden omdat hij de vaart er stevig in zette. Ik wroette in mijn rugzak naar mijn mobieltje. Ik zette het aan en staarde ongeduldig naar het zwarte schermpje. Pas toen het bleef terugstaren als een huisdier dat ik vergeten was te voeren besefte ik dat de batterij leeg was. Opnieuw groef ik in mijn rugzak naar de oplader, en nóg een keer om een Amerikaanse adapter te zoeken die in het stopcontact bij het bed paste. Ik stopte de oplader erin en smeekte mijn mobieltje om nú tot leven te komen.

Tegen de tijd dat ik weer op de brug was, was Theo alweer op een normale snelheid overgegaan.

'Dat lukt ons met geen mogelijkheid, je vader inhalen, zelfs niet op topsnelheid. De Titan gaat op volle kracht vooruit. Heb je je vader nog gebeld?'

'Nee, mijn mobieltje is aan het opladen.'

'Hier, neem de mijne maar.'

Theo reikte me zijn mobieltje aan, en ik tikte Pa's nummer in. Dat ging onmiddellijk over op voicemail. Ik liet een boodschap achter waarin ik de situatie uitlegde en hem vroeg me zo snel mogelijk terug te bellen.

'Het lijkt wel alsof je vader voor je op de vlucht is,' zei Theo plagend. 'Misschien wil hij je nu gewoon even niet zien. Ik stuur Andy een radiobericht om zijn exacte locatie te vragen, dan gaan we maar rechtstreeks naar hem toe.'

De verwarring was kennelijk van mijn gezicht te lezen, want Theo nam me in zijn armen en knuffelde me.

'Heus, schat, ik maakte maar een grapje. Vergeet niet dat het een open radioverbinding is, dus de Titan kan de berichten hebben gemist. Dat is mij ook weleens overkomen. Je had hem eigenlijk direct op zijn mobieltje moeten bellen.'

'Dat is zo,' gaf ik toe. We zetten in een meer relaxt tempo koers naar Delos om Theo's vriend te ontmoeten, en ik dacht aan het feit dat Pa altijd per se de radio aan wilde hebben en dat zijn schipper Hans altijd alert was op mogelijke berichten. Ik wist dat door de talloze uren die ik met Pa op de boot had doorgebracht.

Terugkijkend op die dag weet ik nog dat ik de rest van de middag behoorlijk van slag was. Misschien was dat een voorgevoel van wat er stond te gebeuren.

De volgende ochtend werd ik wakker in Theo's armen. We lagen in de prachtige, desolate baai van Makáres, en ik voelde me bedrukt bij de gedachte dat we die middag terug moesten naar Naxos. Theo had zijn plannen voor de voorbereiding van de wedstrijd die over een paar dagen zou starten met me besproken en ik besefte dat het voorlopig over en uit was met die verrukkelijke dagen samen.

Toen ik later naakt naast Theo op het zonnedek lag moest ik mezelf uit de verrukkelijke cocon rukken die Theo en ik hadden gevormd. Mijn mobieltje lag nog steeds aan de oplader en ik stond op om het te gaan halen.

'Waar ga je naartoe?' vroeg Theo, die mijn hand stevig vasthield.

'Mijn mobieltje pakken. Ik moet nu echt mijn berichten beluisteren.'

'Kom je direct terug?'

Dat deed ik. Hij stak zijn armen naar me uit en commandeerde me het ding nog even te laten liggen. Ik hoef vast niet te zeggen dat het zeker een uur duurde voordat ik het aanzette.

Ik nam aan dat er berichten van vrienden en familie waren. Maar toen ik Theo's hand voorzichtig van mijn buik af manoeuvreerde om hem niet wakker te maken, zag ik dat ik een ongebruikelijk aantal sms'jes had. En een aantal voicemailberichten.

De sms'jes waren van mijn zussen.

Ally, bel alsjeblieft zo snel mogelijk. Liefs Maia.

Ally, hier CeCe. We proberen je allemaal te bereiken. Wil je Ma of een van ons direct bellen?

Lieve Ally, hier Tiggy. We weten niet waar je bent maar we moeten je spreken.

En bij Electra's sms'je liepen de koude rillingen van angst over mijn rug: *Ally, o mijn god! Is het niet vreselijk? Niet te geloven! Ben van LA op weg naar huis.*

Ik stond op en liep naar de voorsteven van de boot. Er moest iets verschrikkelijks gebeurd zijn. Mijn handen trilden toen ik het voicemailnummer draaide en wachtte op het bericht dat de reden was geweest voor de dringende oproep van mijn zussen.

Ik begon met het laatste bericht, en toen wist ik het. *Hoi, hier CeCe weer. Niemand durft het je te vertellen maar je wordt dringend thuis verwacht. Ally, het spijt me dat ik de boodschapper van slecht nieuws ben, maar Pa Salt is overleden. Sorry... sorry... Bel alsjeblieft zo snel mogelijk.*

CeCe dacht kennelijk dat ze de verbinding had verbroken, maar vlak voor de piep van de volgende boodschap hoorde ik haar luid snikken.

Ik staarde in de verte zonder iets te zien en bedacht dat ik gisteren de Titan nog door mijn verrekijker had gezien. Het moet een vergissing zijn, troostte ik mezelf, maar daarna beluisterde ik de voicemailberichten van Marina, de vrouw die als een moeder voor me was, en ook zij vroeg me om direct contact op te nemen, en daarna een soortgelijk bericht van Maia, Tiggy en Electra…

'O mijn god, o mijn god.' Ik moest me aan de reling vasthouden om niet te vallen, mijn mobieltje gleed uit mijn hand en belandde met een klap op het dek. Ik boog mijn hoofd voorover omdat het bloed leek weg te stromen uit mijn hoofd en ik bang was flauw te vallen. Zwaar ademend viel ik op het dek en begroef ik mijn hoofd in mijn handen.

'Het kan niet waar zijn, het kan niet waar zijn,' kreunde ik.

'Wat is er, schat?' Theo, nog naakt, ging naast me op zijn hurken zitten en tilde mijn kin op. 'Wat is er gebeurd?'

Ik kon alleen maar naar mijn mobieltje wijzen.

'Slecht nieuws?'

Ik knikte.

'Ally, je ziet eruit alsof je een geest hebt gezien. Kom mee in de schaduw, dan haal ik een glas water voor je.'

Met mijn mobieltje nog in zijn hand sjorde Theo me overeind, hielp me naar binnen en installeerde me op een van de leren banken. Onwillekeurig vroeg ik me af of hij me vanaf nu als hulpeloos zou beschouwen.

Hij trok snel een short aan, pakte een van zijn T-shirts en trok dat voorzichtig over mijn willoze lichaam, en voorzag me van een flink glas cognac en een glas water. Mijn handen trilden zo erg dat ik hem moest vragen mijn voicemailnummer te draaien zodat ik de rest van de berichten kon beluisteren. Ik verslikte me in de cognac en proestte een slokje uit, maar de drank verwarmde me vanbinnen en ik werd er wat rustiger van.

'Alsjeblieft,' zei hij, en reikte mijn mobieltje aan, en half verdoofd beluisterde ik nogmaals CeCe's bericht, en daarna de rest van de berichten, waaronder drie van Maia, de onbekende stem van Georg Hoffman, Pa's advocaat naar ik me meende te herinneren, en nog wat loze berichten van iemand die duidelijk niet wist wat hij moest zeggen en had opgehangen.

Theo keek me aan toen ik mijn mobieltje naast me neerlegde.

'Pa Salt is dood,' fluisterde ik rustig, en ik bleef voor me uitstaren.
'O god! Hoe dan?'
'Dat weet ik niet.'
'Weet je het zeker?'
'Ja! CeCe was de enige die de moed had om het gewoon te zeggen. Maar ik begrijp nog steeds niet hoe het kan dat... We hebben gisteren Pa's boot nog gezien!'
'Ik vrees dat ik daar geen verklaring voor kan geven, lieveling. Je kunt maar het beste direct naar huis bellen. Hier,' zei hij, en hij schoof mijn mobieltje naar me toe.
'Ik kán het gewoon niet.'
'Dat begrijp ik. Wil je dat ik het doe? Als je mij het nummer geeft zal ik...'
'NEE!' schreeuwde ik. 'Nee, ik móét gewoon naar huis. Nu!' Ik stond op en keek hulpeloos om me heen, en daarna naar de lucht, alsof er boven mijn hoofd een helikopter zou verschijnen om me naar de plek te brengen waar ik nú wilde zijn.
'Luister, ik ga op internet zoeken en daarna een paar telefoontjes plegen. Ben zo terug.'
Theo verdween naar de brug en ik bleef totaal apathisch zitten.
Mijn vader... Pa Salt... dood?! Bij dat belachelijke idee ontsnapte me een verontwaardigd spotlachje. Pa Salt was onverwoestbaar, almachtig. Pa Salt lééfde...
'Nee, alsjeblieft!' Ik begon plotseling te bibberen en mijn handen en voeten tintelden, alsof ik me niet op een boot in de Egeïsche Zee bevond maar in de besneeuwde Alpen.
Theo kwam terug. 'Oké, de vlucht van tien over half drie van Naxos naar Athene haal je niet meer, dus we zullen met de boot naar Athene moeten. Morgenochtend vroeg gaat er een vlucht van Athene naar Genève. Er waren nog maar een paar plaatsen dus ik heb maar direct voor je geboekt.'
'Dus ik kan vandaag niet meer naar huis?'
'Ally, het is half twee, en het is een heel eind varen naar Athene, nog afgezien van de vlucht naar Genève. Als we het grootste stuk van de route op topsnelheid varen, schat ik dat we, met een tankstop op Naxos, vanavond tegen zonsondergang in de haven zijn. En

zelfs ík vind het niet echt prettig om deze boot in het donker een drukke haven als Piraeus binnen te loodsen.'

'Begrijp ik,' antwoordde ik mat, terwijl ik me afvroeg hoe ik de eindeloze uren van de reis naar huis moest doorkomen.

'Oké, ik ga haar startklaar maken,' zei Theo. 'Wil je naast me komen zitten?'

'Zo meteen.'

Vijf minuten later hoorde ik het ritmische geratel van het hydraulische anker dat werd gelicht en het zachte zoemen van de motoren die tot leven kwamen. Ik stond op en liep naar de achtersteven. Ik leunde op de reling en keek toe hoe de boot zich langzaam verwijderde van het eiland dat ik de vorige avond nog als een nirwana had beschouwd maar dat vanaf nu de plek zou zijn waar ik hoorde dat mijn vader dood was. Terwijl de boot snelheid maakte voelde ik me duizelig van de schok en het schuldgevoel. Ik had me de afgelopen dagen volkomen egoïstisch gedragen. Ik had alleen maar aan mezelf en mijn geluk gedacht, doordat ik Theo had ontmoet.

Terwijl ik in Theo's armen lag te vrijen, lag mijn vader dood te gaan. Hoe kon ik mezelf dat ooit vergeven?

Theo hield zich aan zijn belofte; we voeren bij zonsondergang de haven van Piraeus binnen. Gedurende de hele tocht – een kwelling – zat Theo op de brug en lag ik met mijn hoofd in zijn schoot, terwijl hij met één hand zachtjes mijn hoofd streelde en met de andere hand ons veilig over de ruwe golven navigeerde. Toen we op onze ligplaats lagen ging Theo naar de kombuis om wat pasta te maken, die hij me vervolgens als een klein kind met een lepel voerde.

'Kom je beneden om wat te slapen?' vroeg hij, en ik zag dat hij bekaf was van de intense concentratie van de afgelopen paar uur. 'We moeten morgen om vier uur op, anders mis je je vlucht.'

Ik gaf toe, wetend dat hij per se op zou willen blijven als ik weigerde naar bed te gaan. Ik zette me schrap voor een slapeloze nacht en liet me door Theo naar beneden leiden, waar hij me in bed hielp en zijn armen om me heen sloeg en me dicht tegen zich aan hield en wiegde.

'Als het een troost voor je is, Ally, weet dan dat ik van je hou. En dat dénk ik niet alleen meer, ik wéét het ook.'

Ik staarde in de duisternis en merkte dat er tranen in mijn ogen stonden, terwijl ik nog geen traan had gelaten sinds ik het bericht had gehoord.

'En ik garandeer je dat ik dat niet alleen zeg zodat jij je beter voelt, maar ik zou het zonder dit bericht nu ook tegen je hebben gezegd,' zei Theo.

'Ik hou ook van jou,' fluisterde ik.

'Echt waar?'

'Ja.'

'Nou, als je het meent, dan doet dat me meer plezier dan wanneer ik dit jaar de Fastnet Race win. En probeer nu wat te slapen.'

En tot mijn verbazing sliep ik in, omarmd door Theo en gesterkt door zijn liefdesverklaring.

De volgende ochtend bij zonsopgang kroop de taxi door het al razend drukke Atheense verkeer. Ik zag Theo heimelijk op zijn horloge kijken. Meestal was ik degene die dat soort dingen bewaakte en voor anderen de tijd in de gaten hield, maar op dat moment was ik blij dat hij de leiding nam.

De desk ging net sluiten toen ik incheckte, veertig minuten voor instaptijd.

'Ally, schat, weet je zeker dat je het wel redt in je eentje?' vroeg Theo met een bezorgd gezicht. 'En wil je nog steeds niet dat ik meega naar Genève?'

'Nee, echt, het zal best wel gaan,' antwoordde ik, terwijl we op weg waren naar de vertrekhal.

'Als ik ook maar iets voor je kan doen, laat het alsjeblieft weten.'

We waren inmiddels bij de rij voor de veiligheidscontrole gearriveerd, die als een slang tussen de afscheidingen door kronkelde. Ik draaide me om naar Theo. 'Dank je wel voor alles. Je was fantastisch.'

'Nee, Ally, dat was ik niet, en luister,' hij trok me dwingend naar zich toe, 'vergeet niet dat ik van je hou.'

'Nee, dat vergeet ik niet,' fluisterde ik met een zwak glimlachje.

'En als je je ook maar even niet sterk voelt, bel of sms me.'

'Zal ik doen.'

'En als je gezien de omstandigheden niet kunt meedoen aan de regatta, dan heb ik daar alle begrip voor,' zei hij, toen hij me losliet uit zijn omhelzing.

'Ik laat het je zo snel mogelijk weten.'

'Zonder jou verliezen we,' zei hij, plotseling grinnikend. 'Je bent de beste matroos die ik ooit heb gehad. Tot ziens, lieve schat.'

'Tot ziens.'

Ik sloot aan in de rij en werd opgeslokt door de langzaam voortschuifelende massa. Toen ik mijn rugzak in een bakje voor de beveiligingsscan liet ploffen draaide ik me om.

Theo stond er nog.

'Ik hou van je,' zei hij geluidloos. En met een kus en een zwaai vertrok hij.

Toen ik in de vertreklounge zat te wachten en de onwerkelijke cocon van liefde waarin ik me de afgelopen dagen had bevonden als een zeepbel uiteenspatte, draaide mijn maag zich om bij de schrikwekkende gedachte aan wat me bij thuiskomst te wachten stond. Ik haalde mijn mobieltje tevoorschijn en belde Christian, de jonge schipper van onze snelle familieboot, die me vanaf Genève over het meer naar het thuis van mijn kinderjaren zou brengen. Ik liet een bericht achter met het verzoek me om tien uur bij de aanlegplaats op te halen. En ik vroeg hem om Ma en mijn zussen niet over mijn aankomst te informeren omdat ik zelf contact met hen zou opnemen.

Maar toen ik eenmaal aan boord van het vliegtuig was gestapt en mezelf ertoe zette om te bellen, merkte ik dat ik dat niet kon. Ik moest er niet aan denken dat ik nog een paar uur in mijn eentje zou moeten doorbrengen nadat een van mijn familieleden de vreselijke waarheid telefonisch had bevestigd. Het vliegtuig begon te taxiën en toen we opstegen en de zonsopgang boven Athene binnenvlogen, liet ik mijn gloeiende wang tegen het koele ruitje rusten, terwijl de paniek langzaam maar zeker bezit van me nam. Ter afleiding wierp ik een verstrooide blik op de *International Herald Tribune* die me door een stewardess in handen was gedrukt. Ik wilde de krant net wegleggen toen een vette kop op de voorpagina mijn aandacht trok.

'LICHAAM VAN STEENRIJKE MAGNAAT AANGESPOELD OP GRIEKS EILAND.'

Onder de kop was een foto van een vaag bekend gezicht afgedrukt, met het bijschrift: 'Kreeg Eszu dood aangetroffen op Egeïsch strand.'

Geschokt staarde ik naar het bericht. Theo had gezegd dat het jacht dat dicht bij Pa Salts boot lag de Olympus was, Eszu's boot.

Ik liet de krant op de vloer glijden en staarde met een ellendig gevoel naar buiten. Ik begreep er niets van. Ik begreep helemaal niets meer.

Zo'n drie uur later, toen het vliegtuig de landing naar het vliegveld van Genève inzette, begon mijn hart zó snel te kloppen dat ik nauwelijks kon ademhalen. Ik was op weg naar huis, en bij die gedachte voelde ik me altijd heel blij en opgewonden, omdat de persoon van wie ik het meeste hield me daar met open armen in onze magische wereld welkom zou heten. Maar deze keer zou Pa Salt er niet zijn om me te begroeten. Pa Salt zou er nooit meer zijn.

4

'Wilt ú misschien sturen, *mademoiselle* Ally?' Christian wees naar mijn vaste plek achter het roer, waar ik de inzittenden altijd in volle vaart over het kalme water van het Meer van Genève loodste.

'Vandaag niet, Christian,' zei ik. Hij knikte me somber toe en bevestigde daarmee de trieste werkelijkheid. Hij startte de motor, en ik liet me op een van de zitplaatsen achterin zakken. Ik zat daar met hangend hoofd, ik voelde me zo miserabel dat ik alleen maar naar beneden kon kijken omdat ik moest denken aan vroeger, toen ik als klein meisje op Pa Salts knie zat en voor de eerste keer mocht sturen. Over een paar minuten zou ik niet alleen worden geconfronteerd met de realiteit, maar ook met het feit dat ik had verzuimd de berichten van mijn familie te lezen en te beantwoorden. En terwijl Atlantis steeds dichterbij kwam vroeg ik me af wat voor god dat was die me van het hoogste geluk in de diepste wanhoop kon storten.

Vanaf het meer zag alles eruit zoals het er altijd uitzag, het huis lag nog altijd beschut achter de onberispelijk gesnoeide heggen. Christian navigeerde ons soepel naar de steiger, ik stapte uit en legde de boot stevig vast aan de bolder en bad ondertussen dat er misschien sprake was van een vergissing en dat Pa elk moment hier kon zijn om me te begroeten. Pa móést hier gewoon zijn...

Al binnen een paar seconden kwamen CeCe en Star over het gazon naar ons toe gelopen. Daarna verscheen Tiggy, die iets door de open voordeur riep terwijl ze zich haastte om haar oudere zussen in te halen. Ik liep het grasveld op om ze te ontmoeten, maar ik zag er zó vreselijk tegen op dat mijn knieën het begaven, zodat ik bleef staan en de uitdrukking op hun gezichten bestudeerde.

Ally, zei ik tegen mezelf, jíj bent hier de leider, dus verman je.

'Ally, o Ally, we zijn zó blij dat je er bent!' Tiggy was als eerste bij me, terwijl ik daar roerloos op het gras stond en mijn best deed om een rustige indruk te maken. Ze sloeg haar armen om me heen en omhelsde me stevig. 'We wachten al dagen op je!'

CeCe was de volgende, daarna Star, CeCe's schaduw, die geen woord zei maar zich in de gemeenschappelijke omhelzing voegde.

Toen ik me eindelijk uit hun armen losmaakte zag ik tranen in hun ogen. Zonder iets te zeggen liepen we naar Atlantis.

Bij de aanblik van het huis schoot er weer een steek van pijn door me heen om het verlies van Pa Salt. Hij noemde Atlantis altijd ons privékoninkrijk. Het huis dateerde uit de achttiende eeuw en leek met zijn vier torentjes en zijn roze gepleisterde gevel ook echt op een sprookjespaleis. Het werd omringd door schitterende tuinen en stond op een privéschiereilandje, en ik had me er altijd veilig gevoeld. Maar zonder Pa Salt maakte het nu al een lege indruk.

Toen we op het terras arriveerden dook Maia, mijn oudste zus, op vanuit het Paviljoen, het pand naast het grote huis. Het verdriet had haar mooie trekken vertekend, maar toen ze me zag lichtte haar gezicht op.

'Ally!' riep ze ademloos en ze rende op me af.

'Maia,' zei ik terwijl ze haar armen om me heen sloeg, 'is het niet vreselijk?'

'Ja, verschrikkelijk. Maar hoe ben je het te weten gekomen? We proberen je al twee dagen te bereiken.'

'Zullen we naar binnen gaan? Dan vertel ik het daar wel,' zei ik tegen het verzamelde gezelschap. Mijn zussen dromden om me heen toen we naar het huis liepen, maar Maia bleef achter. Ze was dan wel de oudste en degene bij wie de anderen hun toevlucht zochten als ze problemen hadden, maar ik was altijd degene die de leiding over de groep nam. En ik wist dat ze dat ook nu weer welbewust aan mij overliet.

Ma stond me in de hal op te wachten en omhulde me in een warme, zwijgende omhelzing. Ik liet mezelf wegzinken in de warmte van haar troostende armen en klemde haar stevig tegen me aan. Tot mijn opluchting stelde ze voor om naar de keuken te gaan, na die lange reis snakte ik naar een kop koffie.

Terwijl Claudia, onze huishoudster, bezig was een grote pot koffie te zetten kwam Electra stilletjes de keuken binnen. Ze was gekleed in een short en een T-shirt en maakte met haar lange armen en benen een moeiteloos elegante indruk.

'Ally.' Ze begroette me rustig, en van dichtbij zag ik hoe vermoeid ze eruitzag, alsof iemand haar had opengelegd en het vuur in haar prachtige amberkleurige ogen had gedoofd. Ze knuffelde me heel even en gaf me een kneepje in mijn schouder.

Ik keek mijn zusters stuk voor stuk aan en bedacht hoe zelden we de laatste tijd met zijn allen bij elkaar waren. En toen ik aan de reden voor dit samenzijn dacht kreeg ik een brok in mijn keel. Ik zou uiteindelijk wel moeten horen wat er met Pa was gebeurd, maar ik besefte dat ik mijn zussen eerst moest vertellen waar ik was geweest, wat ik had gezien en waarom ik er zo lang over had gedaan om thuis te komen.

'Oké,' begon ik, met een diepe zucht. 'Ik zal jullie vertellen wat er gebeurd is, maar eerlijk gezegd ben ik nog steeds wat van slag.' We gingen rond de tafel zitten, en toen ik merkte dat Ma aan de kant bleef staan gebaarde ik naar een stoel. 'Ma, jij moet dit ook horen. Misschien kun je ons helpen om een verklaring te vinden.'

Terwijl Ma ging zitten probeerde ik mijn gedachten te ordenen om te kunnen uitleggen hoe het kwam dat ik de Titan door mijn verrekijker had gezien.

'Nou, ik was dus op de Egeïsche Zee aan het trainen voor de Cyclades Regatta, toen een zeilvriendje van me vroeg of ik een paar dagen mee wilde op zijn motorjacht. Het was fantastisch weer en ik vond het geweldig om voor de verandering even te relaxen op het water.'

'Van wie was die boot?' vroeg Electra. Echt iets voor Electra.

'Dat zei ik net, van een vriend,' antwoordde ik ontwijkend. Ik wilde mijn zussen dolgraag over Theo vertellen, maar dit was absoluut niet het juiste moment. 'Hoe dan ook,' ging ik verder, 'een paar dagen geleden zei die vriend dat hij van een zeilmaatje een radiobericht had gekregen met de mededeling dat hij de Titan had gespot...'

Ik haalde dat moment in gedachten terug, nam een slok koffie en probeerde zo goed mogelijk verslag uit te brengen van de niet beantwoorde radioberichten en mijn verwarring toen Pa Salts boot zich steeds verder van ons verwijderde. Iedereen luisterde gespannen, en ik zag Ma en Maia een verdrietige blik uitwisselen. Daarna haalde ik diep adem en vertelde ze dat ik vanwege het slechte bereik pas de vorige dag hun berichten had ontvangen. Ik vond het vreselijk om te liegen, maar dat ik mijn mobieltje had uitgezet kreeg ik gewoon niet over mijn lippen. En ik vertelde ook niets over de Olympus, het andere jacht dat Theo en ik in de baai hadden zien liggen.

'Dus kan iemand me alsjeblieft bijpraten? En me vertellen waarom Pa Salts boot in Griekenland voer terwijl hij al dood was?' Met die dringende vragen eindigde ik mijn relaas.

Iedereen keerde zich naar Maia, die haar woorden altijd op een goudschaaltje woog. 'Ally, Pa Salt heeft drie dagen geleden een hartaanval gehad. Niemand kon nog iets doen.'

Nu ik uit de mond van mijn oudste zus te horen kreeg hoe Pa was gestorven drong de rauwe werkelijkheid pas goed tot me door. Terwijl ik mijn opkomende tranen probeerde tegen te houden ging Maia verder: 'Zijn lichaam is naar de Titan gevlogen en daarna uitgevaren naar zee. Hij wilde in zee te ruste worden gelegd, om ons de moeite en het verdriet te besparen.'

Ik staarde haar aan terwijl de verschrikkelijke waarheid me als een mokerslag trof. 'O mijn god,' fluisterde ik na een tijdje. 'Dus de kans bestaat dat ik bij toeval aanwezig was bij zijn besloten begrafenis. Geen wonder dat de boot zo snel mogelijk bij me vandaan racete. Ik...'

Het lukte me niet langer om sterk of rustig over te komen, ik legde mijn hoofd op mijn handen en haalde een paar keer diep adem om de paniek die me overviel onder controle te houden. Mijn zussen kwamen om me heen staan om me te troosten. Ik was niet gewend om in hun aanwezigheid emoties te tonen, dus toen ik geleidelijk aan mijn zelfbeheersing terugkreeg, merkte ik dat ik mezelf verontschuldigde.

'Het moet een vreselijke schok voor je zijn geweest toen je je realiseerde wat er gebeurde. We vinden het zo naar voor je, Ally,' merkte Tiggy heel lief op.

‘Bedankt allemaal,’ bracht ik met moeite uit, en vervolgens mompelde ik nog wat cliché-opmerkingen over dat Pa me weleens had verteld dat hij op zee begraven wilde worden. Het was zo’n bizar toeval dat ik de Titan tijdens Pa’s allerlaatste reis was tegengekomen dat mijn hoofd bij die gedachte begon te tollen en ik plotseling dringend behoefte had aan frisse lucht. ‘Ik wil graag even alleen zijn, als jullie het niet erg vinden,’ zei ik.

Ze gaven me allemaal gelijk, en omringd door warme woorden van troost verliet ik de keuken.

In de hal stond ik een tijdje wanhopig om me heen te kijken. Ik snakte naar troost, maar wist niet waar ik die moest zoeken. Want welke kant ik ook op ging, Pa Salt was weg, hij kon me niet meer troosten.

Ik strompelde de zware eikenhouten voordeur uit. Ik wilde naar buiten, zodat het gevoel van paniek dat mijn borst beklemde zou verdwijnen. Mijn voeten brachten me automatisch naar de steiger en tot mijn opluchting zag ik dat de Laser daar aangemeerd lag. Ik klom aan boord, hees de zeilen en gooide de trossen los.

Toen ik van de kust af navigeerde voelde ik dat er een goede wind stond, dus ik hees de spinnaker en scheurde zo snel als ik kon het meer over. Na een tijdje had ik mezelf voldoende vermoeid en wierp ik het anker uit in een inham in de beschutting van een rotsig schiereiland.

Ik wachtte tot mijn gedachtestroom op gang kwam en hoopte dat ik eindelijk alles wat ik net had gehoord, kon bevatten. Maar het was zo’n warboel in mijn hoofd dat er niet veel gebeurde, ik staarde verdwaasd over het water zonder ook maar aan iets te denken. Ik hoopte vurig op een heldere gedachte waardoor ik de gebeurtenissen kon begrijpen. Maar de maalstroom van gedachten weigerde gewoonweg de verschrikkelijke waarheid in zich op te nemen. Ik was aanwezig geweest bij wat duidelijk Pa Salts begrafenis was. Waarom was juist ík daarbij geweest? Had dat een speciale reden? Of was het louter toeval?

Toen mijn hartslag geleidelijk aan daalde en mijn brein weer enigszins functioneerde, kwam de volle en grimmige waarheid pas goed binnen. Pa Salt was er niet meer, en er wás waarschijnlijk helemaal geen diepere betekenis. En als ik, eeuwige optimist die ik was, dit wilde verwerken, dan moest ik simpelweg de feiten accepteren zoals ze waren. Maar de standaardreacties die ik altijd tevoorschijn haalde als er iets ergs was gebeurd, leken me nu zinloos en nietszeggend, lege platitudes, weggevaagd door de golven van mijn verdriet en ongeloof. In welke richting mijn geest me ook zou leiden, de vertrouwde, troost biedende rituelen waren verdwenen en niets of niemand zou me ooit kunnen verzoenen met het feit dat mijn vader me had verlaten zonder afscheid te nemen.

Ik bleef nog een tijdlang op de achtersteven zitten, in het besef dat er hier op aarde weer een dag verstreek zonder dat hij er deel van uitmaakte, en dat ik met mijn vreselijke schuldgevoel in het reine zou moeten komen, dat ik op het moment dat mijn zusjes – en Pa – me dringend nodig hadden mijn geluk boven alles had gesteld. Op het belangrijkste moment had ik ze laten zitten. Terwijl de tranen over mijn wangen stroomden keek ik naar de hemel en vroeg ik Pa Salt om vergeving.

Ik nam een paar slokken water en ging tegen de achtersteven liggen om me door de warme bries speels te laten meevoeren. Het zachte geschommel van de boot kalmeerde me, zoals het dat altijd deed, ik doezelde zelfs even weg.

Het moment is alles wat we hebben, Ally. Zul je dat nooit vergeten? Bij het ontwaken uit mijn lichte dommel schoot me een van Pa's favoriete lijfspreuken te binnen. En hoewel ik nog steeds bloosde van schaamte als ik bedacht wat ik waarschijnlijk aan het doen was geweest toen Pa zijn laatste adem uitblies – wat lagen begin en einde van het leven toch akelig dicht bij elkaar! – zei ik tegen mezelf dat het voor hem noch voor het universum iets had uitgemaakt of ik gewoon een kopje thee had zitten drinken of diep in slaap was geweest. En ik wist dat mijn vader, meer dan wie ook, heel blij zou zijn geweest dat ik iemand als Theo had ontmoet.

Toen ik de zeilen hees om terug te varen naar Atlantis voelde ik me al wat rustiger. Maar ik had in het verslag aan mijn zussen nog één stukje informatie weggelaten. Daar móést ik met iemand over praten om het te kunnen begrijpen.

Zoals dat gaat bij grote gezinnen hadden zich binnen de kinderschaar verschillende groepjes gevormd. Maia en ik waren de oudsten en ik besloot haar in vertrouwen te nemen over wat ik had gezien.

Ik legde de Laser bij de steiger aan en liep terug naar het huis. Het gewicht op mijn borst drukte in elk geval al minder zwaar dan toen ik vertrok. Op het gazon kwam een ademloze Marina me tegemoet en ik begroette haar met een desolate glimlach.

'Ally, ben je er met de Laser opuit geweest?'

'Ja, ik had tijd nodig om mijn hoofd leeg te maken.'

'Nou, je hebt iedereen gemist. Ze zijn het meer op gegaan.'

'Allemaal?'

'Behalve Maia. Die heeft zichzelf in het Paviljoen opgesloten om te werken.'

We keken elkaar kort aan, en hoewel ik zag dat ook Marina aangedaan was door Pa's dood, vond ik het fijn dat ze onze problemen en onze zorgen altijd vooropstelde. Ze maakte zich duidelijk ernstig zorgen over Maia, die volgens mij haar lievelingetje was.

'Ik wilde net naar haar toe gaan, dan kunnen we elkaar gezelschap houden,' zei ik.

'Zou je dan tegen haar willen zeggen dat Georg Hoffman, je vaders advocaat, hier straks komt? Hij wil eerst even met mij praten, ik heb geen flauw idee waarom. Dus ze wordt over een uurtje in het huis verwacht. En jij ook, uiteraard.'

'Doe ik,' zei ik.

Ma gaf een liefdevol kneepje in mijn hand en liep weer terug naar het grote huis.

Ik klopte zachtjes op de deur van het Paviljoen, maar kreeg geen antwoord. Ik wist dat Maia de deur nooit op slot deed, dus ik liet mezelf binnen en riep haar. Ik ging de zitkamer binnen en daar lag mijn zus opgekruld op de bank te slapen. Haar perfecte trekken waren ontspannen, haar glanzende donkere haar lag zo natuurlijk gedrapeerd dat het leek alsof ze voor een fotoshoot poseerde. Ze schrok een beetje gegeneerd op toen ik naar haar toe liep.

'Sorry, Maia. Je sliep, hè?'

'Ja, ik geloof het wel,' zei ze blozend.

'Ma zei dat de anderen het meer op zijn gegaan, dus kwam ik op het idee even met jou te gaan praten. Vind je dat vervelend?'

'Helemaal niet.'

Ze had kennelijk diep geslapen en om haar rustig wakker te laten worden bood ik aan een kop thee te zetten. Toen we ons met onze dampend hete mokken installeerden merkte ik dat mijn handen trilden en dat ik iets sterkers dan thee nodig had om mijn verhaal te kunnen vertellen.

'Er staat nog witte wijn in de koelkast,' zei Maia met een begrijpend glimlachje, en ze ging naar de keuken om een glas wijn voor me te halen.

Ik nam een slok wijn en nadat ik de nodige moed had verzameld vertelde ik haar dat ik twee dagen eerder Kreeg Eszu's boot in de buurt van Pa's boot had gezien. Tot mijn verbazing werd ze lijkbleek, en hoewel ook ík behoorlijk overstuur was geweest door de nabijheid van de Olympus schrok Maia veel erger dan ik had verwacht. Ze deed een poging zich te herstellen, probeerde de zaak luchtig voor te stellen en maakte een paar troostende opmerkingen.

'Ally, vergeet die andere boot alsjeblieft, die is niet belangrijk. En ik vind het juist een hele troost dat jij het stukje zee hebt gezien waar Pa begraven wilde worden. Misschien kunnen we van de zomer met zijn allen daarheen varen, zoals Tiggy voorstelde, en dan een krans op het water gooien.'

'En het ergste is nog dat ik me zo schuldig voel!' flapte ik er ineens uit, niet in staat om dat nog langer op te kroppen.

'Waarom?'

'Omdat... Omdat ik die paar dagen op de boot zó gelukkig was. Zo gelukkig heb ik me mijn hele leven niet gevoeld. En ik moet je bekennen dat ik met niemand contact wilde hebben en daarom mijn mobieltje heb uitgezet. En in de tijd dat mijn mobieltje was uitgeschakeld, ging Pa dood. Toen hij me nodig had, was ik er niet!'

'Ally, Ally.' Maia kwam naast me zitten, streek het haar uit mijn gezicht en wiegde me zachtjes in haar armen. 'Niemand van ons was erbij. En heus, ik denk echt dat Pa het zo heeft gewild. Vergeet niet dat ik hier woon, en zelfs ík was uitgevlogen toen het gebeurde. Uit wat Ma me vertelde maak ik op dat we echt niets hadden kunnen doen. En dat moeten we ook geloven.'

'Ja, dat weet ik. Maar ik heb het gevoel dat ik hem nog zoveel had willen vragen en vertellen, en nu is hij er niet meer.'

'Ik denk dat we allemaal dat gevoel hebben. Maar we hebben in elk geval elkaar.'

'Ja, dat is ook zo. Dank je, Maia,' zei ik. 'Vind je het niet onbegrijpelijk dat ons leven binnen een paar uur zo totaal is veranderd?'

'Nou en of. Hoe dan ook, je moet me wel een keer vertellen hoe het komt dat je zo gelukkig bent,' zei ze met een glimlach.

De gedachte aan Theo gaf me troost en warmte. 'Dat vertel ik je echt nog wel een keer, dat beloof ik. Maar nu nog niet. En hoe gaat het met jou, Maia?' vroeg ik, om van onderwerp te veranderen.

'O, goed hoor,' zei ze, haar schouders ophalend. 'Nog in shock, net als wij allemaal.'

'Ja, natuurlijk, en het zal niet makkelijk zijn geweest om het onze zusjes te vertellen. Het spijt me dat ik hier niet was om je daarbij te helpen.'

'In elk geval kunnen we Georg Hoffman spreken nu je er bent, dan kunnen we verder.'

'O ja, ik vergat nog te zeggen dat Ma ons over een uur in het huis verwacht,' zei ik, op mijn horloge kijkend. 'Georg kan hier elk moment zijn, maar hij wil kennelijk eerst even met haar praten. Dus als we toch moeten wachten, lust ik nog wel een glaasje wijn.'

5

Om zeven uur liepen Maia en ik naar het huis voor de afspraak met Georg Hoffman. Onze zussen zaten al een tijdje op het terras te wachten, genietend van de avondzon, maar gespannen en ongeduldig. Electra verborg als gewoonlijk haar nervositeit onder sarcastische opmerkingen over Pa's voorliefde voor drama en mysterie. Eindelijk verscheen Marina samen met Georg op het terras. Hij was lang, had grijs haar en was onberispelijk gekleed in een donkergrijs pak, de personificatie van de geslaagde Zwitserse advocaat.

'Sorry, meisjes, dat we jullie zo lang hebben laten wachten, ik moest even iets regelen,' zei de advocaat. 'Gecondoleerd met jullie verlies,' zei hij, en gaf ons allemaal een hand. 'Mag ik gaan zitten?'

Maia wees naar de stoel naast haar. Hij ging zitten en draaide, zichtbaar gespannen, zijn onopvallende maar dure horloge om zijn pols. Marina excuseerde zich en liet ons alleen.

'Zo, meisjes,' begon hij. 'Het spijt me bijzonder dat mijn eerste kennismaking met jullie onder zulke tragische omstandigheden plaatsvindt. Maar dankzij jullie vader heb ik het gevoel dat ik jullie al heel goed ken. Het eerste wat ik jullie te vertellen heb is dat hij heel veel van jullie hield.' Ik zag oprechte emotie op zijn gezicht. 'En niet alleen dát, hij was ook geweldig trots op wat ieder van jullie heeft bereikt. Ik sprak hem nog vlak voordat hij... ons verliet, en hij wilde dat ik dat tegen jullie zei.'

Hij keek ons stuk voor stuk vriendelijk aan alvorens zich te concentreren op de map die voor hem op tafel lag. 'We zullen beginnen met het financiële gedeelte, dan hebben we dat maar gehad. Ik kan jullie geruststellen met de mededeling dat voor de rest van jullie leven in jullie onderhoud zal worden voorzien, althans tot op zekere hoogte. Jullie vader was echter onvermurwbaar in zijn voorwaarde dat jullie niet als luie prinsesjes door het leven zouden gaan, dus jullie ontvangen een inkomen waarmee jullie net kunnen rondkomen maar geen luxeleventje kunnen leiden. Voor alles boven dat minimum zullen jullie zelf moeten zorgen, zoals hij dat ook heeft gedaan. Jullie vaders vermogen zal echter voor jullie worden beheerd in een trust, en hij heeft mij met die opdracht vereerd. Daarnaast heb ik de bevoegdheid om jullie verdere financiële steun te verlenen als jullie met een voorstel of probleem bij me komen.'

Muisstil en gespannen zaten we te luisteren.

'Dit huis vormt eveneens onderdeel van het te beheren vermogen, en Claudia en Marina hebben allebei verklaard dat ze heel graag hier willen blijven en ervoor willen zorgen. Op de dag waarop de laatste zuster overlijdt vervalt de trust, kan Atlantis worden verkocht en wordt de opbrengst verdeeld tussen jullie eventuele kinderen. Zijn die er niet, dan gaat het geld naar een door jullie vader gekozen goed doel. Ik persoonlijk vind dat jullie vader het bijzonder slim heeft aangepakt: hij heeft ervoor gezorgd dat het huis voor de rest van jullie leven beschikbaar blijft, zodat jullie altijd een veilige thuishaven hebben. Maar jullie vaders ultieme wens is uiteraard dat jullie uitvliegen en jullie eigen lot in handen nemen.'

We keken elkaar aan en vroegen ons af wat voor impact deze regeling op ons zou hebben. Ik ging ervan uit dat mijn financiële toekomst er niet ingrijpend door zou veranderen. Ik was altijd onafhankelijk geweest en had hard gewerkt voor wat ik had bereikt. En wat mijn toekomst betrof dacht ik aan Theo en aan wat hij en ik in de toekomst hopelijk zouden delen.

'En dan,' zei Georg, die me uit mijn overpeinzingen wekte, 'is er nóg iets wat jullie vader heeft nagelaten, en ik wil jullie vragen om met me mee te komen. Deze kant op, alsjeblieft.'

We volgden Georg en hadden geen flauw idee waar hij ons naartoe zou brengen. Hij voerde ons langs de zijkant van het huis over het terrein totdat we bij Pa's verborgen tuin aankwamen, die verscholen lag achter een rij perfect gesnoeide taxussen. We werden verwelkomd door een uitbundig kleurenpalet van lavendel, lavasplanten en goudsbloemen, planten die 's zomers altijd vlinders aantrokken. Pa's favoriete bankje stond onder een prieeltje met witte rozen, en die hingen die avond loom boven de plek waar hij had moeten zitten. Toen we nog klein waren vond hij het leuk om naar ons te kijken als we op het kiezelstrandje tussen de tuin en het meer speelden, waar ik onhandig peddelde met de kleine groene kano die hij me voor mijn zesde verjaardag had gegeven.

'Dit wil ik jullie laten zien,' zei Georg, die me opnieuw uit mijn gemijmer wekte en naar het midden van het terrasje wees. Daar stond een opvallend mooi beeld, op een stenen sokkel die tot mijn heup reikte. We gingen eromheen staan om het beter te bekijken. De kern van het ingewikkelde geheel van metalen banden werd gevormd door een goudkleurige bal, waar een dunne, metalen pijl doorheen stak. Toen ik ontdekte dat de grenzen van de continenten en oceanen daar heel fijn in gegraveerd stonden, realiseerde ik me dat het een globe was, en dat de pijlpunt direct naar de plaats van de Noordster wees. Rondom de evenaar van de globe liep een grotere metalen cirkel, waarin de twaalf tekens van de dierenriem waren gegraveerd. Het had iets weg van een antiek navigatie-instrument, maar wat Pa daar nu mee had bedoeld?

'Dat is een armillarium,' verklaarde Georg toen we hem nietbegrijpend aankeken. Hij legde uit dat zo'n armillairsfeer, zoals het ook werd genoemd, al duizenden jaren bestaat en dat de oude Grieken het al gebruikten om de positie van de sterren en de tijd te bepalen.

Nu ik de functie ervan begreep, liet ik de pure schoonheid van het oeroude ontwerp op me inwerken. We mompelden kreten van bewondering, totdat Electra ons ongeduldig onderbrak. 'Ja, maar wat heeft het met ons te maken?'

'Het is niet aan mij om dat uit te leggen,' zei Georg op verontschuldigende toon. 'Maar als je heel goed kijkt zie je dat jullie namen op de cirkels staan die ik net aanwees.'

En daar stonden ze, in een verfijnd en elegant schrift. 'Hier staat jouw naam, Maia. Er staan getallen achter, het lijkt wel een stel coordinaten,' zei ik, en daarna bestudeerde ik de getallen achter mijn naam. 'Ja, zeker weten, het zijn coördinaten.'

Naast de coördinaten stonden nog meer inscripties, en het was Maia die zich realiseerde dat ze in het Grieks waren. Ze zei dat ze die voor ons zou vertalen.

'Oké, een heel leuk beeld en het staat op het terras.' CeCe's geduld raakte op. 'Maar wat betekent het nou eigenlijk?'

'Nogmaals, het is niet aan mij om dat te vertellen,' zei Georg. 'Welnu, op dit moment is Marina volgens jullie vaders instructies champagne aan het schenken op het hoofdterras. Hij wilde dat jullie zouden toosten op zijn heengaan. En daarna overhandig ik ieder van jullie namens hem een envelop die hopelijk veel meer verklaart dan ik ooit zou kunnen.'

Op de terugweg naar het terras liep ik nog na te denken over de mogelijke plaats van de coördinaten. We arriveerden zwijgend bij het hoofdterras, nog bezig te bevatten wat de erfenis van onze vader voor ons betekende. Terwijl Ma een flûte champagne voor ons inschonk vroeg ik me af of ze van deze plannen had geweten, maar haar gezicht verraadde niets.

Georg hief zijn glas. 'Ik zou graag samen met jullie je vaders bijzondere leven vieren. Ik kan jullie alleen maar zeggen dat dit de uitvaart is die hij zich wenste: al zijn meisjes bijeen op Atlantis, het thuis waar hij al die jaren tot zijn eer en genoegen met jullie heeft mogen doorbrengen.'

'Op Pa Salt,' zeiden we in koor, en hieven het glas.

Terwijl we diep in gedachten verzonken van onze champagne nipten, dacht ik na over wat we hadden gezien en ik verlangde wanhopig naar antwoorden. 'En wanneer krijgen we die brieven?' vroeg ik.

'Die ga ik nu halen,' zei Georg, en hij stond op en ging naar binnen.

'Nou, als dit niet de meest bizarre uitvaart is die ik ooit heb meegemaakt,' zei CeCe.

'Mag ik nog wat champagne?' vroeg ik Ma, terwijl de vragen over de tafel vlogen.

Tiggy begon zachtjes te huilen. 'Ik zou willen dat Pa hier was, dan kon hij alles zelf uitleggen,' fluisterde ze.

'Maar hij is er niet,' zei ik. Ik herpakte me, want de stemming begon langzaam maar zeker somber en bedrukt te worden. 'En ergens heb ik ook het gevoel dat dit klopt. Hij maakte iets wat zó vreselijk is zo gemakkelijk mogelijk voor ons. En nu moeten we steun vinden bij elkaar.'

Mijn zussen, zelfs Electra, knikten mismoedig, en toen Georg terugkwam en zes grote enveloppen van dik papier op tafel legde, pakte ik Tiggy's hand stevig vast. Ik wierp een korte blik op de enveloppen en zag dat Pa in zijn karakteristieke handschrift op elk exemplaar de naam van de betrokken zus had gezet.

'Deze brieven zijn ongeveer zes weken geleden bij mij in bewaring gegeven,' vertelde Georg, 'met de instructie dat ik na het overlijden van jullie vader aan elk van jullie er één moest overhandigen.'

'En is het de bedoeling dat we die nu openmaken of later, als we alleen zijn?' vroeg ik.

'Daar heeft je vader niets over bepaald,' antwoordde Georg. 'Het enige wat hij zei was dat ieder van jullie die envelop mag openen zodra je er klaar voor bent en het goed voelt om het te doen.'

Ik keek naar de reactie van mijn zusjes en kreeg de indruk dat ze hem allemaal het liefst in alle beslotenheid wilden openmaken.

'Zo, mijn taak zit erop,' zei Georg met een knikje. Hij gaf elk van ons zijn visitekaartje en zei dat hij altijd beschikbaar was. 'Maar jullie vader kennende denk ik dat hij met alles wat jullie nodig mochten hebben rekening heeft gehouden. En nu is het voor mij tijd om op te stappen. Nogmaals gecondoleerd, meisjes.'

Ik kon me voorstellen dat het moeilijk voor hem geweest moest zijn om ons over Pa's mysterieuze nalatenschap te informeren, dus ik was blij dat Maia hem namens ons bedankte.

'Tot ziens. Jullie weten me te vinden als jullie me nodig hebben.' Hij zei dat hij zelf de weg wel zou vinden en verliet met een ernstige glimlach op zijn gezicht het terras.

Ook Ma stond op. 'Volgens mij hebben we zo langzamerhand best wel trek. Ik zal Claudia vragen of ze het eten hier komt opdienen,' zei ze, en ging naar binnen.

Ik had de hele dag nog niet aan eten gedacht. Ik was nog steeds gefocust op de brieven en het armillarium. 'Maia, kun je misschien nog eens naar dat armillarium gaan om de citaten op het beeld te vertalen?' vroeg ik.

'Natuurlijk,' antwoordde ze, en op dat moment kwamen Marina en Claudia met borden en bestek aanlopen. 'Maar dat doe ik dan na het eten.'

Electra wierp een blik op de borden en stond op. 'Ik hoop dat jullie het niet erg vinden, maar ik heb geen trek.'

Toen ze vertrokken was wendde CeCe zich tot Star. 'Heb jij trek?' Star had de envelop stevig in haar hand geklemd. 'Ik vind dat we wel iets moeten eten,' zei ze zacht.

Dat leek ons een verstandig idee, en toen het eten arriveerde deden we ons best om de zelfgemaakte pizza en salade naar binnen te werken. Na het eten vertrok geleidelijk aan de ene zus na de andere, totdat alleen Maia en ik overbleven.

'Vind je het erg, Maia, als ik ook naar bed ga? Ik ben bekaf,' zei ik.

'Natuurlijk niet, jij hebt het als laatste gehoord en je bent nog niet over de schok heen.'

'Nee, dat denk ik ook niet,' zei ik, en ik stond op en gaf haar een lichte kus op haar wang. 'Welterusten, lieve Maia.'

'Welterusten.'

Ik voelde me schuldig omdat ik haar alleen achterliet, maar ik had net als mijn andere zussen tijd nodig voor mezelf. En de brief die ik bij me had brandde in mijn handen. Toen ik me afvroeg waar ik rustig en ongestoord kon zitten, besloot ik dat de slaapkamer uit mijn kindertijd daar het meest geschikt voor was, dus ging ik de twee trappen naar mijn kamer op.

Onze kamers lagen op de bovenste verdieping. Als kleine meisjes speelden Maia en ik weleens dat we prinsessen waren en in een toren woonden. Mijn kamer was simpel en in heldere kleuren ingericht, met effen magnoliakleurige muren en blauw-wit geruite gordijnen. Tiggy zei eens dat ze de kamer meer op de ouderwetse hut van een boot vond lijken. De ronde spiegel werd omlijst door een reddingsboei, bedrukt met SS ALLY: een kerstcadeau dat ik jaren geleden van Star en CeCe had gekregen.

Toen ik op bed ging zitten en naar mijn envelop keek, vroeg ik me af of mijn zussen hun envelop gretig zouden openmaken of zich met angst en beven afvroegen wat erin zou zitten. Mijn envelop had een lichte bobbel die verschoof toen ik hem vastpakte. Van alle zusters had ik altijd het gretigst de kerst- en verjaardagscadeaus opengemaakt, en toen ik naar de envelop keek overviel me datzelfde gevoel. Ik scheurde hem open en toen ik er een dik vel papier uit haalde sprong ik verrast overeind omdat er iets kleins en hards op het dekbed viel. Ik schrok toen ik zag dat het een klein bruin kikkertje was.

Ik bestudeerde het van dichtbij en vond mezelf heel dom omdat ik even had gedacht dat het een levend beestje was. Ik pakte het op en zag dat het gele spikkels op zijn rug had en lieve, expressieve ogen. Ik streek met mijn vingers over het beeldje, dat zich behaaglijk in mijn handpalm nestelde, en vroeg me stomverbaasd af waarom Pa Salt juist dit bij de brief had gestopt. Voor zover ik me kon herinneren hadden kikkers voor geen van ons beiden een speciale betekenis. Misschien was dit een van Pa Salts grapjes en zou hij dat in de brief uitleggen.

Ik pakte de brief, vouwde hem open en begon te lezen.

Atlantis
Meer van Genève
Zwitserland

Lieve, lieve Ally,

Terwijl ik aan deze brief begin zie ik je voor me, mijn mooie, bruisende tweede dochter, die deze brief in sneltreinvaart doorneemt om zo snel mogelijk het einde ervan te bereiken. En die hem dan nog een keer moet lezen, maar dan langzaam.
Hoe het ook zij, je weet inmiddels dat ik niet langer bij jullie ben, en ik weet zeker dat dat voor elk van jullie, mijn meisjes, een enorme schok zal zijn geweest. Maar ik weet ook dat jij, als de optimist onder de zussen, de dochter die met haar positieve instelling en levenslust licht in mijn leven heeft gebracht, wel om me zult treuren maar jezelf na een tijdje weer tot de orde roept en doorgaat met je leven, zoals je dat altijd hebt gedaan. En zoals je dat ook móét doen.
Misschien lijk jij van al mijn dochters wel het meest op mij. En ik kan alleen maar zeggen hoe trots ik altijd op je ben geweest, en ik hoop en bid dat je je leven blijft leiden zoals je dat tot nu toe hebt gedaan, ook al ben ik er niet meer om je te beschermen. Angst

is de sterkste vijand waarmee de mens wordt geconfronteerd, en jouw totale gebrek aan angst is de grootste gave die God je heeft geschonken. Zul je dat geschenk niet kwijtraken, lieve Ally, ook niet nu je verdrietig bent?

Ik schrijf jullie niet alleen om afscheid te nemen, maar ook omdat ik een tijdje geleden meende er goed aan te doen om elk van jullie een aanwijzing over jullie afkomst na te laten. Daarmee bedoel ik niet dat je alles onmiddellijk uit je handen moet laten vallen, maar je weet niet wat er in de toekomst nog kan gebeuren en wanneer je misschien de behoefte of wens krijgt om dat uit te zoeken. Je hebt inmiddels de armillairsfeer en de daarin gegraveerde coördinaten gezien. Die verwijzen naar een locatie die je kan helpen als je aan je reis begint. Verder ligt er op de plank in mijn studeerkamer een boek van een reeds lang dode man genaamd Jens Halvorsen. Dat boek bevat heel veel informatie en zal je wellicht helpen bij je besluit om al dan niet op zoek te gaan naar je afkomst. En mocht je dat inderdaad willen, dan ben je vindingrijk genoeg om te bedenken hoe je dat gaat aanpakken.

Lieve schat van me, je bent met zoveel talenten geboren, te veel heb ik weleens gedacht. En te veel van alles hebben kan net zo lastig zijn als te weinig. Ik vrees ook dat ik jou, door mijn vreugde over onze gemeenschappelijke passie voor de zee, misschien wel van koers heb laten veranderen, terwijl je met evenveel gemak een andere richting had kunnen inslaan. Want je was zo'n getalenteerd musicus en ik vond het verrukkelijk om naar jouw fluitspel te luisteren. Als dat inderdaad door mij komt, vergeef me dan, maar weet ook dat ik een aantal van de gelukkigste dagen van mijn leven samen met jou op het meer heb doorgebracht. Dus ik dank je daarvoor uit de grond van mijn hart.

Bij deze brief voeg ik een van mijn dierbaarste bezittingen. Koester het, ook als je besluit om niet op zoek te gaan naar je verleden, en misschien kun je het op een dag aan je eigen kinderen geven.

Mijn lieve Ally, als je deze brief leest heb je net een zware slag te verwerken gehad, maar ik ben ervan overtuigd dat jij met je volharding en positieve instelling kunt worden wat en met wie je maar wilt. Verspil geen seconde van je leven, beloof je dat?

Ik zal over je waken.
Je liefhebbende vader,
Pa Salt x

Zoals Pa goed had ingeschat moest ik de brief twee keer lezen omdat ik hem de eerste keer razendsnel had doorgenomen. En ik wist dat ik hem in de komende dagen en jaren nog zeker honderd keer zou lezen.

Ik ging op bed liggen, met het kikkertje in mijn hand, nog geen steek wijzer over de betekenis ervan, en dacht na over wat Pa in zijn brief had gezegd. Ik besloot om er met Theo over te praten, hij kon me vast wel verder helpen bij het zoeken naar een verklaring. Ik greep automatisch in mijn tas naar mijn mobieltje, maar toen schoot me te binnen dat ik het de ochtend van mijn aankomst in de keuken aan de oplader had gelegd.

Om mijn zussen niet te storen liep ik zachtjes de overloop over. Electra's deur stond op een kier, en ik keek even om de hoek, heel behoedzaam voor het geval ze sliep. Ze zat op de rand van haar bed met haar rug naar me toe en nam een slok uit een fles. Ik dacht eerst dat het water was, maar toen ze nog een slok nam zag ik dat het wodka was. Ze schroefde de dop op de fles en schoof die onder het bed.

Ik deed snel een stap terug zodat ze me niet zou zien, en nogal uit mijn doen door wat ik had gezien liep ik op mijn tenen de overloop over en de trap af. Van ons allemaal was Electra nog het meest geobsedeerd door haar gezondheid, dus het verbaasde me dat ze op dit tijdstip aan de sterke drank was. Maar ja, misschien gold voor ons allemaal dat op zo'n zware en verdrietige dag de gebruikelijke regels niet golden.

Intuïtief bleef ik op de overloop staan en liep naar Pa's suite op de eerste verdieping, ik verlangde plotseling hevig naar zijn nabijheid.

Aarzelend opende ik de deur, en toen ik naar het hoge eenpersoonsbed staarde waarop mijn vader zijn laatste adem moest hebben uitgeblazen, sprongen de tranen me in de ogen. De kamer was totaal anders ingericht dan de rest van het huis: puur doelmatig, spaarzaam, met een glimmende houten vloer, een bed met een houten frame met daarnaast een gehavend mahoniehouten nachtkastje. Op dat kastje stond Pa's wekker, en ik herinnerde me dat ik hier als kind eens was binnengekomen en gefascineerd was door het apparaat. Ik mocht van Pa steeds maar weer de schakelaar van boven naar beneden schuiven en daarmee het alarm aan- en uitzetten. Elke keer als de wekker ging giechelde ik verrukt. Pa wond hem in mijn bijzijn op en zei: 'Ik moet hem elke dag opwinden, anders stopt hij met tikken.'

De wekker tikte niet.

Ik liep de kamer binnen en ging op het bed zitten. De lakens waren brandschoon en vertoonden geen enkel plooitje, maar toch streek ik met mijn vingertoppen langs het gesteven witte katoen van het kussen waarop zijn hoofd voor het laatst had gerust.

Ik vroeg me af waar zijn oude horloge, de Omega Seamaster, kon zijn, en wat er was gebeurd met de rest van zijn 'persoonlijke bezittingen', zoals begrafenisondernemers dat noemen. Ik kon het horloge om zijn pols zó voor me zien, met zijn simpele, elegante gouden wijzers en het leren bandje, dat bij het vierde gaatje sterk versleten was. Ik had ooit voor kerst een nieuw bandje voor hem gekocht en hij had beloofd dat te dragen als het oude eindelijk stukging, maar dat was nooit gebeurd.

Mijn zussen en ik hadden het er vaak over dat Pa elk horloge kon kopen dat hij maar wilde en elk kledingstuk van welke designer dan ook kon aantrekken, maar hij droeg zolang we ons herinnerden altijd dezelfde kleren, behalve tijdens het zeilen. Hij droeg altijd dezelfde combinatie van een oud tweedjasje over een perfect gewassen, sneeuwwit overhemd met beschaafde gouden manchetknopen met initialen, boven een donkere broek met messcherpe vouwen. Zijn voeten waren onveranderlijk gestoken in bruine brogues met glimmende neuzen. Toen ik om me heen keek en mijn blik liet dwalen over de bescheiden mahoniehouten kledingkast en de ladekast – de enige andere meubelstukken – besefte ik dat Pa's persoonlijke behoeften altijd aan het sobere hadden gegrensd.

Op het ladekastje stond de ingelijste foto van ons als zussen samen met Pa, aan boord van de Titan. Hij was toen al in de zeventig, maar had duidelijk het fysiek van een veel jongere man. Lang, diep gebruind, zijn aantrekkelijke, verweerde trekken geplooid tot een brede grijns, leunend tegen de reling, omringd door zijn dochters. Mijn blik dwaalde verder naar het enige schilderij aan de muur, dat recht tegenover het smalle bed hing.

Ik stond op om het van dichtbij te bekijken. Het was een houtskoolschets van een heel knappe jonge vrouw, die ik voor in de twintig schatte. Toen ik beter keek zag ik dat haar blik iets droevigs had. Ze had opvallende gelaatstrekken, naar verhouding bijna te groot voor haar smalle, hartvormige gezicht. Haar enorm grote ogen waren in proportie met haar volle lippen en ze had een kuiltje naast haar mondhoeken. Haar dikke, overvloedig krullende haar viel tot over haar schouders. Onderaan het portret stond een handtekening, maar ik kon de letters niet onderscheiden.

'Wie ben jij?' vroeg ik haar. 'En wie was mijn vader?'

Met een zucht liep ik terug naar Pa's bed, ging liggen en krulde mezelf op tot een bal. De tranen die uit mijn ogen stroomden doorweekten het kussen, dat nog rook naar het schone, citroenachtige luchtje dat hij altijd om zich heen had.

'Ik ben hier, lieve Pa,' zei ik zachtjes, 'maar waar ben jij?'

6

De volgende ochtend werd ik wakker op Pa's bed, versuft maar gelouterd. Ik kon me niet eens herinneren dat ik in slaap was gevallen en had geen idee hoe laat het was. Ik stond op en liep naar het raam. Pa Salts slaapkamer mocht dan wel elke luxe ontberen, het uitzicht vanuit zijn kamer maakte dat ruimschoots goed. Het was een stralende dag, het zonlicht schitterde in het rimpelloze oppervlak van het meer, dat zich naar links en rechts tot een oneindige nevel leek uit te strekken. Recht voor me zag ik het weelderige groen op de steile helling aan de overkant. Heel even onderging ik weer de oude betovering van Atlantis.

Ik ging naar boven, naar mijn eigen kamer, nam een douche en kwam eronder vandaan met de gedachte dat Theo wel erg bezorgd zou zijn nu ik nog niet had gemeld dat ik veilig was aangekomen. Ik kleedde me snel aan, pakte mijn laptop en rende de trap af naar de keuken om alsnog mijn mobieltje op te halen. Er waren een aantal berichten van Theo, en bij het lezen ervan kreeg ik een warm gevoel vanbinnen.

Ik meld me even. Veel liefs.

Welterusten, Ally, schat. Ik ben in gedachten bij je.

Wil je niet storen. Bel of sms me wanneer het uitkomt. Mis je. X

Sms'jes vol liefde, niet claimend, zelfs geen verzoek om direct terug te sms'en. Toen ik hem antwoordde moest ik glimlachen, omdat de opmerking in Pa's brief dat ik alles kon worden met wie ik maar wilde, me te binnen schoot.

En ik wilde bij Theo zijn, nu!

Claudia stond aan het aanrecht beslag te roeren. Ze bood me ter begroeting hete koffie aan, een welkom aanbod.

'Ben ik de eerste die op is?' vroeg ik.

'Nee, Star en CeCe zijn al met de sloep naar Genève.'

'Echt waar?' vroeg ik, en ik nam een slok sterke zwarte koffie. 'En de anderen zijn nog niet op?'

'Als ze al op zijn heb ik ze in elk geval niet gezien,' zei ze rustig, terwijl ze met haar sterke, vaardige handen het beslag bleef mengen.

Ik nam een croissant van het uitvoerige ontbijt dat over de lange tafel stond uitgestald en nam een hap van het verse roomboterbaksel. 'Geweldig dat we allemaal op Atlantis kunnen blijven, vind je niet? Ik was even bang dat het huis verkocht zou worden.'

'Ja, dat is heel fijn. Voor iedereen. Heb je verder nog iets nodig?' vroeg Claudia terwijl ze de inhoud van de beslagkom in een bakvorm overgoot en die naast de oven zette.

'Nee, dank je.'

Ze gaf me een knikje, deed haar schort af en ging de keuken uit.

Tijdens onze jeugd vormde Claudia, net als Pa Salt en Ma, een constante factor in ons bestaan. Door haar Duitse accent kwam ze wat streng over, maar daaronder school een hart van goud. Ik bedacht hoe weinig we eigenlijk van haar achtergrond afwisten. Maar als kind, en zelfs als jongvolwassene, was het nooit bij ons opgekomen om vragen te stellen bij het hoe, wat en waarom. Net als alles in ons betoverde universum wás Claudia er gewoon.

Ik liet mijn gedachten over de coördinaten op het armillarium gaan en vroeg me af of hun geheimen alles wat we over onszelf wisten – of niet wisten – compleet op losse schroeven zouden zetten. Geen erg prettige gedachte, maar Pa Salt had die coördinaten natuurlijk niet voor niets aan ons nagelaten, en in dat besluit moest ik maar vertrouwen hebben. Nu was het aan ieder van ons persoonlijk om op onderzoek uit te gaan. Of niet.

Ik pakte een pen en schrijfblok van het wandbuffet en ging via de achterdeur van de keuken naar buiten. Ik knipperde met mijn ogen tegen het felle licht en voelde de verfrissende ochtendlucht tegen mijn huid. Het frisse, bedauwde gras, dat nog niet door de zon was verwarmd, streek langs mijn voeten. De tuinen lagen er in volkomen rust bij, de stilte werd hoogstens verstoord door het geluid van een zangvogel en het zachte geklots van het water tegen de oevers van het meer.

Ik nam dezelfde route als de vorige avond en liep langs de zijkant van het huis naar Pa's lievelingstuin. Ik keek vol bewondering naar de talloze soorten rozen die net hun knoppen openden en hun zwoele geur in de ochtendlucht lieten uitwaaieren.

De gouden bol in het midden van de armillairsfeer glinsterde in het zonlicht, dat al scherpe schaduwen over de navigatiecirkels wierp. Ik veegde met mijn mouw de dauw van de band waarop mijn naam stond en liet mijn vinger over de Griekse inscriptie gaan, benieuwd naar wat er stond en hoe lang geleden Pa dit al had voorbereid.

Ik ging aan het werk en noteerde heel precies alle coördinaten en deed mijn best om niet te voorspellen waar het coördinatenstelsel van elke zus – en vooral dat van mij – naartoe leidde. En toen ontdekte ik iets. Toen ik de cirkels nog eens telde raakten mijn vingers de zevende. Daar stond één woord in gegraveerd: 'Merope'.

'De zus die we nog missen,' zei ik ademloos. Waarom had Pa in godsnaam besloten haar naam op dit armillarium te zetten nu het definitief te laat was om haar mee naar huis te nemen? Zoveel geheimen en niemand die mijn vragen kan beantwoorden, mijmerde ik toen ik terugliep.

In de keuken zette ik mijn laptop aan, legde mijn lijstje coördinaten ernaast en nam nog een croissant terwijl ik gefrustreerd zat te wachten op een wifi-signaal dat kennelijk een dagje vrij had en een onervaren uitzendkracht had ingezet. Toen mijn verbinding eindelijk besloot op gang te komen, keek ik op websites die coördinaten gebruikten om een locatie te bepalen en koos ten slotte voor Google Earth. Ik dacht even na over wie ik als eerste zou kiezen en besloot op volgorde van leeftijd te zoeken maar mezelf als laatste te nemen. Ik typte Maia's coördinaten in en vroeg me af of ze herkend zouden worden. De draaiende globe zoomde in en stopte op een exact aangegeven plek.

'Wow,' mompelde ik gefascineerd. 'Het werkt!'

Het haperende signaal leverde me een gefrustreerd uurtje werk op, maar toen Claudia de keuken weer binnenkwam om aan de lunch te beginnen had ik van elke set coördinaten, behalve die van mezelf, de gegevens kunnen noteren.

Ik typte ze in en tijdens de martelende seconden dat de computer zijn magische werk deed hield ik mijn adem in.

'Jeetje!' mompelde ik binnensmonds, toen ik de informatie bekeek.

'Pardon?' vroeg Claudia.

'O, niks,' zei ik snel, en ik krabbelde de locatie op het schrijfblok.

'Je wilt toch wel lunchen, Ally?'

'Ja, graag, fijn,' antwoordde ik verstrooid, peinzend over het feit dat de zoektocht me kennelijk naar een museum had gevoerd. Dat sloeg natuurlijk nergens op, maar ja, het was maar de vraag of dat bij mijn zussen wel het geval was.

Ik keek op toen Tiggy de keuken binnenkwam en lief naar me glimlachte. 'Zijn we maar met zijn tweeën bij de lunch?'

'Daar lijkt het wel op, ja.'

'Nou, leuk toch?' zei ze, terwijl ze naar de tafel zweefde. Tiggy mocht dan wel van die rare spirituele ideeën hebben, ik benijdde haar om haar innerlijke rust. Die kwam voort uit een onwrikbaar geloof dat er meer was dan dit aardse bestaan, zoals ze graag beweerde. Ze droeg de frisheid van de Schotse Hooglanden in haar gave huid en dikke kastanjebruine haar. En haar zachte bruine ogen weerspiegelden haar kalmte.

'Hoe gaat het met je, Ally?'

'O, goed, hoor. En met jou?'

'Ik red het, maar het gaat maar net. Ik voel Pa om me heen, weet je. Alsof...' Ze zuchtte en haalde haar handen door haar glanzende krullen. '... hij helemaal niet weg is.'

'Maar hij is hier niet, verdrietig genoeg, Tiggy.'

'Ja, maar het feit dat je iemand niet ziet wil toch niet zeggen dat hij niet bestaat?'

'Volgens mij wel,' antwoordde ik kortaf; ik was niet bepaald in de stemming voor Tiggy's zweverige praat. Ik kende maar één manier om het verlies van Pa te verwerken en dat was het zo snel mogelijk te aanvaarden.

Claudia onderbrak ons gesprek door een caesarsalade voor ons op tafel te zetten. 'Dit is genoeg voor jullie allemaal, maar als er verder niemand komt kunnen ze dit vanavond eten.'

‘Dank je.’ Ik schepte wat sla op en zei tegen Tiggy: ‘Ik heb trouwens alle coördinaten genoteerd en uitgevonden hoe ik die op Google Earth kan opzoeken. Wil je die van jou hebben, Tiggy?’

‘Op enig moment, ja. Maar nu niet. Ik bedoel, is het belangrijk?’

‘Dat weet ik eerlijk gezegd niet.’

‘Want waar ik ook vandaan kom, het zijn Pa Salt en Ma die voor me hebben gezorgd en me hebben opgevoed tot de persoon die ik ben. Misschien neem ik ze mee, dan kan ik ernaar kijken als ik er behoefte aan heb. Eigenlijk,’ verzuchtte ze, duidelijk onzeker, ‘wil ik gewoon niet geloven dat ik ergens anders vandaan kom. Pa Salt is mijn vader en dat zal hij altijd blijven.’

‘Dat begrijp ik. Maar, gewoon uit belangstelling, Tiggy, waar denk je dat Pa Salt is?’ vroeg ik haar toen we aan de salade begonnen.

‘Dat weet ik niet, Ally, maar hij is absoluut niet weg, dat weet ik zeker.’

‘In jouw wereld of de mijne?’

‘Maakt dat iets uit? Nou ja, voor mij in elk geval niet,’ matigde ze haar standpunt nog voordat ik kon antwoorden. ‘We zijn maar energie, wij allemaal. Net als alles om ons heen.’

‘Tja, zo kun je het misschien ook bekijken,’ antwoordde ik, en ik hoorde het cynische randje aan mijn stem. ‘Ik weet dat dat soort ideeën voor jou werken, Tiggy. Maar op dit moment, nu Pa nog maar net begraven is, werkt het voor mij niet.’

‘Nee, dat begrijp ik wel, Ally. Maar de levenscyclus gaat door, en dat geldt niet alleen voor ons mensen, maar voor alles in de natuur. Een roos bloeit in volle pracht en als hij uitgebloeid is komt er aan dezelfde struik in zijn plaats een andere roos tot bloei. En, Ally,’ ze keek me met een flauwe glimlach heel even aan, ‘ik heb het gevoel dat er ondanks het verschrikkelijke nieuws bij jou iets moois aan de hand is.’

‘Echt waar?’ Ik keek haar wantrouwig aan.

‘Ja.’ Ze legde haar hand over de mijne. ‘Geniet er maar van zolang het kan. Alles is tijdelijk, zoals je weet.’

‘Ik weet het,’ zei ik, en plotseling voelde ik me bij die rake opmerking kwetsbaar en defensief. Ik veranderde snel van onderwerp. ‘Maar hoe gaat het met jou?’

'Nou, eh, ja...' Tiggy leek zichzelf net zo hard te willen geruststellen als mij. 'Het gaat goed.'

'Geniet je nog van het hertjes bemoederen in dat opvangcentrum?'

'Ik heb echt een geweldige baan. Hij past precies bij me, ook al heb ik nooit een moment voor mezelf omdat we veel te weinig personeel hebben. Over werk gesproken, ik moet echt zo snel mogelijk terug. Ik heb vluchten opgezocht en ik vertrek vanmiddag. Electra gaat tegelijk met mij naar het vliegveld.'

'Zo snel al?'

'Ja, maar wat kunnen we hier nou nog doen? Ik weet zeker dat Pa niets anders zou willen dan dat we doorgaan met ons leven en niet vol zelfmedelijden blijven rondlopen.'

'Daar heb je gelijk in,' zei ik. En voor het eerst dacht ik verder dan deze vreselijke leegte, voor het eerst dacht ik aan de toekomst. 'Het is de bedoeling dat ik over een paar dagen meedoe aan de Cyclades Regatta.'

'Dat moet je doen, Ally, heus,' drong ze aan.

'Misschien,' mompelde ik.

'Oké, ik moet nu gaan inpakken en afscheid nemen van Maia. Ik denk dat het háár van ons allemaal nog het meeste raakt. Ze is er echt kapot van.'

'Ik weet het. Hier, vergeet je coördinaten niet.' Ik gaf haar het velletje papier waarop ik ze had genoteerd.

'Dank je.'

Ik keek Tiggy na toen ze opstond en naar de deur liep. Daar bleef ze even staan en keek me vol medeleven aan. 'En vergeet niet dat je me de komende weken altijd kunt bellen als je me nodig hebt.'

'Bedankt, Tiggy, en datzelfde geldt voor jou.'

Nadat ik Claudia bij het afruimen had geholpen liep ik langzaam terug naar mijn kamer, me afvragend of ik niet ook weg moest. Tiggy had gelijk, er viel hier verder niets te doen. En bij de gedachte dat ik weer op het water zou zijn – en niet te vergeten in Theo's armen – maakte ik met laptop en al rechtsomkeert om te checken of er de komende vierentwintig uur nog plek was op een vlucht naar Athene. Toen ik de keuken binnenkwam stond Ma bij het raam, met haar rug naar me toe, zo te zien diep in gedachten verzonken. Ze hoorde me binnenkomen en draaide zich met een glimlach naar me om, maar ik had nog net de vluchtige verdrietige blik in haar ogen gezien.

'Hallo, *chérie*, hoe gaat het vandaag met je?'

'Ik overweeg om terug te vliegen naar Athene om mee te doen aan de Cycladenrace, zoals de bedoeling was. Maar ik heb er moeite mee om jou en de andere meisjes hier achter te laten. Ik maak me vooral zorgen om Maia.'

'Ik denk dat het een uitstekend idee is om met die wedstrijd mee te doen, chérie. En je vader zou precies hetzelfde hebben gezegd, daar ben ik van overtuigd. En maak je om Maia geen zorgen, ik ben er voor haar.'

'Ja, ik weet dat je dat bent,' zei ik, en ik besefte dat ik me geen lievere en meer ondersteunende ouder kon indenken dan Ma, ook al was ze mijn echte moeder niet.

Ik liep naar haar toe, sloot haar in mijn armen en gaf haar een stevige knuffel. 'En vergeet niet dat wíj er ook voor jóú zijn.'

Ik ging naar boven om Electra te zoeken en haar voordat ze vertrok de coördinaten mee te geven. Ik klopte op haar deur. Ze deed open maar vroeg me niet binnen.

'Hoi, Ally, ik heb haast, ik ben aan het pakken.'

'Ik kom je de coördinaten van het armillarium brengen, hier zijn ze.'

'Ik wil ze denk ik niet. Eerlijk gezegd, Ally, wat was dat toch met die vader van ons? Het lijkt wel alsof hij over het graf heen een of andere grap met ons wil uithalen,' zei ze grimmig.

'Hij wilde ons alleen maar laten weten waar we vandaan komen, Electra, voor het geval we die informatie nodig hebben.'

'Maar waarom deed-ie dan niet wat ieder normaal mens zou doen? De informatie op papier zetten, bijvoorbeeld, in plaats van ons aan een enge genealogische schatgraverij te onderwerpen. Jezus, die man was altijd al zo'n controlfreak.'

'Electra, alsjeblieft! Hij wilde waarschijnlijk niet direct alles prijsgeven, voor het geval we het liever níét wisten. Daarom liet hij genoeg informatie achter om te gaan zoeken als we dat zouden willen.'

'Nou, ík wil het niet,' zei ze botweg.

'Waarom ben je nou zo boos op hem?' vroeg ik zachtjes.

'Dat ben ik niet, ik ben...' Ik zag een flits van pijn en verwarring in haar amberkleurige ogen. 'Oké, misschien wel. Ik...' Ze haalde haar schouders op en schudde haar hoofd. 'Ik kan het niet uitleggen.'

'Nou, neem deze in ieder geval maar mee.' Ik gaf haar de envelop en wist uit ervaring dat verder aandringen geen zin had. 'Je hoeft er niks mee te doen.'

'Bedankt, Ally. Sorry.'

'Geeft niet. Gaat het echt wel goed met je, Electra?'

'Ik... Ja hoor, het gaat best. En nu moet ik pakken. Tot zo.'

Ze deed de deur voor mijn neus dicht. Ik liep weg en wist maar al te goed dat Electra loog.

Die middag liepen Maia, Star, CeCe en ik samen naar de steiger om Electra en Tiggy uit te zwaaien. Van Maia kregen ze hun vertaalde citaten mee.

'Ik denk dat Star en ik straks ook vertrekken,' zei CeCe toen we terugliepen naar het huis.

'Echt waar? Kunnen we niet wat langer blijven?' vroeg Star met een klagerig stemmetje. En voor de zoveelste keer viel me het fysieke contrast tussen die twee op: Star, lang en mager, op het uitgemergelde af, met haar witblonde haar en bijna sneeuwwitte huid, en de gedrongen CeCe met haar olijfkleurige huid.

'Wat heeft dat voor zin? Pa is er niet meer, we hebben de advocaat gesproken en we moeten zo snel mogelijk naar Londen om woonruimte te zoeken.'

'Je hebt gelijk,' antwoordde Star.

'Wat ga jij doen in Londen als CeCe die kunstopleiding volgt?' vroeg ik.

'Dat weet ik nog niet precies,' zei Star, met een steelse blik naar CeCe.

'Je denkt erover een cursus bij Le Cordon Bleu te gaan doen, hè Star?' antwoordde CeCe in haar plaats. 'Ze is toch zo'n fantastische kok.'

Maia en ik wisselden een bezorgde blik uit toen CeCe Star meeloodste om te zien of er die avond nog een vlucht naar Heathrow ging.

'Niks zeggen,' zei Maia met een zucht toen ze weg waren. 'Ik weet het.'

Onderweg terug naar het terras bespraken we onze bezorgdheid over de relatie tussen Star en CeCe. Die twee waren altijd onafscheidelijk geweest, tot in het extreme toe. Ik hoopte maar dat de band wat losser zou worden nu CeCe zich op haar kunstopleiding ging storten.

Het viel me op hoe bleek Maia was en ik bedacht dat ze niet geluncht had. Toen we bij het terras kwamen zei ik dat ze daar moest wachten en ging ik naar de keuken om Claudia te vragen om iets klaar te maken. Claudia wierp me een begrijpende blik toe en begon sandwiches te smeren, en ik ging terug naar Maia.

'Maia, ik wil me nergens mee bemoeien, maar heb je gisteravond je brief geopend?' informeerde ik voorzichtig.

'Ja, dat heb ik. Of liever gezegd vanochtend.'

'En je bent er duidelijk door van streek.'

'In het begin wel, maar nu gaat het wel weer, Ally, heus,' zei ze. 'En jij?'

Ze antwoordde zo kortaf dat ik begreep dat ik het daarbij moest laten. 'Ja, ik heb hem opengemaakt,' zei ik. 'Het was een mooie brief, ik moest erom huilen, maar ik voelde me er ook door gesterkt. Ik heb vanochtend op internet naar de coördinaten gezocht en ik weet nu precies waar we allemaal oorspronkelijk vandaan komen. En daar zitten een paar verrassingen bij, dat kan ik je wel vertellen,' zei ik, net op het moment dat Claudia met een bord sandwiches kwam aanlopen, het op tafel zette en zich snel terugtrok.

'Dus jij weet precies waar wij zijn geboren? Waar ik ben geboren?' polste Maia voorzichtig.

'Ja, of ik heb op zijn minst een aanwijzing voor de plaatsen waar Pa ons heeft gevonden,' zei ik ter verduidelijking. 'Wil je het weten, Maia? Ik kan het je vertellen, maar ik kan het ook aan jou zelf overlaten om het op te zoeken.'

'Ik weet het nog niet.'

'Ik kan je in elk geval vertellen dat Pa een bereisd persoon was,' was mijn flauwe antwoord.

'Dus jij weet nu waar je vandaan komt?' vroeg ze.

'Ja, maar ik kan het nog niet helemaal plaatsen.'

'En de anderen? Heb je hun verteld waar ze zijn geboren?'

'Nee, maar ik heb ze uitgelegd hoe ze de coördinaten op Google Earth kunnen vinden. Zal ik het jou ook uitleggen? Of zal ik je gewoon vertellen waar Pa je gevonden heeft?' stelde ik voor.

'Ik weet het gewoon nog even niet,' zei ze, en ze sloeg haar beeldschone ogen neer.

'Nou ja, zoals ik al zei, je kunt het heel makkelijk zelf opzoeken.'

'Dan doe ik het zodra ik er klaar voor ben.'

Ik bood aan om de instructies voor het vinden van de coördinaten op te schrijven maar betwijfelde of ze ooit de moed zou opbrengen om ze zelf op te zoeken. 'Heb je trouwens nog gelegenheid gehad om iets van die Griekse citaten op het armillarium te vertalen?' vroeg ik.

'Ja, ik heb ze allemaal vertaald.'

'Nou, ik zou dolgraag willen weten wat Pa voor mij heeft gekozen. Dus wil je me dat alsjeblieft vertellen?'

'Ik weet het niet precies meer, maar ik kan wel even naar het Paviljoen gaan en het voor je opschrijven.'

'Dus het lijkt erop dat wij tweeën de rest van de zussen van de nodige informatie kunnen voorzien, als ze naar hun verleden willen graven.'

'Dat klopt, maar misschien is het voor ons allemaal nog te vroeg om te besluiten of we Pa's aanwijzingen willen volgen en willen teruggaan naar het verleden.'

'Zou kunnen,' verzuchtte ik, en ik dacht aan Theo en de weken die voor me lagen. 'Bovendien begint de Cycladenrace en moet ik hier zo snel mogelijk weg om me bij de bemanning te voegen. Eerlijk gezegd, Maia, zal het moeilijk zijn om het water weer op te gaan na wat ik een paar dagen geleden heb meegemaakt.'

'Dat kan ik me voorstellen. Maar als je daar eenmaal bent, komt het wel goed,' stelde ze me gerust.

'Ik hoop het. Ik moet je zeggen dat ik me voor het eerst sinds ik met wedstrijdzeilen ben begonnen zorgen maak.'

Het voelde als een opluchting om dit hardop tegen mijn zus te zeggen. Want als ik de laatste dagen aan de Cycladen dacht was het enige beeld dat bij me opkwam dat van Pa, die in zijn kist op de bodem van de zee lag.

'Je hebt je jarenlang op je vaardigheden als zeiler gestort, Ally, dus raak nou niet ineens van streek doordat je bang bent. Doe het voor Pa. Hij zou niet willen dat je je zelfvertrouwen verliest,' zei Maia bemoedigend.

'Je hebt gelijk. Maar gaat het straks wel goed met jou als je hier alleen zit?'

'Ja hoor, prima. Maak je om mij alsjeblieft geen zorgen, ik heb Ma en ik heb mijn werk. Met mij is alles oké.'

Ik hielp Maia met het soldaat maken van de sandwiches en liet haar beloven dat we contact zouden houden en nodigde haar uit om later die zomer een keer met me te gaan zeilen, ook al wist ik dat ze dat waarschijnlijk niet zou doen.

CeCe verscheen op het terras. 'We hebben twee plaatsen op een vlucht naar Heathrow kunnen bemachtigen! Christian brengt ons over een uur naar het vliegveld.'

'Dan zou ik kunnen kijken of ik een lastminutevlucht naar Athene kan krijgen, dan kan ik met jullie mee,' zei ik. 'Vergeet je niet het citaat voor me uit te schrijven, Maia?' vroeg ik haar voordat ik mijn laptop ging halen.

Ik vond een lastminuteplaats op een avondvlucht naar Athene en ging naar mijn kamer om snel mijn spullen te pakken. Toen ik om me heen keek om te zien of ik niets was vergeten, viel mijn blik op mijn fluit, die knusjes in zijn beschermende koffer op een plank lag. Ik had het ding in tijden niet aangeraakt. In een opwelling besloot ik hem mee te nemen. Theo had gezegd dat hij me weleens wilde horen spelen, en misschien zou ik dat na enige oefening ook doen. Even later ging ik naar beneden om afscheid te nemen van Ma.

Ze knuffelde me stevig en kuste me hartelijk op beide wangen. 'Doe alsjeblieft voorzichtig, chérie, en kom me eens opzoeken wanneer dat jou uitkomt.'

'Dat beloof ik, Ma,' zei ik, en daarna liepen Maia en ik samen naar de steiger.

'Succes met de race,' zei ze, en ze gaf me de envelop met het vertaalde citaat van Pa.

Ik omhelsde Maia een laatste keer en stapte in de sloep, waar CeCe en Star al zaten te wachten. We zwaaiden naar Maia toen Christian van wal stak. Pa Salt zei altijd dat je nooit moet omkijken, maar toen ik dat tijdens het afvaren bedacht wist ik dat ik zou blijven omkijken naar wat was geweest en niet meer was. Met de envelop in mijn hand geklemd liep ik naar de achtersteven, ik wilde even alleen zijn. Voor mijn gevoel was het passend om Pa's citaat hier te lezen, op het Meer van Genève, waar we zo vaak samen hadden gezeild. Ik opende de envelop en trok voorzichtig het vel papier eruit.

In momenten van zwakte zul je je grootste kracht ontdekken.

Terwijl Atlantis kleiner en kleiner werd en ons huis achter de bomen verdween, smeekte ik vurig dat ik me die woorden volledig eigen zou maken en dat ze me de moed zouden geven om door te gaan.

7

Theo had ge-sms't dat hij me op het vliegveld van Athene kwam halen. Toen ik de aankomsthal uit liep kwam hij met een bezorgd gezicht op me af en nam me in zijn armen.

'Lieve schat, ik heb me zo'n zorgen om je gemaakt! Hoe gaat het nou met je? Arme stakker, je zult wel doodop zijn. En je bent afgevallen,' zei hij, terwijl hij aan mijn ribbenkast voelde.

'Het gaat best, hoor,' antwoordde ik stoer, en ik snoof zijn heerlijke, geruststellende luchtje op. Hij nam mijn rugzak van me over en even later liepen we de donkere, verstikkende hitte van een Atheense juli-avond in.

We stapten in een naar verschaalde tabak stinkende taxi met plakkerige kunststof zittingen en gingen naar ik veronderstelde op weg naar een hotel in de haven van Faliro, waar de Cycladenrace van start zou gaan.

'Ik meen het als ik zeg dat we het echt wel zonder jou redden als je hier nog niet aan toe bent,' zei Theo tijdens de rit door de stad.

'Ik weet niet of ik dat als een compliment of een belediging moet beschouwen,' kaatste ik terug.

'Absoluut een compliment, omdat je een integraal deel van de bemanning vormt. Maar het gaat om jou en ik hou van je, en daarom wil ik niet dat je ook maar enige druk ervaart.'

Ik hou van je. Elke keer als hij dat op zo'n ongedwongen manier zei maakte mijn hart een sprongetje. En nu zat hij hier, naast me, hij hield mijn hand vast en zei het weer. En *ík* hield van *hém*, om zijn eerlijkheid, zijn openheid, en omdat hij het vertikte om spelletjes te spelen. Zo had hij tijdens onze fantastische dagen op de Neptune een keer gezegd dat als ik zijn hart brak, er niets anders op zat dan het te vervangen.

'Nee, Pa zou beslist willen dat ik meedeed, echt waar. Terug de boot op, terug naar mijn leven en ophouden met mokken. En winnen, natuurlijk.'

'Ally.' Theo kneep in mijn hand. 'We doen het voor hém. Dat beloof ik je.'

De volgende ochtend stapte ik samen met de andere bemanningsleden aan boord van de Hanse om aan de laatste trainingsdagen te beginnen. Ook de mannen leken aangestoken door het overwinningsvirus. Het raakte me dat ze duidelijk hun best deden om het me zo gemakkelijk mogelijk te maken. De Cycladenrace was trouwens een stuk minder pittig dan andere offshorewedstrijden waaraan ik had meegedaan. Hij duurde in totaal acht dagen met een onderbreking van vierentwintig uur en een rustdag op elk eiland dat we aandeden.

Theo had gezien dat ik mijn fluit had meegenomen. 'Waarom neem je die niet mee aan boord? Dan kun je ons een serenade brengen om ons op te peppen.'

Toen we op de eerste dag van de race bij een schitterende zonsondergang over het water scheerden, bracht ik de fluit naar mijn lippen en terwijl we de haven van Milos binnenvoeren speelde ik, na een glimlachje in de richting van Theo, een versie voor blaasinstrumenten van *Fantasia on a Theme by Thomas Tallis*, een stuk dat beroemd is geworden door *Master and Commander,* een filmepos over heldhaftige zeelieden. Theo uitte zijn stilzwijgende waardering voor het grapje door vanaf het roer naar me te grinniken. De jongens gaven me een hoffelijk applaus en ik had het gevoel dat ik hiermee een bescheiden eerbetoon aan Pa Salt had gebracht.

We wonnen de eerste etappe met vlag en wimpel, werden derde in de tweede etappe en tweede in de derde etappe. Dat bracht ons samen met een Grieks team op een gedeelde eerste plaats. Op de avond voor de laatste racedag bevonden we ons in de haven van Finikas, op Syros, een idyllisch Grieks eilandje, waarvan de bewoners een huldiging voor alle bemanningsteams hadden georganiseerd. Na het eten riep Theo ons bij elkaar.

'Heren – en dame – jullie zullen me wel een spelbreker vinden, maar jullie schipper geeft jullie bij dezen het bevel om op tijd naar bed te gaan. Terwijl de concurrentie feestviert,' hij knikte in de richting van het Griekse team, dat half aangeschoten elkaar bij de schouders vasthield en op de tonen van een bouzouki een Zorbadans uitvoerde, 'houden wij ons schoonheidsslaapje en worden morgenochtend fris als een hoentje wakker. En dan lusten we ze rauw!'

Hier en daar klonk gekreun, maar iedereen ging vol plichtsgevoel terug naar de boot en naar zijn hut.

Omdat we zo dicht op de rest van de bemanning zaten hadden Theo en ik een avondlijke routine ontwikkeld waarmee we zonder achterdocht te wekken een paar momenten voor elkaar konden hebben. Omdat ik de enige vrouw in het gezelschap was, had ik mijn eigen bedompte hok in de voorsteven, terwijl Theo op de bank in de provisiekast annex zitruimte sliep.

Elke avond wachtte ik tot ik de anderen de piepkleine kleedruimte met kluisjes en een aanrecht en wc hoorde gebruiken. Zodra het stil was kroop ik in het donker naar boven, waar een warme hand me opwachtte en omhoogtrok. Dan knuffelden we elkaar zo'n vijf minuten lang zenuwachtig, als tieners die bang zijn door hun ouders betrapt te worden. Daarna liep ik voor het broodnodige alibi op mijn tenen naar de koelbox, pakte een fles water en liep opvallend luidruchtig terug naar mijn hut en sloot luidruchtig mijn deur. We waren ervan overtuigd dat we die vertoning zo perfect uitvoerden dat niemand van de bemanning ook maar een flauw idee had van wat er tussen ons gaande was. Toen Theo me op de avond voor de finish naar zich toe trok voelde ik meer passie dan anders in zijn nachtzoen.

'Jezus, je bent er toch hopelijk wel klaar voor op zijn minst vierentwintig uur in bed met me door te brengen om alle frustraties van de afgelopen dagen te compenseren?' kreunde hij.

'Aye aye, kapitein, tot uw orders. Maar je kunt het toch moeilijk eerlijk noemen als de schipper de rest van de bemanning vroeg naar bed stuurt en vervolgens zijn eigen bevel negeert,' fluisterde ik in zijn oor, terwijl ik een tastende hand wegduwde van mijn linkerborst.

'Je hebt gelijk, zoals gewoonlijk. Dus ga nu heen, mijn Julia, zodat ik u niet langer kan aanschouwen, of ik zal voorwaar niet in staat zijn mijn lust voor u te bedwingen.'

Giechelend kuste ik hem voor een laatste keer en maakte me los uit zijn omhelzing.

'Ik hou van je, lieve schat. Slaap lekker.'

'En ik hou van jou,' zei ik geluidloos.

Theo's disciplinaire tactieken wierpen voor de zoveelste keer hun vruchten af. Het laatste deel van de wedstrijd was een spannende nek-aan-nekrace met het Griekse team, en toen we die zaterdag ruim vijf minuten vóór de concurrenten het kanon in de haven van Vouliagmeni passeerden, verklaarde Theo triomfantelijk dat het natuurlijk de ouzo was die hun uiteindelijk de das om had gedaan. Tijdens de slotceremonie zetten de andere bemanningsleden de overwinningskroon van laurierbladeren op mijn hoofd, camera's flitsten en iedereen werd besproeid door champagnedouches. Toen ze mij een fles gaven om mee in het rond te zwaaien stak ik hem omhoog en zei in stilte tegen Pa dat die voor hem was en stuurde een hartstochtelijk 'ik mis je' naar boven.

Aan het eind van het feestdiner pakte Theo me bij de hand en trok me overeind.

'Allereerst een toost op Ally. Gelet op de omstandigheden zullen jullie het met me eens zijn dat ze een ongelooflijke prestatie heeft geleverd.'

De jongens juichten me toe en ik kreeg tranen in mijn ogen van de oprechte warmte die daaruit sprak.

'En ten tweede wil ik jullie vragen na te denken over deelname aan de Fastnet Race in augustus. Ik vaar dan de maidentrip van de Tigress. Misschien hebben jullie er iets over gehoord, het is een spiksplinternieuwe boot die nog maar net te water is gelaten. Ik heb haar gezien en ik weet zeker dat ze ons een volgende overwinning kan bezorgen. Wat vinden jullie?'

'De Tigress?' zei Rob opgewonden. 'Je mag mij direct noteren.'

Ook de rest van het team was razend enthousiast.

'Geldt die uitnodiging ook voor mij?' vroeg ik zachtjes.

'Natuurlijk, Ally!' Na die opmerking sloeg Theo zijn armen om me heen en kuste me op mijn mond.

Dat was aanleiding tot een nieuw juichrondje, en blozend tot aan mijn haarwortels maakte ik me los uit zijn omhelzing.

'En dan nu de laatste mededeling. Het lijkt erop dat Ally en ik iets met elkaar hebben. Dus als een van jullie daar problemen mee heeft, laat het me weten, oké?'

De mannen trokken verveeld hun wenkbrauwen op.

'Oud nieuws,' zei Rob met een zucht.

'Ja, waar gaat het nou helemaal over?' zei Guy.

Stomverbaasd keken we de mannen aan.

'Wisten jullie het dan?' vroeg Theo.

'Neem me niet kwalijk, schipper, maar we hebben de afgelopen dagen op elkaars lip gezeten, bovendien werd iedereen die Ally's achterste wilde aanraken getrakteerd op een stomp en hebben we geen enkele keer een nachtkus of knuffel van haar gekregen. Nou, dan hoef je geen genie te zijn om je conclusies te trekken. Sorry, hoor, maar we weten het al tijden,' zei Rob.

'O?' was het enige wat Theo kon uitbrengen, terwijl hij me bijna tot moes kneep.

'Ga dat maar op je kamer doen!' schreeuwde Guy, en de rest maakte allerlei dubbelzinnige opmerkingen.

Theo kuste me opnieuw en ik kon wel door de grond zakken van schaamte. Ik realiseerde me dat liefde echt blind kan zijn.

We gingen inderdaad naar onze kamer, een hotelkamer in Vouliagmeni om precies te zijn. Theo hield zich aan zijn woord, want onze bezigheden namen meer dan vierentwintig uur in beslag. We bespraken in bed ook de plannen voor de Fastnet Race en daarna.

'Dus je bent beschikbaar om mee te gaan op de Tigress?' vroeg Theo.

'Nu wel, ja. Normaal gesproken zou ik in augustus met Pa Salt en een paar zussen onze jaarlijkse vakantie op de Titan hebben gevierd...' Ik moest even hard slikken en ging snel door. 'En daarna, in september, hoop ik met het Zwitserse team te starten met de training voor de Olympische Spelen in Beijing, als ik tenminste door de laatste testen kom.'

'Daar ben ik dan ook, met de Amerikanen.'

'Je bent vast een geduchte concurrent, en het mag natuurlijk niet gebeuren dat jij wint,' zei ik om hem te plagen.

'Nou, u wordt bedankt, schone dame. Ik hoop de uitdaging aan te kunnen,' zei Theo met een spottend buiginkje. 'En hoe zit je de komende dagen? Ik ga een volgens mij welverdiende vakantie vieren in het zomerhuis van mijn ouders, dat is hiervandaan maar een paar uur zeilen. Daarna ga ik uiteraard naar het eiland Wight om me voor te bereiden op de Fastnet. Heb je zin om mee te gaan?'

'Bedoel je op vakantie of de Fastnet?'

'Allebei. Maar even serieus, ik weet dat je een ervaren zeiler bent, maar de Fastnet is wel even iets anders. Ik heb meegezeild tijdens de vorige race, twee jaar geleden, en toen zijn we rond de Rock bijna een bemanningslid kwijtgeraakt. Matt werd letterlijk van de boot geblazen. Het is gevaarlijk en,' Theo zuchtte diep, 'eerlijk gezegd begin ik me af te vragen of het wel een goed idee was om jou mee te vragen.'

'Waarom? Omdat ik een vrouw ben?'

'In godsnaam, Ally, hou eens op met die aanstellerij! Natuurlijk is het dat niet. Ik zeg het omdat ik van je hou en omdat ik geen leven meer zou hebben als jou iets zou overkomen. Nou ja, zullen we het er de komende dagen dan maar over hebben? Het liefst met een drankje binnen handbereik op een terras met uitzicht op zee. Morgenochtend moet ik de Hanse terugbrengen naar de eigenaar, bij de haven, daar ligt ook de Neptune aangemeerd, dus we zouden gelijk door kunnen gaan. Wat vind je?'

'Ik dacht er eigenlijk over om naar huis te gaan,' antwoordde ik. 'Ik vind dat ik bij Ma en Maia moet zijn.'

'Als je dat zo voelt kan ik dat volledig begrijpen. Het is wel egoïstisch, maar ik zou het geweldig vinden als je met me meegaat. Het komende jaar zou voor ons sowieso weleens te gek kunnen worden.'

'Ik zou echt graag meegaan, maar dan bel ik eerst Ma om te vragen of alles in orde is, dan zie ik daarna wel verder.'

'En als je dat nou eens doet terwijl ik ga douchen?' Theo plantte een vluchtige kus op mijn hoofd, schoot uit bed en liep naar de badkamer.

Ma verzekerde me dat alles prima ging op Atlantis en dat het absoluut niet nodig was om terug te komen. 'Ga jij vooral op vakantie, chérie. Maia heeft besloten om een tijdje weg te gaan, dus die is er niet eens.'

'Is Maia weg? Dat verbaast me,' zei ik. 'Maar ben je daar dan niet erg eenzaam? Ik beloof je dat ik deze keer mijn mobieltje permanent aan laat voor als je me nodig hebt.'

'Het gaat prima en ik heb je echt niet nodig, chérie. Het ergste is al gebeurd, verdrietig genoeg,' antwoordde ze gelaten.

Na afloop van het gesprek was ik even heel verdrietig. Dat gebeurde steeds als ik mezelf toestond eraan te denken dat Pa er niet meer was. Maar Ma had gelijk, het ergste was gebeurd. En voor even wenste ik dat ik een religie aanhing die onwrikbare zekerheden bood waarmee je met de grimmige consequenties van de dood kon omgaan. Vroeger had ik dat soort waarheden als volkomen achterhaald beschouwd, nu zag ik in dat ze een ritueel vormen dat ons stervelingen troost biedt in donkere tijden van rouw.

De volgende ochtend checkten Theo en ik uit in het hotel en liepen we naar de haven.

Na een overwinningstoost aan boord met de eigenaar van de Hanse – die dolblij was met de overwinning en met Theo al over komende regatta's begon – liepen we verder langs de haven en stapten aan boord van de Neptune. Alvorens het zeil te hijsen bracht Theo onze route in kaart. Hij weigerde pertinent te zeggen waar we heen gingen, en terwijl hij de boot de haven van Vouliagmeni uit stuurde, terug naar open zee, hield ik me bezig met het bevoorraden van de koelkast en de koelbox met bier, water en wijn.

We doorkruisten de kalme, zeegroene wateren, maar hoe sterk ik me ook concentreerde op de schoonheid van de zee, steeds weer werd ik overvallen door dezelfde hevige en tegenstrijdige emoties als tijdens de vorige tocht met de Neptune. Ik constateerde dat ik Pa Salt en mijn geliefde wel wat op elkaar vond lijken: allebei hielden ze van een vleugje mysterie en allebei hadden ze graag hun zaakjes onder controle.

Ik zat me net af te vragen of ik misschien verliefd was geworden op een vaderfiguur, toen ik voelde dat de Neptune vaart minderde en het anker werd uitgeworpen. Toen Theo naast me op het dek kwam staan leek het me maar beter hem geen deelgenoot te maken van mijn overpeinzingen. Met Theo's passie voor analyse zou ik voorlopig nog niet van dat onderwerp verlost zijn.

Onder het genot van het bier en de salade met fetakaas en verse olijven die ik bij een kraampje in de haven had gekocht vertelde ik Theo uitgebreid over de armillairsfeer met zijn citaten en ingegraveerde coördinaten. En over de brief die Pa Salt me had geschreven.

'Zo, het lijkt erop dat hij zich goed had voorbereid. Dat zal de nodige planning hebben gekost.'

'O ja, dat was Pa ten voeten uit. Hij regelde altijd alles tot in de puntjes.'

'Precies mijn type man,' zei Theo, die daarmee mijn gedachten van daarnet perfect verwoordde. 'Ik heb mijn testament al opgesteld en instructies voor mijn begrafenis vastgelegd.'

'Zeg dat niet,' zei ik huiverend.

'Sorry, Ally, maar elke zeiler speelt een gevaarlijk spel, en je weet maar nooit.'

'Hoe dan ook, ik weet zeker dat Pa erg op je gesteld zou zijn.' Om snel van onderwerp te veranderen keek ik op mijn horloge. 'Moeten we zo langzamerhand niet op weg naar die onbekende bestemming van jou?'

'Ja hoor, zo meteen. Ik wil onze aankomst perfect timen,' zei Theo met een geheimzinnig glimlachje. 'Zwemmen?'

Drie uur later zag ik hoe de ondergaande zon met zijn oranje gloed de hemel boven een piepklein eiland in vuur en vlam zette. En hoe de witgepleisterde huisjes, als stipjes verspreid langs de kust, zijn warme gloed weerkaatsten. Toen begreep ik waarom Theo had willen wachten.

'Nou? Is dit niet perfect?' vroeg Theo zachtjes, terwijl hij ons met één hand aan het roer en één arm om me heen het haventje binnenloodste.

'Perfect,' antwoordde ik, en ik zag hoe het licht van de ondergaande zon langzaam de wolken binnensijpelde, als eigeel dat zich langzaam verspreidt als het ei is gebroken. 'Pa zei altijd dat de Griekse zonsondergangen de mooiste ter wereld zijn.'

'Dat is dan nóg iets wat we gemeen hebben,' zei Theo, en kuste me teder in mijn hals.

Na die opmerking besloot ik om me in elk geval tijdens de duur van de vakantie te onthouden van opmerkingen over Pa's voorkeuren en antipathieën.

'En ga je me nu vertellen waar we zijn?' vroeg ik, toen we de haven binnenvoeren en een getaande knul haastig de tros opving die ik hem toegooide.

'Is dat belangrijk? Je komt er uiteindelijk toch wel achter. Laten we het voorlopig maar "Ergens" noemen.'

Ik had verwacht dat we onze rugzak de steile heuvel op zouden moeten sjouwen, dus ik was verbaasd toen Theo zei dat we die konden achterlaten. We sloten de hut af, gingen van boord en nadat Theo de jongen een paar euro voor de moeite had gegeven, pakte hij mijn hand en nam me mee naar de havenkant, waar een rij bromfietsen stond. Hij viste in zijn zak naar een sleutel, morrelde wat met een hangslot en maakte een kluwen zware metalen kettingen los die om een van de brommers zat.

'Geweldige lui, die Grieken, maar de economie staat er op dit moment bar slecht voor, dus je kunt maar beter je maatregelen treffen. Ik had geen zin om hier aan te komen en te ontdekken dat de wielen ontbreken. Stap maar op,' zei hij uitnodigend. En na enige aarzeling deed ik dat. Maar de moed zonk me in de schoenen. Ik háátte brommers. Tijdens mijn tussenjaar was ik op advies van Pa met mijn vriendinnen Marielle en Hélène de wereld gaan verkennen. We waren begonnen in het Verre Oosten en hadden Thailand, Cambodja en Vietnam bezocht. Op de terugweg naar Europa, waar ik een vakantiebaantje als serveerster op het eiland Kythnos had kunnen regelen, waren we op gehuurde brommers door Turkije getrokken. Op weg van het vliegveld van Bodrum naar Kalkan had Marielle een verraderlijke haarspeldbocht verkeerd ingeschat en was uit de bocht gevlogen.

Ik zal nooit vergeten hoe we haar bewusteloze lichaam in het struikgewas tegen de heuvel vonden en daarna een tijdlang wanhopig midden op de weg stonden om het eerste het beste voertuig dat voorbijkwam aan te houden voor hulp.

Maar er kwam geen sterveling langs, en uiteindelijk had ik mijn mobieltje gepakt en Pa Salt gebeld. Ik kon verder niemand bedenken die zou weten wat we moesten doen. Ik vertelde wat er was gebeurd en waar, en hij zei dat ik me geen zorgen moest maken en dat er al hulp onderweg was. Na een verschrikkelijk half uur landde er een helikopter met aan boord een ambulancebroeder. Die bracht ons naar een ziekenhuis in Dalaman. Marielle overleefde het ongeluk maar had een verbrijzeld bekken en drie gebroken ribben en heeft door de val op haar hoofd nog altijd hevige migraineaanvallen.

Ik had sindsdien geen brommer meer aangeraakt, en toen ik die avond bij Theo achterop zat draaide mijn maag zich om van angst.

'Zit je goed?' vroeg hij.

'Zo goed als maar kan,' mompelde ik, en ik klemde mijn armen als een bankschroef om zijn middel. Terwijl we de smalle bergweggetjes van 'Ergens' op reden besloot ik dat als Theo zo'n woeste machofiguur was die indruk wilde maken, ik hem zou laten stoppen en zou afstappen. Dat was hij niet, maar toch kneep ik mijn ogen stijf dicht toen we de haven achter ons lieten en aan een steile, zanderige weg begonnen. Na een eeuwigheid die in werkelijkheid nog geen kwartier duurde, voelde ik dat hij remde. Hij liet de brommer naar één kant hellen, plantte een voet op de vaste grond en zette de motor af.

'Zo, we zijn er.'

'Gelukkig.'

Ik deed mijn ogen open, nog wat bibberig van opluchting, en concentreerde me op het afstappen.

'Is het niet fantastisch?' jubelde Theo. 'Als je nog verder omhooggaat heb je helemaal spectaculaire uitzichten, maar hier moeten we het maar mee doen.'

Omdat ik mijn ogen onderweg stijf dicht had gehouden was het uitzicht me ontgaan. Theo pakte me bij de hand en leidde me door een veld met stug, dor gras. Beneden ons zag ik, verspreid over de steil naar zee aflopende helling, oeroude olijfbomen. Ik knikte ter bevestiging dat het inderdaad fantastisch was.

'Waar gaan we naartoe?' vroeg ik toen hij me verder door de olijfgaard meenam. Voor ons uit zag ik niets wat ook maar enigszins op een woning leek. Alleen een bouwvallig gevaarte, waarschijnlijk een geitenstal.

'Zo.' Hij wees naar de stal en draaide zich naar me om. '*Home sweet home*. Fantastisch, hè?'

'Eh... Ik...'

'Ally, je ziet lijkbleek. Voel je je wel goed?'

'Ja hoor,' zei ik geruststellend toen we eindelijk bij de stal arriveerden en ik me afvroeg wie van ons tweeën nou eigenlijk van het padje was geraakt. Als dit inderdaad zijn 'home' was, dan liep ik zelfs in het donker nog terug naar beneden, en het zou me niet uitmaken hoeveel kilometers dat was. Hier ging ik voor geen goud de nacht doorbrengen.

'Ik weet het, het lijkt nog een krot, maar ik heb het pas geleden gekocht en wilde het jou als eerste laten zien, juist bij zonsondergang. Er moet nog heel veel aan gebeuren, en de bouwvoorschriften zijn hier natuurlijk vrij streng,' vervolgde hij, terwijl hij met veel moeite de splinterende houten deur opentrok en we naar binnen gingen. Door een enorm gat in het dak zag ik de eerste sterren verschijnen in de avondschemering. Het stonk binnen vreselijk naar geit, wat mijn al van streek zijnde maag deed omdraaien.

'Wat vind je ervan?' vroeg Theo.

'Het heeft, zoals je zegt, een prachtig uitzicht.' Terwijl Theo vertelde dat hij een architect in de arm had genomen, dat hij híér de keuken wilde aanleggen en dáár een grote zitkamer wilde hebben en een terras met uitzicht op zee, schudde ik hulpeloos mijn hoofd en strompelde ik op een gegeven moment naar buiten, niet in staat om me nog langer tegen de geitenstank te verzetten. Ik rende over de ruige, droge aarde en kon nog net de hoek van de schuur bereiken voordat ik dubbelklapte en begon te kokhalzen.

'Ally, wat is er? Ben je weer ziek?'

Theo stond bijna onmiddellijk naast me en ondersteunde me. Ik voelde me hondsberoerd maar schudde mijn hoofd en zei: 'Nee, echt, het gaat prima... ik moet alleen... ik moet...'

En toen ging ik in het gras zitten en zette het op een jammeren. Ik huilde de ogen uit mijn hoofd. Ik vertelde hem over het brommerongeluk en dat ik mijn vader zo vreselijk miste en dat het me zo speet dat hij me nu wéér in zo'n toestand zag.

'Ally, jij moet míj juist vergeven. Dit is mijn schuld. Je was natuurlijk doodop na de race en door het trauma van je vaders dood. Maar je maakte zo'n oprecht stoere indruk dat ik, de man die zich op de borst klopt omdat hij mensen zo geweldig kan doorgronden, tegenover jou volledig heb gefaald. Ik ga nú een vriend bellen en vragen of hij ons direct met de auto komt ophalen.'

Te moe om hem tegen te spreken bleef ik in het gras zitten en keek ik toe hoe Theo opstond en zijn mobieltje pakte. De zon was inmiddels volledig opgeslokt door de zee beneden ons, en toen ik een beetje tot bedaren was gekomen concludeerde ik dat Theo gelijk had. Het uitzicht wás adembenemend.

Tien minuten later werd ik – gevolgd door Theo op de brommer – in een rustig tempo de berg af vervoerd in een hoogbejaarde Volvo, bestuurd door een even hoogbejaarde man, die door Theo kort aan me was voorgesteld als Kreon. Halverwege de berg sloeg hij af naar rechts en vervolgde hij zijn weg over het volgende zanderige en hobbelige paadje, dat ook nergens naartoe leek te leiden. Maar dit keer zag ik aan het eind van het pad de verwelkomende lichten van een prachtig huis dat pal op de rand van een steile rots hing.

'Doe alsof je thuis bent, schat,' zei Theo, en hij leidde me een ruime hal binnen. Daar verscheen een donkerogige vrouw van middelbare leeftijd, die Theo hartelijk omhelsde en vriendelijke woordjes in het Grieks tegen hem sprak. 'Irene is onze huishoudster,' legde hij uit. 'Ze brengt je naar je kamer en laat een bad voor je vollopen. Ik ga met Kreon naar beneden, naar de haven, om onze spullen van de boot te halen.'

Het bad bleek op een terras te staan, dat net als de rest van het huis was uitgehouwen uit de puntige rotsen die steil afliepen naar de kolkende branding. Nadat ik me had overgegeven aan de luxe van een schuimbad met heerlijk geurend water, klom ik eruit en liep naar de verrukkelijke, luchtige slaapkamer. Toen ik op onderzoek uitging stond ik ineens in een stijlvol gemeubileerde zitkamer, die uitkwam op een enorm hoofdterras met een spectaculair uitzicht en een *infinity pool* met afmetingen waar een Olympische atleet u tegen zou zeggen. Ik kwam tot de conclusie dat dit huis een beetje op Atlantis leek, maar dan overhangend op een rots.

Ik trok de zachte katoenen badjas aan die op het bed lag en ging in een van de comfortabel beklede stoelen op het terras zitten. Even later kwam Irene het terras op met een fles witte wijn in een koeler en twee glazen.

'Dank je wel.'

Ik nipte aan mijn wijn en staarde in de duisternis en naar de met sterren bezaaide hemel, en genoot na al die dagen zeilen van mijn luxe omgeving. Ik wist nu ook dat als ik Theo meenam naar Atlantis hij zich daar volkomen op zijn gemak zou voelen. Ik had vroeger weleens een vriendinnetje meegenomen van kostschool om te blijven logeren of mee te gaan op een tochtje met de Titan. Maar dan zag ik hun op groepsgedrag ingestelde persoonlijkheid verbleken omdat ze zo onder de indruk waren van onze manier van leven. En als ze weg waren en ik ze daarna weer zag straalden ze vijandigheid uit – ik begreep inmiddels dat het vijandigheid was – en werd de vriendschap nooit meer wat het was geweest.

Goddank hoefde ik dat soort problemen bij Theo niet te verwachten. Zijn familie leefde duidelijk in eenzelfde luxe als bij ons thuis. Ik moest grinniken bij de gedachte dat we allebei driekwart van ons leven in bedompte hutten doorbrachten en op keiharde bedden sliepen, en dat we al aangenaam verrast waren als er in die ene krappe douchecabine een druppel warm of koud water tevoorschijn kwam.

Ik voelde een hand op mijn schouder en een kus op mijn wang.

'Hallo, schat. Voel je je al wat beter?'

'Ja, een stuk beter, dank je. Niks heerlijkers dan een warm bad na een paar dagen zeilen.'

'Zeg dat wel,' beaamde Theo. Hij schonk zichzelf een glas wijn in en kwam tegenover me zitten. 'Dat ga ik straks ook doen. En Ally, nogmaals, vergeef me alsjeblieft. Ik weet dat ik heel monomaan bezig kan zijn als ik op missie ben. Ik wilde je echt alleen maar mijn nieuwe huis laten zien.'

'Nee joh, het is prima. Het is vast geweldig als het eenmaal klaar is.'

'Niet zo geweldig als dit huis natuurlijk, maar het wordt wel míjn huis. En soms is dat het belangrijkste, toch?' zei hij met een veelzeggend gebaar.

'Ik heb er eerlijk gezegd nooit over gedacht om een eigen woonruimte te hebben,' antwoordde ik. 'Ik ben zo vaak weg voor een wedstrijd dat het me vrij zinloos lijkt iets voor mezelf te kopen als ik ook gewoon naar Atlantis kan gaan. En wij zeilers verdienen zo slecht dat ik me sowieso niet veel kan permitteren.'

'Vandaar dat ik die geitenstal heb gekocht,' was Theo's reactie. 'Tegelijkertijd kunnen jij en ik geen van beiden ontkennen dat we altijd een vangnet hebben. Maar persoonlijk zou ik liever omkomen van de honger dan met de pet in de hand bij mijn vader aankomen voor geld. Privileges hebben zo hun prijs, vind je ook niet?'

'Misschien, ja, maar ik betwijfel of iemand met jou of mij medelijden zou hebben.'

'Ik suggereer niet dat we sympathie verdienen, Ally, maar geld lost naar mijn mening niet elk probleem op, hoewel de huidige consumptiemaatschappij daar anders over denkt. Neem nou mijn vader. Hij heeft een computerchip uitgevonden waarmee hij op zijn vijfendertigste multimiljonair werd, op mijn leeftijd dus. Mijn hele jeugd deed hij niets liever dan me inprenten hoe hard hij heeft moeten ploeteren toen hij jong was en hoe geweldig ik wel niet bofte. Hij heeft natuurlijk een totaal andere achtergrond dan ik, want ik ben met geld opgegroeid. Het lijkt bijna alsof de cirkel rond is. Mijn vader had niets en dat dreef hem ertoe elke kans die zich voordeed aan te grijpen, zodat ik alles had, en nu bezorgt hij mij een schuldgevoel omdat ik alles heb. Dus heb ik mijn leven lang geprobeerd zonder zijn steun rond te komen, was ik constant blut en had ik permanent het gevoel dat ik niet aan zijn verwachtingen voldeed. Was dat bij jou ook zo?'

'Nee, maar we zijn wel degelijk opgevoed met een besef van de waarde van geld. Pa Salt zei altijd dat we worden geboren om onszelf te zijn, en er alleen maar naar kunnen streven zo goed mogelijk te worden in wat we zijn. Ik wist en voelde dat hij trots op me was, vooral als het om zeilen ging. Misschien kwam dat ook doordat het onze gemeenschappelijke passie was. Hoewel hij wel iets vreemds zei in de brief die hij achterliet. Hij suggereerde dat ik mijn muzikale carrière had afgebroken omdat ik hem wilde plezieren door beroepszeiler te worden.'

'En is dat ook zo?'

'Niet echt. Ik vond het allebei heerlijk, maar de kans om te zeilen deed zich voor en die heb ik met beide handen aangegrepen. Zo gaat het toch in het leven?'

'Yep,' beaamde Theo. 'Het interessante is dat ik de volmaakte combinatie van mijn vader en moeder ben: ik heb mijn vaders technische knobbel en mijn moeders passie voor zeilen.'

'Nou, ik ben geadopteerd, dus ik heb geen idee wat er in mijn genen zit. Ik ben het product van mijn opvoeding, en wat voor talenten ik heb geërfd weet ik niet.'

'Zou je het dan niet vreselijk interessant vinden om uit te zoeken of je genen een rol hebben gespeeld in je leven? Misschien zou je je vaders aanwijzingen toch moeten volgen en ontdekken waar je vandaan komt. Dat zou een fantastische antropologische studie opleveren.'

'O, dat zal best,' zei ik, een geeuw onderdrukkend, 'maar ik ben te moe om daar nu over na te denken. En je stinkt naar geit. Hoogste tijd voor dat bad van je.'

'Je hebt gelijk. Ik vraag onderweg of Irene het eten op tafel zet en ben over tien minuten terug.' Theo drukte een kus op mijn neus en ging naar binnen.

8

De stormachtige passie aan het begin van onze relatie was geluwd, en Theo en ik namen tijdens de relaxte dagen op 'Ergens' de tijd om elkaar goed te leren kennen. Ik merkte dat ik hem dingen toevertrouwde die ik nooit eerder aan iemand had verteld. Kleine dingen die voor anderen onbelangrijk waren maar voor mij veel betekenden. Theo's aandacht verslapte nooit als hij naar me luisterde, hij bleef me met die groene ogen van hem intens aankijken. Hij kreeg het zelfs voor elkaar dat ik me meer gekoesterd en bemind voelde dan ooit in mijn leven. Hij was vooral geïnteresseerd in Pa Salt en mijn zussen, in het luxeweeshuis, zoals hij ons bestaan op Atlantis noemde.

Op een drukkend hete ochtend, waarop de lucht zó roerloos was dat we voelden dat er onweer op komst was, kwam Theo naar me toe toen ik op het terras in een ligstoel in de schaduw lag.

'Waar ben je geweest?' vroeg ik toen hij naast me kwam zitten.

'Jammer genoeg zat ik in een supersaaie telefonische vergadering met de sponsor van Fastnet, de teammanager en de eigenaar van de Tigress. En terwijl zij zaten te neuzelen over de interpretatie van bepaalde woorden heb ik een beetje zitten krabbelen.'

'Echt waar?'

'Ja. Heb jij als kind weleens een anagram van je naam gemaakt of je naam van achteren naar voren geschreven? Ik wel, en dan krijg je een heel gek woord: Oeht.'

'Tuurlijk heb ik dat gedaan, en dan krijg je net zo'n gek woord: Ylla.'

'Heb je van je achternaam weleens een anagram gemaakt?'

'Nee,' antwoordde ik, en ik vroeg me af waar dit naartoe ging.

'Oké. Nou, ik ben dol op spelen met woorden en toen ik me net bij die vergadering zo stierlijk zat te vervelen ben ik wat gaan schuiven met de letters van jouw achternaam.'

'En?'

'Ik ben iemand die nou eenmaal alles wil uitzoeken én ik ben dol op mysteries. Bovendien weet ik iets af van Griekse mythologie, heb ik aan Oxford klassieke talen gestudeerd en kom ik al sinds mijn jeugd elke zomer hier,' legde hij uit. 'Mag ik laten zien wat ik heb ontdekt?'

'Nou, vooruit dan maar,' zei ik, en hij gaf me een vel papier waarop een paar losse woorden gekrabbeld stonden.

'Zie je wat je met de letters van D'Aplièse kunt maken?'

'*Pléiades*.' Ik sprak het woord uit dat hij onder mijn achternaam had geschreven en uit de letters van de naam 'D'Aplièse' had gevormd.

'Ja, en herken je dat woord?'

'Het komt me bekend voor,' gaf ik met enige tegenzin toe.

'Ally, dat is de Griekse naam, op zijn Frans gespeld, van de sterrengroep waaruit de Zeven Zusters bestaat.'

'Wat wil je daarmee zeggen?'

'Alleen maar dat het wel heel erg toevallig is dat jij en je zussen allemaal genoemd zijn naar de zeven, of ik moet zeggen zes, beroemde sterren, en dat jouw achternaam een anagram is van de Franse naam voor de Pleiaden. Was D'Aplièse ook de achternaam van je vader?'

Ik merkte dat mijn wangen begonnen te gloeien toen ik mijn geheugen afspeurde of ik ooit iemand mijn vader 'meneer D'Aplièse' had horen noemen. Het huispersoneel en het personeel op de Titan noemde hem altijd '*sir*', behalve Marina, die net als wij altijd 'Pa Salt' zei als ze het over hem had, of 'je vader'. Ik probeerde me te herinneren of ik ooit aan hem gerichte post met die naam had gezien, maar het enige wat ik voor me zag waren officieel uitziende enveloppen of andere poststukken die gericht waren aan een van Pa's vele bedrijven.

'Dat neem ik aan,' zei ik ten slotte.

'Sorry, Ally.' Theo merkte dat ik me wat ongemakkelijk begon te voelen. 'Ik probeer alleen maar uit te vinden of hij gewoon een achternaam voor jullie heeft bedacht of dat het ook echt zijn achternaam was. Hoe het ook zij, lieverd, een hoop mensen veranderen bij eenzijdige akte officieel hun achternaam. De jouwe is eigenlijk best wel leuk. Jij heet dus "Alcyone Pléiades". En wat die bijnaam "Pa Salt" betreft, denk ik...'

'Theo, hou op!'

'Sorry. Het fascineert me gewoon. Ik weet zeker dat over je vader nog veel meer te ontdekken valt.'

Ik excuseerde me en ging naar binnen. Het zat me niet lekker dat Theo iets zo intiems over mijn familie had ontdekt dat ons als zussen nooit was opgevallen, ook al had hij alleen maar een beetje met letters zitten spelen. En áls een van ons het al had ontdekt had ze het in elk geval nooit openlijk ter sprake gebracht.

Toen ik terugging naar het terras was de boodschap inmiddels overgekomen bij Theo en begon hij er niet meer over. Tijdens de lunch vertelde hij wat meer over zijn ouders en hun vijandige echtscheiding. Hij was constant heen en weer gesleept tussen zijn moeder in Engeland en zijn vader in Amerika, waar hij de vakanties doorbracht. De manier waarop hij het vertelde was typisch Theo: analytisch, bijna alsof het niet om hem maar om iemand anders ging en het weinig met hem te maken had, maar ik voelde zijn onderhuidse spanning en woede. Ik kreeg het gevoel dat hij uit loyaliteit tegenover zijn moeder zijn vader nooit een kans had gegeven. Ik voelde me nog niet zelfverzekerd genoeg om dat te zeggen, maar was zeker van plan dat een keer te doen.

Ik was die nacht nog zo overstuur door de ontdekking over mijn achternaam dat ik niet kon slapen. Als onze achternaam een door Pa bedacht anagram was omdat hij zo'n passie had voor sterren en de mythologie van de Zeven Zusters, wie waren wíj dan eigenlijk?

En, nog belangrijker: wie was híj eigenlijk?

De vreselijke waarheid was dat ik dat nooit meer zou kunnen uitzoeken.

De volgende dag leende ik Theo's laptop en zocht op internet naar de Zeven Zusters en de Pleiaden die ze vormden. Pa had ons wel over die sterren verteld, en vooral Maia had veel tijd met hem doorgebracht in de sterrenkoepel op het dak van Atlantis, maar het had mij nooit bar veel geïnteresseerd. Als Pa me al iets bijbracht over sterren, was dat technische informatie tijdens het zeilen. Hij had me zo goed mogelijk uitgelegd hoe je op zee sterren als navigatiemiddel moet gebruiken en me weleens verteld dat de Zeven Zusters duizenden jaren geleden al bekend waren als gids voor zeelieden. Na een tijdje klapte ik de laptop dicht. Wat Pa's redenen ook waren geweest voor onze naamgeving, ze vormden het zoveelste mysterie dat nooit meer zou worden opgehelderd. En als ik bleef zoeken zou ik alleen nog maar meer van slag raken.

Ik praatte er met Theo over tijdens de lunch, en hij was het helemaal met me eens.

'Ik moet me verontschuldigen, Ally. Ik had er nooit over moeten beginnen. Het enige wat ertoe doet is het heden en de toekomst. En wie je vader ook was, voor mij telt alleen dat hij iets goeds heeft gedaan door jou als baby in huis te halen. En hoewel ik nog meer dingen heb ontdekt, en ik eigenlijk zit te popelen om je die te vertellen...' Hij keek me onderzoekend aan.

'Theo!'

'Oké, oké,' gaf hij toe. 'Ik begrijp wel dat dit het moment niet is.'

Dat was het niet, maar later die middag – en misschien was dat Theo's bedoeling ook – haalde ik Pa's brief tevoorschijn, die ik achter in mijn dagboek had weggestopt, en las hem nog eens over. Misschien moet ik het spoor dat hij me heeft nagelaten eens volgen, dacht ik. En op zijn minst het boek dat hij noemde zoeken, het boek dat ergens op een plank in zijn studeerkamer op Atlantis stond...

Toen het einde van onze tijd samen dichterbij kwam, had ik het gevoel dat Theo een deel van me was geworden. Toen ik die zin hardop voor mezelf uitsprak kon ik haast niet geloven dat ík zoiets zei. Romantische woorden, natuurlijk, maar voor mij voelde het ook echt alsof hij mijn tweelingziel was. Bij Theo voelde ik me compleet.

En ik realiseerde me maar al te goed hoe angstig deze nieuwe situatie kon worden toen hij me op zijn rustige, vertrouwde manier informeerde over de periode na zijn vertrek uit 'Ergens' – dat Anafi bleek te heten – en zijn terugkeer naar de dagelijkse realiteit.

'Allereerst ga ik een bezoekje aan mijn moeder in Londen brengen. Vervolgens haal ik in Southampton de Tigress op om haar naar het eiland Wight te zeilen. Dan heb ik alvast de gelegenheid om haar een beetje te leren kennen. En wat ga jij doen, schat?'

'Ik moet ook weer eens een tijdje naar huis,' zei ik. 'Ma kan dan wel prima de schijn wekken dat het goed met haar gaat, maar nu Maia weg is en Pa er niet meer is, vind ik dat ik bij haar moet zijn.'

'Oké, nou, ik heb op internet naar vluchten gekeken. Als we nou eens dit weekend samen met de Neptune naar Athene varen? Dan kun jij daarvandaan naar Genève vliegen. Er is rond lunchtijd nog plek op een vlucht, ongeveer gelijktijdig met mijn vlucht naar Londen.'

'Fijn, bedankt,' antwoordde ik kortaf, want ik voelde me plotseling vreselijk kwetsbaar, ik zag ertegen op om zonder hem te zijn en was bang voor wat de toekomst ons zou brengen, bang of er na 'Ergens' zelfs een toekomst voor ons was.

'Ally, wat is er?'

'Niks. Ik heb veel zon gehad vandaag en denk dat ik maar eens vroeg naar bed ga.' Ik stond op en wilde weglopen, maar hij pakte mijn hand vast.

'We zijn nog niet klaar met ons gesprek, dus ga alsjeblieft zitten.' Hij plantte me stevig op mijn stoel en kuste me op mijn mond. 'We moeten nog bespreken wat we na onze terugreis naar huis gaan doen. De Fastnet Race, bijvoorbeeld. Ik heb er sinds we hier zijn veel over nagedacht en ik wil je een voorstel doen.'

'Ga je gang,' zei ik, en ik hoorde het mezelf zeggen op de toon van een ongezeglijk kind. In dat soort plannen was ik op dit moment niet echt geïnteresseerd.

'Ik wil dat je mee gaat trainen met de bemanning. Maar als ik de weersomstandigheden voor jou te gevaarlijk vind om aan de echte race mee te doen, of als jij wel meegaat maar ik op enig moment tegen je zeg dat je naar de wal moet, dan moet je me beloven dat je mijn bevel opvolgt.'

Ik kon met moeite knikken. 'Aye aye, kapitein.'

'Probeer nou niet lollig te doen, Ally. Ik meen het. Ik heb al eens eerder tegen je gezegd dat ik geen leven meer zou hebben als jou iets zou overkomen.'

'Is het niet aan mij om zoiets te beslissen?'

'Nee, dat is aan mij, als jouw kapitein, en al helemaal als je minnaar.'

'Dus ik mag jóú niet tegenhouden als ik het te gevaarlijk vind om te gaan zeilen?'

'Natuurlijk niet!' Theo schudde gefrustreerd zijn hoofd. 'Ik ben degene die beslist, goed of slecht.'

'En stel dat het "slecht" is en dat ik weet dat het slecht is?'

'Dan zeg je dat tegen me, en dan zal ik naar je luisteren, maar uiteindelijk beslis ík.'

'Maar waarom mag ík dat niet doen? Het is niet eerlijk, ik...'

'Ally, dit begint belachelijk te worden. We draaien in kringetjes rond, en bovendien zal zoiets zich vast niet voordoen. Ik probeer je alleen duidelijk te maken dat je naar mij moet luisteren, oké?'

'Oké,' gaf ik nukkig toe. Zo dicht bij een ruzie waren we nog nooit geweest, en met nog zo weinig tijd samen op deze volmaakte plek moest ik er niet aan denken dat de situatie zou escaleren.

'Maar wat nog belangrijker is,' Theo's blik werd zachter en hij streelde mijn gezicht, 'laten we niet vergeten dat er na Fastnet nog een hele toekomst voor ons ligt. Ondanks de traumatische gebeurtenissen zijn dit echt de beste weken van mijn leven geweest. Ally, mijn schat, je weet dat ik niet het type ben voor romantische uitweidingen, maar het zou fijn zijn als we een plan kunnen bedenken waarbij we altijd bij elkaar kunnen zijn. Wat vind jij daarvan?'

'Lijkt me prima,' mompelde ik. Ik kon niet binnen een paar seconden overschakelen van 'uiterst geïrriteerd' naar 'ik wil met jou mijn leven delen'. Het scheelde niet veel of ik had met een schuine blik op Theo's notities naar het agendapunt 'Met Ally toekomst bespreken' gezocht.

'En hoe ouderwets het ook klinkt, ik weet dat ik nooit meer iemand als jij zal vinden. Dus gegeven het feit dat we geen van beiden piepjong zijn en allebei levenservaring hebben zeg ik maar gewoon dat ik zeker van mijn zaak ben. Ik zou dolgelukkig zijn als ik morgen al met je kon trouwen. En jij?'

Ik keek hem aan en probeerde te begrijpen wat hij bedoelde,

maar dat lukte niet. 'Is dit een aanzoek à la Theo?' vroeg ik vinnig.

'Ja, zo zou je het kunnen zien. Nou?'

'Ik hoor wat je zegt.'

'En?'

'Nou, even recht voor zijn raap, Theo, maar dit is niet bepaald een scène uit *Romeo en Julia*.'

'Nee, dat is het niet. Zoals je hebt kunnen zien ben ik op de belangrijke momenten niet op mijn best. Die heb ik het liefst maar zo snel mogelijk achter de rug, zodat ik kan doorgaan met... léven, denk ik. En ik wil graag met jou samenleven... ik bedoel, met je trouwen,' corrigeerde hij zichzelf.

'We hoeven niet per se te trouwen.'

'Nee, maar daar komt mijn traditionele opvoeding om de hoek kijken. Ik wil voor de rest van mijn leven met jou samen zijn, en daarom moet ik je officieel een aanzoek doen. Ik zou graag willen dat je mevrouw Falys-Kings wordt en ik zou graag "mijn vrouw en ik" tegen mensen kunnen zeggen.'

'Misschien wíl ik jouw achternaam helemaal niet dragen. Er zijn tegenwoordig heel veel vrouwen die de naam van hun man niet aannemen,' wierp ik tegen.

'Dat is ook zo,' zei hij rustig, 'maar het maakt het plaatje wel compleet, één naam voeren, vind je niet? Voor bankrekeningen en zo, en je hoeft bij telefoongesprekken met elektriciens en loodgieters niet steeds uit te leggen...'

'Theo?'

'Ja?'

'Hou godsamme nou eens even je mond! Ik kan af en toe razend worden van die praktische instelling van jou, maar voordat je mijn positieve reactie door je geanalyseer om zeep helpt: ik zou ook het liefst morgen met jou trouwen.'

'Meen je dat echt?'

'Ja, natuurlijk.' Ik zag tranen in zijn ogen opwellen. En vanuit mijn verbondenheid met hem besefte ik dat zelfs de uiterlijk meest zelfverzekerde figuur kwetsbaar is als hij weet dat degene van wie hij houdt ook van hem houdt en naar hem verlangt. Ik ging dicht tegen hem aan zitten en gaf hem een stevige knuffel.

'Nou, geweldig toch?' Hij glimlachte en veegde stiekem de tranen uit zijn ogen.

'Nou en of, zeker als je bedenkt hoe belabberd dat aanzoek was.'

'Mooi. Nou, eh, wat ik nu voorstel zal ook wel weer erg ouderwets zijn, en geef mijn opvoeding dan maar de schuld, maar ik zou graag morgen samen met jou wat winkels afgaan en iets uitzoeken dat jouw belofte aan mij markeert.'

'Je bedoelt dat we "geëngageerd" zijn?' vroeg ik plagerig. 'Het klinkt alsof je zó uit een roman van Jane Austen stapt, maar: ja, dat zou ik geweldig vinden.'

'Dank je.' Hij keek omhoog, naar de sterren, schudde zijn hoofd en keek me aan. 'Is dit geen wonder?'

'Welk deel bedoel je precies?'

'Alles. Ik bedoel, ik heb me vijfendertig jaar lang alleen gevoeld op deze planeet, en dan duik jij op. En plotseling begrijp ik het.'

'Begrijp je wát?'

Hij schudde zijn hoofd en haalde even zijn schouders op. 'Liefde.'

En dus nam Theo me de volgende dag mee naar de hoofdstad van het eiland, Chora, wat niet meer dan een slaperig dorpje van witgekalkte huizen was, geplakt tegen een heuvel die uitzicht bood op de zuidkust van het eiland. We dwaalden door de schilderachtige straatjes en vonden een paar winkeltjes die naast een allegaartje aan levensmiddelen en huishoudelijke artikelen ook handgemaakte sieraden verkochten. En er was een kleine buitenmarkt met een paar kraampjes met snuisterijen. Sieraden waren al nooit mijn ding, en na een half uur ringen passen zag ik dat Theo gefrustreerd raakte.

'Er zal toch wel iets bij zijn wat je mooi vindt?' drong hij aan, toen we bij het laatste kraampje stonden.

Maar ik had al iets gezien. 'Vind je het erg als het geen ring is?'

'Ik ben nu zover dat je voor mijn part een tepelpiercing neemt, als ik maar iets kan kopen wat je bevalt, dan kunnen we gaan lunchen. Ik val om van de honger.'

'Oké, dan zou ik dit wel willen hebben.' Ik wees naar een traditionele Griekse hanger met een oog van blauw, geslepen glas, bedoeld om tegen 'het boze oog' te beschermen. Het hing aan een fijn zilveren kettinkje.

De kraamhouder haalde het hangertje van de display en legde het op zijn handpalm, zodat we het van dichtbij konden bekijken. Hij wees op het handgeschreven prijskaartje dat eraan bungelde. Theo deed zijn zonnebril af, nam het hangertje tussen duim en wijsvinger en bestudeerde het. 'Een heel leuk ding, Ally, maar voor vijftien euro kun je dit toch moeilijk met een diamanten ring vergelijken.'

'Ik vind 'm mooi. Dit dragen zeelui om hevige stormen te weren. En tenslotte ben ik genoemd naar de beschermer van zeelieden.'

'Dat weet ik, maar of een hanger tegen het boze oog nou een passend verlovingssymbool is...'

'Nou, ik vind hem prachtig, en voordat we helemaal gek worden en de zoektocht opgeven, mag het alsjeblieft deze worden?'

'Als jij maar belooft dat je me zult beschermen.'

'Natuurlijk beloof ik dat,' zei ik, en ik klemde mijn armen om zijn middel.

'Goed dan. Maar wees gewaarschuwd, ik sluit niet uit dat ik je puur voor de vorm nog eens iets geef wat eh... iets traditioneler is.'

Een paar minuten later verlieten we de markt en had ik de kleine talisman om mijn nek hangen.

'Achteraf gezien,' zei hij, toen we door de stille straatjes terugliepen op zoek naar een tentje voor een lunch en een biertje, 'denk ik dat jou iets om je nek hangen veel passender is dan iets om je vinger schuiven, al zullen we toch een keer een echte ring moeten kopen. Maar ik vrees dat ik me geen bezoekje aan Tiffany of Cartier kan permitteren.'

'En wie zit er hier nou over zijn afkomst op te scheppen?' plaagde ik hem, toen we aan een tafeltje in de schaduw voor een *taverna* zaten. 'En ter informatie, ik haat designerlabels.'

'Je hebt gelijk. Vergeef me dat ik mijn countryclubverleden in Connecticut liet doorschemeren.' Hij pakte de geplastificeerde menukaart. 'Wat wil je trouwens voor de lunch?'

De volgende dag nam ik op het vliegveld van Athene met grote tegenzin afscheid van Theo. In het vliegtuig voelde ik me verloren zonder hem. Steeds weer wendde ik me tot mijn verbaasde buurman om Theo te vertellen wat ik net had bedacht, om me dan te realiseren dat hij er niet was. Ik gaf aan mezelf toe dat ik me zonder hem totaal verlaten voelde.

Ik had Ma niet verteld dat ik naar huis zou komen, het leek me aardig om haar te verrassen. En terwijl het vliegtuig me naar Genève voerde en ik mezelf schrap zette om bij een Atlantis te arriveren dat zijn ziel kwijt was, schommelden mijn emoties tussen de vreugde om wat ik had gevonden en het verdriet om mijn verlies en de droevige situatie die ik zou aantreffen. En deze keer zouden mijn zussen er ook niet zijn om het gapende gat te vullen dat Pa Salt had achtergelaten.

Voor het eerst van mijn leven kwam er niemand naar de steiger om me te begroeten, en daar werd ik nóg verdrietiger van. Ook Claudia was niet op haar vaste post in de keuken, maar er stond wel een pas gebakken citroencake op het aanrecht, toevallig mijn lievelingsgebak. Ik sneed een royaal stuk voor mezelf af, ging de keuken uit en liep de trap op naar mijn kamer. Daar liet ik mijn rugzak op de grond vallen en ging op bed zitten. Ik bleef een tijdje naar het magnifieke uitzicht over de bomen heen op het meer kijken en luisterde naar de nerveus makende stilte.

Even later stond ik op, slenterde langs mijn kast en pakte een flessenscheepje dat Pa me voor mijn zevende verjaardag had gegeven. Ik staarde naar het fijn bewerkte model van hout en canvas en moest glimlachen toen ik eraan dacht hoe ik Pa eindeloos aan zijn hoofd had gezeurd om me te vertellen hoe het scheepje door die dunne flessenhals had kunnen komen.

'Dat is magie, Ally,' had hij geheimzinnig gefluisterd, 'en daar moeten we in geloven.'

Ik pakte mijn dagboek uit mijn rugzak en in een sterk verlangen naar zijn fysieke nabijheid haalde ik zijn brief tevoorschijn. Ik las hem nog eens goed door en besloot om het boek dat hij me had aanbevolen uit zijn studeerkamer te halen.

In zijn deuropening bleef ik even staan om de bekende, veilige geur van citrusfruit en frisse lucht op te snuiven.

'Ally! Neem me alsjeblieft niet kwalijk dat ik er niet was toen je aankwam. Ik wist niet dat je zou komen, maar wat een geweldige verrassing!'

'Ma!' Ik draaide me om en omhelsde haar. 'Hoe gaat het met je? Ik heb een paar dagen vrij en wilde weten of het wel goed met je gaat.'

'Ja... ja...' zei ze haastig. 'En hoe gaat het met jou, chérie?' Ze nam me met haar scherpe, intelligente blik op.

'Je kent me, Ma. Ik ben nooit ziek.'

'En jij en ik weten heel goed dat ik niet naar je gezondheid informeerde, Ally,' antwoordde ze goedmoedig.

'Ik heb het druk gehad, dat heeft volgens mij wel geholpen. We hebben trouwens de regatta gewonnen,' zei ik nogal mat. Ik was er nog niet aan toe om Ma te vertellen over Theo en het geluk dat me misschien te wachten stond. Nu Pa er niet meer was voelde dat hier op Atlantis ongepast aan.

'Maia is er ook. Ze is nu naar Genève, daar is ze naartoe gegaan kort nadat de vriend die ze meenam uit Brazilië, is vertrokken. Ik verwacht haar al snel terug; ze zal heel blij zijn je te zien.'

'En ik haar. Ze stuurde me een paar dagen geleden een mailtje en ze klonk heel vrolijk. Ik ben reuzebenieuwd naar haar reis.'

'Nou, wat dacht je van een kop thee? Kom mee naar de keuken, dan kun je me alles over de regatta vertellen.'

'Oké.' Ik volgde Ma braaf de studeerkamer uit. Misschien was het omdat ik zonder eerst even te bellen was opgedoken, maar ik voelde een zekere gespannenheid, ik miste haar bekende kalmte. We babbelden wat over Maia en over de Cycladenrace, en twintig minuten later hoorden we de sloep aankomen. Ik liep naar buiten om Maia bij de steiger te begroeten.

'Verrassing!' riep ik, en ik stak mijn armen naar haar uit.

'Ally!' Maia keek stomverbaasd. 'Wat doe jij hier nou?'

'Geloof het of niet, maar dit is ook mijn huis,' antwoordde ik grinnikend.

'Weet ik, alleen had ik je niet verwacht.'

Arm in arm liepen we naar het huis. We besloten op het terras te gaan zitten, en ik ging naar de keuken om een karaf van Claudia's zelfgemaakte limonade te halen. Toen ik terugkwam observeerde ik Maia toen ze verslag uitbracht van haar recente reis naar Brazilië. Ze had er in jaren niet zo vitaal uitgezien. Haar huid glansde, haar ogen schitterden. De ontdekking van haar verleden aan de hand van Pa Salts postume aanwijzingen had haar beslist goed gedaan.

'Ally, ik wil je nog iets vertellen. Misschien had ik dat al veel eerder moeten doen...'

Ze vertelde wat er destijds op de universiteit was gebeurd en dat ze sinds die gebeurtenis een teruggetrokken bestaan was gaan leiden. Bij het aanhoren van haar verhaal sprongen de tranen in mijn ogen.

Ik raakte haar even aan in een troostend gebaar. 'Maia, wat vreselijk dat je dat helemaal in je eentje hebt moeten doorstaan. Waarom heb je niks tegen me gezegd? Ik ben je zus! Ik dacht altijd dat we een goede band hadden. Als je het me had verteld, had ik er voor je kunnen zijn.'

'Dat weet ik, maar jij was pas zestien. Trouwens, ik schaamde me.'

Ik vroeg wie die walgelijke figuur was die mijn zus zoveel verdriet had bezorgd.

'O, die ken je niet. Iemand die ik op de universiteit had leren kennen, Zed.'

'Zed Eszu?'

'Ja. Je zult zijn naam wel van het nieuws kennen. Zijn vader was die magnaat die onlangs zelfmoord heeft gepleegd.'

'En wiens boot ik vlak bij die van Pa zag, op die vreselijke dag dat ik hoorde dat hij gestorven was, weet je nog?' zei ik huiverend.

'Ironisch genoeg heeft Zed me onbedoeld het zetje gegeven dat ik nodig had om op het vliegtuig naar Rio te stappen. Na veertien jaar radiostilte liet hij opeens een voicemailbericht voor me achter. Hij zei dat hij in Zwitserland was en iets met me wilde afspreken.'

Ik keek haar stomverbaasd aan. 'Wilde hij je zien?'

'Ja. Hij zei dat hij had gehoord dat Pa was overleden en stelde voor om bij elkaar uit te huilen. Als iets ervoor kon zorgen dat ik uit Zwitserland weg wilde, was dat het wel.'

Ik vroeg of Zed wist wat haar al die jaren geleden was overkomen.

'Nee.' Maia schudde resoluut haar hoofd. 'En anders zou het hem waarschijnlijk niks kunnen schelen.'

'Volgens mij ben je beter af zonder hem,' zei ik, een tikje nadrukkelijk.

'Hoezo? Ken je hem dan?'

'Niet persoonlijk. Maar ik heb een vriendin die hem kent. Hoe dan ook...' zei ik snel, om te voorkomen dat ze zou doorvragen, 'zo te horen was die reis naar Brazilië het beste wat je ooit is overkomen. Trouwens, je hebt me nog steeds niet verteld over die woest aantrekkelijke Braziliaan die je gisteren bij je had. Volgens mij is Ma een beetje verkikkerd op hem. Daarstraks had ze het nergens anders over. Klopt het dat hij schrijver is?'

We bleven even babbelen over haar Braziliaan, daarna vroeg Maia hoe het met mij ging. Ik besloot dat dit haar moment was om te vertellen dat ze na al die jaren iemand had gevonden, dus ik hield het nieuws over Theo en mij nog maar even voor me en vertelde over de Fastnet Race en de komende Olympische testen.

'Ally! Dat is geweldig! Je houdt me wel op de hoogte, hè?' drong ze aan.

'Natuurlijk!'

Op dat moment verscheen Marina op het terras. 'Maia, chérie, ik hoorde net pas van Claudia dat je er weer bent. Christian heeft dit aan me gegeven. Ik vrees dat ik vergeten ben het aan je te geven.'

Ze overhandigde Maia een envelop, en Maia's ogen lichtten op toen ze het handschrift zag. 'Bedankt, Ma.'

'Eten jullie vanavond mee?' vroeg Ma.

'Graag. Jij ook, Maia?' vroeg ik. 'Zo vaak zijn we tegenwoordig niet in de gelegenheid om bij te kletsen.'

'Natuurlijk,' zei ze. 'Maar als jullie het niet erg vinden, ga ik eerst nog even naar het Paviljoen.'

Ma en ik wierpen een veelbetekenende blik op Maia en de brief die ze in haar handen geklemd hield.

'Tot straks, chérie,' zei Marina.

Toen ik samen met Ma naar binnen ging was ik behoorlijk van slag door wat Maia had verteld. Op zich was het goed dat de lucht was geklaard en dat ik nu wist waarom Maia zich na het verlaten van de universiteit zo had afgezonderd en in zelfverkozen ballingschap was gegaan. Maar nu bleek dat Zed Eszu haar dat leed had aangedaan werd het een heel ander verhaal.

In een gezin van zes zussen met totaal verschillende persoonlijkheden was het roddelgehalte over vriendjes en verkering afhankelijk van het karakter van de betreffende zus. Maia was altijd al erg gesloten geweest over haar privéleven; Star en CeCe hadden elkaar en praatten maar zelden met de andere zussen. Dan bleven Electra en Tiggy nog over, en die hadden me al die jaren wél altijd in vertrouwen genomen.

Ik ging naar mijn kamer, ijsbeerde heen en weer en piekerde over mijn ethische dilemma. Moest ik informatie delen met iemand van wie ik hield en voor wie die informatie van groot belang kon zijn? Of moest ik het voor me houden? Maar nu Maia voor het eerst in jaren openhartig tegen me was geweest, vond ik dat het aan haar was om het al dan niet aan haar andere zussen te vertellen. Wat bereikte ik ermee als ik me daarmee bemoeide?

Toen ik eenmaal tot die conclusie was gekomen, checkte ik mijn mobieltje, en ik begon spontaan te glimlachen toen ik zag dat er een sms'je van Theo was.

Liefste Ally. Ik mis je. Afgezaagd maar waar.

Ik antwoordde onmiddellijk.

Ik jou ook (nog afgezaagder).

Ik besloot om voor het eten nog een douche te nemen, en onder de douche besefte ik hoe ik ernaar uitkeek om Maia over mijn nieuwe liefde te vertellen, maar ik vond nog steeds dat dit na al die jaren haar moment moest zijn en dat mijn verhaal nog wel even kon wachten.

Tijdens het eten zei Maia dat ze de volgende dag terugging naar Brazilië.

'We leven maar één keer, nietwaar, Ma?' zei ze, stralend van geluk en mooier dan ooit.

'Inderdaad,' zei Ma. 'En als we de afgelopen weken iets hebben geleerd, dan is het dát wel.'

'Geen verstoppertje meer,' zei Maia, en ze hief haar glas. 'En als het niks wordt, dan heb ik het in elk geval geprobeerd.'

'Geen verstoppertje meer,' herhaalde ik, en ook ik hief glimlachend mijn glas.

9

Marina en ik zwaaiden en bliezen handkusjes naar Maia toen ze van Atlantis vertrok.

'Ik ben zo blij voor haar,' zei Ma. Op de terugweg naar het huis pinkte Marina stiekem een traan weg. Daar bleven we onder het genot van een kop thee nog even doorpraten over Maia's verdrietige verleden en haar kennelijk rooskleurige toekomst. Uit Ma's opmerkingen over Zed Eszu begreep ik dat ze net zo over hem dacht als ik. Ik dronk mijn thee op en zei dat ik mijn e-mails ging checken.

'Mag ik dat in de studeerkamer van Pa doen?' vroeg ik, omdat die ruimte de beste wifi-verbinding had.

'Natuurlijk! Denk erom, dit huis is nu van jou en je zussen,' antwoordde ze met een verdrietige glimlach.

Ik haalde mijn laptop uit mijn slaapkamer en ging ermee naar Pa's studeerkamer. In de deuropening bleef ik even staan. De kamer zag eruit zoals hij er altijd had uitgezien, met zijn eikenhouten lambrisering, die een mooie aanvulling vormde op het comfortabele, antieke meubilair. Ik ging behoedzaam op Pa Salts met leer beklede kapiteinsstoel zitten en zette mijn laptop op het notenhouten bureau voor me. Terwijl mijn laptop op gang kwam draaide ik met mijn stoel in het rond en keek ik zonder echt te kijken naar de talloze spulletjes die Pa op zijn boekenplanken had staan. Ik kon er geen rode draad in ontdekken en was er altijd van uitgegaan dat hij die dingen tijdens zijn reizen gewoon verzamelde omdat hij ze leuk vond. Daarna zocht ik met mijn blik de wandhoge boekenkast langs één muur af, me afvragend waar het boek dat hij had genoemd zou kunnen staan. Toen ik zag dat Dante zich naast Dickens had gesetteld en Sartre naast Shakespeare, begreep ik dat zijn boeken op alfabetische volgorde stonden en net zo uiteenlopend en gevarieerd waren als Pa's belangstelling.

Mijn grillige laptop besloot al kort na de start mee te delen dat hij ging afsluiten. Terwijl ik wachtte tot hij opnieuw was opgestart liep ik naar Pa's cd-speler. Wij zussen hadden vergeefs geprobeerd hem over te halen om een iPod aan te schaffen, maar ondanks de geavanceerde computers en elektronische communicatieapparatuur in zijn studeerkamer had hij gezegd dat hij te oud was om te veranderen en de muziek die hij wilde draaien liever 'zag'. Ik zette de cd-speler aan en was razend benieuwd naar de muziek die Pa Salt als laatste had beluisterd. Plotseling vulde de ruimte zich met de prachtige beginmaten van Edvard Griegs 'Ochtendstemming' uit de 'Peer Gyntsuite'.

Overspoeld door een golf van herinneringen stond ik als aan de grond genageld. Dit was Pa's favoriete stuk, hij had me vaak gevraagd om de beginmaten voor hem op de fluit te spelen. Het was de herkenningsmelodie van mijn jeugd geworden, en bij die muziek zag ik weer de stralende zonsopgangen die we samen bewonderden als hij me meenam op het meer om me met engelengeduld te leren zeilen.

Ik miste hem ontzettend.

En er was nóg iemand die ik miste.

Terwijl de muziek vanuit de verborgen speakers aanzwol en de kamer met haar verrukkelijke klanken vulde, pakte ik instinctief de hoorn van het telefoontoestel op Pa's bureau om iemand te bellen.

Op het moment dat ik de hoorn naar mijn oor bracht om het nummer in te toetsen, besefte ik dat er al iemand anders in het huis aan de lijn was. Door de schrik van het horen van die bekende stem die me van kleins af aan had getroost, moest ik het gesprek wel verstoren.

'Hallo?' zei ik, snel het geluid van de cd-speler zachter zettend om zeker te weten dat ik het goed had gehoord.

Maar aan de andere kant van de lijn klonk alleen nog een monotoon gepiep en ik wist dat hij er niet meer was.

Snakkend naar adem bleef ik een tijdje zitten. Daarna rende ik naar de hal en riep Ma. Ook Claudia kwam door mijn geschreeuw de keuken uit rennen. Inmiddels stond ik daar hysterisch te snikken, en toen Ma bovenaan de trap verscheen, liep ik naar haar toe.

'Ally, chérie, wat is er in godsnaam aan de hand?'

'Ik... ik heb zijn stem gehoord, Ma! Ik hoorde zijn stem!'

'Van wie, chérie?'

'Pa Salt! Hij was op de vaste lijn aan het bellen toen ik de telefoon op zijn studeerkamer wilde gebruiken. O mijn god! Hij is niet dood! Hij is niet dood!'

'Ally.' Ik zag dat Ma met een scherpe blik naar Claudia keek terwijl ze een arm om me heen sloeg en me naar de zitkamer loodste. 'Alsjeblieft, chérie, probeer een beetje rustig te worden.'

'Hoe kan ik nou rustig worden? Ik voelde gewoon dat hij niet dood was, Ma, dus dat betekent dat hij nog leeft en nog ergens is. En iemand in dit huis was met hem aan het praten.' Ik keek haar beschuldigend aan.

'Ally, ik begrijp wel dat je denkt dat je Pa hoorde, maar daar is een heel simpele verklaring voor.'

'En wat voor verklaring is dat dan?'

'Een paar minuten geleden ging de telefoon. Ik hoorde hem overgaan maar ik was te ver weg om hem aan te nemen, en toen ging hij over op de voicemail. Je hebt ongetwijfeld je vaders voicemailboodschap gehoord.'

'Maar ik zat vlak vóór het toestel en toch heb ik de telefoon niet horen overgaan voordat ik de hoorn pakte!'

'Maar je was heel hard muziek aan het draaien, Ally. Ik kon het boven in mijn kamer horen. Misschien overstemde die de beltoon.'

'Weet je zeker dat je niet met hem aan het bellen was? Of Claudia misschien?' vroeg ik wanhopig.

'Ally, hoe graag je ook zou willen dat ik je iets anders vertel, dat kan ik echt niet. Bel maar eens naar het vaste nummer met je mobieltje. Als je de telefoon vier keer laat overgaan, zal je je vaders stem horen. Probeer het, alsjeblieft,' drong ze aan.

Ik haalde mijn schouders op en schaamde me dat ik Ma en Claudia ervan had beschuldigd dat ze tegen me hadden gelogen.

'Nee, natuurlijk geloof ik je,' zei ik. 'Maar... ik wilde gewoon dat hij het was, dat deze ellendige toestand een vergissing was.'

'Dat willen we allemaal, Ally, maar je vader is er niet meer, en niemand van ons kan ook maar iets doen om hem terug te krijgen.'

'Ja, ik weet het. Het spijt me.'

'Verontschuldig je vooral niet, chérie. Als ik iets voor je kan doen...'

'Nee,' zei ik, 'ik ga alsnog dat telefoontje plegen.'

Marina keek me glimlachend en vol medeleven na toen ik terugliep naar Pa's studeerkamer. Ik ging weer achter zijn bureau zitten en keek eens goed naar het toestel. Ik pakte de hoorn, draaide Theo's nummer, maar zijn mobieltje schakelde door naar de voicemail. Ik wilde zijn stem horen, geen apparaat, dus legde ik abrupt de hoorn op de haak zonder een bericht achter te laten.

Toen schoot me te binnen dat ik het boek dat Pa Salt me wilde laten lezen nog moest opzoeken. Ik ging naar de boekenkast en speurde de sectie H af. Binnen een paar seconden had ik het.

Grieg, Solveig og Jeg
En biografi av Anna og Jens Halvorsen
Jens Halvorsen

Ik begreep wel dat dit een soort biografie was, maar dat was dan ook alles. Ik nam het mee naar het bureau en installeerde me daar.

Het was duidelijk een oud boek, de bladzijden waren broos en vergeeld. Het bleek precies honderd jaar geleden te zijn uitgegeven, in 1907. Als musicus wist ik natuurlijk op wie meneer Halvorsen zo goed als zeker doelde. Solveig was de trieste heldin uit Ibsens gedicht en ze speelde een rol in de wereldberoemde muziek die als begeleiding bij het toneelstuk door Edvard Grieg was gecomponeerd. Een bladzijde verder zag ik een voorwoord waarin ik de woorden 'Grieg' en 'Peer Gynt' herkende. Maar dat was jammer genoeg het enige wat ik begreep, de rest was naar ik aannam Noors, de moedertaal van zowel Grieg als Ibsen, en voor mij niet te ontcijferen.

Met een zucht van teleurstelling bladerde ik verder. Ik kwam een paar zwart-witillustraties tegen, afbeeldingen van een kleine vrouw in theaterkostuum, verkleed als boerinnetje. De tekst eronder luidde: '*Anna Landvik som Solveig, September 1876.*'

Ik bestudeerde de illustraties grondig en realiseerde me dat, wie

Anna Landvik ook mocht zijn, ze heel jong was toen de foto werd genomen. Onder de zware toneelschmink leek ze nauwelijks ouder dan een kind. Ik bladerde verder en zag Anna Landvik geleidelijk aan ouder worden. Toen ik bij een foto nog eens goed keek herkende ik de bekende trekken van Edvard Grieg zelf. Anna Landvik stond naast een vleugel, Grieg zat erachter en applaudisseerde voor haar.

Er waren meer afbeeldingen. Van een knappe jongeman, de biograaf, stijfjes gezeten naast Anna Landvik, die een klein kind op haar armen had. Ik vond het frustrerend dat ik vanwege de taalbarrière niet veel wijzer werd en dat maakte me nog nieuwsgieriger. Het boek moest vertaald worden, vond ik, en Maia, die zelf vertaler was, wist vast wel iemand die dat kon doen.

Vooral door mijn muzikale aanleg was ik diep ontroerd door de gedachte dat mijn voorouders een bepaalde verwantschap hadden met een van de grote componisten – en dan ook nog een die een grote favoriet was van Pa en mij. Had Pa daarom zo gehouden van de 'Peer Gyntsuite'? Had hij me die misschien laten horen omdat hij wist van mijn verwantschap met die muziek?

En weer werd ik door verdriet overvallen omdat Pa er niet meer was en ik op de vragen waar ik mee zat nooit een antwoord zou krijgen.

'Chérie, gaat het wel goed met je?'

Ik schrok op uit mijn overpeinzingen en zag dat Ma in de deuropening stond. 'Ja hoor, prima.'

'Zat je te lezen?'

'Ja,' zei ik, en ik bedekte het boek met mijn hand.

'Oké. Nou, de lunch staat klaar op het terras.'

'Dank je, Ma.'

Bij de salade met geitenkaas en een glas koele witte wijn bood ik Ma nogmaals mijn excuses aan voor mijn hysterische uitbarsting van die ochtend.

'Dat hoeft echt niet, hoor,' zei Ma troostend. 'Maar vertel eens, Ally, hoe gaat het nou met jou? We weten inmiddels alles over Maia, maar je hebt nog maar heel weinig over jezelf verteld. Ik heb het gevoel dat jou iets moois is overkomen. Ook jij ziet er anders uit.'

'Ik heb eigenlijk ook iemand ontmoet, Ma.'

'Dat dacht ik al,' zei ze met een glimlach.

'Daarom ontving ik al die voicemailberichten niet. Ik was bij hem toen Pa doodging en ik had mijn mobieltje uitgeschakeld,' barstte ik los, want ik wilde bevrijd worden van de waarheid die als een loden last op me drukte. 'Het spijt me zo verschrikkelijk, Ma, ik voel me zo schuldig.'

'Je hoeft je echt niet schuldig te voelen. Wie had dit nou kunnen zien aankomen?'

'Eerlijk gezegd heb ik het gevoel dat ik in een emotionele achtbaan zit,' zei ik zuchtend. 'Ik ben geloof ik nog nooit tegelijkertijd zó gelukkig en zó verdrietig geweest als nu. Het is zo raar. Ik voel me schuldig omdat ik gelukkig ben.'

'Ik denk niet dat je vader had gewild dat je je zo voelt, chérie. En vertel eens, wie is die man die je hart heeft gestolen?'

Ik vertelde haar alles. En alleen al door het uitspreken van Theo's naam voelde ik me een stuk beter.

'Is hij de ware, Ally? Ik heb je nooit eerder zo over een man horen praten.'

'Ja, hij zou weleens de ware kunnen zijn. En hij heeft… oké, hij heeft me een aanzoek gedaan.'

'Mijn hemel!' Ma keek me verbaasd aan. 'En heb je ja gezegd?'

'Dat heb ik, ja, maar we gaan nog lang niet trouwen. Maar ik kreeg dit van hem.' Ik haalde het zilveren kettinkje tevoorschijn en liet het hangertje met de amulet tegen het boze oog zien. 'Het is belachelijk snel, dat weet ik, maar het voelt gewoon goed. Bij ons allebei. En je kent me, Ma, ik ben niet het type dat direct vlinders in haar buik krijgt, dus dit is best wel een schok.'

'Ik ken jou door en door, Ally, dus ik weet dat het serieus is.'

'Hij doet me denken aan Pa. Had Pa Theo maar kunnen ontmoeten,' verzuchtte ik. Ik nam een hap sla en veranderde van onderwerp. 'Even iets anders, denk je dat Pa echt wilde dat we gaan uitzoeken waar we vandaan komen?'

'Ik denk dat hij jullie van de nodige informatie wilde voorzien voor het geval jullie dat ooit zouden willen. De beslissing is uiteraard aan jullie.'

'Nou, het heeft Maia in elk geval goed gedaan. Die heeft op zoek naar haar verleden haar toekomst gevonden.'

'Dat heeft ze, ja,' zei Ma.

'Maar ik heb volgens mij mijn toekomst al gevonden zonder dat ik in mijn verleden hoef te graven. Misschien ga ik dat ooit eens doen, maar voorlopig niet. Ik wil nu genieten van het heden en zien waar dat me brengt.'

'En dat moet je ook doen. Ik hoop dat je Theo gauw eens meeneemt, zodat ik hem kan ontmoeten.'

'Dat ga ik zeker doen, Ma,' zei ik en ik moest glimlachen bij die gedachte. 'Dat beloof ik je.'

Na een aantal dagen waarin ik weer regelmatig sliep en kon genieten van Claudia's kookkunsten en het stralende juliweer, voelde ik me weer rustig en opgeknapt. Ik was elke dag met de Laser het meer opgegaan en genoot van de ontspannen zeiltochtjes. En als de zon onderging lag ik in de boot en liet ik me overspoelen door mijn gevoelens voor Theo. Op het water voelde ik me dichter bij hem én bij Pa. Geleidelijk aan verzoende ik me met het verlies van Pa en begon ik zijn dood te aanvaarden. En ik had Marina dan wel verteld dat ik voorlopig niet op zoek zou gaan naar mijn verleden, maar ondertussen had ik wel een mailtje aan Maia gestuurd of ze misschien een Noorse vertaler wist. Dat wist ze niet, maar ze zou voor me op zoek gaan. Een paar dagen later mailde ze me de gegevens van ene Magdalena Jensen door. Toen ik Magdalena belde zei ze dat ze heel graag aan de vertaling zou beginnen. Ik had kopieën van de omslag en de foto's gemaakt voor het geval het boek zoek zou raken en het zorgvuldig ingepakt en via FedEx naar haar gestuurd.

Toen ik mijn rugzak ging inpakken voor de training bij het eiland Wight, vlak bij de kust van Engeland, liep er ineens een rilling over mijn rug toen ik dacht aan wat me te wachten stond. De Fastnet Race was een serieuze aangelegenheid en Theo zou het bevel voeren over een select en heel ervaren team van twintig man. Ik was nooit eerder zo'n grote uitdaging aangegaan. Ik zou op de proef worden gesteld en bereid moeten zijn om goed te kijken en te leren. Het feit alleen al dat Theo me had gevraagd was een enorme eer.

'Klaar om te vertrekken?' vroeg Ma, toen ik voorzien van rugzak en fluit in de hal verscheen. Theo had gevraagd of ik mijn fluit wilde meenemen, hij hoorde me kennelijk echt graag spelen.

'Helemaal.'

Ma trok me naar zich toe en omhelsde me, en ik voelde me omringd door de troost en veiligheid die Marina voor me symboliseerde.

'Zul je voorzichtig zijn, chérie?' zei ze, toen we samen naar de steiger liepen.

'Maak je alsjeblieft geen zorgen, Ma. Ik heb de beste kapitein die er maar is, dat kan ik je verzekeren. Theo staat garant voor mijn veiligheid.'

'Dan moet je dus naar hem luisteren, Ally. Ik weet hoe koppig je kunt zijn.'

'Natuurlijk zal ik naar hem luisteren,' zei ik met een ironisch glimlachje, omdat ze me zo door en door kende.

'Hou me op de hoogte, Ally,' riep ze, en ze keek me na toen ik de sloep van de steiger af duwde terwijl Christian de trossen pakte en in de boot sprong.

'Zal ik doen, Ma.'

En terwijl de sloep steeds meer vaart maakte wist ik dat ik echt mijn toekomst tegemoet voer.

10

'Hallo, Ally.'

Stomverbaasd staarde ik Theo aan, terwijl de kleurrijke mensenmassa die London Heathrow als altijd bevolkte, langs me heen stroomde. 'Wat doe jíj hier?'

'Wat is dat nou voor een vraag? Je zou haast denken dat je niet blij bent me te zien,' mopperde hij plagerig, en midden in de aankomstpassage trok hij me in zijn armen en kuste me.

'Natuurlijk ben ik blij!' zei ik giechelend, toen we even stopten om op adem te komen. Theo wist me altijd weer te verrassen. 'Ik dacht dat jij druk bezig was op de Tigress. Kom mee,' zei ik, en ik maakte me los uit zijn omhelzing, 'we veroorzaken hier een menselijke file.'

Hij loodste me mee naar de taxistandplaatsen. 'Instappen,' zei hij, en gaf de chauffeur instructies.

'Je wilt toch niet zeggen dat we met een taxi naar de ferry richting Wight gaan?' vroeg ik toen we wegreden. 'Dat is hier mijlenver vandaan.'

'Nee, natuurlijk niet, Ally. Maar als we daar eenmaal zijn hebben we onze handen vol aan de training, dus leek het me leuk om samen een nachtje door te brengen voordat ik weer "schipper" ben en jij gewoon "Ally".' En weer trok hij me tegen zich aan. 'Ik heb je gemist, schat,' fluisterde hij.

Tot mijn grote verbazing en blijdschap stopte de taxi voor het Claridge's Hotel in Londen, waar Theo incheckte. We haalden de verloren tijd in met een verrukkelijke middag en avond. Voordat ik die avond het licht uitdeed keek ik nog eens goed naar hem. Hij lag naast me te slapen en ik snoof zijn aanwezigheid op. Ik besefte dat waar hij was, ik thuishoorde. Waar dat dan ook was.

'Voordat we op de trein naar Southampton stappen moeten we nog even een beleefdheidsbezoekje afleggen,' zei Theo de volgende ochtend terwijl we ons ontbijt in bed aten.

'Echt waar? Aan wie?'

'Mijn moeder. Ik heb je vast al eens verteld dat ze hier in Londen woont en ze wil je dolgraag ontmoeten. Dus ik vrees dat je dat volmaakte achterwerk van je van het bed moet lichten terwijl ik een douche neem.'

Ik stond op en begon in mijn spullen te rommelen, zenuwachtig omdat ik op het punt stond mijn aanstaande schoonmoeder te ontmoeten. Ik had niets netters bij me dan de jeans, sweatshirts en sportschoenen die ik had ingepakt voor de zeldzame avonden dat ik niet aan boord was en van top tot teen in gore-tex, het waterdichte maar allesbehalve sexy zusje van Lycra, gehuld was.

Toen ik naar de badkamer ging om in mijn toilettas naar mijn mascara en lipstick te zoeken, realiseerde ik me dat ik die in Atlantis had laten liggen. 'Ik heb zelfs geen make-up bij me,' jammerde ik door de douchedeur naar Theo.

'Ally, ik hou van je zonder opsmuk,' antwoordde hij toen hij uit de dampende douchecabine stapte. 'Je weet dat ik vrouwen die veel make-up dragen verafschuw. En wil je nu als een speer gaan douchen? We moeten weg, en wel *pronto*.'

Veertig minuten later, nadat we door een wirwar van straten hadden gereden in een wijk die volgens Theo Chelsea heette, stopte de taxi voor een mooie, witte stadsvilla. Drie marmeren treden leidden naar een voordeur met aan weerszijden stenen potten met uitbundig bloeiende en zoet geurende gardenia's.

'We zijn er,' zei Theo terwijl hij met een sprongetje de treden nam. Hij haalde een sleutel uit zijn zak en opende de voordeur. 'Mam?' riep hij toen we de hal binnenkwamen en ik hem door een smalle gang naar een ruime, lichte keuken volgde. De ruimte werd gedomineerd door een stoere eikenhouten tafel en een enorme buffetkast, volgepropt met kleurig serviesgoed.

'Ik ben hier, schat!' klonk een vrouwenstem door de openslaande deuren.

We liepen het betegelde terras van een kleine, overvolle tuin op, waar een slanke vrouw met donkerblond, in een paardenstaart gebonden haar, rozen aan het snoeien was.

'Mijn moeder is opgegroeid op het Engelse platteland en wil dat hier in hartje Londen recreëren,' mompelde Theo duidelijk vertederd, toen de vrouw opkeek en ons met een verrukte blik van herkenning verwelkomde.

'Hallo, schat. Hallo, Ally.'

Ze liep naar ons toe en keek me met haar korenbloemblauwe ogen aan, met de intense blik die ik van Theo kende. Ik vond haar bijzonder knap, met haar fijne, popachtige trekken en de lichtblanke huid van een klassieke *English rose*.

'Ik heb al zoveel over je gehoord dat ik het gevoel heb dat ik je al ken,' zei ze, en kuste me hartelijk op beide wangen.

'Hoi, mam,' zei Theo en gaf haar een knuffel. 'Je ziet er goed uit.'

'Is dat zo? Ik heb vanochtend voor de spiegel nog mijn grijze haren staan tellen.' Ze zuchtte ironisch. 'Jammer genoeg treft de ouderdom ons allemaal. Wel, wat kan ik voor jullie inschenken?'

'Koffie?' zei Theo, met een vragende blik naar mij.

'Perfect,' antwoordde ik. 'Hoe heet je moeder eigenlijk?' fluisterde ik tegen Theo toen we haar naar binnen volgden. 'Ik ben volgens mij nog niet in de fase waarin ik haar "mam" kan noemen.'

'Jeetje, sorry! Ze heet Celia.' Theo gaf een kneepje in mijn hand. 'Oké?'

'Ja, prima.'

Bij de koffie stelde Celia me allerlei vragen, en toen ik haar vertelde over de dood van Pa Salt troostte ze me met warmte en medeleven. 'Ik denk dat geen enkel kind ooit helemaal over het verlies van een ouder heen komt, zeker een dochter niet die haar vader verliest. Ik weet nog dat ik totaal verslagen was toen ik mijn vader verloor. Je kunt hoogstens hopen op aanvaarding. En het is voor jou nog maar zo kort geleden, Ally. Ik hoop dat mijn zoon je niet te hard laat werken,' zei ze met een blik op Theo.

'Dat doet hij echt niet, Celia. En eerlijk gezegd maakt rondhangen en lopen treuren het alleen maar erger. Ik merk dat het beter is om bezig te blijven.'

'Nou, ik zal in elk geval blij zijn als die Fastnet Race achter de rug is. Als je ooit zelf kinderen hebt, zul je begrijpen dat ik mijn hart vasthoud bij elke race waaraan Theo meedoet.'

'Maar mam, ik heb er al twee keer eerder aan meegedaan en ik weet waar ik aan begin,' protesteerde Theo.

'En hij is echt een fantastische schipper, Celia. Zijn bemanning loopt het vuur voor hem uit de sloffen,' voegde ik eraan toe.

'Dat geloof ik graag, en ik ben ook vreselijk trots op hem, maar soms had ik liever gehad dat hij accountant of effectenmakelaar was geworden, of dat hij in elk geval een beroep met minder risico's had gekozen.'

'Kom op, mam, je bent anders nooit zo nerveus. Ik heb al zo vaak tegen je gezegd dat ik net zo goed morgen onder een bus kan komen. Bovendien ben jíj nota bene degene die me heeft leren zeilen,' zei Theo, die zijn moeder een liefkozend duwtje gaf.

'Vergeef me, ik zeg niks meer. Zoals ik al zei word ik een dagje ouder, en dan krijg je van dat soort sentimentele gedachten. Over vaders gesproken, heb je de laatste tijd nog iets van je vader gehoord?' vroeg ze aan Theo, en er kwam een scherp kantje aan haar stem.

Theo wachtte even met antwoorden. 'Ja. Hij stuurde me een mailtje dat hij in zijn huis op de Caraïben was.'

'Alleen?' vroeg Celia met een sierlijk opgetrokken wenkbrauw.

'Geen idee. En dat interesseert me ook niet,' zei Theo resoluut, en hij veranderde direct van onderwerp door te vragen of ze nog van plan was in augustus naar het buitenland te gaan.

Ik luisterde zwijgend toen moeder en zoon Celia's plannen voor een weekje Zuid-Frankrijk en een paar dagen Italië aan het eind van de maand bespraken. Uit de ongedwongen manier waarop ze met elkaar praatten was duidelijk te merken dat ze dol op elkaar waren.

Na een uurtje dronk Theo zijn tweede kop koffie leeg en keek hij met enige tegenzin op zijn horloge. 'Ik vrees dat we ervandoor moeten, mam.'

'Heus? Blijven jullie niet een hapje eten? Ik kan een salade in elkaar flansen, dat is zo gebeurd.'

'Helaas niet. We hebben om vijf uur een bespreking met het complete team aan boord van de Tigress en het zou een slecht voorbeeld zijn als de kapitein te laat komt. We mikken op de trein van half één vanaf Waterloo.' Hij stond op. 'Ik ga nog even naar de wc, dan zie ik jullie zo meteen in de hal.'

'Ik vond het fijn je te ontmoeten, Ally,' zei Celia toen Theo de keuken uit ging. 'Ik werd wat nerveus toen hij me vertelde dat jij de ware was, dat zul je begrijpen. Hij is mijn enige kind en betekent alles voor me. Maar ik zie dat jullie perfect bij elkaar passen.'

'Dank je wel dat je dat zegt. We zijn heel gelukkig,' antwoordde ik met een glimlach.

Toen we opstonden en naar de hal liepen legde ze haar hand op mijn arm. 'Zul je goed voor Theo zorgen? Hij heeft geen enkel besef van gevaar.'

'Ik zal mijn best doen, Celia.'

'Ik...'

Ze wilde nog iets zeggen, maar inmiddels stond Theo naast ons.

'Tot ziens, mam. Ik bel je, maar maak je geen zorgen als je tijdens de raceweek niks van me hoort.'

'Ik zal het proberen,' antwoordde Celia. Haar stem haperde even. 'En ik zal je toejuichen bij de finish in Plymouth.'

Ik liep alvast naar de voordeur om hen niet bij hun afscheid te storen, maar het was me niet ontgaan hoe stevig Celia Theo omhelsde, alsof ze het vreselijk vond om hem te laten gaan. Uiteindelijk maakte hij zich zachtjes los uit haar omhelzing, en toen we vertrokken zwaaide ze ons met een geforceerd glimlachje na.

In de trein naar Southampton maakte Theo een verstrooide indruk en was hij ongewoon zwijgzaam.

'Gaat het wel goed met je?' vroeg ik toen hij peinzend uit het raam keek.

'Jawel, maar ik maak me zorgen om mam. Ze leek zichzelf niet vandaag. Ze is anders nooit zo somber, ze neemt meestal met een vrolijke glimlach en een snelle knuffel afscheid.'

'Ze is duidelijk dol op jou.'

'En ik op haar. Ze heeft me gemaakt tot wie ik ben en me altijd aangemoedigd bij het zeilen. Misschien wordt ze inderdaad een dagje ouder,' concludeerde hij schouderophalend. 'En ik betwijfel of ze ooit nog over de scheiding en het gemis van mijn vader heen komt.'

'Denk je dat ze nog steeds van hem houdt?'

'Dat weet ik vrijwel zeker, hoewel dat niet per se betekent dat ze nog op hem gesteld is. Hoe zou ze ook kunnen? Ze was er werkelijk kapot van toen ze achter die reeks affaires van hem kwam. Ze voelde zich zo diep vernederd dat ze hem gezegd heeft dat hij moest vertrekken, ook al brak het haar hart.'

'God, wat afschuwelijk.'

'Dat is het zeker. Diep in zijn hart is pa natuurlijk nog dol op haar. Zonder elkaar voelen ze zich ellendig, maar volgens mij is de scheidslijn tussen liefde en haat altijd heel dun. Je zou het kunnen vergelijken met leven met een alcoholist, op enig moment moet je kiezen tussen het verlies van degene van wie je houdt of het behoud van je geestelijk welzijn. En geen mens, hoeveel hij ook van ons houdt, kan ons van onszelf redden, denk je niet?'

'Nee, dat kan niemand.'

Plotseling greep Theo mijn hand. 'Laat dat tussen ons nooit gebeuren, Ally.'

'Nooit,' was mijn hartstochtelijke antwoord.

Zoals altijd waren de tien dagen voor de wedstrijd waanzinnig druk, spannend en dodelijk vermoeiend, en dat was nu des te meer het geval vanwege de reputatie van de Fastnet, een van de zwaarste en technisch meest veeleisende races ter wereld. Het reglement bepaalde dat ten minste de helft van de bemanning in de afgelopen twaalf maanden samen meer dan driehonderd mijl ervaring in offshorewedstrijden moest hebben opgedaan. Op de eerste avond, toen Theo alle twintig bemanningsleden op de Tigress had verzameld, werd me al snel duidelijk dat ik veel minder ervaring had dan de meesten. Theo stond erom bekend dat hij jong talent koesterde en had dan ook het team van de Cycladenrace samengesteld, maar hij nam dit keer geen enkel risico en had de rest van de bemanning hoogstpersoonlijk uit de crème de la crème van de internationale zeilgemeenschap geselecteerd.

Het traject was veeleisend en gevaarlijk. Het voerde langs de zuidkust van Engeland, stak de Keltische Zee over naar Fastnet Rock, bij de Ierse kust, en liep dan weer terug om te eindigen in

Plymouth. Tijdens vorige races hadden heel wat boten hun kansen zien verdwijnen door de harde westelijke en zuidwestelijke wind, de verraderlijke stromingen en de beruchte onvoorspelbare weersomstandigheden. Bovendien wisten we maar al te goed dat er in voorgaande jaren een aantal dodelijke ongelukken was gebeurd. Geen enkel team dat aan deze race begon dacht daar lichtvaardig over, en een team als het onze, dat vastbesloten was om te winnen, al helemaal niet.

We stonden elke dag bij het ochtendgloren op en brachten uren op het water door, herhaalden eindeloos de noodzakelijke manoeuvres, waarbij de vaardigheden van zowel de bemanning als de eigenschappen van de superieure zeilboot met zijn hypermoderne technologie tot het uiterste op de proef werden gesteld. Bij sommige trainingssessies zag ik dat Theo gefrustreerd raakte wanneer een bemanningslid zich niet als een teamplayer opstelde, maar hij bleef altijd rustig. Elke avond werd onder het eten de strategie en tactiek voor elk onderdeel van de race besproken en eindeloos verfijnd, waarna Theo de definitieve beslissing nam.

We oefenden niet alleen met zeilen maar kregen ook een aantal grondige veiligheidsinstructies en -oefeningen, waarbij we gebruikmaakten van de geavanceerde veiligheidsapparatuur aan boord. Ieder van ons werd uitgerust met een EPIRB, een persoonlijk zendertje dat aan ons reddingsvest werd bevestigd. Zelfs als we niet zeilden was de bemanning constant hard aan het werk op de boot, waarbij onder het toeziend oog van Theo elk detail uitvoerig werd gecontroleerd. Dat varieerde van het checken van de keukenvoorraad en het testen van de pompen en de lier tot het regelen en controleren van de complete zeilgarderobe. Een van Theo's vele taken als schipper was het toewijzen van de kooien en het opstellen van een roulatiesysteem voor de wacht.

Dankzij zijn inspirerende leiderschapsstijl heerste er een superieure *esprit de corps* toen we op de avond voordat de race op 12 augustus van start zou gaan een laatste peptalk van hem kregen. Alle bemanningsleden stonden spontaan als één man op en juichten hem toe.

We waren er helemaal klaar voor. De enige tegenvaller was de beangstigende weersverwachting voor de komende paar dagen.

'Ik moet naar de Royal Ocean Racing Club voor een briefing van de schippers, liefje,' zei Theo met een vluchtige kus op mijn wang toen de rest van de bemanning zich verspreidde. 'Ga jij maar vast naar het hotel en neem een uitgebreid warm bad. Dat zal voorlopig je laatste warme bad zijn.'

Dat deed ik, en ik deed mijn best om te genieten van de luxe van het gloeiendhete water, maar toen ik even later uit het raam keek zag ik dat er een storm was opgestoken die over de haven gierde en met geweld tegen de tweehonderdeenenzeventig boten beukte die zich daar en rond het eiland hadden verzameld. Mijn maag draaide zich om. Dit was wel het laatste waar we behoefte aan hadden, en Theo keek dan ook somber toen hij terugkwam.

'Nog nieuws?'

'Alleen maar slecht nieuws, ben ik bang. Dat de voorspellingen slecht zijn wisten we al, maar ze denken er zelfs over om de start uit te stellen. Ze hebben een ernstige waarschuwing voor windstoten uit laten gaan. Eerlijk gezegd kon het niet slechter, Ally.'

Hij ging zitten en keek alsof de moed hem in de schoenen was gezonken. Ik liep naar hem toe en masseerde zijn schouders.

'Theo, vergeet niet dat het maar een wedstrijd is.'

'Dat weet ik, maar als ik dit win zou dat het hoogtepunt van mijn carrière zijn. Ik ben vijfendertig, Ally, en ik kan dit niet eeuwig blijven doen. Verdomme!' Hij stompte op zijn armleuning. 'Waarom nou net dít jaar?'

'Eerst maar eens kijken hoe het morgen is. Weersvoorspellingen zitten er vaak naast.'

'Nou, de werkelijkheid zit er niet bepaald naast,' zei hij met een zucht, en hij wees naar de steeds donker wordende lucht. 'Maar je hebt gelijk, we kunnen nu niets doen. Morgenochtend om acht uur krijgen alle schippers te horen of de start wordt uitgesteld. En nu is het mijn beurt voor een warm bad en dan vroeg naar bed.'

'Ik laat het even voor je vollopen.'

'Bedankt. En, Ally?'

'Ja?' Ik was al op weg naar de badkamer en draaide me om.

'Ik hou van je,' zei Theo, en glimlachte naar me.

Wat Theo had gevreesd gebeurde. Voor het eerst in zijn drieëntachtigjarige geschiedenis werd de race uitgesteld. In de Royal London Yacht Club zat de bemanning mistroostig aan de lunch, en iedereen keek voortdurend naar buiten, hopend op een wonder. De volgende ochtend zou er opnieuw worden beslist, dus na de lunch liepen Theo en ik moedeloos terug naar ons hotel aan de haven.

'Het klaart uiteindelijk vast wel op, Theo, dat doet het altijd.'

'Ally, ik heb op elke mogelijke website gekeken, ik heb zelfs contact opgenomen met het meteorologisch centrum, maar het ziet ernaar uit dat er een lagedrukgebied is ontstaan dat de komende dagen zal blijven hangen. Ook al kunnen we starten met de race, dan nog wordt het ongelooflijk zwaar om de finish te halen. In ieder geval,' hij keek me aan en begon plotseling te grinniken, 'hebben we tijd voor nog een warm bad.'

Die zondagavond aten we samen in het hotel. We waren gespannen en voelden ons ongemakkelijk. Theo stond zichzelf zelfs een glas wijn toe, iets wat hij de avond voor een race nooit deed, en toen we naar bed gingen waren we al wat rustiger. Tijdens het vrijen was hij ongewoon heftig en hartstochtelijk, daarna liet hij zich in de kussens vallen en trok me in zijn armen.

Vlak voordat we wegdoezelden hoorde ik hem zeggen: 'Ally?'

'Ja?'

'Als het goed is vertrekken we morgen. Maar het wordt een zware klus. Ik wil je nu vast herinneren aan de belofte die je me op "Ergens" hebt gedaan. Als ik tegen je zeg dat je van de boot af moet, dan volg je mijn bevel als schipper op.'

'Theo...'

'Serieus, Ally, ik kan je alleen aan boord nemen als ik ervan opaan kan dat je doet wat ik zeg.'

'Nou, goed dan,' zei ik, mijn schouders ophalend. 'Jij bent mijn kapitein, dus ik moet doen wat me wordt opgedragen.'

'En voordat je er weer over begint, het is niet omdat je een vrouw bent, of omdat ik aan je deskundigheid twijfel. Het is omdat ik van je hou.'

'Ik weet het.'

'Mooi. Slaap lekker, mijn schat.'

De volgende ochtend vroeg kwam het nieuws dat de Fastnet Race van start zou gaan, een volle vijfentwintig uur na de oorspronkelijk geplande start. Nadat hij de bemanning op de hoogte had gesteld ging Theo onmiddellijk naar de boot, en ik zag dat hij al op scherp stond en zijn energie weer terug had.

Een uur later voegde ik me met de rest van de bemanning bij hem aan boord van de Tigress. De wind en de golven gingen zo hevig tekeer dat zelfs de boten in de haven gevaarlijk heen en weer schommelden.

'Jezus, en dan te bedenken dat ik op dit moment op een luxe charterjacht in de Caraïben had kunnen schipperen,' mopperde Rob, toen we het startsein van het kanonschot hoorden en gespannen wachtten tot het onze beurt was om de haven te verlaten. Toen het zover was verzamelde Theo ons aan dek voor een *bon voyage*-foto.

Zelfs de meest doorgewinterde zeilers in ons team zagen een tikkeltje groen toen we ten slotte de bescherming van de haven verlieten. De wind zweepte de extreem hoge golven op tot een schuimende razernij, zodat we binnen een paar seconden drijfnat waren.

In de acht turbulente uren die volgden bleef Theo kalm. Hij navigeerde de boot door de woeste wateren, gaf een bijna constante stroom aan bevelen om ons op koers te houden en onze snelheid niet te verliezen, en verloor maar zelden zijn zelfbeheersing. De zeilen werden zo'n tien keer gereefd en gehesen; we moesten ons voortdurend aanpassen aan de sterk wisselende weersomstandigheden, zoals windstoten van veertig knopen per uur die uit het niets opdoken. En al die tijd sloeg de regen genadeloos in ons gezicht.

Op die eerste dag hadden twee bemanningsleden kombuiscorvee. We deden een poging om soep op te warmen. We gebruikten een cardanisch fornuis, dat de pannen horizontaal moest houden, maar de boot stampte zo heftig dat de inhoud alle kanten op klotste en we ons een paar keer brandden. We gingen daarom maar over op kant-en-klare porties, die we in de magnetron opwarmden. De bemanning kwam in ploegen naar beneden, rillend in hun zeilkleding en te uitgeput om die voor zo'n korte onderbreking uit te trekken. Maar hun dankbare gezichten maakten me weer eens duidelijk dat de huishoudelijke taken bij zo'n race net zo belangrijk waren als wat er boven op het dek gebeurde.

Theo zat bij de laatste eetploeg en terwijl hij zijn eten naar binnen schrokte vertelde hij dat een aantal schepen al had besloten toevlucht te zoeken in een van de havens langs de zuidkust van Engeland.

'En het wordt nog veel erger als we het Kanaal uit komen en in de Keltische Zee zijn, vooral als het donker wordt,' zei hij, en keek op zijn horloge. Het was bijna acht uur en het begon al te schemeren.

'Wat vinden de anderen?' vroeg ik hem.

'Die willen allemaal verder. En ik denk dat de boot het wel aankan...'

We werden van de bank gesmeten toen de Tigress een enorme ruk naar stuurboord maakte. Ik gilde toen ik met mijn buik keihard op de tafelrand terechtkwam. Theo, de man van wie ik werkelijk had geloofd dat hij op water kon lopen, krabbelde overeind.

'Oké, 't is mooi geweest,' zei hij, toen hij zag dat ik dubbelgeklapt van de pijn bleef zitten. 'Zoals je zelf al zei, het is maar een wedstrijd. We gaan een haven opzoeken.'

En voordat ik iets kon terugzeggen vloog hij met twee treden tegelijk de trap op.

Een uur later loodste Theo ons de haven van Weymouth binnen. We waren totaal uitgeput en hadden ondanks onze hightech waterdichte kleding geen droge draad meer aan ons lijf. Nadat we hadden aangelegd, de zeilen hadden gestreken en de uitrusting op beschadigingen hadden gecontroleerd, riep Theo ons bij elkaar in de grote hut. Er was niet veel ruimte, dus we ploften maar gewoon ergens neer. Zoals we daar zaten in onze oranje outfit hadden we veel weg van een visnet vol halfdode kreeften.

'Het is te gevaarlijk om vanavond door te gaan, ik wil jullie leven niet op het spel zetten. Het goede nieuws is dat bijna alle deelnemende boten inmiddels een onderkomen hebben gevonden, dus onze kansen zijn nog niet verkeken. Ally en Mick maken pasta voor later en jullie kunnen ondertussen volgens het rooster douchen. Zodra de zon opkomt vertrekken we. Als iemand even de ketel opzet kunnen we thee zetten om wat op te warmen. We moeten morgenochtend superscherp zijn.'

Mick en ik kwamen moeizaam overeind en gingen naar de kombuis. We maakten een grote pan pasta en warmden de kant-en-klare saus op. Ik nipte dankbaar aan de hete thee die Mick had gezet en verbeeldde me dat de warmte tot in mijn ijskoude tenen doordrong.

'Ik zou wel een slokje van iets sterkers kunnen gebruiken,' zei Mick grinnikend. 'Je snapt nu zeker wel waarom die ouwe zeebonken op rum leefden?'

'Hé Al, jij bent aan de beurt om te douchen,' riep Rob.

'Bedankt, maar ik sla mijn beurt over, ik douch later wel.'

'Da's jofel,' zei een dankbare Rob. 'Ik doe wel of ik jou ben.'

Nooit eerder waren mijn twijfelachtige culinaire kwaliteiten zo sterk gewaardeerd als die avond. Al snel nadat we hadden gegeten en de plastic kommen hadden afgewassen verspreidde de bemanning zich om, nu het nog kon, een paar uurtjes slaap te krijgen. De boot was niet ingericht op zoveel slapers tegelijk, dus er werden banken tot geïmproviseerde bedden ingericht en sommigen rolden zich op de vloer in hun lichtgewicht slaapzak.

Toen ik alsnog ging douchen was er voor mij als laatste in de rij alleen nog ijskoud water, en ik had geen idee of ik me door die koude douche beter of juist slechter voelde. Toen ik onder de douche vandaan kwam stond Theo me op te wachten.

'Ally, ik moet met je praten.' Hij nam me bij de hand en trok me door de schemerige hut vol bewegingloze lijven naar het hok dat hij zijn 'kantoor' noemde en dat volgepropt stond met navigatie-instrumenten. Hij zei dat ik moest gaan zitten en pakte mijn handen.

'Ally, geloof je dat ik van je hou?'

'Ja, natuurlijk.'

'En geloof je dat ik jou een geweldig goede zeiler vind?'

'Dat weet ik niet,' zei ik met een onzeker glimlachje.

'Want ik neem je niet verder mee in de race. Over een paar minuten word je door een volgbootje opgehaald. Je bent geboekt voor een bed and breakfast aan de haven. Sorry, ik kan het echt niet.'

'Wat kun je niet?'

'Dat risico nemen. De weersvoorspelling is allerbelabberdst, ik heb een aantal schippers gesproken die al overwegen om zich terug te trekken. Volgens mij kan de Tigress wél door, maar ik kan jou echt niet aan boord hebben. Begrijp je dat?'

'Nee, dat begrijp ik niet. Waarom ík? Waarom de anderen niet?'

'Alsjeblieft schat, dat weet je best.' Hij stopte even. 'En als je het echt wilt weten, met jou aan boord is het voor mij lastiger om me te concentreren en mijn werk goed te doen.'

Ik keek hem geschokt en onthutst aan. 'Ik... Laat me alsjeblieft blijven, Theo,' smeekte ik.

'Deze keer niet, nee. We hebben nog genoeg wedstrijden samen in het vooruitzicht, lieverd. En bij veel van die wedstrijden komt er geen water aan te pas. Laten we die niet op het spel zetten.'

'Maar waarom vind je het geen probleem om zelf door te gaan terwijl je je om mij zo ongerust maakt? Als andere boten al overwegen om te stoppen, waarom doe jij dat dan niet?' Ik voelde mijn woede langzaam maar zeker stijgen toen de verbijsterende boodschap goed tot me doordrong.

'Omdat deze race altijd mijn ultieme doel is geweest, Ally. En ik kan de mensen hier niet teleurstellen. Oké, je kunt nu beter je spullen pakken. Je lift kan hier elk moment zijn.'

'Maar ík stel nu toch iedereen teleur? Ik stel jou nu toch teleur?' zei ik. Als die bemanning daar niet had liggen slapen had ik het liefst tegen hem geschreeuwd. 'Ik moest toch jouw beschermvrouw zijn?'

'Je stelt mij in elk geval teleur als je zo blijft ruziën,' zei hij op scherpe toon. 'Pak je spullen. Nu. Dit is een bevel van je kapitein. Volg het alsjeblieft op.'

'Ja, schipper,' antwoordde ik nukkig, wetend dat ik mijn verlies moest accepteren. Ik ging mijn rugzak halen, maar ik was om allerlei onduidelijke redenen razend op Theo. Toen ik aan dek kwam zag ik in de haven al de lichtjes van de boot die me kwam halen, en ik liep naar het achterdek om de touwladder te laten zakken.

Vastbesloten om te vertrekken zonder ook maar iets tegen Theo te zeggen ving ik het touw dat de schipper van de boot me toewierp en bevestigde dat aan een van de dekbolders toen hij langszij kwam. Ik stapte net op de ladder toen het licht van een zaklamp van bovenaf op mijn gezicht werd gericht.

'Je logeert in The Warwick Guesthouse,' hoorde ik Theo zeggen.

'Oké,' antwoordde ik kortaf. Ik liet mijn rugzak in de sterk overhellende boot vallen en wilde net verder naar beneden klauteren toen een hand me omhoogtrok.

'Ally, godsamme, ik hou van je... Ik hou van je...' zei hij zacht, en terwijl ik op de bovenste trede op mijn tenen stond te wiebelen, nam hij me in zijn armen. 'Zul je dat nooit vergeten?'

Ik smolt, ondanks mijn boosheid. 'Nooit,' antwoordde ik, en ik pakte de zaklamp uit zijn hand en richtte die op zijn gezicht om zijn trekken in mijn geheugen te prenten. 'Wees voorzichtig, schat,' fluisterde ik, terwijl Theo me met tegenzin losliet om de tros los te maken en ik de ladder afdaalde en in het wachtende bootje sprong.

Ik had nooit eerder zo'n zware zeildag meegemaakt en was te uitgeput om te kunnen slapen. Daar kwam nog bij dat ik na het doorzoeken van mijn rugzak ontdekte dat ik in de haast mijn mobieltje op de boot had laten liggen. Nu kon ik geen rechtstreeks contact meer hebben met Theo. Ik kon mezelf wel voor mijn kop slaan omdat ik zo stom was geweest. Ik ijsbeerde door mijn kamer en werd heen en weer geslingerd tussen verontwaardiging omdat ik botweg van boord was gezet en pure angst als ik de langsrazende wolken en stortregens buiten zag en het continue gekletter van de zwiepende masten hoorde. Ik wist hoe belangrijk deze race voor Theo was, en ik was bang dat zijn professionele beoordelingsvermogen versluierd zou worden door zijn verlangen om te winnen. En plotseling zag ik de zee in zijn ware gedaante: een grommend, ontembaar beest dat met zijn reuzenkracht de mens tot een stuk drijfhout reduceert.

Toen een duistere ochtendschemering inzette zag ik de Tigress vertrekken, de haven van Weymouth uit, naar open zee.

Ik klemde mijn vingers om mijn verlovingskettinkje en besefte dat ik niets meer kon doen. 'Tot ziens, mijn schat,' fluisterde ik en ik keek de Tigress na tot ze een stipje was dat op de wrede golven heen en weer werd gesmeten.

In de uren die volgden voelde ik me van alles en iedereen geisoleerd. Uiteindelijk realiseerde ik me dat het geen zin had om in mijn eentje in Weymouth te blijven en me alleen maar diep ellendig te voelen, dus pakte ik mijn rugzak in en ging ik met de trein en vervolgens de veerboot naar Cowes. Dan was ik tenminste in de buurt van het controlecentrum van de race en hoorde ik de stand van zaken uit de eerste hand in plaats van dat ik op het internet aangewezen was. Elke boot had gps aan boord, maar ik wist dat dat bij zwaar weer onbetrouwbaar was.

Drieënhalf uur later checkte ik in bij het hotel waar Theo en ik tijdens de training hadden gelogeerd en liep ik bij de Royal Yacht Squadron binnen om te horen of er nog nieuws was. De moed zonk me in de schoenen toen ik een aantal zeilers herkende die tegelijk met ons aan de race waren begonnen maar nu in miserabele groepjes rond de tafeltjes zaten.

Ik herkende onder andere Pascal Lemaire, een Fransman met wie ik een paar jaar eerder had gezeild, en liep naar hem toe.

'Hoi, Al,' zei hij verbaasd, 'ik wist niet dat de Tigress was gestopt.'

'Dat is ze niet, althans voor zover ik weet. Mijn schipper heeft me gisteren van boord gestuurd. Hij vond het te gevaarlijk.'

'Gelijk heeft-ie, het ís ook te gevaarlijk. Er zijn al tientallen boten officieel uit de race gestapt of ze liggen in de haven op rustiger weer te wachten. Onze schipper heeft besloten ons terug te trekken. Voor kleine boten als de onze was het een ware hel. Ik heb zelden zulk weer meegemaakt. Maar op zo'n honderdvoeter als die van jullie zit je wel veilig. Die boot waar je vriendje mee zeilt moet goed genoeg zijn,' zei hij toen hij mijn angstige blik zag. 'Wil je wat drinken? Er zitten hier vanavond heel wat lui hun verdriet te verdrinken.'

Ik voegde me bij de groep. Ze begonnen onvermijdelijk de weerssituatie te vergelijken met het weer tijdens de race van 1979, toen honderdtwaalf boten omsloegen door de hoge golven en achttien mensen, waaronder drie reddingswerkers, omkwamen. Maar ik kon mijn aandacht er niet bij houden en was zo ongerust over de Tigress en Theo dat ik me na een half uur excuseerde, mijn fleecevest aantrok en door de regenachtige straat naar het controlecentrum van de Fastnet Race liep, dat iets verderop in de Royal Ocean

Racing Club was gehuisvest. Ik vroeg of er iets bekend was over de Tigress.

'Ja, die ligt op dit moment een paar mijl voorbij Bishop Rock en maakt goede voortgang,' zei de operator toen hij op zijn scherm keek. 'Ze ligt op dit moment op de vierde plaats. Let wel, met al die berichten over boten die zich terugtrekken zou ze best eens kunnen winnen wegens niet-verschijnen,' voegde hij er zuchtend aan toe.

Enigszins gerustgesteld omdat voor zover was na te gaan alles goed ging en Theo veilig was, ging ik weer terug naar de Royal Yacht Squadron. Ik nam een sandwich en zag toen ik daar zat het ene na het andere uitgeputte en doorweekte team binnenkomen. Overal om me heen hoorde ik opmerkingen dat het nog harder was gaan waaien, maar ik kon me niet voldoende concentreren om me in de gesprekken te mengen, dus ging ik maar weer terug naar mijn hotel, waar ik nog een paar uur onrustig sliep. Uiteindelijk gaf ik het op, en om vijf uur 's ochtends, toen een grauwe ochtendschemer probeerde door te breken, stond ik alweer bij het controlecentrum. Toen ik binnenkwam viel er een doodse stilte.

'Nog nieuws?'

Ik zag de operators onrustige blikken met elkaar wisselen.

'Wat is er gebeurd?' vroeg ik, en mijn hart klopte in mijn keel.

'We hebben vanochtend rond half vier een noodoproep ontvangen. Man overboord, kennelijk. Ze hebben een kustwacht en een reddingshelikopter ingeschakeld. We wachten nog op verder nieuws.'

'Weten ze ook wie? Wat is er gebeurd?'

'Sorry, liefje, maar meer informatie hebben we op dit moment niet. Ga jij maar een kop thee halen, zodra we iets horen laten we je het weten.'

Ik knikte en probeerde de hysterische angst die in me opsteeg te bedwingen. De Tigress was een geavanceerd jacht met een superieur communicatiesysteem. Ik wist dat ze tegen me logen met de opmerking dat ze niet meer wisten. En als ze logen kon dat maar één ding betekenen.

Mijn hart ging als een razende tekeer, zo snel dat ik dacht dat ik zou flauwvallen. Ik liep naar het damestoilet, liet me op een wc-bril vallen en haalde stokkend en met diepe teugen adem. Misschien had ik het mis, misschien konden ze de details pas bekendmaken als ze precies wisten wat er was gebeurd. Maar diep in mijn hart wist ik het al.

11

Een helikopter bracht Theo's lichaam aan land. De directeur van de race was zo vriendelijk me een auto aan te bieden om me naar de ferry in Southampton te brengen en, als ik dat wilde, naar het ziekenhuis waar zijn lichaam in het mortuarium zou komen te liggen.

'Jij en Theo's moeder staan op dit formulier als naasten ingevuld. Het spijt me dat ik het moet zeggen maar een van jullie zal, eh... de nodige papieren moeten invullen. Zal ik contact opnemen met mevrouw Falys-Kings of doe jij dat?'

'Ik... ik weet het niet,' antwoordde ik, totaal verdoofd.

'Misschien moet ik het dan maar doen. Ik moet er niet aan denken dat ze het via de radio of tv te weten komt. Verdrietig genoeg zal dit als groot nieuws de hele wereld over gaan. Ik vind het zo erg voor je, Ally. Ik ga je niet lastigvallen met de gebruikelijke platitudes zoals dat Theo omkwam terwijl hij deed wat hij het allerliefste deed. Ik ben er werkelijk kapot van, vanwege jou, vanwege zijn bemanning, vanwege de zeilsport.' Ik gaf geen antwoord. Ik had geen woorden.

'Goed,' zei hij, niet goed wetend wat hij verder met me aan moest nu ik daar als een zombie tegenover hem zat. 'Zal ik je naar je hotel brengen, zodat je misschien nog wat kunt rusten?'

In een hopeloos gebaar trok ik mijn schouders op. De man bedoelde het goed, maar ik betwijfelde of ik ooit nog 'wat zou kunnen rusten'. 'Nee, het is goed zo, ik loop wel.'

'Als ik ook maar iets voor je kan doen, Ally, laat het alsjeblieft weten. Je hebt mijn mobiele nummer, dus bel me als je die auto wilt hebben. De rest van de bemanning vaart de Tigress op dit moment terug naar Cowes. Ze zullen je op enig moment ongetwijfeld willen spreken om te vertellen wat er precies is gebeurd. Ik bel ondertussen Theo's moeder.'

Ik sjokte afwezig langs de haven terug naar het hotel en bleef onderweg staan om over de wrede, grijze zee te staren. Ik schreeuwde hem de grofste scheldwoorden toe, brulde als een dier in doodsnood, eiste dat hij uitlegde waarom hij eerst mijn vader en nu Theo van me had afgenomen. Ik bezwoer mezelf dat ik nooit meer een voet op een boot zou zetten.

De uren daarna waren één grote leegte. Ik zat op mijn kamer, niet in staat te denken, te voelen of ook maar iets te verwerken.

Ik wist alleen maar dat ik niets meer had.

Niets.

De telefoon naast mijn bed ging en als een robot stond ik op en nam op. De receptie meldde dat er beneden een paar vrienden stonden die me graag wilden spreken. 'Meneer Rob Bellamy en drie anderen,' zei de receptioniste.

Hoe verdoofd ik ook was, ik wist dat ik de confrontatie met de bemanning aan moest gaan en moest weten hoe Theo was omgekomen. Ik zei dat ik ze beneden in de lounge zou ontmoeten.

Beneden in de lounge stonden Rob, Chris, Mick en Guy op me te wachten. Ook zij waren compleet in shock, durfden me nauwelijks aan te kijken toen ze me verlegen en binnensmonds condoleerden.

'We hebben alles gedaan wat we konden...'

'Zo dapper van hem om Rob na te duiken...'

'Niemands schuld, een tragisch ongeval...'

Ik deed mijn best om me als een normaal functionerend menselijk wezen te gedragen, knikte af en toe, en het lukte me kort te reageren op hun vertoon van medeleven. Ten slotte stonden Mick, Chris en Guy op om te vertrekken, maar Rob zei dat hij nog even bleef.

'Bedankt, jongens,' zei ik met een armetierig afscheidsgebaar toen ze vertrokken.

'Al, wil je me excuseren, maar ik heb een borrel nodig.' Rob wenkte naar de serveerster die in de hoek bij haar dienstmeubel rondhing. 'En voordat ik je precies ga vertellen wat er is gebeurd, moet jij er ook een hebben.'

Toen we even later gewapend waren met een glas cognac haalde Rob even diep adem. Er stonden tranen in zijn ogen.

'Alsjeblieft, Rob, je móét het me vertellen,' drong ik aan.

'Oké. We lagen stil, omdat het zulk vreselijk weer was. Ik stond op het voordek en was me al aan het voorbereiden op de wisseling van de wacht toen Theo me kwam aflossen. Precies op het moment dat ik mijn zeilharnas van de veiligheidslijn losmaakte werd ik door een enorme golf getroffen en in zee geslingerd. Ik moet buiten westen geweest zijn en zou gegarandeerd verdronken zijn, maar Theo sloeg alarm, gooide de reddingsboei uit en sprong toen zelf overboord. Ik was nog steeds bewusteloos, maar de andere jongens stonden inmiddels aan dek en vertelden me later dat Theo op een of andere manier naar me toe had kunnen zwemmen, de boei naar me had geworpen en me erin had gehesen, maar dat op dat moment een enorme golf hem bij me vandaan en onder water had gesleurd. Ze konden hem niet meer zien, het was zo donker en de zee was zo ruw, en je weet net zo goed als ik dat je bij die omstandigheden onmogelijk iemand kunt zien. Had hij zich maar aan die boei kunnen vastklampen,' Rob onderdrukte een snik, 'dan had hij het misschien nog gehaald. De bemanning riep per radio een reddingshelikopter op, en die vond me dankzij de lamp aan de boei en hees me aan boord. Maar Theo... Ze hebben uiteindelijk een uur later zijn... lichaam gevonden door zijn EPIRB te volgen. Jezus, Al, het spijt me zó ontzettend, ik zal dit mezelf nooit kunnen vergeven.'

Voor het eerst sinds het bericht voelde ik iets van emotie door mijn aderen stromen. Ik legde mijn hand op de zijne. 'Rob, we weten allemaal wat voor gevaren zeilen met zich meebrengt, en als iemand dat wist was Theo het wel.'

'Ik weet het, ik weet het, Al, maar als ik op dat moment mijn harnas niet had losgemaakt... shit!' Hij sloeg zijn hand voor zijn ogen. 'Jullie hadden een toekomst, en door mijn schuld is die toekomst voorgoed weg. Wat zul jij me haten!' Hij begon onbeheerst te snikken en het enige wat ik kon doen was min of meer werktuiglijk schouderklopjes geven. Het ergste was nog dat ik hem ergens ook werkelijk haatte, omdat híj het had overleefd en Theo niet.

'Het was jouw schuld niet, Rob. Theo heeft gedaan wat elke schipper zou doen. Ik had ook niet anders van hem verwacht. Soms gaan dingen...' Ik beet op mijn lip om mijn eigen tranen te bedwingen, want mijn voorraad verzoenende woorden was uitgeput.

'Vergeef me, Ally, dat ik hier degene ben die zit te snotteren,' zei Rob, en met een schuldige blik veegde hij zijn ogen af. 'Maar ik moest je gewoon vertellen hoe ik me voel.'

'Dank je. En ik ben blij dat je me het hele verhaal hebt verteld. Dat zal voor jou ook niet makkelijk zijn geweest.'

We bleven een tijdje zitten zonder iets te zeggen, totdat Rob opstond. 'Als ik ook maar iets kan doen, bel me alsjeblieft. Over bellen gesproken,' Rob wroette in de zak van zijn jeans, 'deze vond ik in de kombuis. Is die van jou?'

'Ja, dank je,' zei ik, en ik pakte mijn mobieltje aan.

'Theo heeft mijn leven gered,' fluisterde hij. 'Hij is goddomme een superheld. Het spijt me zo verschrikkelijk!'

Ik keek een wanhopige Rob na toen hij vertrok. Nu ik de bemanning had gesproken hield niets me nog hier. Bovendien was ik ervan overtuigd dat Celia het lichaam van haar zoon zou willen identificeren. Ik wilde hier weg, weg van de omgeving waar mijn bestaan was geruïneerd. Maar waar moest ik heen? Naar huis, naar Genève? Dat lag het meest voor de hand. Maar daar wachtte me een gapend gat door het verlies van Pa.

Ik had geen enkel toevluchtsoord.

Terug op mijn kamer begon ik gedachteloos in te pakken. Mijn mobieltje liet ik uit, om de tegenovergestelde reden als tijdens mijn dagen op de boot met Theo. Ik was te verslagen om mijn familie te bellen en het nieuws te vertellen. Bovendien was geen van mijn zussen van mijn relatie op de hoogte. Ik was er in mijn euforische stemming van uitgegaan dat ik nog zeeën van tijd had om Theo aan ze voor te stellen. Hoe had ik ze bovendien kunnen uitleggen wat hij voor me betekende nu we elkaar nog maar zo kort kenden? En hoe kon ik uitleggen dat we fysiek nog maar een paar weken samen waren, maar dat we voor mijn gevoel al heel ons leven verwante zielen waren?

Toen Pa Salt was overleden had ik tenminste nog het gevoel dat zijn dood paste in de natuurlijke cyclus van leven en dood. En ik had Theo om me te troosten, en hij had me hoop op een nieuw begin gegeven. Toen ik daarover nadacht begon het me te dagen hoe sterk ik op hem had geleund om de gapende leegte te vullen die Pa had achtergelaten. En nu was hij er ook niet meer, en met hem waren ook mijn dromen voor de toekomst vervlogen. Binnen een paar grimmige uren was niet alleen Theo, maar ook mijn levenslange passie voor zeilen met geweld van me weggerukt.

Ik had mijn rugzak om en stond net op het punt om te vertrekken, toen de telefoon op het nachtkastje ging.

'Hallo?' zei ik, op mijn hoede.

'Ally, met Celia. De directeur van de race zei dat je in het New Holmwood Hotel logeerde.'

'Ik... Hallo.'

'Hoe gaat het met je?' vroeg ze.

'Ellendig,' zei ik zacht. Ik had niet langer de kracht om een dappere indruk te maken. Maar bij haar was dat ook niet nodig. 'En met jou?'

'Net zo. Ik kom net uit het ziekenhuis.'

We bleven een tijdje zwijgen. We moesten allebei de gruwelijke en definitieve waarheid achter die woorden tot ons laten doordringen. Ik kon bijna voelen hoe Celia met moeite haar tranen bedwong om te kunnen praten.

'Wat ik me afvroeg, Ally, waar ga jij nu naartoe?'

'Dat weet ik eigenlijk niet precies.'

'Waarom neem je de ferry naar Southampton niet? Dan kunnen we samen naar Londen reizen en kun je een paar dagen bij me logeren. Die hondsdolle aandacht van de media is een nachtmerrie. We zouden barricades kunnen opwerpen en ons een tijdje bij mij thuis schuilhouden. Wat vind je daarvan?'

'Dat zou ik heel fijn vinden,' antwoordde ik, naar adem snakkend. Ik voelde tranen van dankbaarheid en opluchting over mijn wangen lopen.

'Je hebt mijn telefoonnummer, dus laat maar weten hoe laat je op het station van Southampton bent, dan zie ik je daar.'

'Dat zal ik doen, Celia. En dank je wel.'

Ik heb sindsdien vaak gedacht dat als Celia niet had gebeld, ik op dat zwartste moment van mijn leven Theo misschien wel achterna was gesprongen, vanaf de veerboot naar Southampton de kolkende zee in.

Toen we elkaar op het station ontmoetten en ik haar krijtwitte gezicht zag, half verborgen achter een enorme zwarte zonnebril, liep ik rechtstreeks haar uitgestrekte armen in, precies zoals ik bij Ma zou hebben gedaan. Zo bleven we een tijdlang staan, twee relatief onbekenden, verbonden door een intens verdriet, een verdriet dat alleen de ander kon begrijpen.

Bij Waterloo Station namen we een taxi naar het mooie witte huis in Chelsea. We realiseerden ons dat we sinds het horen van het bericht nog niets hadden gegeten, dus Celia maakte een omelet klaar. Ze schonk ons een groot glas wijn in en we installeerden ons op het terras, in de rustige, warme augustusavond.

'Ally, ik moet je iets vertellen. Je vindt het misschien absurd, maar,' er trok een hevige siddering door Celia's tengere lichaam, 'toen jullie hier onlangs op bezoek waren, wist ik het. Toen ik Theo bij het weggaan zoende wist ik dat het afscheid voorgoed was.'

'Ja, Theo voelde jouw angst aan, Celia. In de trein naar Southampton, na ons bezoek aan jou, was hij ook niet helemaal zichzelf.'

'Voelde hij mijn voorgevoel aan, of was het zijn eigen voorgevoel? Weet je nog dat hij vlak voordat jullie weggingen zei dat hij nog even naar de wc ging en ons in de hal zou treffen? Nadat ik de voordeur achter jullie had dichtgedaan liep ik terug naar de keuken en zag ik op het tafeltje in de hal deze envelop liggen, met mijn naam erop.'

Ze schoof een grote envelop naar me toe, waarop Theo in zijn stijlvolle handschrift met lussen 'MAM' had geschreven.

'Toen ik hem openmaakte,' vervolgde Celia, 'trof ik een gloednieuw exemplaar van zijn testament aan, en een brief aan mij. En een brief aan jou, Ally.'

'Ik...' Ik sloeg een hand voor mijn mond. 'O god.'

'Ik heb mijn brief gelezen, maar de jouwe zit hier nog in, uiteraard ongeopend. Misschien ben je er nog niet aan toe om hem te openen, maar ik geef hem aan jou, dat heeft hij me in zijn brief gevraagd.'

Ze haalde uit de grote envelop een kleinere en gaf me die. Met trillende handen pakte ik hem aan. 'Maar Celia, als hij dat voorgevoel had, waarom stopte hij dan niet met de race, zoals zoveel andere schippers?'

'Ik denk dat we daar allebei het antwoord wel op weten, Ally. Je bent zelf zeiler, dus jij weet ook dat je risico's loopt zodra je bij het begin van een wedstrijd een voet aan boord zet. Zoals Theo die dag ook opmerkte, hij had net zo goed onder een bus kunnen komen,' zei ze, terwijl ze verdrietig haar schouders ophaalde. 'Misschien voelde hij simpelweg dat het zijn lot was om...'

'Op zijn vijfendertigste dood te gaan? O nee! Als hij dat voelde, hoe kon hij dan van mij houden? Hij heeft me ten huwelijk gevraagd! We hadden ons leven nog voor ons. Nee.' Ik schudde heftig mijn hoofd. 'Die gedachte kan ik niet aanvaarden.'

'Natuurlijk kun je dat niet, en je moet me maar vergeven dat ik het heb gezegd, maar mij biedt het op de een of andere vreemde manier troost. Wat is de dood toch een raadselachtig iets, vind je niet? Niemand kan werkelijk aanvaarden dat degenen die hij liefheeft sterfelijk zijn. En toch is de dood, anders dan een geboorte, voor ieder van ons de enige zekerheid.'

Ik keek naar de ongeopende envelop in mijn handen. 'Misschien heb je gelijk, Celia,' zei ik met een zucht van berusting. 'Maar als hij geen voorgevoel had, waarom zou hij dan een nieuw testament of een brief achterlaten?'

'Dat zal ik je zeggen: je kent Theo, altijd zijn zaakjes op orde, efficiënt tot in de dood.'

Bij die woorden moesten we ondanks de situatie glimlachen.

'Klopt. Precies mijn vader. Oké, dan moest ik die brief maar eens gaan lezen.'

'Wanneer je eraan toe bent. En wil je me nu excuseren, Ally, ik ga naar boven en me heel lang in een heel warm bad laten weken.'

Celia vertrok, en ik wist dat ze dat eerder deed om mij even alleen te laten dan omdat ze zo graag een bad wilde nemen.

Ik nam een flinke slok wijn, zette mijn glas neer en opende met trillende vingers de envelop. Ik constateerde dat dit de tweede brief binnen een paar weken was die me van over het graf heen was gestuurd.

Van mij, niet vanaf een vaste woon- of verblijfplaats
(In feite zit ik in de trein vanaf Southampton om jou op Heathrow te ontmoeten)

Mijn liefste,
Dit is, erken ik, een lichtelijk belachelijke gedachte die onlangs bij me opkwam. Maar zoals jij al weet en mijn moeder niet aflaat te zeggen, ben ik nergens als ik niet op orde ben. Ze bewaart al een exemplaar van mijn testament sinds ik met wedstrijdzeilen ben begonnen. Niet dat ik aan wie dan ook veel heb na te laten, maar ik denk dat het voor degenen die achterblijven gemakkelijker is als je alles duidelijk vastlegt.
En nu jij in mijn leven bent verschenen en het middelpunt van mijn universum bent geworden en de persoon bent met wie ik de rest van mijn leven hoop te delen, is alles natuurlijk veranderd. Omdat alles nu nog 'officieus' is zolang ik geen ring om je vinger heb geschoven ter aanvulling op het kettinkje dat je om je hals draagt, lijkt het me van het grootste belang te zorgen dat iedereen in elk geval op financieel gebied weet wat onze intenties zijn, voor het geval me iets overkomt.
Je zult ongetwijfeld overdonderd en opgewonden (ahum!) zijn als ik je vertel dat ik je mijn geitenstal op 'Ergens' nalaat. Het was me op de avond dat je die voor het eerst zag duidelijk hoe geweldig je die (niet) vond, maar de grond waarop hij staat en de bouwvergunning zijn in elk geval wél wat waard ('Iets op Ergens' zou een passende naam voor het huis kunnen zijn, vind je ook niet?). En ik wil ook dat jij de Neptune krijgt, mijn huidige thuis op zee. Eerlijk gezegd zijn dat mijn enige materiële bezittingen van enige waarde. Behalve mijn brommer, maar je zou ronduit beledigd zijn als ik je die naliet. O ja, laat ik het schrale trustfund dat mijn genereuze vader voor me heeft opgericht niet vergeten, daarmee kun je in elk geval de inferieure rode wijn betalen die je misschien ooit op 'Ergens' wilt drinken.
Sorry, we zitten op een hobbelig stuk dus excuses voor mijn belabberde handschrift; het eerste wat ik doe zodra we terugkomen van deze race is deze brief bij mam weggrissen om hem op zijn minst

uit te typen. Maar mocht zich het hoogst onwaarschijnlijke geval voordoen dat ik omkom, dan kan ik er tenminste zeker van zijn dat alles volgens mijn wensen gebeurt.
En nu, Ally – en hier word ik misschien emotioneel – wil ik je zeggen hoeveel ik van je hou en wat je in de korte tijd dat we elkaar kennen voor me hebt betekend, namelijk alles. Je hebt letterlijk mijn bootje aan het schommelen gebracht (hopelijk waardeer je de zeevaartmetafoor) en ik kan niet wachten om de rest van mijn leven met je door te brengen, je haar vast te houden als je moet overgeven, de oorsprong van je merkwaardige achternaam te bespreken en alles over jou, tot in de kleinste details, te ontdekken, totdat we samen oud en tandeloos zijn.
En mocht het zo zijn dat jij dit wél leest, kijk dan omhoog naar de sterren en weet dat ik van bovenaf naar je kijk. En waarschijnlijk een biertje drink met je pa en ondertussen alles te weten kom over je slechte gewoontes als kind.
Mijn Ally – Alcyone – je hebt geen idee hoeveel vreugde je me hebt geschonken.
Wees gelukkig! Dat is je gave.
Theo xxx

Ik zat daar in het afnemende avondlicht en huilde en lachte tegelijk. De brief was zó helemaal Theo dat mijn hart opnieuw brak.

Celia en ik zagen elkaar pas weer de volgende ochtend aan het ontbijt. Ze had me de vorige avond mijn kamer laten zien maar niet gevraagd naar de inhoud van de brief, en daar was ik haar dankbaar voor. Ze moest erop uit om Theo's overlijden te laten registreren en te regelen dat zijn lichaam naar Londen werd teruggebracht en zei dat we samen een datum voor de begrafenis moesten vaststellen.

'Ally, er is nog iets wat Theo in zijn brief aan mij heeft gevraagd. Hij vroeg of jij bij zijn begrafenis wilt fluitspelen.'

'Echt waar?' Ik keek haar aan, verbaasd omdat Theo zo tot in detail vooruit had gedacht.

'Ja,' antwoordde ze met een zucht. 'Hij heeft al jaren geleden instructies voor zijn uitvaart vastgelegd. Een herdenkingsviering annex uitvaartdienst, gevolgd door de crematie, waar trouwens volgens zijn nadrukkelijke wensen niemand bij mag zijn. En zijn as moet worden uitgestrooid in de haven van Lymington, waar ik hem heb leren zeilen. Denk je dat je het aankunt?'

'Ik... ik weet het niet.'

'Hij heeft me anders wél verteld dat jij prachtig fluit speelt. Misschien kun je al wel raden dat de muziek die hij heeft uitgekozen net als Theo zelf niet bepaald conventioneel is. Hij wilde dat je "Jack's the Lad" uit "Fantasia on British Sea Songs" speelt. Dat heb je vast weleens gehoord tijdens de *Last Night of the Proms*.'

'Ja, ik ken het. Volgens mij is er geen enkele zeeman die niet op zijn minst de melodie kent, de basis ervan is in feite de melodie van het oude "The Sailor's Hornpipe".'

Ik liep in gedachten de noten langs in mijn hoofd, noten die ik jaren geleden had gespeeld maar die ik nog steeds uit mijn hoofd kende. Ook dit verzoek was typisch Theo, er sprak zowel zijn liefde voor zeilen als zijn vreugde over het bestaan uit.

'Ja, ik zal het heel graag spelen.'

En na die woorden barstte ik voor het eerst sinds de dood van Theo in tranen uit.

Tijdens de vreselijke dagen daarna bereidden we ons voor op zwaar weer, om in zeiltermen te spreken, en sloten we alle luiken. De media hadden hun tenten voor de deur opgeslagen, dus we leefden als kluizenaars en waagden ons alleen buiten om eten te kopen en een zwart jurkje voor de uitvaart aan te schaffen. En bij het uitvoeren van de diep trieste taken die de voorbereiding van een uitvaart met zich meebrengt, begon ik niet alleen Pa Salt steeds meer te respecteren om de door hemzelf geregisseerde begrafenis, maar groeide ook mijn respect voor Celia. Het was overduidelijk dat Theo alles voor haar had betekend, en toch was ze nooit claimend in haar verdriet.

'Hij zal het er met jou niet over hebben gehad, Ally, maar Theo hield erg veel van de Holy Trinity Church aan Sloane Street, niet ver hiervandaan. Zijn basisschool stond er op een steenworp vandaan, het was hun parochiekerk. Ik heb hem daar tijdens een kerstzangdienst een keer de solo van "Away In a Manger" zien zingen.

Hij was toen een jaar of acht,' zei ze met een liefdevolle glimlach. 'Wat vind je ervan als we daar de uitvaartdienst houden?'

Ik was ongelooflijk ontroerd door het feit dat ze mijn mening meewoog in haar beslissingen, ook al vond ik dat mijn mening er niet toe deed. Zij had Theo, haar enige zoon, zijn hele leven gekend, en toch bezat ze de grootsheid van karakter en het inlevingsvermogen om te zien en te begrijpen wat ik voor hem voelde. En wat hij voor mij had gevoeld.

'Doe jij maar wat je het beste lijkt, Celia, heus.'

'Is er misschien iemand die je voor de uitvaart zou willen uitnodigen?'

'Behalve degenen die je al hebt uitgenodigd, zoals de bemanning en de zeilvereniging, kende niemand ons nog als stel,' antwoordde ik. 'Dus ze zouden het denk ik niet begrijpen.'

Maar Celia begreep het wel. En als we 's nachts om drie uur, als de pijn op zijn hevigst was, naar beneden gingen en elkaar in de keuken troffen, gingen we aan tafel zitten en bleven we eindeloos over Theo praten, in een poging om de troost te vinden waarnaar we zo hunkerden. We deelden kleine herinneringen uit de voorraad van vijfendertig jaar waarover Celia beschikte en mijn verzameling van slechts een paar weken. Door Celia leerde ik Theo beter kennen, en ik kreeg er geen genoeg van om een foto van hem als jongetje te zien of een brief met spelfouten te lezen die hij vanaf kostschool had gestuurd.

Ik wist maar al te goed dat dit de werkelijkheid niet was, en toch vond ik het heel troostend dat Celia en ik hem met elk woord dat we zeiden in leven hielden. En dat was het allerbelangrijkste.

12

'Klaar?' vroeg Celia toen de auto bij de Holy Trinity Church voorreed. Ik knikte en na een snel kneepje in elkaars handen stapten we uit en liepen we langs de klikkende camera's naar binnen. Holy Trinity Church was enorm groot, en bij de aanblik van de overvolle kerk, waar alleen nog staanplaatsen waren, achterin, werd ik alsnog bijna overmand door de tranen die ik absoluut niet de vrije loop wilde laten.

Theo wachtte al op me bij het altaar toen ik samen met Celia over het gangpad naar zijn kist liep. Ik moest hard slikken bij deze gruwelijke parodie op de trouwdienst die we hadden kunnen vieren als hij nog had geleefd.

Nadat we op de voorste bank hadden plaatsgenomen, begon de dienst. Theo had sterk gevarieerde muziek uitgekozen voor zijn herdenkingsdienst. Na de woorden van de predikant was het mijn beurt. Ik voegde me bij het groepje musici voor in de kerk dat Celia had weten te verzamelen en dat bestond uit een paar violisten, een cellist, twee klarinettisten en een hoboïst. Ik zond in stilte een gebed omhoog, zette het mondstuk van de dwarsfluit tegen mijn lippen en begon te spelen. Het orkest viel in, we speelden sneller en sneller, de aanwezigen begonnen te glimlachen en steeds meer mensen stonden op en uiteindelijk voerde iedereen, de armen gekruist voor de borst, de sprongetjes en kniebuigingen van de horlepiep uit, op de muziek van de 'The Sailor's Hornpipe'. We gooiden er nog een schepje bovenop en speelden alsof ons leven ervan afhing, zodat de verzamelde aanwezigen op de maat van de muziek steeds sneller op en neer sprongen.

Toen we klaar waren steeg er een gejuich op en iedereen riep ons toe en applaudisseerde. En, zoals gebruikelijk bij dat stuk, moest het nog een keer gespeeld worden.

Na afloop liep ik terug naar de voorste bank en ging naast Celia zitten. Ze kneep hard in mijn hand.

'Dank je wel, mijn lieve Ally, geweldig bedankt.'

Daarna kwam Rob naar voren, hij liep de paar treden naar Theo's kist op en stelde de microfoon bij.

'Theo's moeder, Celia, heeft me gevraagd iets te zeggen. Zoals jullie allemaal weten heeft Theo zijn leven verloren door het mijne te redden. Ik zal hem nooit meer kunnen bedanken voor wat hij die avond voor me heeft gedaan, maar ik weet dat met dat offer vreselijk leed is toegebracht aan Celia en aan Ally, de vrouw van wie hij hield. Theo, namens iedereen die ooit met jou heeft gezeild brengen we jou onze liefde, ons respect en onze dank. Jij was gewoon de beste. En Ally,' hij keek me aan, 'hij heeft gevraagd dit voor jou te laten spelen.'

Weer voelde ik Celia's hand op de mijne, toen een lid van het koor opstond en een prachtige vertolking van 'Somewhere' uit *West Side Story* gaf. Ik deed een poging om te glimlachen om het geheime grapje dat Theo hiermee had gemaakt, maar de tekst greep me zo aan dat ik te sterk was ontroerd. Tegen het einde van het lied tilden acht van Theo's bemanningsleden, waaronder Rob, de kist op hun brede schouders en liepen langzaam de kerk uit. Celia nam me bij de hand, en als eersten van de rij rouwenden die zich vormde, volgden we de kist.

Op weg naar de uitgang zag ik een paar bekende gezichten, en ik ontdekte Star en CeCe, die me vol liefde en medeleven aankeken toen ik hen passeerde. Buiten, op Sloane Street, keken Celia en ik toe hoe Theo's kist in de lijkwagen werd geschoven, waarna zijn lichaam aan de eenzame reis naar het crematorium begon. Toen de auto was vertrokken en we beiden in stilte voor het laatst afscheid hadden genomen, wendde ik me tot Celia en vroeg ik haar hoe mijn zusters konden weten van Theo's overlijden.

'Theo had me in zijn brief gevraagd om contact op te nemen met Marina als er iets met hem zou gebeuren, zodat zij en jouw zusters op de hoogte zouden zijn. Hij vermoedde dat jij je familie dan wel nodig zou hebben.'

Geleidelijk aan verliet de menigte de kerk, elkaar rustig groetend of nog wat napratend. Veel mensen, vooral zeilvrienden, liepen rechtstreeks naar mij om me te condoleren en hun verbazing te uiten over mijn onbekende muzikale talent. Toen ik om me heen keek zag ik afgezonderd van de menigte een lange man in pak met een zonnebril op staan. Hij straalde zo'n desolaatheid uit dat ik me tegenover mijn groepje excuseerde en naar hem toe liep.

'Hallo,' zei ik, 'ik ben Ally, Theo's vriendin. Ik heb het verzoek gekregen om tegen iedereen te zeggen dat men bij Celia thuis welkom is om nog wat te eten en te drinken. Het is hiervandaan maar vijf minuten lopen.'

Hij draaide zich naar me om, maar zijn zonnebril verborg elke emotie. 'Ja, ik weet waar het is. Ik heb er zelf gewoond.'

Theo's vader, schoot door me heen. 'Aangenaam u te ontmoeten.'

'Je zult begrijpen dat ik helaas niet welkom ben, hoe graag ik ook mee zou gaan.'

Ik wist niet wat ik moest zeggen en sloeg gegeneerd mijn blik omlaag. Deze man was duidelijk overmand door verdriet, en wat er ook gebeurd mocht zijn tussen hem en zijn vrouw, ook híj had een zoon verloren.

'Wat jammer,' kon ik ten slotte uitbrengen.

'Jij moet de vrouw zijn met wie Theo zou trouwen, daar heeft hij me over geschreven. Ik kreeg een paar weken geleden nog een e-mail van hem,' zei hij met zijn wat slepende Amerikaanse accent, dat zo sterk verschilde van Theo's nogal afgemeten uitspraak. 'Ally, ik ga nu weg, maar hier heb je mijn visitekaartje. Ik ben nog een paar dagen in de stad en ik zou heel graag met jou over mijn zoon praten. Ondanks wat je ongetwijfeld over me gehoord hebt, hield ik heel veel van hem. Ik schat in dat je slim genoeg bent om te weten dat elk verhaal twee kanten heeft.'

'Ja,' zei ik. Pa Salt had ooit precies hetzelfde tegen me gezegd.

'Je kunt nu beter teruggaan, maar ik vond het fijn je te ontmoeten. Tot ziens voor nu, Ally,' zei hij, en hij draaide zich om en liep langzaam weg. De wanhoop straalde uit elke porie van zijn lichaam.

Toen ik me omdraaide om me weer bij mijn groepje te voegen, werd ik opgewacht door CeCe en Star, die beleefd hadden gewacht tot ik mijn gesprek had beëindigd. Ik liep naar ze toe en werd stevig omhelsd door mijn twee zussen.

'O mijn god, Ally,' zei CeCe. 'We hebben sinds we het weten voortdurend berichten op je mobieltje achtergelaten! We vinden het zó vreselijk voor je, hè Star?'

'Ja,' zei Star, die knikte en ook met moeite haar tranen kon bedwingen. 'Wat een mooie dienst was dat, Ally.'

'Dank je.'

'En het was geweldig om jou te horen spelen. Je speelt nog net zo mooi als vroeger,' vulde CeCe aan.

Ik zag dat Celia naar me stond te zwaaien en naar de grote zwarte auto wees die stond te wachten.

'Lieverds, ik moet nu met Theo's moeder mee, maar komen jullie ook naar haar huis?'

'Jammer genoeg kunnen we niet,' zei CeCe. 'Maar moet je horen, ons appartement ligt net over de brug in Battersea, dus geef ons een belletje zodra je je wat beter voelt en kom dan langs, oké?'

'We willen je zó graag spreken, Ally,' zei Star, en ze gaf me weer een dikke knuffel. 'Je krijgt lieve groeten van alle zussen. Zul je goed op jezelf passen?'

'Ik zal mijn best doen. En bedankt dat jullie zijn gekomen, jullie hebben geen idee hoe fijn ik dat heb gevonden.'

Ik stapte in en keek de twee nog even na toen ze wegliepen, enorm ontroerd door hun aanwezigheid.

'Wat heb je toch een lieve zussen, en wat is het toch geweldig om broers en zussen te hebben. Ik ben enig kind, net als Theo,' zei Celia toen de auto wegreed.

'Gaat het een beetje?' vroeg ik haar.

'Nee, maar ik vond het een prachtige en opbeurende dienst. En het betekende enorm veel voor me om jou te horen spelen.' Ze zweeg even en slaakte een diepe zucht. 'Ik zag dat je stond te praten met Theo's vader, Peter.'

'Dat klopt.'

'Hij zal zich verdekt hebben opgesteld achter in de kerk. Ik heb hem niet gezien toen ik binnenkwam, anders had ik hem gevraagd bij ons voorin te komen zitten.'

'Zou je dat echt gedaan hebben?'

'Natuurlijk! We mogen dan niet meer elkaars beste vrienden zijn, maar ik weet zeker dat hij net zo geschokt is als ik. Hij zal wel gezegd hebben dat hij niet meeging?'

'Ja, maar hij zei dat hij nog een paar dagen in de stad was en me graag nog wilde spreken.'

'*Oh dear*. Het is toch wel vreselijk droevig dat zelfs de begrafenis van onze zoon ons niet bij elkaar brengt. Hoe dan ook,' vervolgde ze toen de wagen voor haar huis stopte, 'ik ben je erg dankbaar voor je steun. Ik had dit zonder jou niet aangekund. En laten we nu maar naar binnen gaan, onze gasten begroeten en het leven van onze jongen vieren.'

Een paar dagen later werd ik wakker in Celia's comfortabele, ietwat gedateerde logeerkamer met zijn bloemetjesgordijnen van Colefax and Fowler en de bijpassende sprei over het grote houten ledikant, die op hun beurt bij het verbleekte streepjesbehang pasten. Ik keek op de klok: bijna half elf. Sinds de herdenkingsdienst kon ik eindelijk weer slapen, maar het was een onnatuurlijk diepe slaap, waaruit ik ontwaakte met een gevoel alsof ik een kater had of een van de slaappillen had geslikt die Celia me had aangeboden maar die ik had afgeslagen. Ik was na ruim tien uur diepe slaap net zo doodop als toen ik naar bed ging en bleef nog even liggen in het schemerige ochtendlicht. Ik bedacht dat ik me hier niet langer met Celia kon verschuilen en mezelf kon troosten door eindeloos over Theo te praten. Celia zou de volgende dag naar Italië gaan en had me heel vriendelijk aangeboden om mee te gaan, maar ik wist dat ik verder moest met mijn leven.

De vraag was alleen: waar moest ik heen?

Ik had me al voorgenomen om de coach van het Zwitserse zeilteam te bellen om te zeggen dat ik niet zou meedoen aan de Olympische trials. Celia had me herhaaldelijk op het hart gedrukt dat ik mijn toekomst niet moest laten bederven en mijn passie niet moest laten bekoelen door wat er was gebeurd, maar elke keer als ik eraan dacht om weer het water op te gaan ging er een rilling door me heen. Misschien zou dat ooit overgaan, maar in elk geval niet tijdig genoeg voor een maandenlange intensieve training voor het belangrijkste sportevenement op deze planeet. Ik zou in het trainingskamp te veel mensen tegenkomen die Theo hadden gekend, en hoewel de gesprekken met zijn moeder een geweldige uitlaatklep hadden gevormd voelde ik me nog ongelooflijk kwetsbaar als iemand anders iets over hem zei.

Maar nu ik Theo niet meer had en ook niet meer zeilde, waren de dagen die voor me lagen plotseling leeg. Ik had geen idee hoe ik dat zwarte gat moest vullen.

Misschien, zo lag ik te mijmeren, werd ik wel de nieuwe 'Maia' van de familie, voorbestemd om terug te keren naar Atlantis en net als zij in schitterende eenzaamheid te treuren. Ik wist dat Maia haar vleugels had uitgeslagen en haar nieuwe leven in Rio tegemoet was gevlogen, dus ik kon zo naar huis gaan en me in haar nestje in het Paviljoen installeren.

De afgelopen weken was ik tot de conclusie gekomen dat ik vóór die tijd een luxeleventje had geleid, en als ik over mezelf en mijn gebreken een oordeel moest vellen, zou ik moeten erkennen dat ik altijd had neergekeken op mensen die zwakker waren dan ik. Ik had nooit begrepen waarom ze na het trauma dat hen was overkomen niet gewoon opstonden, hun kleren afklopten en doorgingen met leven. Ik kwam tot de nogal heftige ontdekking dat je pas werkelijk medeleven met iemand kunt hebben als je zelf ook een groot verlies hebt geleden en een diep verdriet hebt doorgemaakt.

In een wanhopige poging om positief te blijven denken zei ik tegen mezelf dat ik na wat me was overkomen misschien een beter mens zou worden. Ik vond dat zo'n inspirerende gedachte dat ik mijn mobieltje tevoorschijn haalde. Ik moest tot mijn schande bekennen dat ik het sinds Theo's dood, nu bijna twee weken geleden, niet meer had aangezet. De batterij was weer eens leeg, dus ik legde hem aan de oplader. Op weg naar de badkamer om te douchen hoorde ik een aantal keren het geluid dat aangaf dat er nieuwe voicemailberichten en sms'jes op het tot leven gewekte apparaat stonden.

Nadat ik had gedoucht en me had aangekleed zette ik me schrap om mijn mobieltje te pakken en door de eindeloze hoeveelheid sms'jes te scrollen van Ma en mijn zussen en talloze anderen die het nieuws over Theo hadden gehoord.

Ally, kon ik maar bij je zijn, wat zul je je ongelukkig voelen, heel veel liefs, had Maia geschreven.

Ally, ik heb geprobeerd je te bellen, maar je nam niet op. Ik hoorde het van Ma en ik vind het zó vreselijk voor je. Ik ben er voor je, Ally, als je me nodig hebt, dag en nacht. Tiggy x.

Vervolgens ging ik over naar de voicemailberichten. Die zouden natuurlijk net als de sms'jes van mensen zijn die me condoleerden. Maar toen ik de berichten wilde beluisteren draaide mijn maag zich om bij het oudste bericht, van tien dagen geleden. De verbinding was slecht en zijn woorden klonken gedempt, maar ik wist dat het Theo was.

> *Hoi, schat. Ik bel met de satelliettelefoon, want dat kan nu even. We liggen ergens op de Keltische zee. Het weer is verdomde slecht en zelfs mijn beroemde zeebenen laten het afweten. Ik weet dat je boos bent omdat ik je van de boot heb gestuurd, maar voordat ik een paar uurtjes kan pitten wil ik dat je weet dat dat helemaal niks te maken heeft met jouw zeilcompetenties. En eerlijk gezegd zou ik willen dat je nu aan boord was, want voor mij sta jij gelijk aan tien van de mannen hier. Je weet dat het alles te maken heeft met het feit dat ik van je hou, mijn liefste Ally. En ik hoop dat je weer tegen me wilt praten als ik terugkom! Welterusten, lieveling. Nogmaals, ik hou van je. Bye.*

Ik liet alle andere berichten voor wat ze waren en beluisterde steeds maar weer Theo's bericht, terwijl ik elk woord absorbeerde. Gelet op het tijdstip moest hij ongeveer een uur voordat hij aan dek ging en zag dat Rob van de boot werd geslingerd hebben gebeld. Een uur voordat hij door Rob te redden zijn eigen dood tegemoet ging. Ik wist niet hoe je een boodschap permanent kon bewaren, maar dat zou ik absoluut gaan uitzoeken.

'Ik hou ook van jou,' fluisterde ik. En de laatste restjes boosheid omdat hij me van de boot had gezet verdampten.

Tijdens het ontbijt zei Celia dat ze nog wat laatste boodschappen voor Italië moest doen.

'Heb je al besloten waar je naartoe gaat, Ally? Je weet dat je van harte welkom bent om hier te blijven als ik weg ben. Of ga anders met me mee. Je kunt vast nog wel een lastminutevlucht naar Pisa krijgen.'

'Dank je, heel aardig van je, maar ik denk dat ik maar naar huis ga,' zei ik. Ik was bang dat ik een last begon te worden voor Celia.

'Wat je maar wilt, ik hoor het wel.'

Toen ze weg was ging ik naar boven en ik besloot dat ik sterk genoeg was om langs te gaan bij CeCe en Star. Ik belde eerst CeCe's nummer, omdat zij degene was die altijd alles voor hen beiden regelde, maar dat schakelde over op voicemail, dus belde ik Star.

'Ally?'

'Hallo, Star. Hoe gaat het met je?'

'O, goed hoor. Maar wat veel belangrijker is, hoe gaat het met jou?'

'Gaat wel. Ik dacht erover om morgen even bij jullie langs te komen.'

'O, dan ben ik alleen. CeCe gaat morgen foto's maken van Battersea Power Station. Ze wil het gebouw gebruiken als inspiratie voor een van haar kunstprojecten voordat het een nieuwe bestemming krijgt.'

'Vind je het goed dat ik jou dan alleen kom opzoeken?'

'Dat zou fijn zijn.'

'Mooi. Welke tijd komt voor jou het beste uit?'

'Ik ben de hele dag thuis, Ally. Waarom kom je niet lunchen?'

'Oké, dan zie je me om een uur of één verschijnen. Tot morgen, Star.'

Toen ik had opgehangen ging ik op bed zitten en realiseerde me dat ik voor de eerste keer meer dan een paar minuten met mijn jongere zusje alleen zou zijn, zonder CeCe erbij.

Ik haalde mijn laptop uit mijn rugzak om mijn e-mails te checken. Ik zette de laptop op de toilettafel en stopte de stekker in het stopcontact. Er waren nog meer condoleanceberichten en de gebruikelijke spam, waaronder het bericht van iemand die zich

'Tamara' noemde en me, nu de nachten langer werden, troost aanbood. En ik kwam een naam tegen die ik niet onmiddellijk herkende: Magdalena Jensen. Ik moest even nadenken voordat me te binnen schoot dat zij de vertaler was die op mijn verzoek aan het boek uit Pa's bibliotheek werkte. Ik dankte God dat ik niet op 'delete' had gedrukt.

Van: Magdalenajensen1@trans.no
Aan: Allygeneva@gmail.com
Onderwerp: Grieg, Solveig og Jeg/Grieg, Solveig en ik
Datum: 20 augustus, 2007

Beste mevrouw D'Aplièse,

Ik geniet volop van het vertalen van Grieg, Solveig en ik. *Het is fascinerend materiaal en ik ben het verhaal hier in Noorwegen nooit eerder tegengekomen. Ik dacht dat u misschien wel geïnteresseerd zou zijn om het manuscript te lezen, dus ik heb de bladzijden die ik tot nu toe heb vertaald, tot pagina 200, bijgevoegd. Ik verwacht u binnen tien dagen de rest te kunnen toesturen.*

Met vriendelijke groeten,
Magdalena

Ik opende de bijlage met de vertaling en las de eerste bladzijde. En daarna de tweede, en toen ik bij de derde bladzijde was sloot ik mijn laptop bij het bed aan, zodat ik er comfortabel bij kon liggen…

ANNA

TELEMARK, NOORWEGEN
AUGUSTUS 1875

13

Anna Andersdatter Landvik bleef staan wachten tot Rosa, de oudste koe van de kudde, de steile helling was afgedaald. Rosa was als gewoonlijk achtergelaten door de andere koeien, die naar groenere weiden waren verhuisd.

'Zing maar voor haar, Anna, dan komt ze wel,' zei haar vader altijd. 'Dan komt ze naar jou toe.'

Anna zong een paar noten uit 'Per Spelmann', Rosa's lievelingsliedje, en welluidend als een herdersklokje stroomde de melodie de helling langs, naar beneden. Anna wist dat Rosa er een tijdje over zou doen om naar haar toe te sjokken en ging in het harde gras zitten. Ze vouwde haar slanke lichaam in haar favoriete denkhouding, knieën opgetrokken, armen eromheen, kin op de knieën. Ze ademde de nog warme avondlucht in, bewonderde het uitzicht en neuriede mee met het gezoem van de insecten. De zon begon al naar de bergen aan de andere kant van het dal te zakken en verleende het meer in het dal de glans van vloeibaar roségoud. Nog even en hij zou achter de bergen verdwijnen en dan zou het snel donker worden.

De schemering was de afgelopen twee weken elke avond een stuk vroeger ingevallen, had Anna gemerkt als ze aan het eind van de dag de koeien op de berghelling telde. Het was maandenlang tot bijna middernacht licht geweest, maar nu zou haar moeder de olielampen al hebben aangestoken als ze thuiskwam in hun houten zomerhuisje. Anna wist ook dat haar vader en jongere broertje dan al thuis zouden zijn om ter voorbereiding op de winter het melkveebedrijf in de bergen te sluiten en het vee de helling af te drijven. Die gebeurtenis kondigde het einde van de noordelijke zomer aan en de komst van wat voor Anna eindeloze maanden van bijna permanente duisternis betekende. Het levendige groen van de bergen zou al snel gehuld zijn in een dikke jas van witte sneeuw, en zij en haar moeder zouden uit het huisje trekken waar ze de warmere zomermaanden hadden doorgebracht en teruggaan naar hun familieboerderij, even buiten het dorpje Heddal.

Toen Rosa naar haar toe gesjokt kwam, af en toe stilstaand om aan een plukje gras te snuffelen, zong Anna om haar aan te moedigen nog een paar regels van het liedje. Haar vader, Anders, verwachtte niet dat Rosa de volgende zomer nog zou meemaken. Niemand leek precies te weten hoe oud het dier was, maar ze was beslist niet veel jonger dan de achttien jaar die Anna telde. Bij de gedachte dat Rosa er niet langer zou zijn om haar te begroeten, met – naar Anna dacht – een blik van herkenning in haar zachte, amberkleurige ogen, sprongen de tranen in haar ogen. Toen ze daarbij onwillekeurig moest denken aan de lange, donkere maanden die voor haar lagen, liepen de tranen over haar wangen.

Ze veegde ze haastig weg en bedacht dat ze nu in elk geval Gerdy en Viva, haar kat en hond, weer zou zien. Voor Anna bestond er op de boerderij in Heddal niets heerlijkers dan opgekruld voor de warme kachel liggen, brood met zoete *gomme* eten, met een spinnende Gerdy op haar schoot en Viva naast haar, die zat te wachten tot ze de kruimels kon oplikken. Maar ze mocht van haar moeder niet de hele winter dromend voor de kachel doorbrengen.

'Op een dag zul je voor je eigen huishouden moeten zorgen, *kjære,* en dan ben ik er niet om jou en je echtgenoot te voeden!' zei haar moeder vaak tegen haar.

Of het nu ging om het karnen van boter, het verstellen van kleren, het voeren van de kippen of het uitrollen van *lefse*, de dunne pannenkoekjes die haar vader met tientallen verslond: Anna had weinig belangstelling voor haar huishoudelijke taken en piekerde er voorlopig ook niet over om een denkbeeldige echtgenoot van voedsel te voorzien. Hoe hard ze ook haar best deed – en als ze eerlijk tegenover zichzelf was wist ze dat ze niet hard genoeg haar best deed – de resultaten van haar inspanningen in de keuken waren óf niet te eten óf zo goed als rampzalig.

'Je maakt nou al jarenlang gomme, en het smaakt nog altijd geen haar beter,' had haar moeder vorige week nog opgemerkt, terwijl ze met een klap de suikerpot en een kan verse melk op de keukentafel zette. 'Het wordt hoog tijd dat je dat eens goed leert.'

Maar wat Anna ook deed, haar gomme werd steevast brokkelig en brandde altijd aan. 'Verrader,' had ze tegen Viva gefluisterd toen zelfs de altijd hongerige boerderijhond haar neus voor het baksel optrok.

Anna was vier jaar geleden al van school gegaan maar ze miste nog altijd de komst van *Frøken* Jacobsen, die haar tijd verdeelde over de dorpen van de provincie Telemark en elke derde week van de maand nieuwe dingen om te leren had meegebracht. Dat vond ze veel leuker dan de lessen van dominee Erslev, bij wie ze hele bijbelpassages in haar hoofd had moeten stampen en ten overstaan van de hele klas overhoord werd. Anna vond dat vreselijk en kreeg het Spaans benauwd als de ogen van alle leerlingen op haar gericht waren terwijl ze over die vreemde woorden struikelde.

De vrouw van de dominee, *Fru* Erslev, was veel aardiger en had veel meer geduld met haar als ze voor het kerkkoor psalmen uit haar hoofd moest leren. En tegenwoordig kreeg Anna heel vaak de solopartij. Zingen was zoveel gemakkelijker dan lezen, vond Anna. Als ze ging zingen deed ze gewoon haar ogen dicht en haar mond open en dan kwam er een geluid uit dat iedereen kennelijk mooi vond.

Soms droomde ze ervan om in een grote kerk in Christiania voor de hele gemeente te zingen. Alleen als ze zong had ze het gevoel dat ze iets waard was. Maar behalve voor het naar huis zingen van de koeien en het ooit in slaap zingen van haar kindjes dacht ze niet veel te hebben aan dat talent, iets waaraan haar moeder haar steeds weer herinnerde. Al haar leeftijdgenoten in het koor waren inmiddels verloofd of getrouwd, of leden onder de gevolgen van die stap. Ze waren misselijk, werden dik, brachten uiteindelijk een knalrode, krijsende baby voort en moesten stoppen met zingen.

Bij de bruiloft van haar oudere broer, Nils, had ze van naaste en verre familieleden duwtjes en hints over haar eigen toekomstige huwelijkse staat moeten verduren. Tot nu toe had zich echter nog geen enkele vrijwilliger voor die positie bij Anna gemeld, dus ze zou deze winter opnieuw in haar eentje achterblijven, samen met de andere *gammeljomfruene,* zoals haar jongere broer Knut de oude vrijsters in het dorp noemde.

'Als God het wil vind je een echtgenoot die het eten op zijn bord negeert en je liever in je mooie blauwe ogen kijkt,' zei haar vader vaak plagend.

Anne wist dat de vraag die bij alle familieleden speelde was of Lars Trulssen – die regelmatig het verbrande godenmaal dat ze hem voorzette tot zich had genomen – die dappere man zou blijken te zijn. Hij en zijn ziekelijke vader bewoonden de naburige boerderij in Heddal. Door de omgang met haar twee broers was Lars – enig kind en vanaf zijn zesde moederloos – Anna's officieuze derde broer geworden, die vaak 's avonds aan de eettafel van de Landviks te vinden was. Ze herinnerde zich dat ze tijdens de lange winters op dagen dat het sneeuwde met zijn allen buiten hadden gespeeld. Haar wilde en rumoerige broers deden niets liever dan elkaar ingraven in de sneeuw, en dan zag je hun opvallende roodblonde Landvik-haar afsteken tegen het witte landschap. Terwijl de zachtmoedige Lars tot hun grote ergernis altijd naar binnen ging om een boek te lezen.

Onder normale omstandigheden zou de oudste zoon, Nils, na zijn huwelijk met zijn nieuwe vrouw op de Landvik-hoeve zijn gebleven. Maar zijn schoonouders waren onlangs overleden, en omdat zijn vrouw hun boerderij in een dorpje op een paar uur afstand van Heddal had geërfd, was Nils daarheen verhuisd om het beheer over de boerderij te voeren. Nu moest Knut al zijn tijd op de boerderij doorbrengen om zijn vader te helpen.

Anna was dus vaak alleen met Lars, die nog altijd regelmatig op bezoek kwam. Soms vertelde hij haar over het boek dat hij aan het lezen was, en moest ze zich inspannen om zijn zachte stem te verstaan als hij haar spannende verhalen vertelde over andere werelden, die zoveel opwindender leken dan Heddal.

'Ik heb net *Peer Gynt* uit,' vertelde hij haar op een avond. 'Ik kreeg het toegestuurd van mijn oom in Christiania en ik denk dat jij het heel mooi zou vinden. Ik vind het Ibsens beste boek tot nu toe.'

Anna sloeg gegeneerd haar blik omlaag, ze wilde niet bekennen dat ze geen idee had wie Ibsen was. Lars oordeelde niet maar vertelde haar alles over de grootste nog levende toneelschrijver van Noorwegen, die kennelijk uit Skien kwam, een stadje in de buurt van Heddal, en die de Noorse literatuur en cultuur wereldwijd bekendheid gaf. Lars had alles van Ibsen gelezen. Anna had de indruk dat Lars eigenlijk de meeste boeken van welke schrijver dan ook had gelezen, en hij had haar toevertrouwd dat hij ervan droomde ooit zelf schrijver te worden.

'Maar dat zal hier wel niet gebeuren,' zei hij, terwijl zijn blauwe ogen zich zenuwachtig in de hare haakten. 'Noorwegen is zo klein en veel Noren zijn laagopgeleid. Maar ik heb gehoord dat je in Amerika, als je maar hard genoeg werkt, alles kunt worden wat je maar wilt...'

Anna wist dat Lars zichzelf ter voorbereiding op die gebeurtenis zelfs Engels had leren lezen en schrijven. Hij schreef gedichten in die taal en zei dat hij ze binnenkort naar een uitgever zou sturen. Elke keer als hij over Amerika begon voelde Anna een steek van medelijden omdat ze wist dat hij zich zoiets nooit zou kunnen veroorloven. Zijn vader was zwaar gehandicapt door reuma, zijn handen stonden permanent tot een halve vuist gekromd, dus Lars runde de boerderij in zijn eentje en woonde nog in de vervallen boerenwoning.

Als Lars niet bij hen at klaagde Anna's vader er vaak over dat het land van de familie Trulssen al jarenlang niet goed onderhouden werd, dat de varkens daar gewoon vrij konden rondlopen en de bodem omwroetten, zodat de grond uitgeput en onvruchtbaar raakte. 'Een moeras is er niks bij,' zei hij dan. 'Maar die jongen leeft in de wereld van zijn boeken, en niet in de echte wereld van akkers en boerderijen.'

Toen Anna de voorgaande winter op een avond druk bezig was om de woorden van een nieuw gezang te ontcijferen dat Fru Erslev haar had gegeven, had Lars opgekeken van zijn boek en haar vanaf de andere kant van de keukentafel gadegeslagen.

'Zal ik helpen?' vroeg hij.

Anna bloosde omdat ze zich realiseerde dat ze steeds weer dezelfde woorden hardop uitsprak om ze onder de knie te krijgen, en ze moest even nadenken of ze hem wel dichterbij wilde hebben, want Lars stonk altijd vreselijk naar varkens. Uiteindelijk knikte ze verlegen en kwam hij naast haar zitten. Samen bogen ze zich over elk woord, totdat Anna het gevoel had dat ze het gezang van begin tot eind zonder onderbreking kon lezen.

'Dank je wel voor je hulp,' zei ze.

'Graag gedaan,' antwoordde hij blozend. 'Als je wilt, Anna, kan ik je helpen om beter te leren lezen en schrijven. Als jij dan belooft af en toe voor me te zingen.'

Anna had met zijn voorstel ingestemd. Haar lees- en schrijfkunst was sinds ze van school was gegaan vier jaar lang verwaarloosd en sterk achteruitgegaan. Sindsdien hadden ze die winter 's avonds vaak met zijn tweeën aan de keukentafel gezeten, de hoofden naar elkaar gebogen, en dan vergat Anna, tot ongenoegen van haar moeder, elke keer weer haar borduurwerk. Ze waren algauw overgestapt van gezangen naar boeken, die Lars van huis meenam, ingepakt in waspapier om de kostbare bladzijden te beschermen tegen de onophoudelijke sneeuw- en regenbuien. En na het werk gingen de boeken dicht en zong Anna voor Lars.

In het begin waren haar ouders bezorgd dat Anna voortaan alleen nog maar met haar hoofd in de boeken zou zitten, maar ze genoten wel als ze hun 's avonds voorlas.

'Ik zou al veel eerder aan die trollen zijn ontsnapt,' verklaarde ze toen ze op een avond vanaf haar plekje naast de kachel *De drie prinsessen uit Wittenland* had voorgelezen.

'Maar een van die trollen had zes hoofden,' was Knuts commentaar.

'Maar daar word je juist trager van,' had ze grinnikend geantwoord.

Ze oefende ook met schrijven, en Lars moest een beetje gniffelen toen hij zag dat ze haar potlood zo hard omklemde dat haar knokkels wit waren.

'Het loopt heus niet weg, hoor,' zei hij, en verbeterde de stand van haar hand door elke vinger voorzichtig in de juiste positie te brengen.

Toen hij op een bitterkoude avond zijn jas van wolvenvacht om zijn schouders sloeg en de deur opende, stoven er sneeuwvlokken zo groot als vlinders naar binnen. Een ervan belandde op Anna's neus, en met een verlegen gebaar veegde Lars hem weg voordat hij kon smelten. Zijn grote hand voelde ruw aan op haar huid en hij stak snel zijn hand in zijn jaszak.

'Tot ziens,' mompelde hij voordat hij zich de winterse duisternis in waagde. Achter de dichtgetrokken deur lagen de binnengewaaide sneeuwvlokken te smelten.

Toen Rosa eindelijk was gearriveerd stond Anna op. Ze streelde de fluwelige oren van de koe en kuste het witte sterretje midden op haar voorhoofd, en het ontging haar niet dat het dier grijze haren rond haar zachte roze bek had.

'Zorg alsjeblieft dat je er volgende zomer nog bent,' zei ze zachtjes.

De rest van de kudde liep beneden op de schemerige helling vredig te grazen, en zodra Anna er zeker van was dat Rosa langzaam maar zeker ook die kant op ging, zette ze koers naar hun huisje. Onderweg kwam ze tot de conclusie dat ze nog niet aan verandering toe was; het enige wat ze wilde was hier elke zomer terugkomen en bij Rosa buiten op de bergweiden zitten. Haar familie mocht haar dan naïef vinden, Anna wist precies wat er voor haar bekokstoofd werd. En ze herinnerde zich maar al te goed hoe vreemd Lars zich had gedragen toen hij aan het begin van de zomer afscheid had genomen.

Hij had haar het gedicht *Peer Gynt* van Ibsen om te lezen meegegeven en zachtjes haar hand in de zijne geklemd toen ze daar met het boek in haar handen stond. Ze was verstijfd. Zijn aanraking stond voor een ander soort intimiteit, totaal anders dan de broerzusrelatie die ze met hem dacht te hebben. Toen ze haar blik omhoog richtte naar zijn gezicht had ze in die intens blauwe ogen een uitdrukking gezien die ze van hem niet kende, en ineens was hij een vreemde voor haar. Ze lag die avond in bed nog te huiveren als ze aan die blik terugdacht, ze wist precies wat die betekende.

Haar ouders leken al op de hoogte te zijn van Lars' intenties.

'We kunnen altijd nog het land van Trulssen kopen als Anna's bruidsschat,' hoorde ze haar vader een keer 's avonds laat tegen haar moeder zeggen.

'We kunnen toch zeker wel iemand uit een betere familie vinden!' had Berit met gedempte stem gezegd. 'De Haakonssens, in Bø, hebben nog een ongetrouwde zoon.'

'Ik heb liever dat ze zich in de buurt vestigt,' was Anders' resolute antwoord. 'Als we Trulssens land kopen levert dat misschien zo'n drie jaar geen inkomen op zolang de bodem moet herstellen, maar als het zover is verdubbelt onze oogst. Gezien Anna's... beperkingen is Lars volgens mij het beste waar we op kunnen hopen.'

Dat had pijn gedaan, en naarmate haar ouders steeds openlijker de kansen op een huwelijk tussen haar en Lars bespraken, werd Anna steeds bozer. Ze vroeg zich af of ze haar ooit eens gewoon zouden vragen of zij wel met Lars wilde trouwen. Maar dat deden ze niet, dus Anna zag er maar van af hun te vertellen dat ze hem best aardig vond maar er niet echt van overtuigd was dat ze van hem kon houden.

Ze stelde zich weleens voor hoe het zou zijn om een man te kussen, maar vroeg zich af of ze dat wel prettig zou vinden. En wat dat andere betrof, dat onbekende, dat wat je moest doen om kinderen te krijgen, daar kon ze alleen maar naar gissen. Af en toe kwam er 's nachts gekraak en gekreun uit de slaapkamer van haar ouders, maar toen ze Knut daarnaar vroeg begon hij besmuikt te gniffelen en volstond hij met te zeggen dat haar broers en zij op die manier op de wereld waren gekomen. Stel dat het net zoiets was als wanneer de stier naar de koe werd geleid... Bij het idee alleen al huiverde Anna, ze zag het brullende beest voor zich dat moest worden aangemoedigd om zijn verovering te bestijgen, terwijl de boerenknecht een handje hielp om het 'ding' erin te krijgen, om zeker te weten dat de koe een paar maanden later zou kalven.

Ze wilde dolgraag haar moeder vragen of het bij mensen ook zo ging, maar het ontbrak haar elke keer weer aan de nodige moed.

Wat het nog erger maakte was dat ze zich de afgelopen zomer door *Peer Gynt* heen had geworsteld en eindeloos over het verhaal had lopen nadenken. En ze kon nog altijd niet begrijpen waarom dat arme boerenmeisje, Solveig, haar leven had verwoest door op die vreselijke Peer te wachten. En dat ze, toen die rokkenjager eindelijk bij haar terugkwam, hem terugnam en dat valse, leugenachtige hoofd van hem op haar knie liet rusten.

'Ik zou het als een bal voor Viva hebben gebruikt, om mee te spelen,' mompelde ze tegen zichzelf toen ze bijna thuis was. En het enige wat ze die zomer stellig had besloten was dat ze nóóit maar dan ook nóóit zou kunnen trouwen met een man van wie ze niet hield.

Aan het eind van het pad kwam hun solide houten zomerhuisje in zicht. Het had al generaties lang geen enkele verandering ondergaan. Het plaggen dak stak als een helder, frisgroen vierkant af tegen de donkergroene sparren in het omringende bos. Anna schepte een handvol water uit de ton naast de voordeur en waste haar handen om de koeienlucht eraf te krijgen en stapte de vrolijke woonkeuken binnen, waar – precies zoals ze tegen zichzelf had gezegd – de olielampen al waren aangestoken en een helder licht uitstraalden.

De ruimte bevatte een grote tafel met een geruit tafellaken, een bewerkte grenenhouten keukenkast, een oude houtoven en een enorme open haard, waarin Anna en haar moeder altijd de gietijzeren stoofpot hingen, met pap voor het ontbijt of avondeten, en vlees en groenten voor het middagmaal. Achter in het huisje bevond zich het slaapgedeelte: de slaapkamers van haar ouders en Knut en het piepkleine kamertje waar ze zelf sliep.

Ze pakte een lamp van de tafel, liep over de versleten houten vloer naar haar kamertje en duwde de deur open. Ze kon zich maar net naar binnen wurmen, doordat het ledikant uitstak tegen de deur. Ze zette de lamp op het nachtkastje en zette haar bonnet af, en in een roodblonde waterval van krullen viel haar haar over haar schouders.

Ze pakte haar dof geworden spiegel en ging op bed zitten om haar gezicht te inspecteren, want ze wilde er tijdens het eten een beetje netjes uitzien. Ze veegde een streep vuil weg en bestudeerde even haar spiegelbeeld in het gebarsten oppervlak. Ze vond zichzelf niet uitzonderlijk knap. Haar neus was veel te klein in verhouding tot haar grote blauwe ogen en volle, gewelfde lippen. Het enige pluspunt aan de naderende winter was dat de sproeten die 's zomers als peperkorreltjes rijkelijk over haar neus en wangen waren gestrooid, 's winters vervaagden en een winterslaap hielden.

Ze legde de spiegel met een zucht terug, perste zichzelf haar kamertje uit en keek naar de klok aan de keukenmuur. Zeven uur, en toch was er kennelijk nog niemand thuis, terwijl ze in elk geval haar vader en Knut had verwacht.

'Hallo?' riep ze, maar er kwam geen antwoord. Ze ging naar buiten, de snel intredende schemering in, en liep naar de achterkant van het huis, waar een stevige grenen tafel in de ruwe aarde stond geplant. Tot haar verbazing zag ze daar haar ouders en Knut zitten, én een onbekende man, wiens gezicht verlicht werd door de gloed van de olielamp.

'Kind, waar heb je toch gezeten?' vroeg haar moeder, die opstond.

'Gecontroleerd of de koeien wel naar beneden gingen, dat had je toch gevraagd?'

'Je bent al uren geleden vertrokken!' merkte Berit afkeurend op.

'Ik moest Rosa zoeken, de andere koeien hadden haar mijlenver achter zich gelaten.'

'Nou ja, je bent in elk geval terug,' zei Berit opgelucht. 'Deze meneer is met je vader en broer hierheen gekomen om met jou kennis te maken.'

Anna wierp een steelse blik op de man en vroeg zich af waarom zo'n onbekende heer in hemelsnaam zoiets zou doen. Er was in haar hele leven nog nooit iemand speciaal 'met haar komen kennismaken'. Toen ze hem wat beter bekeek zag ze dat hij niet van het platteland kwam. Hij droeg een donker, op maat gemaakt jasje met brede revers, een zijden halsdoek en een flanellen broek met weliswaar modderspatten aan de zoom, maar van het soort dat deftige lui uit de grote stad droegen. Hij had een enorme snor die aan de punten opkrulde en die Anna deed denken aan de horens van een geit, en aan zijn rimpels te oordelen moest hij halverwege de vijftig zijn. Terwijl ze hem zo stond te observeren zag ze dat hij haar op zijn beurt ook taxeerde. En de glimlach die hij haar vervolgens zond was een en al goedkeuring.

'Kom eens kennismaken met *Herr* Bayer, Anna.' Haar vader wenkte haar en vulde ondertussen de tinnen beker van de bezoeker bij met eigengemaakt bier uit de grote kan op tafel.

Enigszins aarzelend liep Anna naar de man toe, die onmiddellijk opstond en zijn hand uitstak. Zij stak de hare ook uit, en in plaats van haar de hand te schudden pakte hij die met beide handen beet.

'Frøken Landvik, het is me een voorrecht met u kennis te maken.'

'O ja?' zei ze, overdonderd door die enthousiaste begroeting.

'Anna, niet zo onbeleefd!' zei haar moeder berispend.

'Nee, alstublieft,' antwoordde de man. 'Ik weet zeker dat Anna het niet zo bedoelde. Ze is gewoon verbaasd me te zien. Het zal uw dochter niet elke dag overkomen dat ze bij thuiskomst in haar hooggelegen onderkomen een vreemdeling aantreft die op haar wacht. Wel, Anna, zou je willen gaan zitten, dan zal ik uitleggen waarom ik hier ben.'

Anna's ouders en Knut keken verwachtingsvol toe.

'Sta me allereerst toe me voor te stellen. Mijn naam is Franz Bayer, ik ben professor in de Noorse geschiedenis aan de Universiteit van Christiania. Daarnaast ben ik pianist en muziekdocent. Mijn geestverwanten en ik brengen de meeste zomers door in de provincie Telemark, waar we onderzoek doen naar de nationale cultuur die goede lieden als jullie in deze streken zo uitstekend bewaren. Daarnaast zijn we op zoek naar muzikaal talent dat die cultuur in de hoofdstad Christiania kan uitdragen. Toen ik in het dorpje Heddal aankwam ben ik, zoals altijd, eerst naar de kerk gegaan, en daar ontmoette ik Fru Erslev, de vrouw van de dominee. Ze vertelde me dat ze het kerkkoor leidt en toen ik haar vroeg of er zich onder de koorleden bijzondere stemmen bevonden vertelde ze me over jouw stem. Ik ging er uiteraard van uit dat je in deze buurt zou wonen. Maar toen vertelde ze me dat jullie de zomers hierboven, bijna een dagreis met paard en wagen, doorbrengen, maar dat je vader wellicht voor vervoer zou kunnen zorgen, en dat heeft hij gedaan.' Herr Bayer maakte een lichte buiging naar Anders. 'Lieve jongedame, ik moet bekennen dat een zekere reserve me bekroop toen Fru Erslev me over je woonplaats vertelde. Ze heeft me er echter van weten te overtuigen dat de reis de moeite waard was. Ze zegt dat je de stem van een engel hebt.' Met een brede glimlach spreidde hij zijn armen. 'En hier ben ik. En je lieve ouders hebben zich uiterst gastvrij opgesteld terwijl we op jouw terugkeer wachtten.'

Anna had de grootste moeite om Herr Bayers woorden tot zich

te nemen, ze merkte plotseling dat haar mond openhing van verbazing. Ze deed hem gauw dicht; zo'n fijne, ontwikkelde heer uit de stad moest vooral niet denken dat ze een onnozele boerentrien was.

'Ik ben heel vereerd dat u die reis helemaal hebt gemaakt om mij te ontmoeten,' zei ze, met een zo elegant mogelijke reverence.

'Wel, je ouders vinden ook dat je talent hebt, en als je koordirigente gelijk heeft is de eer geheel aan mij,' antwoordde Herr Bayer galant. 'Je bent er nu, dus het zou me erg verheugen als je me zou laten zien dat ze het bij het rechte eind hebben. Ik zou heel graag willen dat je iets voor me zingt, Anna.'

'Natuurlijk wil ze dat wel,' zei Anders, terwijl Anna zwijgend en onzeker bleef staan. 'Anna?'

'Maar ik ken alleen volksliedjes en gezangen, Herr Bayer.'

'Beide zijn prima, dat verzeker ik je,' zei hij aanmoedigend.

'Zing "Per Spelmann" maar,' stelde haar moeder voor.

'Goed genoeg om mee te beginnen,' antwoordde Herr Bayer met een knikje.

'Maar dat heb ik alleen nog maar voor de koeien gezongen.'

'Stel je dan maar voor dat ik je lievelingskoe ben en jij me naar huis zingt,' antwoordde Herr Bayer met een geamuseerde twinkeling in zijn ogen.

'Goed, meneer, ik zal mijn best doen.'

Anna sloot haar ogen en probeerde zich voor te stellen dat ze op de berghelling stond en Rosa riep, zoals ze dat die avond nog had gedaan. Ze haalde diep adem en begon te zingen. Ze hoefde niet na te denken, de woorden kwamen vanzelf toen ze het verhaal van de arme vioolspeler vertolkte, die zijn koe inruilde om zijn viool terug te krijgen. En toen de laatste heldere noot wegstierf en oploste in de nachtelijke lucht deed ze haar ogen weer open.

Ze keek Herr Bayer onzeker aan, in afwachting van een reactie. Hij zei even niets en bestudeerde haar intensief.

'En nu wellicht een gezang. Ken je "Herre Gud, dit dyre Navn og Ære"?' vroeg hij uiteindelijk.

Anna knikte en opende weer haar mond om te zingen. Toen ze klaar was haalde Herr Bayer een grote zakdoek tevoorschijn, waarmee hij zijn ogen depte.

'Jongedame,' zei hij, met een stem die schor was van emotie. 'Dat was subliem. En het was elk uur van de pijn in mijn rug waard die ik vannacht als gevolg van de reis hierheen zal lijden.'

'Maar u moet bij ons overnachten,' kwam Berit tussenbeide. 'U kunt de slaapkamer van onze zoon Knut gebruiken, hij kan wel in de keuken slapen.'

'Mijn lieve mevrouw, ik ben u uiterst dankbaar. Ik zal uw aanbod gaarne aannemen, want er valt nog heel wat te bespreken. Vergeef me mijn vrijmoedigheid, maar zou het wellicht mogelijk zijn dat u deze vermoeide reiziger een stukje brood aanbiedt? Ik heb sinds het ontbijt niets meer gegeten.'

'Vergeeft u me alstublieft, mijnheer,' zei Berit, geschokt omdat ze door alle opwinding totaal niet aan eten had gedacht. 'Anna en ik maken direct iets voor u klaar.'

'Dan bespreken Herr Landvik en ik ondertussen hoe Anna's stem bredere bekendheid bij het Noorse publiek kan krijgen.'

Met grote ogen volgde Anna haar moeder plichtsgetrouw naar de keuken.

'Wat moet hij wel niet van ons denken? Dat we zo ongastvrij zijn, of zo arm dat we onze gast geen maaltijd kunnen voorzetten?' mopperde Berit in zichzelf, terwijl ze een schaal met brood, boter en plakken gerookte ham klaarmaakte. 'Straks gaat hij terug naar Christiania en vertelt hij al zijn vrienden dat de verhalen over onze primitieve manieren kloppen.'

'*Mor*, Herr Bayer lijkt me een heel aardige meneer, die doet zoiets vast niet. Als dit klaar is moet ik nog houtblokken voor de haard gaan halen.'

'Nou, schiet dan maar op, want je moet de tafel ook nog dekken.'

'Ja, mor,' zei Anna, en ze liep met een grote rieten mand onder haar arm naar buiten. Met haar mand vol houtblokken bleef ze even staan kijken naar de twinkelende lichtjes op de helling langs het meer, lichtjes die kwamen en gingen en duidden op de schaarse menselijke bewoning. Haar hart klopte nog snel van de onverwachte gebeurtenissen.

Ze kon niet goed overzien wat dit voor haar betekende, al had ze wel verhalen gehoord over andere talentvolle zangers en musici die door professoren als Herr Bayer vanuit de hele provincie Telemark naar de stad waren gehaald. Ze kon ook niet goed bedenken of zij dat wel echt wilde als hij haar zoiets zou vragen. Maar haar ervaring strekte niet verder dan de melkboerderij, Heddal en een enkel tochtje naar Skien, dus ze had geen flauw benul van de gevolgen van zo'n stap.

Ze hoorde haar moeder roepen. Anna draaide zich om en liep terug naar het huis.

De volgende ochtend, in de doezelige seconden tussen slapen en waken, lag Anna onrustig te bewegen. Ze wist dat er de vorige dag iets ongelooflijks was gebeurd. Toen ze zich weer herinnerde wat dat was geweest, stond ze op en kleedde zich aan, een ritueel dat ze stomvervelend vond. Het aantrekken van de korte pofbroek, het flanellen hemd, de crèmekleurige bloes, de zwarte rok en het kleurige, geborduurde hesje die haar dagelijkse dracht vormden. Ze zette haar katoenen bonnet op, propte haar haar eronder en trok haar laarzen aan.

Ze had de vorige avond na het eten nog twee liederen en een gezang gezongen, daarna had haar moeder haar naar bed gestuurd. Tot dat moment was er niet over Anna gesproken, maar waren het ongewoon warme weer en de omvang van de oogst die haar vader verwachtte, onderwerp van gesprek geweest. Maar ze had door de dunne houten wanden heen de gedempte stemmen van haar ouders en Herr Bayer gehoord en wist dat ze haar toekomst bespraken. Op een gegeven moment had ze haar deur op een kier durven zetten om hen af te luisteren.

'Het baart me natuurlijk wel zorgen dat als Anna naar de stad vertrekt mijn vrouw het huishouden in haar eentje zal moeten doen,' hoorde ze haar vader zeggen.

'Ze mag dan geen talent voor koken en schoonmaken hebben, maar ze is een harde werker, en daarnaast zorgt ze voor de dieren,' vulde Berit aan.

'Wel, ik ben ervan overtuigd dat we tot een regeling kunnen komen,' had Herr Bayer geruststellend geantwoord. 'Ik ben uiteraard bereid u te compenseren voor het wegvallen van Anna's arbeid.'

Anna had verbijsterd haar adem ingehouden toen er een bedrag werd genoemd. Ze was niet in staat geweest om verder te luisteren en had geruisloos de deur gesloten. 'Dus ik kan als een koe op de markt worden verhandeld!' mompelde ze woedend. Ze was buiten zichzelf van verontwaardiging omdat geld een rol speelde bij het besluit van haar ouders. Toch was er een rilling van opwinding door haar heen gegaan, en ze had nog een tijd wakker gelegen.

Tijdens het ontbijt zat Anna stilletjes achter haar bord pap, terwijl de rest van de familie discussieerde over Herr Bayer, die nog uitrustte van de inspanningen van de reis. Het enthousiasme van de vorige avond leek wat te zijn gedoofd en haar ouders begonnen zich af te vragen of het wel zo verstandig was om hun enige dochter met een onbekende man naar de stad te laten vertrekken.

'Het enige wat we hebben is zijn woord,' zei Knut, een tikje nors omdat hij zijn bed aan Herr Bayer had moeten afstaan. 'Hoe weten we nou of ze bij hem in goede handen is?'

'Nou, als Fru Erslev hem met haar goedkeuring naar boven heeft gestuurd moet het toch een gerespecteerd en godvrezend man zijn,' zei Berit, die ondertussen een royaal bord pap, bedekt met een laag vossenbessenjam, voor haar gast bereidde.

'Het lijkt me het beste dat ik volgende week, als we teruggaan naar Heddal, eens met de dominee en zijn vrouw ga praten,' zei Anders, en Berit knikte instemmend. 'Dan moet hij ons maar de tijd gunnen om na te denken en nog eens op bezoek komen om het te bespreken,' zei ze.

Anna durfde niets te zeggen. Ze wist dat haar toekomst op een weegschaal lag, maar wist niet goed naar welke kant ze de balans wilde laten uitslaan. Ze glipte weg voordat haar moeder haar klusjes kon opdragen; ze wilde de dag doorbrengen bij de koeien om in alle rust te kunnen nadenken. Onderweg vroeg ze zich al neuriënd af waarom Herr Bayer zo in haar was geïnteresseerd, terwijl er in Christiania vast een hoop zangeressen waren die veel beter konden zingen. Ze kon nog maar een paar dagen in de bergen zijn, daarna ging de familie voor de winter terug naar Heddal. Plotseling werd ze overvallen door het besef dat ze hier de volgende zomer misschien niet zou terugkomen. Ze omhelsde en kuste Rosa, sloot haar ogen en begon te zingen, om haar tranen te verdringen.

Toen ze een week later terug waren in Heddal, ging Anders met dominee Erslev en zijn vrouw praten, en na dat gesprek was hij gerustgesteld over het karakter en de reputatie van de professor. Herr Bayer bleek al eerder jonge meisjes onder zijn hoede te hebben genomen en tot professionele zangeressen te hebben opgeleid. Een van hen, vertelde Fru Erslev enthousiast, had zelfs meegezongen in het koor in het Christiania Theater.

Toen Herr Bayer kort daarop weer op bezoek kwam, had Berit druk staan kokkerellen en voor het middagmaal het mooiste stuk varkensvlees gestoofd. Na het eten werd Anna naar buiten gestuurd voor haar vaste karweitjes, de kippen voeren en de watertroggen vullen. Ze was een aantal keren in de buurt van het keukenraam blijven hangen, popelend om te horen wat daarbinnen allemaal besproken werd, maar ze had geen woord kunnen opvangen. Na een tijdje kwam Knut haar halen.

Toen ze binnenkwam en haar jas uittrok zaten haar ouders gezellig samen met de bezoeker aan haar vaders eigengemaakte bier. Herr Bayer begroette haar met een joviale glimlach toen ze erbij kwam zitten.

'Zo, Anna, je ouders hebben ermee ingestemd dat jij een jaar lang bij mij in Christiania komt wonen. Ik zal zowel je mentor als je leraar zijn, en ik heb ze beloofd dat ik getrouw *in loco parentis* zal handelen. En, wat heb je daarop te zeggen?'

Anna staarde hem aan zonder iets te zeggen. Ze had geen flauw idee wat 'mentor' of 'in loco parentis' betekende en wilde niet onwetend overkomen.

'Herr Bayer bedoelt dat je bij hem in zijn appartement in Christiania komt wonen. En dat hij je goed wil leren zingen, je aan een aantal invloedrijke personen zal voorstellen en voor je zal zorgen alsof je zijn eigen dochter bent,' legde Berit uit, met haar hand in een geruststellend gebaar op Anna's knie.

Toen Herr Bayer de verbijsterde blik op Anna's gezicht zag, haastte hij zich om haar verder gerust te stellen. 'Zoals ik je ouders ook heb verteld zullen de leefomstandigheden vanzelfsprekend uiterst bescheiden zijn. Mijn huishoudster, Frøken Olsdatter, verblijft eveneens in mijn appartement en zal permanent aanwezig zijn om jou te chaperonneren en in je behoeften te voorzien. Ik heb ook introductiebrieven van de universiteit en de muziekvereniging in Christiania aan je ouders laten zien. Je hoeft dus nergens bang voor te zijn, lieve jongedame, dat kan ik je verzekeren.'

'O,' zei Anna. Ze concentreerde zich op de mok koffie die haar moeder had aangereikt en nam kleine slokjes.

'Kun je je vinden in dat plan, Anna?' vroeg Herr Bayer.

'Ik... ik denk het wel.'

'Herr Bayer is ook bereid alle kosten op zich te nemen,' zei haar vader ter aanmoediging. 'Dit is een prachtige kans, Anna. Hij vindt dat je een groot talent hebt.'

'Dat vind ik beslist,' bevestigde Herr Bayer. 'Je hebt een van de zuiverste stemmen die ik ooit heb gehoord. En je zult ook onderwijs ontvangen, niet uitsluitend in muziek. Je zult vreemde talen leren en ik zal privéleraren aantrekken om je lees- en schrijfvaardigheden te verbeteren...'

Hier moest Anna ingrijpen. 'Neemt u me niet kwalijk, Herr Bayer,' onderbrak ze hem, 'maar ik kán al lezen en schrijven.'

'Dat scheelt alweer, dat betekent dat we eerder dan ik had gedacht kunnen beginnen met het oefenen van je stem. Dus, Anna, je zegt ja?'

Anna wilde hem zo graag vragen waarom. Waarom wilde deze man haar ouders geld geven om haar te voeden en te kleden én haar stem te ontwikkelen, en haar ook nog eens bij hem in zijn appartement te laten wonen?

Maar aangezien niemand zich dat scheen af te vragen, vond ze dat het haar plaats niet was om dat te doen.

'Maar Christiania is zo ver weg en een jaar duurt zo lang...' Anna's stem stierf weg toen de enorme impact van dit voorstel haar als een bliksemflits trof. Alles wat ze kende, alles wat ze altijd had gekend, zou er niet langer zijn. Ze was een eenvoudig meisje van een boerderij in Heddal, en al had ze altijd gedacht dat haar een saai leven en een saaie toekomst te wachten stonden, de reuzensprong die in die paar seconden van haar gevraagd werd was plotseling te groot.

'Nou...'

Ze voelde vier paar ogen op zich gericht.

‘Ik...’
‘Ja?’ vroegen haar ouders en Herr Bayer in koor.
‘Beloof me alsjeblieft dat jullie Rosa niet opeten als ze doodgaat.’
En bij die woorden barstte Anna Landvik in tranen uit.

14

Na het vertrek van Herr Bayer bruiste huize Landvik van de activiteit. Haar moeder begon aan een reistas waarin Anna haar schaarse bezittingen kon meenemen naar Christiania. Haar twee beste rokken en bloezen en haar onderkleren werden met de grootste zorg gewassen en versteld, want, zo zei Berit, 'mijn dochter mag er tussen die deftige stadslui niet als een boerin uitzien'. Van Fru Erslev kreeg ze een nieuw gebedenboek met knisperende witte bladzijden, én het dringende advies om elke avond te bidden en niet te worden verleid door de heidense manieren van de stad. Het werd zo geregeld dat dominee Erslev haar in Drammen tegemoet zou komen en tijdens de treinreis naar Christiania zou begeleiden, waar hij een classisvergadering moest bijwonen.

Wat Anna zelf betreft, die had nauwelijks een moment voor zichzelf om over haar besluit na te denken. Steeds wanneer ze twijfel voelde knagen probeerde ze die weg te duwen. Haar moeder had aangekondigd dat Lars haar de volgende dag kwam opzoeken, en haar hart bonsde pijnlijk tegen haar ribbenkast toen ze aan de gefluisterde gesprekken van haar ouders over hun mogelijke huwelijk terugdacht. Het leek erop dat er voortdurend door andere mensen voor haar werd beslist, of het nu ging om haar leven hier in Heddal of over haar toekomst.

'Daar heb je Lars,' zei Berit de volgende ochtend, alsof ze niet wist dat Anna zelf ook gespitst was op het gestamp van zijn laarzen waarmee hij de modder van de najaarsregen verwijderde. 'Ik zal wel opendoen. Ontvang je hem in de mooie kamer?'

Anna knikte. Ze wist dat de 'mooie kamer' de 'serieuze' kamer was. Het meubilair bestond uit een hoge houten bank, een zittekist, het enige gestoffeerde meubelstuk, en een pronkkast met een glazen deur, waarachter de verzameling mooie borden huisde, evenals een aantal snuisterijen die door haar moeder goed genoeg waren bevonden om te worden uitgestald. Ook hadden drie van haar grootouders er opgebaard in hun doodskist gelegen, nadat ze het aardse bestaan hadden verlaten. Toen ze er door de smalle gang naartoe liep, bedacht Anna dat die kamer zolang ze leefde maar zelden iemand had ontvangen die daadwerkelijk ademhaalde. Toen ze de deur opendeed kwam haar een muffe, bedompte lucht tegemoet.

Ze veronderstelde dat het gesprek dat ze straks met Lars zou hebben deze plechtige ruimte rechtvaardigde en bleef even staan om te bedenken waar ze zich zou installeren. Toen ze de zware voetstappen in de gang hoorde nam ze snel plaats op de bank met kussens die bijna even hard waren als het grenenhout waar ze op lagen.

Er werd geklopt en Anna kreeg een onbedwingbare neiging om te giechelen. Nooit eerder had iemand haar toestemming gevraagd om een ruimte binnen te gaan die niet haar slaapkamer was.

'Ja?' riep ze.

De deur ging open en in de deuropening verscheen haar moeders ronde gezicht. 'Hier is Lars.'

Lars kwam binnen. Hij had een poging gedaan zijn dikke blonde haar plat te borstelen en droeg zijn beste beige overhemd en de zwarte broek die hij altijd alleen naar de kerk aanhad, én een vest dat Anna nooit eerder had gezien. Het was nachtblauw, dat ze goed bij zijn ogen vond staan. Hij was eigenlijk best wel knap, maar ja, ze vond haar broer Knut ook knap, en die zou ze voor geen goud willen trouwen.

Ze hadden elkaar niet meer gezien sinds Lars haar *Peer Gynt* had gegeven, en Anna slikte nerveus toen ze eraan dacht dat hij bij die gelegenheid haar hand had gepakt. Ze stond op om hem te begroeten. 'Hallo, Lars.'

'Lust je misschien een kop koffie, Lars?' vroeg Berit vanuit de deuropening.

'N-nee, dank u, Fru Landvik.'

'Goed,' zei haar moeder, na even te hebben gezwegen. 'Dan laat ik jullie nu alleen, dan kunnen jullie praten.'

'Wil je niet gaan zitten?' vroeg Anna toen Berit weg was.

'Ja,' zei Lars en ging zitten.

Anna installeerde zich aan het andere eind van de bank. Ze voelde zich ongemakkelijk en friemelde met haar handen.

'Anna,' zei Lars, en schraapte zijn keel, 'weet je waarom ik hier ben?'

'Je bent hier toch altijd?' kwam ze hem tegemoet, en hij lachte even zachtjes, waarmee hij de spanning enigszins verbrak.

'Ja, dat is zo. Hoe was je zomer?'

'Net als alle vorige zomers en net zo fijn.'

'Maar dit was voor jou toch een heel bijzondere zomer?' drong hij aan.

'Je bedoelt vanwege Herr Bayer? Die meneer uit Christiania?'

'Ja! Fru Erslev heeft het overal verteld. Ze is heel trots op je... en ik ook. Je bent volgens mij de beroemdste persoon in de hele provincie Telemark. Behalve Herr Ibsen, natuurlijk.'

'Nou ja, *far* en mor vinden het een geweldige kans voor me. Ze zeggen dat het een hele eer is dat iemand als Herr Bayer me wil helpen.'

'Daar hebben ze gelijk in. Maar ik zou weleens willen weten of jíj het ook echt wilt.'

Daar moest Anna even over nadenken.

'Ik moet wel, vind ik,' zei ze. 'Het zou heel bot zijn om te weigeren, vind je niet? Vooral omdat hij een hele dag de berg op heeft moeten reizen om me te horen zingen.'

'Ja, dat zou misschien bot zijn.' Lars keek langs haar heen naar de muur, die uit zware grenen blokken bestond, en staarde naar het schilderij van het Skisjø-meer. Het bleef een tijdje stil, en Anna vroeg zich af of ze de stilte moest doorbreken. Eindelijk wendde Lars zich weer tot Anna.

'Anna.'

'Ja, Lars?'

Hij haalde diep adem en het viel haar op dat hij zijn hand stevig om de leuning van de bank klemde om het trillen van zijn hand tegen te gaan. 'Voordat jullie voor de zomer naar boven vertrokken heb ik met je vader gesproken over de mogelijkheid om je hand te vragen... om met je te trouwen. We zijn toen overeengekomen dat ik hem het land van mijn familie zou verkopen en dat we het gezamenlijk zouden beheren. Wist jij daarvan?'

'Ik heb er wel iets over opgevangen,' bekende ze.

'En wat vond je van dat plan, voordat Herr Bayer kwam?'

'Je bedoelt dat far het land zou kopen?'

'Nee,' antwoordde Lars, die zichzelf een ironisch glimlachje toestond, 'ik bedoel om met me te trouwen.'

'Nou, om je de waarheid te zeggen had ik nooit gedacht dat je met mij wilde trouwen. Je hebt het er nooit met me over gehad.'

Lars keek haar verbaasd aan. 'Maar Anna, je zult toch wel iets van mijn gevoelens voor jou hebben gemerkt? Ik ben hier van de winter bijna elke avond geweest om jou te helpen met lezen!'

'Maar Lars, je komt hier al mijn hele leven, al sinds ik een klein kind was. Je bent... als een broer voor me.'

Er gleed een pijnlijke trek over zijn gezicht. 'Het is namelijk zo dat ik van je hou, Anna.'

Anna keek Lars stomverbaasd aan. Ze was ervan uitgegaan dat hij een mogelijke verbintenis tussen hen vanuit praktisch oogpunt bekeek, vooral omdat zij met haar beperkte huishoudelijke vaardigheden toch al geen goede partij was. En uit wat ze in haar korte leven om zich heen had gezien had ze de conclusie getrokken dat de meeste huwelijken ook op die basis werden gesloten. En nu vertelde Lars haar dat hij van haar hield... en dat maakte het heel anders.

'Wat aardig van je, Lars. Dat je van me houdt, bedoel ik.'

'Dat is niet "aardig", Anna, dat is...' Hij zweeg en maakte een verwarde en verloren indruk. In de lange stilte die volgde stelde Anna zich voor hoe hun maaltijden zich in stilte zouden voltrekken als ze inderdaad zouden trouwen. Lars zou zich waarschijnlijk op zijn eten concentreren, en dat vond ze geen aantrekkelijk vooruitzicht.

'Anna, wat ik wil weten is of je mijn aanzoek had geaccepteerd als Herr Bayer je niet had gevraagd mee te gaan naar Christiania?'

Toen ze bedacht hoe geweldig hij haar de afgelopen winter had geholpen en hoe ontzettend lief ze hem vond, wist ze dat ze maar één antwoord kon geven.

'Dan had ik ja gezegd.'

'Dank je,' zei hij, duidelijk opgelucht. 'Nou, je vader en ik waren het erover eens dat de contracten voor de aankoop van ons land al direct kunnen worden opgesteld. Daarna wacht ik een jaar op je, zolang jij in Christiania bent. Zodra je terug bent doe ik je een officieel aanzoek.'

Anna raakte in paniek toen hij dat zei. Lars had haar verkeerd begrepen. Als hij had gevraagd of zij van hém hield zoals hij van haar hield, dan had ze 'nee' geantwoord.

'Anna, ben je het daarmee eens?'

In de stilte die volgde probeerde Anna haar gedachten te ordenen.

'Ik hoop dat je van mij leert te houden zoals ik van jou hou,' zei Lars even later rustig. 'En misschien kunnen we op een dag samen naar Amerika reizen en daar een nieuw leven beginnen. En dit is voor jou, als bezegeling van onze onofficiële belofte aan elkaar. Volgens mij heb je er meer aan dan aan een ring, in elk geval voorlopig.' Hij haalde een smal, langwerpig doosje uit zijn vestzak en gaf dat aan haar.

'Ik... dank je wel.' Ze streelde het gladgepolijste hout en opende het doosje. Daarin genesteld lag de mooiste pen die ze ooit had gezien, en die hem een fortuin moest hebben gekost. De pennenhouder was sierlijk gesneden uit licht grenenhout en paste precies in haar hand; de pen had een spitse punt. Ze hield de pennenhouder vast zoals Lars haar had geleerd. En ook al hield ze niet van hem en wilde ze niet met hem trouwen, ze was diep geroerd door zijn geschenk en kreeg tranen in haar ogen.

'Lars, zoiets moois heb ik nog nooit gekregen.'

'Ik zal op je wachten, Anna,' zei hij. 'En misschien kun je me met deze pen brieven schrijven waarin je over je nieuwe leven in Christiania vertelt.'

'Natuurlijk!'

'En je bent het ermee eens dat we ons volgend jaar officieel verloven, als je terug bent uit Christiania?'

Overdonderd door de kracht van zijn liefde en met haar blik op de fraaie pen vond Anna dat er maar één antwoord mogelijk was.

'Ja.'

Een brede glimlach brak door op Lars' gezicht. 'Dan ben ik een gelukkig mens. En laten we nu naar je ouders gaan om ze te vertellen dat we het eens zijn geworden.' Lars stond op, nam haar hand in de zijne, boog voorover en kuste haar hand. 'Mijn Anna. Laten we hopen dat God goed voor ons is.'

Toen ze twee dagen later opstond om aan de lange reis naar Christiania te beginnen, waren alle verwarrende gedachten over Lars en wat er over een jaar stond te gebeuren weggevaagd. Ze was misselijk van de zenuwen en kreeg de pannenkoekjes die haar moeder speciaal had gemaakt nauwelijks door haar keel. Toen Anders aankondigde dat het tijd was om te vertrekken, stond Anna op met benen die zo slap waren als geitenkaas. Ze keek nog een laatste keer de gezellige keuken rond en had plotseling hevig de neiging om haar tas uit te pakken en de hele zaak af te blazen.

'Het is goed, kjære,' zei Berit; ze omhelsde Anna en streelde kalmerend over haar lange krullen, 'voordat je het weet ben je hier alweer op bezoek. Vergeet vooral niet om elke avond je gebeden op te zeggen, 's zondags naar de kerk te gaan en je haar flink te borstelen.'

'Mor, hou toch op met dat betuttelen, anders komt ze hier nooit weg,' zei Knut droogjes, en hij nam zijn zus in zijn armen. 'Zorg vooral dat je een hoop plezier hebt,' fluisterde hij in haar oor, en hij veegde met zijn duimen de tranen van haar wangen.

Anna's vader bracht haar met hun paard-en-wagen naar het stadje Drammen – bijna een dagreis ver – waarvandaan ze in gezelschap van dominee Erslev per trein naar de grote stad zou reizen. Ze zouden overnachten in een bescheiden pension, waar het paard op stal kon worden gezet, zodat ze de volgende ochtend fris en vroeg uit de veren konden en ruimschoots op tijd waren voor Anna's trein.

Dominee Erslev stond hen op het afgeladen perron al op te wachten. Toen de trein eindelijk het station kwam binnentuffen, werd Anna overdonderd door de sissende stoompluimen en het gekrijs van de remmen. De andere passagiers stapten haastig in, en toen Anna en haar vader de dominee naar de trein volgden, hielp Anders haar met haar lijvige valies.

'Far, ik ben zo bang,' fluisterde ze.

'Lieve Anna, als je daar niet gelukkig bent kom je gewoon weer naar huis,' zei hij liefdevol, en hij streelde haar wang. 'En nu gaan we je installeren.'

Ze gingen het trapje naar de trein op en baanden zich een weg op zoek naar een zitplaats voor de twee passagiers. Anders hees haar tas op het metalen rek boven haar hoofd. De perronwachter blies op zijn fluitje, en Anna's vader boog zich snel voorover voor een afscheidskus. 'Schrijf regelmatig aan Lars, zodat we weten hoe het je vergaat, en vergeet niet dat je een grote eer te beurt is gevallen. Laat die stadse lui maar eens zien dat die boertjes van buiten zich heus wel weten te gedragen.'

'Dat zal ik doen, far, dat beloof ik.'

'Brave meid. Met de kerst zien we je weer. De Here zegene je en behoede je. Vaarwel.'

'Wees ervan verzekerd dat ik haar veilig onder de hoede van Herr Bayer breng,' zei dominee Erslev, en hij schudde Anders de hand.

Anna deed haar best om niet te huilen toen haar vader uitstapte en naast de trein nog even bleef staan om te zwaaien. Maar de trein kwam met een schok op gang en al snel verdween haar vaders gezicht in wolken van stoom.

Dominee Erslev opende zijn gebedenboek, Anna vermaakte zichzelf door haar medepassagiers te observeren en voelde zich erg opvallen met haar traditionele kleding. Alle passagiers, mannen én vrouwen, droegen elegante stadskledij. Daarbij vergeleken voelde Anna zich het boerenmeisje dat ze ook was. Ze haalde uit een zak van haar rok de brief die Lars haar de vorige dag bij het afscheid had gegeven. Ze had moeten beloven dat ze die pas onderweg zou lezen. Ze opende het zegel met een overdreven gebaar, zodat haar medereizigers konden zien dat ze dan wel een meisje van het platteland was, maar dat ze wel kon lezen.

De woorden vóór haar, in Lars' keurige handschrift, vormden een hele uitdaging, maar ze zette door.

Stalsberg, Våningshuset
Tindevegen
Heddal
18 september 1875

Kjære Anna,

Ik wil je vertellen dat ik trots op je ben. Benut elke kans om je stem te verbeteren en je kennis van de wijde wereld buiten Heddal te vergroten. Wees er niet bang voor en vergeet niet dat onder de mooie kleren en andere manieren van de mensen die je ontmoet menselijke wezens als jij en ik schuilgaan.
Ondertussen wacht ik hier op je en verlang ik naar de dag waarop je terugkomt. Schrijf me alsjeblieft zodra je veilig in Christiania bent aangekomen. We kijken allemaal in spanning uit naar elk detail over je nieuwe leven daar.
Voor nu, weet dat ik je liefheb en immer trouw ben,

Lars

Anna vouwde de brief zorgvuldig dicht en stopte hem weer in haar zak. Ze had moeite om in de bloemrijke taal de stille en wat onhandige Lars te herkennen. Terwijl de trein verder tjoekte op weg naar Christiania en de dominee tegenover haar zat te dommelen, met aan de punt van zijn neus een vervaarlijk bungelende druppel die maar niet wilde vallen, drukte Anna de golf van paniek weg die haar overviel zodra ze aan haar aanstaande huwelijk dacht. Maar een jaar duurde lang, en in dat jaar kon nog van alles gebeuren. Iemand kon door de bliksem worden getroffen of een lelijke kou vatten en doodgaan. En zelf kan ik ook doodgaan, dacht ze, toen de trein plotseling een slinger naar rechts maakte. En bij die gedachte sloot Anna haar ogen en probeerde wat te rusten.

'Goedendag, dominee Erslev! En mijn lieve Frøken Landvik, sta me toe je welkom te heten in Christiania. Mag ik zo vrij zijn je Anna te noemen, gegeven het feit dat we in elkaars nabijheid zullen verkeren?' vroeg Herr Bayer terwijl hij haar reistas aannam en haar hielp bij het uitstappen.

'Ja, natuurlijk, meneer,' antwoordde Anna verlegen.

'Heeft u een goede reis gehad, dominee Erslev?' vroeg Herr Bayer aan de oudere geestelijke terwijl hij over het drukke perron naast hen liep.

'Zeer comfortabel, dank u. Welnu, mijn taak zit erop en ik zie dat dominee Eriksonn op me staat te wachten,' en hij zwaaide even naar een kleine, kale man in eenzelfde gewaad als hijzelf. 'Dan neem ik hier afscheid van je, Anna.'

'Tot ziens, dominee Erslev.'

Anna zag de laatste band met wat haar vertrouwd was door de uitgang van het station de drukke straat in verdwijnen, waar een aantal koetsen stond te wachten.

'Zo, we nemen een van deze koetsen zodat we gauw thuis zijn. Gewoonlijk neem ik de tram, maar ik vrees dat dat na die lange reis te veel voor je is.'

Na de koetsier instructies te hebben verstrekt hielp Herr Bayer Anna met instappen. Ze nam plaats op het met zachte, rode stof beklede bankje, dat veel lekkerder zat dan de zittekist thuis, en vond het heel opwindend om zo luxueus te reizen.

'Het is maar een kort ritje naar mijn appartement,' zei Herr Bayer. 'Mijn huishoudster heeft een souper voor ons bereid; je zult wel trek hebben na zo'n lange reis.'

Anna hoopte stilletjes dat het tochtje met de koets heel lang zou duren. Ze schoof de brokaten gordijntjes opzij en tuurde vol verwondering uit het raampje toen ze het centrum in reden. Geen ongeplaveide, smalle wegen kriskras door de stad zoals in Skien, maar brede, drukke, door bomen omzoomde straten.

Ze passeerden een paardentram met deftig geklede passagiers, mannen met glimmende hoeden, vrouwen die getooid waren met extravagante hoeden met bloemen en linten. Anna probeerde zichzelf in dergelijke kleding voor te stellen en moest onderdrukt giechelen.

'Er valt natuurlijk een hoop te bespreken,' vervolgde Herr Bayer, 'maar we hebben ruimschoots de tijd tot...'

'Tot wat, meneer?' vroeg Anna.

'O, tot je zover bent dat je een groter publiek kunt begroeten, lieve jongedame. Zo, we zijn er.' Hij opende het raampje en gaf de koetsier opdracht om te stoppen. Terwijl hij Anna hielp bij het uitstappen en het pakken van haar valies, richtte ze haar blik omhoog, langs het stenen gebouw waarvan de talloze verdiepingen met hun glinsterende ramen tot in de hemel leken te reiken.

'Helaas hebben we nog niet zo'n nieuwerwetse lift laten installeren, dus we zullen de trap moeten nemen,' zei hij toen ze door de grote dubbele deur naar binnen gingen en in de echoënde hal met zijn marmeren vloer stonden. 'Zodra ik mijn appartement heb bereikt,' begon Herr Bayer toen ze de kronkelende trap met zijn glimmende koperen leuning beklommen, 'heb ik het gevoel dat ik op zijn minst mijn maaltijd heb verdiend.'

Anna telde niet meer dan drie kleine trappen, heel wat gemakkelijker dan in de regen een berghelling beklimmen. Boven aangekomen leidde Herr Bayer haar een lange gang door en ontsloot hij een deur.

'Frøken Olsdatter, we zijn terug en Anna is er!' riep hij terwijl hij haar via een gang naar een enorme salon leidde, met wanden die waren bekleed met weelderig robijnrood behang, en de grootste glazen ramen die ze ooit had gezien.

'Waar blijft dat vrouwmens toch?' klaagde Herr Bayer. 'Excuseer me een moment, Anna, lieve, dan ga ik haar zoeken. Ga zitten als je wilt en maak het je gemakkelijk.'

Anna was te gespannen om te gaan zitten en nam de gelegenheid om de ruimte in zich op te nemen. Naast een van de ramen stond een vleugel, onder een ander raam een groot mahoniehouten bureau dat bedekt was met stapels bladmuziek. Het midden van de kamer werd gedomineerd door een grote en veel luxere uitvoering van de zittekist thuis. Ertegenover stonden twee elegante stoelen, bekleed met bijpassende, roze-bruin gestreepte stof, daartussenin stond een salontafel van fraai, donker hout, met stapels boeken en een verzameling snuifdozen. De muren waren gedecoreerd met olieschilderijen van landschappen die wel wat leken op de panorama's rondom hun huis in Heddal. Er hing ook een aantal ingelijste getuigschriften en brieven. Een daarvan trok haar aandacht, en ze liep ernaartoe om het van dichtbij te bekijken.

> Det kongelige Frederiks Universitet tildeler
> Prof. Dr. Franz Bjørn Bayer
> æresprofessorat i historie
> 16 juli 1847

Onder de tekst stond een handtekening en was een zegel geplaatst. Anna vroeg zich af hoeveel jaren onderwijs het haar mentor moest hebben gekost om dit te bereiken.

'Lieve hemel, het wordt hierbinnen al donker en het is nog maar net vijf uur!' zei Herr Bayer toen hij de kamer kwam binnenstuiven, in het gezelschap van een lange, slanke vrouw van ongeveer dezelfde leeftijd als haar moeder. Ze was gekleed in een donkere, wollen, hooggesloten jurk met een lange, wijde rok, goed van snit maar zonder versierselen, afgezien van een sleutelbos die aan een kettinkje om haar middel bungelde. Haar lichtbruine haar was in een keurig knotje in haar nek opgestoken.

'Anna, dit is Frøken Olsdatter, mijn huishoudster.'

'Aangenaam met u kennis te maken, Frøken Olsdatter,' zei Anna en maakte een reverence, een gebaar dat ze had aangeleerd als betoon van respect voor oudere mensen.

'En datzelfde geldt voor mij, Anna,' zei de vrouw, die met een lichte glimlach in haar warme bruine ogen toekeek hoe Anna omhoogkwam uit haar reverence. 'Ik ben hier om jou te dienen en voor je te zorgen,' zei ze nadrukkelijk, 'dus als je iets nodig hebt of als iets niet naar tevredenheid is moet je me dat vooral laten weten.'

'Ik...' Anna was in de war. Deze dame in haar mooie japon was toch zeker geen bediende? 'Dank u wel.'

'Zou u de lampen willen aansteken, Frøken Olsdatter?' verzocht Herr Bayer. 'Heb je het niet koud, Anna? Anders moet je het zeggen, dan steken we de kachel ook aan.'

Anna had een paar minuten nodig om te antwoorden, totaal in beslag genomen door de aanblik van Frøken Olsdatter, die met een koord de kroonluchter van het plafond liet zakken, een koperen knop in het midden omdraaide en daar een dunne, brandende waskaars bij hield. Aan de uiteinden van de sierlijke armen van de kroonluchter ontsprongen tere vlammetjes, die de kamer in een zachte gouden gloed zetten toen de lamp weer op zijn plaats werd gehesen. Daarna richtte ze haar aandacht op de door Herr Bayer genoemde kachel. Die was van roomkleurig aardewerk, en uit de bovenkant liep een brede schoorsteenpijp recht omhoog naar het hoge, sierlijk bewerkte vakwerkplafond. De gebeeldhouwde schoorsteenmantel was aan de randen verguld. Vergeleken met het zwarte ijzeren gevaarte thuis was dit geen kachel, vond Anna, dit was een kunstwerk.

'Dank u, Herr Bayer, ik heb het warm genoeg.'

'Frøken Olsdatter, wilt u Anna's cape aannemen en die samen met haar tas naar haar kamer brengen?' vroeg Herr Bayer.

Anna maakte het lint onder haar kin los en de huishoudster nam de cape van haar schouders. 'Je zult wel overdonderd zijn door de grote stad,' zei ze rustig, terwijl ze de cape over haar arm vouwde. 'Dat was ik in elk geval wel toen ik hier voor het eerst vanuit Ålesund aankwam.'

Dankzij die paar woorden wist Anna dat Frøken Olsdatter ook ooit een meisje van het platteland was geweest. En dat ze het begreep.

'Zo, lieve jongedame, nu gaan we zitten en drinken we een kopje thee. Als u zo vriendelijk wilt zijn om die te brengen, Frøken Olsdatter.'

'Heel goed, Herr Bayer.' De huishoudster knikte, pakte Anna's tas en verliet de kamer.

Herr Bayer wees naar de stoel waarop Anna moest gaan zitten en nam tegenover haar plaats op de bank. 'Er valt heel wat te bespreken. En aangezien de beste tijd om iets te doen altijd nu is, zal ik beginnen met je over je nieuwe leven hier in Christiania te vertellen. Je zegt dat je bedreven bent in lezen en schrijven, dat scheelt ons een hoop tijd. Kun je ook noten lezen?'

'Nee, dat kan ik niet,' moest Anna bekennen.

Ze keek toe hoe Herr Bayer een in leer gebonden notitieboek naar zich toe haalde en een gelakte vulpen pakte waarbij de pen van Lars een stuk zwerfhout leek. Hij doopte de pen in een inktpot die op de salontafel stond en begon te schrijven.

'En ik neem aan dat je geen vreemde talen kent?'

'Nee, die ken ik niet.'

Opnieuw schreef hij iets in zijn notitieboek. 'Ben je weleens naar een concert – en daarmee bedoel ik een muziekuitvoering – in een theater of concertzaal geweest?'

'Nee, meneer, alleen in de kerk.'

'Daar moeten we dan zo snel mogelijk iets aan doen. Weet je wat een opera is?'

'Ik geloof het wel. Dat is toch als de mensen op het podium het verhaal zingen in plaats van vertellen?'

'Heel goed. En hoe is het gesteld met tellen?'

'Ik kan tot honderd tellen,' zei Anna trots.

Herr Bayer onderdrukte een glimlach. 'En meer heb je niet nodig in de muziek, Anna. Als zanger moet je de maten kunnen tellen. Kun je een instrument bespelen?'

'Mijn vader heeft een Hardangerviool en ik heb van hem de basis van het vioolspel geleerd.'

'Wel, het lijkt erop dat je al een behoorlijk ontwikkelde jongedame bent,' zei hij tevreden, toen de huishoudster binnenkwam met een vol dienblad. 'Dan gaan we nu thee drinken en daarna zal Frøken Olsdatter vast zo vriendelijk willen zijn om je je kamer te wijzen. Om zeven uur gebruiken we samen het avondmaal.'

Anna's aandacht werd getrokken door de vreemde vorm van de theepot waaruit de huishoudster iets schonk dat op slappe koffie leek.

'Dat is Darjeelingthee,' zei Herr Bayer.

Om niet onwetend over te komen bracht Anna, in navolging van Herr Bayer, het delicate porseleinen kopje naar haar lippen. De thee had een aangename maar nogal onbestemde smaak vergeleken met de sterke koffie die haar moeder zette.

'Je zult op je kamer ook wat eenvoudige kleren aantreffen die Frøken Olsdatter voor je heeft vervaardigd. Ik kon uiteraard slechts gissen naar je maat en nu ik je zo zie ben je zelfs nog kleiner dan ik me herinner, dus misschien moet je kleding nog versteld worden,' voegde hij eraan toe. 'Zoals je wellicht al hebt vermoed draagt men in Christiania behalve op feestdagen maar zelden traditionele Noorse klederdracht.'

'Ik denk dat wat Frøken Olsdatter voor me heeft gemaakt me vast heel goed zal passen, meneer,' antwoordde Anna beleefd.

'Lieve jongedame, ik moet toegeven dat ik tot nu toe diep onder de indruk ben van je gedrag. Ik heb in het gezelschap van andere jonge zangeressen van het platteland verkeerd en begrijp dat dit voor jou een grote verandering van omstandigheden betekent. Helaas zijn velen van hen terug naar huis gevlucht, als muizen naar hun nest. Ik heb het gevoel dat jij hen niet achterna zult gaan. Welnu, Anna, Frøken Olsdatter zal je naar je kamer brengen, zodat je je daar kunt installeren, terwijl ik een deel van het eindeloze papierwerk van de universiteit afhandel. We zien elkaar weer om zeven uur aan het diner.'

'Zoals u wenst, meneer.'

Anna stond op en zag dat Frøken Olsdatter al bij de deur op haar stond te wachten. Ze maakte een reverence naar Herr Bayer en volgde de huishoudster door de gang totdat die stilstond voor een deur en die opende.

'Dit wordt jouw kamer, Anna. Ik hoop dat je hem comfortabel vindt. De rokken en bloezen die ik voor je heb gemaakt hangen in de kledingkast. Pas ze later maar eens, dan bekijken we of er nog iets aan moet worden veranderd.'

'Dank u,' zei Anna, die verbaasd naar het enorme bed met zijn geborduurde sprei keek, die twee keer zo groot was als die op het bed van haar ouders. Aan het voeteneind lag een nieuwe, linnen nachtpon.

'Ik heb al wat spullen van je uitgepakt en help je later wel met de rest. Er staat een kan met water op het nachtkastje voor als je dorst hebt, en de badkamer is aan het eind van de gang.'

'Badkamer' was een woord dat Anna niet kende, en ze keek Frøken Olsdatter met een vragende blik aan.

'Dat is de ruimte met het toilet en de badkuip. Wijlen de echtgenote van Herr Bayer was een Amerikaanse en wilde per se over dat soort moderne gemakken beschikken.' De huishoudster trok even licht haar wenkbrauwen op, maar het was Anna niet duidelijk of dat uit goedkeuring of het tegenovergestelde was. 'We zien je om zeven uur in de eetkamer,' zei ze, en vertrok.

Anna liep naar de kledingkast, opende die en slaakte een zucht van bewondering bij het zien van haar nieuwe kleren. Er hingen vier nieuwe katoenen bloezen, die aan de hals met paarlemoeren knoopjes sloten, en twee wollen rokken. Maar het opwindendst van alles was de lange avondjurk van prachtige, glanzende groene stof, zijde, naar ze veronderstelde. De jurk had aan de achterzijde een tournure. Met een huivering van genot sloot Anna de kast en ging volgens de aanwijzingen van Frøken Olsdatter de gang door op weg naar de badkamer.

Toen ze de deur opendeed wachtte haar de allergrootste sensatie van die dag. Tegen één hoek van de ruimte stond een brede houten bank met in het midden een emaillen zitting rond een gat. Boven de zitting hing een ijzeren ketting met een trekker. Toen ze daar voorzichtig aan trok spoelde er automatisch water door, en op dat moment werd het Anna duidelijk dat dit een wc binnenshuis was. Midden op de betegelde vloer stond een diepe, glimmend witte badkuip, waarbij de tinnen kuip die ze thuis in Heddal af en toe gebruikten eerder leek op een ton waarin je een geit kon wassen.

Al peinzend over hoe dit toch allemaal mogelijk was, ging Anna terug naar haar kamer. Volgens de klok had ze nog maar nauwelijks een half uur totdat ze aan het avondeten met Herr Bayer werd verwacht. Toen ze naar de kledingkast liep om voor die gelegenheid een van haar nieuwe combinaties aan te trekken, zag ze dat Frøken Olsdatter schrijfpapier en Anna's eigen pen op het kleine, gepolitoerde tafeltje onder het raam had neergelegd. Ze beloofde zichzelf dat ze zodra ze de gelegenheid had Lars en haar ouders zou schrijven, om hun alles te vertellen over wat ze die eerste dag al had gezien. En daarna maakte ze zichzelf presentabel voor haar allereerste avond in Christiania.

15

Appartement 4
St. Olavs Gate 10
Christiania

24 september 1875

Kjære Lars, mor, far en Knut,

Vergeef me alsjeblieft voor alle spelfouten en mijn slechte grammatica, maar ik hoop dat jullie kunnen zien dat mijn schrijfstijl erop vooruit is gegaan! Ik ben hier nu vijf dagen en wil jullie graag deelgenoot maken van mijn verwondering over het stadse leven.
Allereerst, al hoop ik dat jullie het niet ongepast vinden dat ik erover begin, is er binnenshuis een privaat met een ketting waaraan je kunt trekken om na afloop door te spoelen. Er is ook een badkuip die twee keer per week voor me gevuld wordt met warm water. Soms ben ik bang dat Frøken Olsdatter, de huishoudster hier, en Herr Bayer denken dat ik een ziekte onder de leden heb waardoor ik uren in bad moet doorbrengen.
Er zijn ook gaslampen en in de salon staat een kachel die op een reusachtig kerkaltaar lijkt en die zoveel warmte afgeeft dat ik vaak het gevoel krijg dat ik ga flauwvallen. Frøken Olsdatter bestiert het huishouden en bereidt en dient het eten op, en er is ook een werkster die elke ochtend komt schoonmaken en de kleren wast en strijkt, dus ik moet toegeven dat ik amper een vinger hoef uit te steken, in vergelijking met de klusjes die ik thuis doe.
We wonen driehoog, aan een straat die de St. Olavs Gate heet, met een heel mooi uitzicht op een park waar de mensen uit de stad op zondag gaan wandelen. Vanuit mijn raam kan ik in ieder

geval een beetje groen zien en een paar bomen die hun blad snel laten vallen nu de winter in aantocht is, maar ze doen me heel erg aan thuis denken. (Er zijn hier tussen alle straten en huizen maar weinig plekjes groen te vinden.)
Wat mijn studie betreft, ik ben nu aan het leren piano te spelen. Hoewel Herr Bayer erg geduldig met me is, voel ik me heel dom. Met mijn korte vingers lijk ik de noten niet te kunnen aanslaan zoals hij graag wil.
Laat ik maar eens vertellen hoe mijn dagen eruitzien, dan begrijpen jullie het iets beter. Om acht uur word ik gewekt door Frøken Olsdatter, die op mijn deur klopt en me ontbijt komt brengen. Ik kan niet ontkennen dat ik me op dat moment altijd een prinsesje voel. Ik drink thee, aan de smaak begin ik langzaam te wennen, en eet vers wit brood dat volgens Herr Bayer ontzettend in trek is in Engeland en Frankrijk. Daarnaast staat een pot met ingemaakt fruit dat op het brood gesmeerd kan worden. Na het ontbijt trek ik de kleren aan die Frøken Olsdatter voor me heeft gemaakt en die heel modern aanvoelen vergeleken bij wat ik thuis droeg, en om negen uur maak ik mijn opwachting in de salon, voor de muziekles met Herr Bayer. Eerst leert hij me ongeveer een uur de noten op de piano, daarna bestuderen we bladmuziek. Ik moet leren hoe de noten op papier corresponderen met de toetsen van de piano en langzaam, dankzij de uitstekende lessen van Herr Bayer, begin ik het door te krijgen. Na de les vertrekt Herr Bayer naar de universiteit, waar hij als professor werkt, of gaat hij lunchen met vrienden.
Dan breekt het moment van de dag aan waarvan ik het meest geniet: de middagmaaltijd. De dag na mijn aankomst diende Frøken Olsdatter de lunch alleen voor mij op in de eetkamer, waar een heel grote tafel staat waardoor ik me nog eenzamer voelde. (Het blad is zo goed gepoetst dat het blinkt als een spiegel en ik mezelf erin kan zien.) Na het eten ruimde ik mijn bord en glas af en bracht ze naar de keuken. Frøken Olsdatter keek me geschokt aan en zei dat het haar taak was om de tafel af te ruimen. Maar toen viel mijn oog op iets wat ik nog nooit had gezien, een groot, zwart ijzeren keukenfornuis. Frøken Olsdatter heeft me laten zien

dat ze er pannen op kan zetten en daaronder gasbranders kan aansteken om het eten te bereiden, in plaats van dat boven een open vuur te doen. Het is heel anders dan onze keuken op de boerderij, maar het deed me zo aan thuis denken dat ik haar smeekte om samen met haar te mogen eten op de dagen dat Herr Bayer er tussen de middag niet is. En dat hebben we sindsdien elke dag gedaan. We praten met elkaar alsof we vriendinnen zijn en ze is heel vriendelijk en begrijpt hoe vreemd dit nieuwe leven voor me is. 's Middags is het de bedoeling dat ik een uur ga rusten in mijn kamer, met een boek dat bedoeld is om 'de geest te verrijken'. Op dit moment ben ik aan het lezen (of dat probeer ik althans) in de Noorse vertaling van toneelstukken van een Engelse schrijver die William Shakespeare heet. Jullie hebben vast weleens van hem gehoord, maar hij is al lang dood en het eerste toneelstuk dat ik las ging over een Schotse prins genaamd Macbeth en was heel zielig. Het leek wel of iedereen doodging!
Als Herr Bayer terugkomt van de universiteit, kom ik weer uit mijn kamer. We drinken thee en hij vertelt me over zijn dag. Volgende week wil hij me meenemen naar het Christiania Theater. We gaan naar een ballet van een Russisch gezelschap. Volgens hem is dat een dansvoorstelling op muziek waarbij niemand praat of zingt (en de mannen dragen niet eens een broek, maar een rok, net als een meisje!). Na de thee ga ik weer naar mijn kamer en kleed ik me om in de avondjurk die Frøken Olsdatter voor me gemaakt heeft. Konden jullie die maar zien, hij is zo mooi en zo anders dan wat ik voorheen altijd droeg. Tijdens het diner drinken we rode wijn die Herr Bayer uit Frankrijk heeft laten komen en eten we vaak vis in witte saus, wat volgens hem heel gewoon is hier in Christiania. Na het eten steekt Herr Bayer een sigaar op, dat is tabak die in een gedroogd tabaksblad is gerold, en drinkt hij een glas cognac. Op dat moment ga ik naar mijn kamer, meestal ben ik dan heel moe, en staat er een glas warme koemelk naast mijn bed klaar.
Op zondag is Frøken Olsdatter met me meegegaan naar de kerk. Herr Bayer zegt dat hij voortaan ook meegaat, maar dat hij het deze keer te druk had. De kerk is zo groot als een kathedraal en er zaten honderden mensen in. Dus jullie merken dat ik hier heel

andere dingen meemaak dan tijdens mijn leventje in Heddal. Soms heb ik het gevoel dat ik droom, dat niets echt is. Het lijkt of ik heel ver van huis ben.
Ik dacht dat Herr Bayer me hierheen wilde halen om te zingen. In werkelijkheid heb ik tot nu toe alleen toonladders gezongen onder begeleiding van de piano. Dat wil zeggen dat ik de noten op de juiste volgorde moet aanslaan, omhoog, omlaag en dan weer omhoog, zonder woorden.
Mijn adres staat bovenaan de brief en ik zou het erg prettig vinden als jullie terug willen schrijven. Het spijt me van alle inktvlekken. Dit is de eerste en langste brief die ik ooit geschreven heb en ik heb er vele uren over gedaan. Natuurlijk gebruik ik de pen die jij me gegeven hebt, Lars, en ik heb hem op mijn bureau gelegd zodat ik hem altijd kan zien.
Zeg alsjeblieft tegen mor en far en mijn broers dat ik hen mis. Ik hoop dat je deze brief aan hen wilt voorlezen. Ik kan er niet nog een schrijven omdat deze me al zoveel tijd heeft gekost, en bovendien kunnen ze niet zo goed lezen.
Ik hoop dat het goed gaat met jou en je varkens.

Anna

Anna las de brief nauwgezet door. Het was de laatste van misschien wel twaalf kladversies die ze de afgelopen vijf dagen had geschreven. De rest had ze weggegooid. Ze was zich ervan bewust dat ze sommige woorden had gespeld zoals je ze uitsprak en was bang dat ze fouten had gemaakt. Maar, bedacht ze, Lars zou vast liever een onvolmaakt bericht krijgen dan helemaal geen bericht. Ze stond te trappelen om haar familie te vertellen over alle veranderingen in haar leven. Nadat ze de brief zorgvuldig had dichtgevouwen, stond ze op en ving een glimp van zichzelf op in de spiegel. Even bleef ze naar haar gezicht kijken.

Ben ik mezelf nog, vroeg ze aan haar spiegelbeeld. Toen het antwoord uitbleef, zette ze koers naar de badkamer.

Later die avond, terwijl ze in bed stapte, luisterde ze naar de stemmen en het gelach die vanuit de hal opstegen. Omdat Herr

Bayer vanavond gasten had, had ze niet met hem aan de gepolijste eettafel gegeten, maar een dienblad gekregen van Frøken Olsdatter, van wie ze nu wist dat haar voornaam Lise was.

'Lieve jongedame, laat me het je uitleggen,' had Herr Bayer eerder die avond gezegd, nadat hij had aangekondigd dat ze niet mee zou eten. 'Je boekt enorm veel vooruitgang, erg snel. Het gaat zelfs veel sneller dan bij de andere leerlingen voor wie ik het genoegen had als mentor op te treden. Maar als ik je aan mijn gasten voorstel, zullen ze je zeker vragen om voor hen te zingen, vooral nadat ik hun verteld heb wat je allemaal kunt. En we mogen nog niet met je pronken totdat je volledig opgebloeid bent. Tot we je in al je glorie kunnen presenteren.'

Hoewel Anna inmiddels al begon te wennen aan het bloemrijke taalgebruik van Herr Bayer, vroeg ze zich af wat hij precies van haar verwachtte. Moest er soms nog een extra hand bij haar aangroeien? Dat zou zeker van pas komen bij de pianolessen. Of misschien een paar extra tenen, om haar erbarmelijke lichaamshouding te verbeteren. Op die tekortkoming was ze vandaag gewezen door een theaterregisseur, die vanmiddag naar het appartement was gekomen. Hij had tegen haar gezegd dat Herr Bayer hem had ingehuurd om te werken aan de manier waarop ze zichzelf presenteerde, voor wanneer ze uiteindelijk het podium op zou gaan. Het leek erop neer te komen dat ze haar kin in de lucht moest steken en haar tenen moest samenknijpen in haar schoenen zodat ze stokstijf kon blijven staan als ze eenmaal de gewenste houding had aangenomen.

'Dan wacht je tot het applaus is afgelopen. Een kleine buiging, op deze manier...' De man had het voorgedaan door zijn kin op zijn borst te laten zakken en zijn linkerhand naar zijn rechterschouder te brengen. '... om te laten zien dat je het applaus op prijs stelt, en dan kun je beginnen.'

Het daaropvolgende uur had de man haar gevraagd de salon in en uit te lopen en dezelfde bewegingen keer op keer te oefenen. Het was ontzettend saai en ontmoedigend, zeker omdat ze tot dan toe het idee had gehad dat ze, ook al kon ze niet koken of naaien, tenminste nog wel goed kon lopen.

Anna ging op haar zij in het enorme bed liggen, voelde het zachte donskussen onder haar wang en vroeg zich af of ze ooit zou kunnen worden wat Herr Bayer van haar verwachtte dat ze zou worden.

Zoals ze al in de brief aan Lars had geschreven, had ze gedacht dat ze hierheen was gehaald vanwege haar zangtalent. Desondanks had Herr Bayer haar sinds haar aankomst nog niet één keer gevraagd om een liedje te zingen. Ze begreep dat ze nog veel moest leren en had zich geen vriendelijkere of geduldigere mentor kunnen wensen. Toch kon ze soms het gevoel niet van zich afschudden dat ze haar oude ik kwijtraakte, hoe ongeschoold en wereldvreemd ze ook geweest was. Ze voelde zich nu al gestrand tussen twee werelden, een meisje dat tot amper een week geleden nog nooit een gaslamp of een toilet binnenshuis had gezien, maar het nu al gewend was om bediend te worden, om rode wijn te drinken bij het avondeten en zich tegoed te doen aan vis...

'Lieve hemel!' kreunde ze hardop bij de gedachte aan die eindeloze vismaaltijden.

Misschien dacht Herr Bayer dat ze te dom was om door te hebben wat zijn bedoelingen waren. Ze had echter al heel snel ingezien dat hij haar niet alleen naar Christiania had gehaald om haar stem te scholen, maar ook om haar te veranderen in een dame die zich op gepaste wijze wist te presenteren. Er werden haar kunstjes aangeleerd, net als de dieren van het circus dat zo nu en dan door Heddal trok. Die eerste avond dat Herr Bayer bij het huisje van haar familie in de bergen was aangekomen was hij niet uitgepraat geraakt over de wonderen van de Noorse plattelandscultuur. Daarom begreep ze ook niet goed waarom hij het nodig vond om haar te veranderen.

'Ik ben geen experiment,' fluisterde ze vastberaden voor zich uit, terwijl ze eindelijk in slaap sukkelde.

Op een ijskoude oktoberochtend arriveerde Anna zoals gewoonlijk in de salon voor haar les met Herr Bayer.

'Zo, lieve Anna, heb je goed geslapen?'

'Heel goed. Dank u, Herr Bayer.'

'Prima, prima. Welnu, tot mijn genoegen kan ik je mededelen dat je er volgens mij aan toe bent om een stapje verder te gaan. Dus we gaan beginnen met zingen, goed?'

'Ja, Herr Bayer,' antwoordde ze beschaamd, zich maar al te bewust van de negatieve gedachten die ze een paar avonden geleden nog had gehad.

'Voel je je wel goed, Anna? Je ziet zo bleek.'

'Het gaat goed.'

'Mooi zo. Dan gaan we geen tijd meer verspillen. Ik wil graag dat je "Per Spelmann" voor me zingt, net als op de avond dat we elkaar hebben leren kennen. Dan val ik in op de piano.'

Deze onverwachte ontwikkeling bracht Anna zo van haar stuk dat ze Herr Bayer als aan de grond genageld bleef aanstaren.

'Ben je nog niet zover?'

'Neem me niet kwalijk. Jawel.'

'Mooi zo. Begin dan maar met zingen.'

De daaropvolgende drie kwartier herhaalde Anna het liedje dat haar met de paplepel was ingegoten talloze keren. Meermaals onderbrak Herr Bayer haar en zei dat ze bij een bepaalde noot, zoals hij het noemde, iets meer 'vibrato' moest gebruiken, dat ze een pauze langer moest aanhouden of de maten moest tellen... Ze deed haar best om zijn instructies op te volgen, maar dat viel niet mee met een liedje dat ze al veertien jaar kende en altijd op dezelfde manier gezongen had.

Stipt om elf uur werd er aangebeld. Ze hoorde gedempte stemmen in de hal en Frøken Olsdatter kwam de salon binnen met in haar kielzog een gedistingeerd ogende donkerharige man met een haviksneus en een wijkende haargrens. Herr Bayer stond op van achter de piano en liep naar hem toe. 'Herr Hennum, bedankt dat je tijd voor ons kon vrijmaken. Dit is Frøken Anna Landvik, het meisje over wie ik je verteld heb.'

De man maakte een buiging naar haar. 'Frøken Landvik, Herr Bayer is vol lof over uw stem.'

'En nu kun je die zelf horen!' Herr Bayer nam weer plaats achter de piano. 'Anna, zing maar zoals je die eerste avond in de heuvels voor me gezongen hebt.'

Verward keek Anna hem aan. Als hij wilde dat ze zong zoals ze oorspronkelijk had gedaan, waarom had hij dan het afgelopen uur geprobeerd haar iets anders aan te leren? Maar het was te laat om het te vragen, want hij sloeg de eerste noten al aan, dus begon ze gewoon te zingen en liet ze haar stem de vrije loop.

Toen ze klaar was, keek ze verwachtingsvol naar Herr Bayer, niet wetend of ze goed had gezongen, of toch te achteloos. Ze had flarden onthouden van wat hij tegen haar had gezegd, maar niet alles, en in haar hoofd liep alles nu door elkaar.

'Wat vind je ervan, Johan?' Herr Bayer kwam weer achter de piano vandaan.

'Anna is precies zoals je beschreef. Daarom is ze perfect. Duidelijk onervaren, maar misschien is dat juist wel goed.'

'Ik had dit zo snel nog niet verwacht. Zoals ik al zei is Anna nog geen maand in Christiania en ben ik nog maar net bezig haar stem te trainen,' reageerde Herr Bayer.

Terwijl Anna de twee mannen over haar en haar talenten hoorde praten, voelde ze zich zo kwetsbaar als een rauw stuk varkensvlees dat op het punt stond om door haar moeder in de pan te worden gegooid.

'Ik moet de definitieve partituur nog ontvangen, maar zodra het zover is, kom ik die brengen en laten we Anna naar het theater komen om voor Herr Josephson te zingen. Nu moet ik gaan. Frøken Landvik.' Johan Hennum maakte nog een buiging naar haar. 'Het was me een genoegen u te horen zingen en ik twijfel er niet aan dat ikzelf en vele anderen dat genoegen binnenkort nog eens zullen mogen hebben. Een prettige dag nog, allebei.' Herr Hennum beende de kamer uit, waarbij zijn mantel achter hem opbolde.

'Goed gedaan, Anna!' Herr Bayer kwam naar haar toe, nam haar gezicht tussen zijn handen en drukte op iedere wang een kus.

'Kunt u me alstublieft vertellen wie die man is?'

'Dat doet er nu niet toe. Het voornaamste is dat we nog veel werk te verzetten hebben om je voor te bereiden.'

'Voorbereiden op wat?'

Maar Herr Bayer luisterde niet naar haar, zijn blik was op de klok gericht. 'Over een half uur moet ik een college geven, dus ik moet nu weg. Frøken Olsdatter! Ik heb mijn mantel nodig, nu meteen.' Terwijl hij langs Anna heen naar de deur liep, glimlachte hij nog een keer. 'Ga maar uitrusten, Anna. Als ik terug ben, gaan we aan de slag.'

Hoewel Anna de twee weken daarna bleef proberen erachter te komen wie Herr Hennum was en waar ze naartoe werkten, was Herr Bayer tot haar frustratie niet erg scheutig met informatie. Ze begreep niet waarom hij opeens wilde dat ze elk volksliedje zong dat ze ooit had geleerd, in plaats van, zoals hij haar ouders had voorgehouden, haar te leren om opera te zingen. Wat heb je in de stad aan dit soort muziek, vroeg ze zich mismoedig af toen ze op een keer tussen de middag naar het raam liep, terwijl Herr Bayer de deur uit was voor een afspraak. Met haar vingers volgde ze het patroon van regendruppels aan de buitenkant van het glas en opeens voelde ze de drang om naar buiten te gaan. De afgelopen maand had ze amper een voet buiten het appartement gezet, behalve tijdens de zondagse bezoekjes aan de kerk, en ze begon zich als een gekooid dier te voelen. Misschien was Herr Bayer gewoon vergeten hoe ze was opgegroeid en dat ze haar hele leven in de buitenlucht had doorgebracht. Ze snakte naar frisse lucht, naar de uitgestrekte weides bij de boerderij van haar ouders, de ruimte om vrij rond te lopen en te rennen...

'Zie je wel, ik ben niets meer dan een dier dat afgericht moet worden,' zei ze in de lege kamer, vlak voordat Frøken Olsdatter binnenkwam om te zeggen dat de lunch klaarstond. Anna liep achter haar aan naar de keuken.

'Wat is er, kjære? Je ziet eruit als een haring die net aan de haak is geslagen,' merkte Frøken Olsdatter op toen ze allebei zaten en Anna een hapje van haar visbouillon nam.

'Niets,' zei Anna. Als ze zei hoe ze zich echt voelde, zou de huishoudster haar waarschijnlijk maar verwend en lastig vinden. Per slot van rekening leidde Anna hier een veel comfortabeler leventje dan Frøken Olsdatter.

Toch leek de oudere vrouw niets te ontgaan. 'Anna, morgen moet ik naar de markt op het plein, om vlees en groenten te kopen. Heb je soms zin om mee te gaan?'

'O ja! Ik wil niets liever!' antwoordde ze, geraakt omdat de vrouw precies had aangevoeld wat eraan scheelde.

'Dat is dan afgesproken, en misschien kunnen we vooraf nog een wandelingetje door het park maken. Herr Bayer is morgen van negen tot twaalf uur op de universiteit en daarna gaat hij buiten de deur lunchen, dus we hebben alle tijd. Dat blijft dan ons geheimpje, goed?'

'Ja.' Anna knikte opgelucht. 'Bedankt.'

Vanaf dat moment gingen ze twee keer per week samen naar de markt. Afgezien van de zondagen, waarop ze naar de kerk ging, waren dit de dagen waar ze het meest naar uitkeek.

Eind november drong het tot Anna door dat ze al ruim twee maanden in Christiania was. Op de kalender die ze zelf had gemaakt, streepte ze de dagen af totdat ze met kerst terug naar Heddal mocht. Maar in ieder geval was er sneeuw gevallen in Christiania, waardoor ze een beetje was opgefleurd. De vrouwen die in het park aan de overkant van de straat wandelden, droegen nu bontmantels en -mutsen en hielden hun handen in moffen van bont, wat Anna maar een stom modeverschijnsel vond omdat je het risico liep dat je vingers eraf vroren als je jeuk aan je neus kreeg en moest krabben.

In het appartement was er weinig veranderd aan haar dagelijkse routine, hoewel Herr Bayer haar afgelopen week wel een exemplaar had gegeven van *Peer Gynt* van Herr Ibsen en had gezegd dat ze dat moest lezen.

'O, maar dat heb ik al gelezen,' had ze tot haar genoegen kunnen antwoorden.

'Des te beter. Dat zal je helpen als je het nog een keer leest.'

Die eerste avond had ze het boek links laten liggen, omdat ze het tijdsverspilling vond om te doen wat Herr Bayer van haar had gevraagd, terwijl ze de afloop van het boek al kende. Maar de volgende ochtend stelde hij allerlei moeilijke vragen over de eerste vijf pagina's van het gedicht en kon ze zich daar amper iets van herinneren. Daarom maakte ze zich ervan af met de smoes dat ze de avond tevoren hoofdpijn had gehad en vroeg was gaan slapen. Daarna was ze opnieuw begonnen met lezen en merkte ze tot haar vreugde dat haar leesvaardigheid er sinds de zomer flink op vooruit was gegaan. Er waren nog maar weinig woorden die ze niet kon ontcijferen en als ze toch op problemen stuitte, bood Herr Bayer graag de helpende hand. Maar wat dit gedicht precies te maken kon hebben met haar toekomst hier in Christiania, dat was Anna nog steeds een raadsel.

'Kjære Anna, gisteravond heb ik eindelijk de muziek ontvangen van Herr Hennum! We gaan er meteen mee aan de slag.'

Hoewel ze geen idee had om wat voor muziek het ging, zag Anna dat haar mentor door het dolle heen was toen hij achter de piano ging zitten.

'Ik kan amper geloven dat we zelf een exemplaar in handen hebben! Anna, kom bij me staan, dan speel ik het voor je.'

Anna deed wat er van haar gevraagd was en staarde nieuwsgierig naar de muziek. '"Solveigs lied,"' las ze de titel mompelend voor.

'Ja, Anna. En jij wordt de eerste die het mag zingen! Wat zeg je daarvan?'

Inmiddels wist ze dat ze altijd bevestigend moest antwoorden op dit zinnetje dat Herr Bayer zo vaak gebruikte.

'Dat ik er heel blij mee ben.'

'Mooi, mooi. We hoopten dat Herr Grieg zelf naar Christiania zou komen om het orkest en de zangers te helpen met zijn nieuwe compositie, maar helaas zijn zijn beide ouders onlangs overleden en is hij nog steeds in de rouw. Daarom voelt hij zich er niet toe in staat om de reis vanuit Bergen te maken.'

'Heeft Herr Grieg dit geschreven?' vroeg ze ademloos.

'Inderdaad. Herr Ibsen heeft hem gevraagd om de begeleidende muziek te schrijven bij zijn aankomende toneeluitvoering van *Peer Gynt,* die in februari in het Christiania Theater in première gaat. Lieve jongedame, zowel ik als Herr Hennum, de alom gerespecteerde dirigent van ons orkest die je een paar weken geleden hebt ontmoet, vinden dat jij de rol van Solveig moet zingen.'

'Ik?'

'Ja, Anna, jij.'

'Maar... ik heb nog nooit van mijn leven op een podium gestaan! Laat staan op het beroemdste podium van Noorwegen!'

'Dat is juist het mooie eraan, lieve meid. Herr Josephson, de directeur van het theater en tevens de regisseur van deze productie, heeft al een vermaard actrice gestrikt voor de rol van Solveig. Het punt is alleen, zoals Herr Hennum het laatst verwoordde, dat ze dan wel een geweldige actrice is, maar dat ze zo vals als een kraai zingt. Daarom hebben we een heldere stem nodig, iemand die achter de schermen zingt terwijl *Madame* Hansson op het podium alleen haar lippen op het ritme van de woorden beweegt, van dit lied en nog een ander. Snap je, liefje?'

Anna snapte het inderdaad, en onwillekeurig ging er een steek van teleurstelling door haar heen omdat niemand háár zou zien. En omdat de actrice met de stem van een valse kraai zou doen alsof Anna's zangstem van haarzelf was. Maar het feit dat de dirigent van het beroemde Christiania Theater zo onder de indruk was van haar stem dat hij die aan Madame Hansson wilde uitlenen, was een enorm compliment. En ze wilde niet ondankbaar overkomen.

'Het is absoluut een prachtige kans voor ons,' vervolgde Herr Bayer. 'Natuurlijk staat er nog niets vast. Eerst moet je nog optreden voor Herr Josephson, de regisseur van het stuk, om te kijken of hij ook vindt dat jouw stem de ware aard van Solveig kan overbrengen. Er moet zoveel emotie, zoveel gevoel in je vertolking van de muziek liggen dat niemand in het publiek er met droge ogen naar kan luisteren. Trouwens, Herr Hennum heeft me verteld dat jouw stem het laatste is wat de mensen zullen horen voordat het doek valt. Herr Josephson heeft ermee ingestemd om ons te ontvangen op de middag van 23 december, vlak voordat hij vertrekt om de kerstdagen buiten de stad door te brengen. Dan zal hij zijn besluit nemen.'

'Maar ik vertrek op de eenentwintigste naar Heddal!' flapte Anna eruit. 'Als ik hier moet blijven tot de middag van de drieëntwintigste, kan ik nooit op tijd voor kerst thuis zijn. De reis duurt bijna twee dagen. Ik... Kan Herr Josephson ons niet een andere keer ontvangen?'

'Anna, je moet begrijpen dat Herr Josephson een drukbezet man is en dat we al van geluk mogen spreken dat hij tijd voor ons heeft vrijgemaakt. Ik begrijp volkomen dat je teleurgesteld bent omdat je tijdens de feestdagen bij mij blijft, maar aan de andere kant kan dit weleens je grote kans worden om de loop van je toekomst te veranderen. Er komen nog heel wat kansen om kerst te vieren met je familie, maar je krijgt maar één keer de kans om de zangrol van Solveig in de wacht te slepen, in een toneelstuk waarvoor de bekendste dramaturg en de bekendste componist van Noorwegen voor het eerst de handen ineen hebben geslagen!'

Herr Bayer schudde zijn hoofd in een zeldzaam moment van frustratie. 'Anna, je moet proberen eraan te denken wat dit voor je kan betekenen. Als je dat niet kunt, stel ik voor dat je regelrecht terug naar huis gaat en voortaan voor je koeien gaat zingen, in plaats van voor een publiek in het Christiania Theater, tijdens een première waarmee we zeker geschiedenis zullen schrijven. Ga je nog proberen dit te zingen of niet?'

Precies zoals zijn bedoeling was geweest, voelde ze zich nietig en onnozel. Langzaam knikte ze. 'Ja, Herr Bayer, natuurlijk.'

Die avond huilde Anna zichzelf in slaap. Ook al zou ze geschiedenis schrijven, zoals Herr Bayer het had verwoord, de gedachte dat ze kerst niet met haar familie zou doorbrengen, was gewoonweg onverdraaglijk.

16

CHRISTIANIA
16 JANUARI 1876

'Jens! Leef je nog?'

Jens Halvorsen schrok wakker door de stem van zijn moeder die buiten zijn slaapkamerdeur stond.

'Dora denkt dat je in je slaap overleden bent, omdat je de hele ochtend al niet op haar reageert!'

Met een zucht klauterde Jens uit bed en bekeek zijn verfomfaaide en nog steeds volledig aangeklede evenbeeld in de spiegel. 'Over tien minuten ben ik beneden voor het ontbijt,' antwoordde hij.

'Het is al bijna middag, Jens. Je hebt het ontbijt gemist!'

'Ik kom er zo aan.' Net als elke ochtend keek hij eens goed of zijn golvende kastanjebruine manen al spoortjes grijs vertoonden. Op zijn twintigste zou hij zich daar eigenlijk geen zorgen over moeten maken. Maar omdat zijn vader op zijn vijfentwintigste schijnbaar van de ene op de andere dag grijs was geworden, waarschijnlijk door de schrik omdat hij in datzelfde jaar met Jens' moeder was getrouwd, was Jens er 's ochtends toch nooit gerust op.

Tien minuten later verscheen hij zoals beloofd, in schone kleren, in de eetkamer en gaf hij zijn moeder Margarete een kus op haar wang voordat hij aan tafel ging. Dora, het jonge dienstmeisje, begon de lunch op te dienen.

'Het spijt me, mor. Ik had vanochtend vreselijke hoofdpijn en kon mijn bed amper uit komen. Ik voel me nog steeds afschuwelijk.'

Onmiddellijk maakte de geïrriteerde blik van zijn moeder plaats voor medeleven. Over de tafel heen voelde ze aan zijn voorhoofd. 'Je voelt ook een beetje warm aan. Zou je koorts hebben? Arme jongen, voel je je wel goed genoeg om hier te lunchen, of heb je liever dat Dora je iets op bed komt brengen?'

'Het zal wel lukken, als u het me maar niet kwalijk neemt als ik niet veel eet.'

In werkelijkheid was Jens uitgehongerd. Gisteravond was hij met een stel vrienden naar een café gegaan en waren ze uiteindelijk in een bordeel aan de haven beland, waar hij de avond erg bevredigend had afgesloten. Hij had veel te veel aquavit gedronken en kon zich nog maar vaag herinneren dat hij door het rijtuig naar huis was gebracht en had moeten overgeven in de greppel naast hun woning. Daarna had hij door de aangevroren sneeuw op de takken grote moeite gehad om via de boom door zijn slaapkamerraam te klimmen, dat Dora altijd voor hem liet openstaan als hij nog laat van huis was.

Dus, praatte hij het voor zichzelf goed, was zijn verhaal niet helemaal gelogen. Vanochtend had hij zich inderdaad belabberd gevoeld en was hij door Dora's bedeesde pogingen om hem wakker te krijgen heen geslapen. Hij wist dat het dienstmeisje verliefd op hem was, daarom speelde ze zijn spelletjes ook mee als dat hem uitkwam.

'Jammer dat je er gisteravond niet was, Jens. Mijn goede vriend Herr Hennum, de dirigent van het orkest van Christiania, heeft hier gegeten,' onderbrak Margarete zijn gedachtegang. Zijn moeder was een groot kunstliefhebber en gebruikte het 'biergeld' van zijn vader, zoals ze het binnenskamers noemden, om haar passie te bekostigen.

'Was het gezellig?'

'Jazeker. Ik zal het al weleens verteld hebben, maar Herr Grieg heeft prachtige begeleidende muziek geschreven voor het toneelstuk *Peer Gynt*, naar het gedicht van Herr Ibsen.'

'Ja mor, dat had u al verteld.'

'De première is in februari, maar volgens Herr Hennum voldoet het huidige orkest helaas niet aan de verwachtingen van Herr Grieg, en trouwens ook niet aan die van Herr Hennum zelf. De composities zijn kennelijk nogal ingewikkeld en moeten gespeeld worden door een ervaren en kundig orkest. Herr Hennum is op zoek naar getalenteerde muzikanten die meer dan één instrument kunnen bespelen. Ik heb hem verteld dat jij piano, viool en fluit speelt en nu wil hij dat je in het theater auditie voor hem komt doen.'

Jens nam een grote hap van de meerval die ze speciaal vanaf de westkust van Noorwegen lieten komen. 'Mor, ik heb het druk met mijn studie scheikunde, zodat ik straks de familiebrouwerij kan overnemen. U weet net zo goed als ik dat far er nooit mee akkoord zal gaan dat ik in een orkest ga spelen. Sterker nog, hij zou witheet zijn.'

'Als hij voor een voldongen feit wordt gesteld, gaat hij misschien wel overstag,' zei ze zacht.

'Wilt u dat ik tegen hem lieg?' Opeens voelde Jens zich net zo belabberd als hij daarnet nog had voorgewend dat hij zich voelde.

'Ik bedoel alleen maar dat als je straks eenentwintig wordt, je een volwassen man bent die zijn eigen keuzes mag maken, wat anderen daar ook van vinden. Het orkest zal je een salaris uitkeren, al is dat maar bescheiden, zodat je in ieder geval in financieel opzicht een stukje onafhankelijker wordt.'

'Mijn verjaardag is pas over een half jaar, mor. Voorlopig ben ik nog steeds afhankelijk van mijn vader en heeft hij het voor het zeggen.'

'Jens, alsjeblieft. Herr Hennum wil dat je morgen om half twee naar het theater komt om auditie te doen. Ik smeek je, ga op zijn minst naar hem toe. Je weet maar nooit wat eruit voortkomt.'

'Ik voel me niet lekker.' Abrupt stond hij op. 'Neem me niet kwalijk, mor, maar ik ga terug naar mijn slaapkamer om even te liggen.'

Margarete keek haar zoon na terwijl hij de kamer uit stormde en de deur achter zich dichtsloeg. Toen ze haar vingers tegen haar voorhoofd drukte, voelde ze haar eigen slapen kloppen. Ze begreep heel goed waarom Jens zo overhaast was vertrokken en slaakte schuldbewust een zucht.

Al toen haar zoon nog maar een kleuter was, had ze hem op schoot genomen en laten kennismaken met de toetsen van de piano. Een van haar mooiste en onvergetelijkste herinneringen aan zijn kindertijd was dat ze hem met zijn dikke vingertjes had zien pingelen. Het was haar grootste wens geweest dat haar enige kind haar muzikale talent zou erven, een talent dat ze vanwege haar huwelijk met de vader van Jens niet ten volle had kunnen benutten.

Jonas Halvorsen, haar echtgenoot, was geen artistieke ziel en interesseerde zich alleen voor de kronen die hij kon verdienen met de Halvorsenbrouwerij. Van begin af aan had hij de passie van zijn vrouw voor muziek gezien als iets wat de kop ingedrukt moest worden, en zijn zoon wilde hij al helemaal niet aanmoedigen. Desondanks had Margarete haar best gedaan om het talent van Jens te ontwikkelen wanneer haar man naar kantoor was. Op zijn zesde kon hij al zonder enige moeite sonates spelen die voor studenten die drie keer ouder waren nog een uitdaging vormden.

Toen Jens tien was, had Margarete tegen de zin van haar man thuis een recital georganiseerd en de meest invloedrijke figuren uit de muziekwereld in Christiania uitgenodigd. Allemaal hadden ze als betoverd naar haar zoontje geluisterd en hem een veelbelovende toekomst voorspeld.

'Als hij oud genoeg is, kan hij het beste naar het conservatorium in Leipzig gaan om zijn talenten verder te ontwikkelen, want zoals je weet zijn de mogelijkheden hier in Christiania beperkt,' had Johan Hennum, de kersverse dirigent van het orkest van Christiania, opgemerkt. 'Met de juiste opleiding kan hij heel ver komen.'

Dat had Margarete ook tegen haar man gezegd, maar die had alleen gemeen gegrinnikt. 'Vrouwtje van me, ik snap dat je graag wilt dat onze zoon een beroemde muzikant wordt, maar je weet net zo goed als ik dat Jens op zijn eenentwintigste voor het familiebedrijf gaat werken. Mijn voorvaderen en ik hebben de brouwerij niet honderdvijftig jaar lang opgebouwd om die op mijn sterfbed te verkopen aan een van mijn concurrenten. Als Jens later als hij groot is nog steeds zin heeft om te pingelen op die instrumenten van hem, dan gaat hij zijn gang maar. Maar daar zit geen carrière in voor een zoon van mij.'

Toch had Margarete zich niet van haar plan laten afbrengen. De jaren daarna had ze Jens behalve piano ook viool en fluit leren spelen, omdat ze wist dat een orkest geen leden aannam die maar één instrument konden bespelen. Daarnaast had ze hem Duitse en Italiaanse les gegeven, zodat hij zich door ingewikkelde orkest- en operastukken zou kunnen worstelen.

Al die tijd negeerde de vader van Jens de prachtige klanken die vanuit de muziekkamer door het hele huis klonken. De enige keren dat Margarete hem zover kreeg dat hij luisterde, was wanneer Jens de Hardangerviool bespeelde. Soms spoorde ze hem aan om na het avondeten voor zijn vader te spelen en zag ze Jonas' gezicht, weliswaar na een aantal glazen goede Franse wijn, een dromerige uitdrukking krijgen, terwijl hij meeneuriede met een bekend volksliedje.

Hoewel haar man de waarde van Jens' talent niet inzag en bleef volhouden dat er geen droog brood mee te verdienen viel, was Margarete ervan overtuigd dat er zich wel een oplossing zou aandienen wanneer Jens wat ouder was. Maar toen het jongetje dat zo ijverig met zijn muzieklessen bezig was groter werd, nam Jonas hem onder handen. In plaats van twee uur per dag te repeteren, moest Jens achter zijn vader aan door de brouwerij sjokken terwijl Jonas toezicht hield op de productie en de boekhouding.

De kwestie was drie jaar geleden beslist toen Jonas erop had gestaan dat zijn zoon scheikunde zou gaan studeren ter voorbereiding op een loopbaan in de brouwerij, zelfs toen Margarete haar man op haar knieën had gesmeekt om Jens naar het conservatorium in Leipzig te laten gaan.

'Hij heeft geen interesse in scheikunde of het zakenleven en heeft enorm veel talent als muzikant!' had Margarete hem voor de voeten geworpen.

Jonas had haar alleen koeltjes aangekeken. 'Tot nu toe heb ik je je gang laten gaan, maar Jens is geen kind meer en moet zijn verantwoordelijkheden leren kennen. Hij wordt de vijfde generatie van de Halvorsens die onze brouwerij gaat runnen. Je houdt jezelf voor de gek als je denkt dat onze zoon iets met jouw muzikale aspiraties zou gaan doen. Het schooljaar begint in oktober. Punt uit.'

'Mor, niet huilen, alstublieft,' had Jens tegen haar gezegd nadat ze hem het slechte nieuws had medegedeeld. 'Ik had niet anders verwacht.'

Precies zoals Margarete gedacht had, deed Jens maar weinig aan zijn studie nu hij gedwongen was om zijn muziek op te geven voor een vak waarvoor hij talent noch interesse had. En gevaarlijker nog, door zijn speelsheid en zorgeloze houding begon hij van het rechte pad af te dwalen.

Als lichte slaper die bij het minste geluidje wakker werd, wist ze dat haar zoon vaak tot in de kleine uurtjes wegbleef. Jens had een grote groep vrienden die zich allemaal aangetrokken voelden tot zijn levenslust en natuurlijke charme. Margarete wist dat zijn gulheid geen grenzen kende, al was het maar omdat hij halverwege de maand vaak naar haar toe kwam om te vragen of zij hem uit de brand kon helpen, omdat hij de toelage van zijn vader al verbrast had aan cadeaus of leningen aan de een of andere vriend.

Ze rook regelmatig de muffe geur van alcohol in zijn adem en vroeg zich af of zijn overmatige drankgebruik ook een reden was waardoor hij zo krap bij kas zat. Daarnaast vermoedde ze dat er vrouwen betrokken waren bij zijn nachtelijke escapades. Vorige week had ze nog een veeg lippenstift op zijn kraag zien zitten. Maar daar kon ze nog begrip voor opbrengen; mannen hadden nou eenmaal hun behoeften, daar was ze door schade en schande achter gekomen. Het was gewoon de aard van het beestje.

In haar hoofd was het probleem heel eenvoudig. Met het vooruitzicht op een toekomst die hij niet wilde, zonder de muziek waar hij zo dol op was, was Jens een ontevreden mens en greep hij naar de fles en naar vrouwen om zijn zorgen te vergeten. Margarete stond op van tafel, biddend dat Jens morgen naar Herr Hennum toe zou gaan. Volgens haar was dat het enige wat hem nog kon redden.

Intussen lag Jens boven op bed ongeveer aan hetzelfde te denken. Hij had al heel lang geleden ingezien dat een carrière in de muziek niet voor hem was weggelegd. Over een paar maanden zou hij de universiteit verlaten en zijn plaats innemen in de brouwerij van zijn vader.

Van die gedachte gruwde hij.

Hij wist niet met wie van zijn ouders hij het meeste medelijden had, met zijn vader, die een slaaf was van zijn bankrekening en de vele uren die hij in zijn succesvolle brouwerij stak, of zijn moeder, die met haar respectabele afkomst een goede huwelijkskandidate was geweest, maar altijd gespannen en ontevreden met haar leven was. Voor Jens was het heel duidelijk dat hun huwelijk vooral een zakelijke afspraak was die gemaakt was uit wederzijds gewin. Het punt was alleen dat hij als hun enige nazaat voortdurend als pion werd ingezet in hun emotionele schaakspel. Hij wist al heel lang dat hij niet kon winnen. En tegenwoordig had hij niet eens meer zin om het te proberen.

Maar vandaag had zijn moeder gelijk gehad. Hij was inderdaad bijna volwassen. Stel dat het wél mogelijk was om de droom te verwezenlijken waar hij als jongetje zo hard voor had gewerkt?

Toen hij zijn moeder na de lunch het huis hoorde verlaten, sloop hij naar beneden en ging in een opwelling de muziekkamer binnen waar zijn moeder zo nu en dan nog lesgaf aan haar leerlingen.

Hij ging op het krukje voor de prachtige vleugel zitten, zijn lichaam nam automatisch de juiste houding aan. Nadat hij de gladde houten klep had opgetild, liet hij zijn vingers over de toetsen gaan en besefte dat hij al zeker twee jaar niet meer gespeeld had. Hij begon met de sonate 'Pathétique' van Beethoven, altijd al een van zijn favorieten, en dacht terug aan het geduld waarmee zijn moeder hem had onderwezen en hoe gemakkelijk het hem was afgegaan. 'Je moet spelen met je hele lichaam,' had ze een keer gezegd, 'en met hart en ziel. Daarmee onderscheid je je als ware muzikant.'

Tijdens het spelen verloor Jens de tijd uit het oog. Terwijl de muziek verder aanzwol, vergat hij hoe moeilijk hij de scheikundecolleges vond en hoe erg hij opzag tegen de toekomst. Even kon hij zich onderdompelen in de prachtige muziek, net als vroeger.

Toen de laatste noot door de kamer klonk, merkte Jens dat hij tranen in zijn ogen had, puur van het genot om te spelen. En hij nam zich voor om morgen naar Herr Hennum toe te gaan.

De volgende dag nam Jens om half twee plaats op een andere pianokruk, in de verlaten orkestbak van het Christiania Theater.

'Zo, Herr Halvorsen, ik heb u tien jaar geleden voor het laatst horen spelen. Volgens uw moeder bent u sindsdien een uitzonderlijk goede muzikant geworden,' zei Johan Hennum, de alom gerespecteerde dirigent van het orkest.

'Mijn moeder is ietwat bevooroordeeld, meneer.'

'Ze zegt ook dat u geen formele opleiding hebt genoten op een conservatorium.'

'Dat klopt jammer genoeg, meneer. Sinds tweeënhalf jaar studeer ik scheikunde aan de universiteit.' Jens was zich er sterk van bewust dat de dirigent dacht dat hij zijn tijd verdeed. Waarschijnlijk had hij alleen ingestemd met dit plan om de moeder van Jens een plezier te doen, in ruil voor haar gulle giften aan het orkest. 'Maar ik moet er wel bij zeggen dat mijn moeder me jarenlang heeft onderwezen. Zoals u weet, staat ze als lerares erg goed bekend.'

'Dat is zeker zo. Vertel eens, wat beschouwt u als uw hoofdinstrument, van de vier instrumenten die u volgens uw moeder kunt bespelen?'

'Het liefst speel ik piano, maar ik vind dat ik net zo goed uit de voeten kan met de viool, de fluit en de Hardangerviool.'

'Er is geen pianopartij in het muziekstuk van Herr Grieg voor *Peer Gynt*. Maar we zijn wel op zoek naar een tweede violist en een fluitist.' Hennum gaf hem de bladmuziek. 'Hier. Buig u maar eens over de fluitpartij, dan kom ik zo terug om u te horen spelen.' De dirigent knikte naar hem en verdween door een deur onder het podium.

Jens wierp een blik op de muziek, 'Prelude van de vierde akte: Ochtendstemming'. Hij haalde zijn fluit uit de koffer en zette het instrument in elkaar. In het theater was het bijna net zo koud als buiten, waar het vroor, en hij wreef zijn gevoelloze vingers verwoed langs elkaar om de doorbloeding op gang te krijgen. Daarna zette hij het instrument aan zijn lippen en probeerde de eerste zes noten uit...

'Goed, Herr Halvorsen, zullen we eens kijken hoe het u vergaan is?' vroeg Johan Hennum kordaat toen hij vijf minuten later terug de orkestbak in kwam.

Jens had de behoefte om de man te imponeren, om te bewijzen dat hij geschikt was voor deze taak. Stilletjes dankte hij God omdat hij er goed in was direct van het blad te spelen, een vaardigheid waardoor zijn moeder vroeger altijd had gedacht dat hij veel meer oefende dan eigenlijk het geval was. Hij begon te spelen en verloor zich al binnen enkele tellen volledig in de meeslepende muziek, die heel anders was dan alles wat hij daarvoor had gehoord. Toen hij uitgespeeld was, nam hij de fluit van zijn lippen en keek Hennum aan.

'Niet slecht voor een eerste keer. Helemaal niet slecht. Probeer dit nu eens.' Hij gaf Jens nog een vel bladmuziek. 'Dit is de muziek voor de eerste viool. Kijk maar eens wat u ermee kunt.'

Jens haalde zijn viool uit de koffer en begon hem te stemmen. Daarna bestudeerde hij de muziek een paar minuten en oefende de noten zachtjes voordat hij begon te spelen.

'Heel goed, Herr Halvorsen. Uw moeder heeft niet overdreven over uw talent. Ik moet toegeven dat ik verrast ben. U kunt uitstekend van het blad spelen, wat de komende weken goed van pas zal komen, omdat ik erg verschillende leden van mijn orkest bij elkaar heb gezet. Ik heb geen tijd om iemand te betuttelen. Laat me u verzekeren dat het heel iets anders is om in een orkest te spelen dan om solist te zijn. Het zal tijd kosten om er handigheid in te krijgen en ik kan u nu alvast vertellen dat ik geen muzikanten tolereer die de kantjes er vanaf lopen. Normaal gesproken zou ik niet snel een beginner aannemen, maar nood breekt wet. Ik wil graag dat u over een week begint. Wat zegt u daarvan?'

Jens staarde hem aan, verbluft omdat de man hem een baan leek aan te bieden. Hij was ervan overtuigd geweest dat zijn gebrek aan ervaring hem een afwijzing zou opleveren. Aan de andere kant was het een publiek geheim dat het orkest van Christiania een bonte verzameling muzikanten was, aangezien er hier geen goede muziekacademie was en er maar weinig talent was om uit te kiezen. Zijn moeder had hem verteld dat er zelfs eens een jongen van tien had meegespeeld.

'Het lijkt me een eer om voor zo'n belangrijke première in uw orkest te mogen spelen,' hoorde hij zichzelf antwoorden.

'Dan bied ik u graag een plaatsje aan, Herr Halvorsen. U heeft het in zich om een uitstekende muzikant te worden. Alleen is het salaris nogal magertjes, niet dat ik denk dat dat een probleem voor u zal zijn, en moeten we de komende weken lang en intensief repeteren. Zoals u waarschijnlijk al gemerkt heeft, is de omgeving hier niet echt comfortabel. Dus ik stel voor dat u zich dik aankleedt.'

'Ja, meneer, dat zal ik doen.'

'U zei net dat u momenteel een studie volgt. Ik neem aan dat uw baan bij het orkest voorrang zal krijgen op uw colleges?'

'Ja,' antwoordde Jens, die al wel wist hoe zijn vader daarop zou reageren, maar tegelijkertijd vond dat zijn moeder dat maar moest oplossen, aangezien zij dit voor hem geregeld had. Dit was zijn weg naar de vrijheid, en die zou hij hoe dan ook bewandelen.

'Zeg maar tegen uw moeder dat ik blij ben dat ze u naar me toe gestuurd heeft.'

'Dat zal ik doen, meneer.'

'Goed, de repetities beginnen volgende week. Ik zie u hier maandagochtend om negen uur. Nu moet ik op zoek naar een fatsoenlijke fagottist, wat een onmogelijke opgave lijkt in dit godvergeten gat. Een prettige dag nog, Herr Halvorsen. U weet vast zelf wel de uitgang te vinden.'

Verwonderd over de onverwachte wending die zijn leven opeens had genomen, zag Jens de dirigent de orkestbak uit lopen. Hij draaide zich om naar de donkere concertzaal. Met zijn moeder had hij hier al heel vaak concerten en opera's bezocht, maar nu hij op de pianokruk neerplofte, voelde hij zich plotseling overweldigd. De laatste tijd had hij maar wat aangemodderd, met de dag geleefd en tegen zijn afstuderen en toekomst als bierbrouwer opgezien.

Daarnet, toen hij de prachtige nieuwe compositie van Grieg had gespeeld, had hij weer een sprankje van zijn oude enthousiasme ervaren. Als klein jongetje had hij in bed vaak melodietjes bedacht om de volgende ochtend op de piano uit te proberen. Die had hij nooit opgeschreven, maar hij had altijd de meeste inspiratie gehaald uit het componeren van zijn eigen werk.

Nu, in het zwakke licht van de orkestbak, bracht hij zijn ijskoude vingers naar de toetsen van de vleugel en ging in gedachten terug naar de melodieën die hij als kind had bedacht. Er was er een in het bijzonder, qua structuur niet veel verschillend van de nieuwste compositie van Grieg, die deed denken aan oude volksliedjes. Jens begon uit zijn hoofd te spelen voor de lege concertzaal.

17

Stalsberg Våningshuset
Tindevegen
Heddal

14 februari 1876

Kjære Anna,

Bedankt voor je laatste brief. Zoals gewoonlijk was je beschrijving van Christiania zowel leerzaam als amusant. Je brieven zorgen altijd voor een glimlach op mijn gezicht. En wees gerust, je schrijfstijl en spelling worden steeds beter. Hier in Heddal is alles nog bij het oude. Kerst verliep net als altijd, behalve dan dat we jou dit keer moesten missen. Zoals je weet zijn de kerstdagen de koudste en donkerste tijd van het jaar. Niet alleen de dieren houden een winterslaap, wij mensen ook. Het heeft langer en harder gesneeuwd dan andere jaren en ik heb een lek ontdekt in het dak van onze boerderij. Voordat de voorjaarsdooi inzet zal ik de dakbegroeiing moeten vervangen, anders kunnen we straks binnenshuis schaatsen. Mijn vader zegt dat het dak zolang hij leeft nog niet vervangen is, dus we hebben er in ieder geval lang profijt van gehad. Knut heeft beloofd in het voorjaar te komen helpen, daar ben ik erg blij mee.
Zelf is hij een jongedame uit een dorp net buiten Skien het hof aan het maken. Ze heet Sigrid en is lief en mooi, maar wel een beetje stil. Het goede nieuws is dat je ouders het eens zijn met zijn keuze. Deze zomer zullen de bruidsklokken luiden in de kerk in Heddal. Ik hoop en bid dat je op tijd terug bent om erbij te kunnen zijn. Het is moeilijk te geloven dat jij meewerkt aan de première van de

toneeluitvoering van mijn favoriete gedicht van Ibsen, met muziek die speciaal geschreven is door Herr Grieg in eigen persoon. Heb je Herr Ibsen al gezien in het theater? Hij zal vast wel willen zien of alles naar wens verloopt, ook al woont hij volgens mij tegenwoordig in Italië. Misschien heb je geen tijd meer om te schrijven voor de premièreavond, aangezien die al over tien dagen is en je het wel druk zult hebben met repeteren. Voor het geval dat ik niets meer van je hoor, wens ik jou en je prachtige stem alvast heel veel succes.

Met liefs en bewondering,
Je Lars

P.S.: Ik sluit een van mijn gedichten bij, dat ik onlangs samen met een stel andere gedichten naar een uitgeverij genaamd Scribner in New York City in Amerika heb gestuurd. Ik heb ze voor jou terugvertaald naar het Noors.

Anna bekeek het gedicht, dat 'Ode aan een zilverberk' was getiteld. Aangezien ze geen flauw benul had wat een ode was, las ze het vluchtig door, zonder veel van de moeilijke woorden te begrijpen. Daarna legde ze het aan de kant om haar ontbijt verder op te eten. Was haar leven maar zo spannend als Lars het zich voorstelde. Tot nu toe was ze nog maar twee keer in het Christiania Theater geweest, één keer vlak voor kerst, om op te treden voor Herr Josephson, toen hij ermee had ingestemd dat zij de rol van Solveig zou zingen, en vorige week nog een keer, toen de acteurs voor het eerst op het podium hadden gerepeteerd en Anna vanuit de coulissen mee had mogen kijken zodat ze zou begrijpen waar het toneelstuk over ging.

Omdat ze er ten onrechte van uit was gegaan dat er wel verwarming aanwezig zou zijn in zo'n indrukwekkend theater, had ze de hele dag op een kruk in de tochtige coulissen doorgebracht, half bevroren. Al na de derde akte was het misgegaan. Henrik Klausen, de acteur die Peer speelde, was over de lap stof gestruikeld waaronder tien jongetjes gehurkt zaten en hun lichaam bewogen om de indruk te wekken dat Peer een stormachtige zee bevoer. Hij had zijn enkel ernstig verstuikt en aangezien het toneelstuk zonder hoofdrolspeler niet kon doorgaan, waren de repetities opgeschort.

Die dag had Anna kougevat en de afgelopen vier dagen had ze in bed doorgebracht, terwijl Herr Bayer als een oude moederkloek betuttelende geluidjes had gemaakt over haar krakende stem.

'Uitgerekend met nog maar een week te gaan!' had hij tegen haar gekreund. 'Je had geen slechter moment kunnen uitkiezen. Neem maar zoveel honing als je op kunt, jongedame. Laten we hopen dat je stembanden dan op tijd genezen.'

Eerder vanochtend had ze voorzichtig een paar toonladders gezongen na de verplichte portie honing. Ze had het gevoel dat ze elk moment vleugels kon krijgen en dat er gele en bruine strepen op haar lichaam zouden verschijnen, zoveel honing had ze al op.

Herr Bayer had opgelucht gekeken. 'Godzijdank, je stem komt weer terug. Madame Thora Hansson, de actrice die Solveig speelt, komt zo hiernaartoe zodat jullie samen aan de timing kunnen werken waarop zij moet doen alsof ze zingt. Het is een hele eer dat ze ermee heeft ingestemd om naar het appartement te komen, omdat jij momenteel aan huis gekluisterd bent. Zoals je weet is ze een van de beroemdste actrices van Noorwegen, en ze staat bekend als de favoriete actrice van Herr Ibsen.'

Om half elf kwam Thora Hansson het appartement binnen in haar prachtige met bont gevoerde fluwelen mantel. In een wolk van een sterk, Frans parfum betrad ze de salon, waar Anna haar al gespannen zat op te wachten.

'Kjære, neem me niet kwalijk dat ik een beetje bij je uit de buurt blijf. Volgens Herr Bayer ben je niet meer besmettelijk, maar ik kan geen enkel risico nemen.'

'Natuurlijk, Madame Hansson,' zei Anna netjes, terwijl ze een reverence voor haar maakte.

'In ieder geval hoef ik vanochtend mijn stem niet te gebruiken,' zei ze glimlachend. 'Want daar hebben we jouw gouden keeltje voor. Ik hoef alleen mijn lippen te bewegen en de prachtige muziek van Herr Grieg zo goed mogelijk uit te beelden.'

'Ja, madame.'

Toen Herr Bayer binnenkwam en een hoop poeha begon te maken over Madame Hansson, bekeek Anna de actrice eens goed. In het theater had ze haar alleen van een afstandje gezien en was ze ervan uitgegaan dat ze al vrij oud was. Van dichtbij zag ze echter dat Madame Hansson nog jong was, misschien maar een paar jaar ouder dan zijzelf. Ze was beeldschoon, met tere gelaatstrekken en een dikke bos donkerbruin haar. Anna vond het moeilijk te geloven dat deze elegante jonge vrouw zelfs in traditionele klederdracht een publiek ervan zou kunnen overtuigen dat ze een eenvoudige boerentrien uit de heuvels was.

Een boerentrien zoals zijzelf...

'Goed, zullen we beginnen? Anna, *poco a poco*,' adviseerde Herr Bayer haar. 'We willen je stem niet overbelasten nu je nog herstellende bent. Als u er klaar voor bent, Madame Hansson, dan beginnen we met "Solveigs lied" en gaan we daarna verder met het "Wiegelied".'

De rest van de ochtend oefenden de twee vrouwen op wat in wezen een duet was, waarbij een van de zangeressen haar stem niet gebruikte. Verscheidene malen pikte Anna de frustratie van de actrice op als die haar mond op het verkeerde moment opendeed en Anna pas een tel later begon te zingen. Madame Hansson stelde voor dat Anna de kamer zou verlaten, zodat Herr Bayer kon inschatten of het geloofwaardig overkwam dat de actrice zelf zong. In de tochtige hal, met bonkend hoofd en weer een pijnlijke keel van het zingen, begon Anna de liedjes te verafschuwen. Ze moest zich strikt aan de lengte van de noten en stiltes houden, zodat Madame Hansson precies wist wanneer ze haar mond open en dicht moest doen. Normaal gesproken zong ze juist graag omdat ze een liedje steeds weer anders kon overbrengen op haar luisteraars, of het nou mensen waren of koeien. Achteraf bezien zong ze daar trouwens een stuk liever voor dan zoals nu, tegen een deur.

Uiteindelijk klapte Herr Bayer in zijn handen. 'Perfect! Volgens mij hebben we het onder de knie. Goed gedaan, Madame Hansson. Anna, kom maar weer binnen.'

Dat deed Anna, en Madame Hansson draaide zich met een glimlach naar haar toe. 'Ik denk dat het prima werkt zo. Beloof me alleen dat je elke avond precies hetzelfde zult zingen, goed, liefje?'

'Natuurlijk, Madame Hansson.'

'Anna, je ziet nogal bleek. Volgens mij was deze repetitie nog een beetje te zwaar voor je. Ik zal tegen Frøken Olsdatter zeggen dat je even gaat uitrusten en dat ze je lunch naar je kamer moet brengen, met nog meer honing om je stembanden te smeren.'

'Ja, Herr Bayer,' zei ze gehoorzaam.

'Bedankt, Anna. We zullen elkaar de komende dagen ongetwijfeld weer tegenkomen in het theater.' Madame Hansson glimlachte liefjes naar haar en Anna maakte nog een reverence, alvorens zich terug te trekken in haar slaapkamer.

Appartement 4
St. Olavs Gate 10
Christiania

23 februari 1876

Kjære Lars, mor, far en Knut,

Ik heb maar even de tijd om te schrijven, want vandaag is de generale repetitie en morgen gaat Peer Gynt *in première. Ik zou willen dat jullie er allemaal bij konden zijn, maar ik begrijp dat dat vanwege de kosten onmogelijk is.*

Ik heb er zin in, maar ben ook een beetje nerveus. Herr Bayer heeft me laten zien dat de kranten vol staan met artikelen over morgen, en er gaan zelfs geruchten dat de koning en koningin de première zullen bijwonen in de koninklijke loge. (Zelf betwijfel ik dat, aangezien ze in Zweden wonen en dat zelfs voor de koninklijke familie een hele reis is, alleen maar om naar een toneelstuk te komen kijken, maar zo werkt de geruchtenmachine hier.) In het theater hangt een gespannen sfeer. Herr Josephson, de regisseur, denkt dat het een ramp wordt omdat we nog niet één keer het hele stuk hebben kunnen spelen zonder uren te hoeven stoppen vanwege een technisch probleem. En Herr Hennum, de dirigent, die ik heel graag mag en die tot nu toe altijd heel kalm leek, schreeuwt

de hele tijd tegen zijn orkest omdat ze niet goed aftellen.
Geloof het of niet, maar ik heb het 'Wiegelied' nog niet één keer in het theater gezongen, omdat we nog nooit het einde van het toneelstuk gehaald hebben. Herr Hennum heeft me verzekerd dat het vandaag gaat gebeuren.
Ondertussen breng ik veel tijd door met de kinderen die zijn ingehuurd voor de kleine rollen, trollen bijvoorbeeld. Toen ik voor het eerst naar hun kleedkamer gestuurd werd, was ik beledigd omdat de andere dames in het koor een aparte kleedkamer hebben. Misschien hebben ze niet door hoe oud ik ben? Maar nu ben ik er blij mee, want de kinderen maken me aan het lachen en we doen veel kaartspelletjes om de tijd te doden.
Ik kan nu niet verder schrijven, want ik moet zo naar het theater, maar Lars, ik wil je nog wel even laten weten dat Herr Ibsen nog niet is langsgekomen, al zul je het wel spijtig vinden om dat te horen.

Veel liefs uit Christiania aan jullie allemaal,
Anna

Voordat Anna het appartement verliet om naar het theater te gaan, legde ze de brief op het zilveren dienblad in de hal.

De generale repetitie was al bijna vier uur aan de gang en Jens was moe, verkleumd en geïrriteerd, net als de rest van het orkest. De afgelopen dagen had de spanning in de orkestbak het kookpunt bereikt. Meer dan eens had Herr Hennum tegen hem geschreeuwd dat hij moest opletten. Dat vond Jens niet eerlijk, aangezien Simen, de bejaarde eerste violist die naast hem zat, aldoor leek in te dutten. Hij had de indruk dat hij als enige in het orkest onder de vijftig was. Maar de muzikanten waren een vriendelijk stel en hij voelde zich prettig bij de amicale sfeer die er hing.

Tot nu toe was hij erin geslaagd om elke dag op tijd te komen, al had hij wel een aantal keer een flinke kater gehad. Maar aangezien dat ook voor de rest van het orkest leek te gelden, voelde Jens zich hier prima thuis. En natuurlijk kon hij de mooie dames van het koor op het podium bewonderen, tijdens de zoveelste pauze die Herr Josephson inlaste om de acteurs naar de gewenste positie te dirigeren.

Nadat hij een plaats in het orkest aangeboden had gekregen, had zijn moeder hem met haar ongebreidelde enthousiasme bijna tranen in zijn ogen bezorgd.

'Maar wat zeggen we tegen far?' had hij gevraagd. 'Je weet dat ik geen colleges kan volgen aan de universiteit als ik moet repeteren.'

'Het lijkt me het beste om hem voorlopig niets te vertellen over deze plotselinge... koerswijziging. We laten hem in de waan dat je nog steeds studeert. Op de korte termijn zal hij er vast niets van merken.'

Met andere woorden, zijn moeder durfde het hem niet te vertellen.

Het deed er ook niet meer toe, bedacht Jens terwijl hij zijn viool stemde. Als zijn voornemen om niet in de brouwerij te gaan werken eerst al sterk was geweest, was het nu onbreekbaar. Ondanks de lange werkdagen, de kou en Hennums vernietigende commentaar, had hij het plezier dat hij vroeger aan muziek had beleefd weer helemaal teruggevonden. De partituur van Herr Grieg bevatte tal van indringende passages, van het wervelende 'In de hal van de bergkoning' tot 'Anitra's dans', waarbij Jens tijdens zijn vioolspel zijn ogen maar hoefde te sluiten om in gedachten het exotische Marokko op te roepen.

Toch was zijn favoriete gedeelte nog steeds 'Ochtendstemming', aan het begin van de vierde akte. Dat vormde de muzikale achtergrond van het gedeelte van het verhaal waarin Peer bij zonsopgang wakker werd in Afrika, met een kater, in de wetenschap dat hij alles kwijt was. Daarna dwaalden Peers gedachten af naar Noorwegen, zijn geboorteland, en de opkomende zon boven de Noorse fjorden. Jens werd het nooit beu om het te spelen.

Tot nu toe speelden hij en de andere fluitist, die misschien wel drie keer zo oud was als hij, om beurten de pakkende noten van de eerste vier maten. Toen Hennum in de orkestbak verscheen en met zijn dirigeerstok tikte om de aandacht te vragen, realiseerde Jens zich dat hij niets liever wilde dan die openingsmaten spelen tijdens de première.

‘We gaan beginnen aan de vierde akte,’ kondigde de dirigent aan, na een pauze van ruim een uur na het vorige bedrijf. ‘Bjarte Frafjord, jij speelt vanavond de eerste fluit. Nog vijf minuten,’ voegde hij eraan toe, voordat hij wegliep om nog even te overleggen met Herr Josephson, de regisseur.

Jens werd overspoeld door teleurstelling. Als Bjarte de eerste fluit mocht spelen tijdens de generale repetitie, dan zat het er dik in dat Hennum hem dat morgen tijdens de première ook wilde laten doen.

Een paar minuten later nam Henrik Klausen, de acteur die de hoofdrol van Peer Gynt vertolkte, zijn plaats op het podium in. Hij hing over de rand van de orkestbak en zou doen alsof hij over de muzikanten heen braakte, omdat zijn personage nog herstellende was van de kater.

‘Hoe gaat het vanavond, jongens?’ riep Henrik vriendelijk naar de muzikanten onder hem.

Er steeg gemompel op toen Hennum terugkwam en zijn dirigeerstokje ophief. ‘Herr Josephson heeft me beloofd dat we de vierde akte met minimale onderbrekingen kunnen doorlopen, zodat we eindelijk aan de vijfde akte kunnen toekomen. Is iedereen zover?’

Hennum hief zijn dirigeerstokje, en het geluid van Bjartes fluit steeg op uit de orkestbak. Hij is echt niet zo goed als ik, dacht Jens mokkend terwijl hij zijn viool onder zijn kin zette en zich klaarmaakte om te spelen.

Een uur later hadden ze alleen een lichte tegenslag gehad die snel weer verholpen leek en naderden ze het einde van het vierde bedrijf. Jens keek omhoog naar Madame Hansson, die de rol van Solveig op zich nam. Zelfs in haar boerinnenkostuum vond Jens haar nog extreem aantrekkelijk, en hij hoopte dat hij morgenavond tijdens de viering na de voorstelling de kans zou krijgen om haar te ontmoeten.

Snel herpakte hij zijn concentratie toen Herr Hennum zijn dirigeerstokje ophief en de violisten de eerste indringende noten van ‘Solveigs lied’ inzetten. Jens luisterde ingespannen toen Madame Hansson begon te zingen. Haar stem was zo zuiver, zo volmaakt en ontroerend, dat Jens’ gedachten als vanzelf afdwaalden naar de hut in de heuvels waar Solveig haar zorgelijke leventje leidde. Hij had geen idee gehad dat Madame Hansson zo goed kon zingen. Haar stem was een van de mooiste die hij ooit had gehoord. Hij leek symbool te staan voor frisse lucht en jeugdigheid, maar ook voor het verdriet van verloren hoop en dromen...

Omdat hij zo in vervoering was gebracht, viel hij een tel te laat in, wat hem op een berispende blik van Hennum kwam te staan. Toen ze uiteindelijk aankwamen bij het slot van het toneelstuk en de concertzaal gevuld werd met de dieptreurige noten van het 'Wiegelied', gezongen door Solveig nadat Peer als een gelouterd mens was teruggekomen en zijn hoofd te rusten had gelegd op haar schoot, voelde Jens de haartjes in zijn nek overeind komen omdat Madame Hansson haar rol zo vlekkeloos vertolkte. Een paar minuten later, bij het vallen van het doek, barstte er spontaan applaus los onder de medewerkers van het theater die waren samengekomen om te kijken en luisteren.

'Hoorde je dat?' vroeg Jens aan Simen, die zijn viool al aan het inpakken was, klaar om zo snel mogelijk de orkestbak uit te komen en de straat over te steken naar het Engebret Café voor het laatste rondje. 'Ik wist niet dat Madame Hansson zo'n prachtige stem had.'

'Lieve hemel, Jens! Je hebt gelijk dat we een prachtige stem hebben gehoord, maar die is niet van Madame Hansson. Zag je niet dat ze deed alsof? Die vrouw kan nog geen noot zingen, dus hebben ze een andere vrouw moeten inhuren om de indruk te wekken dat ze dat wél kan. Ik weet zeker dat Herr Josephson in zijn nopjes zal zijn omdat zijn illusie geslaagd is.' Simen grinnikte en gaf Jens een klopje op zijn schouder voordat hij de orkestbak verliet.

'Wie is ze dan?' riep hij Simen na voordat die onder het podium verdween.

'Dat is het hem juist,' antwoordde Simen over zijn schouder. 'Ze is een spookstem en niemand heeft enig idee wie ze is.'

Het meisje met de stem die Jens Halvorsen zo had weten te ontroeren, zat alweer in een rijtuig op weg naar het appartement van Herr Bayer. Ze voelde zich nogal opgelaten in de nationale klederdracht die ze van Herr Bayer tijdens haar 'optredens' moest dragen, zodat ze er net zo uitzag als de andere dames in het koor. Daarom was ze opgelucht dat ze de reis naar huis in haar eentje kon afleggen. Het was weer een lange, vermoeiende dag geweest en ze was blij om bij de deur opgevangen te worden door Frøken Olsdatter, die haar mantel aannam.

'Je zult wel moe zijn, Anna, kjære. Maar vertel eens, hoe vond je het zingen gaan?' Met zachte hand voerde ze haar mee naar haar slaapkamer.

'Dat weet ik eigenlijk niet. Nadat het doek was gevallen, heb ik gedaan wat Herr Bayer me had opgedragen. Ik ben meteen via de artiesteningang naar buiten gegaan en in het rijtuig gestapt. En hier ben ik dan.' Met een zucht liet ze zich door Frøken Olsdatter uit haar kleren helpen en in bed stoppen.

'Herr Bayer heeft gezegd dat je morgen mag uitslapen. Hij wil dat jij en je stem genoeg rust krijgen voor de première. Je warme melk en honing staan al op het nachtkastje.'

'Dank u.' Anna pakte het glas dankbaar op.

'Welterusten, Anna.'

'Welterusten, Frøken Olsdatter, en nogmaals bedankt.'

Johan Hennum verscheen in de orkestbak en klapte in zijn handen om zijn muzikanten tot de orde te roepen. 'Zo, is iedereen er klaar voor?'

De dirigent keek bijna liefdevol naar zijn orkest en het viel Jens op hoe anders de sfeer in het theater was, vergeleken met gisteren om dezelfde tijd. Niet alleen was het hele orkest in avondkleding gehuld, in plaats van in hun gebruikelijke straatkloffie, maar het publiek dat voor de première kwam was inmiddels verwachtingsvol roezemoezend binnengekomen en had plaatsgenomen in de zaal. De vrouwen deden hun bontmantels af om met hun adembenemende avondjurken en kostbare juwelen te pronken, die sprankelden in de zachte gloed van de sierlijke kroonluchter midden aan het plafond.

'Heren,' vervolgde Hennum, 'vanavond hebben we de eer om geschiedenis te schrijven. Hoewel Herr Grieg zelf niet aanwezig kan zijn, zijn we van plan om hem trots te maken en om zijn prachtige muziek de uitvoering te geven die het verdient. Ik weet zeker dat jullie op een dag aan jullie kleinkinderen zullen vertellen dat jullie dit nog hebben meegemaakt. En Herr Halvorsen, vanavond speelt u de eerste fluit in "Ochtendstemming". Goed, als we allemaal zover zijn...'

De dirigent ging op zijn voetstuk staan om het publiek duidelijk te maken dat de voorstelling ging beginnen. Plotseling werd het stil, alsof iedereen in de zaal zijn adem inhield. Op dat moment deed Jens een dankgebedje omdat zijn grootste wens verhoord was.

Niemand die tijdens de voorstelling achter de schermen moest wachten wist wat het publiek ervan vond. Anna liep langzaam de coulissen in om haar eerste lied te vertolken, vergezeld door Rude, een van de jonge figuranten.

'Je kunt daar een speld horen vallen, Frøken Anna. Ik heb het publiek bekeken vanuit een onopvallend plekje in de coulissen, en volgens mij vinden ze het mooi.'

Anna nam haar positie in aan de zijkant van het podium, aan het zicht onttrokken door het decor, maar zo opgesteld dat ze Madame Hansson kon zien, en opeens verstijfde ze van angst. Ook al was ze niet zichtbaar en stond haar naam in het programmaboekje alleen vermeld in de lange lijst met namen van het koor, ze wist dat ergens in de zaal Herr Bayer naar haar luisterde. Evenals iedereen die iets voorstelde in Christiania.

Ze voelde Rudes handje in haar hand knijpen. 'Niet bang zijn, Frøken Anna,' zei hij, 'wij vinden allemaal dat je prachtig kunt zingen.'

Hij liet haar alleen en Anna keek naar Madame Hansson en hield haar oren gespitst voor wanneer ze moest beginnen. Terwijl het orkest de eerste noten van 'Solveigs lied' inzette, haalde ze diep adem. En met haar gedachten bij Rosa en haar familie in Heddal liet ze haar stem horen.

Veertig minuten later, toen het doek viel, stond Anna weer in de coulissen, vlak nadat ze de laatste noten van het 'Wiegelied' had gezongen. Het publiek bleef doodstil terwijl de rest van de bezetting zich op het podium verzamelde om het applaus in ontvangst te nemen. Niemand had haar gevraagd om erbij te komen, dus bleef ze staan waar ze stond. Toen, terwijl het doek weer opging om de acteurs te onthullen, barstte er een oorverdovend applaus los. Mensen stampten met hun voeten en schreeuwden om een toegift.

'Zing "Solveigs lied" nog eens, Madame Hansson!' hoorde ze iemand roepen, een verzoek dat de actrice elegant afsloeg met een licht hoofdschudden en een bevallig handgebaar. Uiteindelijk, nadat Herr Josephson het podium had betreden om zich namens Ibsen en Grieg te verontschuldigen voor hun afwezigheid, en nadat de bezetting nog een laatste buiging had gemaakt, viel het doek definitief en stroomden de acteurs het podium af. Niemand sloeg acht op Anna toen ze langs haar heen liepen, nog vol met adrenaline en druk napratend over wat een daverend succes leek te zijn, na al die weken hard werken.

Anna ging terug naar haar kleedkamer om haar mantel te halen en welterusten te zeggen tegen de kinderen, die door hun trotse moeders uit hun kostuum werden geholpen. Herr Bayer had gezegd dat het rijtuig buiten voor haar zou klaarstaan en dat ze direct na het optreden moest vertrekken. Terwijl ze door de hal richting de uitgang liep, botste ze tegen Herr Josephson op, die net de kleedkamer van Madame Hansson verliet.

'Frøken Landvik, wat heeft u prachtig gezongen. Ik betwijfel of iemand in de zaal er met droge ogen naar heeft kunnen luisteren. Goed gedaan.'

'Dank u, Herr Josephson.'

'Goede reis naar huis,' voegde hij er met een knikje en een lichte buiging aan toe, voordat hij zich omdraaide om op de kleedkamerdeur van Henrik Klausen te kloppen.

Anna liep naar de artiesteningang en verliet met tegenzin het theater.

'Zo, wie is nou dat meisje dat "Solveigs lied" zingt?' wilde Jens weten, terwijl zijn ogen de foyer afspeurden. 'Is ze hier?'

'Ik zou het niet weten, ik heb haar nog nooit gezien,' reageerde Isaac de cellist, die al aardig versleten was. 'Ze heeft de stem van een engel, maar wie weet ziet ze er wel uit als een heks.'

Vastbesloten om erachter te komen dreef Jens de dirigent in een hoek.

'Goed gedaan, jongen,' zei Hennum met een vriendschappelijke klap op Jens' schouder, duidelijk nog in een euforische stemming na het succes van vanavond. 'Ik ben blij dat mijn vertrouwen in je niet misplaatst is gebleken. Met een beetje oefening kun je het nog heel ver schoppen.'

'Dank u, meneer. Kunt u me misschien vertellen wie dat mysterieuze meisje is dat de woorden van Solveig vanavond zo mooi heeft gezongen? Is ze hier?'

'Bedoel je Anna? Zij is onze levensechte Solveig uit de heuvels. Maar ik betwijfel of ze gebleven is om mee te feesten. Ze is de protegee van Franz Bayer, heel jong en niet gewend aan de stad. Hij houdt haar erg kort, dus ik vermoed dat je Assepoester al naar huis is gevlucht voordat de klok middernacht sloeg.'

'Wat jammer, ik had haar zo graag willen vertellen hoe ontroerend ik haar stemgeluid vind. Trouwens...' Jens besloot zijn kans te grijpen. '... ik ben een groot bewonderaar van Madame Hansson. Zou u me misschien aan haar kunnen voorstellen, zodat ik haar kan complimenteren met haar optreden van vanavond?'

'Natuurlijk,' zei Herr Hennum. 'Ze wil vast graag met je kennismaken. Kom maar mee.'

18

De volgende ochtend zat 'Assepoester' tegenover Herr Bayer in de salon. Ze dronken koffie en hij las de recensie van de voorstelling van gisteravond in *Dagbladet,* waarbij hij hardop de stukjes voorlas waarvan hij dacht dat ze haar zouden interesseren.

'"Madame Hansson schitterde als het onder leed gebukt gaande boerenmeisje Solveig, en haar loepzuivere stem was een lust voor het oor." Zo.' Bayer keek Anna aan. 'Wat zeg je daarvan?'

Als háár naam vanochtend in de kranten had gestaan, dacht Anna, als háár stem zo werd bejubeld, dan zou ze daar heel veel over te zeggen hebben. Maar aangezien dat niet het geval was, vond ze het lastig er iets over te zeggen. 'Ik ben blij dat ze het toneelstuk en mijn stem mooi vonden,' wist ze uit te brengen.

'Natuurlijk vinden de critici vooral de toneelmuziek van Herr Grieg inspirerend. Zijn interpretatie van het prachtige gedicht van Herr Ibsen is werkelijk subliem. Dus Anna, aangezien er vandaag geen voorstelling is, mag je een welverdiende rustdag nemen. Je kunt trots op jezelf zijn, lieve jongedame. Gisteren heb je jezelf overtroffen. Helaas heb ik vandaag geen rustdag, dus ik moet naar de universiteit.' Hij stond op en liep naar de deur. 'Als ik vanavond terug ben, gaan we ons succes vieren met een etentje. Een fijne dag gewenst.'

Toen Herr Bayer vertrokken was, dronk Anna haar inmiddels lauwe koffie op, met een leeg en verrassend geïrriteerd gevoel. Het leek wel of ze de afgelopen maanden alleen maar naar gisteravond had toegewerkt. Maar nu de première erop zat, was er nog niets veranderd. Ze wist niet goed wat ze dan verwacht had, maar kon het gevoel niet van zich afschudden dat er iets had moeten gebeuren.

Had Herr Bayer al geweten dat ze een spookzangeres nodig zouden hebben toen hij haar afgelopen zomer in de bergen had gevonden? Had hij haar daarom naar de stad gehaald? Ze was zich er pijnlijk van bewust dat iedereen in het theater wilde dat ze onzichtbaar bleef, zodat haar stem aan Madame Hansson toegeschreven zou worden.

Ze pakte een van de kranten op en wees met priemende vinger naar een opmerking over de zuivere zangstem van de actrice. 'Het is mijn stem!' riep ze uit. 'Die van mij...'

Misschien kwam het door de druk die zich tot gisteravond had opgebouwd en die nu losbarstte als een kurk uit een van de flessen champagne van Herr Bayer, maar ze liet zich op de bank vallen en begon te snikken.

'Wat scheelt eraan, kjære?'

Anna keek op, haar gezicht nat van de tranen, en zag dat Frøken Olsdatter onaangekondigd was binnengekomen. 'Niets,' mompelde ze, terwijl ze haastig haar tranen droogde.

'Misschien ben je gewoon moe en overweldigd door gisteravond. En nog niet helemaal opgeknapt van je verkoudheid.'

'Nee, nee... Het gaat prima, dank u,' zei Anna resoluut.

'Mis je je familie soms?'

'Ja, ja, inderdaad. En de frisse lucht in de bergen. Ik... Ik denk dat ik terug wil naar Heddal,' fluisterde ze.

'Rustig maar, liefje. Ik begrijp het. Zo gaat het altijd met mensen zoals wij, die vanuit een dorpje naar de stad gaan. Bovendien leid je hier maar een eenzaam leventje.'

'Mist u uw familie?' wilde Anna weten.

'Niet meer, omdat ik er inmiddels aan gewend ben geraakt, maar in het begin was ik diep ongelukkig. Mijn eerste werkgeefster was een gemene vrouw die mij en de andere bedienden nog slechter behandelde dan haar honden. Ik ben twee keer weggelopen, maar ik werd telkens gevonden en teruggehaald. Tot ik Herr Bayer ontmoette omdat hij bij mijn bazin thuis kwam eten. Misschien merkte hij hoe ellendig ik me voelde, of misschien zocht hij echt toevallig een huishoudster, maar hoe dan ook bood hij me nog diezelfde avond een baan aan. Mijn bazin deed er niet moeilijk over. Volgens mij was ze blij dat ze van me af was. Daarna heeft Herr Bayer me meegenomen, hiernaartoe. Ook al is hij nog zo excentriek, Anna, ik kan je verzekeren dat hij een goed mens is.'

'Dat weet ik,' zei Anna, die zich nu nog schuldiger voelde omdat ze zo'n medelijden met zichzelf had gehad, terwijl Frøken Olsdatter het in haar leven veel zwaarder te verduren had gekregen dan zijzelf.

'Mocht het je geruststellen, ik heb in mijn jaren hier heel wat protegees van Herr Bayer door die deur naar binnen zien komen, maar ik heb hem nog nooit zo enthousiast gezien als hij nu over jou is. Gisteravond zei hij tegen me dat iedereen verrukt was over je zangstem.'

'Maar bijna niemand weet dat ik het ben,' wierp Anna met een klein stemmetje tegen.

'Nog niet, nee. Maar je moet geloven dat ze dat op een dag wel zullen weten. Je bent nog zo jong, kjære, en je boft maar dat je mag meedoen aan zo'n veelbelovende productie. De belangrijkste mensen in Christiania hebben je horen zingen. Heb geduld en vertrouw erop dat de Heer je de juiste weg zal wijzen. Maar goed, het is hoog tijd dat ik naar de markt ga. Heb je zin om mee te gaan en een frisse neus te halen?'

'Ja, heel graag.' Anna stond op. 'Bedankt dat u zo lief voor me bent.'

Amper drie kilometer verderop was Jens Halvorsen al net zo gefrustreerd. Vanuit de huiskamer beneden klonken harde stemmen. Aan het spelletje dat hij en zijn moeder al weken met zijn vader speelden, was vanochtend tijdens het ontbijt abrupt een einde gekomen toen zijn vader de jubelende recensie over *Peer Gynt* in de krant had gelezen. De recensent was zo attent geweest om het volgende te vermelden: 'Naar mijn mening is "Ochtendstemming", aan het begin van de vierde akte, een van de hoogtepunten van de toneelmuziek van Herr Grieg. De betoverende, onvergetelijke eerste noten werden subliem gefloten door Jens Halvorsen.'

Het gezicht van zijn vader had hem doen denken aan een koperen ketel die al te lang op de kachel stond en dreigde over te koken.

'Waarom hoor ik hier nu pas iets over?' had hij gebulderd.

'Omdat ik het niet belangrijk genoeg achtte om het je te laten weten,' was de reactie van Margarete, en Jens wist dat ze zich op dat moment al opmaakte voor een vreselijke scène.

'Vond je dit niet belangrijk? Je hebt me al die tijd in de waan gelaten dat mijn zoon hard zijn best deed op de universiteit, en nu moet ik in de krant lezen dat hij bijklust als lid van het orkest van Christiania? Het is een schande!'

'Hij heeft amper iets gemist op de universiteit, Jonas.'

'Waarom staat hier dan dat "Herr Johan Hennum, de dirigent van het orkest, maandenlang met zijn muzikanten heeft gerepeteerd om het complexe muziekstuk van Herr Grieg recht te doen"? Denk je nou echt dat ik geloof dat onze zoon, die met naam en toenaam wordt genoemd in de krant, dat muziekstuk gewoon eventjes heeft ingestudeerd? Goeie god!' Jonas schudde verwoed zijn hoofd. 'Jullie denken zeker dat ik achterlijk ben. Ik raad jullie aan om me niet meer zo te behandelen.'

Op dat moment had Margarete zich tot Jens gewend. 'Ik weet dat je nog huiswerk hebt liggen. Ga daar nu maar mee verder.'

'Ja, mor.' Met een mengeling van schuldgevoel omdat hij zijn moeder achterliet bij zijn tierende vader en opluchting omdat hij het gesprek zelf niet hoefde aan te gaan, had Jens hen allebei toegeknikt en zich uit de voeten gemaakt.

Nu, terwijl hij door zijn kamer ijsbeerde en zijn vader nog steeds tekeer hoorde gaan tegen zijn moeder, bedacht hij dat het krantenincident misschien onvermijdelijk was geweest. Uiteindelijk was zijn vader er toch wel achter gekomen wat Jens allemaal uitspookte. Ergens was hij verdrietig omdat Jonas niet blij kon zijn met de complimenten aan het adres van zijn zoon, maar hij begreep het wel. In Christiania hadden muzikanten weinig status en een karig inkomen. Zijn vader vond er niks bewonderenswaardigs aan als je zoiets als carrière nastreefde. Bovendien moest hij er niet aan denken dat zijn zoon hem niet zou opvolgen in de Halvorsenbrouwerij.

Hoe dan ook was Jens veel te gelukkig om zich door zijn vader naar beneden te laten halen. Nu er een toekomst bij het orkest voor hem weggelegd was, voelde hij zich eindelijk tevreden. Door de amicale omgang met de andere muzikanten, hun humor en door de indrukwekkende hoeveelheden alcohol die ze na elke voorstelling achteroversloegen in het Engebret Café, voelde Jens zich volkomen op zijn gemak in hun wereld. Om nog maar te zwijgen over wat hij van de losbandige houding van de jonge actrices vond...

Gisteravond had Herr Hennum hem zoals gevraagd voorgesteld aan Madame Hansson. Tegen het einde van het feest had hij haar naar hem zien kijken en had hij aangeboden om haar naar haar appartement te brengen. Het was een prettige afsluiter van de avond geweest. Thora was ervaren en gretig en Jens had pas bij zonsopgang haar bed weer verlaten. Morgen zou hij de situatie moeten gladstrijken met Hilde Omvik, een knap meisje uit het koor met wie hij regelmatig afsprak. Het zou niet goed zijn als Madame Hansson roddels hoorde over de capriolen die hij had uitgehaald in het theater. En bovendien ging Hilde over een week trouwen...

Er werd op zijn deur geklopt en hij deed meteen open.

'Jens, ik heb mijn best gedaan, maar je vader wil je spreken. Nu.' Zijn moeder was bleek, haar gezicht stond gespannen.

'Dank u, mor.'

'Wij praten wel verder als hij naar de brouwerij is.' Ze gaf hem een klopje op zijn schouder.

Jens liep naar beneden, waar hij van Dora te horen kreeg dat zijn vader in de salon op hem zat te wachten. Er ontsnapte hem een zucht, want als er iets akeligs gebeurde bij de familie Halvorsen, gebeurde dat altijd in de salon. Het interieur daar was al net zo kil en streng als zijn vader zelf. Hij deed de deur open en liep naar binnen. Zoals gewoonlijk brandde er geen vuur in de haard, en door de grote ramen viel een schril wit licht naar binnen, gereflecteerd door de sneeuw die zich buiten had opgehoopt.

Zijn vader stond bij een van de ramen en draaide zich om toen Jens binnenkwam. 'Ga zitten.' Hij wees naar een stoel.

Jens gehoorzaamde en probeerde op zijn gezicht een gepaste mengeling van schuldbesef en opstandigheid te laten zien.

'Allereerst,' begon Jonas, die tegenover zijn zoon in een grote lederen oorfauteuil plaatsnam, 'wil ik tegen je zeggen dat ik jou niets kwalijk neem. Dit is allemaal de schuld van je moeder, omdat zij je heeft aangemoedigd in dit belachelijke plan. Maar Jens, in juli word je eenentwintig en mag je zelf je beslissingen nemen. Dan mag je je niet meer door je moeder laten manipuleren.'

'Ja, vader.'

'De situatie is nog precies zoals die was,' vervolgde Jonas. 'Deze zomer, na je afstuderen, kom je bij mij in de brouwerij werken. Voorlopig werken we samen en op een dag zal het bedrijf van jou zijn. Jij wordt de vijfde generatie van onze familie die het bedrijf runt sinds mijn betovergrootvader het heeft opgericht. Volgens je moeder heeft je studie niet te lijden gehad onder je optredens in het orkest, al heb ik daar persoonlijk mijn twijfels bij. Wat is jouw mening daarover, jongen?'

'Moeder heeft gelijk. Ik heb maar heel weinig colleges gemist,' loog Jens gladjes.

'Hoewel ik niets liever zou willen, besef ik terdege dat het onze reputatie geen goed zou doen als ik je nu ontslag liet nemen bij het orkest, terwijl je Herr Hennum al toezeggingen hebt gedaan. Dus ik ben voor een voldongen feit gesteld. Je moeder en ik zijn het erover eens dat je mag blijven spelen tot aan de laatste voorstelling van *Peer Gynt,* eind volgende maand. Hopelijk zul je je er in de tussentijd bij neerleggen waar je toekomst ligt.'

'Ja, vader.' Jens zag dat zijn vader aarzelde en zijn knokkels kraakte, een gewoonte die hij buitengewoon irritant vond.

'Dat is dan duidelijk. Ik waarschuw je, zodra dit achter de rug is, zal ik zulk gedrag niet meer door de vingers zien. Tenzij je besluit om voor een carrière als beroepsmuzikant te kiezen, al zie ik me dan wel genoodzaakt om je toelage stop te zetten en je te vragen om meteen uit dit huis te vertrekken. De mannen van de familie Halvorsen hebben niet honderdvijftig jaar gewerkt zodat hun enige erfgenaam hun zuurverdiende geld kan verkwisten omdat hij zo nodig viool wil spelen.'

Jens gunde zijn vader het genoegen niet om de schrik op zijn gezicht te zien. 'Ja, vader, ik begrijp het.'

'Goed, dan ga ik nu naar de brouwerij. Ik ben al ruim een uur te laat en ik moet mijn werknemers het goede voorbeeld geven, net als jij straks. Een prettige dag nog, Jens.' Zijn vader knikte en liep de kamer uit.

Jens bleef alleen achter met zijn overpeinzingen over de toekomst. Omdat hij zijn moeder niet onder ogen wilde komen en eigenlijk helemaal niemand wilde zien, haalde hij zijn schaatsen uit de hal, trok zijn bontjas, muts en handschoenen aan en verliet het huis om stoom af te blazen.

Appartement 4
St. Olavs Gate 10
Christiania

10 maart 1876

Kjære Lars, mor, far en Knut,

Bedankt voor je brief en omdat je zegt dat mijn spelling beter is geworden. Volgens mij is dat niet zo, maar ik werk er hard aan. Het is nu twee weken geleden dat Peer Gynt *in première is gegaan in het Christiania Theater, al heb ik zelf niet op het podium gestaan. Volgens Herr Bayer heeft de hele stad het erover en is de zaal continu uitverkocht. Nu overwegen ze om nog meer voorstellingen te geven, omdat er zoveel vraag is naar kaarten.*
Verder gaat het leven hier gewoon door, behalve dan dat Herr Bayer me Italiaanse aria's laat instuderen, wat ik heel moeilijk vind. Eén keer per week komt er een professionele operazanger, Günther, om me les te geven. Hij is een Duitser en door zijn accent versta ik amper een woord van wat hij zegt. Bovendien stinkt hij naar ongewassen kleren en gebruikt hij de hele tijd snuiftabak, die vaak uit zijn neus druipt en op zijn bovenlip blijft hangen. Hij is heel oud en mager en eigenlijk heb ik met hem te doen.
Ik weet nog niet wat ik ga doen als Peer Gynt *niet meer wordt gespeeld, behalve dan wat ik hier elke dag doe, beter leren zingen, binnen zitten en vis eten. Na Pasen begint het theaterseizoen weer en er is sprake van dat* Peer Gynt *dan in reprise gaat. Je zult wel blij zijn om te horen dat Herr Ibsen dan vanuit Italië hierheen schijnt te komen om de voorstelling te bekijken. Mocht dat inderdaad zo zijn, dan laat ik het je nog weten.*
Wil je mor alsjeblieft bedanken voor de nieuwe vesten die ze voor me heeft gebreid? Die komen goed van pas, deze lange winter. Ik

verheug me op warmer weer en hoop dat ik binnenkort naar huis kan komen.

Anna

Met een zucht vouwde Anna de brief dicht en verzegelde hem. Waarschijnlijk wachtte haar familie met smart op sappige roddels uit het theater, maar die had ze niet. Omdat ze dag in, dag uit in het appartement opgesloten zat en 's avonds na de voorstelling halsoverkop naar huis moest, raakte ze door de nieuwtjes heen om aan haar familie te schrijven.

Toen ze naar het raam liep en naar de lucht keek, zag ze dat het nog steeds licht was, ook al was het al vier uur in de middag. Het voorjaar was eindelijk in aantocht en daarna zou de zomer komen... Ze legde haar voorhoofd tegen het koele glas dat haar scheidde van de buitenlucht. De gedachte dat ze de warmere maanden hier opgesloten zou moeten doorbrengen, in plaats van bij Rosa in de bergen, was bijna niet te verdragen.

Rude verscheen stipt op tijd in de orkestbak voor zijn missie van die avond.

'Hallo, Rude, hoe gaat het vanavond met je?' vroeg Jens.

'Prima, meneer. Heeft u een briefje of een boodschap die ik moet overbrengen?'

'Jazeker. Alsjeblieft.' Jens bukte zich om de jongen iets in het oor te fluisteren. 'Geef dit maar aan Madame Hansson.' Hij drukte een muntstuk en een brief in het kleine, gretig uitgestoken handje.

'Dank u, meneer. Dat zal ik doen, meneer.'

'Heel goed,' zei Jens toen Rude aanstalten maakte om te vertrekken. 'O, trouwens, wie was die jongedame met wie ik je gisteravond door de artiesteningang zag vertrekken? Heb je soms een vriendinnetje?' plaagde hij zijn boodschapper.

'Ze is wel even klein als ik, maar ze is al achttien, meneer. Veel te oud voor mij, want ik ben nog maar twaalf,' antwoordde Rude met een uitgestreken gezicht. 'Het was Anna Landvik. Zij doet ook mee aan het toneelstuk.'

‘Echt? Ik herkende haar niet, maar het was ook donker en ik heb alleen een glimp opgevangen van haar lange rode haar.’

‘Nou ja, ze werkt wel mee aan de productie, maar niet op het podium.’ Nadat hij met veel vertoon om zich heen had gekeken, wenkte hij Jens zodat hij iets in zijn oor kon fluisteren. ‘Ze is de stem van Solveig.’

‘Aha, ik begrijp het.’ Jens knikte quasiserieus. Het feit dat Madame Hansson niet zelf zong, was inmiddels het slechtst bewaarde geheim in het gebouw. Maar voor de buitenwereld moesten ze allemaal de schijn ophouden.

‘Het is wel een mooie dame, vindt u niet, meneer?’

‘Haar haren zijn zeker mooi. Meer heb ik niet van haar gezien.’

‘Eigenlijk heb ik medelijden met haar. Niemand mag weten dat zij degene is die zo mooi kan zingen. Ze hebben haar zelfs bij ons in de kinderkleedkamer ondergebracht. Maar goed,’ zei Rude terwijl de bel ging om aan te kondigen dat de voorstelling over vijf minuten zou beginnen, ‘ik zal deze brief veilig voor u bezorgen.’

Jens stopte de jongen nog een muntstuk toe. ‘Houd Frøken Landvik vanavond aan de praat bij de artiesteningang, dan kan ik onze mysterieuze zangeres eens wat beter bekijken.’

‘Dat zal wel lukken, meneer.’ Rude scharrelde ervandoor als een straatrat, dik tevreden met de opbrengst van vanavond.

‘Weer op jacht, Peer?’ Simen, de eerste violist, was niet zo doof als hij leek en had kennelijk flarden van hun gesprek opgevangen. In de orkestbak werd er vaak over gegrapt dat Jens al net zo met de vrouwtjes bezig was als de held van het toneelstuk.

‘Welnee,’ mompelde Jens toen Hennum de orkestbak betrad. Eerst had hij nog wel kunnen lachen om zijn bijnaam, maar nu begon hij er genoeg van te krijgen. ‘Je weet dat ik trouw ben aan Madame Hansson.’

‘Dan heb ik gisteravond zeker te veel port gedronken, want ik zou durven zweren dat ik je met Jorid Skrovset aan je arm uit Engebret zag vertrekken.’

‘Dat zal inderdaad aan de port hebben gelegen.’ Jens pakte zijn fluit op omdat Hennum het teken gaf dat ze zo zouden beginnen.

Die avond na de voorstelling liep Jens door de artiesteningang naar buiten en bleef daar rondhangen, terwijl hij wachtte op Rude en het mysterieuze meisje. Normaal gesproken wachtte hij in Engebret tot Thora haar bewonderaars tevreden had gesteld in de kleedkamer en zich had omgekleed. Daarna stapte ze alleen in haar rijtuig en pikte ze hem een paar meter verderop op, omdat ze niet met hem samen gezien wilde worden.

Jens wist dat het door zijn nederige status als muzikant kwam dat ze zich niet met hem in de stad wilde vertonen. Inmiddels voelde hij zich geen haar beter dan een sloerie die in een lichamelijke behoefte voorzag, maar niet goed genoeg was om je mee in het openbaar te vertonen. Dat was natuurlijk belachelijk, aangezien hij deel uitmaakte van een van de meest vooraanstaande families in Christiania en de enige erfgenaam van het Halvorsenimperium was. Thora vertelde hem vaak dat ze had gedineerd met de groten der aarde, dat Ibsen haar aanbad en haar zijn muze noemde. Tot nu toe had Jens haar mooidoenerij voor lief genomen, omdat ze de vernederingen die hij te verduren kreeg ruimschoots goedmaakte in de slaapkamer. Maar nu had hij er genoeg van.

Eindelijk zag hij twee gestalten uit de artiesteningang komen. Ze bleven even op de drempel staan, in het licht vanuit de gang achter hen, terwijl Rude haar iets aanwees. Vanuit de schaduw van zijn pet staarde Jens haar stiekem aan.

Ze was heel tenger met prachtige blauwe ogen, een piepklein neusje en lippen zo roze als rozenblaadjes in een klein, hartvormig gezicht. Haar weelderige roodblonde lokken vielen in golven om haar schouders. Hoewel Jens geen sentimenteel type was, kreeg hij bijna tranen in zijn ogen toen hij haar zag. Ze was een verademing en vergeleken bij haar zagen andere vrouwen eruit als beschilderde houten poppen.

Als in trance bleef hij staan, ook toen hij haar zachtjes 'goedenavond' hoorde prevelen tegen Rude, ze langs hem heen liep en in het wachtende rijtuig stapte.

'Heeft u haar gezien, meneer?' Zodra Anna's rijtuig zich in beweging zette, viel Rudes scherpe blik op Jens, in de schaduwen. 'Ik heb mijn best gedaan, maar ik kon haar niet langer hier houden. Mijn moeder wacht op me in de kleedkamer. Ik heb gezegd dat ik een boodschap moest afgeven aan de portier.'

'Ja. Gaat ze elke avond meteen na de voorstelling weg?'

'Elke avond, meneer.'

'Dan moet ik een plan bedenken om haar te ontmoeten.'

'Dan wens ik u veel geluk, maar nu moet ik ervandoor.' Rude bleef echter dralen, tot Jens nog een muntstuk uit zijn zak opdiepte en het aan hem gaf. 'Dank u. Een prettige avond nog, meneer.'

Jens stak de straat over naar Engebret, bestelde een aquavit en ging op een barkruk voor zich uit zitten staren.

'Voel je je niet goed, jongen? Je ziet zo bleek. Wil je nog iets drinken?' Einar, de bekkenist, kwam naast hem zitten.

Jens bewonderde Einar om zijn buitengewone vermogen om halverwege de voorstelling de orkestbak te verlaten, terwijl hij op weg naar Engebret verder bleef tellen. Dat hield hij vol als hij een biertje dronk, en hij was altijd precies op tijd weer terug op zijn plaats om de bekkens tegen elkaar te slaan. Het hele orkest zat erop te wachten dat Einar een keer te laat zou zijn, maar kennelijk was dat in tien jaar tijd nog nooit voorgekomen.

'Ja, op beide vragen.' Jens sloeg de inhoud van zijn glas in één keer achterover. Toen hij weer een aquavit voor zijn neus had staan, vroeg hij zich af of hij echt ziek werd, want de aanblik van Anna Landvik had hem danig van zijn stuk gebracht. Hij besloot dat Madame Hansson, in ieder geval vanavond, maar alleen terug moest gaan naar haar appartement.

19

‘Frøken Anna, ik heb een brief voor je.’

Anna keek van haar kaartspelletje op naar Rude, die ondeugend naar haar grijnsde en haar stiekem een dichtgevouwen briefje toestopte. Ze zaten in de kinderkleedkamer, omringd door mensen die zich voorbereidden op de voorstelling van vanavond.

Ze wilde de brief al openmaken toen Rude naar haar siste: ‘Niet hier. Je mag hem pas lezen als je alleen bent.’

‘Wie heeft dat gezegd?’

Rude wierp haar een mysterieuze blik toe en schudde zijn hoofd. ‘Dat kan ik niet zeggen. Ik ben de boodschapper maar.’

‘Waarom zou iemand mij een brief willen schrijven?’

‘Dat moet je zelf maar lezen.’

Anna keek hem zo streng mogelijk aan. ‘Vertel op.’

‘Nee.’

‘Dan ga ik niet verder met ons spelletje bezique.’

‘Maakt niet uit, ik moet me toch gaan omkleden.’ Het jongetje haalde zijn schouders op, stond op en liep weg.

Ergens vond ze de capriolen van Rude wel amusant. Hij was net een aapje, altijd bereid om een boodschap door te geven of een handje te helpen, in ruil voor een muntstuk of een beetje chocolade. Als hij later groot was zou hij vast een succesvolle oplichter worden, of misschien wel een spion, want hij kende altijd alle roddels in het theater. Ze was zich ervan bewust dat hij precies wist wie de brief had gestuurd en dat hij waarschijnlijk zelfs de brief had gelezen, te oordelen naar de groezelige vingerafdrukken rondom het verbroken zegel. Ze stak de brief in de zak van haar rok om te lezen als ze vanavond alleen in bed lag, stond op en ging zich voorbereiden op de voorstelling.

Christiania Theater

15 maart 1876

Beste Frøken Landvik,

Vergeef me deze vrijpostige brief en de manier waarop hij verstuurd is, aangezien we elkaar nog nooit in levenden lijve ontmoet hebben. Sinds ik u voor het eerst heb horen zingen tijdens de generale repetitie, ben ik al betoverd door uw stem. En elke avond daarna heb ik vol verrukking naar u geluisterd. Misschien kunnen we elkaar morgen voor de voorstelling zien bij de artiesteningang, laten we zeggen om kwart over zeven, zodat we formeel met elkaar kunnen kennismaken?

Ik smeek u om te komen.

Met vriendelijke groet,
Een bewonderaar

Terwijl ze de brief nog eens las en daarna in de lade naast haar bed opborg, bedacht ze dat de schrijver ervan een man moest zijn, omdat het wel heel vreemd zou zijn als een vrouw zoiets schreef. Ze draaide de olielamp uit en nestelde zich onder de dekens. Waarschijnlijk was de afzender een oudere man, net zo iemand als Herr Bayer, wat ze maar een saai vooruitzicht vond.

'Ga je vanavond naar hem toe?' vroeg Rude, de onschuld zelve.

'Naar wie?'

'Dat weet je best.'

'Nee, dat weet ik niet. En trouwens, hoe weet jij eigenlijk dat ik uitgenodigd ben om iemand te ontmoeten?' Anna genoot van de geërgerde uitdrukking op zijn gezicht toen hij besefte dat hij zich had versproken. 'Als je niet zegt wie de afzender is, dan zweer ik dat ik nooit meer met je ga kaarten, niet om geld en niet om snoepjes.'

'Dat kan ik niet doen, Frøken Anna. Het spijt me.' Rude schudde zijn hoofd. 'Dat is echt te veel gevraagd. Ik heb de afzender bezworen dat ik het niet zou zeggen.'

'Nou, als je geen namen kunt noemen, kun je dan ten minste een paar vragen met ja of nee beantwoorden?'

'Dat kan wel,' gaf hij toe.

'Is het briefje geschreven door een man?'

'Ja.'

'Is hij onder de vijftig?'

'Ja.'

'Onder de veertig?'

'Ja.'

'Onder de dertig?'

'Frøken Anna, ik weet niet precies hoe oud hij is, maar ik denk van wel.'

Nou, dat was tenminste iets, dacht ze. 'Zit hij vaak in het publiek?'

'Nee... of eigenlijk...' Rude krabde aan zijn hoofd. 'Ja, in zekere zin wel. Hij hoort je elke avond zingen.'

'Dus hij hoort bij het theatergezelschap?'

'Ja, maar op een andere manier.'

'Is hij muzikant, Rude?'

'Frøken Anna, ik voel me bezwaard,' verzuchtte Rude dramatisch. 'Verder kan ik er niets over zeggen.'

'Prima, ik begrijp het,' zei Anna tevreden. Ze keek op de oude, onbetrouwbare klok aan de muur en vroeg aan een van de moeders, die stilletjes in een hoekje zat te borduren, hoe laat het volgens haar was.

'Volgens mij is het bijna zeven uur, Frøken Landvik. Ik was net nog in de gang en zag Herr Josephson binnenkomen. Die is altijd stipt op tijd.'

'Dank u.' Anna keek weer op de klok, opgelucht dat die vanavond min of meer gelijk leek te lopen. Zou ze gaan? Als de afzender inderdaad een man van nog geen dertig was, wilde hij haar misschien om ongepaste redenen ontmoeten, niet alleen uit bewondering voor haar stem. Anna bloosde. Het idee dat hij haar een oneerbaar voorstel wilde doen, en dat hij misschien nog relatief jong was, vond ze schandalig opwindend.

De seconden op de klok tikten weg, terwijl ze verder piekerde. Om dertien minuten over zeven besloot ze te gaan. Om veertien over bedacht ze zich weer...

En stipt om kwart over zeven liep ze door de hal naar de artiesteningang, om daar vervolgens niemand aan te treffen.

Halbert, de portier, deed het luikje open van het loket waar hij achter zat en vroeg of hij iets voor haar kon betekenen. Ze schudde haar hoofd en maakte aanstalten om terug te lopen naar de kleedkamer. Op dat moment voelde ze een koude tochtvlaag omdat de artiesteningang achter haar openging. Een seconde later werd er een zachte hand op haar schouder gelegd.

'Frøken Landvik?'

'Ja.'

'Neem me niet kwalijk. Ik was een paar seconden te laat.'

Anna draaide zich om en staarde in de diepliggende hazelnootbruine ogen die bij de stem hoorden. Haar maag maakte een raar sprongetje, net als elke avond voordat ze moest optreden. Terwijl Halbert in zijn hokje bleef zitten en hen gadesloeg alsof ze een stel idioten waren, staarden zij elkaar alleen maar aan.

De jonge man die voor haar stond leek ongeveer van haar leeftijd en had een knap gezicht, omlijst door een tooi van kastanjebruin haar dat krullend boven zijn kraag viel. Hij was niet lang, maar zijn brede schouders gaven hem een statige, mannelijke uitstraling. Opeens kreeg Anna het gevoel dat alles aan haar – fysiek, mentaal en emotioneel – leegstroomde in deze vreemdeling. Het was een vreemde gewaarwording en even wankelde ze op haar benen.

'Gaat het wel, Frøken Landvik? U kijkt alsof u een spook heeft gezien.'

'Ja, het gaat prima, bedankt. Ik werd alleen een beetje licht in het hoofd, meer niet.'

De bel werd geluid, om het theatergezelschap en het orkest te waarschuwen dat de voorstelling over tien minuten zou beginnen. 'Alstublieft,' fluisterde hij zachtjes, want hij zag Halbert over zijn bril heen nog steeds geïnteresseerd toekijken. 'We hebben niet veel tijd. Laten we even naar buiten gaan, dan krijgt u tenminste wat frisse lucht.' Jens sloeg een arm om haar heen om haar te ondersteunen, waarbij hem opviel dat haar hoofd perfect tegen zijn schouder paste, deed de artiesteningang open en leidde haar naar buiten. Ze was zo tenger, zo volmaakt, zo vrouwelijk, en hij kreeg de neiging om haar te beschermen toen ze even tegen hem aan leunde, alsof dat heel vanzelfsprekend was.

Anna stond naast hem op het trottoir, met zijn arm nog steeds om haar heen, en snoof de frisse avondlucht een paar keer diep op. 'Waarom wilde u me zien?' vroeg ze toen ze weer een beetje bedaard was en inzag hoe ongepast het was om zo intiem met een man om te gaan. En nog wel met een onbekende. Maar als ze heel eerlijk was, voelde het helemaal niet alsof ze hem niet kende...

'Eerlijk gezegd weet ik dat niet precies. Eerst was het uw stem die me fascineerde, maar toen heb ik Rude betaald om u op te houden bij de artiesteningang, zodat ik u stiekem kon bekijken... Frøken Landvik, ik moet nu gaan, anders vilt Herr Hennum me, maar wanneer kan ik u weer zien?'

'Dat weet ik niet.'

'Vanavond, na het optreden?'

'Nee, Herr Bayer zorgt altijd dat er een rijtuig voor me klaarstaat, en ik vertrek meteen na de voorstelling.'

'Overdag dan?'

'Nee.' Ze legde een hand tegen haar gezicht. Ondanks de kille avondlucht gloeiden haar wangen. 'Ik kan niets bedenken. Trouwens...'

'Wat?'

'Dit is heel ongepast. Als Herr Bayer van deze afspraak afwist, zou hij...'

De vijfminutenbel werd geluid.

'Ik smeek u, kom morgen om zes uur hiernaartoe,' probeerde Jens nog eens. 'Zeg tegen Herr Bayer dat u eerder moet komen repeteren.'

'Ik... Ik wens u nog een prettige avond.' Anna draaide zich om en liep in de richting van de artiesteningang. Ze ging naar binnen, maar net voordat de deur achter haar dichtviel, sloeg ze haar ranke vingertjes eromheen en duwde hem weer open. 'Mag ik ten minste weten hoe u heet, meneer?'

'Neem me niet kwalijk. Ik ben Jens. Jens Halvorsen.'

Verdwaasd liep Anna terug naar haar kleedkamer en ging even zitten om tot zichzelf te komen. Uiteindelijk besloot ze dat ze zoveel mogelijk over Jens Halvorsen te weten moest zien te komen, voordat ze nog vaker met hem afsprak.

Die avond, tijdens de voorstelling, vroeg ze iedereen die ze vertrouwde, en zelfs mensen die ze niet vertrouwde, wat ze van hem wisten.

Tot nu toe was ze erachter gekomen dat hij viool en fluit speelde in het orkest en dat hij jammer genoeg berucht was vanwege zijn omgang met de vrouwen in het theater. Zozeer zelfs dat het orkest hem de bijnaam Peer had gegeven, omdat het hoofdpersonage zich ook als een rokkenjager gedroeg. Een van de meisjes uit het koor beweerde dat ze hem zowel met Hilde Omvik als met Jorid Skrovset had gezien. En het ergste was nog wel dat er geruchten gingen dat hij de geheime minnaar van Madame Hansson was.

Tegen de tijd dat ze in de coulissen stond om het 'Wiegelied' te zingen, was ze zo afgeleid dat ze een noot langer dan gewoonlijk aanhield, waardoor Madame Hansson haar mond twee tellen te vroeg dichtdeed. Ze durfde niet omlaag te kijken, naar de orkestbak, voor het geval dat ze hem zou zien.

'Ik ga niet meer aan hem denken,' zei ze vastberaden tegen zichzelf toen ze die avond de olielamp naast haar bed doofde. 'Het is wel duidelijk dat hij een vreselijk, harteloos mens is,' voegde ze er nog aan toe, wensend dat ze de verhalen over zijn streken niet zo opwindend vond. 'En trouwens, ik ben verloofd.'

Toch kostte het haar de volgende dag elk grammetje wilskracht om het rijtuig niet eerder te laten komen en tegen Herr Bayer te zeggen dat er een extra repetitie was ingelast. Toen ze zoals gewoonlijk om kwart voor zeven bij het theater aankwam, zag ze dat de stoep voor de artiesteningang leeg was. Ze moest zichzelf streng toespreken omdat er een golf van teleurstelling over haar heen spoelde.

In de kleedkamer werd ze begroet door het gebruikelijke gekakel van moeders die druk in de hoek zaten te borduren, en de kinderen die op haar afrenden om te kijken of ze een nieuw speeltje voor hen had meegenomen. Slechts één kind hield zich afzijdig, en terwijl ze de rest omhelsde, zag ze Rude ongewoon treurig over de hoofden van de andere kinderen naar haar kijken. De mensen die als eerste het podium op moesten werden opgeroepen en met een laatste spijtige blik verliet Rude de kleedkamer om zijn plaats op het podium in te nemen.

Tijdens de eerste aktewisseling klampte hij haar aan. 'Mijn vriend zei dat je vanavond niet op de afgesproken tijd bent komen opdagen. Daar was hij heel verdrietig om. Hij heeft je nog een brief geschreven.' Hij stak haar een verzegeld briefje toe.

Anna wuifde het weg. 'Zeg maar tegen hem dat ik geen interesse heb.'

'Waarom niet?'

'Het is gewoon zo, Rude, en daarmee uit.'

'Maar Frøken Anna,' drong hij aan, 'ik heb gezien hoe ellendig hij zich voelde nadat je niet was komen opdagen.'

'Rude, je hebt erg veel talent, zowel op het toneel als wanneer je volwassenen geld aftroggelt. Maar er zijn dingen waar jij geen verstand van hebt...' Anna deed de deur open en liep de kleedkamer uit, maar hij kwam achter haar aan.

'Zoals?'

'Dingen voor volwassenen,' antwoordde ze ongeduldig, terwijl ze verder liep naar de coulissen. Hoewel ze nog niet hoefde te zingen, wilde ze maar wat graag ontsnappen aan het vragenvuur van de jongen.

'Maar ik heb wél verstand van volwassen dingen, Frøken Anna. Ik begrijp welke roddels je gehoord hebt sinds je weet wie je bewonderaar is.'

'Als je zoveel van hem weet, waarom wil je dan zo graag dat ik met hem afspreek?' Abrupt draaide ze zich om, zodat Rude wel stil moest blijven staan. 'Hij heeft een vreselijke reputatie! En trouwens, er is al een jongeman in mijn leven, en op een dag...' Anna draaide zich weer om en liep in de richting van de coulissen. '... ga ik met hem trouwen.'

'Dan ben ik heel blij voor je, maar de man in kwestie heeft eerzame bedoelingen, dat kan ik je verzekeren.'

'In vredesnaam, kind! Laat me met rust!'

'Dat zal ik doen, maar je moet naar hem toe gaan, Frøken Anna. Zaken zijn zaken, dat begrijp jij ook wel, maar dat advies was gratis. Hier, neem ten minste zijn brief aan.'

Voordat ze nog verder kon tegenstribbelen, drukte hij het stuk papier in haar hand en maakte zich uit de voeten. Ze ging in de coulissen staan, goed aan het zicht onttrokken, en luisterde naar het orkest dat de instrumenten stemde voor de tweede akte. Toen ze een blik in de orkestbak wierp, zag ze Jens Halvorsen zijn plaats innemen en zijn fluit uit de koffer halen. Opeens keek hij op en een vluchtig moment kruisten hun blikken elkaar. In zijn ogen lag zo'n teleurgestelde blik dat ze er helemaal van ondersteboven was. Ze dook weer weg in de coulissen en liep als verdwaasd terug naar de kleedkamer. Onderweg kwam ze Madame Hansson tegen. De vertrouwde wolk parfum verspreidde zich door de hal, achter de statige actrice aan. De vrouw keurde haar amper een blik waardig en toen Anna terugdacht aan de roddels over haar geheime minnaar, probeerde ze zich weer te wapenen. Jens Halvorsen was een smeerlap, een charmante rokkenjager die haar ongetwijfeld in het verderf zou storten. In de kleedkamer beloofde ze dat ze tijdens de volgende aktewisseling met de kinderen zou kaarten, in de wetenschap dat ze afleiding nodig had.

Die avond, na terugkomst in het appartement, ging ze meteen naar de verlaten salon. Ze raapte al haar wilskracht bij elkaar om de brief uit de zak van haar rok te halen en gooide hem ongeopend in de vlammen van de kachel.

De twee weken daarna bleef Rude haar elke avond een nieuwe brief van Jens Halvorsen brengen, maar die verbrandde Anna allemaal zodra ze thuiskwam. Na vanavond was ze nog zekerder van haar zaak, omdat zij en alle anderen achter de schermen een luide kreet hadden gehoord, gevolgd door het geluid van brekend glas. Iedereen was zich ervan bewust dat het lawaai uit de kleedkamer van Madame Hansson afkomstig was.

'Wat was dat allemaal?' vroeg ze aan Rude.

'Dat kan ik niet zeggen,' reageerde hij koppig, met zijn armen over elkaar geslagen.

'Natuurlijk wel, verder vertel je me ook alles. Ik zal je betalen,' bood ze aan.

'Zelfs in ruil voor geld wil ik het nog niet zeggen. Je zou er alleen maar de verkeerde indruk door krijgen.'

'Waarvan?'

Rude schudde zijn hoofd en liep weg. Maar tijdens de voorstelling kreeg ze de roddels alsnog te horen. Een van de meisjes uit het koor vertelde dat Madame Hansson erachter was gekomen dat Jens Halvorsen twee weken geleden was gezien met Jorid, een ander meisje uit het koor. Aangezien Anna dat verhaal al kende, stond ze er niet van te kijken, maar kennelijk was Madame Hansson de enige in het gebouw die het nog niet geweten had.

Toen Anna de daaropvolgende week voor de maandagavondvoorstelling in het theater aankwam, zag ze een enorm boeket rode rozen op het loket bij de artiesteningang prijken. Ze liep erlangs om naar de kleedkamer te gaan, maar hoorde dat Halbert, de portier, haar nariep.

'Frøken Landvik?'

'Ja?'

'Deze bloemen zijn voor u.'

'Voor mij?'

'Ja, voor u. Neem ze alstublieft mee, want hier staan ze maar in de weg.'

Met een gezicht zo rood als de rozen draaide ze zich om en liep naar hem toe.

'Zo, Frøken Landvik, volgens mij heeft u een bewonderaar. Wie zou dat nou kunnen zijn?' Halbert trok afkeurend een wenkbrauw op terwijl Anna het enorme boeket oppakte, niet in staat om hem aan te kijken.

'Jeetje!' zei ze tegen zichzelf in de hal, op weg naar het ijskoude, stinkende privaat dat door de vrouwen in het toneelgezelschap werd gedeeld. 'Wat een lef! En nog wel in het gebouw waar Madame Hansson en Jorid Skrovset ook zijn. Hij bespeelt me gewoon,' mompelde ze boos, terwijl ze de deur achter zich dichtsloeg en op slot deed. 'Nu Madame Hansson erachter is gekomen hoe hij in elkaar steekt, denkt hij wel even een boerentrien het hoofd op hol te kunnen brengen met een bosje bloemen.'

Ze las het kaartje dat aan het boeket was bevestigd.

Ik ben niet zoals je denkt. Geef me alsjeblieft een kans.

'Ha!' Anna scheurde het kaartje in piepkleine stukjes en spoelde die door de wc. In de kleedkamer zou ze al genoeg vragen over de bloemen krijgen, dus wilde ze dat nergens aan te zien was waar ze vandaan kwamen.

'Hemeltje, Anna!' zei een van de moeders toen ze de kleedkamer binnenkwam. 'Wat een prachtige bloemen!'

'Van wie zijn ze?' vroeg een andere moeder.

De hele kleedkamer viel stil, in afwachting van haar antwoord.

Anna slikte moeizaam. 'Nou, zoals jullie wel zullen snappen, komen ze van Lars, mijn verloofde in Heddal.'

Er steeg een hele reeks oe's en a's op in de kleedkamer.

'Is het een speciale gelegenheid? Dat moet wel, als hij er zoveel geld aan heeft uitgegeven,' merkte een derde moeder op.

'Ik... ben vandaag jarig,' loog Anna wanhopig.

Daarop klonk het door elkaar: 'Ben je jarig?' en 'Waarom heb je dat niet gezegd?'

De rest van de avond moest Anna over zich heen laten komen dat ze werd gefeliciteerd en geknuffeld en dat ze haastig in elkaar geknutselde cadeautjes kreeg toegestopt, terwijl ze ook nog de veelbetekenende glimlach op het gezicht van Rude moest zien te negeren.

'Anna, zoals je weet valt binnenkort het doek voor *Peer Gynt*. In juni organiseer ik hier in het appartement een zomersoiree. Dan nodig ik alle belangrijke namen uit Christiania uit om naar je te komen luisteren. Daarna gaan we je carrière opbouwen. En het mooiste is nog wel dat "de spookstem" zichzelf eindelijk zal kunnen bekendmaken!'

'Ik begrijp het. Dank u, Herr Bayer.'

'Anna.' Met gefronst voorhoofd keek hij haar aan. 'Je lijkt te twijfelen.'

'Ik ben gewoon moe. Maar ik ben heel blij met dit gebaar.'

'Ik begrijp dat je het de afgelopen maanden niet makkelijk hebt gehad, Anna. Maar wees gerust, veel van mijn muzikale connecties zijn er al van op de hoogte aan wie de prachtige stem van Solveig echt toebehoort. Ga nu maar uitrusten, Anna. Je ziet nogal bleekjes.'

'Ja, Herr Bayer.'

Toen Franz Anna de kamer uit zag lopen, begreep hij wel waarom ze zo gefrustreerd was, maar wat had hij anders moeten doen? Met Ludvig Josephson en Johan Hennum had hij nou eenmaal afgesproken dat ze anoniem moest blijven. Maar nu was het bijna voorbij en zou de regeling haar vruchten gaan afwerpen. De belofte van een ontmoeting met de eigenares van de mysterieuze stem die Solveig zo goed had gezongen, zou al genoeg zijn om alle invloedrijke mensen uit de muzikale gemeenschap van Christiania naar zijn appartement te lokken tijdens de soiree. Hij had grootse plannen voor de jonge Anna Landvik.

20

Jens werd terneergeslagen wakker in zijn eigen huis, een week na de laatste voorstelling van *Peer Gynt*. Hoewel Hennum hem een vaste plaats in het orkest had aangeboden voor de opera- en balletgezelschappen die een orkest nodig hadden, was er de komende maand geen werk meer voor hem, tot het nieuwe theaterseizoen begon. Daarbij kwam nog eens dat hij sinds het begin van *Peer Gynt* hooguit een half dozijn colleges had bijgewoond en dus helemaal niet voorbereid was op zijn laatste tentamens. Voor hem was het wel duidelijk dat hij zijn diploma niet zou behalen.

Vorige week, voor de op een na laatste voorstelling, had hij de moed bij elkaar geraapt om Hennum de composities te laten zien waar hij uren aan had gewerkt, terwijl hij eigenlijk had moeten studeren. Nadat hij ze had gespeeld, had de dirigent ze 'niet authentiek' genoemd, maar 'goed voor een beginner'.

'Als ik zo vrij mag zijn lijkt het me verstandig dat je naar het conservatorium gaat. Je hebt het talent om componist te worden, maar je moet leren om de melodie die je geschreven hebt te horen zoals die door elk instrument gespeeld zal worden.' Hij wees naar de bladmuziek. 'Begint dit stuk bijvoorbeeld met een volledig orkest? Of misschien...' Hij speelde de eerste vier maten op de piano, wat zelfs in Jens' bevooroordeelde oren klonk als een hommage aan 'Ochtendstemming' van Herr Grieg. 'Of misschien een fluit?' Herr Hennum wierp hem een ironische glimlach toe, en Jens had het fatsoen om te blozen.

'Ik begrijp het, meneer.'

'En dan de tweede passage. Wordt die gespeeld door de violen? Of misschien door een cello of een altviool?' Hennum gaf de bladmuziek terug en klopte Jens op zijn schouder. 'Als je echt in de voetsporen van Herr Grieg en zijn vooraanstaande collega's wilt treden, raad ik je aan om goed te leren hoe het moet, zowel in je hoofd als op papier.'

'Maar dat kan hier niet, want in Christiania is er niemand die het me kan leren,' merkte Jens op.

'Nee. Daarvoor moet je naar het buitenland, zoals alle goede Scandinavische muzikanten en componisten hebben gedaan. Misschien naar Leipzig, net als Herr Grieg.'

Terwijl Jens was weggelopen, had hij zichzelf vervloekt omdat hij zo naïef was. En omdat hij wist dat er helemaal geen geld zou zijn voor een opleiding aan het conservatorium als zijn vader voet bij stuk hield en zijn toelage stopzette. Ook begon hij zich te realiseren dat hij tot nu toe op zijn muzikale talent had kunnen teren, maar dat dat niet genoeg meer was. Om componist te kunnen worden zou hij de juiste technieken onder de knie moeten krijgen. Hij zou er hard voor moeten werken.

Toen Jens door de artiesteningang liep, verweet hij zichzelf dat hij zijn toelage de afgelopen drie jaar over de balk had gesmeten. Als hij niet alles aan vrouwen en alcohol had uitgegeven, had hij voor zijn toekomst kunnen sparen. Nu, dacht hij weemoedig, was het vrijwel zeker te laat. Hij had zijn kansen vergooid, en dat kon hij alleen zichzelf kwalijk nemen.

Ondanks zijn vaste voornemen om niet in zijn oude gewoonten terug te vallen na de laatste voorstelling van *Peer Gynt,* had Jens barstende hoofdpijn. Gisteravond was hij in zijn wanhoop naar Engebret gegaan om zijn zorgen te verdrinken met welke muzikant hij daar ook maar tegen het lijf zou lopen.

Het was stil in huis, waaruit hij opmaakte dat het al halverwege de ochtend moest zijn en dat zijn vader al naar de brouwerij was vertrokken, terwijl zijn moeder ongetwijfeld de deur uit was om koffie te drinken met een van haar kennissen. Hij belde om Dora, want hij had dringend behoefte aan koffie, en wachtte tot ze zou komen. Dat deed ze ook, nadrukkelijk iets later dan gewoonlijk. Nadat ze had aangeklopt, sjokte ze nors naar binnen en liet het dienblad met onnodig veel gekletter neerkomen op zijn bed.

'Hoe laat is het?' vroeg Jens.

'Half twaalf, meneer. Anders nog iets?'

Hij keek haar aan, in de wetenschap dat ze zo liep te mokken omdat hij haar de laatste tijd weinig aandacht had geschonken. Even overwoog hij of hij het goed moest maken, puur om zijn leven in dit huis een stukje aangenamer te maken, maar terwijl hij van zijn koffie nipte dacht hij aan Anna en besloot het niet te doen. 'Nee, dank je, Dora.'

Hij wendde zijn blik van haar aangeslagen gezicht af, pakte de krant van het dienblad en deed alsof hij erin las totdat ze de kamer uit was. Daarna liet hij de krant zakken en slaakte een diepe zucht. Hij schaamde zich ontzettend omdat hij zich de avond tevoren had bezat, maar had zich zo ellendig en radeloos gevoeld dat hij alles had willen vergeten. En Anna Landvik had zijn humeur er ook niet beter op gemaakt.

'Wat is er toch met je?' had Simen hem gisteravond gevraagd. 'Sores om een vrouw, zeker?'

'Het gaat om het meisje dat de rol van Solveig heeft gezongen. Ik kan haar maar niet uit mijn hoofd zetten. Volgens mij ben ik voor het eerst in mijn leven echt verliefd.'

Toen Simen dat hoorde, gooide hij zijn hoofd schaterlachend achterover. 'Jens, begrijp je nou echt niet wat er aan de hand is?'

'Nee! Wat is hier zo grappig aan?'

'Zij is het enige meisje door wie je ooit bent afgewezen! Daarom denk je nu dat je verliefd op haar bent. Goed, misschien ben je onder de indruk van haar onschuldige plattelandsmentaliteit, maar je ziet zelf toch ook wel in dat ze in werkelijkheid helemaal geen geschikte partij is voor een geleerde stadsjongen zoals jij?'

'Dat zie je verkeerd! Ik zou toch wel van haar houden, of ze nou van adel was, of een boerentrien. Haar stem is... het mooiste wat ik ooit gehoord heb. En ze heeft ook nog het gezicht van een engel.'

Simen keek naar Jens' lege glas. 'Dat zeg je alleen door de aquavit. Geloof me, vriend, je hebt het gewoon moeilijk omdat je voor het eerst bent afgewezen.'

Terwijl Jens een slok van zijn lauwe koffie nam, vroeg hij zich af of Simen gelijk had. Desondanks werd hij in zijn dromen nog steeds achtervolgd door de herinnering aan haar gezicht en aan haar hemelse stem. Nu hij al zoveel aan zijn hoofd had, wilde hij dat hij Anna Landvik nooit had gezien. Of had horen zingen.

'De soiree is op 15 juni, de verjaardag van Herr Grieg,' zei Herr Bayer tegen Anna toen ze een paar dagen na de laatste voorstelling van *Peer Gynt* samen in de salon zaten. 'Ik zal hem een uitnodiging sturen zodat hij kan kennismaken met zijn allereerste Solveig, maar volgens mij is hij in het buitenland. We gaan een programma opstellen met een aantal van zijn volksliedjes en natuurlijk de liedjes uit *Peer Gynt*. En daarna nog "Violetta's aria" uit *La Traviata*, en een hymne. Misschien "Leid, Milde Ljos". Ik wil dat iedereen hoort wat je in je mars hebt.'

'Kan ik nog wel naar Heddal voor de bruiloft van mijn broer?' Als Anna niet heel snel de frisse buitenlucht in kon, zou ze vast en zeker stikken.

'Natuurlijk, liefje. Je kunt kort na de soiree naar Heddal om daar de zomer door te brengen. Welnu, morgen gaan we echt beginnen. We hebben één maand om jou en je stem perfect te krijgen.'

Om haar op die taak voor te bereiden, had Herr Bayer een hele rits leraren geregeld die haar volgens hem goed konden begeleiden bij de liedjes die ze zou zingen. Günther bleef zich concentreren op de aria's, de koorleider uit de kathedraal kwam met afgekloven nagels en een glimmend kaal hoofd opdagen om zijn kennis over kerkliederen met haar te delen, en Herr Bayer zelf bracht iedere dag een uur met haar door om aan haar zangtechniek te werken. Er kwam een kleermaker om haar maten op te nemen en haar te voorzien van een garderobe vol prachtige kleding die paste bij een ster in de dop. En het mooiste was nog wel dat ze nu regelmatig het appartement uit mocht met Herr Bayer, om naar concerten en recitals te gaan.

Op een van die avonden, voordat ze naar het Christiania Theater zouden gaan voor de première van *Il barbiere di Siviglia* van Rossini, die werd vertolkt door een Italiaans operagezelschap, kwam Anna de salon binnen in een van haar nieuwe elegante avondjurken, gemaakt van kobaltblauwe zijde.

'Lieve jongedame.' Herr Bayer stond op en klapte in zijn handen.

'Wat zie je er stralend uit, vanavond. Die kleur staat je beeldig. Sta me toe er nog een schepje bovenop te doen.'

Hij gaf haar een lederen doosje, met daarin een saffieren collier en bijpassende druppelvormige oorbellen. De glanzende, prachtig geslepen edelstenen waren in een zetting geplaatst van verfijnd goud filigraan, het werk van een vakkundige edelsmid.

Anna staarde naar de juwelen, niet wetend wat ze moest zeggen. 'Herr Bayer...'

'Ze zijn van mijn vrouw geweest. En ik wil graag dat je ze vanavond draagt. Mag ik je helpen het collier om te doen?'

Anna kon moeilijk weigeren, want hij haalde het sieraad al uit het doosje. Ze voelde zijn vingers in haar nek toen hij de sluiting dichtmaakte.

'Ze staan je goed,' zei hij tevreden, terwijl hij zo dicht bij haar stond dat ze zijn muffe adem kon ruiken. 'Zo, nu kunnen we naar het theater.'

Gedurende de maand daarop deed Anna haar best om zich op haar muzieklessen te concentreren en te genieten van haar verblijf in Christiania. Ze schreef Lars regelmatig en zei elke avond een gebedje op. Maar Jens Halvorsen de Slechte, zoals ze hem noemde om haar verraderlijke hart een lesje te leren, bleef door haar hoofd spoken. Kon ze maar iemand in vertrouwen nemen over haar kwelling. Er moest toch wel een medicijn tegen zijn?

'Lieve Heer,' verzuchtte ze op een avond na haar gebed, 'volgens mij ben ik heel erg ziek.'

Naarmate 15 juni dichterbij kwam, merkte ze dat Herr Bayer steeds opgetogener werd.

'Zo, liefje,' zei hij op de ochtend van de soiree. 'Ik heb een violist en een cellist ingehuurd om je te begeleiden. En ik begeleid je natuurlijk op de piano. Vanmiddag kun je uitrusten ter voorbereiding op je grote avond.'

Om elf uur werd er aangebeld en Anna, die in de salon zat te wachten, hoorde dat Frøken Olsdatter opendeed en de muzikanten begroette. Ze stond op toen ze samen met Herr Bayer de kamer in kwamen.

'Mag ik je voorstellen aan Herr Isaksen, de cellist, en Herr Halvorsen, de violist,' zei hij plechtig. 'Ze zijn me allebei ten zeerste aanbevolen door mijn vriend Herr Hennum.'

Anna werd duizelig toen Jens Halvorsen de Slechte naar haar toe liep om haar te begroeten.

'Frøken Landvik, het is me een eer dat ik vanavond deel mag uitmaken van uw soiree.'

'Dank u.' Meer wist ze niet uit te brengen bij het zien van de geamuseerde blik in zijn ogen. Haar hart ging wild tekeer in haar borstkas en ze zag niet in wat er zo grappig was aan de situatie.

'We gaan beginnen met Verdi,' besloot Herr Bayer vanachter de piano, toen de twee muzikanten dicht bij hem kwamen staan. 'Anna, let je op?'

'Ja, Herr Bayer.'

'Dan gaan we beginnen.'

Anna wist dat ze niet op de toppen van haar kunnen presteerde tijdens de repetitie en voelde hoe gefrustreerd Herr Bayer raakte toen ze alles vergat wat ze had geleerd en zelfs adem tekortkwam aan het einde van de noten in vibrato. En dat allemaal vanwege Jens Halvorsen de Slechte, dacht ze woedend.

'Zo is het wel even genoeg, heren. Laten we hopen dat het vanavond beter gaat. Jullie worden hier stipt om half zeven verwacht, want de soiree begint om zeven uur.'

Jens en zijn metgezel knikten beleefd en maakten vervolgens een buiging naar Anna. Vlak voordat hij de kamer uit liep, wierp hij nog een veelbetekenende blik in haar richting.

'Anna, wat is er toch aan de hand? Je bent toch niet van je stuk gebracht omdat je nu begeleid wordt? Tijdens *Peer Gynt* was je gewend om met een volledig orkest te zingen.'

'Neem me niet kwalijk, Herr Bayer. Ik heb een beetje hoofdpijn.'

'Volgens mij heb je, heel begrijpelijk, last van zenuwen, lieve jongedame.' Zijn gezichtsuitdrukking werd milder en hij gaf een klopje op haar schouder. 'Na de lunch kun je uitrusten. En voor het optreden van vanavond gaan we samen een glaasje wijn drinken, om je zenuwen in bedwang te krijgen. Ik twijfel er niet aan dat deze avond een groot succes wordt en dat je morgen het gesprek van de dag zult zijn in Christiania.'

Om vijf uur die middag kwam Frøken Olsdatter naar Anna's kamer, met een glas water en de verplichte portie honing. 'Ik heb het bad voor je laten vollopen, liefje. Als jij je gaat wassen, leg ik je kleren voor vanavond alvast klaar. Herr Bayer wil graag dat je je kobaltblauwe avondjurk draagt, met de saffieren van zijn vrouw. Verder heeft hij voorgesteld dat je je haar opsteekt. Ik help je straks wel met aankleden.'

'Dank u.'

Anna ging in bad liggen, met een washandje over haar gezicht, en probeerde haar hart tot bedaren te brengen, want het ging al wild tekeer sinds ze Jens Halvorsen vanmorgen weer had gezien. Alleen zijn aanblik had al een extreme lichamelijke reactie teweeggebracht in haar knieën, haar keel en haar hart. 'Lieve Heer, geef me vanavond alstublieft kracht en moed,' bad ze terwijl ze zichzelf afdroogde. 'En vergeef me dat ik nu het liefst zou willen dat hij een galaanval krijgt, zodat hij te ziek is om op te treden.'

Nadat ze zich had aangekleed en haar haren had laten opsteken door Frøken Olsdatter, liep ze door de hal naar de salon. Dertig sierlijke stoelen met rode fluwelen bekleding waren in een halve cirkel opgesteld voor de piano in de erker. Jens Halvorsen en de cellist stonden al te praten met Herr Bayer, die begon te stralen zodra hij haar zag.

'Je ziet er perfect uit, lieve jongedame.' Met een goedkeurende blik gaf hij haar een glas wijn. 'Laten we een dronk uitbrengen op deze avond, voordat het feestgedruis losbarst.'

Terwijl ze een slokje nam, voelde ze dat Jens zijn blik even op haar decolleté liet rusten. Het was haar niet duidelijk of hij nou naar de glinsterende juwelen keek of naar de blanke huid daaronder, maar toch bloosde ze.

'Op jou, Anna,' zei Herr Bayer.

'Ja, op Frøken Landvik.' Ook Jens hief zijn glas.

'Ga nu maar met Frøken Olsdatter in de keuken zitten, tot ik je kom halen.'

'Ja, Herr Bayer.'

'Succes, liefste,' fluisterde Jens toen Anna de kamer uit liep.

Of het nou door de wijn kwam of doordat Jens Halvorsen de

Slechte haar zo goed begeleidde op de viool, nadat Anna de laatste noot had laten horen in de verder muisstille kamer, wist zelfs zij dat dit een van haar beste optredens tot nu toe was geweest.

Na een daverend applaus dromden de gasten, onder wie Johan Hennum, om haar heen om haar te feliciteren en te zeggen dat ze ook prima zou kunnen optreden in de Freemasons' Hall en de Assembly Rooms. Herr Bayer stond naast haar, bezitterig glunderend, en Jens hield zich op de achtergrond. Pas toen Herr Bayer eindelijk van haar zijde week, greep Jens zijn kans om haar aan te spreken.

'Frøken Landvik, mag ik u feliciteren met uw optreden van vanavond.'

'Dank u, Herr Halvorsen.'

'En alsjeblieft, Anna, ik smeek je,' voegde hij er zachtjes aan toe. 'Ik ben een gekweld man sinds ik je voor het laatst gezien heb. Ik moet steeds aan je denken, ik droom over je... Zie je dan niet dat het lot ons weer bij elkaar heeft gebracht?'

Het geluid van haar voornaam op zijn lippen was zo intiem dat Anna neutraal over zijn schouder bleef kijken, in de wetenschap dat ze verloren zou zijn als ze hem in de ogen keek. Zijn woorden gaven namelijk precies weer hoe zij zich voelde.

'Kunnen we alsjeblieft iets afspreken? Waar dan ook, wanneer dan ook... Ik...'

'Herr Halvorsen,' zei Anna, 'binnenkort ga ik terug naar Heddal voor de bruiloft van mijn broer.'

'Laten we dan iets afspreken voor als je terug bent in Christiania. Anna, ik...' Op dat moment zag Jens dat Herr Bayer er weer aan kwam en maakte hij een formele buiging voor Anna. 'Het was me vanavond een waar genoegen, Frøken Landvik.' Toen hij haar aankeek, zag ze een vleugje wanhoop in zijn ogen flikkeren.

'Was ze niet geweldig?' Herr Bayer sloeg Jens amicaal op zijn schouder. 'Die soepele modulaties van de middenstem naar de kopstem, en dat prachtige vibrato... Zo goed heb ik haar nog nooit horen zingen!'

'Inderdaad, Frøken Landvik heeft het vanavond prachtig gedaan. Alleen moet ik nu helaas gaan,' zei Jens. Verwachtingsvol keek hij Herr Bayer aan.

'Natuurlijk, natuurlijk. Neem me niet kwalijk, lieve Anna, maar ik moet nog afrekenen met onze jonge violist.'

Toen Anna zich een uur later eindelijk kon terugtrekken in haar slaapkamer, voelde ze zich duizelig en onbezonnen. Misschien kwam het door de euforie na het optreden van vanavond, of door het tweede glas wijn dat ze tegen beter weten in had aangenomen, maar terwijl Frøken Olsdatter haar uit haar jurk hielp, wist ze diep vanbinnen ook wel dat het door Jens Halvorsen kwam. Het was een opwindende gedachte dat hij nog steeds verliefd op haar was. En ze moest met tegenzin toegeven dat ze ook verliefd was op hem...

Stalsberg Våningshuset
Tindevegen
Heddal

30 juni 1876

Kjære Anna,

Ik schrijf je omdat ik verdrietig nieuws heb. Afgelopen dinsdag is mijn vader overleden. Gelukkig is hij rustig heengegaan. En misschien is het maar beter zo, want zoals je weet had hij veel pijn. De begrafenis zal al achter de rug zijn wanneer je deze brief ontvangt, maar ik vond toch dat ik je op de hoogte moest brengen.
Van je vader moet ik doorgeven dat de gerstoogst er goed uitziet en dat zijn grote angst ongegrond is gebleken. Anna, als je hier bent voor de bruiloft van je broer, hebben we veel te bespreken over de toekomst. Ondanks het verdrietige nieuws ben ik blij dat ik je binnenkort weer zie.
Tot dan.

Kjærlig hilsen,
Lars

Nadat Anna de brief had gelezen, liet ze zich achterover zakken in de kussens met het gevoel dat ze geen haar beter was dan Jens

Halvorsen de Slechte. Sinds ze hem op de soiree weer had gezien, had ze nergens anders aan kunnen denken. Zelfs toen Herr Bayer haar opgetogen had ingelicht over de verdere recitals die hij voor haar geboekt had, kon ze zichzelf er niet toe zetten om enthousiast te reageren.

Gisteravond had hij haar gevraagd om vanochtend om elf uur naar de salon te komen. Gepast gekleed maar somber liep ze door de hal. Toen ze de kamer in kwam, zag ze dat haar mentor al door het dolle heen was.

'Anna! Kom snel binnen, ik heb geweldig nieuws. Vanochtend had ik een afspraak met Johan Hennum en Ludvig Josephson. Zoals je vast nog wel weet, was Herr Hennum op je soiree, en hij heeft me verteld dat het theater *Peer Gynt* door de populariteit van het stuk wil opnemen in het herfstprogramma. Ze stelden voor dat jij de rol van Solveig weer zou spelen.'

Anna keek hem aan met een mengeling van verbazing en wanhoop. 'Bedoelt u dat ik weer naast het podium mag staan en de liedjes mag zingen, terwijl Madame Hansson doet alsof zij zelf zingt?'

'Anna, kom nou toch! Denk je echt dat ik daarmee akkoord zou gaan? Nee, lieve jongedame, ze willen dat jij de rol helemaal op je neemt. Madame Hansson is momenteel niet beschikbaar en aangezien jij nu in de muzikale kringen van Christiania bekendstaat als de talentvolle eigenares van de spookstem, willen ze jou graag op het podium hebben. Het mooiste is nog wel dat Herr Grieg heeft aangekondigd dat hij eindelijk naar Christiania komt om het stuk te bekijken. Zowel Johan als Ludvig is van mening dat zijn liedjes niet beter vertolkt kunnen worden dan door jou. Daarom willen ze graag dat je aanstaande donderdag auditie komt doen, zodat ze kunnen bepalen of je over voldoende acteertalent beschikt. Herinner je je nog iets van de teksten die Solveig in het toneelstuk heeft?'

'Ja, Herr Bayer. Veel ervan kan ik woord voor woord opzeggen,' antwoordde Anna met een lichte tinteling langs haar ruggengraat. Was het echt mogelijk dat ze haar in de hoofdrol wilden? En zou Jens Halvorsen Die Toch Niet Zo Slecht Was weer in het orkest spelen?

'Uitstekend! Dan laten we de toonladders vandaag even voor wat ze zijn, evenals de nieuwe aria die ik je had willen aanleren, en gaan we samen de tekst van *Peer Gynt* doornemen.' Hij pakte een kopie van het script van zijn bureau en sloeg het open. 'Ga toch zitten. Zoals je weet is het een lang stuk, maar we gaan ons best doen. Klaar?'

'Ja, Herr Bayer,' zei Anna, waarna ze zich de tekst zo goed mogelijk voor de geest probeerde te halen.

'Zo, zo!' Na een uur keek Herr Bayer haar bewonderend aan. 'Kennelijk heb je niet alleen een mooie stem, maar ook het talent om een personage goed neer te zetten.' Hij pakte haar hand en drukte er een kus op. 'Lieve jongedame, je blijft me verbazen.'

'Dank u.'

'Niet nerveus zijn voor de auditie, Anna. Doe gewoon wat je vandaag ook hebt gedaan, dan is die rol voor jou. Kom, dan gaan we samen lunchen.'

Donderdagmiddag, stipt om twee uur, trof Anna Herr Josephson op het podium in het theater en gingen ze samen zitten om het script door te nemen. Tijdens de eerste paar zinnen hoorde ze een lichte trilling in haar eigen stem, maar naarmate ze verder ging, werd ze steeds zelfverzekerder. Ze deed de scène waarin Solveig Peer voor het eerst ontmoet op een bruiloft, en de slotscène waarin hij terugkomt van zijn wereldreizen en Solveig hem vergeeft.

'Uitstekend, Frøken Landvik!' zei Herr Josephson goedkeurend toen Anna opkeek. 'Ik heb genoeg gehoord. Ik moet toegeven dat ik mijn twijfels had toen Herr Hennum met dit idee kwam, maar u heeft het echt goed gedaan voor een eerste tekstlezing. Er moet nog wel iets gedaan worden aan de kracht van uw stem en uw uitdrukkingsvermogen, maar ik vind ook dat u het komende seizoen de rol van Solveig moet spelen.'

'Anna! Wat een geweldig nieuws!' Herr Bayer, die vanuit de zaal ingespannen had geluisterd, liep het podium op.

'In augustus beginnen de repetities voor de première in september. Ik hoop dat u dan geen plannen hebt om de bergen in te gaan?'

'Wees gerust, Anna zal er zijn,' antwoordde Herr Bayer in haar plaats. 'Nu moet er nog over geld gepraat worden. We moeten een gage voor Frøken Landvik afspreken, want ze gaat een prominente rol vertolken.'

Tien minuten later zaten ze weer in het rijtuig en stelde Herr Bayer voor om naar het Grand Hotel te gaan voor een high tea, om Anna's succes te vieren.

'En naast alle andere voordelen zit het er dik in dat Herr Grieg in de herfst naar je optreden komt kijken. Denk daar eens over na, lieve jongedame! Als hij enthousiast over je is, krijg je misschien wel de kans om op te treden in theaters of concertzalen in het buitenland...'

Anna's gedachten dwaalden af. Ze stelde zich voor dat Jens Halvorsen in de orkestbak zat en naar haar opkeek, terwijl zij de liefdesverklaring van Solveig overbracht.

'Vanavond ga ik je ouders schrijven om het geweldige nieuws te vertellen en om hen te smeken om mij en Christiania nog een paar maanden het genoegen te gunnen om in jouw gezelschap te verkeren, terwijl jij in *Peer Gynt* speelt. In juli ga je naar huis voor de bruiloft van je broer en in augustus ben je weer terug,' zei Herr Bayer die avond tijdens het eten. 'Zelf ga ik ook weg uit Christiania, want zoals ieder jaar ga ik naar het vakantiehuis van mijn familie in Drøbak, met mijn zuster en mijn arme zieke moeder.'

'Dus ik heb niet genoeg tijd om de bergen in te gaan?' Anna wist dat ze drammerig klonk, maar ze wilde met eigen ogen zien of Rosa nog leefde.

'Anna, er komen nog zoveel zomers waarin je thuis voor de koeien kunt zingen, maar de kans om de hoofdrol in *Peer Gynt* te vertolken in het Christiania Theater krijg je nooit meer. Natuurlijk zorg ik dat ik er ook weer ben als de repetities van start gaan.'

'Frøken Olsdatter kan vast ook wel voor me zorgen als u niet op tijd terug kunt zijn. Ik wil u niet tot last zijn,' reageerde Anna beleefd.

'Zit daar maar niet over in, lieve jongedame. Ik vind het juist prettig om me over je te ontfermen.'

Die avond was Anna opgelucht dat ze weer naar haar kamer kon.

Hoewel ze het een mooie eigenschap van Herr Bayer vond dat hij altijd zo uitbundig was, was het erg vermoeiend om daar dag in, dag uit mee geconfronteerd te worden. Lars was tenminste rustig, dacht ze terwijl ze knielde om te bidden. Omdat ze hem binnenkort weer onder ogen zou moeten komen, dwong ze zichzelf om aan zijn positieve kanten te denken. Maar zelfs terwijl ze met Jezus over Lars praatte, dwaalden haar gedachten af naar Jens Halvorsen.

'Lieve Heer, vergeeft U mijn hart alstublieft, want volgens mij ben ik verliefd geworden op de verkeerde man. Help me te houden van de man die voor mij bestemd is. En o ja...' Dat laatste voegde ze eraan toe voordat ze opstond, omdat ze iets minder egoïstisch wilde klinken. '... mag Rosa nog één zomer blijven leven?'

21

Op het moment dat Anna een week later naar Heddal vertrok, sjouwde Jens zijn dierbaarste bezittingen door het centrum van Christiania. Hij was uitgeput door de nachtmerrie die hij de afgelopen uren had moeten doorstaan.

Die ochtend aan de ontbijttafel had hij trots zijn rug gerecht, met zijn brood en beleg onaangeroerd voor zich. Daarna had hij diep ademgehaald en hardop gezegd wat hem van het hart moest.

'Ik heb mijn best gedaan om aan uw verwachtingen te voldoen, far, maar mijn toekomst ligt simpelweg niet in het brouwersvak. Ik wil beroepsmuzikant worden en op een dag, hoop ik, componist. Het spijt me, maar ik kan mezelf niet veranderen.'

Jonas bleef onverstoorbaar zout op zijn eieren strooien en voordat hij antwoord gaf, nam hij een hap. 'Het zij zo. Je hebt je besluit genomen. Zoals ik al eerder tegen je heb gezegd, hoef je niet meer op je toelage te rekenen en schrap ik je uit mijn testament. Vanaf dit moment ben je mijn zoon niet meer. Ik kan het gewoon niet aanzien wat je weggooit en hoe je me verraadt. Daarom ga ik ervan uit dat je, zoals afgesproken, dit huis zult verlaten voordat ik vanavond terugkom van kantoor.'

Hoewel Jens zich al schrap had gezet voor de reactie van zijn vader, had dit hem toch overvallen. Over de tafel heen had hij naar het geschokte gezicht van zijn moeder gekeken.

'Maar Jonas, kjære, over een paar dagen wordt Jens eenentwintig en zoals je weet hebben we een etentje voor hem georganiseerd. Je kunt hem toch wel een paar dagen respijt gunnen om zijn verjaardag te vieren met zijn ouders en zijn vrienden?'

'Ik geloof niet dat we gezien de omstandigheden zin zullen hebben in een feestje. En mocht je denken dat ik over een tijdje wel bijdraai, dan vergis je je.' Jonas vouwde zijn krant twee keer dubbel, zoals altijd. 'Nu moet ik naar de brouwerij. Een prettige dag nog.'

Het ergste was nog dat hij zijn moeder in tranen had zien uitbarsten zodra de voordeur achter zijn vader was dichtgeslagen. Hij had haar zo goed en zo kwaad als het ging getroost. 'Ik heb far teleurgesteld. Misschien moet ik me toch maar bedenken en...'

'Nee, nee... Je moet je hart volgen. Had ik dat maar gedaan op jouw leeftijd. Vergeef me, Jens, misschien heb ik mezelf voor de gek gehouden. Ik dacht echt dat je vader wel van gedachten zou veranderen als het eenmaal zover was.'

'Ik niet, dus ik was hierop voorbereid. Laat ik nu maar doen wat hij wil en het huis verlaten. Neem me niet kwalijk, mor, ik moet mijn spullen pakken.'

'Misschien had ik je niet moeten aanmoedigen,' zei Margarete handenwringend. 'Ik ben tegen zijn plannen voor jou ingegaan, terwijl ik me erbij neer had moeten leggen dat hij toch zou winnen.'

'Maar hij heeft niet gewonnen, mor. Ik doe dit uit vrije wil. En ik kan u niet vertellen hoe dankbaar ik u ben omdat u me hebt laten kennismaken met muziek. Zonder muziek zou ik een ellendige toekomst tegemoet gaan.'

Een uur later kwam Jens beneden in de hal aan, met twee koffers vol met alle bezittingen die hij kon dragen.

Bij de deur van de salon kwam zijn moeder hem met een betraand gezicht tegemoet. 'O, zoon van me,' huilde ze op zijn schouder. 'Misschien krijgt je vader ooit wel spijt van wat hij heeft gedaan en vraagt hij je weer naar huis te komen.'

'Volgens mij weten we allebei dat dat niet zal gebeuren.'

'Waar ga je naartoe?'

'Ik heb vrienden in het orkest, daar zit er vast wel eentje tussen die me tijdelijk een dak boven mijn hoofd kan bieden. Om jou maak ik me meer zorgen, mor. Ik wil je niet alleen met hem laten.'

'Maak je om mij maar niet druk, kjære. Beloof je dat je me zult schrijven om te laten weten waar je bent?'

'Natuurlijk.'

Op dat moment drukte zijn moeder een klein pakketje in zijn handen. 'Ik heb de diamanten halsketting en oorbellen verkocht die je vader me op mijn veertigste verjaardag heeft gegeven, voor het geval dat hij zijn dreigement zou uitvoeren. De opbrengst zit hierin. Ik heb ook de gouden trouwring van mijn moeder bijgesloten, zodat je die kunt verkopen, mocht het nodig zijn.'

'Mor...'

'Stil maar, die sieraden waren van mij en als hij vraagt waar ze gebleven zijn, vertel ik hem de waarheid. Hier zit genoeg in voor een jaar collegegeld en kost en inwoning in Leipzig. Jens, zweer dat je dit geld niet over de balk zult smijten, zoals je in het verleden zo vaak hebt gedaan.'

'Mor.' Door de emoties kon Jens amper een woord uitbrengen. 'Dat beloof ik.' Voordat hij finaal kon instorten, sloeg hij zijn armen om haar heen en gaf haar een afscheidskus.

'Ik hoop dat ik op een dag in het Christiania Theater kan komen kijken als jij een van je eigen composities aan het orkest dirigeert,' zei ze met een verdrietig glimlachje.

'Mor, ik beloof dat ik er alles aan zal doen om dat waar te maken.'

Met die woorden had hij zijn ouderlijk huis voor de laatste keer verlaten, tegelijkertijd beduusd en door het dolle heen over zijn beslissing en in het volste besef dat hij, ondanks zijn geruststellende woorden tegen zijn moeder, niet echt een plan achter de hand had voor als het helemaal mis zou gaan. Dat was dus gebeurd, en Jens ging regelrecht naar Engebret, in de hoop dat hij daar een muzikant tegen zou komen die hij kende en die hem een nacht in huis wilde nemen. Simen was inderdaad zo vriendelijk geweest om zijn adres op te schrijven en te zeggen dat hij hem daar later zou zien.

Na een paar biertjes om zijn leed te verzachten liep hij nu naar een deel van de stad waar hij nog nooit was geweest. In zijn keurige maatpak viel hij nogal uit de toon. Zijn armen deden pijn van het dragen van de twee zware koffers en hij liep zo snel mogelijk, zonder oogcontact te maken met andere mensen op straat.

Hij was nog nooit zo ver buiten de stadsgrenzen geweest en zag dat hier het verbod op houten huizen, wegens brandgevaar, kennelijk nog niet ingevoerd was. Hoe verder hij liep, hoe aftandser de gebouwen werden. Uiteindelijk bleef hij staan voor een oud huis met een houten balkstructuur en keek of dit inderdaad het adres was dat Simen hem in Engebret had gegeven. Toen hij aanklopte, hoorde hij binnen iemand kreunen en spugen.

De deur ging open en daar was Simen, zoals gewoonlijk halfdronken, en hij glimlachte. 'Kom toch binnen, jongen. Welkom in mijn nederige stulpje. Het stelt niet veel voor, maar hier woon ik dan.'

Binnen rook het in de bedompte voorkamer naar bedorven eten en de tabak die Simen altijd in zijn pijp rookte. Jens zag dat elke centimeter van de ruimte was gevuld met muziekinstrumenten. Twee cello's, een altviool, een piano, talloze violen...

'Bedankt hiervoor, Simen. Ik ben heel blij dat ik bij jou terecht-kan.'

Simen wuifde het weg. 'Ach, dat stelt niks voor. Een jongeman die alles wil opgeven voor zijn liefde voor muziek verdient alle hulp die ik hem kan geven. Ik ben trots op je, Jens. Echt waar. Kom maar mee naar boven, dan zetten we je spullen neer.'

'Je hebt een indrukwekkende verzameling,' zei Jens terwijl hij voorzichtig een weg zocht tussen alle instrumenten en de smalle houten trap beklom.

'Ik kan het gewoonweg niet laten om ze te kopen. Een van die cello's is al honderd jaar oud,' legde Simen uit, onder luid gekraak door de koffers die Jens de trap op zeulde.

Ze kwamen uit in een kamer met een paar aftandse stoelen en een stoffige tafel, bedekt met de resten van een paar dagen aan eten en drinken.

'Ik heb ergens een strozak waarop je kunt slapen. Vast niet wat je gewend bent, maar beter dan niks. Zo, vriend, zullen we een aquavit nemen op je onafhankelijkheid?' Simen pakte een fles en een vuil glas van de tafel. Hij snuffelde eraan en schudde een paar achtergebleven druppels op de vloer.

'Dank je.' Jens nam het smerige glas aan. Als dit dan toch zijn nieuwe levensstijl zou worden, kon hij die maar beter omarmen. Die avond werd hij stomdronken en de volgende dag werd hij wakker met een vreselijke kater en zere botten door de harde strozak. Met een schok drong het tot hem door dat Dora hem niet zou komen troosten met een kop koffie. Paniekerig dacht hij aan het pakketje met geld dat hij van zijn moeder had gekregen en reikte naar zijn jas om in de zak te tasten waar hij het voor vertrek in had gestopt. Het pakketje zat er nog keurig in en toen hij het openmaakte, zag hij de ring en inderdaad genoeg geld om het een jaar te kunnen uitzingen in Leipzig. Of om de komende nachten een comfortabel bed in een hotel op te zoeken...

Nee, riep Jens zichzelf tot de orde. Hij had zijn moeder een belofte gedaan en zou haar niet teleurstellen door het geld over de balk te smijten.

Anna zat in de trein voor de eerste etappe van haar reis naar huis. Het was al donker toen ze aankwam op het station in Drammen en zodra ze uitstapte, zag ze dat haar vader op het perron op haar stond te wachten.

'Far! O far, wat ben ik blij om u te zien!' Tot Anders' verbazing sloeg ze haar armen om zijn nek. In hun familie liepen ze normaal gesproken niet met hun emoties te koop.

'Rustig maar, Anna. Je zult wel moe zijn na die lange reis. Kom, dan gaan we naar ons pension. Vannacht kun je lekker slapen, en morgen reizen we verder naar Heddal.'

De volgende ochtend, opgefrist na een nacht slapen, stapte Anna op de kar en gaf Anders het paard het teken om te gaan lopen. 'Bij daglicht zie je er op een of andere manier anders uit. Volgens mij ben je een vrouw geworden, dochter. Je bent beeldschoon.'

'O far, dat zal heus wel meevallen.'

'Iedereen verheugt zich op je komst. Je moeder bereidt vanavond een speciale maaltijd voor je, en Lars komt ook eten. Herr Bayer heeft ons geschreven over je succes in het Christiania Theater. Volgens hem is Solveig de hoofdrol van het stuk.'

'Dat klopt. Maar vindt u het niet erg als ik langer in Christiania blijf, far?'

'Ik heb weinig te klagen na alles wat Herr Bayer voor je heeft gedaan,' reageerde Anders nuchter. 'Volgens hem zul je beroemd worden en is je stem nu al het gesprek van de dag in de stad. We zijn trots op je.'

'Volgens mij overdrijft hij het een beetje, far,' zei Anna blozend.

‘Dat betwijfel ik. Natuurlijk moet je dit wel met Lars bespreken, Anna. Hij is niet blij dat jullie bruiloft weer op de lange baan wordt geschoven, maar we hopen dat hij genoeg om je geeft om er begrip voor op te brengen.’

Bij het horen van de naam van Lars voelde Anna dat haar maag zich samenkneep. Vastbesloten om haar eerste dag thuis hier niet door te laten bederven, deed ze haar best om de gedachte aan hem uit haar hoofd te zetten.

Terwijl ze Drammen uit reden, het weidse platteland op, in de stralende zon, deed Anna haar ogen dicht en besefte dat ze niets anders hoorde dan het geklepper van de hoeven van het paard en de vogels die in de bomen aan het zingen waren. Ze snoof de frisse, zuivere lucht op als een gekooid dier dat plotsklaps was vrijgelaten en besloot misschien nooit meer terug te keren naar Christiania.

Anders vertelde haar dat Rosa de koe alweer een winter had doorstaan, waardoor Anna werd gesterkt in haar vertrouwen dat haar gebeden werden verhoord. Daarna begon hij over de plannen voor de bruiloft van Knut en de obsessieve manier waarop haar moeder de laatste dagen aan het koken en bakken was.

‘Sigrid is een lieve meid en ik weet zeker dat ze een goede vrouw zal zijn voor Knut,’ merkte Anders op. ‘Bovendien mag je moeder haar graag, wat goed van pas komt omdat het gelukkige paar bij ons in huis komt wonen. Als jij eenmaal met Lars getrouwd bent, trek je bij hem in de boerderij in. En we denken erover om volgend jaar nog een hofstede te bouwen.’

Toen ze aan het eind van de middag aankwamen bij de boerderij, stroomde iedereen naar buiten om haar te begroeten. Zelfs de oude kat, Gerdy, rende zo snel ze kon op haar drie pootjes naar buiten, en Viva de hond kwam onbesuisd achter haar aan en sprong verheugd tegen Anna op.

Haar moeder omhelsde haar stevig. ‘Ik kon de hele dag al niet wachten om je te zien. Hoe was de reis? Lieve help, wat ben je mager geworden! Je haar is te lang, dat kan wel een goede knipbeurt gebruiken...’

Op weg naar binnen hoorde Anna het aanhoudende geklets van haar moeder rustig aan. De troostende geur van rook, het talkpoeder van haar moeder en vochtige hond drong in haar neusgaten zodra ze werd meegetrokken naar de keuken.

'Zet Anna's valies maar in haar kamer,' riep Berit naar Knut, terwijl ze de ketel op de kachel zette om koffie te maken. 'Hopelijk vind je het niet erg, Anna, maar we hebben je spullen naar Knuts slaapkamer verhuisd. Daar paste het tweepersoonsbed niet in waar Knut en Sigrid na de bruiloft in gaan slapen. Je vader heeft het stapelbed weggehaald en ik vind het best gezellig geworden met maar één eenpersoonsbed. Morgen tijdens het avondeten kun je je nieuwe zusje voor het eerst ontmoeten. O Anna, je zult vast en zeker dol op haar zijn. Ze is zo lief en ze kan uitstekend naaien. En ze kan koken, wat enorm veel zal schelen, want afgelopen winter heb ik aldoor last gehad van mijn reuma.'

Het uur daarna hoorde Anna aan hoe lyrisch haar moeder over Sigrid was. Hoewel ze een beetje gepikeerd was omdat ze zonder pardon uit haar eigen slaapkamer was verbannen, deed ze haar best om zich niet overbodig te voelen vanwege haar schijnbaar perfecte schoonzus. Nadat ze haar koffie ophad, ging ze naar haar kamer om haar spullen uit te pakken voor het avondeten.

In haar nieuwe kamer zag ze dat al haar bezittingen in de manden waren opgeborgen die haar moeder normaal gesproken gebruikte om de kippen naar de markt te brengen. Ze ging op de harde matras van haar broer zitten en vroeg zich af wat er met haar eigen bed was gebeurd, dat ze sinds haar kindertijd had gehad. Gezien de manier waarop de dingen hier werden aangepakt, had haar vader het waarschijnlijk aan stukken gehakt om als kachelhout te gebruiken. Chagrijnig begon ze haar valies uit te pakken.

Ze vouwde haar huwelijkscadeau uit, een kussensloop waaraan ze urenlang had zitten borduren sinds ze had gehoord dat Knut met Sigrid verloofd was. Terwijl ze avond na avond had zitten ploeteren, in haar vingers had geprikt of draden had moeten uithalen omdat ze een verkeerde steek had gebruikt, was ze behoorlijk wanhopig geworden over haar gebrek aan huishoudelijk talent. Ze spreidde de hoes uit op het bed en staarde naar de gerafelde gaten in de jute, waar ze op een andere steek was overgegaan. Zelfs als haar kussen in de hondenmand werd gegooid door haar voorbeeldige nieuwe schoonzus, wist Anna dat ze elke steek tenminste met liefde had gemaakt. Met opgeheven hoofd liep ze haar kamer uit om zich bij haar familie te voegen voor haar welkomstdiner.

Lars arriveerde op het moment dat ze haar moeder aan het helpen was met opdienen. Met een terrine vol aardappels in haar handen keek Anna naar hem toen hij binnenkwam en Knut en haar ouders begroette. Onmiddellijk, en tot haar grote ergernis, begon ze hem te vergelijken met Jens Halvorsen de Slechte. In lichamelijk opzicht waren ze elkaars tegenpolen en waar Jens altijd het middelpunt van de belangstelling opzocht, wilde Lars daar zo ver mogelijk uit de buurt blijven.

'In hemelsnaam, Anna. Zet die aardappels neer en ga Lars eens begroeten,' spoorde haar moeder haar aan.

Anna zette de terrine op tafel en veegde haar handen af aan haar schort terwijl ze naar hem toe liep.

'Hallo, Anna,' zei hij zacht. 'Hoe gaat het met je?'

'Goed, dank je.'

'Heb je een goede reis gehad?'

'Heel goed, dank je.' Ze voelde zijn gêne toen hij haar aanstaarde, niet wetend wat hij verder nog moest zeggen.

'Je ziet er... gezond uit,' wist hij uit te brengen.

'Meen je dat nou?' bemoeide Berit zich ermee. 'Ik vind haar veel te mager. Dat komt door al die vis die ze in de stad eten. Daar zit geen vet aan.'

'Anna is altijd al tenger geweest. Zo heeft God haar gemaakt.' Lars glimlachte bemoedigend naar haar.

'Ik vind het heel erg dat je vader is overleden.'

'Bedankt dat je dat zegt.'

'Zullen we gaan zitten, Berit? Het was een lange reis en je man heeft honger,' merkte Anders op.

Onder het eten beantwoordde Anna eindeloos veel vragen over haar leven in Christiania. Daarna kwam het gesprek op de bruiloft van Knut en de voorbereidingen die daaraan voorafgingen.

'Je zult wel doodop zijn van die lange reis, Anna,' zei Lars.

'Eerlijk gezegd wel, ja.'

'Nou, hup naar bed, dan,' kwam Berit tussenbeide. 'De komende dagen hebben we een hoop te doen en geen tijd om te slapen.'

Anna stond op. 'Welterusten dan maar.'

Terwijl ze door de keuken richting haar kamer liep, bleef Lars haar volgen met zijn blik. Pas toen ze zich al half had uitgekleed, bedacht ze dat er geen badkamer in het huis van haar ouders was. Dus trok ze haar kleren weer aan en liep naar buiten om naar het bijgebouwtje te gaan en haar behoefte te doen. Eenmaal in bed kon ze maar moeilijk een comfortabele houding vinden. Het met paardenhaar gevulde kussen voelde keihard aan in vergelijking met het zachte ganzendons waarop ze in het appartement van Herr Bayer sliep, het bed leek smal en de matras zat vol bulten. Zonder het zelf te beseffen was ze kennelijk heel veel dingen voor lief gaan nemen. In Christiania hoefde ze geen huishoudelijke taken te verrichten en had ze een huishoudster die haar op haar wenken bediende.

Anna, sprak ze zichzelf bestraffend toe, je wordt echt een verwend nest. Met die gedachte viel ze pardoes in slaap.

De week voor de bruiloft ging voorbij in een roes van koken, schoonmaken, inkopen doen en sjouwen, omdat iedereen nog de laatste voorbereidingen moest treffen.

Hoewel Anna graag een hekel aan haar schoonzus had willen hebben omdat ze zo goed was in huishoudelijke taken, bleek Sigrid precies zo te zijn als haar moeder al gezegd had. Ze was zeker geen schoonheid, maar had een rustig karakter dat tegenwicht bood aan de hysterie van Berit naarmate de grote dag dichterbij kwam. Op haar beurt was Sigrid onder de indruk van het luxeleven dat Anna in Christiania leidde, behandelde ze haar met respect en legde ze zich zonder morren bij Anna's mening neer.

Een dag voor de bruiloft arriveerde Anna's oudere broer Nils met zijn vrouw en twee kinderen. Anna had hen al meer dan een jaar niet gezien en vond het heerlijk om haar kleine neefjes te leren kennen.

Ondanks haar blijdschap omdat de hele familie weer bij elkaar was, liet één ding haar maar niet los: iedereen leek ervan uit te gaan dat ze na de laatste voorstelling van *Peer Gynt* terug zou komen uit Christiania en haar intrek zou nemen in de bouwvallige hofstede van de familie Trulssen, als de echtgenote van Lars. En dat ze niet alleen een kamer, maar ook het bed met hem zou delen.

De gedachte alleen al maakte Anna misselijk en zorgde ervoor dat ze 's nachts niet goed sliep.

Op de ochtend van de bruiloft hielp Anna Sigrid in haar bruidskleding. Die bestond uit een dieprode rok en een witte lange blouse met daaroverheen een zwarte bolero, versierd met zware stukken goudkleurig metaal. Ze bekeek het prachtige borduurwerk op het crèmekleurige schort dat aan de voorzijde over de rok heen hing.

'Wat zijn die rozen schitterend geborduurd. Dat zou ik nooit voor elkaar krijgen, Sigrid. Jij bent zo handig.'

'Anna, daar heb jij gewoon geen tijd voor, met jouw drukke leven in de stad. Het heeft me heel wat maanden gekost om mijn linnengoed te naaien,' reageerde Sigrid. 'Trouwens, ik kan niet zo goed zingen als jij. Je gaat vanavond toch wel zingen op het feest?'

'Ja, als je dat wilt. En laten we het er maar op houden dat dat meteen mijn cadeau is aan jou en Knut. Ik heb iets voor jullie geborduurd, maar dat ziet er niet uit,' gaf ze toe.

'Dat doet er niet toe, zusje. Ik weet dat het met liefde gemaakt is, daar gaat het om. Wil je me nu helpen de kroon vast te zetten?'

Anna haalde de zware vergulde bruidskroon uit de doos. Die werd al tachtig jaar bewaard in de kerk en alle echtgenotes in het dorp waren getrouwd met die kroon op hun hoofd. Ze zette hem op Sigrids blonde haar. 'Zo, nu ben je een echte bruid,' zei ze terwijl Sigrid zichzelf in de spiegel bekeek.

Op dat moment stak Berit haar hoofd door de deuropening. 'Tijd om te gaan, kjære. Je ziet er prachtig uit.'

Sigrid legde haar hand op die van Anna. 'Bedankt voor je hulp, zusje. Hierna ben jij aan de beurt, als je met Lars gaat trouwen.'

Terwijl ze achter Sigrid aan naar de kar liep, die was behangen met verse bloemen uit de weilanden, kon Anna een huivering bij dat vooruitzicht niet onderdrukken.

In de kerk keek ze naar haar broer, die voor het altaar stond met Sigrid en dominee Erslev. Het was een gek idee dat Knut nu aan het hoofd van een gezin stond en binnenkort zelf roodharige kindertjes zou hebben. Stiekem wierp ze een blik op Lars, die aandachtig zat te luisteren en voor de verandering eens niet naar haar keek.

Na de ceremonie gingen er ruim honderd mensen achter de kar van de bruid en bruidegom aan naar het huis van de familie Landvik. De afgelopen weken had Berit elke dag gebeden om goed weer, aangezien er binnen niet genoeg plaats was voor iedereen. Haar gebeden waren verhoord en al snel stonden de houten tafels in de aangrenzende weide vol met eten, waarvan een groot deel door de gasten zelf was meegebracht. Schotels met gezouten en gekruid varkensvlees, rundvlees dat langzaam was gegaard aan een spit, en natuurlijk werd haring gebruikt om de magen te vullen en om een bodem te leggen voor het zelfgebrouwen bier en de aquavit die rijkelijk vloeiden.

Veel later, toen het al begon te schemeren, werden er lantaarns aangestoken en opgehangen aan houten palen om een vierkant af te bakenen waar er gedanst kon worden. De muzikanten zetten de vrolijke melodie van de *hallingkast* in en iedereen juichte en maakte in het midden een cirkel vrij. Een jonge vrouw liep naar het middelpunt, hield een hoed op een stok in de lucht voor zich uit, en daagde de mannen uit om de hoed eraf te schoppen. Anna's broers stootten elkaar aan en gingen als eersten de cirkel in om om het meisje heen te dansen en te springen, aangespoord door de joelende mensenmassa om hen heen.

Buiten adem van het lachen draaide Anna zich om en zag Lars somber in zijn eentje aan een tafel zitten.

'Anna, ga je nog wel voor ons zingen?' vroeg Sigrid, die naast haar opdook.

'Ja,' drong Knut hijgend aan. 'Dat moet je doen.'

'Zing "Solveigs lied"!' riep iemand in de menigte. Daarop klonken er instemmende kreten.

Anna liep naar het midden van de dansvloer, concentreerde zich en begon te zingen. Terwijl ze dat deed, gingen haar gedachten als vanzelf terug naar Christiania, naar de jonge muzikant die zo betoverd was door haar stem dat hij nog steeds probeerde haar het hof te maken...

'En we zullen elkaar weerzien, liefste, en nooit gescheiden worden. En nooit gescheiden worden...'

Er stonden tranen in haar ogen toen de laatste noot wegstierf. Het publiek was stil, totdat iemand begon te klappen en de rest dat voorbeeld volgde, tot er gejuich over het hele weiland klonk.

'Zing nog eens iets anders, Anna!'

'Ja! Een van ónze liedjes.'

Het half uur daarna, begeleid door haar vader op de viool, had ze geen tijd meer om stil te staan bij haar eigen gevoelens, want ze werkte het hele repertoire af van de volksliedjes die iedereen in het publiek uit zijn hoofd kende. Daarna was het tijd voor de bruid en bruidegom om zich terug te trekken voor de nacht. Onder goedmoedig gejoel en gefluit verdwenen Knut en Sigrid in het huis en begonnen er ook al wat gasten te vertrekken.

Terwijl Anna hielp met opruimen, voelde ze zich uitgeput en uit haar doen. Werktuiglijk droeg ze borden en schalen naar de tobbe die speciaal daarvoor gevuld was met water uit de bron.

'Je ziet er moe uit, Anna.'

Toen ze de lichte aanraking van een hand op haar schouder voelde, draaide ze zich om en zag Lars achter haar staan. 'Het gaat wel, hoor,' zei ze met een zwak glimlachje.

'Vond je het een mooie bruiloft?'

'Ja, alles is heel goed verlopen. Sigrid en Knut zullen wel heel gelukkig worden, samen.'

Terwijl ze zich weer omdraaide om verder te gaan met haar werk, voelde ze zijn hand van haar schouder glijden. Uit haar ooghoeken zag ze dat hij met gebogen hoofd bleef staan en zijn handen in zijn zakken stopte.

'Anna, ik heb je gemist,' zei hij zo zacht dat ze het amper kon horen. 'Heb jij... Heb jij mij eigenlijk wel gemist?'

Ze verstijfde, het ingezeepte bord glipte uit haar vingers. 'Natuurlijk heb ik iedereen hier gemist, maar ik heb het heel druk gehad in Christiania.'

'Met al je nieuwe vrienden, zeker,' zei hij mat.

'Ja, met Frøken Olsdatter en de kinderen in het theater,' antwoordde ze snel, terwijl ze bleef afwassen maar stiekem hoopte dat hij weg zou gaan.

Hij bleef nog een paar tellen onzeker ronddrentelen en ze voelde dat hij naar haar keek. 'Het is voor iedereen een lange dag geweest,' zei hij uiteindelijk. 'Ik moet ervandoor... Maar Anna, eerst wil ik je iets vragen, omdat ik weet dat je morgen weer naar Christiania moet. En ik wil dat je eerlijk antwoord geeft. Dat is het beste voor ons allebei.'

Anna hoorde de serieuze ondertoon in zijn stem en haar maag draaide zich om. 'Natuurlijk, Lars.'

'Wil je... Wil je nog steeds met me trouwen? Nu er zoveel veranderd is in je leven en er waarschijnlijk nog wel meer zal veranderen, begrijp ik het helemaal als dat niet meer zo is.'

'Ik...' Ze boog zich over de vaat, kneep haar ogen dicht en wenste dat dit moment voorbij was. 'Ik denk van wel.'

'Toch denk ik van niet. Asjeblieft, Anna. Het is voor ons allebei beter als we weten hoe de vork in de steel zit. Ik kan alleen op je blijven wachten als er nog hoop is. Eigenlijk heb ik het idee dat je je nooit prettig hebt gevoeld bij ons voorgenomen huwelijk.'

'Maar hoe moet het dan met far en mor en de grond die je aan hen hebt verkocht?'

Hij slaakte een diepe zucht. 'Anna, daarmee heb je me alles verteld wat ik moet weten. Ik ga nu, maar ik schrijf je nog wel hoe we alles gaan regelen. Zeg maar niets tegen je ouders, ik regel alles.' Hij reikte omlaag, trok een van haar handen uit het water en drukte er een kus op. 'Dag, Anna. Ik wens je het allerbeste toe.'

Ze keek hem in het donker na en realiseerde zich dat haar verloving met Lars Trulssen al was verbroken voordat die goed en wel was begonnen.

ALLY

AUGUSTUS 2007

‘SOLVEIGS LIED’

22

Het was al na het middaguur toen ik opkeek van mijn laptop, en het gestreepte behang danste wazig voor mijn ogen voordat ik weer scherp kon stellen. Hoewel ik geen idee had wat een verhaal van meer dan honderddertig jaar geleden met mij te maken kon hebben, vond ik het fascinerend wat ik tot nu toe gelezen had. Op het Conservatoire in Genève had ik lessen gevolgd over het leven van allerlei componisten en hun meesterwerken bestudeerd, maar dit boek maakte het tijdperk heel tastbaar voor me. Bovendien was ik gefascineerd omdat Jens Halvorsen de fluitist bleek te zijn die op de première die eerste kenmerkende noten had gespeeld van een van mijn favoriete muziekstukken.

Op dat moment dacht ik aan de brief die Pa aan mij geschreven had en vroeg ik me af of hij me gewoon de ontstaansgeschiedenis van *Peer Gynt* had willen laten lezen om mijn liefde voor muziek weer aan te wakkeren. Alsof hij had geweten dat ik dat nodig zou hebben...

En ja, het spelen op Theo's uitvaart had me echt troost geboden. Zelfs de tijd die het had gekost om het stuk in te studeren, had me een paar welkome uren geboden waarin ik niet steeds aan hem hoefde te denken. Sindsdien had ik al vaker voor mijn plezier fluit gespeeld. Of liever gezegd, om mijn verdriet te verdoven.

Nu was de vraag of er nog meer achter zat en er een bloedband bestond tussen Anna, Jens en mijzelf. Een bloedband die zich als een tere zijden draad uitstrekte over honderddertig jaar...

Zou Pa Salt Jens of Anna gekend kunnen hebben toen hij nog een stuk jonger was, vroeg ik me af. Omdat Pa al in de tachtig was toen hij stierf, was dat zeker een mogelijkheid, afhankelijk van wanneer Jens en Anna zelf waren gestorven. Maar over die informatie beschikte ik irritant genoeg niet.

Mijn overpeinzingen werden onderbroken door het indringende gerinkel van de huistelefoon. Omdat ik wist dat Celia's stokoude antwoordapparaat kapot was en de telefoon dus onophoudelijk zou blijven rinkelen, liep ik de slaapkamer uit en rende naar de hal beneden om op te nemen.

'Hallo?'

'Eh, hoi, is Celia thuis?'

'Op het moment niet,' antwoordde ik toen ik de mannenstem met het Amerikaanse accent herkende. 'Je spreekt met Ally. Kan ik een boodschap aannemen?'

'O, hallo daar, Ally. Met Peter, Theo's vader. Hoe gaat het met je?'

'Goed,' antwoordde ik automatisch. 'Celia zal vanavond tegen etenstijd wel weer terug zijn.'

'Te laat voor mij, helaas. Ik wilde haar alleen even laten weten dat ik vanavond terugvlieg naar de Verenigde Staten. Voor die tijd had ik haar graag nog willen spreken.'

'Ik zal zeggen dat je gebeld hebt, Peter.'

'Graag.' Er viel een stilte. 'Ally, heb je op dit moment iets te doen?'

'Nee, niet echt.'

'Kunnen we dan iets afspreken voordat ik naar het vliegveld vertrek? Ik logeer in het Dorchester, ik zou je op een *afternoon tea* kunnen trakteren. Met de taxi is het maar een kwartiertje vanaf Celia's huis.'

'Ik...'

'Alsjeblieft?'

'Oké,' zei ik met tegenzin.

'Zullen we dan om drie uur afspreken in de Promenade? Ik moet om vier uur naar Heathrow.'

'Dan zie ik je dan, Peter.' Ik legde de hoorn neer en vroeg me af wat ik in hemelsnaam moest aantrekken naar de chique theesalon in het Dorchester Hotel.

Toen ik een uur later het hotel in liep, voelde ik me gek genoeg schuldig, alsof ik Celia verraadde. Maar Pa Salt had me altijd geleerd om niemand te veroordelen op basis van geruchten. En Peter was de vader van Theo, dus moest ik hem wel een kans geven.

'Hé daar, jongedame,' riep hij naar me, zwaaiend vanaf een tafeltje in de weelderig ingerichte ruimte met marmeren pilaren die aan de lobby grensde. Hij stond op om me te begroeten en gaf me een warme, ferme handdruk. 'Ga toch zitten. Ik wist niet zeker wat je zou willen en aangezien we nogal krap in onze tijd zitten, heb ik de hele mikmak maar alvast besteld.' Hij gebaarde naar het lage tafeltje, waarop porseleinen schalen met keurig gesneden vingersandwiches stonden, en een etagère vol met petitfourtjes en scones, samen met kleine kommetjes jam en *clotted cream*. 'Natuurlijk zijn er ook liters thee. Ik verbaas me er telkens weer over hoe dol de Engelsen daarop zijn.'

'Dank je,' zei ik, hoewel ik in de verste verte geen honger had toen ik tegenover hem plaatsnam. Meteen stapte er een ober met smetteloos witte handschoenen naar voren om me een kop thee in te schenken. Ondertussen bekeek ik Theo's vader eens goed. Hij had donkere ogen, een bleke huid met opvallend weinig rimpels voor iemand die waarschijnlijk begin zestig was, en een gespierde bouw die duidelijk zichtbaar was onder zijn nonchalant uitziende maar goed gesneden marineblauwe colbert. Aan de onnatuurlijke lichtbruine kleur zag ik dat hij zijn haar verfde en ik was er net over uit dat Theo helemaal niet op zijn vader leek toen Peter naar me glimlachte. De scheve stand van zijn mond deed me zo aan zijn zoon denken dat mijn adem stokte.

'Zo, Ally, hoe gaat het allemaal?' vroeg hij toen de ober wegglipte. 'Red je het een beetje?'

'Ik heb goede en slechte momenten, zou je kunnen zeggen. En jij?'

'Om heel eerlijk te zijn, Ally, gaat het helemaal niet zo goed. Dit is echt een harde klap voor me geweest. Ik moet steeds maar denken aan de tijd dat Theo nog een baby was, en aan wat een lief jochie hij was. Het is gewoon niet natuurlijk om als ouder je kind te moeten overleven, weet je.'

'Dat klopt,' zei ik meelevend, nieuwsgierig naar de man die zo negatief was afgeschilderd door Celia en Theo. Ik zag dat hij zijn emoties in toom probeerde te houden, maar ik kon zijn verdriet voelen. Het straalde van hem af, als een tastbare aanwezigheid.

'Hoe is Celia eronder?' vroeg hij.

'Net als wij allemaal, ontzettend verdrietig. Ze is heel lief voor me geweest.'

'Misschien helpt het om voor iemand te kunnen zorgen. Kon ik dat maar.'

'Ik wilde nog iets tegen je zeggen,' begon ik terwijl ik een sandwich met gerookte zalm pakte en er een hapje van nam. 'Celia heeft tegen me gezegd dat ze je gevraagd zou hebben om voor in de kerk te komen zitten, als ze had geweten dat je er was.'

'Echt?' Zijn gezicht klaarde een beetje op. 'Dat is heel fijn om te horen, Ally. Misschien had ik haar moeten laten weten dat ik zou komen, maar ik wist hoe verdrietig ze zou zijn en wilde haar niet nog erger van streek maken. Je zult al wel doorhebben dat ik niet bepaald bovenaan haar lijst van favoriete mensen sta.'

'Misschien vindt ze het moeilijk om je te vergeven... je weet wel... na wat je haar hebt aangedaan.'

'Tja, jongedame, zoals ik die dag na de uitvaart al tegen je zei heeft elk verhaal twee kanten, al zullen we daar nu maar niet verder op ingaan. Maar ja, ik neem een groot deel van de schuld op me. Tussen ons gezegd en gezwegen, ik hou nog steeds van Celia.' Hij slaakte een zucht. 'Ik hou goddomme zoveel van haar dat het gewoon pijn doet. Ik weet dat ik haar teleurgesteld heb en verkeerde dingen heb gedaan, maar we waren nog zo jong toen we trouwden. Achteraf bezien had ik moeten zorgen dat ik mijn wilde haren kwijtraakte voor ons huwelijk, niet tijdens. Celia... Hoe zal ik het zeggen?' Hij haalde zijn schouders op. 'In dat opzicht was ze een echte dame, als je begrijpt wat ik bedoel. We waren echt elkaars tegenpolen op dat gebied. Hoe dan ook, ik heb mijn lesje wel geleerd.'

'Ja,' zei ik, omdat ik liever niet dieper op dit onderwerp inging. 'Eigenlijk denk ik dat ze ook nog van jou houdt.'

'Echt?' Argwanend trok hij een wenkbrauw op. 'Die zag ik even niet aankomen.'

'Dat geloof ik graag, maar ik zie het aan haar ogen als ze het over je heeft, zelfs als ze negatieve dingen over je zegt. Je zoon heeft een keer tegen me gezegd dat er maar een heel dunne scheidslijn is tussen liefde en haat.'

'Dat was hem wel toevertrouwd, hij had altijd al kijk op emoties. Ik zou al blij zijn als ik half zo goed begreep hoe mensen in elkaar zitten.' Hij zuchtte. 'Dat had hij duidelijk niet van mij.'

Ik realiseerde me dat ik waarschijnlijk al veel te ver was gegaan, maar nu ik er toch tot aan mijn nek toe in zat, besloot ik maar door te zetten. 'Weet je, volgens mij zou Theo het heel fijn gevonden hebben als zijn ouders elkaar weer zouden opzoeken en het misschien bij zouden leggen. Als dat zou gebeuren, zou er in ieder geval nog iets goeds voortkomen uit deze tragedie.'

Peter staarde me aan toen ik een slokje thee nam. 'Volgens mij begrijp ik wel waarom mijn zoon zoveel van je hield. Je bent een bijzonder mens, Ally. Maar hoe goed je het ook bedoelt, ik geloof niet meer in wonderen.'

'Ik wel. Ja, echt,' zei ik. 'Ook al hebben Theo en ik maar een paar weken met elkaar gehad, hij heeft mijn leven veranderd. Het is een wonder dat we elkaar ontmoet hebben en zo goed bij elkaar pasten, en zelfs nu ik zo verdrietig ben, weet ik dat hij een beter mens van me heeft gemaakt.' Ik kreeg tranen in mijn ogen.

Over de tafel heen gaf Peter een klopje op mijn hand. 'Nou, Ally, ik heb wel bewondering voor je omdat je het zelfs nu nog positief probeert te bekijken. Zo was ik lang geleden ook.'

'Zo kun je toch weer worden?'

'Ik denk dat ik het ben kwijtgeraakt tijdens de scheiding. Maar goed, vertel me eens over je toekomstplannen. Heeft mijn zoon je goed verzorgd achtergelaten?'

'Ja. Voor de race heeft hij zijn testament nog aangepast. Ik heb zijn Sunseeker en een oude boerenschuur op Anafi gekregen, vlak bij jouw prachtige huis. Eerlijk gezegd kan ik me nog niet voorstellen dat ik naar "Ergens" ga, zoals wij Anafi noemden, en de strijd aanga met de Griekse autoriteiten om daar zijn droomhuis te bouwen, ook al was ik nog zo dol op hem.'

'Heeft hij jou die gekke geitenstal nagelaten?' Peter gooide zijn hoofd achterover van het lachen. 'Voor de goede orde, ik heb Theo heel vaak aangeboden om een huis voor hem te kopen, maar dat weigerde hij altijd.'

'Trots,' zei ik schouderophalend.

'Of gewoon naïef,' wierp Peter tegen. 'Mijn zoon was een sportman in hart en nieren. Ik begreep dat hij financiële hulp nodig had, maar die nam hij nooit aan. Ik durf te wedden dat jij ook nog geen eigen huis hebt, Ally. Dat is tegenwoordig toch niet meer haalbaar voor jonge mensen met een hooguit gemiddeld inkomen?'

'Nee, ik heb inderdaad geen eigen huis, al heb ik nu wel een geitenstal,' zei ik glimlachend.

'Nou ja, allereerst moet je weten dat je altijd welkom bent in mijn huis op het eiland. Celia weet dat ze er ook altijd gebruik van mag maken, maar dat weigert ze. Kennelijk heeft het te maken met iets wat ik gezegd heb toen we nog samen waren. Vraag me niet wat, want dat kan ik me niet herinneren. En laat me je verzekeren, Ally, als je ooit hulp nodig hebt met de bouwvergunningencommissie op het eiland, dan moet je bij mij wezen. Ik heb zoveel geld in dat eiland geïnvesteerd dat ik er eigenlijk de burgemeester zou moeten zijn. Heb je de eigendomsakte al?'

'Nog niet, maar kennelijk krijg ik die toegestuurd nadat het testament is geverifieerd.'

'Nou, als ik iets voor je kan betekenen, sta ik voor je klaar. Dat is wel het minste wat ik kan doen, zorgen voor het meisje van wie mijn zoon hield.'

'Dank je.' Even bleven we zwijgend zitten, ieder verloren in ons eigen gemis.

'Maar goed,' zei Peter, 'je hebt me nog steeds niet verteld wat je plannen voor de toekomst zijn.'

'Dat komt omdat ik dat nog niet zeker weet.'

'Theo zei dat je erg goed kunt zeilen en dat je binnenkort gaat trainen met de Zwitserse Olympische ploeg.'

'Ik heb me teruggetrokken. Vraag me alsjeblieft niet om het uit te leggen, maar ik kan het gewoon niet.'

'Geen uitleg nodig. En neem me niet kwalijk dat ik zo'n voor de hand liggende uitdrukking gebruik, maar je hebt nog meer noten op je zang. Je bent een erg getalenteerde muzikant, Ally. Tijdens de uitvaart heb je me diep ontroerd met je muziek.'

'Dat is heel aardig van je, Peter. Maar eerlijk gezegd ging het nogal stroef. Ik had al jaren niet meer serieus gespeeld.'

'Nou, daar heb ik niks van gemerkt. Als ik zoveel talent had als jij, zou ik dat koesteren. Zit het in de familie?'

'Dat weet ik niet zeker. Mijn vader is een paar weken geleden gestorven...'

'Ally!' Ontzet keek Peter me aan. 'Lieve help! Hoe kun je nog overeind staan, nadat je de twee mannen in je leven zo kort na elkaar bent kwijtgeraakt?'

'Eerlijk gezegd weet ik dat zelf ook niet.' Mijn stem sloeg over van de emoties. Het ging allemaal wel, zo lang niemand me zijn medeleven liet blijken. 'Maar goed, het punt is dat ik geadopteerd ben, evenals mijn vijf zussen. Als afscheidscadeau heeft mijn vader aanwijzingen over mijn verleden voor me achtergelaten. Door het weinige wat ik tot nu toe weet, zou het weleens kunnen dat die muzikaliteit inderdaad in mijn genen zit.'

'Ik begrijp het.' Met zijn donkere ogen vol medeleven keek hij me aan. 'Ga je nog dieper graven?'

'Dat weet ik nog niet zeker. Toen Theo nog leefde, was ik dat in ieder geval niet van plan. Ik keek vooral uit naar de toekomst.'

'Dat is heel begrijpelijk. Heb je de komende weken al plannen?'

'Nee, niks.'

'Dan heb je je antwoord: ga achter de aanwijzingen aan die je gekregen hebt. Dat zou ik wel doen. En ik denk dat Theo dat ook zou willen.' Hij keek op zijn horloge. 'Ik vind het vervelend om je achter te laten, maar anders mis ik mijn vlucht. De rekening is al betaald, dus neem alsjeblieft nog zoveel als je lust. En ik kan het niet genoeg benadrukken: als ik ooit iets voor je kan doen, dan hoef je het maar te zeggen.'

Hij stond op en ik ook. Daarna nam hij me spontaan in zijn armen om me een dikke knuffel te geven. 'Ally, ik had graag wat meer tijd gehad om met je te praten, maar toch ben ik blij dat ik je heb leren kennen. Deze dag is het enige positieve aan wat er gebeurd is en daar wil ik je voor bedanken. Denk erom, iemand heeft ooit tegen me gezegd dat het leven je nooit meer geeft dan je aankunt. En jij bent een uitzonderlijke jonge vrouw.' Hij gaf me zijn visitekaartje. 'Laat af en toe iets van je horen.'

'Dat zal ik doen,' beloofde ik.

Hij wuifde nog even triest naar me en liep toen kordaat bij de tafel weg.

Ik ging weer zitten, keek naar alle luxe hapjes die voor me stonden en pakte met tegenzin nog een scone, omdat ik de gedachte niet kon verdragen dat al dit eten weggegooid zou worden. Zelf had ik ook graag wat langer met hem willen praten. Wat Celia ook over haar ex had gezegd en wat hij haar ook had aangedaan, ik vond hem aardig. Ondanks zijn rijkeluisreputatie en zijn slechte gedrag had hij iets heel kwetsbaars over zich.

Bij thuiskomst trof ik Celia in haar slaapkamer aan, waar ze haar koffer aan het pakken was.

'Heb je een leuke middag gehad?' vroeg ze.

'Ja, lief dat je het vraagt. Ik ben naar Peter gegaan, voor een afternoon tea. Hij belde hiernaartoe omdat hij jou wilde spreken, maar in plaats daarvan kreeg hij mij.'

'Goh, het verbaast me dat hij gebeld heeft. Normaal gesproken doet hij dat niet als hij in het land is.'

'Normaal gesproken heeft hij ook niet net zijn zoon verloren. Maar goed, ik moest je het beste wensen.'

'Dank je.' Iets te opgewekt vervolgde ze: 'Ally, zoals je weet vertrek ik morgenvroeg. Je mag hier zo lang blijven als je wilt, als je het alarmsysteem maar inschakelt en de sleutels door de brievenbus gooit als je vertrekt. Weet je echt zeker dat je niet met me mee wilt? In dit jaargetijde ligt Toscane er prachtig bij. En Cora is niet alleen mijn oudste vriendin, maar ook de peettante van Theo.'

'Bedankt dat je het vraagt, maar het wordt tijd dat ik een eigen leven probeer op te bouwen.'

'Als je maar niet vergeet dat het allemaal nog heel vers is. Ik ben al twintig jaar van Peter gescheiden, maar heb mijn leven nog steeds niet helemaal op de rit.' Verdrietig haalde ze haar schouders op. 'Hoe dan ook, blijf hier maar zo lang als je wilt.'

'Dank je. Trouwens, op de terugweg heb ik boodschappen gedaan. Vanavond wil ik graag voor je koken, bij wijze van bedankje. Niets bijzonders of zo, gewoon pasta, maar hopelijk krijg je daardoor zin om naar Italië te gaan.'

'Wat lief van je, schat. Dat lijkt me heerlijk.'

Voor ons laatste avondmaal samen gingen we op het terras zitten. Ik had niet veel trek en terwijl ik mijn best deed om een paar happen te nemen, viel het me op dat Celia's rozen hun kopjes lieten hangen en dat de randen van de bloemblaadjes bruin en verdord waren. Zelfs de lucht rook anders, zwaarder, met een eerste vleugje van de herfst. Tijdens het eten verloren we onszelf ieder in onze eigen gedachten, in het besef dat we op het punt stonden onze beschermende cocon van wederzijdse troost te verlaten en dat we de buitenwereld weer onder ogen zouden moeten komen.

'Bedankt dat je hier bent gebleven, Ally. Ik had niet geweten wat ik zonder je had gemoeten,' zei Celia toen we onze lege borden naar de keuken droegen.

'Ik ook niet zonder jou.'

Celia begon met afwassen, ik pakte een theedoek om af te drogen.

'Als je nog eens in Londen bent, moet je weten dat de deur hier altijd voor je openstaat, Ally.'

'Dank je wel.'

'Ik vind het vreselijk om erover te beginnen, maar als ik terugkom uit Italië, ga ik Theo's as ophalen. We moeten nog een datum prikken om samen naar Lymington te gaan en zijn as uit te strooien.'

'Ja,' wist ik moeizaam uit te brengen, 'natuurlijk.'

'Ik ga je missen, Ally. Het voelt echt alsof je de dochter bent die ik nooit heb gehad.' Schor vervolgde ze: 'Nu ga ik maar naar bed. De taxi komt me om half vijf ophalen, dus ik verwacht niet van je dat je me uitzwaait. Laat af en toe iets van je horen, oké?'

'Natuurlijk.'

Die nacht sliep ik onrustig, in mijn dromen geplaagd door de blanco pagina's van mijn toekomst. Tot nu toe had ik altijd precies geweten wat ik ging doen en waar ik mee bezig was. Dit gevoel van leegte en lusteloosheid was nieuw voor me.

'Misschien voelt het wel zo als je depressief bent,' mompelde ik toen ik mezelf de volgende ochtend uit bed sleepte en mezelf ondanks mijn lichte misselijkheid dwong om te gaan douchen. Terwijl ik mijn haar met een handdoek droogde, typte ik 'Jens Halvorsen' in een zoekmachine in. Irritant genoeg waren de weinige links over hem in het Noors geschreven, dus ging ik naar de website van een online boekhandel en zocht ik een tijdje vergeefs naar boeken in het Engels of Frans waarin hij vermeld werd.

Toen vond ik iets.

De leerling van Grieg
Auteur: Thom Halvorsen
Verschijningsdatum (Amerikaanse editie) 30 augustus 2007

Ik scrolde omlaag om de samenvatting te lezen.

Thom Halvorsen, de vermaarde violist van het Bergens Filharmonisch Orkest, heeft een biografie geschreven over zijn betovergrootvader Jens Halvorsen. Daarin wordt het leven uiteengezet van een getalenteerd componist en muzikant die nauw heeft samengewerkt met Edvard Grieg. Aan de hand van fascinerende familiememoires zien we Grieg van een heel andere kant, door de ogen van iemand die hem goed kende.

Ik drukte meteen op de bestelknop, ook al zag ik dat ze een minimale verzendtijd van twee weken hanteerden vanuit de Verenigde Staten. Toen kreeg ik opeens een ingeving en haalde ik Peters visitekaartje uit mijn portemonnee om hem een mailtje te sturen. Ik bedankte hem voor de afternoon tea, legde uit dat ik een boek nodig had dat alleen in Amerika verkrijgbaar was en vroeg hem of hij het misschien voor me op de kop kon tikken. Daar voelde ik me niet al te bezwaard over, want ik was ervan overtuigd dat hij volop personeel in dienst had dat hij op deze klus kon zetten.

Daarna typte ik *Peer Gynt* als zoekopdracht in en scrolde door de treffers. Ik stuitte op het Ibsen Museum in Oslo – of Christiania, zoals het in de tijd van Anna en Jens had geheten – en op de museumbeheerder, Erik Edvardsen. Kennelijk was hij wereldberoemd als deskundige op het gebied van Henrik Ibsen en ik dacht dat hij me misschien wel zou willen helpen als ik hem mailde.

Ik kon niet wachten om verder te zoeken en om het laatste stuk van de vertaling te lezen, maar toch klapte ik mijn laptop dicht omdat ik over een half uur in Battersea werd verwacht, om te lunchen met Star.

Buiten hield ik een taxi aan en terwijl we over een sierlijke roze brug de Theems overstaken, merkte ik dat ik een beetje verliefd begon te worden op Londen. De stad was heel elegant, bijna statig zelfs, zonder de jachtige sfeer van New York of het saaie van Genève. Net als alles in Engeland leek Londen te blaken van het zelfvertrouwen in zijn eigen verleden en unieke karakter.

De taxi kwam tot stilstand voor wat duidelijk ooit een pakhuis was geweest. Het stond aan de rivier en had net als de naburige panden een ideale ligging voor de vrachtschepen die hier vroeger hadden afgemeerd met thee, zijde en specerijen. Ik betaalde de chauffeur en drukte op de bel naast het huisnummer dat Star me had gegeven. De deur ging open met een elektronisch gezoem en ik hoorde haar zeggen dat ik de lift naar de derde verdieping moest nemen. Dat deed ik, en ik zag dat Star me al in haar deuropening stond op te wachten.

'Hallo, lieverd, hoe gaat het?' vroeg ze toen we elkaar omhelsden.

'O, ik red me wel,' loog ik.

Ze ging me voor naar een witte woonruimte met kamerhoge ramen die uitzicht boden op de Theems.

'Wauw!' riep ik toen ik ernaartoe liep om het uitzicht te bewonderen. 'Wat wonen jullie hier prachtig!'

'CeCe heeft het uitgekozen,' zei Star schouderophalend. 'Er is genoeg ruimte waar ze kan werken en het licht is ook goed.'

Ik keek om me heen naar de open indeling, het minimalistische meubilair dat hier en daar op de lichte houten vloer stond en de smalle wenteltrap die waarschijnlijk naar de slaapkamers boven leidde. Zelf zou ik deze woning nooit hebben uitgekozen omdat ze allesbehalve gezellig was, maar indrukwekkend vond ik het zeker.

'Wil je iets drinken?' vroeg Star. 'We hebben wijn in alle kleuren, en natuurlijk bier.'

'Doe maar wat je zelf ook neemt, Star.' Ik liep achter haar aan naar de ultramoderne keuken met roestvrij staal en matglas. Ze deed een deur van de enorme Amerikaanse koelkast open en leek te aarzelen.

'Witte wijn?' opperde ik.

'Ja, goed idee.'

Ik observeerde mijn zusje terwijl ze twee glazen uit de kast pakte en de fles wijn openmaakte. Voor de zoveelste keer bedacht ik dat Star nooit een eigen mening leek te hebben of een knoop leek door te hakken. Maia en ik hadden het er al heel vaak over gehad of het nou kwam door Stars natuurlijke neiging om zich naar andere mensen te schikken, of dat het kwam omdat CeCe zich zo dominant opstelde tegenover haar.

'Dat ruikt lekker.' Ik wees naar een pan die stond te pruttelen op het industriële fornuis. Ook zag ik dat er iets in de oven stond.

'Jij bent vandaag mijn proefkonijn, Ally. Ik ben een nieuw recept aan het uitproberen en het is bijna klaar.'

'Geweldig. *Cheers,* zoals ze hier in Engeland zeggen.'

'Ja, cheers.'

We namen allebei een slokje van onze wijn, maar ik zette mijn glas meteen weer op het aanrecht, want om de een of andere reden viel de drank me nogal zwaar op de maag. Terwijl ik haar in de pan zag roeren, viel het me op hoe jong Star er eigenlijk uitzag, met die waterval van platinablond haar die om haar schouders danste en haar lange pony die vaak voor haar enorme lichtblauwe ogen viel, zodat de uitdrukking daarin meestal verborgen bleef. Ik kon amper geloven dat Star een volwassen vrouw van zevenentwintig was.

'Hoe bevalt het je hier in Londen?' vroeg ik.

'Wel goed, denk ik. Het is hier leuk.'

'Hoe gaat het met je kookcursus?'

'Die is alweer afgelopen. Het ging prima.'

'Denk je dat je een carrière als chefkok tegemoet gaat?' ploeterde ik verder, in de hoop dat ze los zou komen.

'Dat lijkt me niet echt iets voor mij.'

'Aha. Al enig idee wat je nu gaat doen?'

'Nog niet.'

Er viel een stilte, zoals zo vaak tijdens gesprekken met Star. Uiteindelijk ging ze verder: 'Hoe gaat het nu met jou, Ally? Ik vind het zo vreselijk voor je allemaal, zeker zo vlak na de dood van Pa.'

'Eerlijk gezegd weet ik niet zo goed hoe het met me gaat. Alles is veranderd. Mijn toekomst was al helemaal uitgestippeld en die ben ik nu kwijt. Ik heb tegen de manager van de Zwitserse Olympische ploeg gezegd dat ik niet meedoe aan de voorbereidingen. Dat kan ik er nu gewoon niet bij hebben. Sommige mensen vinden dat ik hier verkeerd aan doe en ik voel me ook schuldig omdat ik niet sterk genoeg ben om door te gaan, maar het voelt gewoon fout. Wat vind jij?'

Star streek de pony uit haar ogen en keek me bedachtzaam aan. 'Ik vind dat je je gevoel moet volgen, Ally. Maar dat is soms wel moeilijk, hè?'

'Zeg dat wel. Ik wil niemand teleurstellen.'

'Precies.' Star zuchtte zachtjes en keek eerst naar de kamerhoge ramen en toen weer naar het fornuis, waar ze de inhoud van de pan op twee borden begon te scheppen. 'Zullen we buiten eten?'

'Waarom niet?'

Ik keek naar de rivier en het terras dat de gehele breedte van de woning bestreek en vroeg me nogal gemeen af wat het wel niet kostte om zoiets te huren. Zo'n appartement zou je niet verwachten bij een arme student van de kunstacademie en haar zus die kennelijk geen doel in haar leven had. Het was CeCe duidelijk gelukt om Georg Hoffmann nog wat extra geld af te troggelen, die ochtend dat ze samen met Star naar hem toe was gegaan in Genève.

We droegen het eten naar de tafel, die in een zee van heerlijk geurende planten in enorme potten langs de rand van het terras stond. 'Wat een prachtige planten. Wat is dat?' Ik wees naar een plant met een uitbundige massa van oranje, witte en roze bloemen.

'Dat is de *Sparaxis tricolor.* Beter bekend als de zigeunerbloem, maar volgens mij gedijt hij niet zo goed in de bries van de rivier. Eigenlijk hoort hij in een beschut hoekje van een Engelse tuin te staan.'

'Heb jij ze geplant?' Ik nam een hap van het hoofdgerecht met noedels en zeevruchten dat Star had bereid.

'Ja, ik ben dol op planten. Altijd al geweest. Ik heb Pa Salt vaak geholpen met tuinieren op Atlantis.'

'Is dat zo? Dat wist ik helemaal niet. Jeetje, dit is echt heerlijk, Star,' complimenteerde ik haar, ook al had ik niet echt honger. 'Je blijkt ineens over allerlei verborgen talenten te beschikken. In de keuken ken ik maar net de basisbeginselen en het lukt me niet eens om tuinkers te kweken in een pot, laat staan dit allemaal.' Ik gebaarde naar de bloemenpracht om ons heen.

Weer viel er een drukkende stilte, maar ik besloot die niet te verbreken.

'Sinds een tijdje denk ik veel na over wat talent nou eigenlijk is. Ik bedoel, is het een gave als iets je gemakkelijk afgaat?' vroeg Star aarzelend. 'Heb jij bijvoorbeeld echt je best moeten doen om zo mooi fluit te spelen?'

'Nee, ik geloof van niet. In eerste instantie niet, tenminste. Maar om beter te worden, heb ik wel eindeloos moeten oefenen. Ik denk niet dat je er komt met alleen talent, zonder hard te werken. Ik bedoel, kijk maar naar de grote componisten. Het is niet genoeg om een melodie in je hoofd te kunnen horen, je moet ook leren hoe je die opschrijft en hoe je een arrangement maakt voor een orkest. Daarvoor moet je jarenlang studeren en oefenen. Er zijn vast miljoenen mensen die van nature ergens goed in zijn, maar tenzij we ons echt op die vaardigheid toeleggen, kunnen we er nooit alles uithalen wat erin zit.'

Star knikte langzaam. 'Heb je genoeg gegeten, Ally?' Over de tafel heen keek ze naar mijn amper aangeroerde bord.

'Ja. Het spijt me, Star. Het was echt heel lekker, maar de laatste tijd heb ik niet zoveel trek.'

Daarna kletsten we over onze zussen en waar die zich zoal mee bezighielden. Star vertelde over CeCe, die druk bezig was met haar kunstprojecten. Ik merkte op dat het me verrast had dat Maia naar Rio was verhuisd en dat ik blij was dat ze eindelijk het geluk had gevonden.

'Ik ben hier echt van opgeknapt. Het is heel fijn om je te zien, Star,' zei ik glimlachend.

'Vind ik ook. Waar ga je hierna naartoe, denk je?'

'Misschien ga ik wel naar Noorwegen, naar de plek waar ik volgens de coördinaten van Pa Salt geboren ben.'

Ik weet zeker dat ik nog veel verbaasder keek dan Star om wat ik net gezegd had, want de gedachte kwam nu pas bij me op, maar nam meteen vaste vorm aan.

'Goed zo,' zei Star. 'Ik vind dat je dat moet doen.'
'Ja?'
'Waarom niet? Misschien verandert je leven wel door de aanwijzingen van Pa. Bij Maia was dat ook het geval.' Ze aarzelde even. 'En wellicht bij mij ook wel.'
'Echt?'
'Ja.'
Er viel weer een stilte en ik wist dat het geen zin had om bij Star aan te dringen op verdere details. 'Nu kan ik echt maar beter gaan. Heel erg bedankt voor de lunch.' Ik stond op, opeens moe en verlangend naar mijn veilige haven. 'Is het makkelijk om hier een taxi te krijgen?' vroeg ik op weg naar de voordeur.
'Ja hoor, als je hier linksaf gaat, kom je op de hoofdweg uit. Dag, Ally.' Ze gaf me op elke wang een kus. 'Laat je het me weten als je naar Noorwegen gaat?'

In het stille huis van Celia liep ik naar mijn slaapkamer en opende de koffer waar mijn fluit in zat. Ik staarde er doordringend naar, alsof het instrument antwoord kon geven op alle vragen die in mijn hoofd brandden. De belangrijkste vraag was waar ik nu naartoe moest gaan. Ik wist vrijwel zeker dat ik zou kunnen onderduiken op 'Ergens'. Eén telefoontje naar Peter, en zijn prachtige huis op Anafi zou zo lang als ik wilde tot mijn beschikking staan. Ik zou me er het komende jaar op kunnen concentreren om Theo's geliefde geitenstal te renoveren. Daardoor moest ik aan *Mamma Mia!* denken, die musical over Abba, en ik schudde lachend mijn hoofd. Hoe aantrekkelijk de cocon van 'Ergens' ook leek, ik wist dat ik daar niet verder zou komen. Daar zou ik alleen maar in de wereld van Theo en mij blijven leven, die nou eenmaal niet meer echt bestond.
Tegelijkertijd vroeg ik me af of Atlantis me wel goed zou doen. Had ik daar nog wel iets te zoeken? Aan de andere kant kon ik in Noorwegen ook alleen maar dingen ontdekken over mijn verre verleden en was ik iemand die juist graag naar de toekomst keek. Maar nu het heden zo abrupt tot stilstand was gekomen, moest ik misschien wel een stukje terug om weer vooruit te kunnen. Ik besloot dat ik twee opties had: teruggaan naar Atlantis, of naar Noor-

wegen vliegen. Misschien zou het wel goed zijn om een paar dagen tot mezelf te komen in een nieuw land, ver weg bij alles en iedereen die ik kende. Daar kende niemand mijn verhaal en zou ik met het onderzoek naar mijn verleden tenminste iets hebben om mijn gedachten te verzetten. Zelfs als het niets opleverde.

Ik keek of er vluchten naar Oslo beschikbaar waren en zag dat er die avond nog plaats was op een vlucht. Om op tijd op Heathrow te komen, moest ik dan wel vrijwel direct vertrekken. Ik staarde voor me uit en probeerde een beslissing te nemen.

Kom op, Ally, sprak ik mezelf ferm toe, met het pijltje van de muis boven de knop om mijn reservering te bevestigen. Wat heb je te verliezen?

Niets.

En trouwens, ik was eraan toe om het te weten.

23

Terwijl het vliegtuig die late augustusavond richting het noorden vertrok, nam ik de informatie door die ik over het Ibsen Museum en het Nationale Theater in Oslo had. Morgenochtend, nam ik me voor, zou ik naar beide plekken gaan om te kijken of iemand me daar iets meer kon vertellen over de informatie die ik uit het boek van Jens Halvorsen had verzameld.

Toen ik op de luchthaven van Oslo uit het vliegtuig stapte, had ik tot mijn verbazing het gevoel dat er een last van mijn schouders was gevallen en voelde ik zelfs iets van opwinding. Na de douanecontrole liep ik regelrecht naar de informatiebalie en vroeg de jonge medewerkster daar of ze me een hotel kon aanraden in de buurt van het Ibsen Museum. Ze noemde het Grand Hotel, belde ernaartoe en vertelde me dat er alleen nog een aantal van hun duurdere kamers vrij was.

'Prima,' zei ik, 'ik neem wat er beschikbaar is.'

De vrouw gaf me een vel papier waarop mijn boeking bevestigd werd, belde een taxi voor me en wees me de weg naar de taxistandplaats.

Omdat het donker was, was het moeilijk om me tijdens de rit naar het centrum te oriënteren of een indruk te krijgen van de stad. Toen ik aankwam bij de verlichte stenen ingang van het Grand Hotel werd ik naar binnen begeleid en nadat alle formaliteiten waren afgehandeld werd ik naar mijn kamer gebracht, die de Ibsensuite bleek te heten.

'Is alles naar wens, mevrouw?' vroeg de piccolo me in het Engels nadat hij me de sleutel overhandigd had.

Ik keek om me heen in de prachtige zitkamer, waar een elegante kroonluchter aan het plafond hing en de met gestreept zijden behang beklede muren waren voorzien van verschillende foto's van Henrik Ibsen. Ik moest glimlachen om dat toeval.

'Het ziet er heel mooi uit, bedankt.'

Toen ik de piccolo een fooi had gegeven en hij vertrokken was, maakte ik vol ontzag een rondje door de suite. Ik zou het helemaal niet erg vinden om hier permanent te wonen. Na het douchen kwam ik terug de kamer in en liet het geluid van kerkklokken me weten dat het middernacht was. Het deed me goed om hier te zijn. Ik liet me tussen de knisperende linnen lakens glijden en viel in een diepe slaap.

De volgende ochtend was ik vroeg uit de veren en liep ik het piepkleine balkonnetje op om de stad in het licht van de nieuwe dag te bekijken. Onder me bevond zich een door bomen omzoomd plein, geflankeerd door een mengelmoes van prachtige, oude stenen gebouwen en een paar moderne exemplaren. Toen ik wat meer in de verte keek, zag ik een roze kasteel op een heuvel staan.

Ik liep weer naar binnen en besefte dat ik al sinds de lunch van gistermiddag niets meer gegeten had. Ik bestelde ontbijt via de roomservice, waarna ik in mijn badjas op het bed ging zitten en me de koning te rijk voelde. Ik bekeek de plattegrond die de receptioniste me gisteravond had gegeven en zag dat het Ibsen Museum maar een klein eindje lopen was hiervandaan.

Na het ontbijt kleedde ik me aan en nam de lift naar beneden, gewapend met mijn plattegrond. Terwijl ik het plein voor het hotel overstak, rook ik opeens de bekende geur van de zee en herinnerde ik me dat Oslo op een fjord gebouwd was. Ook viel het me op dat ik veel roodharigen met een lichte huid tegenkwam. In Zwitserland was ik als schoolmeisje vaak geplaagd met mijn blanke huid, sproeten en roodblonde krullen. Destijds had ik dat erg pijnlijk gevonden, zoals met zulke dingen altijd het geval is, en ik dacht terug aan de keer dat ik aan Ma had gevraagd of ik mijn haar mocht verven.

'Nee, chérie, je haar is juist zo mooi aan jou. Op een dag zullen al die gemene meiden er jaloers op zijn,' had haar antwoord geluid.

Nou, dacht ik terwijl ik verder liep, hier val ik in ieder geval niet uit de toon.

Ik bleef staan voor een indrukwekkend gebouw van lichte baksteen, met grijze stenen pilaren voor de ingang.

Ik las de inscriptie op de elegante voorgevel en zag vlak daaronder, op stenen plaquettes, de namen staan van Ibsen en twee andere mannen van wie ik nog nooit gehoord had. Was dit het gebouw waar *Peer Gynt* in première was gegaan, vroeg ik me af. Tot mijn teleurstelling was het theater gesloten, dus liep ik verder langs de drukke brede straat tot ik bij de voordeur van het Ibsen Museum aankwam. Binnen kwam ik in een klein boekwinkeltje terecht en aan de muur links van me hing een plaat met daarop de data van de hoogtepunten uit Ibsens succesvolle carrière. Mijn hart ging sneller kloppen toen ik de volgende datum las: *24 februari 1876 – première van* Peer Gynt *in het Christiania Theater.*

'*God morgen! Kan eg hjelpe deg?*' vroeg het meisje achter de toonbank.

'*Do you speak English?*' was mijn eerste vraag.

'Natuurlijk,' zei ze glimlachend. 'Kan ik u helpen?'

'Ja, of tenminste, dat hoop ik wel.' Ik haalde de kopie van het boekomslag uit mijn tas en legde die voor haar op de toonbank. 'Ik heet Ally D'Aplièse en ik ben bezig met een onderzoek naar de componist Jens Halvorsen en een zangeres die Anna Landvik heette. Ze hebben allebei meegewerkt aan de première van *Peer Gynt* in het Christiania Theater. Ik vroeg me af of iemand hier me misschien iets meer over hen kan vertellen.'

'Ik niet, ik ben maar een student die hier achter de kassa werkt,' bekende ze, 'maar ik zal even boven kijken of Erik, de directeur van het museum, er is.'

'Dank je.'

Terwijl ze door een deur achter de toonbank verdween, liep ik door de winkel en pakte een Engelse vertaling van *Peer Gynt*. Die zou ik op zijn minst kunnen lezen, bedacht ik.

'Ja, Erik is er, en hij komt zo naar u toe,' zei het meisje toen ze terugkwam.

Ik bedankte haar en rekende het boek af.

Een paar minuten later kwam er een elegante man met wit haar binnen. 'Dag, juffrouw D'Aplièse. Ik ben Erik Edvardsen.' Bij wijze van begroeting stak hij zijn hand uit. 'Volgens Ingrid hebt u interesse in Jens Halvorsen en Anna Landvik?'

'Dat klopt.' Ik schudde hem de hand voordat ik de kopie van het boekomslag liet zien.

Die nam hij aan, en hij knikte. 'Volgens mij hebben we hierboven in de bibliotheek een exemplaar staan. Loopt u met me mee?'

Hij ging me voor door een deur die uitkwam in een sobere ontvangsthal. Vergeleken met de moderne inrichting van de boekwinkel was het net alsof we een sprong terug in de tijd maakten. Hij maakte de ouderwetse liftdeur open, deed die achter ons dicht en drukte op een knop. Terwijl we ratelend naar boven gingen, wees hij een bepaalde verdieping aan. 'Dit is het appartement waar Ibsen de laatste elf jaar van zijn leven heeft gewoond. We voelen ons enorm bevoorrecht dat dat nu ons eigendom is.' Toen we uit de lift stapten, een grote ruimte in, waar de muren in hun volle lengte door boeken in beslag werden genomen, vroeg hij: 'Bent u zelf historicus?'

'O, nee hoor,' antwoordde ik. 'Het boek is door mijn vader aan me nagelaten toen hij een paar weken geleden overleed. Eigenlijk was het bedoeld als een soort aanwijzing, al weet ik nog steeds niet precies wat het met mij te maken heeft. Op dit moment laat ik de hele tekst uit het Noors in het Engels vertalen, en ik heb alleen nog maar het eerste stuk gelezen. Tot nu toe weet ik alleen dat Jens muzikant was en de openingsnoten van "Ochtendstemming" heeft gespeeld tijdens de première van *Peer Gynt*. En dat Anna de spookstem was van de liedjes die Solveig zong.'

'Eerlijk gezegd weet ik niet goed wat ik voor u kan betekenen, aangezien ik vooral veel weet van Ibsen, niet van Grieg. U zou naar een expert over Grieg moeten gaan, en de aangewezen persoon is dan de beheerder van het Grieg Museum in Bergen,' zei hij, terwijl hij de boekenplanken afspeurde. 'Maar ik kan u wel iets laten zien. Ah, hier heb ik het al.' Hij trok een oud boek van een plank. 'Dit is geschreven door Rudolf Rasmussen, ook wel bekend als Rude, een van de kinderen die in de oorspronkelijke productie van *Peer Gynt* speelden.'

'Ja! Ik heb over hem gelezen in het boek. Hij speelde voor boodschapper tussen Jens en Anna toen ze verliefd op elkaar werden in het theater.'

'Werkelijk?' Erik bladerde door het boek. 'Hier, dit zijn foto's van die eerste avond, met alle leden van de cast in kostuum.'

Hij gaf me het boek en ik staarde vol ongeloof naar de gezichten van de mensen over wie ik nog maar zo kort geleden had gelezen. Daar had je Henrik Klausen als Peer Gynt en Thora Hansson als Solveig. Ik probeerde me haar voor te stellen als glamoureuze ster, zonder de boerse kleding van haar personage. Op andere foto's stond de hele cast, hoewel ik wist dat Anna er niet tussen zou staan.

'Als u wilt, kan ik wel kopieën maken van de foto's,' stelde Erik voor, 'dan kunt u ze op uw gemak bekijken.'

'Heel graag, bedankt.'

Terwijl Erik naar het kopieerapparaat in de hoek liep, viel mijn blik op een afbeelding van een oud theater. 'Vanochtend liep ik langs het Nationale Theater, en ik kon me helemaal voorstellen hoe het was toen *Peer Gynt* in première ging,' zei ik om de stilte op te vullen.

'Eigenlijk is *Peer Gynt* niet in het Nationale Theater in première gegaan, maar in het Christiania Theater.'

'O, ik ging ervan uit dat het hetzelfde gebouw was, alleen met een andere naam.'

'Jammer genoeg bestaat het oude Christiania Theater al lang niet meer. Het stond in Bankplassen, ongeveer een kwartiertje hiervandaan. Nu is het een museum.'

Met open mond van verbazing staarde ik hem aan. 'Bedoelt u toevallig het Museum voor Moderne Kunst?'

'Jazeker. Het Christiania Theater is in 1899 gesloten en alle muziekvoorstellingen zijn toen naar het pas geopende Nationale Theater verplaatst. Alstublieft.' Hij overhandigde me de kopieën.

'Goed, ik heb vast al te veel beslag gelegd op uw tijd, maar heel erg bedankt dat u met me wilde praten.'

'Voordat u gaat, zal ik u het e-mailadres van de beheerder van het Grieg Museum geven. Zeg maar dat ik u gestuurd heb. Ik weet zeker dat hij u veel verder zal kunnen helpen dan ik.'

'Herr Edvardsen, ik kan u verzekeren dat u me al heel erg geholpen hebt,' zei ik terwijl hij het e-mailadres op een papiertje krabbelde en aan mij gaf.

'Natuurlijk kan zelfs ik er niet omheen dat Griegs muziek voor *Peer Gynt* veel beroemder is geworden dan het gedicht zelf,' zei hij glimlachend toen hij me naar de lift bracht. 'Bijna iedereen in de wereld kent de muziek. Dag, juffrouw D'Aplièse. Ik hoor graag van u of het u lukt het mysterie op te lossen. Mocht u nog meer hulp nodig hebben, dan kunt u altijd een beroep op me doen.'

'Dank u.'

Nadat ik het museum verlaten had, had ik bijna de neiging om terug te huppelen naar het Grand Hotel. Eindelijk begreep ik waar de coördinaten op het armillarium op sloegen. En toen ik het Grand Café op de hoek van het hotel binnenging en naar de muurschildering van Ibsen keek, wist ik zeker dat Jens en Anna deel uitmaakten van mijn verhaal.

Tijdens de lunch mailde ik de beheerder van het Grieg Museum, zoals Erik me had aangeraden. Daarna nam ik uit nieuwsgierigheid een taxi naar de locatie waar het oude Christiania Theater gestaan had. Het Museum voor Moderne Kunst stond aan een plein met een fontein in het midden. Hoewel CeCe hier zeker voor te porren was geweest, hield ik niet zo van moderne kunst en besloot ik niet naar binnen te gaan. Even later zag ik het Engebret Café aan de overkant van het plein, liep erheen en duwde de deur open.

Om me heen zag ik rustieke houten tafels en stoelen, precies zoals ik me had voorgesteld aan de hand van Jens' beschrijving in het boek. De kenmerkende geur van verschaalde alcohol, stof en iets muffigs hing in de lucht. Met mijn ogen dicht probeerde ik me voor te stellen dat Jens hier meer dan een eeuw geleden lange nachten had doorgebracht met de andere leden van het orkest en dat ze hun zorgen hadden verdronken in aquavit. Zelf bestelde ik een koffie aan de bar en dronk van de hete, bittere vloeistof, gefrustreerd omdat ik niet verder kon lezen tot de vertaler me de rest van het boek had gestuurd.

Ik verliet Engebret en besloot met behulp van mijn plattegrond langzaam terug te lopen naar het hotel, terwijl ik voor me probeerde te zien dat Anna en Jens ooit door dezelfde straten hadden gewandeld. Sinds die tijd was de stad natuurlijk gegroeid, maar hoewel delen ervan ultramodern waren, waren er ook nog veel prachtige oude gebouwen bewaard gebleven. Bij terugkomst in het Grand Hotel vond ik dat Oslo een bepaalde charme bezat. De compactheid van de stad had iets troostends en ik voelde me hier ontzettend thuis.

Eenmaal op mijn kamer checkte ik mijn e-mail en zag dat de beheerder van het Grieg Museum al had gereageerd.

Geachte juffrouw D'Aplièse,

Ja, ik ben van het bestaan van Jens en Anna Halvorsen op de hoogte. Zoals u misschien wel weet, is Edvard Grieg voor hen beiden een soort mentor geweest. Ik ben elke dag van negen tot vier uur hier in Troldhaugen, net buiten Bergen, en wil graag met u afspreken om u verder te helpen met uw onderzoek.

Met vriendelijke groet,
Erling Dahl jr.

Aangezien ik geen idee had waar Bergen eigenlijk lag, googelde ik een kaart van Noorwegen en zag dat het aan de kust ten noordwesten van Oslo lag en dat ik het vliegtuig zou moeten nemen om er te komen. Ik had nooit eerder beseft hoe uitgestrekt dit land was. Het liep nog veel verder voorbij Bergen, richting het noordpoolgebied. Ik besloot een vlucht te boeken voor de volgende ochtend en mailde meneer Dahl terug om te zeggen dat ik de dag erna rond de middag in Bergen zou zijn.

Het was even na zessen en nog licht buiten. Ik stelde me voor hoe het hier in de lange winters moest zijn, wanneer de zon na de lunch al onderging en alles bedekt werd onder een dikke deken van sneeuw. En ik bedacht dat mijn zussen altijd al hadden gezegd dat ik immuun leek te zijn voor kou, omdat ik altijd de ramen opengooide om frisse lucht binnen te laten. Ik had altijd gedacht dat ik eraan gewend was geraakt door het zeilen. Maar nu ik aan Maia dacht, die juist heel goed tegen warmte kon en binnen een paar minuten een zwoel bruin kleurtje kreeg, terwijl ik alleen vuurrood werd, vroeg ik me af of de winter in mijn genen zat, net zoals een zonnig klimaat in die van Maia zat.

Zonder dat ik het zelf wilde dwaalden mijn gedachten af naar Theo, zoals altijd tegen het vallen van de avond. Ik wist dat hij dolgraag met me mee was gegaan op deze reis en waarschijnlijk tijdens elke stap mijn reacties op de situatie had geanalyseerd. Terwijl ik in het bed stapte, dat vanavond veel te groot aanvoelde voor mij alleen, vroeg ik me af of ik ooit nog iemand zou tegenkomen die zijn plaats kon innemen. Dat betwijfelde ik. Voordat ik al te somber werd, stelde ik mijn wekker in voor zeven uur de volgende ochtend, deed mijn ogen dicht en probeerde de slaap te vatten.

24

Het uitzicht op Noorwegen vanuit het vliegtuig was in één woord schitterend. Onder me zag ik donkergroene bossen langs diepblauwe fjorden en besneeuwde bergtoppen, altijd bevroren, zelfs begin september. Na aankomst op de luchthaven van Bergen sprong ik in een taxi en gaf de chauffeur opdracht om me regelrecht naar Troldhaugen te brengen, naar het huis waar Grieg ooit had gewoond en dat nu een museum was. Vanaf de drukke tweebaansweg zag ik vooral een waas van eindeloos veel bomen door het raampje, maar uiteindelijk gingen we van de hoofdweg af en sloegen een smal landweggetje in.

De taxi hield stil voor een allercharmantste villa, betimmerd met vaalgele overnaadse planken. Ik betaalde de chauffeur, stapte uit en hees mijn rugzak op mijn schouder. Zo bleef ik een tijdje staan staren naar de buitenkant van het huis, naar de grote vensters met groengeschilderde kozijnen en het met latwerk omheinde balkon op de bovenste verdieping. In een hoek van het huis bevond zich een torentje en in de bries aan een hoge paal wapperde de Noorse vlag.

Ik zag dat de villa tegen een heuvel was gebouwd, met uitzicht op een meer en omringd door grasheuvels en hoge, majestueuze sparren. Verwonderd over de serene schoonheid van de locatie liep ik een modern gebouw in waarop stond dat het de hoofdingang van het museum was, en ik stelde mezelf voor aan het meisje achter de toonbank in de souvenirwinkel. Toen ik haar vroeg om de beheerder te vertellen dat ik er was, keek ik omlaag door het glas van de toonbank en stokte mijn adem.

'*Mon Dieu*!' mompelde ik, door de schok van wat ik daar zag terugvallend op mijn moedertaal. In de toonbank stond een rij bruine kikkertjes, identiek aan het exemplaar in de envelop van Pa Salt.

'Erling, de beheerder, komt er zo aan.' Het meisje legde de telefoon neer.

'Dank je. Mag ik vragen waarom jullie deze kikkertjes verkopen in de souvenirwinkel?'

'Grieg droeg het origineel altijd bij zich, als talisman,' legde het meisje uit. 'Waar hij ook naartoe ging, het zat in zijn zak, en voordat hij naar bed ging drukte hij er altijd een kus op.'

'Dag, juffrouw D'Aplièse. Ik ben Erling Dahl. Hoe was uw vlucht?' Er kwam een aantrekkelijke man met zilvergrijs haar naast me staan.

'O, prima, bedankt.' Na de onthulling over de kikker vond ik het moeilijk om helder na te denken. 'En zeg maar Ally.'

'Oké, Ally. Heb je misschien honger? In plaats van in mijn krappe kantoortje te gaan zitten, kunnen we ook naar het eetcafé hiernaast gaan om een broodje te eten en te praten. Laat je bagage maar bij Else achter.' Hij wees naar het meisje achter de toonbank.

'Klinkt perfect.' Met een dankbaar knikje gaf ik mijn rugzak af, waarna ik achter hem aan door een stel dubbele deuren liep. De ruimte waarin we uitkwamen had wanden die vrijwel helemaal uit glas bestonden en tussen de bomen door een adembenemend uitzicht op het meer boden. Ik staarde naar het glinsterende water, bespikkeld met piepkleine eilandjes vol sparren, en naar de verre overkant aan de mistige horizon.

'Het Nordåsmeer is prachtig, vind je niet?' vroeg Erling. 'Soms vergeten we hoe erg we boffen dat we op zo'n plek mogen werken.'

'Het is fantastisch,' zei ik ademloos. 'Je boft inderdaad maar.'

Nadat we koffie en sandwiches hadden besteld, vroeg Erling wat hij voor me kon betekenen. Wederom haalde ik de kopieën tevoorschijn die ik had gemaakt van het boek van Pa Salt en legde uit wat ik wilde weten.

Hij pakte de papieren aan en bekeek ze eens goed. 'Dit boek heb ik nooit gelezen, al weet ik wel zo ongeveer wat erin staat. Pasgeleden heb ik Thom Halvorsen, de achterachterkleinzoon van Jens en Anna, nog geholpen met de research voor een nieuwe biografie.'

'Ja, die heb ik besteld in de Verenigde Staten. Dus je kent Thom Halvorsen persoonlijk?'

'Uiteraard. Hij woont op een paar minuten lopen hiervandaan en de muziekwereld in Bergen is maar klein. Hij speelt viool in het Filharmonisch Orkest en is onlangs bevorderd tot assistent-dirigent.'

'Dan zou ik hem dus kunnen ontmoeten?' vroeg ik toen het brood gebracht werd.

'Dat zal vast wel, maar momenteel is hij met het orkest op tournee in de Verenigde Staten. Over een paar dagen komen ze weer terug. Hoe ver ben je al met je onderzoek?'

'Ik heb de originele biografie nog niet uit, omdat ik nog wacht op de rest van de vertaling. Inmiddels ben ik op het punt aangeland waarop Jens zijn ouderlijk huis heeft moeten verlaten en Anna Landvik de rol van Solveig aangeboden heeft gekregen.'

'Aha.' Erling glimlachte naar me en keek op zijn horloge. 'Jammer genoeg heb ik nu geen tijd om je meer te vertellen, omdat het middagconcert over een half uur begint. Maar misschien is het sowieso beter als je de rest eerst in Jens' eigen woorden leest en we daarna verder praten.'

'Waar is het concert?'

'In de zaal die we speciaal daarvoor gebouwd hebben. De Troldsalen. In de zomermaanden komen hier gastpianisten om de muziek van Grieg ten gehore te brengen. Vandaag staat het "Piano Concert in a-mineur" op het programma.'

'Echt? Heb je er bezwaar tegen als ik kom luisteren?'

'Helemaal niet.' Hij stond op. 'Waarom eet jij je broodje niet even op en kom je daarna naar de concertzaal, dan ga ik alvast kijken of onze pianist nog iets nodig heeft.'

'Heel graag. Dank je, Erling.'

Nadat ik de rest van het broodje naar binnen had gewerkt, volgde ik de bordjes over de dichtbeboste heuvel naar het gebouw dat knus tussen de dennenbomen in stond. Eenmaal binnen liep ik de treden van de steil oplopende concertzaal af en zag dat hij al voor twee derde vol zat. Het kleine podium, met in het midden een imposante Steinway-vleugel, werd omlijst door nog meer enorme ramen, waardoor er een prachtig uitzicht op de sparren en het meer daarachter was.

Kort nadat ik een plaatsje had uitgezocht, verscheen Erling op het podium met een slanke, donkerharige jongeman die zelfs van een afstandje opvallend knap was. Erling sprak het publiek toe, eerst in het Noors en daarna in het Engels, voor de vele toeristen die waren toegestroomd.

'Het is me een eer om u voor te stellen aan de pianist Willem Caspari. Deze jongeman heeft al van zich doen spreken met optredens over de hele wereld, het meest recente tijdens de Proms in de Royal Albert Hall in Londen. We zijn erg blij dat hij ons uithoekje van de wereld met een bezoekje wilde vereren.'

Het publiek begon te applaudisseren en Willem nam met een neutraal knikje plaats achter de piano, wachtend tot het stil werd in de zaal. Toen hij de eerste noten aansloeg, deed ik mijn ogen dicht en liet me door de muziek terugvoeren naar mijn tijd op het Conservatoire in Genève, toen ik wekelijks concerten bezocht en ook regelmatig zelf optrad. Ooit was klassieke muziek een enorme passie van me geweest, en toch moest ik tot mijn schande bekennen dat ik al zeker tien jaar niet meer naar een recital was geweest. De spanning vloeide uit mijn lijf toen ik Willem hoorde spelen en zijn vaardige handen over de toetsen zag dansen. Op dat moment beloofde ik mezelf dat ik voortaan vaker zoiets zou doen.

Na het concert kwam Erling me opzoeken en nam hij me mee het podium op, waar hij me voorstelde aan Willem Caspari. Zijn gezicht had iets theatraals door de hoekige botstructuur, zijn witte huid stond strakgespannen over de hoge jukbeenderen, hij had turquoisekleurige ogen en volle, bloedrode lippen. Alles aan hem was onberispelijk, van zijn nette, donkere haar tot zijn gepoetste, zwarte schoenen. Hij deed me denken aan een knappe vampier.

'Heel erg bedankt voor het concert,' zei ik tegen Willem. 'Ik heb genoten.'

'Graag gedaan, juffrouw D'Aplièse,' antwoordde hij, waarna hij discreet zijn handen aan een sneeuwwitte zakdoek afveegde voordat hij mij de hand schudde. Onderwijl keek hij me doordringend aan. 'Weet je, volgens mij hebben wij elkaar al eens eerder ontmoet.'

'Is dat zo?' vroeg ik, beschaamd omdat ik hem niet kon plaatsen.

'Ja. Ik heb gestudeerd aan het Conservatoire in Genève. Volgens mij was jij net begonnen toen ik in mijn laatste jaar zat. Behalve dat ik heel goed ben met gezichten, heb ik je achternaam ook onthouden, omdat ik die toen al zo opvallend vond. Je bent toch fluitist?'

'Ja,' zei ik verbaasd. 'Of tenminste, dat was ik.'

'Werkelijk, Ally? Dat heb je helemaal niet tegen me gezegd,' merkte Erling op.

'Ach, het is ook al zo lang geleden.'

'Speel je niet meer?' vroeg Willem, die zijn revers gladstreek, eerder uit gewoonte dan in een poging om indruk te maken.

'Niet echt, nee.'

'Als ik het me goed herinner, heb ik weleens een recital van je bezocht. Je hebt toch de "Sonate voor fluit en piano" gespeeld?'

'Dat klopt, ja. Je hebt echt een goed geheugen.'

'Alleen als ik iets wil onthouden. Dat heeft zo zijn voor- en nadelen, kan ik je verzekeren.'

'Wat interessant, aangezien de muzikant naar wie Ally momenteel onderzoek doet, zelf ook fluitist was,' kwam Erling tussenbeide.

'Naar wie doe je dan onderzoek, als ik vragen mag?' vroeg Willem, met zijn sprankelende ogen op de mijne gericht.

'De Noorse componist Jens Halvorsen en zijn vrouw Anna, die zangeres was.'

'Die ken ik niet, ben ik bang.'

'Hier in Noorwegen waren ze allebei erg bekend, vooral Anna,' legde Erling uit. 'Ik weet niet of je al plannen had, maar heb je misschien zin om een kijkje te nemen in het huis van Grieg en in de hut op de heuvel waar hij zijn muziek componeerde?'

'Heel graag, dank je.'

'Vind je het vervelend als ik met je meega?' Willem keek me nog steeds onderzoekend aan, met zijn hoofd schuin. 'Ik ben gisteravond pas in Bergen aangekomen en heb zelf ook nog niet de kans gehad om rond te kijken.'

'Ik vind het prima,' zei ik, omdat het me altijd nog beter leek om naast hem te lopen dan om hier te blijven staan, onder zijn koele maar toch doordringende blik.

'Dan laat ik jullie alleen,' zei Erling haastig. 'Komen jullie nog even zeggen wanneer jullie weggaan? En bedankt voor het prachtige optreden van vandaag, Willem.'

Willem en ik liepen achter Erling aan de zaal uit en daarna gingen we samen de treden in het bos op naar het huis. In de villa liepen we door naar de salon met een houten vloer, waar een oude Steinway-vleugel bij een van de muren stond. De rest van de ruimte was ingericht met een eclectische mix van rustieke meubels en elegantere stukken van noten- en mahoniehout. Aan de met houten planken betimmerde muren streden portretten en landschapsschilderijen met elkaar om de aandacht.

'Het voelt hier nog steeds als een echt thuis,' zei ik tegen Willem.

'Dat vind ik ook.'

Her en der door de kamer verspreid bevonden zich ingelijste foto's van Grieg en zijn vrouw Nina. Een daarvan, waarop ze samen naast de piano stonden, viel me op. Nina glimlachte zachtmoedig en Grieg had een onpeilbare uitdrukking onder zijn dikke wenkbrauwen en volle snor.

'Wat zijn ze klein in vergelijking met de piano,' merkte ik op. 'Het lijken wel twee poppen!'

'Naar verluidt waren ze amper een meter vijftig. En wist je dat Grieg een klaplong had? Als hij op de foto moest, stopte hij altijd een kussentje onder zijn jas om de ruimte op te vullen. Daarom had hij ook altijd zijn hand op zijn borst, om het kussentje op zijn plaats te houden.'

'Wat fascinerend,' mompelde ik, terwijl we verder liepen door de kamer en de voorwerpen bekeken die daar uitgestald waren.

'Waarom ben je eigenlijk met muziek gestopt?' vroeg Willem abrupt, in een gesprekspatroon dat ik al begon te herkennen. Het leek wel of hij in gedachten een lijstje met gespreksonderwerpen afvinkte.

'Ik ben beroepszeiler geworden.'

'En toen ben je maar op de horlepijp gaan spelen?' Hij grinnikte om zijn eigen grapje. 'Mis je het om te spelen?'

'Eerlijk gezegd heb ik daar de afgelopen jaren niet eens tijd voor gehad. Zeilen was mijn leven.'

'Ik kan me geen leven zonder muziek voorstellen.' Willem wees naar de piano van Grieg. 'Dit instrument is mijn lust en mijn leven, mijn drijvende kracht. Soms heb ik zelfs nachtmerries dat ik artritis in mijn vingers krijg. Zonder mijn muziek zou ik niets meer hebben.'

'Misschien heb jij dan meer vertrouwen in je eigen vaardigheden dan ik. Op het Conservatoire had ik het gevoel dat ik vastliep. Hoe vaak ik ook oefende, het leek wel of ik geen vooruitgang boekte.'

'Zo heb ik me jarenlang elke dag gevoeld, Ally. Volgens mij hoort dat er gewoon bij. Ik moet wel geloven dat ik vooruitga, anders ga ik eraan kapot. Zullen we nu eens de hut gaan bekijken waar de beste man een aantal van zijn meesterwerken heeft gecomponeerd?'

De hut bevond zich op een klein eindje lopen van de villa. Toen ik door het glas in de voordeur tuurde, zag ik een bescheiden piano tegen een van de muren staan. Daarnaast stond een schommelstoel en onder het grote raam met uitzicht op het meer was een bureau neergezet. Daar, op het bureau, stond nog een kikkertje, identiek aan het mijne. Die gedachte besloot ik niet met Willem te delen.

'Wat een uitzicht,' verzuchtte hij. 'Daar zou iedereen toch inspiratie van krijgen?'

'Maar je zit hier wel erg afgezonderd, vind je niet?'

'Dat zou ik niet erg vinden. Ik ben juist graag alleen. Ik kan mezelf prima vermaken,' zei hij schouderophalend.

'Ik ook wel, maar na een tijdje zou ik er volgens mij toch gek van worden.' Ik glimlachte naar hem. 'Zullen we teruglopen?'

'Ja.' Willem keek op zijn horloge. 'Om vier uur komt er een journalist naar mijn hotel om me te interviewen. De receptioniste hier zei dat ze een taxi voor me zou bellen. Waar logeer jij? Kan ik je misschien een lift aanbieden naar de stad?'

'Eigenlijk heb ik nog geen hotel geboekt,' zei ik toen we teruggliepen. 'Via het VVV-kantoor in de stad kan ik vast wel iets vinden.'

'Je zou eens in mijn hotel kunnen kijken. Het is extreem schoon en ligt aan de oude haven, met schitterend uitzicht op de fjord. Trouwens, ik vind het wel knap dat je zo relaxed kunt omgaan met waar je gaat overnachten.' Samen liepen we naar de receptie. 'Als ik op reis ga, moet ik altijd weken van tevoren geboekt hebben en precies weten waar ik verblijf, anders stort ik in.'

'Misschien ben ik daar wat makkelijker in geworden door al die jaren dat ik gezeild heb. Ik kan overal slapen.'

'En misschien ben ik gewoon een grotere controlfreak dan de meeste mensen. Iedereen die ik ken wordt er gek van dat ik alles tot in de puntjes wil organiseren.'

Ik haalde mijn rugzak op bij Else, het meisje achter de kassa, en wachtte bij de uitgang tot Willem een taxi had geregeld. Nu ik hem discreet kon gadeslaan, bedacht ik dat zijn innerlijke spanning terug te zien was in zijn houding. Hij stond erbij als een soldaat, elke zenuw gespannen, zijn vuisten ballend en weer ontspannend terwijl Else in gesprek was met het taxibedrijf.

Gedreven... dat woord beschreef hem nog het beste.

'Waar woon je eigenlijk als je niet zeilt of op zoek bent naar al lang overleden muzikanten en hun echtgenotes?' vroeg hij toen de taxi aankwam en we instapten.

'In Genève, in mijn ouderlijk huis.'

'Dus je hebt zelf geen vaste verblijfplaats?'

'Nee, die heb ik nooit nodig gehad. Ik ben toch altijd onderweg.'

'Daar zijn we dan ook heel verschillend in. Mijn appartement in Zürich is mijn veilige haven. Al moet ik me vaak wel inhouden om niet aan bezoek te vragen om hun schoenen uit te trekken of ze een ontsmettend doekje in hun handen te duwen.'

Ik dacht terug aan de manier waarop hij stiekem zijn handen had afgeveegd na het pianospelen.

'Ik weet dat ik een rare ben,' gaf hij toe, 'dus je hoeft je niet te schamen als je zo over me denkt.'

'De meeste muzikanten die ik ken zijn excentriek. Volgens mij hoort dat er gewoon bij als je zo artistiek bent.'

'Of autistisch, als je het mijn zielenknijper vraagt. Misschien is de grens tussen die twee dingen niet zo duidelijk. Volgens mijn moeder heb ik een wederhelft nodig om me zo nu en dan recht te zetten, maar ik kan me niet indenken dat iemand het met mij zou uithouden. Heb jij eigenlijk een partner?'

'Ik... Die had ik, maar hij is een paar weken terug overleden.' Ik staarde uit het raampje.

'Wat erg voor je, Ally. Gecondoleerd.'

'Dank je.'

'Ik weet even niet wat ik moet zeggen.'

‘Zit er maar niet mee, dat weet niemand,’ stelde ik hem gerust.

‘Ben je daarom in Noorwegen?’

‘Ja, ik denk het wel.’

De taxi begon langzaam langs een kant van de prachtige haven te rijden. Die werd geflankeerd door gebouwen met houten voorgevels in verschillende tinten wit, wijnrood, oker en geel, en met opvallende puntdaken met rode dakpannen. Alle kleuren vervaagden echter voor mijn ogen, want ik voelde tranen opwellen.

‘Nou ja...’ Na een lange aarzeling schraapte Willem zijn keel. ‘Normaal gesproken praat ik hier liever niet over, maar toevallig weet ik precies wat je doormaakt. Mijn partner is vijf jaar geleden gestorven, vlak na kerst. Daar heb ik geen goede herinneringen aan.’

‘Dan moet ik jou ook condoleren.’ Ik gaf een klopje op zijn gebalde vuist en nu was het zijn beurt om weg te kijken.

‘In mijn geval was het een welkom einde. Op het laatst was Jack heel erg ziek. En bij jou?’

‘Een ongeluk tijdens het zeilen. Het ene moment was Theo er nog, het volgende niet meer.’

‘Eerlijk gezegd weet ik niet wat erger is. Ik heb de tijd gehad om me ermee te verzoenen, maar heb wel iemand van wie ik hield zien lijden. Daar ben ik nog steeds niet overheen, geloof ik. Maar goed, ik wilde je niet nog depressiever maken dan je waarschijnlijk al bent. Het spijt me.’

‘Hoeft niet. Op een rare manier vind ik het een troostende gedachte dat er nog meer mensen zijn die dit hebben meegemaakt,’ reageerde ik toen de taxi tot stilstand kwam voor een hoog bakstenen gebouw.

‘Dit is mijn hotel. Waarom ga je niet mee naar binnen, om te vragen of ze nog kamers vrij hebben? Ik betwijfel of je iets beters kunt vinden.’

‘Qua uitzicht in ieder geval niet,’ beaamde ik. Toen ik uit de taxi stapte, zag ik dat het Havnekontoret Hotel maar een paar meter bij de rand van de kade vandaan lag, waaraan een prachtige oude schoener met twee masten lag afgemeerd. ‘Dit had Theo prachtig gevonden,’ mompelde ik, blij dat ik dat nu kon zeggen en dat hij het meteen zou begrijpen.

'Ja. Kom, dan draag ik je bagage wel.'

Ik vroeg de taxichauffeur om nog een paar minuten te wachten en liep achter Willem aan het hotel in om te vragen of er nog kamers vrij waren. Toen ik er eenmaal een had bemachtigd, ging ik weer naar buiten om te zeggen dat de taxichauffeur kon doorrijden.

'Ik ben blij dat dat geregeld is.' Willem stond gespannen bij de receptie op me te wachten. 'Zo te zien is die journalist er al. Ik heb een bloedhekel aan de pers, maar het is niet anders. Ik zie je nog wel.'

'Tuurlijk,' zei ik toen hij in de richting van een vrouw liep die in de lobby op hem stond te wachten.

Nadat ik mijn creditcard had overhandigd en het wachtwoord voor de wifi had gekregen, nam ik de lift omhoog naar mijn kamer. Die lag in de nok van het gebouw en had een prachtig uitzicht op de haven. De avond begon al te vallen, dus verwisselde ik mijn jeans voor een joggingbroek en een capuchontrui en zette mijn laptop aan. Terwijl ik wachtte tot hij verbinding had gemaakt, dacht ik aan Willem. Ondanks al zijn rare trekjes mocht ik hem graag.

Tussen mijn mailtjes zag ik er een staan van Magdalena Jensen, de vertaler.

Van: Magdalenajensen1@trans.no
Aan: Allygeneva@gmail.com
Onderwerp: Grieg, Solveig og Jeg / Grieg, Solveig en ik
Datum: 1 september 2007

Beste Ally,

De rest van de vertaling is bijgevoegd. Ik zal het origineel van het boek terugsturen naar het adres in Genève. Veel leesplezier gewenst. Het is een interessant verhaal.

Met vriendelijke groet,
Magdalena

Ik klikte de bijlage aan en wachtte ongeduldig tot de volgende lading pagina's was gedownload. Daarna begon ik weer te lezen...

ANNA

CHRISTIANIA, NOORWEGEN
AUGUSTUS 1876

25

'Anna, kjære, wat heerlijk dat je er weer bent,' zei Frøken Olsdatter terwijl ze Anna het appartement in loodste en haar mantel aannam. 'Nu Herr Bayer in Drøbak is, vind ik het hier veel te stil. Hoe heb je het gehad bij je ouders?'

'Heerlijk, dank u, maar het was veel te snel voorbij.' Anna liep achter Frøken Olsdatter aan naar de salon.

'Thee?'

'Heel graag,' antwoordde Anna.

'Dan ga ik die even halen.'

Terwijl de huishoudster de kamer verliet, bedacht Anna hoe fijn het was om weer in Christiania te zijn, onder de hoede van de huishoudster. Misschien was ze verwend geraakt, maar dat kon haar niets schelen. Met een zucht van opluchting dacht ze eraan dat ze vannacht weer op een comfortabel matras mocht slapen en morgen ontbijt op bed zou krijgen. Om nog maar te zwijgen van een warm bad...

Frøken Olsdatter doorbrak haar gedachtegang toen ze weer binnenkwam met een dienblad met thee. 'Ik heb trouwens nog nieuws voor je.' Ze schonk de thee in twee porseleinen kopjes en gaf er een aan Anna. 'Herr Bayer kan op dit moment nog niet terugkomen naar Christiania. Zijn arme moeder is heel erg ziek en hij kan haar niet alleen laten. Volgens hem zal het einde niet lang meer op zich laten wachten en natuurlijk wil hij dan bij haar zijn. Dus tot hij terug is, heeft hij je aan mijn zorg toevertrouwd.'

'Wat erg dat zijn moeder zo ziek is,' reageerde Anna, al vond ze het helemaal niet erg dat Herr Bayer pas later zou terugkomen.

'De repetities zijn overdag, dus ik zal met je meereizen in de tram. Als je je thee ophebt, moet je maar eens boven in je kast kijken. De winterkleren die Herr Bayer bij de kleermaker heeft besteld zijn gearriveerd. Ze zijn echt prachtig, als je het mij vraagt. Er is ook een brief voor je bezorgd. Die heb ik in je kamer gelegd.'

Tien minuten later trok Anna de deur van haar kast open en zag dat die gevuld was met allerlei prachtige handgemaakte kledingstukken. Er waren blouses van de zachtste zijde en mousseline, rokken van kwaliteitswol en twee beeldschone avondjurken, een in het topaas en een in een diepe rozerode kleur. Er waren ook twee nieuwe korsetten, diverse nieuwe slipjes en kousen zo fijn als spinnenwebben.

De gedachte dat Herr Bayer zulke intieme spulletjes voor haar had uitgezocht deed haar huiveren, maar ze zette het snel uit haar hoofd en hield zichzelf voor dat Frøken Olsdatter dat gedeelte wel voor haar rekening zou hebben genomen. Op een hoge plank stonden twee paar schoenen met hakken, een in dezelfde rozerode kleur als de jurk, met een zilveren gespje, het andere in zacht ivoor met witte borduursels. Terwijl ze het roze paar aantrok, viel haar blik op een hoedendoos, die ze vervolgens voorzichtig van de plank haalde. Haar adem stokte toen ze het deksel opendeed. De hoed paste bij haar roze jurk en was bezet met een assortiment van veren en linten zoals Anna nog nooit had gezien. Ze dacht terug aan die eerste keer dat ze in Christiania was aangekomen en zich had verwonderd over de hoeden van de dames. Deze, dacht ze terwijl ze hem voorzichtig op haar hoofd zette, overtrof al die andere. Tijdens een paar oefenrondjes door de kamer op haar nieuwe schoenen en met haar nieuwe hoofddeksel voelde ze zich op een of andere manier langer en ouder. Vol ongeloof besefte ze hoeveel ze was veranderd sinds ze hier was aangekomen.

Met de hoed nog op haar hoofd pakte ze de brief die Frøken Olsdatter voor haar had neergelegd. Met een zucht zag ze dat die van Lars was en ze maakte hem aarzelend open, vrezend voor de inhoud.

Stalsberg Våningshuset
Tindevegen
Heddal

22 juli 1876

Lieve Anna,

Zoals beloofd schrijf ik je om meer uitleg te geven over het korte gesprek dat we op de avond van de bruiloft van je broer hebben gehad.
De afgelopen maanden is me duidelijk geworden dat je leven in Christiania ervoor gezorgd heeft dat je dromen voor de toekomst veranderd zijn. Voel je daar alsjeblieft niet schuldig over, lieve Anna. Het is helemaal niet verwonderlijk dat dat gebeurd is. Je hebt veel talent en daar word je geholpen door mensen die je talent kunnen koesteren en aan de wereld kenbaar kunnen maken. Ook al denken je ouders dat er weinig veranderd is, ik weet wel beter. Nu je deze herfst als Solveig gaat optreden in het Christiania Theater, kan het niet anders dan dat je nog meer verandert. Hoe moeilijk ik het ook vind, ik moet me erbij neerleggen dat het voor jou geen aantrekkelijke gedachte meer is om met mij te trouwen. Als je dat ooit al een aantrekkelijke gedachte gevonden hebt, wat ik betwijfel.
Ik begrijp dat je door je deugdzaamheid en goede inborst nooit je ware gevoelens onder woorden zou hebben gebracht. Niet alleen omdat je mij niet wilde kwetsen, maar ook omdat je je ouders niet wilde teleurstellen. Daarom zal ik, zoals we hebben afgesproken, tegen hen zeggen dat ik niet langer op je kan wachten. Je vader heeft mijn grond al gekocht en die regeling bevalt me goed. Net zoals jij geen geboren huisvrouw bent, ben ik geen boer, en nu mijn vader dood is, is er niet veel dat me nog aan deze plek bindt. En er blijkt nog een optie te zijn.
Anna, ik heb bericht gehad van Scribner, de uitgeverij in New York waar ik mijn gedichten naartoe heb gestuurd. Zij willen ze uitgeven en hebben me een bescheiden voorschot aangeboden.

Zoals je weet heb ik er altijd van gedroomd om naar Amerika te reizen. Het geld dat je vader me voor de grond heeft betaald, is net genoeg voor de overtocht. Je kunt je wel indenken dat ik me er erg op verheug en trots ben dat mijn gedichten daar zullen worden uitgegeven. Het allerliefst was ik met je getrouwd en had ik je meegenomen om daar samen een nieuw leven op te bouwen. Maar voor jou is dit niet het goede moment. En Anna, als ik heel eerlijk ben, weet ik ook wel dat je niet zoveel van mij zou kunnen gaan houden als ik van jou hou, zelfs niet als de omstandigheden anders waren.

Ik ben niet boos op je en wens je het allerbeste toe. Op een vreemde manier heeft de Heer ons allebei de vrijheid gegeven om onze eigen weg te volgen, ook al moeten onze wegen zich daarvoor scheiden. Hoewel we niet meer met elkaar gaan trouwen, hoop ik dat we wel vrienden blijven.

Over zes weken vaar ik uit naar Amerika.

Lars

Anna legde de brief naast zich op het bed. Zo bleef ze zitten, in gedachten verzonken, zowel ontroerd als van haar stuk gebracht.

Amerika... Ze gaf zichzelf een standje omdat ze had gedacht dat Lars in luchtkastelen geloofde en ze hem niet serieus had genomen. Nu was hij al zover dat zijn gedichten daar uitgegeven zouden worden. Misschien zou hij op een dag wel in de voetsporen van Herr Ibsen treden.

Voor het eerst zag ze Lars niet als een slachtoffer, als een zielige hond die een aai verdiende. Hoewel zijn land eigenlijk aan haar vader verkocht was bij wijze van bruidsschat, had hij daardoor nu ook de kans om aan Heddal te ontsnappen en zijn dromen na te jagen, net als zij.

Dat was een troostende gedachte.

Zou ze met hem naar Amerika zijn gegaan als hij dat had gevraagd?

'Nee.'

Het antwoord kwam als vanzelf over haar lippen. Ze liet zich achterovervallen op het bed en haar nieuwe zijden hoed kantelde naar voren, over haar ogen.

Appartement 4
St. Olavs Gate 10
Christiania

4 augustus 1876

Beste Lars,

Bedankt voor je brief. Ik ben heel blij dat het zo goed met je gaat. Hopelijk blijf je me schrijven vanuit Amerika. En weet alsjeblieft dat ik je dankbaar ben voor alles wat je voor me hebt gedaan. Jouw hulp met lezen en schrijven heeft mijn leven hier in Christiania mogelijk gemaakt.
Zeg alsjeblieft tegen mor en far dat ik van hen hou. Ik hoop dat ze niet tegen je zullen schreeuwen als je zegt dat de bruiloft niet doorgaat, en ik vind het heel grootmoedig van je dat je de schuld op je wilt nemen.
Hopelijk vind je in Amerika een veel betere vrouw dan ik. Ik hoop ook dat we vrienden kunnen blijven.

Hopelijk word je niet zeeziek.
Anna

Terwijl Anna de brief verzegelde, drong het pas echt tot haar door wat hij had gezegd. Nu Lars gewoon een vriend van haar was die op het punt stond naar Amerika te vertrekken, zou ze hem nog gaan missen.

Had ik met hem moeten trouwen, vroeg ze zich af toen ze naar het raam liep om naar de straat beneden te kijken. Hij was zo aardig en lief. En waarschijnlijk wordt hij daar rijk, terwijl ik misschien wel als ouwe vrijster aan mijn einde kom...

Later, toen Anna in de hal de brief op het zilveren dienblad legde om op de post te laten doen, voelde ze het laatste ragfijne draadje dat haar met haar oude leven verbond eindelijk knappen.

Drie dagen later gingen de repetities voor *Peer Gynt* van start. De rest van de bezetting, van wie veel mensen ook in de oorspronkelijke uitvoering hadden gespeeld, was heel lief en behulpzaam tegenover Anna. Maar hoewel het haar geen enkele moeite kostte om liedjes in te studeren en te zingen, was acteren toch ingewikkelder dan ze gedacht had. De ene keer liep ze naar de juiste plek op het podium, maar vergat ze ondertussen haar tekst op te zeggen, de andere keer deed ze allebei die dingen wel, maar wist ze niet de juiste emotie uit te drukken met haar gezicht. Herr Josephson, de regisseur, was heel geduldig met haar, maar Anna had het gevoel dat ze veel te veel dingen tegelijk moest onthouden.

Na vier dagen repeteren begon ze zich wanhopig af te vragen of ze het ooit wel door zou krijgen. Op weg naar de artiesteningang slaakte ze een gilletje toen een hand haar bij de arm greep.

'Frøken Landvik, ik hoorde al dat u weer in Christiania was. Hoe was het bij uw ouders?'

Daar had je hem, Jens Halvorsen de Slechte. Anna's hart ging tekeer nu ze zo dicht bij hem stond en hoewel hij zijn greep om haar arm wel liet verslappen, bleef zijn hand daar rusten. Ze voelde de warmte ervan door haar mouw heen en slikte moeizaam. Toen ze zich naar hem omdraaide, schrok ze ervan hoe anders hij eruitzag. Zijn normaal gesproken glanzende krullen hingen dof om zijn gezicht en zijn keurige kleren waren vies en ongestreken. Hij zag eruit alsof hij al weken niet in bad was geweest en haar neus leek dat te bevestigen.

'Ik... Mijn chaperonne staat buiten op me te wachten,' fluisterde ze. 'Laat me alstublieft met rust.'

'Dat zal ik doen, maar eerst wil ik dat u weet hoe erg ik u gemist heb. Nu gelooft u toch wel dat ik van u hou en trouw aan u ben? Alstublieft, spreek iets met me af.'

'Nee, dat wil ik niet,' antwoordde ze.

'Nou, dan zal ik u moeten blijven opzoeken in het theater, denkt u ook niet, Frøken Landvik?' riep hij haar na toen ze haastig de artiesteningang uit liep en de deur met een klap achter zich dicht liet vallen.

De week daarna stond Jens haar elke dag na de repetities op te wachten als ze het theater wilde verlaten.

'Herr Halvorsen, nu wordt het echt irritant,' fluisterde ze dan zachtjes tegen hem, omdat Halbert, de portier, zoals gewoonlijk op de eerste rang zat bij hun hofmakerij.

'Mooi zo! Dan geeft u misschien wel toe en laat u me op thee trakteren.'

'Mijn chaperonne gaat vast graag met ons mee. Probeer maar een afspraak met haar te maken,' zei ze dan terwijl ze langs hem heen liep en een glimlach probeerde te onderdrukken. In werkelijkheid waren hun dagelijkse ontmoetingen het hoogtepunt van haar dag en was ze er nu iets meer ontspannen onder, omdat ze wist dat ze een spannend kat-en-muisspelletje met elkaar speelden. Aangezien Lars thuis niet meer op haar wachtte, en aangezien ze de hele zomer van Jens had gedroomd, kon ze niet voorkomen dat haar vastberadenheid begon af te brokkelen.

De maandag daarna, na een lang weekend waarin ze de hele tijd in het appartement had moeten blijven, had Frøken Olsdatter aangekondigd dat ze de stad in moest om iets te regelen voor Herr Bayer. Ze dacht dat het Anna wel toevertrouwd was om alleen met de tram naar huis te komen en zodra Anna van het podium af liep, wist ze dat het tijd was om zich gewonnen te geven.

Zoals gewoonlijk stond Jens haar al in de hal bij de artiesteningang op te wachten. 'Wanneer zegt u nou eens ja, Frøken Landvik?' vroeg hij zielig toen ze langs hem heen liep. 'Zelfs met mijn doorzettingsvermogen beginnen al die afwijzingen toch vat op me te krijgen.'

'Vandaag?' Abrupt draaide ze zich naar hem om.

'Ik... Nou... Goed dan.'

Tevreden keek Anna naar zijn geschokte gezicht.

'Dan gaan we naar het Engebret Café aan de overkant van het plein,' zei hij. 'Dat is maar een minuutje lopen.'

Anna had al vaker over Engebret gehoord en het leek haar inderdaad heel spannend om daarheen te gaan. 'Maar stel dat iemand ons ziet? Ze vinden het vast ongepast als ik geen chaperonne meeneem.'

'Welnee,' grinnikte Jens. 'In Engebret komen vooral zonderlingen en dronken muzikanten die nog niet eens zouden opkijken als u zich uitkleedde en op tafel ging dansen. Niemand zal acht op ons slaan, dat beloof ik. Kom, Frøken Landvik, we staan hier onze tijd te verdoen.'

'Goed dan.' Er ging een huivering van opwinding door haar heen.

Zonder iets te zeggen liepen ze het theater uit en staken ze het plein over naar het café, waar Anna een tafeltje in het donkerste, rustigste hoekje aanwees. Jens bestelde voor hen allebei een kop thee.

'Vertel eens, hoe was uw zomer?'

'Een stuk beter dan de uwe, als ik u zo eens bekijk. U ziet er... beroerd uit.'

'Nou, bedankt dat u het zo beleefd verwoordt.' Hij moest grinniken om haar botheid. 'Ik ben niet ziek, alleen maar arm en toe aan een lekker bad en schone kleren. Simen, mijn mede-orkestlid, zegt dat ik een echte muzikant geworden ben. Hij is zo goed geweest om me onderdak aan te bieden toen ik mijn huis uit moest.'

'Hemeltje! Hoe kwam dat?'

'Mijn vader was het niet eens met mijn muzikale ambities. Hij wilde dat ik in zijn voetsporen zou treden en zijn brouwerij zou gaan runnen, zoals zijn voorvaderen en hijzelf dat ook gedaan hebben.'

Met hernieuwde bewondering keek Anna hem aan. Hij moest toch wel een sterk karakter hebben als hij zijn familie en alle gemakken van thuis had opgegeven voor zijn passie.

'Maar goed,' vervolgde Jens, 'nu het theaterseizoen weer begint en ik eindelijk geld verdien, ga ik naar een betere woonruimte verhuizen. Otto, de hoboïst, zei gisteren dat hij me een kamer in zijn appartement wil verhuren. Zijn vrouw is pasgeleden gestorven en aangezien zij nogal rijk was, hoop ik daar wat gezondere leefomstandigheden aan te treffen. Het appartement ligt maar op vijf minuten lopen bij het uwe vandaan. Dan zijn we bijna buren en kunt u daar thee bij me komen drinken.'

'Ik ben blij dat u het straks iets comfortabeler krijgt,' zei ze verlegen.

'En terwijl ik in de goot lig, is uw ster juist rijzende! Misschien wordt u nog weleens de rijke weldoenster waar geen muzikant zonder kan,' plaagde hij haar toen hun thee werd gebracht. 'Kijk u nou toch eens in uw piekfijne kleren en met uw modieuze Franse hoed. Op en top het plaatje van een rijke jongedame.'

'Het zou zomaar eens kunnen dat mijn ster weer net zo snel ten val komt als dat hij gerezen is. Volgens mij ben ik een vreselijke actrice en raak ik binnenkort mijn baan kwijt,' bekende Anna opeens, blij dat ze het aan iemand kwijt kon.

'Ik durf te wedden dat dat niet waar is. Toen het orkest gisteren voor het eerst weer bij elkaar kwam, hoorde ik Herr Josephson tegen Hennum zeggen dat u al aardig vooruitgaat.'

'U begrijpt het niet, Herr Halvorsen. Ik heb het nooit eng gevonden om voor een publiek te zingen, maar woorden opzeggen en een rol spelen is heel iets anders. Volgens mij heb ik last van plankenkoorts.' Afwezig friemelde ze aan het oor van haar theekopje. 'Ik weet niet waar ik de moed vandaan moet halen om de eerste avond het podium op te gaan.'

'Anna... Vind je het goed als ik Anna zeg, en jij Jens? Ik denk dat we elkaar daar nu wel goed genoeg voor kennen.'

'Dat vind ik goed. Als we met zijn tweeën zijn, tenminste.'

'Dank je. Maar goed, Anna, ik weet zeker dat je er zo mooi zult uitzien en zo betoverend zult zingen dat het niemand opvalt wat je allemaal zegt.'

'Dat is lief van je... Jens, maar ik kan er 's nachts niet van slapen. Ik wil niemand teleurstellen.'

'Dat gebeurt vast niet. Vertel eens, hoe gaat het met je aanbidder thuis?'

'Hij heeft plannen om naar Amerika te gaan. Zonder mij,' zei ze behoedzaam, terwijl ze haar ogen neersloeg. 'We zijn niet meer verloofd.'

'Dat vind ik jammer voor je, al moet ik toegeven dat je me daar heel gelukkig mee maakt. De gedachte aan jou is het enige wat me deze moeilijke zomer op de been heeft gehouden. Ik ben dolverliefd op je.'

Anna staarde hem even aan, voordat ze antwoord gaf. 'Hoe kan dat nou? Je kent me amper. We hebben nog nooit langer dan een paar minuten met elkaar gepraat. Je wordt toch verliefd op iemands karakter? En daarvoor moet je diegene goed kennen.'

'Ik weet veel meer van je dan je denkt. Bijvoorbeeld dat je bescheiden bent, omdat ik je zag blozen toen het publiek je een staande ovatie gaf tijdens de soiree. Ik weet dat je niet erg met je uiterlijk bezig bent, aangezien je je gezicht niet opmaakt. En inmiddels heb ik wel door dat je deugdzaam en loyaal bent, waardoor het nog moeilijker was om je het hof te maken. Daardoor heb ik weer het idee dat je zo koppig als een ezel kunt zijn als je eenmaal iets in je hoofd hebt. In mijn ervaring zijn er namelijk maar weinig vrouwen die de brieven van hun aanbidder niet eens een blik waardig gunnen voordat ze ze in de haard gooien. Zelfs niet als ze niet op zijn avances zitten te wachten.'

Anna deed haar best om niet te laten blijken hoe goed hij haar doorhad. 'Nou...' Ze slikte moeizaam. 'Er zijn ook veel dingen die je niet van me weet. Bijvoorbeeld dat mijn moeder de wanhoop nabij is omdat ik zo'n slechte huisvrouw ben. Ik kan heel slecht koken en al helemaal niet naaien. Mijn vader zegt altijd dat ik alleen voor dieren kan zorgen, niet voor mensen.'

'Dan leven we van de liefde en nemen we een kat,' reageerde Jens grijnzend.

'Neem me niet kwalijk, maar ik moet nu echt de tram naar huis nemen.' Anna stond op en pakte een paar muntstukken uit haar tas. 'Ik betaal wel voor de thee. Dag... Jens.'

'Anna.' Toen ze aanstalten maakte om weg te lopen, pakte hij haar hand. 'Wanneer zie ik je weer?'

'Zoals je heus wel weet, ben ik elke dag van tien tot vier in het theater.'

'Dan ben ik er morgen om vier uur,' riep hij haar na toen ze zich naar de deur haastte. Nadat ze was vertrokken, keek hij naar de muntjes op tafel en zag dat er niet alleen genoeg lag voor de thee, maar ook voor een kop soep en een glas aquavit.

Eenmaal veilig in de tram deed Anna haar ogen dicht en glimlachte dromerig. Het was geweldig geweest om tijd alleen door te brengen met Jens Halvorsen. Of het nou door zijn nieuwe omstandigheden kwam of door zijn niet-aflatende belangstelling voor haar, hij leek helemaal niet meer op de verwaande opschepper waarvoor ze hem ooit had aangezien.

'Lieve Heer,' bad ze die avond, 'vergeef me alstublieft omdat ik geloof dat Jens Halvorsen de Slechte helemaal niet zo slecht meer is. Dat hij op de proef is gesteld en veranderd is. Zoals U weet heb ik mijn best gedaan om niet toe te geven aan de verleiding.' Ze beet op haar lip. 'Maar volgens mij ga ik dat nu wel doen. Amen.'

In de aanloop naar de premièreavond zagen Anna en Jens elkaar elke dag na de repetities. Uit angst voor roddels in het theater had Anna voorgesteld dat hij in Engebret op haar zou wachten. Aan het eind van de middag was het rustig in het café en Anna begon zich langzamerhand te ontspannen en was er steeds minder mee bezig om de schijn op te houden. Op een dag, toen Jens onder de tafel haar hand had gezocht, had zij hem laten begaan. Zo was het begonnen, en nu zaten ze meestal stiekem hand in hand onder tafel. Met één vrije hand was het een stuk lastiger om thee in te schenken en er melk in te doen, maar het was alle moeite meer dan waard.

Inmiddels zag Jens er weer bijna uit als vanouds. Hij was bij Otto ingetrokken en was, zoals hij tot in de details had beschreven, flink opgeknapt door een grondige ontluizingsbeurt. Er was een werkster in het appartement die al zijn kleren had gewassen. Tot Anna's opluchting rook hij nu ook een stuk frisser.

Maar verder was het vooral de herinnering van zijn huid tegen de hare die haar dag en nacht in beslag nam. Ook al leek het allemaal nog zo onschuldig, die aanraking beloofde zoveel meer. Eindelijk begreep ze hoe Solveig zich had gevoeld en waarom ze zoveel had opgeofferd voor haar Peer.

Vaak zaten ze gewoon stilletjes bij elkaar, zonder acht te slaan op hun thee, elkaar alleen maar in zich op te nemen. Hoewel Anna zichzelf voorhield dat ze op haar hoede moest zijn, wist ze dat ze zich eindelijk gewonnen had gegeven. En dat ze nu steeds meer van hem in de ban raakte.

26

Drie dagen voordat *Peer Gynt* opnieuw opgevoerd zou worden in het Christiania Theater begonnen ze weer aan het slopende proces om orkest en acteurs op elkaar af te stemmen. Deze keer deelde Anna achter de schermen geen kamer met Rude en de andere kinderen. Ze had de oude kleedkamer van Madame Hansson gekregen, met een hele wand vol spiegels en een met fluweel beklede chaise longue waarop ze kon uitrusten als ze moe was.

‘Mooi hè, Anna?’ had Rude gezegd toen hij er een kijkje was komen nemen. ‘Als je het mij vraagt, heb je het in die paar maanden tijd ver geschopt. Vind je het vervelend als ik je af en toe gezelschap kom houden? Of ben ik nu te min voor je?’

Anna had in zijn mollige wangen geknepen en gegrinnikt. ‘Misschien zal ik geen tijd meer hebben om met je te kaarten, maar als je zin hebt, mag je altijd langskomen.’

Op de avond van de première liep ze de kleedkamer in en zag dat die vol stond met bloemen en succeswensen. Er was zelfs een boeket van haar ouders en Knut, met een bijgesloten brief, waarin ze ongetwijfeld zouden beginnen over haar verbroken verloving met Lars. Die legde ze dan ook opzij om later te lezen. Terwijl Ingeborg, de visagiste, haar gezicht opmaakte, las ze de overige kaartjes, genietend van de vriendelijke woorden die de mensen aan haar hadden geschreven. Eén kaartje sprong eruit, vergezeld door een enkele rode roos, en er ging een huivering door haar heen toen ze het las.

Vanavond ben ik erbij om je ster te zien rijzen. En ik zal elke hartslag met je meevoelen. Zing, mijn prachtige nachtegaaltje. Zing!
J.

Toen Anna hoorde omroepen dat de eerste acteurs het podium op moesten, deed ze een gebedje. 'Lieve Heer, laat me mezelf of mijn familie vanavond alstublieft niet voor schut zetten. Amen.' Daarna stond ze op en liep naar de coulissen.

Die avond waren er momenten waarvan Anna zeker wist dat ze voorgoed in haar geheugen gegrift zouden staan. Zoals dat ene vreselijke moment dat ze tijdens de tweede akte het podium op was gelopen en zich niets meer had kunnen herinneren. Wanhopig had ze omlaag gekeken naar de orkestbak, waar Jens met zijn mond de woorden voor haar had gevormd. Ze hoopte dat ze zich op tijd hersteld had en dat het publiek er niets van had gemerkt, maar de rest van de avond was ze erdoor van slag geweest. Pas tijdens het 'Wiegelied' op het einde, toen Peer zijn hoofd op haar knieën legde en ze alleen op het podium waren, was haar zelfvertrouwen teruggekomen en had ze haar stem en haar emoties de vrije loop gelaten.

Nadat de laatste noot was weggestorven waren ze nog vaak teruggeroepen om een buiging te maken en waren er boeketten overhandigd aan haar en Marie, die Peers moeder Åse speelde. Toen het doek eindelijk viel, snelde ze het podium af en viel Herr Josephson snikkend om zijn hals.

'Liefje toch. Niet huilen, alsjeblieft,' zei hij troostend.

'Maar ik was vreselijk vanavond! Dat weet ik toch.'

'Welnee, Anna. Begrijp je dan niet dat je door je onzekerheid alleen maar duidelijker hebt laten zien hoe kwetsbaar Solveig zich voelt? Tegen het einde... Het publiek zat op het puntje van zijn stoel. Deze rol is je op het lijf geschreven en ik weet zeker dat Herr Ibsen en Herr Grieg heel erg tevreden waren geweest als ze je vanavond hadden gezien. Bovendien zong je als een nachtegaaltje, zoals altijd. Dus ga nu maar vieren hoe goed je het gedaan hebt.' Met zijn vinger streek hij een traan van haar wang.

Tegen de tijd dat ze in haar kleedkamer aankwam, stond die vol met mensen die haar wilden feliciteren. Iedereen wilde erbij zijn nu deze nieuwe prinses van eigen bodem was opgestaan, en Anna deed haar best om de juiste dingen tegen hen te zeggen. Op een gegeven moment kwam Herr Hennum binnen, die iedereen de kamer uit werkte.

'Het was me een genoegen om het orkest vanavond te dirigeren en om jou je debuut op het podium te zien maken, Anna. En nee, als actrice was je niet perfect, maar dat leer je gaandeweg wel naarmate je meer zelfvertrouwen krijgt. Dat zal gebeuren, dat beloof ik. Probeer alsjeblieft te genieten van alle complimenten vanuit Christiania, want die heb je echt verdiend. Over een kwartiertje komt Herr Josephson hierheen om je te begeleiden naar het premièrefeest in de foyer.' Daarna maakte hij nog een buiging en liet haar met rust.

Terwijl ze zich aan het omkleden was, kondigde Rude met een kort klopje zijn komst aan. 'Neem me niet kwalijk, Frøken Anna, maar iemand heeft me gevraagd een boodschap aan je over te brengen.' Met een ondeugende grijns overhandigde hij haar de brief. 'Je ziet er vanavond erg mooi uit, mag ik wel zeggen. Wil je trouwens aan mijn moeder vragen of ik naar het feest mag? Misschien mag het wel als jij het haar vraagt.'

'Je weet dat ik dat niet kan doen, Rude. Maar nu je hier toch bent, kun je misschien mijn jurk voor me dichtmaken?'

Toen Anna de foyer in kwam met Herr Josephson, werd ze verwelkomd met een luid applaus. Jens sloeg haar van een afstandje gade en wist dat hij nog nooit zoveel van haar gehouden had als op dat moment. Dat had hij na afloop van het stuk ook geschreven in het briefje dat hij door Rude had laten bezorgen. Hij zag dat ze glimlachte en gesprekjes aanging met de aanwezigen en bedacht hoe veel ze al had bereikt sinds hij haar voor het eerst had horen zingen.

Daarna schoot zijn hart in zijn keel, omdat hij een bekende gestalte op haar af zag lopen. Zijn uit de kluiten gewassen krulsnor ging bijna overeind staan van trots toen iedereen een stap naar achteren deed om hem erlangs te laten.

'Anna! Lieve jongedame, zelfs de ziekte van mijn moeder heeft me er niet van kunnen weerhouden om op deze prachtige avond naar je te komen kijken. Je was geweldig, kjære, echt geweldig.'

Jens zag Anna's gezicht even betrekken, maar ze herstelde zich snel en begroette Herr Bayer hartelijk. Op dat moment vertrok Jens, neerslachtig omdat hij met haar mentor erbij niet tegen haar zou kunnen zeggen hoe trots hij op haar was.

Natuurlijk, dacht hij terwijl hij zijn ellende verdronk in een aquavit bij Engebret, zag hij heus wel hoe de zaken ervoor stonden, ook al was Anna daar blind voor. Hoewel ze zich van haar boerse aanbidder had weten te ontdoen, was het zonneklaar dat Herr Bayer verliefd op haar was. En hij kon haar alles geven wat haar hartje begeerde. Een paar maanden geleden had Jens dat ook nog gekund.

Voor de eerste keer vroeg hij zich af of hij een vreselijke vergissing had begaan.

'"Frøken Landvik speelt de rol van Solveig dan wel niet met zoveel verve als Madame Hansson, dat maakt ze ruimschoots goed met haar onschuld, haar jeugdigheid en haar uitstekende vertolking van de gezongen teksten." En in de vroege editie van *Dagbladet* zegt de recensent ook weer dat je zo mooi en jong bent en dat...'

Anna luisterde niet meer naar Herr Bayer. Ze was blij dat ze zich door de eerste avond heen had geslagen, maar moest er nog niet aan denken dat het morgenavond weer helemaal opnieuw zou beginnen.

'Anna, jammer genoeg kan ik maar tot morgenochtend in Christiania blijven, want ik moet zo snel mogelijk de veerboot terug nemen om aan het bed van mijn moeder te waken.' Herr Bayer sloeg de krant dicht.

'Hoe gaat het met haar?'

'Niet beter, maar ook niet slechter,' verzuchtte hij. 'Mijn moeder heeft altijd een sterke wil gehad, dat is de enige reden dat ze nu nog leeft. Ik kan niets voor haar doen, behalve bij haar zijn nu het einde nadert. Maar genoeg daarover. Vanavond wil ik graag samen met je eten, zodat je me precies kunt vertellen wat er zoal gebeurd is sinds de laatste keer dat ik je gezien heb.'

'Natuurlijk, heel graag zelfs, maar ik ben een beetje moe. Als we vanavond gaan dineren, vindt u het dan goed als ik nu even ga uitrusten?'

'Uiteraard, lieve jongedame. Nogmaals gefeliciteerd.'

Franz Bayer keek Anna na toen ze het vertrek uit liep en verwonderde zich erover hoeveel ze het afgelopen jaar had bereikt. En zelfs sinds de laatste keer dat hij haar had gezien. Hij had altijd al geweten dat ze een bloem was die op het punt van ontluiken stond, maar nu ze eenmaal was opgebloeid, was ze beeldschoon. Onder zijn leiding was ze bovendien sierlijk en verfijnd geworden.

Hoewel ze net had gezegd dat ze moe was, straalde ze op een manier die hij niet helemaal kon duiden. Hopelijk had het niets te maken met die violist van wie ze zo onder de indruk was geweest op de soiree in juni. Gisteravond had Herr Josephson hem heel gemeen geplaagd dat het maar goed was dat hij weer in de stad was. Volgens hem was Franz' protegee namelijk meerdere malen gezien in Engebret, waar ze thee had gedronken met die jongeman.

Tot nu toe had hij rustig afgewacht omdat hij haar niet had willen afschrikken. Maar na wat Herr Josephson had gezegd, vond hij dat hij maar beter duidelijk kon maken wat zijn bedoelingen waren.

'Lieve jongedame, wat zie je er betoverend uit vanavond!'

Zo werd ze die avond door Herr Bayer begroet toen ze in haar topaaskleurige avondjurk de eetkamer in kwam. Mensen zeiden wel vaker dat ze er zo mooi uitzag – meestal mannen, dacht ze wrang – maar als ze haar zonder poeder op haar gezicht zouden zien, zouden ze haar met al die sproeten waarschijnlijk vooral heel gewoontjes vinden.

Omdat ze toch iets terug wilde zeggen, zei ze maar dat ze zijn elegante nieuwe paisleydas zo mooi vond, in de hoop dat hij niet zou merken dat ze het niet echt meende.

'Hoe maakte je familie het toen je in de zomer bij hen op bezoek ging?' vroeg hij.

'Met mijn familie gaat het goed, dank u. En de bruiloft was erg mooi.'

'Frøken Olsdatter heeft me verteld dat jij en die jongeman de verloving hebben verbroken.'

'Ja. Lars wilde niet langer op me wachten.'

'Ben je daar verdrietig om, Anna?'

'Ik denk dat het voor ons allebei beter is,' antwoordde ze diplomatiek terwijl ze een hapje vis nam. Het liefst zou ze vroeg naar bed gaan en de hele nacht van Jens dromen.

Na de koffie in de salon kwam Frøken Olsdatter een karaf met cognac voor Herr Bayer brengen en tot Anna's schrik ook een ijsemmer met een fles champagne erin. Zo laat op de avond dronk ze nooit alcohol en ze vroeg zich meteen af of Herr Bayer nog meer gasten verwachtte.

'Doe de deur maar achter u dicht,' riep hij naar Frøken Olsdatter, en de huishoudster gehoorzaamde hem. 'Zo, Anna. Lieve jongedame, ik wil iets tegen je zeggen.' Herr Bayer schraapte zijn keel. 'Je zult vast wel gemerkt hebben dat ik steeds meer op je gesteld ben geraakt sinds je bij me woont. En ik hoop dat je het waardeert wat ik zoal heb gedaan om je carrière vooruit te helpen.'

'Natuurlijk, Herr Bayer. Daar kan ik u niet genoeg voor bedanken.'

'Laten we die formaliteiten overboord gooien. Alsjeblieft, Anna, noem me voortaan Franz. Inmiddels ken je me daar wel goed genoeg voor...'

Anna keek naar Herr Bayer toen hij aarzelde. Voor het eerst sinds ze hem kende leek hij om de juiste woorden verlegen te zitten. Uiteindelijk herstelde hij zich weer en ging verder.

'Zie je, Anna, ik heb dit alles niet alleen gedaan om je talent tot zijn recht te laten komen, maar ook omdat... omdat ik verliefd op je ben. Natuurlijk kon ik daar niets over zeggen toen je nog verloofd was met iemand anders, maar nu je vrij bent... Tja, afgelopen zomer, toen we niet bij elkaar waren, besefte ik pas echt hoe diep mijn gevoelens voor je gaan. En ik ben me er ook van bewust dat ik je straks weer alleen moet laten om aan het bed van mijn moeder te waken, zonder te weten hoe lang ik weg zal blijven. Daarom leek het me beter om mijn bedoelingen nu alvast kenbaar te maken.' Hij aarzelde even en haalde vervolgens diep adem. 'Anna, wil je met me trouwen?'

Geschokt keek ze hem aan, niet in staat om haar afschuw te verhullen.

Toen hij haar gezicht zag, schraapte hij zijn keel opnieuw. 'Ik begrijp dat ik je een beetje overval met dit aanzoek. Maar Anna, zie je dan niet hoe goed we bij elkaar passen? Tot nu toe heb ik je al verder geholpen in je carrière en hier in Christiania heb je de top al bereikt. Maar Noorwegen is een heel klein landje, te klein voor zo'n groot talent als jij. Ik heb al meerdere dirigenten en programmamakers geschreven in Denemarken, Duitsland en Parijs, om hen over je gave te vertellen. Als we met elkaar trouwen, kan ik met je meereizen door Europa wanneer je moet optreden in de grote concertgebouwen. Ik zou je kunnen beschermen, voor je kunnen zorgen... Ik heb heel wat jaren gewacht om een talent zoals jij te vinden. En natuurlijk,' voegde hij er snel aan toe, 'heb je ook mijn hart gestolen.'

'Ik begrijp het.' Anna slikte en wist dat er nu een antwoord van haar verwacht werd.

'Je bent toch ook wel op mij gesteld geraakt?'

'Jawel, en ik ben ook... dankbaar.'

'Volgens mij zouden we elkaar goed aanvullen, zowel zakelijk als privé. Per slot van rekening woon je al bijna een jaar met me onder één dak en ken je al mijn slechte gewoontes,' merkte hij grinnikend op. 'En ik hoop dat je ook mijn goede gewoontes hebt gezien. Daarom zou een huwelijk niet zo'n grote stap zijn als je nu misschien denkt. Voor een groot deel zou ons leven hetzelfde blijven als nu.'

Anna moest een huivering onderdrukken, want ze wist heel goed op welk gebied Herr Bayer wél van haar zou verwachten dat er iets veranderde.

'Wat ben je stil, lieve Anna. Ik kan merken dat ik je hiermee overval. Mij leek dit een heel logische stap, maar jij hebt er misschien nog niet aan durven denken.'

Dat kon je wel stellen, dacht Anna. Hardop zei ze: 'Dat klopt.'

'Misschien ben ik een beetje op de zaken vooruitgelopen door alvast de champagne te laten aanrukken. Ik begrijp dat je tijd nodig hebt om over mijn aanzoek na te denken. Wil je dat doen, Anna?'

'Natuurlijk, Herr Bayer... Franz, bedoel ik. Ik voel me vereerd door je aanzoek,' mompelde ze.

'Ik blijf minstens twee weken weg, waarschijnlijk nog langer, dus misschien kun je er in die tijd over nadenken. Ik kan alleen maar hopen en bidden dat je ja zult zeggen. Nu jij hier bent, besef ik pas echt hoe eenzaam ik ben sinds mijn vrouw is overleden.'

Op dat moment keek hij zo verdrietig dat Anna hem graag had willen troosten, net zoals ze bij haar vader zou doen in zo'n situatie. Die gedachte schudde ze van zich af en ze stond op, want voor haar gevoel viel er niets meer te zeggen. 'Ik zal goed nadenken over wat je hebt gevraagd. Als je terugkomt, zal ik mijn antwoord paraat hebben. Welterusten... Franz.'

Anna moest zichzelf inhouden om niet de salon uit te rennen, maar eenmaal in de hal versnelde ze haar pas. Toen ze in haar slaapkamer was, deed ze de deur dicht en draaide de sleutel om. Daarna plofte ze neer op het bed, met haar hoofd in haar handen, en kon ze nog steeds niet bevatten wat er zojuist was gebeurd. Ze dacht koortsachtig na of ze Herr Bayer zonder het zelf te willen misschien aanleiding had gegeven om te denken dat ze ooit met hem zou trouwen. Ze wist zeker dat ze zich altijd keurig had gedragen. Voor zover ze zich kon herinneren had ze nooit met hem geflirt of 'naar hem gelonkt', zoals de meisjes uit het koor van *Peer Gynt* dat noemden.

Maar Anna kon er niet omheen dat haar ouders ermee hadden ingestemd dat ze bij hem zou intrekken, dat hij voor eten en kleding zou zorgen en haar kansen zou geven waar ze anders nooit van had durven dromen. Om nog maar te zwijgen van de smak geld die hij haar vader had betaald. Waarom zou hij er, na alles wat hij voor haar gedaan had, niet van uitgaan dat hij beloond zou worden met een permanente verbintenis?

'O lieve Heer, ik moet er niet aan denken...' kreunde ze.

De gevolgen van het aanzoek van Herr Bayer waren niet te overzien. Als ze hem afwees, kon ze onmogelijk bij hem blijven wonen. Waar moest ze dan naartoe?

Op dat moment besefte ze pas hoe afhankelijk ze van hem was geworden. Veel jonge meisjes, of zelfs oudere vrouwen zoals Frøken Olsdatter, zouden de kans om zijn vrouw te worden met beide handen aangrijpen. Hij was rijk en beschaafd en begaf zich in de hoogste maatschappelijke kringen van Christiania. Daarnaast was hij vriendelijk en respectvol. Maar hij was ook bijna drie keer zo oud als zij.

En wat nog belangrijker was... Anna dacht aan de belofte die ze zichzelf had gedaan. Ze hield niet van Herr Bayer, maar van Jens Halvorsen.

27

Na het optreden de volgende avond, dat vlak en inspiratieloos aanvoelde in vergelijking met de première, zag ze dat Jens buiten de artiesteningang op haar stond te wachten.

'Wat doe jij hier?' siste ze. Ze zag het rijtuig al staan en liep er haastig naartoe. 'Straks ziet iemand ons nog samen.'

'Niet bang zijn, Anna. Het is niet mijn bedoeling om je in verlegenheid te brengen. Ik wilde alleen maar even tegen je zeggen hoe geweldig je het hebt gedaan tijdens de première. En verder ben ik benieuwd of het wel goed met je gaat.'

Toen ze dat hoorde, bleef ze staan en draaide ze zich naar hem toe. 'Wat bedoel je daarmee?'

'Vanavond leek je niet helemaal jezelf te zijn. Niet dat iemand anders dat is opgevallen, hoor. Je optreden ging uitstekend.'

'Hoe weet jij nou hoe ik me voel?' vroeg ze met tranen van opluchting in haar ogen, omdat hij het op een of andere manier gewoon wist.

'Dus ik heb gelijk.' Eenmaal bij het rijtuig hield de koetsier de deur voor haar open. 'Kan ik je ergens mee helpen?' vroeg Jens.

'Ik... weet het niet. Ik moet naar huis.'

'Dat begrijp ik, maar alsjeblieft. We moeten praten. Onder vier ogen,' zei hij, zo zachtjes dat de koetsier het niet kon horen. 'Neem dan ten minste mijn adres van me aan.' Hij drukte een stukje papier in haar kleine hand. 'Otto, mijn huisbaas, is morgen bij een van zijn privéleerlingen thuis. Tussen vier en vijf heb ik het rijk alleen.'

'Ik... zal kijken of ik dan kan,' mompelde ze. Daarna draaide ze zich om en ging het trapje van het rijtuig op. De koetsier deed de deur dicht en Anna liet zich op het bankje zakken. Ze zag Jens naar haar zwaaien en verdraaide zowat haar nek om door het raampje naar hem te kunnen kijken toen hij de weg overstak in de richting van Engebret. Even later leunde ze achterover, met bonkend hart. Ze wist heel goed hoe ongepast het was om op bezoek te gaan bij een man die alleen thuis was, maar ze wist ook dat ze iemand in vertrouwen moest nemen over wat er gisteravond tussen haar en Herr Bayer was gebeurd.

'Ik moet vanmiddag om vier uur in het theater zijn,' zei Anna de volgende ochtend aan het ontbijt tegen Frøken Olsdatter. 'Herr Josephson wil nog repeteren omdat hij niet tevreden is over een scène in het tweede bedrijf.'

'Kom je vanavond wel thuis eten?'

'Dat hoop ik wel, ja. Ik kan me niet voorstellen dat het langer dan twee uur duurt.'

Misschien beeldde Anna het zich in, maar Frøken Olsdatter keek haar aan zoals haar eigen moeder dat deed als ze wist dat haar dochter tegen haar loog.

'Prima. Wil je na afloop opgehaald worden door een rijtuig?'

'Nee, de trams rijden dan nog en ik kan best de weg naar huis vinden.' Anna stond op en liep zo rustig mogelijk weg van de ontbijttafel.

Toen ze later die dag het appartement verliet, was ze echter een stuk minder kalm.

In de tram ging haar hart zo wild tekeer dat het haar verbaasde dat de persoon naast haar het niet hoorde. Bij de eerste halte stapte ze alweer uit en liep kordaat naar het adres dat Jens haar had gegeven. Ze probeerde het voor zichzelf goed te praten met de gedachte dat hij haar enige vriend in Christiania was en de enige persoon die ze kon vertrouwen.

'Je bent er,' zei Jens glimlachend toen hij opendeed. 'Kom binnen.'

'Dank je.' Anna liep achter hem aan naar binnen, door de hal naar een ruime salon die elegant was ingericht en een beetje op die van Herr Bayer leek.

'Wil je een kopje thee? Ik waarschuw je, ik moet hem zelf zetten, want de werkster is om drie uur weggegaan.'

'Nee, dank je. Ik heb al thee gedronken voordat ik van huis ging, en het was maar een klein eindje.'

Hij gebaarde naar een stoel. 'Ga toch zitten.'

'Dank je.' Ze nam plaats, dankbaar dat de stoel vlak bij de kachel stond, want ze rilde van de kou en de spanning. Jens ging tegenover haar zitten. 'Dit appartement ziet er heel comfortabel uit,' merkte ze op.

'Je had eens moeten zien waar ik eerst woonde...' Grinnikend schudde hij zijn hoofd. 'Laten we het er maar op houden dat ik blij ben met mijn nieuwe onderkomen. Maar laten we geen tijd verdoen aan onbenulligheden. Wat is er, Anna? Wil je erover praten?'

'O, god!' Ze legde haar hand tegen haar voorhoofd. 'Het is... ingewikkeld.'

'Dat zijn problemen wel vaker.'

'Het probleem is dat Herr Bayer me ten huwelijk heeft gevraagd.'

'Aha.' Jens knikte. Op het eerste gezicht leek hij kalm, maar zijn handen waren tot vuisten gebald. 'Wat heb je gezegd?'

'Gisteren is hij vroeg in de ochtend teruggegaan naar Drøbak. Zijn moeder ligt op sterven en hij moet bij haar waken. Als hij terugkomt, verwacht hij een antwoord van me.'

'Wanneer is dat?'

'Als zijn moeder gestorven is, denk ik.'

'Zeg eens eerlijk, hoe voelde je je toen hij het vroeg?'

'Ik gruwde bij de gedachte. En ik voelde me ook schuldig. Je moet niet vergeten hoe gul Herr Bayer voor me is geweest. Ik heb alles aan hem te danken.'

'Anna, je bent alleen zover gekomen door je eigen talent.'

'Ja, maar hij heeft me onderwezen en me kansen geboden waar ik in Heddal niet eens van had durven dromen.'

'Dan zijn jullie elkaars gelijken.'

'Zo voelt het niet,' hield Anna vol. 'En waar moet ik heen als ik hem afwijs?'

'Dus je wilt hem afwijzen?'

'Natuurlijk! Bij hem zou ik het gevoel hebben dat ik met mijn eigen grootvader getrouwd was. Hij is een heel eind in de vijftig. Maar als ik hem afwijs, moet ik het appartement uit en heb ik er een vijand bij.'

'Ach, ik heb zoveel vijanden, Anna,' verzuchtte Jens. 'Toegegeven, dat heb ik grotendeels aan mezelf te wijten. Maar Herr Bayer heeft minder invloed in Christiania dan jullie allebei denken.'

'Dat kan wel zo zijn, maar waar moet ik dan heen, Jens?'

In de stilte die volgde dachten ze allebei na over wat er gezegd was. En ook over wat er niet gezegd was.

Jens deed als eerste zijn mond weer open. 'Anna, ik vind het heel moeilijk om iets over je toekomst te zeggen. Voor de zomer had ik je alles kunnen bieden wat je hartje begeerde, net als Herr Bayer. En ik weet dat jij als vrouw beperkt bent in wat je kunt bereiken. Maar je mag niet vergeten dat je nu zelf succesvol bent, als de nieuwste ster aan het firmament in Christiania. Je hebt Herr Bayer niet zo hard nodig als je zelf denkt.'

'Alleen kom ik er pas echt achter of ik hem nodig heb nadat ik mijn besluit genomen heb, nietwaar?'

'Dat klopt.' Jens glimlachte om Anna's pragmatische instelling. 'Je weet wat ik voor je voel, Anna, maar hoe graag ik je ook alles zou willen kunnen bieden, ik heb geen idee hoe mijn financiële situatie in de toekomst zal zijn. Toch moet je me geloven als ik zeg dat ik de ongelukkigste man in Christiania zou zijn als jij met Herr Bayer trouwde. En niet alleen uit egoïstische redenen, maar omdat ik weet dat je niet van hem houdt.'

Op dat moment realiseerde Anna zich pas hoe vreselijk dit Jens allemaal in de oren moest klinken. Per slot van rekening had hij haar de liefde verklaard en had zij haar gevoelens voor hem nog nooit onder woorden gebracht. Geërgerd stond ze op en maakte aanstalten om te vertrekken. 'Het spijt me, Jens. Ik had niet moeten komen. Dit is volkomen...' Ze zocht naar het woord dat Herr Bayer in dit geval zou gebruiken. '... ongepast.'

'Ik moet toegeven dat ik het niet prettig vind om te horen dat een andere man je de liefde heeft verklaard. Hoewel de meeste mensen in Christiania het zouden toejuichen als je op zijn aanzoek inging.'

'Ja, dat zal best.' Ze draaide zich om en liep naar de deur. 'Het spijt me ontzettend, maar ik kan echt beter gaan.'

Op het moment dat ze de deur opendeed, voelde ze echter dat hij haar weer de kamer in trok. 'Alsjeblieft. Wat de omstandigheden ook mogen zijn, laten we deze eerste keer dat we alleen met elkaar zijn niet verspillen.' Hij deed een stap dichter naar haar toe en nam voorzichtig haar gezicht tussen zijn handen. 'Ik hou van je, Anna. Dat kan ik niet vaak genoeg zeggen. Ik hou van je.'

Voor de eerste keer geloofde ze echt dat dat zo was. Ze stonden nu zo dicht bij elkaar dat ze de warmte van zijn lichaam voelde stralen.

'Als je een beslissing moet nemen, is het misschien ook handig om tegenover jezelf toe te geven, en tegenover mij, waarom je hiernaartoe gekomen bent,' zei hij. 'Geef het maar toe, Anna. Je houdt van me, je houdt van me, je houdt van me...'

Voordat ze hem kon tegenhouden, kuste hij haar al. En binnen een fractie van een seconde voelde ze haar eigen lippen op hem reageren, zonder dat ze daar toestemming voor had gegeven. Ze wist hoe verkeerd dit was, maar het was al te laat, want dit gevoel was zo heerlijk en ze had er zo lang op gewacht dat er geen enkele reden was om er een eind aan te maken.

'Wil je het nu zeggen?' smeekte hij toen ze aanstalten maakte om te vertrekken.

Ze draaide zich weer naar hem toe. 'Ja, Jens Halvorsen. Ik hou van jou.'

Een uur later gebruikte Anna haar sleutel om zichzelf binnen te laten in het appartement van Herr Bayer. Zoals het een actrice in de dop betaamde was ze al voorbereid toen Frøken Olsdatter haar halverwege haar slaapkamer de weg versperde.

'Hoe is de repetitie gegaan, Anna?'

'Heel goed, dank u.'

'Hoe laat wil je eten?'

'Kan ik vanavond op mijn kamer eten, als het niet te veel moeite is? Ik ben nogal uitgeput door het optreden van gisteravond en de repetitie van vandaag.'

'Natuurlijk. Zal ik het bad voor je laten vollopen?'

'Dat lijkt me heerlijk, bedankt.' Anna liep haar slaapkamer in en deed opgelucht de deur achter zich dicht. Terwijl ze zich op het bed liet vallen en met haar armen om zich heen geslagen terugdacht aan het gevoel van Jens' lippen op de hare, wist ze dat ze hoe dan ook nee zou moeten zeggen op het aanzoek van Herr Bayer.

De volgende avond gonsde het in het theater van de nieuwe geruchten.

'Ik heb gehoord dat hij komt.'

'Nee, hij heeft de trein vanuit Bergen gemist.'

'Nou, iemand heeft Herr Josephson met Herr Hennum horen praten en het orkest is vanmiddag eerder opgeroepen...'

Anna wist dat er maar één persoon was die de geruchten kon bevestigen, dus liet ze hem halen.

Een paar minuten later verscheen Rude in haar kleedkamer. 'Wilde je me spreken, Frøken Anna?'

'Ja. Is het waar? Het verhaal dat vanavond de ronde doet in het theater?'

'Dat Herr Grieg de voorstelling zal bijwonen?'

'Ja.'

'Tja...' Rude sloeg zijn dunne armpjes over elkaar. 'Dat hangt ervan af aan wie je het vraagt.'

Met een zucht stopte Anna hem een muntstuk toe, waarop hij breed grijnsde. 'Ik kan bevestigen dat Herr Grieg momenteel boven in het kantoortje bij Herr Hennum en Herr Josephson zit. Of hij ook naar de voorstelling komt, kan ik niet zeggen. Maar aangezien hij in het theater is, lijkt me dat wel waarschijnlijk.'

'Bedankt voor de informatie, Rude,' zei ze toen hij naar de deur liep.

'Graag gedaan, Frøken Anna. Succes vanavond.'

Toen de eerste acteurs hun plaatsen moesten innemen en de rest zich in de coulissen opstelde, bevestigde het daverende applaus aan de andere kant van het doek dat er inderdaad een heel belangrijk persoon de zaal had betreden. Gelukkig had Anna weinig tijd om bij de gevolgen daarvan stil te staan, want het orkest zette de eerste maten in en de voorstelling begon.

Net voordat ze voor het eerst op moest, voelde ze een hand aan haar arm trekken. Toen ze zich omdraaide, zag ze Rude naast haar staan. Hij legde zijn hand om zijn mond om haar iets in te fluisteren en ze boog zich naar hem toe. 'Frøken Anna, denk maar aan wat mijn moeder altijd zegt: zelfs de koning moet ook gewoon naar de plee.'

Daardoor kreeg Anna een onbedaarlijke giechelbui, waarvan het restje nog op haar gezicht te zien was toen ze het podium op liep. Met de liefdevolle aanwezigheid van Jens in de orkestbak wist ze zich te ontspannen en zich van haar beste kant te laten zien. Op het moment dat het doek drie uur later viel, werd het publiek bijna hysterisch omdat Grieg vanuit zijn loge een buiging maakte. Anna glimlachte naar Jens toen ze op het podium het ene boeket na het andere in ontvangst nam.

'Ik hou van je,' zei hij geluidloos tegen haar.

Toen het doek weer viel, werd de hele bezetting gevraagd om op het podium te wachten en stroomden ook de leden van het orkest toe. Anna ving de blik van Jens op en hij blies haar een kusje toe.

Uiteindelijk werd er een slanke man, amper langer dan zijzelf, door Herr Josephson het podium op geleid. De hele bezetting applaudisseerde uitbundig en toen Anna hem eens beter bekeek, besefte ze dat Edvard Grieg veel jonger was dan ze zich hem had voorgesteld. Zijn golvende blonde haar was uit zijn gezicht gekamd en zijn snor deed niet onder voor die van Herr Bayer. Tot Anna's verbazing kwam hij recht op haar af, maakte een buiging en pakte haar hand om er een kus op te drukken.

'Frøken Landvik, uw stem is precies waar ik op hoopte toen ik de klaagliederen voor Solveig componeerde.'

Daarna wisselde hij een paar woorden met Henrik Klausen, de acteur die de rol van Peer weer op zich had genomen, en met de andere hoofdrolspelers.

'Ik vind dat ik alle acteurs en musici mijn excuses verschuldigd ben omdat ik me tot nu toe nog niet had laten zien in dit theater. Er waren...' Hij aarzelde, alsof hij ergens kracht vandaan moest zien te halen voordat hij verderging. 'Er waren omstandigheden waardoor ik niet kon komen. Ik wil zowel Herr Josephson als Herr Hennum vanuit de grond van mijn hart bedanken omdat ze een productie hebben neergezet waar ik trots op kan zijn. Het orkest wil ik feliciteren omdat ze mijn bescheiden composities hebben omgetoverd tot iets magisch, en de acteurs en zangers hebben de personages echt tot leven gewekt. Bedankt, allemaal.'

Toen de acteurs en musici het podium af liepen, viel Griegs blik weer op Anna. Hij liep naar haar toe, pakte haar hand weer beet en wenkte vervolgens Ludvig Josephson en Johan Hennum. 'Heren, nu ik het stuk met eigen ogen heb gezien, kunnen we morgen over wat kleine aanpassingen praten. Maar ik wil jullie bedanken dat jullie er zo'n mooie productie van hebben gemaakt, gezien de lastige omstandigheden. Herr Hennum, het orkest was veel beter dan ik had durven dromen. U heeft een wonder verricht. En wat deze jongedame betreft...' Zijn expressieve blauwe ogen boorden zich in die van Anna. '... wie haar ook heeft uitgekozen voor de rol van Solveig, moet wel een genie zijn.'

'Dank u, Herr Grieg,' zei Hennum. 'Anna is inderdaad een groot talent.'

Daarna leunde Herr Grieg dichter naar Anna toe om iets in haar oor te fluisteren. 'Wij zijn nog niet uitgepraat. Ik kan u helpen de top te bereiken.' Met een glimlachje liet hij haar hand los en draaide zich om zodat hij verder kon praten met Herr Josephson. Terwijl Anna het podium af liep, stond ze voor de zoveelste keer versteld over de wending die haar leven had genomen. De beroemdste componist van Noorwegen had haar vanavond publiekelijk geprezen. Tijdens het omkleden en afschminken kon ze amper geloven dat zij hetzelfde meisje was dat iets meer dan een jaar geleden nog voor haar koeien had gezongen.

Al was ze natuurlijk ook niet meer hetzelfde.

'Ik ben wie ik nu ben,' mompelde ze in zichzelf toen ze op het ritme van het hoefgetrappel voor het rijtuig werd teruggereden naar het appartement van Herr Bayer.

Tegen zijn gewoonte in was Hennum na de voorstelling van die avond met de rest van het orkest meegegaan naar Engebret.

'Namens Herr Grieg zijn excuses omdat hij niet naar de bar is gekomen, maar zoals jullie weten heeft hij het nog moeilijk met de dood van zijn ouders. Al heeft hij me wel genoeg geld meegegeven om jullie allemaal minstens een maand dronken te houden,' kondigde Herr Hennum onder luid gejoel aan.

Alle muzikanten waren in de zevende hemel, deels door de eindeloze rondjes port en aquavit, maar ook door de wetenschap dat ze dan wel de eindjes aan elkaar moesten knopen door hun schamele salaris en er vrijwel nooit een bedankje vanaf kon, maar dat ze vanavond bedankt en geprezen waren door de componist in eigen persoon.

'Herr Halvorsen.' Hennum wenkte hem. 'Kom eens even bij me staan.'

Dat deed Jens.

'Ik dacht dat je wel zou willen weten dat ik tegen Herr Grieg gezegd heb dat je een componist in de dop bent en dat ik een aantal van je composities gehoord heb. Volgens Simen heb je afgelopen zomer aan nog meer stukken gewerkt.'

'Denkt u dat Herr Grieg wil kijken naar wat ik tot nu toe geschreven heb?'

'Dat kan ik niet garanderen, maar ik weet wel dat hij een groot voorstander is van het kweken van talent van eigen bodem, dus het is mogelijk. Geef mij de muziek maar die je tot nu toe hebt, dan leg ik hem morgenochtend je composities voor.'

'Dat zal ik doen, meneer. Ontzettend bedankt.'

'Simen heeft me ook verteld dat je in de zomer een moeilijke beslissing hebt moeten nemen. Een muzikant die bereid is alles op te offeren voor zijn passie verdient alle hulp die ik hem kan bieden. Nu moet ik gaan. Een prettige avond nog, Herr Halvorsen.' Met een knikje naar Jens liep Hennum de bar uit.

Snel ging Jens op zoek naar Simen en gaf hem een dikke knuffel.

'Wat moet dit voorstellen? Zijn de vrouwen op en ga je nu maar op mannen over?' vroeg zijn vriend verbaasd.

'Misschien wel,' plaagde Jens hem. 'Maar ik wil je gewoon bedanken, Simen. Echt heel erg bedankt.'

Halverwege de volgende ochtend werd er een brief voor Anna bezorgd bij het appartement.

'Van wie zou die zijn?' vroeg Frøken Olsdatter toen Anna het handschrift bekeek.

'Geen idee.' Ze maakte de envelop open en begon te lezen.

Een paar tellen later keek ze verwonderd op. 'Hij is van Herr Grieg, de componist. Hij wil vanmiddag bij me op bezoek komen in het appartement.'

'Goeie genade!' Frøken Olsdatter keek gespannen naar het ongepoetste zilverwerk op het dressoir en daarna op de klok aan de wand. 'Hoe laat wil hij komen?'

'Om vier uur.'

'Wat een eer! Was Herr Bayer er nu maar om hem ook te ontmoeten. Je weet dat hij een groot liefhebber is van de muziek van Herr Grieg. Neem me niet kwalijk, Anna, maar nu we zo'n beroemde gast krijgen, moet ik het huis aan kant maken.'

'Natuurlijk,' zei Anna terwijl de huishoudster al zowat de kamer uit holde.

Met vlinders in haar buik at Anna de rest van haar lunch op. Daarna ging ze zich omkleden voor het bezoek van de beroemde componist. Een aantal blouses vond ze te tuttig of juist te bloot, te uitbundig of juist te saai. Uiteindelijk koos ze voor haar rozerode zijden avondjurk.

Precies op het aangekondigde tijdstip werd er aangebeld en ging Frøken Olsdatter hun gast voor naar de salon. Sinds de lunch waren er bloemen gekocht en haastig taarten gebakken. Frøken Olsdatter had gevreesd dat hij met een heel gevolg zou komen, maar toen Anna opstond, bleek dat Edvard Grieg alleen was.

'Lieve Frøken Landvik, bedankt dat u me zo snel wilde ontvangen.' Hij pakte haar hand en gaf er een kus op.

'Ga toch zitten. Kan ik u misschien thee aanbieden, of koffie?' stamelde ze, niet gewend om zelf gasten te ontvangen.

'Misschien een glaasje water?'

Frøken Olsdatter knikte even en verliet de kamer.

'Jammer genoeg heb ik maar even de tijd omdat ik morgen weer naar Bergen terugga en zoals u zich wel kunt voorstellen heb ik veel bezoekjes af te leggen in Christiania. Maar ik wilde u graag zien, Frøken Landvik. U heeft zo'n prachtige stem, al ben ik vast niet de eerste van wie u dat hoort. Ik heb bijvoorbeeld begrepen dat Herr Bayer u wegwijs heeft gemaakt in de muziekwereld.'

'Dat klopt,' gaf ze toe.

'Door wat ik gisteravond heb gehoord, denk ik dat hij uitstekend werk heeft verricht. Maar hij is... beperkt, wat betreft de mogelijkheden die hij u kan bieden. Zelf heb ik het geluk dat ik u in contact zou kunnen brengen met dirigenten in heel Europa. Binnenkort reis ik af naar Kopenhagen en Duitsland en daar zou ik mijn connecties kunnen vertellen hoe getalenteerd u bent. Frøken Landvik, ook al zouden we het nog zo graag anders zien, op dit moment is Noorwegen maar een onbeduidend stipje op de culturele kaart van Europa.' Hij zweeg even en glimlachte toen hij de niet-begrijpende uitdrukking op Anna's gezicht zag. 'Wat ik bedoel, is dat ik u wil helpen om carrière te maken buiten ons geboorteland.'

'Dat is heel vriendelijk van u, meneer. Ik vind het een hele eer.'

'Mag ik eerst vragen of u vrij bent om te reizen?' vroeg hij toen Frøken Olsdatter binnenkwam met een karaf water en twee glazen.

'Als de voorstellingen van *Peer Gynt* achter de rug zijn, heb ik inderdaad geen verdere verplichtingen in Noorwegen.'

'Mooi zo, mooi zo,' bromde hij terwijl de huishoudster het vertrek weer verliet. 'En u bent niet getrouwd of verloofd?'

'Nee, meneer.'

'Ik kan me indenken dat u heel wat bewonderaars hebt, want u bent niet alleen erg getalenteerd, maar ook nog beeldschoon. In veel opzichten doet u me denken aan mijn lieve vrouw Nina. Zij kan ook zingen als een nachtegaal. Als ik in Kopenhagen ben, zal ik u schrijven zodat we verder kunnen kijken hoe we uw buitengewone stem aan een breder publiek kunnen laten horen. Nu moet ik weer gaan.'

'Bedankt voor uw komst, meneer.' Anna stond op.

'Nogmaals gefeliciteerd met uw optreden. U heeft me echt weten te inspireren. We zullen elkaar nog vaker tegenkomen, Frøken Landvik, daar ben ik van overtuigd. Tot ziens.' Hij gaf haar een handkus en keek haar aan op een manier die Anna inmiddels herkende als de belangstelling van een man voor een vrouw.

'Tot ziens.' Terwijl ze een reverence maakte, verliet hij de kamer.

'Hoe bedoelt u, hij is al vertrokken uit Christiania?'

'Precies wat ik zeg, hij is terug naar Bergen.'

'Daar gaat mijn hoop! God weet wanneer hij weer terugkomt.' Jens liet zich op zijn oncomfortabele stoel in de orkestbak vallen en keek Herr Hennum verdrietig aan.

'Het goede nieuws is dat ik hem voor vertrek je composities heb laten horen. Ik moest dit aan je geven.' Herr Hennum overhandigde hem een envelop met daarop de tekst: 'Aan wie dit leest.'

Jens staarde ernaar. 'Wat is dit?'

'Een aanbevelingsbrief van hem voor het conservatorium in Leipzig.'

Triomfantelijk stompte Jens met zijn vuist in de lucht. Deze brief was zijn toegangsbewijs tot de toekomst.

28

'Zodra dit seizoen van *Peer Gynt* afgelopen is, vertrek ik naar Leipzig. Ga met me mee, Anna, alsjeblieft,' smeekte Jens haar toen ze samen in de salon van Otto's appartement zaten, hij met zijn armen om haar ranke lichaam geslagen. 'Ik weiger je hier achter te laten, in de klauwen van Herr Bayer. Als je hem eenmaal hebt afgewezen, durf ik er niet op te vertrouwen dat hij zich nog zo hoffelijk zal gedragen.' Teder kuste hij haar voorhoofd. 'Laten we net doen alsof we twee jonge geliefden uit een of ander verhaal zijn en gewoon samen weglopen. Je zei toch dat hij al je inkomsten beheert?'

'Ja, maar die zal hij me vast wel geven als ik erom vraag.' Aarzelend beet ze op haar lip. 'Jens, ik wil Herr Bayer niet verraden na alles wat hij voor me gedaan heeft. En wat heb ik nou in Leipzig te zoeken?'

'Leipzig is het muzikale hart van Europa! Het zou juist een geweldige kans voor je zijn. Herr Grieg heeft zelf tegen je gezegd dat de muzikale wereld hier in Christiania maar klein is en dat jouw talent een breder publiek verdient,' probeerde hij haar over te halen. 'Zijn belangenbehartiger woont in Leipzig en zelf is hij ook vaak in de stad. Dus er staat je niets in de weg om de banden met hem weer aan te halen. Denk er alsjeblieft over na, Anna. Volgens mij is dit de enige oplossing voor ons.'

Anna keek hem opgelaten aan. Het had haar een jaar gekost om te wennen aan het leven in Christiania. Stel dat het haar niet meer zou lukken om ergens anders te aarden? Trouwens, inmiddels had ze veel meer zelfvertrouwen en vond ze het heerlijk om Solveig te spelen. Bovendien zou ze Frøken Olsdatter en Rude missen... Maar als ze zich een leven in Christiania zonder Jens probeerde voor te stellen, trok er een pijnlijke steek door haar hart.

'Ik weet dat het veel gevraagd is,' zei hij, alsof hij haar gedachten kon lezen. 'En ja, je kunt ook hier blijven en de beroemdste sopraan van Noorwegen worden. Of je kunt jezelf een hoger doel stellen, een leven leiden waarin wij van elkaar kunnen houden en waarin jij op veel grotere schaal succesvol wordt. Natuurlijk zal het niet makkelijk worden, want jij hebt geen inkomen, en ik heb alleen het geld dat mijn moeder me heeft gegeven om het lesgeld en kost en inwoning in Leipzig te betalen. We zouden moeten leven van de muziek, de liefde en het geloof in ons eigen talent,' besloot hij theatraal.

'Jens, wat moet ik dan in vredesnaam tegen mijn ouders zeggen? Herr Bayer zal hun zeker vertellen wat ik heb gedaan. Onze familienaam zal bezoedeld worden. Ik wil niet dat ze denken...' Haar stem stierf weg en ze drukte haar vingers tegen haar voorhoofd. 'Laat me even nadenken, ik heb tijd nodig om na te denken...'

'Natuurlijk,' zei Jens vriendelijk. 'We hebben nog een maand tot de laatste voorstelling van *Peer Gynt*.'

'En ik kan niet... Ik kan niet met je samen zijn als we ongetrouwd blijven.' Anna bloosde hevig omdat ze hier zelfs maar over moest beginnen. 'Dan zou ik tot in de eeuwigheid wegteren in de hel. Mijn moeder zou zich nog liever levend gaarkoken in haar kookpot dan die schande te moeten verduren.'

Jens onderdrukte een glimlach om haar levendige fantasie. 'Zo, Frøken Landvik,' zei hij terwijl hij haar handen in de zijne nam, 'probeer je soms het derde huwelijksaanzoek op rij te krijgen?'

'Natuurlijk niet! Ik bedoel alleen maar dat...'

'Anna.' Hij drukte een kus op haar hand. 'Ik weet wat je bedoelt en ik begrijp het. En ik kan je verzekeren, of we nou weglopen naar Leipzig of niet, dat ik je een aanzoek wil doen.'

'Echt?'

'Ja, echt. Als we naar Leipzig gaan, gaan we voor vertrek stiekem trouwen, dat beloof ik je. Ik wil je reputatie niet beschadigen.'

'Dank je.' Anna was ontzettend opgelucht omdat Jens het serieus leek te menen. Als ze dan samen wegliepen, al moest ze bij die gedachte een huivering onderdrukken, dan zouden ze tenminste man en vrouw zijn in de ogen van God.

'Vertel eens, wanneer komt Herr Bayer terug om je weer om je hand te smeken?' wilde hij weten.

'Ik heb geen idee.' Ze keek op de klok en haar hand vloog naar haar mond toen ze zag hoe laat het al was. 'Maar ik weet wel dat ik nu naar het theater moet. Ik moet er anderhalf uur van tevoren zijn, omdat ik nog opgemaakt moet worden.'

'Natuurlijk. Maar Anna, ik heb het gevoel dat zelfs als ik niet naar Leipzig zou gaan, Herr Bayer ons het leven zuur zal maken als je niet met hem wilt trouwen. Kom hier, dan geef ik je nog een kus voordat je gaat. Ik zie je straks in het theater, maar beloof me dat je me snel een antwoord zult geven.'

Na de voorstelling kwam Anna volkomen uitgeput terug in het appartement. Ze wilde niets liever dan haar bed in duiken en slapen.

'Anna, hoe was je avond?' Frøken Olsdatter keek haar vragend aan terwijl ze Anna haar warme melk kwam brengen en uit haar jurk hielp.

'Het is goed gegaan, dank u.'

'Mooi zo. Daar ben ik blij om, kjære. Vanavond heb ik een telegram ontvangen van Herr Bayer. Zijn moeder is vandaag overleden. Hij en zijn zus blijven daar nog voor de begrafenis en dan komt hij op vrijdag terug naar Christiania.'

Over drie dagen al, dacht Anna. 'Wat naar om te horen.'

'Ja, maar het zal wel een opluchting zijn dat Fru Bayer eindelijk uit haar lijden verlost is.'

'En ik kijk ernaar uit om Herr Bayer weer te zien,' loog Anna terwijl Frøken Olsdatter de kamer uit liep. Eenmaal in haar bed voelde ze haar maag samenknijpen van de zenuwen bij de gedachte dat haar mentor terug zou komen.

De volgende ochtend zat het haar nog steeds niet lekker toen ze aan het ontbijt verscheen.

'Wat zie je bleek, Anna, kjære. Heb je niet goed geslapen?' vroeg Frøken Olsdatter.

'Ik heb... veel aan mijn hoofd.'

'Praat er dan met mij over. Misschien kan ik je helpen.'

'U kunt er niets aan doen,' verzuchtte ze.

'Ik begrijp het.' Frøken Olsdatter nam haar nauwlettend op, maar drong niet aan. 'Zal ik vandaag een lunch voor je klaarmaken?'

'Nee, ik moet vandaag... eerder naar het theater.'
'Prima, Anna. Dan zie ik je bij het avondeten.'

De drie dagen daarna maakten Frøken Olsdatter en de werkster het appartement verwoed schoon. Anna was vooral bezig met bedenken hoe ze tegen Herr Bayer kon zeggen dat ze niet met hem wilde trouwen.

Het was niet precies bekend wanneer hij zou arriveren, maar om half vier kon ze de spanning in het appartement niet langer verdragen, dus trok ze haar mantel aan en zei tegen Frøken Olsdatter dat ze een wandeling in het park ging maken. De huishoudster keek haar aan met een mengeling van ongeloof en gelatenheid, zoals ze de laatste tijd wel vaker deed.

Zoals altijd knapte ze op van de frisse lucht. Vanaf haar lievelingsbankje keek ze uit over de fjord en zag het zilverkleurige water glinsteren in de invallende schemering.

Het is nu eenmaal niet anders, hield ze zichzelf voor, en ik kan me alleen maar zo waardig mogelijk gedragen, zoals ik van mijn ouders heb geleerd.

Bij de gedachte aan haar ouders kreeg ze tranen in haar ogen, en ze stond op. Ze hadden haar een korte maar troostende brief geschreven omdat Lars hun verloving had verbroken en halsoverkop naar Amerika was vertrokken. Nu wenste ze met heel haar hart dat Herr Bayer haar nooit had gevonden en dat ze nog veilig thuis in Heddal was, getrouwd met Lars.

'Herr Bayer is straks op tijd om met je mee te eten,' zei Frøken Olsdatter, die haar al bij de deur stond op te wachten toen ze terugkwam. 'Ik heb het bad voor je laten vollopen en je avondjurk klaargelegd.'

'Dank u.' Anna liep langs haar heen en maakte zich op voor de confrontatie.

'Anna, *min elskede*!' begroette Herr Bayer haar hartelijk toen ze de eetkamer binnenkwam. Hij nam haar hand in zijn grote hand en drukte er een besnorde kus op. 'Ga toch zitten.'

Onder het eten vertelde hij haar over het overlijden van zijn moeder en de begrafenis. Tegen beter weten in hoopte Anna dat hij in al zijn verdriet vergeten was dat hij haar ten huwelijk had gevraagd. Maar toen ze naar de salon gingen voor koffie en een cognacje voelde ze de sfeer omslaan.

'Zo, lieve jongedame, heb je nog nagedacht over de belangrijke vraag die ik je voor mijn vertrek gesteld heb?'

Anna nam een slok van haar koffie en benutte dat moment om haar gedachten op een rijtje te zetten voordat ze antwoord gaf. Al had ze deze woorden in haar hoofd al zeker honderd keer opgezegd.

'Herr Bayer, ik voel me vereerd en dankbaar dat u me hebt gevraagd...'

'Dat is fijn om te horen!' zei hij met een brede glimlach.

'Ja, maar ik heb erover nagedacht en moet toch weigeren.'

Anna zag de uitdrukking op zijn gezicht veranderen, zijn ogen vernauwden zich. 'Mag ik vragen waarom?'

'Omdat ik mezelf geen geschikte echtgenote vind voor u.'

'Wat bedoel je in hemelsnaam?'

'Dat ik niet over de vaardigheden beschik om een huishouden te bestieren en niet belezen genoeg ben om uw gasten te vermaken, en...'

'Anna.' Zijn gezichtsuitdrukking werd milder en Anna besefte dat ze het verkeerd had aangepakt. 'Het is heel lief en bescheiden van je dat je dat zegt, maar dat doet er helemaal niet toe. Met je talent maak je ruimschoots goed wat je op andere vlakken tekortkomt en ik ben juist zo van je gecharmeerd omdat je nog zo jong en onschuldig bent. Alsjeblieft, lieve jongedame, je hoeft je niet minderwaardig te voelen. Ik ben echt heel erg op je gesteld. En wat het koken betreft... Ach, daar heb ik Frøken Olsdatter toch voor?'

Er viel een stilte en Anna probeerde te bedenken wat ze nog meer als reden kon opvoeren. 'Herr Bayer...'

'Anna, ik heb al eerder gezegd dat je me Franz mag noemen.'

'Franz, ik voel me echt gevleid door je aanzoek en wat je net gezegd hebt, maar ik kan niet met je trouwen. Het is niet anders.'

'Heb je een ander?'

Zonder het te willen huiverde ze bij het horen van zijn scherpe toon. 'Nee, ik...'

'Anna, voordat je nog iets zegt, moet je goed beseffen dat ik dan wel een paar weken weg ben geweest uit Christiania, maar hier wel mijn spionnen heb. Als je mijn aanzoek afslaat vanwege die knappe kerel die viool speelt in het orkest, moet ik je waarschuwen. Niet alleen omdat ik van je hou en je alles wil geven waar je van droomt, maar ook omdat ik je mentor ben in een wereld die je in al je naïviteit nog niet kunt begrijpen.'

Anna zei niets, maar besefte dat de schrik op haar gezicht te lezen stond.

'Goed!' Herr Bayer gaf een klap op zijn stevige dijen. 'Dat is het dus. Ik moet het opnemen tegen die arme proleet uit het orkest die niet wil deugen. Ik wist het wel.' Hij gooide zijn hoofd achterover en barstte in lachen uit. 'Het spijt me Anna, maar nu laat je pas echt blijken hoe onschuldig je bent.'

'Neem me niet kwalijk, maar we houden inderdaad van elkaar!' Door het feit dat hij haar uitlachte en neer leek te kijken op wat er gaande was tussen haar en Jens, gingen haar haren overeind staan. 'Of u het er nou mee eens bent of niet, het is gewoon zo.' Ze stond op. 'Gezien de omstandigheden lijkt het me het beste als ik vertrek. Bedankt voor alles wat u voor me hebt gedaan en me hebt gegeven. En het spijt me als ik u gekwetst heb met mijn afwijzing.'

Terwijl ze kordaat naar de deur liep, haalde hij haar snel in en trok haar terug. 'Wacht, Anna. Laten we niet op deze manier afscheid nemen. Alsjeblieft, ga nog even zitten, dan praten we verder. Je hebt me altijd vertrouwd en ik wil je duidelijk maken dat je fout zit. Ik ken die man, ik weet wie hij is en ik begrijp dat je van hem onder de indruk bent. Dat neem ik je helemaal niet kwalijk. Je bent nog zo onschuldig en je denkt dat je verliefd op hem bent. Het gaat me er nu niet om of je mijn aanzoek accepteert of afwijst. Die man zal je hart breken en je te gronde richten, zoals hij al bij zoveel vrouwen gedaan heeft.'

'Nee, u kent hem niet...' Wanhopig wreef Anna in haar handen, terwijl er tranen van frustratie over haar wangen stroomden.

'Probeer je maar niet zo op te winden. Kom, dan gaan we zitten om verder te praten.'

Anna voelde de energie uit zich wegvloeien en liet zich door hem meevoeren naar een stoel.

‘Liefje,’ begon Herr Bayer voorzichtig, ‘je zult vast wel weten dat Herr Halvorsen al vaker relaties heeft gehad met vrouwen.’

‘Ja, dat weet ik.’

‘Jorid Skrovset uit het koor was er zó kapot van dat ze niet meer naar het theater wilde komen. En zelfs Madame Hansson was zo van streek nadat Herr Halvorsen met haar klaar was, dat ze naar het buitenland is gegaan om bij te komen. Daarom neem jij nu haar rol over in het Christiania Theater.’

‘Meneer, ik weet zeker dat...’

‘Het spijt me, maar je weet helemaal niets van die man, Anna,’ onderbrak hij haar. ‘Ik weet dat ik je vader niet ben en helaas ook niet je aanstaande, en dus weinig te zeggen heb over wat je uiteindelijk besluit. Maar ik kan wel tegen je zeggen, omdat ik zoveel om je geef, dat Jens Halvorsen niets dan ellende met zich meebrengt. Hij zal je ruïneren, Anna, precies zoals hij alle vrouwen ruïneert die in zijn val lopen. Hij is een zwakkeling, en zijn grootste zwaktes zijn vrouwen en drank. Eerlijk gezegd maak ik me zorgen om je, al sinds ik gehoord heb over jullie... omgang.’

‘Wanneer heeft u daarover gehoord?’ fluisterde Anna, niet in staat om hem aan te kijken.

‘Weken geleden al. Ik moet je waarschuwen dat iedereen in het theater ervan op de hoogte is. En ja, die ontdekking heeft me ertoe aangezet om je ten huwelijk te vragen, gewoonweg omdat ik jou en je talent tegen jezelf wil beschermen. Als je naar hem toe gaat, zal hij je binnen de kortste keren voor een ander verlaten. Ik moet er niet aan denken dat je alles opzijzet voor een egoïstische casanova, nadat we samen zoveel bereikt hebben.’

Anna zweeg terwijl Herr Bayer nog een cognacje voor zichzelf inschonk.

‘Omdat je geen antwoord geeft, zal ik je zeggen wat we volgens mij moeten doen. Als je echt verder wilt met die man, vind ik ook dat je dit appartement meteen moet verlaten, simpelweg omdat ik het niet kan aanzien als jij je ondergang tegemoet gaat. Dan ga je met hem naar Leipzig zodra dit seizoen van *Peer Gynt* is afgerond.’ Bij het zien van haar stomverbaasde blik vervolgde hij: ‘Als je dit echt wilt, dan kun je van me krijgen wat je tot nu toe in het theater hebt verdiend en kun je gaan. Maar als je ook maar enige waarde hecht aan wat ik gezegd heb, en als je bereid bent om Herr Halvorsen niet meer te zien en met mij te trouwen nadat ik een passende periode van rouw om mijn moeder in acht heb genomen, dan wil ik heel graag dat je hier blijft. Er is geen haast bij, als ik maar weet wat je bedoelingen zijn. Alsjeblieft, Anna. Ik smeek je om hier heel goed over na te denken. Want deze beslissing kan je leven veranderen, ten goede of ten slechte.'

'Als u dit allemaal al wist, waarom heeft u er dan niet eerder iets over gezegd?' vroeg ze zachtjes. 'U moet toch geweten hebben dat ik uw aanzoek zou afslaan?'

'Simpelweg omdat ik het mezelf kwalijk neem. Ik ben niet in Christiania geweest om je tegen hem te beschermen. Nu ik terug ben, kan ik je vertellen dat ik je wel zal beschermen. Maar alleen op voorwaarde dat je Jens Halvorsen onmiddellijk uit je leven bant. Als je me omwille van een andere man zou afwijzen, zou ik me daar misschien bij neer kunnen leggen. Maar nu kan ik dat niet, omdat ik weet dat hij je te gronde zal richten.'

'Ik hou van hem,' zei ze weer.

'Ik weet dat je dat denkt en ik begrijp hoe moeilijk het voor je zal zijn om te accepteren wat ik van je vraag. Maar ik hoop dat je op een dag zult inzien dat ik dit voor je eigen bestwil doe. Het lijkt me beter als we nu gaan slapen. Ik heb een paar vreselijke weken achter de rug en ben doodmoe.' Hij nam haar hand in de zijne en gaf er een kus op. 'Welterusten, Anna, slaap lekker.'

29

De volgende avond was Anna blij dat ze naar het theater kon, waar alles nog bij het oude was. Die nacht had ze geen oog dichtgedaan, heen en weer geslingerd tussen haar hoofd en haar hart. Veel van wat Herr Bayer had gezegd was waar, vooral als je een buitenstaander was. Zelf had ze ook zo over Jens gedacht, dus ze kon het anderen niet kwalijk nemen als ze dat ook deden. En natuurlijk zou iedereen haar aanraden om met Herr Bayer te trouwen, en niet met een straatarme muzikant. Dat was gewoon het verstandigst.

Maar al die rationele gedachten losten haar dilemma niet op. Want hoe ze het ook wendde of keerde, het bleef een onverdraaglijke gedachte dat ze Jens Halvorsen voorgoed zou moeten opgeven.

Terwijl ze haar kleedkamer verliet om naar het podium te gaan, bedacht ze dat ze Jens in ieder geval over een paar minuten weer zou zien. Dan zou hij haar liefdevol en bemoedigend aankijken vanuit de orkestbak. Ze had hem al een briefje geschreven waarin stond dat ze elkaar vanavond na het optreden moesten zien en wilde Rude opdracht geven om het tijdens de eerste pauze naar hem toe te brengen. Toen het toneelstuk begon, probeerde Anna haar wild bonkende hart tot bedaren te brengen. Eenmaal op het podium, aan het begin van haar tekst, sloeg ze stiekem haar ogen neer om zijn blik te zoeken.

Paniekerig besefte ze echter dat Jens er niet was. In plaats daarvan zat er een oudere man van het formaat kabouter op zijn stoel.

Aan het einde van de eerste akte verliet ze het podium en vroeg ze Rude om meteen naar haar kleedkamer te komen.

'Hallo, Frøken Anna. Hoe gaat het met je?'

'Goed,' loog ze. 'Weet jij waar Herr Halvorsen is? Ik zag net dat hij niet speelt.'

'Echt? Nou vertel je me wat nieuws. Zal ik het eens navragen?'

'Als je wilt, graag.'

'Goed dan. Maar het kan wel even duren, dus ik spreek je weer tijdens de volgende aktewisseling.'

Tijdens de tweede akte voelde Anna zich doodongelukkig, en toen Rude zoals beloofd weer naar haar kleedkamer kwam, had ze het gevoel dat ze elk moment kon flauwvallen.

'Het antwoord is dat niemand het weet. Misschien is hij ziek, Frøken Anna. Maar hier is hij in ieder geval niet.'

De rest van het optreden beleefde ze in een roes. Zodra de bezetting de laatste buiging had gemaakt, kleedde ze zich haastig om, liep het theater uit en stapte in het rijtuig, waarbij ze de koetsier opdracht gaf om haar naar het appartement van Jens te brengen. Voor zijn gebouw stapte ze uit en riep over haar schouder dat de koetsier op haar moest blijven wachten, om vervolgens het gebouw in te rennen, de trap op. Hijgend bonkte ze op de deur, tot ze voetstappen hoorde naderen.

De deur ging open, en daar stond Jens.

Opgelucht liet ze zich in zijn armen vallen. 'Godzijdank, godzijdank. Ik...'

'Anna.' Hij trok haar naar binnen en sloeg zijn arm om haar bibberende schouders, terwijl hij haar naar de salon loodste.

'Waar was je? Ik dacht dat je weg was... Ik...'

'Anna, rustig maar. Ik zal het uitleggen.' Jens loodste haar mee naar de zittekist en ging naast haar zitten. 'Toen ik op de vaste tijd in het theater aankwam, kreeg ik van Johan Hennum te horen dat het orkest me niet meer nodig had. Ze hadden een andere fluitist en violist gevonden om me per direct te vervangen. Ik vroeg nog of het een tijdelijke regeling was, maar hij zei van niet. Daarna heeft hij me mijn volledige salaris uitbetaald en weggestuurd. Anna, ik zweer dat ik geen idee heb waarom ik ontslagen ben.'

'Ik wel. O, lieve help...' Anna legde haar hoofd in haar handen. 'Voor de verandering ligt het nu eens niet aan jou, maar aan mij. Gisteravond heb ik tegen Herr Bayer gezegd dat ik niet met hem kan trouwen. Daarna vertelde hij dat hij precies wist hoe het tussen ons zit. Hij zei dat ik alleen bij hem mocht blijven wonen als ik jou meteen uit mijn leven zou bannen. Als ik daar niet toe bereid was, kon ik direct vertrekken.'

'Goeie genade,' verzuchtte Jens, die het nu begreep. 'Dus voordat we het goed en wel doorhebben, krijg ik mijn ontslag bij het orkest. Waarschijnlijk heeft hij tegen Hennum en Josephson gezegd dat ik een slechte invloed heb en hun nieuwe sterretje afleid.'

'Het spijt me, Jens. Ik had niet gedacht dat Herr Bayer tot zoiets in staat zou zijn.'

'Ik wel, en dat heb ik je ook gezegd,' mompelde hij. 'Nou ja, nu weet ik tenminste waarom ik zo plotseling ben weggestuurd.'

'Wat ga je nu doen?'

'Eerlijk gezegd was ik mijn spullen aan het pakken.'

'Waar ga je dan naartoe?' vroeg Anna verschrikt.

'Naar Leipzig, natuurlijk. Het is wel duidelijk dat ik hier geen toekomst meer heb, dus lijkt het me beter om zo snel mogelijk te vertrekken.'

'Ik begrijp het.' Anna sloeg haar ogen neer en probeerde niet te huilen.

'Ik had je vanavond een brief willen schrijven en die bij de artiesteningang achter willen laten.'

'Zweer je dat? Of zeg je dat alleen maar en was je eigenlijk van plan om zonder een woord te zeggen te verdwijnen?'

'Anna, min kjære, kom eens hier.' Jens nam haar in zijn armen en streelde teder haar rug. 'Ik weet dat dit een moeilijke tijd voor je is, maar ik weet zelf ook pas een paar uur dat ik ontslagen ben. Natuurlijk wilde ik je nog laten weten waar ik was. Waarom zou ik dat niet doen? Ik heb je toch gevraagd om met me mee te gaan?'

'Ja, ja... Je hebt gelijk.' Anna veegde haar tranen weg. 'Ik ben gewoon overspannen. En woedend, omdat jij gestraft bent voor iets wat ik heb gedaan.'

'Dat hoeft niet. Ik was toch al van plan om weg te gaan, alleen gebeurt het nu iets eerder dan ik verwacht had. Was Herr Bayer heel boos op je, liefje?'

'Nee, helemaal niet. Hij zei dat hij niet wilde dat ik mijn leven zou vergallen door met jou mee te gaan en dat hij niet meer wilde dat ik je zag, voor mijn eigen bestwil.'

'Daarom ben ik dus zonder pardon het orkest uit geschopt, zodat jij me niet meer kon zien. Wat ga je nu doen?'

'Herr Bayer heeft me een dag bedenktijd gegeven. Hoe durft hij zich zo met ons leven te bemoeien!'

'Het is me wel een toestand,' verzuchtte hij. 'Nou, ik vertrek in ieder geval morgen. De colleges zijn twee weken geleden pas begonnen, dus ik zal nog niet veel gemist hebben. Als je wilt, kun je naar me toe komen als deze reeks van *Peer Gynt* erop zit.'

'Jens, na wat ze jou hebben aangedaan, wil ik helemaal niet meer terug naar het theater!' Ze huiverde. 'Ik ga nu meteen met je mee.'

Verbaasd keek hij haar aan. 'Is dat wel verstandig, Anna? Als je weggaat voordat de laatste voorstelling gespeeld is, kun je nooit meer aan de slag in het Christiania Theater. Dan heb je net zo'n slechte reputatie als ik.'

'Ik wil daar ook helemaal niet meer werken,' reageerde ze met ogen die fonkelden van verontwaardiging. 'Ik sta niet toe dat andere mensen, hoe belangrijk en rijk ze ook zijn, me als hun bezit behandelen.'

Jens grinnikte om haar felle gezichtsuitdrukking. 'Onder die schattige buitenkant ben je best een heethoofd, hè?'

'Mijn ouders hebben altijd gehamerd op het verschil tussen goed en fout, en wat ze jou hebben aangedaan is heel erg fout.'

'Daar heb je gelijk in, liefje, maar daar kunnen we weinig aan veranderen. Anna, hoe boos je nu ook bent, denk er goed over na of je morgen al met me mee wilt. Ik wil niet dat er door mij een einde komt aan je carrière.' Toen ze haar mond opendeed, voegde hij er snel aan toe: 'Dat zeg ik niet omdat ik niet wil dat je meegaat. Alleen ben ik bang om morgen samen de veerboot naar Hamburg te nemen, en dan de nachttrein naar Leipzig, zonder te weten wat ons daar te wachten staat. En of ze me wel zullen aannemen op het conservatorium.'

'Natuurlijk nemen ze je wel aan, Jens. Je hebt die aanbevelingsbrief van Herr Grieg toch?'

'Dat klopt en ze zullen me inderdaad wel aannemen, maar als man kan ik wel de nodige fysieke ontberingen aan, terwijl jij een jonge vrouw bent, met bepaalde... behoeften.'

'Ik ben geboren op een boerderij en had voordat ik in Christiania aankwam nog nooit een toilet binnenshuis gezien,' wierp ze tegen. 'Jens, ik krijg echt het gevoel dat je me probeert over te halen om niet met je mee te gaan.'

'Als je maar niet zegt dat ik je niet gewaarschuwd heb wanneer we daar zijn.' Opeens glimlachte hij naar haar. 'Maar goed, ik heb mijn best gedaan om je te overtuigen en jij lijkt je nergens zorgen om te maken. Mijn geweten is schoon. Morgen bij zonsopgang vertrekken we samen. Kom hier, Anna. Laten we elkaar even vasthouden om moed te verzamelen voor het avontuur waar we aan gaan beginnen.'

Toen kuste hij haar en smolten alle bedenkingen die ze had gehad over zijn terughoudendheid en haar beslissing als sneeuw voor de zon. Uiteindelijk verbraken ze de zoen en legde Anna haar hoofd tegen zijn borst, terwijl hij haar haren streelde. 'Natuurlijk moeten we nog één ding bespreken. Op reis en in Leipzig zullen we ons moeten voordoen als een getrouwd stel. In de ogen van de buitenwereld moet je van de ene op de andere dag Fru Halvorsen worden, want als ongetrouwd stel kunnen we nooit een kamer huren. Wat vind je daarvan?'

'Ik vind dat we in Leipzig meteen moeten trouwen. Iets anders kan ik niet...' Haar stem stierf weg.

'Natuurlijk doen we dat. En maak je geen zorgen, Anna. Zelfs als we samen in één bed moeten slapen, dan zal ik me als een heer gedragen.' Hij liep de kamer uit en kwam even later terug met een met fluweel bekleed doosje. 'Voorlopig wil ik dat je deze draagt. Deze trouwring is van mijn grootmoeder geweest. Ik heb hem van mijn moeder gekregen toen ik wegging, om te verkopen als ik geld nodig zou hebben. Zal ik hem om je vinger doen?'

Anna staarde naar de smalle gouden band. Dit was niet bepaald de bruiloft die ze zich had voorgesteld, maar ze begreep dat ze het er voorlopig mee zou moeten doen.

'Ik hou van je, Fru Halvorsen,' zei hij toen hij de ring voorzichtig om haar vinger schoof. 'En ik beloof dat we in Leipzig echt gaan trouwen. Nu kun je maar beter gaan om jezelf voor te bereiden op morgen. Kun je hier om zes uur zijn?'

'Ja, ik zal er zijn,' antwoordde ze op weg naar de voordeur. 'Ik zal vannacht waarschijnlijk toch geen oog dichtdoen.'

'Anna, heb jij eigenlijk geld?'

'Nee.' Ze beet op haar lip. 'Ik kan Herr Bayer nu ook niet om mijn salaris vragen. Dat zou niet goed zijn. Ik heb hem en de anderen enorm teleurgesteld.'

'Dan moeten we maar als schooiers door het leven, tot we iets hebben opgebouwd.' Hij haalde zijn schouders op.

'Ja. Welterusten, Jens,' zei ze zacht.

'Welterusten, liefste.'

Het was stil in het appartement toen Anna thuiskwam. Terwijl ze door de hal sloop, zag ze Frøken Olsdatter gespannen om het hoekje van haar kamerdeur turen.

'Anna, ik was doodongerust.' Fluisterend kwam ze op haar af. 'Godzijdank is Herr Bayer vanavond vroeg naar bed gegaan omdat hij dacht dat hij koorts had. Waar ben je geweest?'

'Uit.' Anna deed de deur van haar kamer open, niet langer van plan om nog verantwoording aan iemand af te leggen.

'Zullen we naar de keuken gaan? Dan maak ik warme melk voor je.'

'Ik...' Anna riep zichzelf tot de orde. Deze vrouw was altijd aardig voor haar geweest en het zou verkeerd zijn om te vertrekken zonder haar in te lichten. 'Graag.' Ze liet zich door de hal meevoeren naar de keuken.

Onder het genot van de warme melk vertelde ze Frøken Olsdatter het hele verhaal. Tegen het einde was ze blij dat ze dat had gedaan.

'Nou, nou,' mompelde Frøken Olsdatter. 'Wat een hartenbreekster ben jij, kjære. Kennelijk staan de mannen voor je in de rij. Dus je hebt besloten om meteen met je violist naar Leipzig te gaan?'

'Ik moet wel. Herr Bayer zei dat hij me weg zou sturen als ik niet meteen afstand van Jens zou nemen. En nu hij heeft gezorgd dat Herr Hennum hem ontslagen heeft, wil ik geen minuut langer in Christiania blijven.'

'Anna, denk je niet dat Herr Bayer je alleen probeert te beschermen? Dat hij het beste met je voorheeft?'

'Dat is niet zo! Het gaat hem alleen om wat hij zelf wil, niet wat ík wil!'

'En je carrière dan? Alsjeblieft, Anna, je hebt zoveel talent. Dit is een groot offer, zelfs voor de liefde.'

'Het kan niet anders. Zonder Jens kan ik niet in Christiania blijven,' hield Anna vol. 'En zingen kan ik overal ter wereld. Herr Grieg heeft zelf gezegd dat hij me wil helpen als het ooit nodig is.'

'Die belofte kan hij vast waarmaken,' moest Frøken Olsdatter toegeven. 'Maar hoe kom je aan geld?'

'Herr Bayer heeft gezegd dat hij me de inkomsten zou terugbetalen die ik in het theater heb verdiend. Alleen heb ik besloten hem nergens om te vragen.'

'Dat is heel nobel van je. Maar zelfs verliefde mensen hebben eten en een dak boven hun hoofd nodig.' Frøken Olsdatter stond op, liep naar een lade in het dressoir en haalde daar een blikken trommeltje uit. Ze nam een sleutel van de ketting rond haar middel en maakte het slot open. In het trommeltje zat een zakje munten, dat ze aan Anna gaf. 'Hier. Dit is mijn spaargeld. Momenteel kan ik het toch niet gebruiken en bij jou is de nood veel hoger dan bij mij. Ik kan het niet aanzien dat je hier weggaat, een onzekere toekomst tegemoet, zonder ook maar een cent op zak.'

'Maar ik kan niet...' begon Anna.

'Jawel, en dat ga je doen ook,' zei Frøken Olsdatter ferm. 'Op een dag, als je in een opera zingt in Leipzig, stuur je me maar een uitnodiging om me terug te betalen.'

'Dank u, wat ontzettend lief.' Anna was diep geroerd door het gebaar en pakte de hand van Frøken Olsdatter. 'U zult het wel heel erg verkeerd vinden wat ik ga doen.'

'Wie ben ik om daar een oordeel over te vellen? Of je beslissing nou goed of slecht uitpakt, je bent een dappere jonge vrouw met sterke principes. Daar heb ik bewondering voor. Als je een beetje bedaard bent, kun je Herr Bayer misschien schrijven.'

'Ik ben bang dat hij dan heel boos zal worden.'

'Nee, Anna. Hij zal niet boos zijn, alleen heel verdrietig. Voor jou is hij maar een oude man, maar ook als we ouder worden, zijn we diep in ons hart nog hetzelfde. Neem het hem maar niet kwalijk dat hij verliefd op je is geworden en dat hij ernaar verlangt om je altijd bij zich te houden. Nu kun je beter naar bed gaan en proberen wat te slapen, want morgen moet je weer voor dag en dauw op.'

'Dat zal ik doen.'

'Anna, schrijf me alsjeblieft vanuit Leipzig om me te laten weten dat je veilig bent aangekomen. Herr Bayer is niet de enige in dit huis die je zal missen. Probeer te onthouden dat je jong, getalenteerd en mooi bent. Laat dat niet verloren gaan, goed?'

'Ik zal mijn best doen. Bedankt voor alles.'

'Wat ga je eigenlijk tegen je ouders zeggen?' vroeg Frøken Olsdatter plotseling.

'Dat weet ik niet,' verzuchtte ze. 'Ik heb werkelijk geen idee. Tot ziens.'

Terwijl de veerboot puffend en dampend de fjord verliet op weg naar Hamburg, stond Anna alleen aan dek en zag ze haar geboorteland verdwijnen in de herfstmist. Ze vroeg zich af of ze hier ooit nog terug zou komen.

30

Vierentwintig uur later stapten Anna en Jens eindelijk uit de trein op het station van Leipzig. De zon was nog maar net op en aangezien Anna van de vermoeidheid amper nog op haar benen kon staan, droeg Jens zowel zijn eigen koffer als haar valies. Vanuit Hamburg hadden ze de nachttrein naar Leipzig genomen, maar geen van beiden had geld willen uitgeven aan een slaapcoupé. Daarom hadden ze de hele nacht rechtop op harde houten stoeltjes gezeten, al was Jens zo nu en dan wel in slaap gesukkeld, met zijn hoofd op haar schouder. Met het verstrijken van de uren had Anna steeds moeilijker kunnen geloven wat ze had gedaan.

Gelukkig was het een stralende ochtend toen ze het drukke station uit liepen, het hart van de stad in. Hoe moe ze ook was, haar hart maakte een sprongetje omdat Leipzig zo mooi bleek te zijn. De brede klinkerlanen werden geflankeerd door indrukwekkend hoge stenen gebouwen, die vaak rijkelijk bewerkte gevelspitsen, gravures en hele rijen elegante openslaande vensters hadden. De voorbijgangers spraken een afgemeten taal die Anna door de lange treinreis vanuit Hamburg herkende als Duits. Jens had haar verzekerd dat hij de taal redelijk machtig was, maar zij ving slechts zo nu en dan een woordje op dat op Noors leek.

Ze kwamen uit op het centrale marktplein, waaraan het imposante gemeentehuis stond. Het had een rood dak, een zuilengalerij aan de voorkant en een opvallende klokkentoren in koepelvorm. Het plein stond al bomvol kraampjes en gonsde van bedrijvigheid. Jens bleef bij een stalletje staan, waar een bakker versgebakken broden aan het neerleggen was. Terwijl Anna de heerlijke geur opsnoof, realiseerde ze zich dat ze enorme honger had.

Maar Jens was niet blijven staan om eten te kopen.

'*Entschuldigung Sie, bitte. Wissen Sie wo die Pension in der Elsterstraße ist?*'

Anna had geen idee wat het norse antwoord van de bakker betekende.

'Mooi zo, we zijn niet ver bij het pension vandaan dat Herr Grieg me heeft aangeraden,' zei Jens.

Het bleek een bescheiden half betimmerd gebouw te zijn aan een smal zijstraatje van een weg die de Elsterstraße bleek te heten. Dit gebouw straalde iets heel anders uit dan de imposante gebouwen waar ze onderweg langs waren gekomen, bedacht ze. De wijk zag er een beetje verpauperd uit, maar ze dwong zich snel om eraan te denken dat ze zich nu niet meer konden veroorloven en liep achter Jens aan toen hij naar de deur beende en de klopper hard tegen de deur liet neerkomen. Pas na een paar minuten verscheen er een vrouw die haastig de ceintuur van haar badjas dichtknoopte. Op dat moment besefte Anna pas dat het niet veel later kon zijn dan zeven uur 's ochtends.

'*Um Himmels willen, was wollen Sie denn*?' mopperde de vrouw.

Jens gaf haar in het Duits antwoord, en Anna kon alleen 'Herr Grieg' verstaan. Bij het horen van die naam werd de gezichtsuitdrukking van de vrouw milder en ging ze hun voor naar binnen.

'Ze zegt dat ze vol zit, maar dat we wel tijdelijk gebruik kunnen maken van een dienstvertrek op zolder, omdat Herr Grieg ons gestuurd heeft,' vertaalde Jens voor Anna.

Ze klommen steeds verder naar boven over een smalle houten trap die onder hun voeten kraakte. Uiteindelijk kwamen ze op de bovenste verdieping aan, waar de vrouw de deur openduwde van een piepklein kamertje in de nok van het huis. Het meubilair bestond uit een smal koperen ledikant en een ladekast met een waskom en een waterkan erop, maar het zag er in ieder geval schoon uit.

Er volgde nog een gesprek in het Duits tussen Jens en de vrouw, waarbij hij naar het bed gebaarde en zij knikte alvorens de kamer te verlaten.

'Ik heb gezegd dat we hier genoegen mee nemen tot ik een ander onderkomen heb gevonden. Dit bed is te smal om samen in te slapen, dus gaat ze een strozak voor me zoeken. Dan slaap ik op de grond.'

Ze bleven allebei een beetje beduusd om zich heen kijken in de kamer, tot de vrouw terugkwam met de strozak. Jens bood haar een paar muntstukken aan.

'*Nur Goldmark, keine Kronen*,' zei de vrouw hoofdschuddend.

'Neem nu de kronen maar aan, dan ga ik later vandaag geld wisselen,' stelde Jens voor.

De vrouw nam de muntstukken met tegenzin aan en stopte ze in haar zak terwijl ze nog wat meer instructies gaf, onder het bed wees en de kamer weer verliet.

Anna ging voorzichtig zitten. Haar hoofd tolde van de vermoeidheid, maar bovendien moest ze naar het toilet. Blozend vroeg ze aan Jens of de vrouw had gezegd waar dat was.

'Daar, ben ik bang.' Hij wees ook onder het bed. 'Ik ga wel op de gang staan als je...'

Met vuurrode wangen ging Anna akkoord en toen hij eenmaal de kamer uit was, liet ze gaan wat ze al uren ophield. Huiverend dekte ze de inhoud van de po af met de katoenen lap die erbij lag en zei dat Jens weer binnen mocht komen.

'Beter?' Hij grijnsde.

'Ja, dank je,' zei ze stijfjes.

'Mooi zo. Dan stel ik voor dat we allebei gaan slapen.'

Anna bloosde en wendde haar gezicht af toen Jens zich uit begon te kleden, tot hij in zijn katoenen kniebroek en onderhemd voor haar stond. Met zijn overjas over zich heen streek hij neer op de strozak. 'Maak je geen zorgen, ik beloof dat ik niet zal gluren,' grinnikte hij. 'Slaap lekker, Anna. Daarna zullen we ons allebei een stuk beter voelen.' Hij blies haar een kusje toe en ging met zijn rug naar haar toe liggen.

Anna maakte de linten van haar mantel los en trok haar dikke rok en blouse uit, maar hield haar hemd en onderbroek aan. Terwijl ze onder de ruwe wollen deken kroop en haar hoofd op het kussen legde, hoorde ze Jens al snurken op de strozak.

Wat heb ik gedaan, vroeg ze zich af. Herr Bayer had gelijk gehad. Ze was naïef en koppig en had de gevolgen van haar daden niet kunnen overzien. Nu had ze al haar schepen achter zich verbrand en was ze terechtgekomen in dit vreselijke, benauwende kamertje, waar ze vlak naast een man moest slapen met wie ze niet eens getrouwd was, en waar ze niet eens de privacy had om in alle rust haar behoefte te doen.

'Lieve Heer, vergeef me het verdriet dat ik andere mensen heb aangedaan,' fluisterde ze tegen het hemelrijk, want ze stelde zich voor dat Hij op dit moment vanaf daar op haar neerkeek en alvast haar overtocht naar de onderwereld boekte. Pas na een hele poos viel ze in een rusteloze slaap.

Tegen de tijd dat Jens wakker werd, was Anna alweer uit bed en aangekleed, snakte ze naar een glas water en rammelde ze van de honger.

'Ligt het bed lekker?' vroeg hij terwijl hij zich uitrekte.

'Ik wen er wel aan.'

'En nu,' zei Jens terwijl hij zich aankleedde en Anna zich omdraaide, 'moeten we wat munten wisselen voor Goldmarken en iets te eten zoeken. Maar mag ik je eerst vragen om de kamer te verlaten? Dan zie ik je op de gang nadat ik mijn behoefte heb gedaan.'

Vol afschuw bij de gedachte aan wat hij in de po zou aantreffen deed Anna wat hij gevraagd had.

Tot haar grote schrik kwam hij even later met po en al naar buiten. 'We moeten aan de pensionhoudster vragen waar we het vuile water moeten laten,' zei hij terwijl hij langs haar heen liep en de houten trap af begon te dalen.

Met gloeiende wangen ging Anna achter hem aan. Voordat ze naar Christiania was gekomen, was ze dan wel een eenvoudige boerentrien geweest, maar zoiets onhygiënisch en smerigs als dit was ze nog nooit tegengekomen. Thuis in Heddal was het privaat buiten heel eenvoudig, maar stukken beter dan dit. Ze besefte nu pas dat ze bij Herr Bayer zo gewend was geraakt aan de moderne badkamer dat ze zich nooit had afgevraagd hoe gewone stadsbewoners zich van hun vuiligheid ontdeden.

Ze troffen de pensionhoudster beneden in de hal aan en Jens hield haar de po voor alsof hij haar een stoofschotel aanbood. Ze knikte en wees naar de achterkant van het gebouw, maar nam de po wel van hem aan.

'Goed, ook weer geregeld. Laten we nu maar iets te eten gaan zoeken,' zei Jens terwijl hij de deur opendeed.

Na een tijdje door de drukke straten te hebben gelopen, vonden ze een *Bierkeller* aan een pleintje en zochten daar een tafeltje uit. Jens bestelde bier voor hen en ze keken allebei omhoog naar het bord waarop het menu met krijt stond uitgeschreven. Anna kon er geen touw aan vastknopen.

'Nou, ze hebben *Bratwurst,* worstjes dus. Die schijnen erg lekker te zijn, al zijn ze wel wat vetter dan de worst die wij kennen,' probeerde Jens het menu voor haar te vertalen. '*Knödel,* vraag me niet wat dat is... *Speck*... dat zal wel spek zijn...'

'Ik neem gewoon wat jij neemt,' zei Anna vermoeid, terwijl het bier werd gebracht samen met een mandje donker brood. Hoewel ze liever water had gehad, pakte ze de pul en dronk er gretig van.

Door de groezelige ramen tuurde ze naar de bedrijvigheid op het plein buiten. De meeste vrouwen droegen eenvoudige donkere jurken met een wit of grijs schort ervoor, zodat hun bleke huid en harde Germaanse gelaatstrekken extra werden benadrukt. Anna had verwacht meer opsmuk aan te treffen in Leipzig, omdat ze had gehoord dat het een van de belangrijkste steden in Europa was. Maar er kwam maar heel af en toe een rijtuig voorbij, waarin ze dan een glimp opving van een stijlvolle hoed met veren erop, zoals de rijkere vrouwen ze graag droegen.

Hun lunch werd gebracht en Anna werkte vlug de aardappels en vette worstjes naar binnen. Het bier was naar haar hoofd gestegen en ze glimlachte liefdevol naar Jens. 'Hoe moet ik om water vragen?'

'Je zegt gewoon: "*Ein Wasser, bitte*",' antwoordde Jens, voordat zijn aandacht werd getrokken door de straatmuzikanten die in het midden van het plein viool stonden te spelen, met op de grond een pet om geld op te halen. Anna zag dat hij zich tevreden uitrekte toen hij naar hen luisterde. 'Vind je het niet geweldig hier? Hier ligt onze toekomst, daar ben ik van overtuigd.' Over de tafel heen pakte hij haar hand beet. 'Hoe bevalt ons avontuur je tot nu toe?'

'Ik voel me niet fris, Jens. Zou je straks aan de pensionhoudster kunnen vragen of we ergens in bad kunnen en onze kleren kunnen wassen?'

Jens keek haar doordringend aan. 'Kom op, Anna. Je hebt zelf gezegd dat je een boerenmeisje bent en dat je lichamelijke ontberingen gewend bent. Heb je niets anders te zeggen over ons verblijf in Leipzig?'

Verlangend dacht ze terug aan Heddal, aan de brandschone sneeuw die ze 's winters buiten opschepten en boven het vuur verwarmden om zich mee te wassen. En aan de heldere beekjes waarin je in de zomer kon baden. 'Het spijt me. Ik zal er wel aan wennen, dat weet ik zeker.'

Jens pakte zijn tweede pul bier en nam een flinke teug. 'Eigenlijk zou ik Herr Bayer moeten bedanken omdat hij me gedwongen heeft eindelijk deze stap op weg naar mijn toekomst te zetten.'

'Het doet me goed dat je zo blij bent om hier te zijn, Jens.'

'Dat ben ik echt. Snuif de lucht eens op, Anna. Zelfs die ruikt hier anders. En de stad bruist van de creativiteit en de muziek. Kijk eens naar de menigte die zich om die muzikanten heeft verzameld! Hier wordt muziek toegejuicht, niet afgedaan als iets voor arme sloebers. En voortaan kan ik daar ook deel van uitmaken.' Hij dronk het laatste restje bier op, legde wat muntstukken op tafel en stond op. 'Nu ga ik mijn brief van Herr Grieg ophalen en dan meteen door naar het conservatorium. Dit is het begin van alles waar ik van gedroomd heb.'

In het pension rommelde Jens door zijn koffer tot hij zijn dierbare brief gevonden had. Daarna gaf hij Anna een kus en liep naar de deur. 'Rust maar lekker uit, Anna, dan kom ik je straks wekken met wijn en goed nieuws.'

'Vraag je ook of iemand daar me wil horen zing...'

Maar de deur was al achter hem dichtgevallen.

Anna liet zich op het bed zakken. Inmiddels had ze wel door dat dit 'avontuur' voor haar iets heel anders betekende dan voor Jens. Hij was ergens naar op weg, terwijl zij juist ergens voor was gevlucht. En nu, dacht ze ongelukkig, was er niets meer aan te doen, ook al had ze misschien de verkeerde keuze gemaakt.

Toen Jens een paar uur later terugkwam van het conservatorium, was hij nog euforischer.

'Toen ik daar aankwam en vroeg of ik de rector, dr. Schleinitz, mocht spreken, keek de portier me aan alsof ik de dorpsgek was. Toen gaf ik hem mijn brief en zodra hij die gelezen had, ging hij meteen naar het kantoortje om hem te halen. Dr. Schleinitz vroeg of ik een stukje viool wilde spelen, en daarna een van mijn eigen composities op de piano. En geloof het of niet, maar hij maakte een buiging voor me! Ja, Anna, hij heeft gewoon een buiging voor me gemaakt!' Jens stootte triomfantelijk met zijn vuist in de lucht. 'We raakten aan de praat over Herr Grieg en hij zei dat hij het een genoegen vond om een protegé van Grieg te onderwijzen. Dus morgen begin ik al op het conservatorium.'

'O, Jens! Dat is geweldig!' Anna deed haar best om blij te klinken.

'Op de terugweg ben ik nog naar een kleermaker gegaan en heb ik hem het dubbele geboden om me voor morgenochtend geschiktere kleding aan te meten. Ik wil niet dat iemand denkt dat ik maar een onbenul uit het fjordenland ben. Is het niet geweldig?' Grinnikend sloeg hij zijn armen om haar middel, tilde haar op en zwierde haar in het rond. 'Voordat we het gaan vieren, moeten we eerst verhuizen.'

'Heb je nu al een ander onderkomen voor ons gevonden?'

'Ja. Het is geen paleis, maar het is in ieder geval een stuk beter dan hier. Ga jij alvast onze spullen pakken, dan ga ik de pensionhoudster betalen en dan zie ik je beneden.'

'Ik...' Anna wilde nog zeggen dat ze niet wist of ze beide stukken bagage wel naar beneden kon dragen, maar hij was al weg. Een paar minuten later voegde ze zich hijgend van de inspanning, met bagage en al, bij Jens in de hal.

'Goed, dan gaan we naar ons nieuwe optrekje,' kondigde Jens aan.

Anna liep achter hem aan naar buiten en keek verbaasd toe omdat hij alleen de straat overstak en daar een huis binnenging.

'Op weg naar huis zag ik dat hier een kamer vrij was en besloot ik eens navraag te doen,' legde hij uit.

Het huis leek een beetje op het pension waar ze vandaan kwamen, maar de kamer bevond zich op de eerste verdieping en was in ieder geval een stuk ruimer dan die bedompte zolder. Het vertrek werd grotendeels in beslag genomen door een koperen ledikant en Anna's hart maakte een sprongetje bij het besef dat er geen plaats meer was voor een strozak.

'Op de overloop is een toilet. Daardoor is deze kamer wel ietsje duurder, maar ik denk dat je er wel blij mee zult zijn. Tevreden, Anna?'

'Ja.' Ze knikte stoïcijns.

'Mooi zo.' Hij gaf een paar muntstukken aan *Frau* Schneider, de pensionhoudster, die in Anna's ogen een stuk toeschietelijker was dan de vorige. 'Dit is genoeg voor onze eerste week kost en inwoning.' Hij keek haar stralend aan.

'*Kochen in den Zimmern ist untersagt. Abendbrot um punkt sieben Uhr. Essen Sie hier heute Abend*?'

'Ze zegt dat er op de kamer niet gekookt mag worden, maar dat we elke avond om zeven uur beneden kunnen eten,' vertaalde Jens zachtjes voor Anna. Daarna wendde hij zich tot Frau Schneider. 'Dat lijkt me een prima idee. Hoeveel kost dat extra?'

Weer wisselde er geld van eigenaar en uiteindelijk viel de deur achter hen dicht.

'Zo, Frau Halvorsen,' zei hij grijnzend, 'hoe bevalt ons echtelijke stulpje je?'

'Ik...'

Jens zag haar een angstige blik op het bed werpen. 'Anna, kom eens hier.'

Dat deed ze, en hij drukte haar stevig tegen zich aan.

'Rustig maar. Ik heb je al beloofd dat ik je niet zal aanraken tot jij aangeeft dat het mag. Maar nu kunnen we elkaar tenminste warm houden tijdens de koude nachten in Leipzig.'

'Jens, we moeten echt zo snel mogelijk trouwen,' drong Anna aan. 'We moeten een lutherse kerk zoeken waar ze ons...'

'Dat gaan we doen, maar laten we ons daar nu geen zorgen om maken.' Hij trok haar dichter tegen zich aan en probeerde haar in haar hals te zoenen.

'Jens, we leven in zonde!' zei ze terwijl ze zich terugtrok.

'Natuurlijk, je hebt gelijk,' verzuchtte hij tegen haar huid aan, voordat hij haar losliet. ‘Nu wordt het maar eens tijd dat we ons wassen, en daarna gaan we iets eten en drinken. Goed?’ Hij tilde haar kin op zodat ze hem wel moest aankijken.

‘Ja,’ zei ze glimlachend.

31

De twee weken daarna begon Anna haar draai een beetje te vinden. Of in ieder geval probeerde ze zichzelf bezig te houden tijdens de lange, eenzame uren dat Jens op het conservatorium was.

Buiten was het winters weer en 's ochtends was het ijskoud op hun kamer, dus kroop ze vaak weer in bed als Jens naar school was. Weggekropen onder de wollen dekens wachtte ze dan tot het vuurtje dat ze in de haard had gemaakt een beetje warmte begon te verspreiden. Daarna waste ze zich, kleedde zich aan en ging de straten van Leipzig op, naar de markt om brood en vleeswaren te kopen om tijdens de lunch te eten.

De enige warme maaltijd die ze op een dag aten, was wat Frau Schneider hun 's avonds voorzette. Vaker wel dan niet bestond die maaltijd uit een of andere worst met aardappels of zompige knoedels in een niet thuis te brengen saus. Anna verlangde vaak naar de smaak van vers gekweekte groente en de voedzame kost uit haar kindertijd.

Ze zat heel wat uurtjes te piekeren over de brieven die ze naar Herr Bayer en haar ouders zou moeten sturen. Met de pen van Lars tussen haar vingers vroeg ze zich af of hij zoals gepland naar Amerika was vertrokken. En op haar somberste momenten vroeg ze zich af of ze toch niet beter met hem mee had kunnen gaan.

Leipzig
1 oktober 1876

Beste Herr Bayer,

Zoals u inmiddels wel zult weten ben ik naar Leipzig vertrokken. Herr Halvorsen en ik zijn getrouwd. En gelukkig met elkaar. Ik

wil u graag bedanken voor alles wat u me gegeven hebt. Ik hoop dat u met mijn verdiensten uit het Christiania Theater een deel van uw onkosten kunt vergoeden en dat u de jurken kunt verkopen die ik achtergelaten heb, want die waren erg mooi.
Herr Bayer, het spijt me dat ik niet van u kon houden.

Het allerbeste,
Anna Landvik

Daarna pakte ze nog een vel papier en begon aan een tweede brief.

Kjære mor en far,

Ik ben getrouwd met Jens Halvorsen en naar Leipzig verhuisd. Mijn man studeert hier aan het conservatorium en ik ben nu huisvrouw. Ik ben gelukkig, maar mis jullie wel. En Noorwegen ook.

Anna

Ze vermeldde geen adres, uit angst dat ze kritiek zou krijgen. 's Middags maakte ze vaak een wandeling in het park of slenterde ze door de straatjes in de stad, ook al was haar mantel niet bestand tegen de gure wind, gewoon om zich onderdeel van de maatschappij te voelen. Het muzikale erfgoed van Leipzig was overal terug te vinden, van de verschillende straten die naar beroemde componisten waren vernoemd tot standbeelden van de grote meesters, en de huizen waar Mendelssohn en Schumann ooit hadden gewoond.

Haar favoriete plekje was het spectaculaire Neues Theater, de thuisbasis van het stedelijke operagezelschap, met een indrukwekkende zuilenrij voor de ingang en enorme boogramen. Als ze naar het gebouw staarde, vroeg ze zich vaak af of ze ooit op zo'n plek zou mogen optreden. Op een dag had ze zelfs haar moed bij elkaar geraapt om bij de artiesteningang aan te kloppen en probeerde ze te communiceren met de portier daar. Maar met alle handgebaren van de wereld had ze de man nog niet duidelijk kunnen maken dat ze werk zocht als zangeres.

Ontmoedigd en met het steeds sterker wordende gevoel dat ze hier niet thuishoorde, had ze haar toevlucht gezocht in de Thomaskerk, een statig gotisch gebouw waarboven een prachtige witte klokkentoren uitrees. Hoewel het gebouw stukken groter was dan het kerkje in Heddal, deden de geur en sfeer haar aan thuis denken. Op de dag dat ze eindelijk de brieven aan Herr Bayer en haar ouders op de post deed, trok ze zich daar na afloop ook terug. Ze ging op een van de banken zitten, boog haar hoofd en bad om verlossing, kracht en steun.

'Lieve Heer, vergeef me voor de vreselijke leugens die ik in die brieven verkondigd heb. De ergste leugen is nog wel...' Ze slikte moeizaam. '... dat ik gelukkig ben. Dat is niet zo. Helemaal niet. Maar ik weet dat ik daar geen medeleven of vergiffenis voor verdien.'

Op dat moment voelde ze een zachte hand op haar schouder. '*Warum so traurig, mein Kind*?'

Geschrokken keek ze op en zag een oude predikant naar haar glimlachen. '*Kein Deutsch, nur Norwegisch*,' wist ze uit te brengen, zoals Jens haar had geleerd.

'Ah!' zei de predikant. 'Ik spreek een beetje Noors.'

Hoewel ze haar best deed om met hem te communiceren, was zijn Noors al net zo erbarmelijk als haar Duits, en ze besefte dat Jens met hem zou moeten praten over een huwelijk, om de predikant ervan te overtuigen dat ze gelovige mensen waren.

Het mooiste moment van de dag was voor haar het avondeten, als Jens haar vertelde over het conservatorium, de andere studenten die uit heel Europa afkomstig waren, de rijen Blüthner-piano's om op te oefenen en de geweldige leraren, die vaak als muzikant werkzaam waren in het Leipzig Gewandhausorkest. Vanavond had hij honderduit gepraat over de Stradivarius-viool waarop hij had mogen spelen.

'Het verschil in geluidskwaliteit is enorm, alsof je een neuriënde barmeid vergelijkt met een sopraan die een aria zingt,' zei hij enthousiast. 'Het is allemaal zo geweldig! Ik mag nu elke dag spelen, zowel op de piano als op mijn viool, maar ik leer ook heel veel van de colleges over componeren, harmonie en muziekanalyse. En bij muziekgeschiedenis heb ik nu al werken van Chopin en Liszt bestudeerd waarvan ik nog nooit gehoord had! Over een tijdje mag ik "Scherzo No. 2" van Chopin spelen tijdens een studentenconcert in de zaal van het Gewandhaus.'

'Het is fijn om je zo gelukkig te zien,' zei ze zo enthousiast mogelijk. 'Denk je dat je aan iemand zou kunnen vragen of ik misschien ergens mag zingen?'

'Anna, dat vraag je wel vaker,' reageerde Jens tussen twee happen door, 'maar als je niet een beetje Duits leert, wordt het heel lastig voor je om hier iets te doen.'

'Er zal toch wel iemand zijn die naar me wil luisteren? Ik ken de Italiaanse tekst van "Violetta's Aria" al, de Duitse tekst kan ik later wel leren.'

'Stil maar, liefje.' Jens pakte haar hand beet. 'Ik zal nog eens navraag voor je doen.'

Na het eten volgde altijd het gênante avondritueel. Zij trok in de toiletruimte haar nachtjapon aan en kroop daarna snel onder de dekens, waar Jens al lag te wachten. Dan sloeg hij zijn armen om haar heen en vlijde ze zich tegen zijn borst, zijn muskusachtige geur diep opsnuivend. Als hij haar zoende, voelde ze haar lichaam op hem reageren, net zoals hij op haar reageerde, en verlangden ze allebei naar meer... Maar dan maakte ze zich van hem los en slaakte hij een diepe zucht.

'Ik kan het gewoon niet,' had ze een keer in het donker voor zich uit gefluisterd. 'Je weet dat we eerst moeten trouwen.'

'Dat weet ik, liefste. En natuurlijk gaan we uiteindelijk wel trouwen, maar tot die tijd kunnen we toch wel...'

'Nee, Jens! Ik... kan het gewoon niet. Je weet dat ik al een kerk heb gevonden waar we kunnen trouwen, maar dan moet jij het regelen met de dominee.'

'Anna, daar heb ik gewoonweg geen tijd voor. Mijn studie vereist nu mijn volle aandacht. Trouwens, op het conservatorium hoor ik veel nieuwe ideeën. Er zitten radicalen tussen de studenten die geloven dat de kerk er alleen maar is om mensen onder de duim te houden. Zij zijn aanhangers van een stroming uit de Verlichting, net zoals Goethe die in zijn toneelstuk *Faust* neerzet. Dat verhaal gaat over allerlei spirituele en bovennatuurlijke zaken. Een vriend heeft me zijn exemplaar geleend om te lezen, en dit weekend neem ik je mee naar Auerbachs Keller, de bar waar Goethe vaak kwam en waar hij door een muurschildering is geïnspireerd om zijn klassieker te schrijven.'

Anna had nog nooit gehoord van Goethe en zijn schijnbaar nogal verhelderende werk. Ze wist alleen maar dat ze voor het aanschijn van God getrouwd wilde zijn voordat ze zich lichamelijk aan Jens kon geven.

Kerst brak aan, voor Anna een geheugensteuntje dat ze al drie maanden met Jens in Leipzig was. Zij had graag naar de *Christmette* gewild, de middernachtsmis in de kerk, en dominee Meyer had haar zelfs een boekje gegeven met traditionele Duitse kerkliederen. Overdag had ze vaak zachtjes 'Stille Nacht' geneuried, opgetogen bij het vooruitzicht om weer met andere mensen samen te kunnen zingen. Maar Jens had kerstavond per se willen doorbrengen bij Frederick thuis, een van zijn medestudenten.

Met een beker warme glühwein in haar handen zat Anna stilletjes naast Jens aan tafel te luisteren naar het harde Duits, waar ze nog steeds amper een woord van verstond. Jens, die al dronken was, nam niet de moeite om het voor haar te vertalen. Na het eten werd er muziek gespeeld, maar Jens stelde niet één keer voor dat zij iets zou zingen.

Toen ze door de ijskoude avond naar huis liepen, hoorde Anna de kerkklokken luiden om Eerste Kerstdag aan te kondigen. Vanuit de kerk steeg gezang op en ze keek even naar Jens, die rood aangelopen was door de alcohol en de festiviteiten van die avond. In stilte deed ze een gebedje voor haar familie die zonder haar kerst vierde in Heddal en wenste ze met heel haar hart dat zij daar ook kon zijn.

In januari en februari vreesde Anna dat ze gek zou worden van verveling. Haar dagelijkse routine, die nog enigszins draaglijk had geleken voordat het nieuwe eraf was, vond ze nu dodelijk saai. Het was gaan sneeuwen in Leipzig en soms was het zo koud dat ze haar vingers en tenen niet meer voelde. Overdag haalde ze emmers met kolen voor het vuur, waste ze hun kleren in de ijskoude bijkeuken of deed ze meelijwekkende pogingen om in *Faust* te lezen, omdat Jens had gezegd dat haar Duits daar misschien beter van zou worden.

'Ik ben ook zo dom!' riep ze op een middag uit. Ze sloeg het boek dicht en barstte van pure frustratie in tranen uit, iets wat de laatste tijd alarmerend vaak gebeurde.

Jens werd steeds meer in beslag genomen door het conservatorium en de studenten daar. Vaak kwam hij pas na middernacht thuis van een concert en stonk hij naar bier en tabaksrook. Als hij dan zijn armen naar haar uitstak en haar door haar nachtjapon heen aarzelend streelde, deed ze alsof ze al sliep. Na een tijdje vloekte hij zachtjes omdat ze niet reageerde en wachtte ze met wild bonkend hart af tot hij zich brommend omdraaide en begon te snurken. Pas dan kon ze opgelucht ademhalen en zelf in slaap vallen.

Tegenwoordig at ze 's avonds meestal alleen, terwijl ze vanonder haar wimpers de andere gasten van het pension gadesloeg. Veel van de gezichten wisselden wekelijks, en Anna nam aan dat dat handelsreizigers waren. Maar er was één oudere man die hier net als zij permanent leek te verblijven en die elke avond alleen at. Zijn gezicht ging altijd schuil achter een boek en hij was steevast keurig uitgedost in ouderwetse kleding.

De oudere heer werd een soort obsessie voor haar. Ze kon er urenlang over nadenken wat zijn verhaal was en waarom hij ervoor had gekozen om de herfst van zijn leven hier door te brengen. Soms, als ze maar met zijn tweetjes in de eetzaal zaten, knikte hij naar haar en zei '*Guten Abend*' bij het binnenkomen en '*Gute Nacht*' bij vertrek. Ergens deed hij haar een beetje denken aan Herr Bayer, met zijn dikke bos wit haar, borstelsnor en goede manieren.

'Als ik zelfs Herr Bayer al mis, is het wel heel slecht met me gesteld,' mompelde ze op een avond zachtjes terwijl ze de eetzaal uit liep.

Een paar avonden later stond de oudere heer op en liep met zijn altijd aanwezige boek richting de deur. '*Gute Nacht*.' Hij knikte naar haar en liep verder, maar draaide zich toen weer naar haar om. '*Sprechen Sie Deutsch*?'

'Nein, Norwegisch.'

'Komt u uit Noorwegen?' vroeg hij verbaasd.

'Ja,' antwoordde ze, verrukt omdat hij haar in vloeiend Noors antwoord had gegeven.

'Zelf ben ik Deens, maar mijn moeder kwam uit Christiania. Ze heeft me de taal geleerd toen ik nog klein was.'

Na al die weken waarin ze behalve met Jens met niemand goed had kunnen communiceren, kon ze deze man wel omhelzen. 'Dan vind ik het heel aangenaam om met u kennis te maken, meneer.'

De man bleef in gedachten verzonken staan en nam haar onderzoekend op. 'Wilt u beweren dat u helemaal geen Duits spreekt?'

'Niet meer dan een paar woorden.'

'Hoe redt u het dan in vredesnaam in deze stad?'

'Niet, om heel eerlijk te zijn, meneer.'

'Werkt uw man hier in Leipzig?'

'Nee, hij studeert aan het conservatorium.'

'Ah, een muzikant! Geen wonder dat hij 's avonds zelden met u mee-eet. Mag ik vragen hoe u heet?'

'Ik ben Anna Halvorsen.'

'En ik heet Stefan Hougaard.' Hij maakte een lichte buiging voor haar. 'Aangenaam kennis te maken. Dus u werkt niet, Fru Halvorsen?'

'Nee, meneer. Al hoop ik binnenkort wel ergens werk te vinden als zangeres.'

'Misschien kan ik u tot die tijd helpen met Duits leren? Of liever gezegd, met de basisbeginselen,' stelde hij voor. 'Als u wilt, zouden we na het ontbijt hier met elkaar kunnen afspreken, onder het toeziend oog van de pensionhoudster, zodat uw man niet het idee krijgt dat er iets onbetamelijks aan de hand is.'

'Dat is heel aardig van u, meneer. En ik zou uw hulp erg op prijs stellen, maar ik moet u wel waarschuwen. Ik ben niet zo'n snelle leerling en ben niet zo goed in taal, zelfs niet in mijn eigen taal.'

'Nou, dan moeten we er samen maar hard aan werken, vindt u niet? Zullen we morgenochtend om tien uur afspreken?'

'Ja. Ik zal er zijn.'

Die avond voelde Anna zich een stuk opgewekter toen ze naar

bed ging, ook al lag Jens voor de zoveelste keer niet naast haar, volgens hem omdat hij moest repeteren voor een concert. Het was al een genot geweest om gewoon met een ander mens te kunnen praten en als ze iets kon doen om wat meer afwisseling in haar dagritme aan te brengen, was ze daar heel blij mee. Als ze een beetje Duits leerde, bestond er bovendien misschien wel een kansje dat ze weer voor publiek zou kunnen zingen...

Terwijl de eerste bloesems aan de bomen verschenen, bracht Anna haar ochtenden beneden door, waar ze haar halsstarrige brein probeerde te dwingen om de woordjes die Herr Hougaard haar leerde te onthouden. Na de eerste paar dagen stond hij erop om met haar mee te gaan op haar dagelijkse tripjes naar de markt. Hij zou op een afstandje blijven staan en goed luisteren of zij zijn instructies opvolgde terwijl ze de marktkoopman begroette, een bestelling deed en afrekende en weer gedag zei. Eerst vond ze deze opdrachten zenuwslopend en struikelde ze vaak over de zinnen die ze had geleerd, maar langzamerhand kreeg ze er meer vertrouwen in.

De weken daarna boekte ze steeds meer vooruitgang en werden haar uitjes met Herr Hougaard steeds langer, tot ze op een keer voor hen allebei lunch bestelde in een restaurant, die zij bij wijze van bedankje voor hem wilde betalen.

Ze wist nog steeds heel weinig over hem, alleen dat zijn vrouw een paar jaar geleden was gestorven en hij nu dus weduwnaar was. Hij was van het platteland naar de stad verhuisd om te genieten van het culturele leven in Leipzig, zonder zelf voor het huishouden te hoeven zorgen.

'Wat heb ik nou nog meer nodig dan een volle maag, schone lakens en kleren die regelmatig gewassen worden, als ik met een paar minuten lopen een prachtig concert kan bijwonen om mijn zintuigen scherp te houden?' had hij met een brede glimlach gezegd.

Herr Hougaard was verbaasd dat Jens haar niet gevraagd had om de vele concerten bij te wonen waar hij aan mee scheen te doen. Jens had gezegd dat dat te duur was, maar volgens Herr Hougaard waren die concerten vaak gratis. De laatste tijd zag Anna haar 'echtgenoot' steeds minder en sinds kort kwam hij 's nachts af en toe helemaal niet naar huis. Op een ochtend, toen ze het raam openzette om de frisse voorjaarslucht naar binnen te laten voordat ze naar beneden liep voor haar dagelijkse les, bedacht ze dat ze zich zonder Herr Hougaard maanden geleden al voor een tram had gegooid.

Op een van hun tripjes naar het centrum tijdens de lunch zag Anna tot haar verbazing Jens achter het raam van het Thüringer Hof zitten, een van de beste restaurants van Leipzig. Daar kwam de plaatselijke adel bij elkaar in hun dure kleren, en buiten stonden dan ook veel rijtuigen te wachten, met paarden ervoor om de gasten na een weldadige lunch weer naar huis te brengen. Net zoals zij voorheen in Christiania had geleefd, dacht ze weemoedig.

Tussen de rijtuigen door tuurde ze naar Jens' tafelgenoot. Het was duidelijk een vrouw, met een felrode hoed met daarop een veer die op en neer wipte als ze praatte. Tot groot genoegen van Herr Hougaard leunde Anna nog verder voorover en zag dat de vrouw donker haar had en wat haar moeder een Romeins profiel noemde, wat in wezen een grote neus betekende.

'Waar staar je toch naar, Anna?' Herr Hougaard kwam achter haar staan. 'Je lijkt het meisje met de zwavelstokjes wel, uit dat sprookje van Hans Christian Andersen. Wil je soms ook met je neus tegen de ruit gedrukt gaan staan, net als zij deed?' vroeg hij grinnikend.

'Nee.' Anna rukte haar blik los toen Jens en de vrouw naar elkaar toe leunden om te praten. 'Ik dacht dat ik een bekende zag.'

Die avond dwong Anna zichzelf om wakker te blijven tot Jens thuiskwam, ver na middernacht. Tegenwoordig trok hij zijn kleren altijd uit op het toilet en kroop dan in het donker in bed, om haar niet wakker te maken. Maar natuurlijk gebeurde dat wel. Elke nacht opnieuw.

'Wat doe jij nog op?' vroeg hij, duidelijk verbaasd om de olielamp te zien branden toen hij binnenkwam.

'Ik heb op jou gewacht. De laatste tijd zien we elkaar amper nog.'

'Ik weet het,' verzuchtte Jens terwijl hij zich naast haar op het bed liet vallen. Anna wist dat hij weer gedronken had. 'Zo gaat het jammer genoeg als je hier aan het conservatorium studeert. Ik heb amper tijd om iets te eten.'

'Zelfs niet tijdens de lunch?' Het was eruit voordat ze het wist.

Jens keek haar aan. 'Wat bedoel je?'

'Ik zag je vandaag, toen je in de stad aan het lunchen was.'

'Echt? Waarom ben je dan geen gedag komen zeggen?'

'Omdat ik niet op zo'n chic restaurant gekleed was. Bovendien was je nogal diep in gesprek met een vrouw.'

'O ja, barones von Gottfried. Een belangrijke weldoenster van het conservatorium en de studenten. Vorige week is ze naar een concert gekomen, waar we met vier jonge componisten de kans kregen om een van onze eigen stukken te spelen. Die compositie waar ik aan werk, weet je nog?'

Nee, ze wist het niet meer, maar Jens was er dan ook nooit om haar iets te vertellen.

'Ik begrijp het.' Ze slikte moeizaam en er welde een golf van verontwaardiging in haar op. Als er een nieuw stuk van hem in première was gegaan, waarom had hij haar dan niet uitgenodigd?

'De barones had me gevraagd voor de lunch om over mogelijkheden te praten om mijn composities aan een breder publiek te laten horen. Ze heeft veel connecties in alle grote steden van Europa. Parijs, Florence, Kopenhagen...' Jens glimlachte dromerig en legde zijn armen achter zijn hoofd. 'Stel je eens voor, Anna! Dat mijn muziek gespeeld wordt in de grote concertzalen op aarde! Dat zal Herr Hennum leren, vind je niet?'

'Ja, dat zou je ongetwijfeld veel plezier doen.'

'Wat is er, Anna?' reageerde Jens op haar kille toon. 'Kom, voor de draad ermee. Kennelijk heb je me iets te vertellen.'

'Nou en of!' Anna kon haar woede niet langer inhouden. 'De hele week zie ik je amper, en nu vertel je me dat je concerten geeft en mij, je verloofde en in de ogen van de wereld zelfs je vrouw, niet eens uitnodigt. Meestal kom je pas na middernacht thuis en soms zelfs helemaal niet. En ik zit hier maar op je te wachten als een trouwe hond, zonder vrienden, zonder ook maar iets te doen behalve saaie karweitjes en zonder ook maar enig vooruitzicht om mijn eigen zangcarrière voort te zetten. En als klap op de vuurpijl zie ik je dan ook nog eens aan de lunch zitten met een andere vrouw, in een van de beste restaurants van de stad. Zo! Dat had ik je te vertellen.'

Toen het duidelijk was dat er een eind aan Anna's uitbarsting was gekomen, stond Jens op van het bed. 'Goed, dan zal ik eens zeggen wat ik op mijn lever heb, Anna. Kun je je voorstellen hoe het voor mij is om avond na avond naast de vrouw te liggen van wie ik hou, om zo dicht bij haar prachtige lichaam te zijn, zonder dat ik ook maar iets mag doen wat verdergaat dan een aai of een kus? Allemachtig, met die kleine aanrakingen die je me toestaat, maak je me alleen maar gefrustreerder. Ik lig er elke nacht van te dromen dat ik de liefde met je bedrijf, het is zelfs zo erg dat ik geen oog meer dichtdoe. Om mijn verstand niet helemaal te verliezen, kom ik maar niet meer naast je liggen, maar kom ik zo laat en zo dronken mogelijk thuis, zodat ik meteen in slaap val. Ja!' Verontwaardigd sloeg hij zijn armen over elkaar. 'Dit... leven dat we samen leiden slaat helemaal nergens op. Je bent mijn vrouw, maar ook weer niet. Je bent teruggetrokken en chagrijnig en laat duidelijk blijken dat je niets liever wilt dan naar huis gaan. Anna, vergeet alsjeblieft niet dat het jouw beslissing was om hierheen te komen. Waarom ga je niet weg? Het moge duidelijk zijn dat je niet gelukkig bent. Dat ík je niet gelukkig maak!'

'Jens, nu doe je wel heel onredelijk! Je weet net zo goed als ik dat ik dolgraag wil trouwen, zodat we echt als man en vrouw kunnen gaan samenleven. Maar telkens als ik je vraag om met me mee te gaan naar de dominee, zeg je dat je te moe bent of het te druk hebt. Hoe durf je mij dit te verwijten, terwijl ik er niets aan kan doen!'

'Nee, daar kun je inderdaad niets aan doen.' Zijn gezichtsuitdrukking werd milder. 'Maar waarom denk je dat ik nog niet naar de dominee wil?'

'Omdat je niet met me wilt trouwen?'

'Anna...' Hij liet een getergd lachje horen. 'Je weet best hoe graag ik je echtgenoot wil worden. Maar volgens mij besef je niet wat zoiets kost. Je hebt een jurk nodig, bruidsmeisjes, een bruidsdiner... Zoals iedere bruid verdient. En ik wil je dat geven. Maar daar hebben we simpelweg het geld niet voor. We leven nu al van de hand in de tand.'

Toen het eindelijk tot Anna doordrong, voelde ze haar woede wegebben. 'O... Maar Jens, die dingen hoef ik allemaal niet. Ik wil gewoon met je getrouwd zijn.'

'Als dat echt zo is, gaan we meteen trouwen. Al zal het helaas niet de bruiloft worden die je je als klein meisje hebt voorgesteld.'

'Dat weet ik.' Anna slikte moeizaam bij de gedachte dat er niemand van haar familie bij aanwezig zou zijn. Far niet, mor niet, Knut en Sigrid niet. Dominee Erslev zou het huwelijk niet inzegenen en ze zou de bruidskroon van haar dorp niet dragen. 'Maar dat kan me niet schelen.'

Jens ging weer op het bed zitten en kuste haar teder. 'Dan gaan we naar die dominee van je om een datum te prikken.'

32

De korte, eenvoudige huwelijksplechtigheid in de Thomaskerk werd zonder getuigen voltrokken. Anna droeg een sobere witte jurk die ze voor de gelegenheid had gekocht met geld van Frøken Olsdatter en ze had witte bloemen in haar haar. Dominee Meyer keek hen vriendelijk glimlachend aan terwijl hij de geloften uitsprak die hen voor de rest van hun leven zouden binden.

'*Ja, ich will*,' zeiden ze om beurten, waarop Jens de eenvoudige gouden ring van zijn grootmoeder om haar vinger schoof. Zijn aanrakingen waren liefdevol en zelfverzekerd. Anna sloot haar ogen toen hij haar ingetogen op de lippen kuste, en opgelucht voelde ze in haar binnenste dat God haar had vergeven.

De bescheiden bruiloft werd voortgezet in een Bierkeller, waar Jens' muzikale vrienden een geïmproviseerde bruiloftsmars speelden toen het pasgetrouwde stel binnenkwam en de andere gasten hun pul hieven om hen geluk te wensen. Tijdens de sobere maaltijd van Duitse bruiloftssoep voelde Anna dat haar man geruststellend zijn hand op haar knie legde. Dankzij Herr Hougaard kon ze meedoen met de grappenmakerij en het toosten van Jens' vrienden en ze voelde zich niet langer een vreemdeling in een vreemde wereld.

Toen ze laat die avond de trap naar hun kamer opklommen, met Jens' vingertoppen op het onderste deel van haar rug, rilde ze nerveus en vol verwachting.

'Kijk toch,' mompelde hij, terwijl hij de deur achter zich sloot en haar met ogen vol passie bekeek, 'zo klein, zo onschuldig, zo volmaakt...' Hij reikte naar haar, nam haar in zijn armen en liet zijn handen vrijuit over haar lichaam gaan. 'Ik kan niet zonder vrouwen,' fluisterde hij in haar oor, terwijl hij haar gezicht met zijn vingers achterover kantelde om haar te kussen. 'Dan is het toch geen wonder dat ik ergens anders troost gezocht heb?' Toen hij dat had gezegd, deinsde ze voor hem terug.

'Wat bedoel je daarmee?'

'Niets, niets, echt waar… Alleen dat ik jou wil.'

Voordat ze iets terug kon zeggen kuste hij haar, zijn handen liefkoosden haar rug, haar dijen, haar borsten… en ook al wilde ze het eigenlijk niet, het voelde opeens fantastisch en natuurlijk dat haar kleren en alle andere barrières die tussen hen in hadden gestaan eindelijk wegvielen en ze één konden worden. Jens droeg haar naar het bed, trok zijn eigen kleren uit en bracht zich boven haar in positie. Aarzelend verkenden Anna's handen de sterke spieren van zijn rug. Toen hij haar penetreerde, was ze klaar voor hem, en ze wist dat haar lichaam dit onbewust had geoefend sinds ze hem voor het eerst had gezien.

Ze was onbekend met het hele gebeuren, maar toen hij zuchtte, op het kussen naast haar neerzonk en zij haar hoofd tegen zijn schouder legde, verdwenen alle griezelverhalen die ze over dit moment had gehoord uit haar gedachten. Nu was hij echt van haar en zij van hem.

De weken na de bruiloft was Jens op tijd thuis voor de avondmaaltijd en dan wilden ze allebei niets liever dan zo snel mogelijk eten en zich in de slaapkamer terugtrekken. Het was Anna duidelijk dat haar man ervaring had in de kunst van de liefde en toen hij doortastender met haar werd en ook zij zich liet gaan, werd elke nacht een geweldig avontuur. De eenzaamheid van de afgelopen maanden was overwonnen en Anna begreep nu maar al te goed wat het verschil tussen vrienden en minnaars was. Het leek alsof hun vorige rollen waren omgedraaid, want nu was zij degene die voortdurend naar zijn aanrakingen verlangde.

'Goeie hemel, vrouw,' zei hij op een avond terwijl hij nahijgend naast haar lag, 'ik zou bijna willen dat ik je nooit in dit nieuwe spel had ingewijd. Je bent echt onverzadigbaar!'

En dat was ze ook. Omdat deze momenten het enige deel van hem waren dat ze volledig bezat. Als hij 's ochtends haar armen verliet en zich aankleedde om naar het conservatorium te gaan, zag ze dat zijn gezichtsuitdrukking veranderde en dan voelde ze dat zijn gedachten van haar afdwaalden. Ze had er een gewoonte van gemaakt om samen met hem naar het conservatorium te wandelen. Daar aangekomen omhelsde hij haar en zei dat hij van haar hield, om dan door de voordeur te verdwijnen in de andere wereld die hem opeiste.

Mijn vijand, dacht Anna soms als ze zich omdraaide en op haar schreden naar huis terugliep.

Herr Hougaard had gezien dat haar stappen een nieuwe veerkracht hadden gekregen en dat ze hem vriendelijk glimlachend aankeek wanneer ze hem begroette voor de ochtendles.

'U lijkt gelukkiger nu, Frau Halvorsen, en daar ben ik blij om,' had hij gezegd.

Onder invloed van haar pas ontdekte positiviteit was Anna's Duits snel vooruitgegaan. Ze sprak het nu met een zelfvertrouwen waar Herr Hougaard haar om prees. En het leek alsof elk nieuw woord dat ze begreep tot een hele reeks andere leidde.

Ze besloot dat ze niet meer simpelweg zou afwachten tot Jens werk als zangeres voor haar gevonden had. Ze schreef een brief aan Herr Grieg waarin ze hem vertelde dat ze in Leipzig was gaan wonen en vroeg of hij haar wilde voordragen voor een zangauditie bij iemand die hij kende in die stad. Jens had op het conservatorium geïnformeerd naar het adres van C.F. Peters, de muziekuitgever van Herr Grieg in Leipzig. Ze ging naar de Talstraße 10 en gaf haar brief eigenhandig af aan een jongeman die werkte in de winkel op de begane grond waar de bladmuziek werd verkocht. Daarna bad ze elke avond dat Herr Grieg haar verzoek zou ontvangen en beantwoorden.

Op een dag in juni lukte het haar een gesprek van een kwartier in het Duits te voeren zonder één fout te maken, en Herr Hougaard maakte een buiginkje voor haar.

'Perfect gezegd, Frau Halvorsen, heel knap.'

'*Danke*,' zei Anna vergenoegd.

'Ik moet u ook nog zeggen dat ik binnenkort ga kuren in Baden-Baden, zoals ik in de zomermaanden altijd doe. Hier in de stad wordt het me dan veel te heet, en de laatste tijd heb ik me erg moe gevoeld. Gaan u en Herr Halvorsen naar Noorwegen als het collegejaar om is?'

'Als we daarheen gaan, heeft hij het in ieder geval niet tegen me gezegd.'

'Ik vertrek morgenochtend, dus als we geluk hebben, zie ik u in de herfst weer.'

'Ja, dat hoop ik ook.' Anna volgde zijn voorbeeld en stond op. Ze wilde dat ze hem haar dankbaarheid en genegenheid op een spontanere manier kon tonen dan de omgangsvormen vereisten. 'Ik heb veel aan u te danken, meneer.'

'Ik verzeker u, Frau Halvorsen, dat het me een genoegen was,' zei hij. Toen liep hij de kamer uit.

Nu Herr Hougaard naar Baden-Baden was vertrokken merkte Anna dat Jens veranderd was. Hij was niet op het gebruikelijke uur thuis voor het avondeten, maar kwam pas later, prikkelbaar als een kat op hete kolen. Wanneer ze de liefde bedreven, voelde ze een nieuwe afstand.

'Wat is er met je?' vroeg ze hem op een avond. 'Ik weet dat er iets is.'

'Niets,' zei hij geërgerd, terwijl hij zich uit haar armen losmaakte en naast haar op zijn rug ging liggen. 'Ik ben alleen moe, dat is alles.'

'Jens, min elskede, ik ken je. Vertel me alsjeblieft wat er is.'

Hij bleef een tijdje stilliggen. Toen keek hij haar aan. 'Goed dan, ik sta voor een dilemma en ik weet niet wat te doen.'

'Zeg me dan in hemelsnaam wat er aan de hand is. Misschien kan ik je helpen.'

'Het probleem is dat het je absoluut niet zal bevallen.'

'Ik begrijp het. Maar zeg het me toch maar.'

'Nou, herinner je je die vrouw nog met wie je me hebt zien lunchen?'

'De barones. Hoe zou ik die kunnen vergeten?' zei Anna. Ze werd nijdig nu Jens haar naam noemde.

'Ze heeft me gevraagd of ik van de zomer met haar mee wilde gaan naar Parijs, waar zij en haar man een chateau bezitten, niet ver van het paleis van Versailles. Daar houdt ze elke week muzikale soirees voor de grote namen uit de kunstwereld en ze wil graag dat ik mijn nieuwe composities daar in première laat gaan. Voor mij is dat natuurlijk een prachtkans om mijn werk te laten horen. Barones von Gottfried kent iedereen, en zoals ik je heb verteld zet ze zich in voor jonge componisten. Ze heeft me verteld dat zelfs Herr Grieg op een van haar evenementen heeft gespeeld.'

'Nou, dan moeten we er natuurlijk heen gaan. Ik begrijp niet waarom dit een dilemma voor je moet zijn.'

Jens kreunde. 'Ik heb het je niet verteld, Anna, omdat het probleem is dat jij niet mee kunt.'

'O. Mag ik vragen waarom niet?'

'Omdat...' Jens zuchtte. 'Barones von Gottfried kent jou niet. Ik heb haar nooit verteld dat ik getrouwd ben. Eerlijk gezegd omdat ik dacht dat ik bij haar uit de gunst zou raken als ik dat zou zeggen. Toen ik haar leerde kennen was het... moeilijk tussen jou en mij en we leefden als broer en zus of als vrienden. Dus daar gaat het om. Ze weet niet dat jij er bent.'

'Waarom zeg je haar dan niet dat ik er wél ben?' Anna's stem klonk zacht en kil. Ze dacht na over de werkelijke betekenis van wat haar man had gezegd.

'Omdat ik... bang ben. Ja, Anna, je Jens is bang dat de barones niet meer zal willen dat ik met haar meega naar Parijs als ze dat wel zou weten.'

'Je wilt dus dat de barones zal denken dat je beschikbaar bent, en dat ze je dan zal helpen met je loopbaan?'

'Ja, Anna. Goeie god, wat een ezel ben ik toch...'

'Ja, dat ben je zeker.' Anna keek koeltjes toe terwijl Jens het kussen over zijn hoofd trok en zich erachter verschool als een ondeugend kind dat straf krijgt van zijn moeder.

'Neem me niet kwalijk, Anna, het spijt me echt. Maar nu heb ik je tenminste alles verteld.'

'Hoe lang wil ze dat je bij haar blijft?'

'Alleen de zomer,' zei Jens. Hij haalde het kussen van zijn gezicht. 'Je moet begrijpen dat ik dit voor óns doe, om carrière te maken en geld te verdienen, zodat jij niet meer op deze kamer hoeft te wonen en op een dag een behoorlijk huis zult hebben, zoals je verdient.'

En zodat jij kunt proeven van de roem die je denkt te verdienen, dacht ze nors. 'Ga dan maar.'

'Meen je dat echt?' Jens keek haar achterdochtig aan. 'Waarom laat je me in vredesnaam gaan?'

'Gewoon omdat je me in een onhoudbare positie hebt gebracht. Als ik het je verbied, ga je hier de hele zomer zitten treuren en geef je mij de schuld van je ongeluk.' Anna haalde diep adem. 'En hoewel anderen overtuigd zijn van het tegendeel, vind ik dat ik je kan vertrouwen.'

'O ja?' Hij keek verbaasd op. 'Dan ben je echt een godin onder de vrouwen!'

'Jens, je bent mijn man. Wat heeft ons huwelijk voor zin als ik je niet kan vertrouwen?' zei ze verongelijkt.

'Dank je. Dank je, mijn lieve vrouw.'

Een paar dagen later vertrok Jens, en hij liet genoeg geld voor Anna achter om de weken tot hij terug zou zijn probleemloos door te komen. Zijn grote dankbaarheid voor haar welwillendheid had haar ervan overtuigd dat ze de juiste beslissing had genomen. De avonden voor zijn vertrek had ze met hem in bed gelegen en gezien dat hij bewonderend naar haar keek.

'Ik hou van je, Anna, ik hou van je...' had hij telkens weer gezegd. En toen, op de ochtend dat hij zou gaan, had hij haar tegen zich aangedrukt alsof hij niet zonder haar kon.

'Beloof je dat je op me zult wachten, mijn allerliefste vrouw, wat er ook gebeurt?'

'Natuurlijk, Jens. Je bent mijn man.'

Anna kwam puur op haar vastberadenheid de snikhete zomer in Leipzig door. Met het raam wijd open om elk zuchtje wind dat in de smalle straat tussen de huizen beneden doordrong op te vangen lag ze 's nachts naakt en zwetend van de hitte op het bed. Ze las *Faust* van Goethe uit en werkte zich door elk boek dat ze uit de stadsbibliotheek kon lenen om haar Duitse woordenschat uit te breiden. Ze kocht ook stoffen op de markt en nam haar naaigerei mee naar het park. Daar ging ze onder een schaduwrijke boom zitten en dan werkte ze ijverig aan een jurk van bombazijn en een warme mantel voor de komende winter. Toen ze zichzelf de maat had genomen voor die kledingstukken had ze tot haar ergernis gezien dat ze zoals veel andere pasgetrouwde vrouwen een dikkere buik kreeg, hoewel ze nog geen twintig was. Ze ging om de dag naar de Thomaskerk, om zowel geestelijk als fysiek verlichting te zoeken. Het koele interieur van de kerk was de enige plek waar ze aan de hitte kon ontkomen.

Ze schreef Jens regelmatig op het adres dat hij haar had gegeven voordat hij naar Parijs was vertrokken, maar ze kreeg slechts twee korte briefjes terug, waarin hij meldde dat het goed met hem ging en dat hij het erg druk had met het kennismaken met de vele belangrijke connecties van barones von Gottfried. Hij liet ook weten dat zijn compositie goed was ontvangen bij het recital en dat hij in zijn vrije tijd aan iets nieuws werkte.

Het chateau inspireert me tot mijn beste werk tot nu toe! Hoe zou ik me niet creatief kunnen voelen in zo'n prachtige omgeving?

Terwijl de dagen van de zomer zich traag aaneenregen, weigerde Anna zich over te geven aan de duistere gedachten over de rijke, machtige beschermvrouw van Jens die haar bekropen. Hij zou snel genoeg bij haar terug zijn, hield ze zichzelf vastberaden voor, en dan konden ze hun huwelijksleven voortzetten.

Jens had haar nooit een precieze datum voor zijn terugkeer gegeven, maar toen Anna op een ochtend in het begin van september aan het ontbijt zat, vroeg haar hospita Frau Schneider bits of haar man die dag terug zou zijn in Leipzig, op tijd voor het nieuwe collegejaar aan het conservatorium dat de volgende dag zou beginnen.

'O ja, dat zal hij zeker,' antwoordde Anna kalmpjes, vastbesloten niets van haar verrassing te laten blijken. Meteen daarop liep ze de trap op naar boven om haar haar te kammen en haar nieuwe jurk aan te trekken. Ze bekeek haar gezicht in het spiegeltje dat ze boven op de kast bewaarde en vond dat ze er goed uitzag. Sinds Jens weg was, had ze duidelijk dikkere wangen gekregen en ze hoopte dat hij het mooi zou vinden – net als haar familieleden had hij haar vaak plagend gezegd dat ze te mager was.

Anna bleef de rest van de dag op haar bedompte kamer. De gedachte dat haar man terug zou komen maakte haar nerveus en opgewonden.

Maar toen de avond viel, nam haar opwinding af. Jens zou toch zeker niet de eerste dag van het nieuwe schooljaar aan zijn geliefde conservatorium willen missen, dacht ze. Maar toen de kerkklokken middernacht sloegen en een nieuwe dag aankondigden, trok Anna haar jurk uit en ging in haar peignoir op het bed liggen. Ze wist dat er die nacht geen treinen meer in het station van Leipzig zouden aankomen.

Drie dagen later maakte Anna zich grote zorgen. Ze liep naar het conservatorium en wachtte tot de studenten rokend en kletsend de deuren uit kwamen. Ze herkende Frederick, de jongeman met wie ze de laatste kerstavond hadden doorgebracht, en liep bedeesd naar hem toe.

'Neem me niet kwalijk dat ik u stoor, Herr Frederick,' zei Anna, die zijn achternaam niet kende, 'maar heeft u Jens afgelopen week op school gezien?'

Frederick staarde haar aan. Het duurde even voordat hij zich realiseerde wie ze was. Toen keek hij snel naar zijn vrienden en ze wisselden een blik van verstandhouding. 'Nee, Frau Halvorsen, ik dacht het niet. Iemand anders, misschien?' vroeg hij de groep die om hem heen stond. Ze schudden hun hoofd en wendden in verlegenheid gebracht hun ogen af.

'Ik ben bang dat er iets met hem gebeurd is in Parijs, want ik heb nu al meer dan een maand niets van hem gehoord en hij had voor het begin van het nieuwe collegejaar terug moeten zijn.' Anna draaide geërgerd aan de trouwring om haar vinger. 'Is er hier aan het conservatorium iemand die zou kunnen weten waar hij is?'

'Ik kan Herr Halvorsens mentor vragen of hij iets gehoord heeft. Maar eerlijk gezegd, Frau Halvorsen, dacht ik dat hij van plan was in Parijs te blijven. Hij had me verteld dat hij slechts geld had om hier één jaar te studeren. Maar het kan natuurlijk ook dat de school hem een beurs heeft aangeboden om langer te blijven. Hebben ze dat gedaan?' vroeg hij.

'Ik...' Anna voelde dat de wereld om haar heen begon te draaien en ze wankelde even. Frederick pakte haar bij haar arm en hield haar overeind.

'Frau Halvorsen, misschien bent u ziek.'

'Nee, nee, ik voel me prima,' zei ze. Ze schudde zijn hand af en stak trots haar kin naar voren. 'Danke, Herr Frederick.' Ze bedankte hem met een knikje en liep met haar hoofd zo hoog mogelijk geheven van hem weg.

'O god, o god,' mompelde ze, terwijl ze, nog steeds ademloos en duizelig, door de drukke straten naar huis toe strompelde.

Anna plofte neer op haar bed, pakte het glas water dat ernaast stond en nam een paar grote slokken om haar dorst te lessen en de duizelingen tegen te gaan.

Het kan niet waar zijn. Het kán niet waar zijn, dacht Anna. Als hij in Parijs wil blijven, waarom heeft hij me daar dan niet heen laten komen? De kale muren van de kamer gaven haar niet het antwoord dat ze nodig had. Hij zou me nooit in de steek laten, nee, dat zou hij nooit doen,' overtuigde ze zichzelf. Hij houdt van me, ik ben zijn vrouw...

Na een slapeloze nacht waarin Anna dacht dat ze gek zou worden van de tollende gedachten in haar hoofd, strompelde ze naar de ontbijttafel. Ze zag dat Frau Schneider in de gang stond en een brief las.

'Goedemorgen, Frau Halvorsen. Ik heb zojuist erg treurig nieuws gehad. Het schijnt dat uw vriend Herr Hougaard twee weken geleden is overleden aan een hartaanval. Zijn familie wil dat ik zijn bezittingen inpak, en dan sturen ze een wagen om ze op te halen.'

Anna's hand vloog naar haar mond. 'O, nee, alstublieft, nee.' En het volgende moment werd het zwart voor haar ogen.

Toen ze bijkwam, lag ze in de zitkamer van Frau Schneider op de bank met een koele doek op haar hoofd.

'Kom, kom,' kirde de oudere vrouw. 'Ik weet dat u op hem gesteld was, net als ik. Het moet ontzettend naar voor u zijn dat uw man nog steeds niet terug is. En dat ook nog in uw toestand.'

Anna volgde de blik van de vrouw naar haar buik. 'Ik... Wat bedoelt u met "mijn toestand"?'

'Nou, dat u zwanger bent, natuurlijk. Weet u al wanneer de baby komt? U bent zo klein, Frau Halvorsen, u moet echt goed op uzelf letten.'

Anna voelde dat de wereld weer begon te draaien en ze dacht dat ze zou overgeven op Frau Schneiders met fluweel beklede bank.

'Probeert u wat water te drinken,' stelde Frau Schneider voor, terwijl ze naar haar toe stapte en een glas aanbood.

Anna dronk en de vrouw praatte verder.

'Ik wilde met u over de toekomst praten wanneer uw echtgenoot terug was. Een van mijn regels hier is geen kinderen. Die storen de andere gasten met hun gegil.'

Anna had gedacht dat de dingen niet nog erger konden worden, maar zojuist was dat toch gebeurd.

'Tot hij terug is, vind ik het onbillijk om u op straat te zetten. Dus u kunt hier blijven tot de geboorte,' zei Frau Schneider edelmoedig.

'Danke,' fluisterde Anna. Ze wist dat het kortstondig vertoon van empathie van de vrouw ten einde was en dat ze verder wilde met haar ochtend. Ze stond op. 'Het gaat wel weer. Dank voor uw vriendelijkheid en mijn excuses voor de problemen die ik u bezorgd heb.' Toen liep ze na de vrouw hoffelijk te hebben toegeknikt de deur uit en terug naar haar eigen kamer.

De rest van de dag lag ze roerloos op het bed. Als ze stil en met haar ogen dicht bleef liggen zouden de verschrikkelijke dingen die gebeurd waren, en alles wat nú gebeurde, misschien verdwijnen. Maar als ze ook maar een vin verroerde, zou dat betekenen dat ze nog steeds leefde en ademde en de realiteit onder ogen moest zien.

'O Heer, help me alstublieft,' smeekte ze.

Later, toen ze moest opstaan om naar de wc te gaan, trok Anna haar jurk uit en ze bleef even staan in haar slip en onderjurk. Ze lichtte de onderjurk op, dwong zichzelf omlaag te kijken en zag dat haar buik boller was. Waarom was ze in vredesnaam nooit op het idee gekomen dat ze dikker werd omdat ze zwanger was?

'Dwaas die je bent!' jammerde ze. 'Hoe kan het nou dat je dit niet wist? Je bent een naïeve, domme boerenmeid, precies zoals Herr Bayer je heeft gezegd!' Ze liep naar een la om haar pen en papier eruit te pakken. Toen ging ze op het bed zitten en begon haar man in Parijs te schrijven.

'Er is een brief voor u gekomen vanochtend,' zei Frau Schneider. Ze gaf hem aan Anna. Het wicht – want zo noemde de hospita haar kleine kamerhuurster nu – keek naar haar op met lege, diepliggende ogen, en voor het eerst zag Frau Schneider er een glimpje hoop in. 'Er staat een Frans poststempel op. Dus hij zal vast van uw man zijn.'

'Danke.'

Frau Schneider knikte en liep de eetkamer uit, zodat het wicht de brief alleen kon lezen. De laatste twee weken was Anna als een geest haar kamer uit gekomen en had mat naar het voedsel dat Frau Schneider haar had voorgezet gekeken, tot ze het weer afruimde zonder dat Anna het had aangeraakt. Frau Schneider zuchtte en ging naar de bijkeuken om de ontbijtborden af te wassen in de houten teil. Ze had dit vaker meegemaakt. En hoewel ze toch wel een beetje medelijden met Anna had, hoopte ze dat deze brief het probleem zou oplossen. Ze had allang geleerd zich niet verantwoordelijk te voelen voor het leven van haar kamerhuurders, hoe wanhopig ze ook waren.

Boven in haar kamer opende Anna de brief. Haar vingers trilden. Ze had Jens weken geleden op het chateau geschreven en hem verteld over de baby. Misschien was dit eindelijk zijn antwoord.

Parijs, 13 september 1877

Liefste Anna,

Neem me niet kwalijk dat ik er zo lang over heb gedaan om je te schrijven, maar ik wilde me hier eerst gevestigd hebben. Ik woon in een appartement in Parijs en krijg les in componeren van Augustus Theron, een beroemde professor in de musicologie. Dankzij zijn hulp ga ik met sprongen vooruit. Barones von Gottfried is zo goed geweest als mijn weldoenster en sponsor op te treden en heeft me voorgesteld aan iedereen die me van dienst zou kunnen zijn. Voor november heeft ze zelfs een soiree georganiseerd, waarop ik de Parijse society bekend kan maken met mijn werk.

Ik had je al eerder gezegd dat het me beter leek haar niet over ons te vertellen, maar de waarheid is, Anna, dat ik jou niet ongerust wilde maken toen ik bij je wegging. Mijn geld was namelijk op, en als de barones niet zo gul was geweest zouden we nu allebei in de goot liggen. Ik heb alles wat ik had bij jou in Leipzig achtergelaten, maar ik weet dat jij de munten van Frøken Olsdatter achter de hand hebt, en dus bid ik dat je niet zult lijden.

Anna, ik weet dat je mijn vertrek en niet terugkomen zult zien als een verschrikkelijk verraad van onze liefde. Maar geloof alsjeblieft dat ik wél van je hou. Ik heb dit gedaan voor ons en onze toekomst. Als mijn muziek bekender wordt, zal ik als zelfstandige in ons onderhoud kunnen voorzien en dan kom ik je halen, mijn geliefde, ik zweer het op de Bijbel die je zo dierbaar is. En op onze verbintenis.

Alsjeblieft, Anna, ik smeek je, wacht op me, zoals je hebt beloofd. En probeer te begrijpen dat ik dit voor ons beiden doe. Misschien vind je het moeilijk, maar geloof in me en vertrouw erop dat dit het beste voor ons is.

Ik mis je, mijn liefste, heel erg.

Ik hou van je met heel mijn hart.

Je Jens.

Anna liet de brief op de vloer vallen, liet haar hoofd in haar handen zakken en probeerde de jagende gedachten in haar hoofd te verzamelen. Hij had niets over de baby gezegd. Had hij haar brief dan niet ontvangen? En hoeveel langer zou ze nog op hem moeten wachten?

Deze man zal je hart breken en je te gronde richten... De woorden van Herr Bayer klonken na in haar gedachten en ondermijnden haar besluit om haar man te vertrouwen.

Op een of andere manier wist Anna zich door de volgende maand heen te slaan. Ze had geen idee wanneer Jens precies terug zou komen en toen ze zag dat het aantal munten van Frøken Olsdatter steeds kleiner werd, besloot ze werk te zoeken in de stad.

Een week lang sjokte ze door de straten van Leipzig en ze vroeg overal of ze bordenwasser of serveerster kon worden, maar zodra haar mogelijke werkgevers haar bolle buik zagen, schudden ze het hoofd en stuurden haar weg.

'Frau Schneider, heeft u misschien hulp in de keuken of met schoonmaken nodig?' vroeg ze haar hospita op een dag. 'Ik verveel me, nu Herr Hougaard er niet meer is. Ik zit maar te wachten tot mijn man terug is en zou me graag nuttig maken.'

'We zitten hier niet met onze armen over elkaar, maar als u meent wat u zegt,' antwoordde haar hospita, haar opmerkzaam aankijkend, 'dan kan ik wel wat hulp gebruiken, ja.'

Het werk voor Frau Scheider begon in de keuken, waar ze het ontbijt moest klaarmaken, wat betekende dat Anna om half zes in de ochtend moest opstaan. Na de potten en pannen te hebben afgewassen ging ze naar de gastenkamers en verschoonde het beddengoed als dat nodig was. De middagen had ze vrij, maar om vijf uur was ze terug in de keuken, om aardappelen te schillen en de avondmaaltijd te bereiden. Anna vond het een ironische situatie, want ze had geen aangeboren talent voor keukenwerk. Het was hard en vermoeiend werk, en het was pijnlijk om met haar zware buik de trappen op en af te sjouwen, maar ze werd er tenminste zo ontzettend moe van dat ze de hele nacht doorsliep.

Hoe is het toch zover met me gekomen, vroeg ze zich treurig af toen ze op een avond in haar bed lag. De ster van Christiania, en maar een paar maanden later keukenmeid. En dan bad ze, zoals elke avond, dat haar man naar haar terug zou komen.

'O God, laat mijn liefde voor en vertrouwen in mijn man alstublieft niet misplaatst zijn. En laat iedereen die aan hem twijfelde ongelijk krijgen.'

Toen de gure winden van november opstaken kreeg Anna midden in een nacht opeens pijn in haar buik. Nadat ze op de tast de olielamp naast het bed had aangestoken, zag ze tot haar afschuw dat er bloed op de lakens zat. De weeën trokken in regelmatige spasmen haar buik samen en ze onderdrukte haar pijnkreten. Te bang om Frau Schneider om hulp te roepen en haar ongenoegen te wekken doorstond Anna de weeën alleen, en toen het na de lange, donkere uren eindelijk ochtend werd, lag er een heel klein kindje beweging-loos tussen haar benen.

Ze zag dat er een stukje huid aan de navel zat dat ook met haar verbonden leek te zijn. Ze kon haar doodsangst niet langer beheersen en schreeuwde het uit van pijn, angst en uitputting. Een paar seconden later stond Frau Schneider in de deuropening. Ze overzag het bloedbad op het bed in één oogopslag en rende onmiddellijk de kamer uit om de vroedvrouw te gaan halen.

Anna schrok wakker uit een vermoeiende, koortsachtige slaap doordat zachte handen haar haren achterover streken en een doek op haar voorhoofd legden.

'Rustig maar, *Liebe*, ik ga de navelstreng doorsnijden en je wassen,' zei een zachte, vriendelijke stem.

'Gaat ze dood?' De welbekende stem van Frau Schneider drong door tot Anna's bewustzijn. 'Nee, hè. Ik had haar de deur uit moeten gooien zodra ik wist dat ze in verwachting was. Dat komt er nou van als je je hoofd laat overheersen door je weke hart.'

'Nee, de jongedame komt er wel weer bovenop, maar de baby is helaas dood geboren.'

'Nou, dat is heel tragisch, maar ik heb andere dingen te doen.' Daarop liep Frau Schneider afkerig met haar tong klakkend de kamer uit.

Een uur later was Anna gewassen en zat ze op schone lakens. De vroedvrouw had het kindje in een sjaal gewikkeld en gaf het aan Anna om er afscheid van te nemen.

'Het was een meisje, lieve. Probeer er niet over in te zitten. In de toekomst zul je vast nog meer kinderen krijgen.'

Anna keek neer op het perfecte gezichtje van haar dochtertje, maar zag dat de huid al blauw begon te worden. Ze kuste de baby teder op het voorhoofdje, te verdoofd om zelfs te huilen. Toen liet ze het door de vroedvrouw uit haar armen nemen.

33

'Nu je wat bent aangesterkt, wil ik je spreken,' zei Frau Schneider terwijl ze het onaangeraakte ontbijtbord van Anna's schoot pakte. Het wicht lag na een week nog steeds op bed en was te zwak om op te staan. Frau Schneider had er genoeg van.

Anna knikte lusteloos. Ze wist maar al te goed wat het mens ging zeggen. En het interesseerde haar niet als ze haar ook echt op straat zou zetten. Het liet haar allemaal koud.

'Je hebt geen brieven van je man meer gehad sinds het begin van de herfst.'

'Nee.'

'Heeft hij gezegd wanneer hij terugkomt?'

'Nee. Alleen dát hij terug zou komen.'

'En je gelooft hem nog steeds?'

'Waarom zou hij liegen?'

Wanhopend vanwege haar naïviteit keek Frau Schneider Anna aan. 'Kun je me de huur van de afgelopen week betalen?'

'Ja.'

'En van de volgende week? En de week daarna?'

'Ik heb nog niet in mijn trommeltje gekeken, Frau Schneider. Dat zal ik nu even doen.' Anna stak haar hand onder de matras en haalde het tevoorschijn.

Ze hoefde Frau Schneider niet te zeggen dat er nog maar een paar munten in zaten. Ze zag dat het wicht het opende en dat er even een uitdrukking van angst in haar blauwe ogen kwam. Anna pakte twee muntstukken en gaf ze aan haar huisbazin. Toen klapte ze het trommeltje weer dicht.

'Danke. En hoe zit het met het geld voor de vroedvrouw? Kun je me dat ook geven? Ik heb de rekening van haar gekregen toen ze wegging. En dan is er natuurlijk de vraag hoe het met de begrafenis van je kind moet. De baby ligt nog steeds in het stadsmortuarium, en tenzij je haar in een algemeen graf wilt laten begraven, moet je de betaling voor de uitvaartdienst en de grond op de begraafplaats regelen.'

'Hoeveel zou dat kosten?'

'Geen idee. Maar eerlijk gezegd denk ik dat je net zo goed als ik weet dat het meer zal zijn dan je hebt.'

'Ja, dat zal wel,' stemde Anna somber met haar in.

'Ik ben geen slechte vrouw, kind, maar ook geen heilige. Ik ben je aardig gaan vinden en ik weet dat je een goed, godvrezend meisje bent dat gevallen is door toedoen van een man. En ik ben niet zo harteloos om je op straat te zetten na het leed dat je hebt doorstaan. Maar we moeten allebei realistisch over de situatie zijn. Deze kamer is de beste die ik mijn gasten kan aanbieden, en het bedrag dat je als hulp in de huishouding bij me hebt verdiend is nog niet eens genoeg om twee nachten van de weekhuur te betalen. En dan zijn je andere schulden er nog...'

Frau Schneider keek Anna vragend aan, maar ze zag niets in haar uitgebluste ogen glinsteren. Ze zuchtte en ging verder: 'Daarom stel ik voor dat je me blijft helpen in het pension en hier hele dagen werkt tot je man terugkomt, als dat tenminste nog een keer gebeurt. Dan kun je de dienstbodekamer bij de bijkeuken van me krijgen in plaats van een loon. Je kunt de restjes van het ontbijt en het diner opeten, en bovendien zal ik je geld lenen om de vroedvrouw te betalen en je kind een behoorlijke christelijke begrafenis te geven. Ziedaar. Wat zeg je ervan?'

Anna kon niets terugzeggen. De gedachten die ze misschien had waren onbereikbaar. Ze was alleen fysiek aanwezig omdat ze geen keus had, en dus knikte ze werktuiglijk.

'Goed. Dan is het geregeld. Morgen breng je je bezittingen naar je nieuwe kamer. Er is een heer geweest die deze kamer voor een maand wil huren.'

Frau Schneider liep naar de deur en terwijl ze met haar grote, sterke hand de knop beetpakte, draaide ze zich fronsend om.

'Kan er geen bedankje vanaf, meisje? De meeste mensen hadden je gewoon in de goot gegooid.'

'Dank u wel, Frau Schneider,' praatte Anna haar plichtmatig na.

De vrouw mompelde nog iets, opende de deur en liep de kamer uit. Anna wist dat ze niet genoeg dankbaarheid had getoond. Ze kneep haar ogen dicht en sloot zich af voor de werkelijkheid. Als ze ergens was waar niets of niemand haar kon bereiken, voelde ze zich het veiligst.

Op een van de eerste decemberdagen liep Anna door een bitterkoude wind naar de Johannisbegraafplaats en daar ging ze alleen voor het graf van haar dochtertje staan.

Solveig Anna Halvorsen.

De God waarin ze altijd had geloofd, de liefde waarvoor ze alles had opgeofferd, en nu haar babymeisje… Ze was alles kwijt.

In de daaropvolgende drie maanden probeerde Anna slechts te overleven. Ze werkte van 's ochtends vroeg tot 's avonds laat en Frau Schneider profiteerde volop van de financiële regeling die ze met Anna had getroffen toen ze kwetsbaar was. De pensionhoudster hing rond in haar privézitkamer en liet steeds meer huishoudelijk werk aan Anna over. 's Nachts lag Anna op haar veldbed in het kamertje dat stonk naar bedorven etenswaren die in de bijkeuken waren gezet en vuil waswater dat uit de nauwe afvoerpijp op het achtererf stroomde, zo uitgeput dat ze sliep zonder te dromen.

Ze had geen dromen meer.

Toen ze het waagde te vragen hoe lang het nog zou duren voordat haar schulden waren afgelost en of ze wat loon kon krijgen snauwde Frau Schneider haar boos af. 'Ondankbare meid die je bent! Ik ben zo goed om voor een dak boven je hoofd en eten op tafel te zorgen, en toch vraag je me nog om meer!'

Nee, Frau Schneider vroeg zelf om meer, dacht Anna die avond. Al het werk in het pension werd de laatste tijd aan haar overgelaten, en ze wist dat ze een ander baantje moest zoeken, dat haar in ieder geval een karig loon zou opleveren. Ze trok haar jurk uit, bekeek haar smoezelige gezicht in de spiegel en besefte dat ze er niet veel beter uitzag dan een rioolrat: half verhongerd, gekleed in lompen en stinkend naar vuil. Zoals ze er nu aan toe was, zou niemand haar werk aanbieden.

Ze dacht eraan Frøken Olsdatter te schrijven, of zelfs een beroep te doen op de goedheid van haar ouders. Maar toen ze bij een pandjeshuis informeerde wat ze haar wilden geven voor de pen die ze van Lars had gekregen, realiseerde ze zich dat het nog niet eens genoeg was voor een brief naar Noorwegen.

Bovendien zei het kleine beetje trots dat ze nog overhad haar dat ze deze verschrikkelijke tegenslag helemaal aan zichzelf te danken had en geen medeleven verdiende.

Kerstmis kwam en ging en de ijskoude januaridagen beroofden haar geleidelijk van de laatste restjes hoop en vertrouwen die ze nog overhad. Ze had ooit gebeden dat ze gered zou worden, maar nu bad ze dat ze nooit meer wakker zou worden.

'Er is geen God, het is allemaal een leugen… alles is een leugen,' fluisterde ze tegen zichzelf voordat ze uitgeput in slaap viel.

Op een avond in maart stond ze in de keuken groenten te snijden voor het avondmaal van de kamerhuurders toen een opgewonden uitziende Frau Schneider binnenkwam.

'Er is een heer die je wil zien, Anna.'

Anna draaide zich om en keek haar aan met een uitdrukking van pure opluchting op haar gezicht.

'Nee, het is niet je man. Ik heb de heer plaats laten nemen in mijn zitkamer. Doe je schort uit, was je gezicht, en kom er zo snel mogelijk naartoe.'

De moed zonk Anna in de schoenen en ze vroeg zich af of Herr Bayer was gekomen om haar te bespotten. Als dat zo was, liet het haar koud, dacht ze terwijl ze door de gang naar de zitkamer van Frau Schneider liep. Ze klopte aarzelend aan en er werd geroepen dat ze binnen kon komen.

'Frøken Landvik! Of moet ik zeggen Fru Halvorsen, zoals ik je nu moet aanspreken, als ik het goed begrepen heb. Hoe gaat het, mijn zanglijstertje?'

'Ik…' Anna staarde de heer ontzet aan, bekeek hem alsof hij een geëxposeerd stuk in het museum van haar vroegere leven was.

'Kom, meisje, zeg iets terug tegen Herr Grieg,' zei Frau Schneider vermanend. 'Als ze wil, kan ze best antwoord geven,' merkte ze zuur op.

'Ja, ze was altijd een levenslustig meisje dat wist wat ze wilde. Maar dat is eigen aan het artistieke temperament, madame,' diende Grieg haar van repliek.

'Het artistieke temperament?' Frau Schneider keek Anna minachtend aan. 'Ik dacht dat haar afwezige echtgenoot dat had.'

'Misschien is haar echtgenoot een goede musicus, maar deze jongedame is het ware talent van de familie. Hebt u haar dan nog nooit horen zingen, madame? Ze heeft de prachtigste stem die ik ooit gehoord heb, op die van mijn geliefde vrouw Nina na, natuurlijk.'

Anna hoorde hen zwijgend aan terwijl ze verder over haar spraken en ze genoot van het gezicht van Frau Schneider, die ontdaan haar mond had geopend.

'O, als ik dat had geweten had ik haar natuurlijk hier in de salon voor onze gasten laten zingen en haar begeleid op de piano. Ik ben zelf amateur, maar speel heel graag.' Frau Schneider wees naar het oeroude instrument in een hoek. Anna had er sinds de dag dat ze was aangekomen nog nooit iemand op horen spelen.

'Dan zult u uw eigen talenten wel onderschatten, waarde madame.' Edvard Grieg wendde zich tot Anna. 'Mijn arme kind,' zei hij. Hij ging over op het Noors, zodat Frau Schneider hen niet kon verstaan. 'Ik ben nog maar pas aangekomen in Leipzig en toen kreeg ik je brief. Je ziet eruit alsof je half verhongerd bent. Neem me niet kwalijk, als ik had geweten hoe je eraan toe was, was ik eerder gekomen.'

'Herr Grieg, maakt u zich alstublieft geen zorgen om mij. Het gaat goed met me.'

'Het is me zonneklaar dat dat niet zo is en ik wil je graag helpen als ik kan. Ben je dit verschrikkelijke mens iets verschuldigd?'

'Ik dacht het niet, meneer. Ik heb het afgelopen half jaar geen loon van haar gehad en denk dat mijn schulden bij haar al lang zijn afbetaald. Maar misschien denkt zij er anders over.'

'Mijn arme, arme kind,' zei Grieg. Hij zorgde ervoor dat hij zijn toon luchtig hield omdat Frau Schneider op hen lette. 'Goed, ik ga haar vragen of je een glas water voor me mag gaan halen. Dan ga je naar je kamer en pak je je bezittingen bij elkaar. Kom hierheen met het glas, neem je spullen mee en loop het huis uit. Ik zie je bij de

Bierkeller op de hoek van de Elsterstraße. Laat onze Frau Schneider maar aan mij over.'

'Ik heb zojuist tegen Anna gezegd dat ik uitgedroogd ben. Frau Halvorsen heeft aangeboden een glas water voor me te gaan halen,' zei hij in het Duits.

Frau Schneider gaf haar met een knikje toestemming. Anna verliet de kamer en haastte zich naar de bijkeuken om haar valies te pakken zoals Herr Grieg haar had gezegd. Ze schonk een glas vol water uit een kan en liep ermee naar de zitkamer. Ze liet haar valies bij de deur staan en stapte naar binnen met het water.

'Dank je wel, lieve meid,' zei Grieg, terwijl ze hem het glas aangaf. 'Nou dan, je zult wel dingen te doen hebben. Ik zie je nog voordat ik vertrek.' Hij wendde zich tot Frau Schneider en gaf Anna, die zich ijlings teruggetrokken had, een knipoogje, waarop ze haar valies oppakte en het huis verliet.

Verbluft door de wending die de gebeurtenissen hadden genomen wachtte Anna twintig minuten bij de Bierkeller, tot ze de bekende gestalte van haar redder rap door de straat naar haar toe zag komen lopen.

'Nou, Fru Halvorsen, ik hoop dat je afwezige man me op een dag terug zal betalen voor het onderhandelen over je vrijlating!'

'O, meneer! Heeft ze u ervoor laten betalen?'

'Nee, veel erger nog. Ze stond erop dat ik mijn 'Pianoconcert in a-mineur' zou spelen, op dat vreselijke instrument van haar. Dat zou ze beter als brandhout kunnen gebruiken om haar vette lichaam warm te houden in de winter,' zei Grieg grinnikend terwijl hij Anna's valies oppakte. 'Ik heb beloofd opnieuw bij haar langs te komen om haar een serenade te brengen, maar ik kan je verzekeren dat ik die verplichting niet zal nakomen. Goed, dan gaan we nu op het plein een rijtuig zoeken dat ons naar de Talstraße kan brengen, en op weg daarnaartoe moet je me vertellen wat die verschrikkelijke Frau Schneider je allemaal heeft aangedaan. Je lijkt Assepoester wel, en zij je boze stiefmoeder, die je als haar voetveeg naar de keuken heeft verbannen. Alleen de twee lelijke zussen ontbreken er nog aan!'

Grieg stak zijn hand naar Anna uit toen ze in het rijtuig stapte.

Op dat moment voelde ze zich ook echt als een sprookjesprinses die gered was door haar prins.

'We gaan naar het huis van mijn beste vriend, de muziekuitgever Max Abraham,' zei Grieg.

'Verwacht hij me?'

'Nee, maar waarde madame, zodra hij over je beproeving hoort, zal hij je met alle genoegen onderdak bieden. Ik kan altijd een paar kamers bij hem krijgen als ik in Leipzig ben. Daar is het goed toeven tot we ergens anders onderdak voor je hebben gevonden. En desnoods slaap ik op de vleugel.'

'Alstublieft, meneer, ik wil geen problemen of ongemak voor u veroorzaken.'

'Dat doe je zeker niet, madame. Ik maakte maar een grapje,' zei hij, beminnelijk glimlachend. 'Er zijn veel ongebruikte kamers in het huis van Max. Maar vertel eens, hoe komt het dat je van de grote hoogten die je had bereikt toen ik je voor het laatst zag bent afgevallen?'

'Meneer, ik...'

'Of zeg het maar niet,' Grieg stak zijn hand op en krabde zijn snor. 'Laat me raden, de attenties van Herr Bayer werden onverdraaglijk. Misschien deed hij zelfs een aanzoek. Je weigerde hem omdat je verliefd was op onze knappe maar onbetrouwbare vioolspeler en toekomstige componist. Hij kondigde aan dat hij in Leipzig zou gaan studeren en je besloot met hem te trouwen en hem te volgen. Heb ik dat goed geraden?'

'Meneer, kwelt u me niet, alstublieft.' Anna liet haar hoofd hangen. 'Het is duidelijk dat u het verhaal al kent. Het is woord voor woord gegaan zoals u zegt.'

'Fru Halvorsen... Mag ik je Anna noemen?'

'Natuurlijk.'

'Herr Hennum heeft me kortgeleden verteld over je plotselinge verdwijning, hoewel ik de details van dat verhaal niet kende. En uit wat ik in Christiania hoorde was me duidelijk dat Herr Bayer bedoelingen met je had die verder dan je zangcarrière gingen. Dus je man de violist is nog steeds in Parijs?'

'Ik denk het wel, ja.' Anna vroeg zich af hoe hij dat wist.

'En hij logeert dacht ik in het appartement van een rijke weldoenster, barones von Gottfried?'

'Ik weet niet waar hij is, meneer. Het is maanden geleden dat ik van hem heb gehoord. Ik beschouw hem niet langer als mijn man.'

'Mijn lieve Anna,' zei Grieg, en hij pakte haar troostend bij de hand, 'wat heb je geleden. Helaas is die barones uit op mannen met muzikaal talent. En hoe jonger en aantrekkelijker ze zijn, hoe beter.'

'Neemt u me niet kwalijk, meneer, maar ik wil de details niet horen.'

'Nee, natuurlijk niet. Dat was niet erg attent van me. Maar het goede nieuws is dat ze hem binnenkort beu zal zijn en aan de volgende begint, en dan komt hij terug naar jou.' Hij wierp haar een snelle blik toe. 'Ik heb altijd gezegd dat jij de geest van mijn Solveig bent. En net als zij wacht je tot hij bij je terug is.'

'Nee, meneer.' Anna's gezicht verstrakte toen hij dat zei. 'Ik ben Solveig niet en ik wacht niet tot Jens bij me terugkomt. Hij is mijn man niet meer, en ik ben zijn vrouw niet.'

'Genoeg hierover, Anna. Je bent bij mij en je bent veilig. Ik zal doen wat ik kan om je te helpen.' Hij zweeg een paar tellen en het rijtuig hield stil voor een groot, fraai wit huis met vier verdiepingen en rijen hoge, sierlijke boogramen. Anna herkende het als het gebouw van de muziekuitgever, waar ze een hele tijd geleden haar brief aan Grieg had afgegeven. 'Omwille van de goede zeden is het beter dat anderen geloven dat je zware tijden hebt doorgemaakt terwijl je wachtte tot je man terug zou komen uit Parijs. Begrijp je, Anna?' Grieg keek haar een ogenblik strak aan met zijn doordringende blauwe ogen en hij pakte haar hand nog steviger vast.

'Zeker, meneer.'

'Noem me Edvard, alsjeblieft. Nu zijn we er,' zei hij en liet Anna's hand los. 'Kom, dan gaan we naar binnen en laten ons aankondigen.'

Nog steeds verbluft door wat er die dag met haar was gebeurd, werd Anna door een dienstbode naar een aangenaam luchtige zolderkamer gebracht en mocht ze een welkomstbad nemen. Nadat ze het vuil van de laatste maanden van haar lichaam had geschrobd, trok ze een zijden jurk aan die als bij toverslag op het hemelbed was verschenen. Vreemd genoeg zat de smaragdgroene jurk als gegoten om haar kleine lichaam.

Ze ging voor het grote raam staan en bewonderde het prachtige uitzicht over Leipzig. De herinnering aan de tijd dat ze gevangen had gezeten in het kleine pension was al naar de achtergrond aan het verdwijnen en ze nam de pracht en praal om haar heen in zich op. Ze liep naar beneden zoals haar was opgedragen. Als Herr Grieg er niet was geweest zou ze nu in de groezelige keuken van Frau Schneider wortelen schrappen voor de avondmaaltijd.

De dienstbode liet haar binnen in de eetkamer en ze nam plaats aan een lange tafel tussen Edvard, zoals ze hem nu moest noemen, en haar gastheer Herr Abraham in. Toen die haar welkom heette in zijn huis zag Anna een paar vriendelijke ogen achter zijn flitsende, ronde brillenglazen twinkelen. Er waren nog meer musici op bezoek en er werd veel gelachen en lekker gegeten. Hoewel ze uitgehongerd was, kon ze niet veel door haar keel krijgen – haar maag was het niet meer gewend om voedsel te verteren. In plaats daarvan zat ze stil te luisteren en kneep ze hard in de huid van haar onderarm om zeker te weten dat ze hier echt was.

'Deze mooie dame,' zei Grieg, en hij hief zijn champagneglas in haar richting, 'is de meest getalenteerde zangeres van Noorwegen. Zie haar! Ze lijkt als twee druppels water op Solveig. Ze heeft me al van inspiratie voorzien voor een paar volksliederen die ik dit jaar geschreven heb.'

De andere gasten verzochten hem meteen zijn nieuwe liederen te spelen en ze door Anna te laten zingen.

'Later, misschien, vrienden, als Anna er niet te moe voor is. Ze heeft een heel nare tijd achter de rug, waarin ze gevangen zat bij de boosaardigste vrouw van Leipzig!'

Terwijl Edvard vertelde hoe hij Anna had gered en de gasten hun mond op de juiste momenten open lieten vallen, probeerde zij zich niet mee te laten slepen door de verschrikkelijke herinneringen aan wat ze had doorstaan.

'Ik dacht dat mijn muze spoorloos was verdwenen! Maar ze was dus hier, recht onder ons aller neus in Leipzig,' beëindigde hij zijn verhaal met een zwaai van zijn arm. 'Op Anna!'

'Anna!'

Aan de tafel werden kristallen glazen geheven en de gasten dronken op haar gezondheid.

Na het eten wenkte Edvard haar naar de piano en zette er een paar bladen met muziek voor haar op.

'Goed, Anna, heb jij in ruil voor mijn heldhaftige redding de kracht om te zingen? Het lied is getiteld 'De eerste pioenroos' en tot nu toe heeft niemand het ooit gezongen, omdat ik jou dat wilde laten doen. Kom bij me zitten,' zei hij en klopte op de pianokruk, 'dan kunnen we even repeteren.'

'Meneer... Edvard,' mompelde ze, 'het is maanden geleden dat ik heb gezongen.'

'Dan is je stem uitgerust en zal zich verheffen als een vogel. En luister nu naar de muziek.'

Dat deed Anna en ze wilde dat ze met zijn tweeën waren in plaats van in zo'n voornaam gezelschap, dan zou ze tenminste een paar fouten kunnen maken die zij alleen konden horen. Toen Edvard zei dat ze klaar waren, keerde het publiek zich vol verwachting naar hen toe.

'Ga staan, alsjeblieft, Anna, dan kun je beter ademen. Kun je de woorden zien, over mijn schouder?'

'Ja, Edvard.'

'Dan beginnen we.'

Anna's hele lichaam trilde van de zenuwen toen haar redder de openingsmaten speelde. Ze had haar stembanden al zo lang niet gebruikt om te zingen dat ze geen idee had wat er uit haar mond zou komen als ze die opende. En ja, de eerste noten waren goed, maar ze kon haar stem nog niet beheersen. Maar toen de prachtige muziek haar ziel vervulde en haar herinnering beter werd, nam haar stem een hoge vlucht en kreeg ze meer zelfvertrouwen.

Toen ze het lied beëindigden, wist Anna dat ze goed genoeg gezongen had. Er werd geapplaudisseerd en om meer geroepen.

'Perfect, mijn lieve Anna, ik wist het. Ga je dit lied in je catalogus publiceren, Max?'

'Natuurlijk, maar we moeten ook een recital in het Gewandhaus houden en de andere volksliederen die je hebt geschreven ten gehore brengen, als de engelachtige Anna ze tenminste wil zingen. Het is duidelijk dat ze alleen voor háár stem geschreven zijn.' Max Abraham maakte een respectvol buiginkje voor Anna.

'Dan gaan we dat regelen,' zei Edvard. Hij keek Anna, die probeerde een geeuw te onderdrukken, glimlachend aan.

'Ik zie dat je doodmoe bent, lieve. Hier zal vast niemand het je kwalijk nemen als je vroeg gaat slapen. We hebben gehoord dat je een heel moeilijke tijd hebt doorgemaakt,' zei Max, tot grote opluchting van Anna.

Edvard stond op en kuste haar hand. 'Goedenacht, Anna.'

Anna klom de drie trappen naar haar kamer op. Daar was de dienstbode het vuur al aan het opstoken en op het grote tweepersoonsbed lag een nachtjapon voor haar klaar.

'Mag ik vragen van wie deze kleren zijn? Ze zitten me als gegoten.'

'Ze zijn van Herr Griegs vrouw Nina. Hij heeft me verteld dat u niets bij u had en dat ik wat voor u klaar moest leggen uit de garderobe van Frau Grieg,' antwoordde de dienstbode terwijl ze de knoopjes van Anna's avondjurk opende en Anna eruit hielp.

'Dank je,' zei Anna. Ze was het niet gewend dat iemand haar daarmee hielp. 'Je kunt me nu wel alleen laten.'

'Goedenacht, Frau Halvorsen.'

Nadat de dienstbode was vertrokken kleedde Anna zich uit en trok de zachte, popeline nachtjapon aan. Toen ging ze verrukt tussen de lakens liggen.

Voor het eerst in maanden zond ze een dankgebed op aan de God van wie ze het bestaan had ontkend en ze vroeg Hem of Hij het haar wilde vergeven dat ze haar geloof verloren had. Daarop sloot ze haar ogen, te uitgeput om nog verder na te denken, en viel in een diepe slaap.

Het verhaal over Grieg die Anna uit de klauwen van de boosaardige Frau Schneider had gered was algauw het gesprek van de dag in Leipzig, en in de weken die volgden werd het flink aangedikt. En toen haar machtige nieuwe mentor haar in de muzikale en sociale kringen van de stad introduceerde, gingen alle deuren voor haar open. Ze woonden verschillende grote diners in de mooiste huizen van Leipzig bij, waarbij Anna werd gevraagd om te zingen, om haar avondeten te verdienen, zoals Edvard grapte. Op andere avonden nam ze deel aan kleine muzikale soirees die ook door andere componisten en zangers werden bezocht.

Ze werd altijd door Edvard voorgesteld als 'het summum van alles wat mooi en zuiver is in mijn geboorteland' of 'mijn volmaakte Noorse muze'. Terwijl Anna zijn liederen over koeien, bloemen, fjorden en bergen zong, vroeg ze zich soms af of ze zich niet simpelweg moest kleden in de nationale vlag, zodat hij met haar zou kunnen wapperen. Niet dat ze het erg vond, natuurlijk; ze voelde zich vereerd dat hij zoveel interesse in haar had. En vergeleken met het leven dat ze eerder in Leipzig had geleid was elke seconde van dit bestaan een wonder.

In die paar maanden maakte ze kennis met vele grote componisten van haar tijd. De spannendste was Pjotr Tsjaikovski, wiens romantische en gepassioneerde muziek ze bewonderde. Al die mensen kwamen over de vloer bij Max Abraham, die aan het hoofd van C.F. Peters stond en het tot een van de meest gerenommeerde muziekuitgeverijen van Europa had gemaakt.

De zaak werd vanuit hetzelfde gebouw geleid en Anna hield ervan rond te lopen op de verdiepingen beneden, zich te buigen over de prachtig gebonden boeken vol bladmuziek met hun opvallende lichtgroene kaften, en de composities van coryfeeën als Bach en Beethoven te bewonderen. Ze was ook gefascineerd door de mechanische drukpers in het souterrain, die met een ongelooflijke snelheid volmaakt vel na volmaakt vel bladmuziek uitwierp.

Langzaam en geholpen door goed voedsel, rust en, het allerbelangrijkste, de tedere zorg waarmee de hele huishouding haar omringde, hervond Anna haar kracht en zelfvertrouwen. Ze wond zich nog steeds op over Jens' verschrikkelijke verraad en was nog steeds woedend op hem, maar ze probeerde haar woede, en hemzelf, uit haar gedachten te weren. Ze was nu geen naïef kind meer dat in de liefde geloofde, maar een vrouw die alles wat ze nodig had met haar talent kon verkrijgen.

Anna kreeg regelmatig verzoeken om een recital te geven, zowel uit Duitsland als andere landen, en ze beheerde ook haar eigen financiën, want ze wilde nooit meer afhankelijk van een man zijn. Ze spaarde elke duit die ze verdiende en hoopte dat ze zich op een dag een eigen appartement zou kunnen veroorloven. Edvard moedigde haar aan en kwam voor haar op, en de band tussen hen werd steeds hechter.

In de kleine uurtjes werd Anna soms wakker van de klaaglijke geluiden van de vleugel beneden, waarachter Edvard vaak tot diep in de nacht bleef zitten om te componeren.

In een nacht aan het eind van het voorjaar, waarin ze herhaaldelijk was gekweld door het beeld van haar arme dode dochtertje dat koud en eenzaam in de aarde lag, liep ze vanuit haar kamer naar beneden, waar ze op de onderste traptrede voor de salon ging zitten luisteren naar de melancholieke melodie die Edvard speelde. Haar ogen vulden zich met tranen en ze sloeg haar handen voor haar gezicht en huilde, liet de pijn van haar verlies met de tranen meestromen.

'Mijn lieve meid, wat is er?' Anna voelde een hand op haar schouder. Ze sprong op en zag dat Edvard met zijn zachtaardige blauwe ogen op haar neerkeek.

'Neem me niet kwalijk. Het komt door de mooie muziek.'

'Volgens mij is er meer aan de hand. Kom even met me mee.' Edvard liep de salon met haar in en deed de deur achter hen dicht. 'Hier, kom naast me zitten en droog je tranen.' Hij gaf haar een grote zijden zakdoek aan.

Edvards medeleven bracht een nieuwe tranenvloed op gang, die ze niet kon tegenhouden. Uiteindelijk keek ze hem beschaamd aan. Ze vond dat ze hem een verklaring schuldig was, haalde diep adem en vertelde hem over het verlies van haar baby.

'Arme, lieve meid. Het moet verschrikkelijk geweest zijn om dat allemaal alleen te moeten ondergaan. Zoals je misschien wel weet, heb ook ik een kind verloren... Alexandra leefde tot ze twee was en was het dierbaarste, liefste, kostbaarste wat ik had. Mijn hart brak toen ze overleed. Net als jij verloor ik mijn geloof in God en het leven zelf. En ik moet eerlijk zeggen dat het ook invloed op mijn huwelijk had. Nina was volkomen ontroostbaar en sindsdien is het bijna onmogelijk om elkaar op te beuren.'

'Nou, dat probleem heb ik tenminste niet gehad,' zei Anna droogjes, en Edvard grinnikte.

'Mijn lieve Anna, wat ben ik van je gaan houden. Ik heb de grootste bewondering voor je geestkracht en moed. We weten allebei wat een gebroken hart is, en misschien kan ik je niet meer zeggen dan dat we ons moeten troosten met onze muziek.' Edvard keek haar aan en stak zijn hand naar haar uit. 'En met elkaar misschien.'

'Ja, Edvard,' zei ze. Ze begreep precies wat hij bedoelde. 'Ik denk dat dat mogelijk is.'

Een jaar later kon Anna met Edvards hulp vanuit het huis aan de Talstraße naar een eigen comfortabele woning aan de Sebastian-Bach-Straße verhuizen, in een van de betere wijken van Leipzig. Ze ging overal in een rijtuig naartoe en kon aan de beste tafels in de exclusiefste restaurants van de stad plaatsnemen. Toen ze steeds beroemder werd in Duitsland reisde ze met hem naar Berlijn, Frankfurt en vele andere steden om recitals te geven. Naast het zingen van Edvards composities omvatte haar repertoire nu ook 'Het klokkenlied' uit de pas in première gegane opera *Lakmé* en 'Vaarwel heuvels en velden van thuis' uit haar favoriete opera van Tsjaikovski, *De maagd van Orléans*.

Ze waren zelfs naar Christiania gereisd, voor een recital in hetzelfde theater waar Anna haar zangcarrière was begonnen. Ze had haar ouders en Frøken Olsdatter van tevoren geschreven om hen uit te nodigen voor het optreden en genoeg kronen bijgesloten voor de reiskosten en om een kamer te boeken in het Grand Hotel, waar ze zelf ook zou logeren.

Na alles wat er was gebeurd en omdat ze zich schuldig voelde dat ze hen teleurgesteld had, had Anna met veel angst en beven hun antwoord afgewacht. Maar ze had zich geen zorgen hoeven te maken. Ze hadden de uitnodiging alle drie aangenomen en het was een vreugdevolle hereniging. Bij het feestmaal na het recital had Frøken Olsdatter haar zacht sprekend verteld dat Herr Bayer kort daarvoor was overleden. Toen Anna dat nieuws hoorde, condoleerde ze haar, en smeekte haar vervolgens of ze alsjeblieft met haar mee terug wilde gaan naar Leipzig en haar huishoudster wilde worden.

Lise nam het aanbod dankbaar aan. Gezien haar situatie, wist

Anna, had ze iemand nodig die ze onvoorwaardelijk kon vertrouwen om het werk in haar huis te doen.

Anna dacht zo min mogelijk aan haar ontrouwe man. Ze wist dat de barones in Leipzig was gesignaleerd en via het roddelcircuit had ze gehoord dat ze opkwam voor een nieuwe jonge componist, maar over Jens was al in jaren niets gehoord. Zoals Edvard had gezegd, was hij als een rat in de riolen van Parijs verdwenen. Anna hoopte vurig dat hij dood zou zijn. Want ook al leidde ze een onconventioneel leven, ze was gelukkig.

Tot Edvard in de winter van 1883 in Leipzig aankwam, nadat zij hem een dringende brief geschreven had.

'Begrijp je wat we moeten doen, kjære? Voor ons allemaal?'

'Ja, dat begrijp ik,' antwoordde Anna berustend en ze kneep haar lippen op elkaar.

Het voorjaar van 1884 was aangebroken tegen de tijd dat hij aankwam. De dienstbode klopte op de deur van de salon om Anna te zeggen dat er een man was die haar wilde zien.

'Ik heb tegen hem gezegd dat hij naar de achterdeur moet gaan, maar hij wil geen stap verzetten tot hij u gezien heeft. Ik heb de voordeur dichtgedaan, maar hij is op de stoep gaan zitten.' De dienstbode wees door het grote raam naar een ineengedoken figuur. 'Zal ik de politie erbij halen, Frau Halvorsen? Het is natuurlijk een bedelaar of een dief, of nog erger!'

Anna stond langzaam op uit de leunstoel waarin ze had gezeten en liep naar het raam. Ze zag de man met zijn hoofd in zijn handen op de stenen trap voor het huis zitten.

Haar hart sloeg over en ze bad God eens te meer om kracht. Alleen Hij wist hoe ze dit moest verdragen, maar onder de gegeven omstandigheden had ze geen keus.

'Laat hem onmiddellijk binnen, alsjeblieft. Het lijkt erop dat mijn man teruggekomen is.'

ALLY

BERGEN, NOORWEGEN
SEPTEMBER 2007

'IN DE ZAAL VAN DE BERGKONING'

34

Met mijn hart kloppend in mijn keel las ik dat Jens teruggekeerd was naar Anna, en ik sloeg snel de volgende bladzijden om, om te weten te komen wat er na zijn terugkeer was gebeurd. Maar Jens had ervoor gekozen om wat een paar pijnlijk moeilijke maanden geweest moesten zijn over te slaan en concentreerde zich meer op hun verhuizing naar Bergen, waar ze een jaar later waren gaan wonen in een huis dat Froskehuset heette, dicht bij Griegs landgoed Troldhaugen. En op de première van zijn eigen composities in Bergen daarna. Ik bladerde door naar de noot van de auteur op de laatste bladzijde:

Dit boek is opgedragen aan mijn fantastische vrouw Anna Landvik Halvorsen, die helaas eerder dit jaar op vijftigjarige leeftijd is overleden aan een longontsteking. Als zij me niet had vergeven en had teruggenomen toen ik vele jaren nadat ik bij haar was weggegaan weer bij haar aanklopte, zou ik echt door de goot in Parijs zijn opgeslokt. In plaats daarvan hebben we dankzij haar vergevingsgezindheid toch nog een gelukkig leven geleid, samen met onze lieve zoon Horst.
Anna, mijn engel, mijn muze… je hebt me alles geleerd over wat in het leven echt van belang is.
Ik hou van je en mis je.

Je Jens.

Van streek en verward klapte ik mijn laptop dicht. Ik kon bijna niet geloven dat Anna, met haar sterke karakter en onwrikbare ethische principes – de eigenschappen die haar hadden geholpen te boven te komen wat Jens haar had aangedaan – hem zo gemakkelijk had vergeven en had teruggenomen als haar man.

'Ik zou hem eruit hebben gegooid en was zo snel mogelijk van hem gescheiden,' zei ik tegen de muren van mijn hotelkamer. Ik ergerde me groen en geel aan het besluit van Anna's ongelooflijke verhaal. Ik wist dat het leven in haar tijd anders was, maar het leek me dat Jens Halvorsen, de verpersoonlijking van Peer Gynt zelf, er ongestraft vanaf gekomen was.

Ik keek op mijn horloge en zag dat het al tien uur in de avond was geweest. Ik stond op om naar de wc te gaan en theewater op te zetten.

Terwijl ik de zware gordijnen dichttrok en de twinkelende lichten van de haven van Bergen buitensloot, dacht ik ernstig na over de vraag of ik het Theo had kunnen vergeven als hij me verlaten had. Hij had me echt verlaten, dacht ik, op de verschrikkelijkste, meest definitieve manier die er bestond. En ja, ik wist dat ook ik boos was en de wereld nog moest vergeven. In tegenstelling tot de geschiedenis van Jens en Anna was het verhaal van Theo en mij al afgebroken voordat het begonnen was, en daar konden we geen van beiden iets aan doen.

Om te voorkomen dat ik sentimenteel zou worden, checkte ik mijn e-mail, terwijl ik de fruitschaal leegat, omdat ik te moe was om naar beneden te gaan en er na negen uur 's avonds geen roomservice meer was. Ik zag dat er berichten van Ma en Maia waren, en een mailtje van Tiggy, die schreef dat ze aan me dacht. Peter, Theo's vader, had ook geschreven. Hij liet me weten dat hij een exemplaar van Thom Halvorsens boek had gevonden en vroeg naar welk adres hij het kon sturen. Ik antwoordde dat hij het met FedEx kon versturen naar het hoteladres en besloot in Bergen te blijven tot het was aangekomen.

Morgen zou ik gaan kijken waar het huis van Jens en Anna stond en misschien teruggaan naar het Grieg Museum om Erling, de vriendelijke curator, te spreken om hem meer over hen te horen vertellen. Ik had het goed naar mijn zin in Bergen, ook al was mijn onderzoek voorlopig tot stilstand gekomen.

Opeens rinkelde de telefoon naast mijn bed en ik schrok op.

'Hallo?'

'Met Willem Caspari. Hoe gaat het?'

'Uitstekend, dank je.'

'Mooi zo. Zeg, Ally, wil je morgenochtend met me ontbijten? Ik heb een idee dat ik graag met je wil bespreken.'

'Eh... ja, dat zou leuk zijn.'

'Prima dan. Slaap lekker.'

De verbinding werd abrupt verbroken en ik legde de telefoon neer. Het verontrustte me een beetje dat ik op Willems verzoek was ingegaan. Ik probeerde te bedenken waarom, en moest toegeven dat het uit schuldgevoel was. Om eerlijk te zijn voelde ik iets binnen in me dat me zei dat ik me fysiek tot hem aangetrokken voelde. Ook al wilden mijn hart en hoofd er niet van weten, mijn lichaam weigerde de bevelen ervan te gehoorzamen en reageerde anders. Maar dit was nauwelijks een 'date' te noemen. En, relevanter nog, uit wat Willem over zijn stervende partner Jack had gezegd, had ik opgemaakt dat hij homoseksueel was.

Terwijl ik me opmaakte om te gaan slapen stond ik mezelf toe te giechelen; dit was in ieder geval een veilige verliefdheid en het had vast meer te maken met zijn talent als pianist dan met iets anders. Ik wist dat dat een krachtig afrodisiacum was en ik nam het mezelf niet kwalijk dat ik ervoor viel.

'Dus, wat denk je ervan?' De volgende ochtend aan de ontbijttafel boorden Willems gevoelige blauwgroene ogen zich in die van mij.

'Wanneer wordt het recital gehouden?'

'Zaterdagavond. Maar je hebt het stuk vaker gespeeld en we hebben de rest van de week om te repeteren.'

'Hemel, Willem, dat was tien jaar geleden. Ik ben erg gevleid dat je het aan me vraagt, maar...'

'"Sonate voor fluit en piano" is een prachtig stuk, en ik ben die avond in het conservatorium van Genève toen jij het speelde nooit vergeten. Dat is nu tien jaar geleden, dus dan moet het een bijzondere uitvoering geweest zijn.'

'Ik ben lang niet zo succesvol en begaafd als jij,' protesteerde ik. 'Ik heb je opgezocht op internet en je bent echt een grootheid, Willem. Vorig jaar heb je zelfs in Carnegie Hall gespeeld! Dus hartelijk bedankt dat je me gevraagd hebt, maar ik zeg nee.'

Hij keek naar me en mijn onaangeraakte ontbijt. Mijn maag was echt verschrikkelijk van streek. 'Je bent nerveus, nietwaar?'

'Natuurlijk! Kun jij je voorstellen hoe onhandig je zelf zou zijn als je in tien jaar geen toets meer had aangeraakt?'

'Ja, maar dan zou ik ook met nieuwe geestdrift en energie spelen. Schrik er niet voor terug en probeer het gewoon. Kom naar me toe in de zaal, na mijn lunchconcert van vandaag, dan kunnen we het stuk samen doorspelen. Ik weet zeker dat Erling er niets op tegen heeft, hoewel hij het godslasterlijk zal vinden dat we Francis Poulenc spelen op de gewijde grond van Grieg. En het Logen Theater, waar het recital zaterdag gehouden wordt, is een fantastische ruimte. Perfect om het musiceren weer op te pakken.'

'Je overdondert me, Willem,' zei ik. Ik kreeg tranen in mijn ogen. 'Waarom wil je zo graag dat ik dit doe?'

'Als iemand me na Jacks overlijden niet had gedwongen om weer piano te gaan spelen, had ik waarschijnlijk nooit meer een toets aangeraakt, dus karmisch gezien zou je kunnen zeggen dat ik je een wederdienst bewijs. Alsjeblieft?'

'Nou, goed dan. Ik kom vanmiddag naar Troldhaugen en probeer het,' ging ik akkoord, maar met het gevoel dat hij me tot overgave gedwongen had.

'Fijn.' Willem klapte in zijn handen van plezier.

'Waarschijnlijk zul je geschokt zijn als je me hoort. Ik heb wel op de begrafenis van Theo gespeeld, maar dat was anders.'

'Dan zal dit een koud kunstje zijn. Dus ik zie je om drie uur,' zei hij en stond op van de tafel.

Willem liep de eetzaal uit en ik keek hem na. Zijn slanke figuur klopte niet met het enorme ontbijt dat ik hem had zien wegwerken. Hij leefde kennelijk helemaal op adrenaline. Tien minuten later was ik terug op mijn kamer. Ik opende aarzelend mijn fluitkoffer en keek naar mijn instrument alsof het een vijand was waarmee ik de strijd moest aangaan.

'Wat heb ik gedaan?' mompelde ik terwijl ik de delen van de fluit eruit pakte en ze met voorzichtige draaibewegingen samenvoegde om het instrument op de juiste manier uit te lijnen. Ik stemde het, speelde snel een paar toonladders en probeerde het eerste deel van de sonate uit mijn hoofd. Het klonk niet slecht na al die jaren, vond ik, terwijl ik werktuiglijk druppeltjes vocht van de fluit poetste, de buis onder de kleppen schoonmaakte en hem opborg.

Daarna ging ik een eind over de kade wandelen. Bij een van de houten winkeltjes bleef ik staan om een Noorse visserstrui te kopen, want de temperatuur was flink gedaald en ik had alleen zomerkleding in mijn rugzak.

Nadat ik naar het hotel was teruggegaan om mijn fluit op te halen, reed ik in een taxi de bergen in. Ik vroeg de chauffeur of hij een huis genaamd Froskehuset kende, aan dezelfde weg als waar het Grieg Museum stond. Hij zei van niet, maar dat we allebei naar de namen van de huizen die we voorbijreden moesten kijken. En toen zagen we het, maar een paar minuten bergafwaarts lopen van het museum. Ik stapte uit, zei tegen de chauffeur dat hij verder kon rijden en keek omhoog naar het fraaie, roomkleurig geschilderde, in de traditionele stijl gebouwde houten huis. Toen ik naar het hek liep, zag ik dat het er wat vervallen uitzag, met afbladderende verf en een verwilderde tuin. Ik bleef ervoor staan en voelde me als een dief die van plan is om in te breken. Ik vroeg me af wie er nu woonde, en of ik niet gewoon zou aankloppen om erachter te komen. Maar ik koos ervoor om dat niet te doen en liep bergopwaarts naar het Grieg Museum.

Ik stapte het café binnen en voelde me opnieuw een beetje misselijk. Ik had geen eetlust meer sinds Theo was overleden en ik wist dat ik gewicht had verloren. Desondanks bestelde ik een tonijnsandwich en dwong mezelf die op te eten.

'Hallo, Ally.' Erling kwam glimlachend naar mijn plaatsje in een hoek van het café toe en begroette me. 'Ik hoorde dat je vanmiddag na het recital een geïmproviseerde repetitie hebt in de concertzaal?'

'Als jij het niet erg vindt, Erling.'

'Ik vind het nooit erg als iemand mooie muziek maakt,' zei hij geruststellend. 'Heb je nog in Jens Halvorsens biografie gelezen?'

'Die heb ik gisteravond zelfs helemaal uitgelezen. Ik ben zojuist gaan kijken naar het huis waar hij en Anna vroeger gewoond hebben.'

'Ah. Tegenwoordig woont Thom Halvorsen daar, trouwens, zijn

biograaf en achterachterkleinzoon. Denk je dat je met de familie Halvorsen verwant bent?'

'Als dat zo is, zou ik niet weten op welke manier. Op het ogenblik heb ik in ieder geval geen idee.'

'Nou, misschien kan Thom je helpen wanneer hij later deze week uit New York terugkomt. Ga je vandaag naar het lunchconcert van Willem?'

'Ja. Hij is een groot talent, hè?'

'Dat is hij zeker. Misschien heeft hij je verteld dat hij een tijdje geleden een persoonlijke tragedie heeft meegemaakt. Ik vind dat dat hem als pianist nog beter heeft gemaakt. Zulke levenservaringen kunnen dodelijk of genezend zijn, als je begrijpt wat ik bedoel.'

'Ik begrijp het,' antwoordde ik met veel gevoel.

'Dan zie ik je daar, Ally.' Erling knikte naar me en liep weg.

Een half uur later was ik terug in de concertzaal in Trolsdalen en hoorde ik Willem spelen. Dit keer was het een minder bekend stuk, 'Stemmingen', dat Grieg aan het eind van zijn leven had geschreven, toen hij nergens meer naartoe kon omdat hij ziek was, maar hij nog wel naar de blokhut achter zijn huis kon strompelen om te schrijven. Willem speelde het prachtig en ik vroeg me af waarmee ik in hemelsnaam bezig was om zelfs maar op het idee te komen om met zo'n volleerde pianist samen te spelen. Of, beter gezegd, waarmee híj bezig was dat hij me had voorgesteld om samen met hem te spelen.

Toen het concert ten einde was en het bewonderende publiek de zaal had verlaten wenkte Willem me naar het podium, en ik liep nerveus naar hem toe.

'Ik had dit nog nooit gehoord. Het is een geweldig stuk en je hebt het prachtig gespeeld,' zei ik.

'Dank je.' Hij maakte een buiginkje, bleef staan en keek me onderzoekend aan. 'Ally, je ziet zo wit als een doek! Dus laten we gaan spelen, voordat je bang wordt en van me wegrent, oké?'

'Er kan toch niemand binnenkomen?' zei ik, terwijl ik naar de deuren achter in het auditorium keek.

'Goeie god, Ally! Je begint al net zo paranoïde te worden als ik.'

'Sorry,' mompelde ik. Ik haalde mijn fluit tevoorschijn en had hem in elkaar gezet voordat Willem aangaf dat we konden beginnen. Ik was er trots op dat ik de twaalf minuten doorkwam zonder een noot vals te spelen, maar ik had enorm veel steun aan Willems intuïtieve begeleiding en de ongelooflijk meeslepende klanken van de Steinway-piano.

Willem applaudisseerde voor me en het harde geluid weerklonk in het lege auditorium. 'Nou, als je na tien jaar nog zo speelt, ga ik vragen of ze het entreegeld voor het recital van zaterdagavond willen verdubbelen.'

'Dat is heel aardig van je om te zeggen, maar ik speelde nou niet bepaald perfect.'

'Nee, je speelde niet perfect, maar het was een fantastisch begin. Oké, ik stel voor dat we het stuk nog eens doornemen, maar dan langzamer. Je had een paar timingprobleempjes die we glad moeten strijken.'

Het volgende half uur repeteerden we de drie delen van het stuk afzonderlijk. Daarna borg ik mijn fluit op en terwijl we met zijn tweeën het auditorium verlieten, besefte ik dat ik de afgelopen drie kwartier niet aan Theo had gedacht.

'Ga je terug naar de stad?' vroeg Willem.

'Ja.'

'Dan bel ik een taxi.'

Op de terugweg naar het centrum van Bergen bedankte ik Willem en zei dat ik die zaterdag met hem wilde spelen.

'Daar ben ik heel blij om,' antwoordde hij, afwezig uit het portierraampje starend. 'Bergen is echt bijzonder, hè?'

'Ja, dat vind ik ook.'

'Een van de redenen dat ik heb toegezegd om deze week de lunchrecitals in Troldhaugen te doen is dat ik als vaste pianist gevraagd ben door het Bergens Filharmonisch Orkest. Maar ik wil hier eerst rondkijken, want als ik ja zeg, moet ik weg uit mijn toevluchtsoord Zürich en min of meer fulltime in Bergen gaan wonen. En na wat ik je gisteren verteld heb, weet je hoe ingrijpend dat voor me zou zijn.'

'Woonde je in Zürich met Jack samen?'

'Ja. Misschien is het tijd om een nieuwe start te maken. En Noorwegen is tenminste schoon,' voegde hij er met een serieus gezicht aan toe.

'Dat is zo,' zei ik gniffelend. 'En de mensen zijn heel vriendelijk. Hoewel het een hels karwei zal zijn om de taal te leren.'

'Talen pik ik gelukkig snel op. Tonen, talen en af en toe een wiskundepuzzel, dat zijn kolfjes naar mijn hand. En trouwens, iedereen spreekt hier Engels.'

'Nou, ik denk dat je een aanwinst voor het orkest zou zijn.'

'Dank je.' Hij schonk me een van zijn zeldzame glimlachjes. 'Zo,' zei hij toen we bij mijn hotel waren aangekomen en ik naar binnen wilde gaan, 'wat doe je vanavond?'

'Daar heb ik nog niet echt over nagedacht.'

'Heb je zin om met me uit eten te gaan?'

Meteen daarop zag hij dat ik aarzelde. 'Sorry, je zult wel moe zijn. Ik zie je morgenmiddag om drie uur. Tot dan.'

Willem liep abrupt weg en liet me schuldig en verward achter. Maar ik voelde me echt onwel, en dat was niets voor mij. Ik liep naar mijn kamer, ging op bed liggen en dacht somber na over de vele dingen die op het ogenblik 'niets voor mij' waren.

35

Ik moest in Bergen gaan winkelen om iets te vinden dat ingetogen en formeel genoeg was voor het optreden. Terwijl ik de effen zwarte jurk aantrok die ik voor het recital had uitgekozen, verdrong ik de herinneringen aan eenzelfde soort jurk die ik op Theo's begrafenis had gedragen. Ik bracht wat mascara op mijn wimpers aan en voelde dat de adrenaline begon te stromen. Zo sterk dat ik me over het toilet moest buigen en moest kokhalzen. Ik droogde mijn tranende ogen en liep terug naar de spiegel om de schade aan mijn mascara te herstellen en nog wat lippenstift aan te brengen. Toen pakte ik mijn fluitkoffer en jas en nam de lift naar beneden, om Willem te ontmoeten in de lobby van het hotel.

Ik voelde me niet alleen lichamelijk onwel, maar had me ook ongerust gemaakt over Willem sinds hij me had uitgenodigd om met hem uit eten te gaan. Tijdens onze repetities had ik bespeurd dat er een zekere koelheid van hem uitging. Hij had onze gesprekken puur 'zakelijk' gehouden, en in de taxi hadden we alleen gepraat over de muziek die we hadden gerepeteerd.

De liftdeuren gingen open en ik zag dat hij bij de receptie op me zat te wachten. Met zijn vlinderdasje en onberispelijke zwarte smoking zag hij er knap uit. En ik hoopte dat ik hem niet van zijn stuk had gebracht met mijn weigering. Ik had een zweem van de onbeholpenheid gevoeld die Theo en ik helemaal aan het begin van onze relatie hadden gehad en nu zei iets me dat Willem helemaal niet homoseksueel was...

'Je ziet er goed uit, Ally,' zei hij. Hij stond op en kwam naar me toe.

'Dank je, maar zo voel ik me niet.'

'Dat lijkt geen enkele vrouw ooit te doen,' merkte hij nors op terwijl we vanuit het hotel naar de taxi die hij had gereserveerd liepen.

In de auto bleef het stil, en ik was teleurgesteld over het ongemakkelijke zwijgen tussen ons. Willem maakte een afstandelijke, gespannen indruk.

We kwamen aan bij het Logen Theater en liepen naar binnen, waarna Willem de organisator ging halen, die in de foyer op ons stond te wachten.

'Kom binnen, kom binnen,' zei ze en liep met ons de sierlijke zaal met het hoge plafond in. In de zaal waren rijen stoelen geplaatst en kroonluchters verlichtten het smalle, overdekte balkon boven ons hoofd. Op het podium stonden alleen een vleugel en een muziekstandaard voor mij, en de schijnwerpers gingen aan en uit terwijl de lichtmedewerkers ze voor de laatste keer controleerden.

'Ik laat jullie twee hier achter om de muziek nog eens door te nemen,' zei de vrouw. 'Het publiek mag een kwartier voordat de voorstelling begint naar binnen, dus jullie hebben een half uur om de akoestiek te beoordelen.'

Willem bedankte haar en liep de trap naar het podium en de vleugel op. Hij tilde de klep op en sloeg een paar toetsen aan. 'Het is een Steinway B,' zei hij opgelucht, 'en het geluid is goed. Zo, dus zullen we het nog even snel doorspelen?'

Ik haalde mijn fluit uit de koffer, zette hem in elkaar en voelde dat mijn vingers trilden. We speelden de sonate nog eens, waarna ik op zoek ging naar de wc terwijl Willem zijn solostukken repeteerde. Ik moest opnieuw kokhalzen zonder over te geven en terwijl ik koud water in mijn gezicht plensde, keek ik met zelfspot in de spiegel. Ik zag eruit als een geest. Ik zou de vrouw zijn van wie de mensen dachten dat ze zonder een krimp te geven de ruwste zeeën aankon. Maar nu ik hier op het droge was en twaalf minuten voor een publiek op mijn fluit zou spelen, voelde ik me net een zeeziek groentje dat haar eerste storm meemaakt.

Terug op het podium gluurde ik tussen de coulissen door, en ik zag dat het publiek binnenkwam. Ik wierp een blik op Willem, die een paar meter van me vandaan een soort ritueel leek uit te voeren, waaraan een heleboel gemompel, heen en weer geloop en vingeroefeningen te pas kwamen. Ik liet hem begaan. Helaas was 'Sonate voor fluit en piano' het voorlaatste stuk van het recital, wat betekende dat ik uit het zicht achter de coulissen moest blijven zitten, waar ik alleen kon wachten en me ongerust kon maken.

'Gaat het?' vroeg Willem zacht toen we hoorden dat de presentator hem voorstelde en de indrukwekkendste gedeelten van zijn cv voorlas.

'Prima, dank je,' zei ik, terwijl het publiek begon te applaudisseren.

'Ik wilde je nog mijn excuses aanbieden voor mijn arrogante uitnodiging om uit eten te gaan van een paar avonden geleden. In die situatie was dat absoluut ongepast. Ik weet waar je emotioneel staat en van nu af aan zal ik dat respecteren. Ik hoop dat we vrienden kunnen zijn.'

Meteen nadat hij dat had gezegd liep Willem het podium op en maakte een buiging. Toen ging hij achter de vleugel zitten. Hij begon met Chopins snelle en technisch gecompliceerde 'Étude Nr. 5 in Ges-majeur'.

Terwijl ik Willem hoorde spelen, dacht ik na over de eindeloos intrigerende dans tussen mannen en vrouwen. En terwijl de laatste noten van het stuk de zaal vulden, gaf ik toe dat een deel van me zich vreemd ontmoedigd voelde door Willems hoop dat we vrienden konden zijn. Om nog maar te zwijgen van het schuldgevoel op de achtergrond van mijn gedachten als ik nadacht over wat Theo ervan zou hebben gevonden dat ik me tot Willem aangetrokken voelde en daardoor in de war was…

Na een tijd die voelde als een heel leven waarin ik heen en weer liep achter de coulissen, hoorde ik dat Willem me eindelijk introduceerde en ik ging zoals we hadden afgesproken bij hem op het podium staan. Ik bedankte hem met een brede glimlach voor zijn vriendelijkheid en aanmoediging van de afgelopen dagen. Toen zette ik mijn fluit aan mijn lippen, gaf aan dat ik klaar was en we begonnen te spelen.

Nadat Willem zijn slotstuk van de avond had gespeeld, ging ik naast hem op het podium staan. Het voelde heel vreemd om samen voor het publiek te buigen. De organisatoren boden me zelfs een bosje bloemen aan om me te bedanken.

'Goed gedaan, Ally, je hebt goed gespeeld. Heel goed zelfs,' prees

Willem me terwijl we naast elkaar van het podium af liepen.

'Daar ben ik het helemaal mee eens.'

Ik draaide me om toen ik de welbekende stem van Erling hoorde, en zag de curator van het Grieg Museum geflankeerd door twee andere mannen tussen de coulissen staan.

'Hallo,' zei ik glimlachend tegen hem. 'En dank je wel.'

'Ally, dit is Thom Halvorsen, de achterachterkleinzoon en biograaf van Jens Halvorsen. En bovendien een virtuoos violist en de assistent-dirigent van het Bergens Filharmonisch Orkest. En mag ik je ook voorstellen aan David Stewart, de leider van het orkest?'

'Aangenaam kennis met je te maken, Ally,' zei Thom, terwijl David Stewart zich tot Willem wendde. 'Ik hoorde van Erling dat je onderzoek doet naar mijn betovergrootouders?'

Ik keek op naar Thom en dacht dat ik hem ergens van kende, maar ik wist zo snel niet waarvan. Hij had een typisch Noors gezicht, roodachtig haar, sproeten rondom zijn neus en een paar grote blauwe ogen.

'Dat klopt, ja.'

'Dan wil ik je graag helpen als het kan. Maar neem het me alsjeblieft niet kwalijk als je me vanavond niet kunt volgen. Ik ben zojuist aangekomen met het vliegtuig uit New York. Erling heeft me met de auto van het vliegveld opgehaald en toen zijn we meteen hierheen gereden om Willem te horen spelen.'

'Een jetlag is dodelijk,' zeiden we allebei op hetzelfde moment. Toen zwegen we een paar tellen en keken elkaar verlegen grijnzend aan.

'Dat is het zeker,' zei ik, terwijl David Stewart zich naar ons omdraaide.

'Ik moet er meteen vandoor, helaas,' zei hij, 'dus ik zeg dag tegen jullie. Thom, bel me maar als je goed nieuws hebt.' Hij maakte een afscheidsgebaar en liep weg.

'Zoals je weet, Ally, proberen we Willem zover te krijgen dat hij zich hier bij het Filharmonisch Orkest aansluit. Wat vind je er tot nu toe van, Willem?'

'Een paar dingen, en ik heb ook een paar vragen, Thom.'

'Laten we dan wat gaan eten en drinken, aan de overkant van de straat. Gaan jullie ook mee?' vroeg Thom aan Erling en mij.

'Als je dingen met Willem te bespreken hebt, willen wij jullie niet storen.' Erling sprak voor ons allebei.

'Dat doen jullie niet. Willem hoeft alleen nog maar ja te zeggen, en dan trekken we de champagne open.'

Tien minuten later zaten we met zijn allen in een gezellig restaurant met kaarslicht. Thom en Willem waren diep in gesprek en bogen zich over de tafel, en dus praatte ik met Erling, die tegenover me zat.

'Je was echt heel goed, vanavond, Ally. Te goed om je talent te laten versloffen, laat staan je plezier in het musiceren.'

'Ben jij ook musicus?' vroeg ik.

'Ja, ik kom uit een muzikale familie, net als Thom. Ik speel cello in een klein orkest hier in de stad. Het is een hele muzikale plaats. Het Bergens Filharmonisch is een van de oudste orkesten ter wereld.'

'Zo,' onderbrak Thom ons, 'dan kunnen we nu eindelijk de champagne laten komen! Willem heeft gezegd dat hij zich bij ons aansluit.'

'Voor mij geen champagne, bedankt. Ik drink nooit alcohol na negen uur,' zei Willem beslist.

'Als je in Noorwegen wilt gaan wonen, kun je dat toch maar beter leren,' zei Thom plagerig. 'Meer hebben we hier niet om de lange winters door te komen.'

'Dan doe ik voor deze ene keer mee,' zei Willem hoffelijk, terwijl er een ober aan kwam lopen met een fles.

'Op Willem!' riepen we allemaal terwijl ons eten werd opgediend.

'Ik voel me eigenlijk stukken beter nu, na een glaasje champagne.' Thom keek me glimlachend aan. 'Dus vertel eens wat meer over wat jou met Jens en Anna Halvorsen verbindt?'

Ik legde hem kort en bondig het verhaal over de erfenis van Pa Salt uit en vertelde over Jens Halvorsens biografie over zijn vrouw Anna en de coördinaten op het armillarium, die me eerst naar Oslo en toen naar Bergen en het Grieg Museum hadden geleid.

'Fascinerend,' mompelde hij, terwijl hij me nadenkend aankeek. 'Dus misschien zijn we op een of andere manier familie van elkaar?

Hoewel ik, eerlijk gezegd, nadat ik zo kort geleden mijn familiegeschiedenis heb onderzocht, niet een-twee-drie begrijp hoe dat zou kunnen.'

'Ik ook niet,' stelde ik hem gerust. Opeens voelde ik me ongemakkelijk bij het idee dat hij me misschien aanzag voor een genendief op zoek naar buit. 'Ik heb je boek trouwens besteld. Het is onderweg vanuit de Verenigde Staten.'

'Dat is aardig van je, Ally, maar ik heb natuurlijk een presentexemplaar thuis, als je het snel wilt lezen.'

'Nee, dank je. Maar je moet mijn exemplaar wel signeren. En nu je hier in eigen persoon bent, kun je me misschien helpen met een paar details. Weet je wat er met de familie Halvorsen is gebeurd in de jaren na het einde van Jens' biografie?'

'Min of meer, ja. Helaas was het geen mooie tijd in de menselijke geschiedenis, want de twee wereldoorlogen zaten eraan te komen. Noorwegen was neutraal in de Eerste Wereldoorlog, maar in de Tweede Wereldoorlog richtte de Duitse bezetting heel wat schade aan.'

'Echt waar? Ik wist eigenlijk niet dat Noorwegen bezet is geweest,' bekende ik. 'Geschiedenis was niet mijn beste vak op school. Ik heb ook nooit echt nagedacht over de gevolgen van de Tweede Wereldoorlog voor de kleinere landen naast de hoofdrolspelers. En al helemaal niet over dit vredelievende land in het hoge noorden.'

'Tja, op school leren we meestal de geschiedenis van ons eigen land, nietwaar? Waar kom jij vandaan?'

'Zwitserland,' zei ik gniffelend. Ik keek hem aan.

'Neutraal,' zeiden we allebei tegelijk.

'Nou,' ging Thom verder, 'hier zijn de Duitsers in 1940 binnengevallen. Trouwens, toen ik een paar jaar geleden in Luzern was om een concert te geven, deed Zwitserland me aan Noorwegen denken. En dat kwam niet alleen door de sneeuw. In die twee landen krijg je echt het idee dat ze min of meer losstaan van de rest van de wereld.'

'Ja,' zei ik instemmend. Ik observeerde Thom terwijl hij at. Ik probeerde er nog steeds achter te komen waarom hij me zo bekend voorkwam, en ik kwam tot de conclusie dat ik een paar familietrekjes moest herkennen die ik had opgepikt van de foto's van zijn voorouders. 'Dus de Halvorsens hebben de twee wereldoorlogen overleefd?'

'Het is eigenlijk een triest verhaal, en veel te ingewikkeld om je nu te vertellen, met mijn jetlaghoofd. Maar we kunnen elkaar een andere keer ontmoeten – morgenmiddag bij me thuis misschien? Vroeger was dat ook het huis van Jens en Anna, en ik kan je laten zien waar ze sommige van de gelukkigere momenten van hun relatie hebben beleefd.' Thom trok zijn wenkbrauwen op en ik voelde een vage opwinding omdat hij hun verhaal klaarblijkelijk ook kende.

'Toevallig heb ik het een paar dagen geleden gezien, op de weg omhoog naar Troldhaugen.'

'Dan weet je precies waar je moet zijn. Nou, neem me niet kwalijk, Ally, maar ik ga mijn bed opzoeken.' Thom stond op en richtte zijn aandacht op Willem. 'Goede vlucht terug naar Zürich, en de administratie zal contact opnemen over je contract. Bel maar als je er nog iets over te binnen schiet. Dus morgen om twee uur in Froskehuset, Ally?'

'Ja. Dank je wel, Thom.'

'Zullen we gaan lopen?' vroeg Willem nadat we afscheid hadden genomen van Erling, die Thom een lift naar huis zou geven. 'Het is niet ver naar het hotel.'

'Dat haal ik wel,' zei ik. Ik dacht dat wat frisse lucht mijn inmiddels kloppende hoofdpijn goed zou doen. We wandelden door de klinkerstraten en kwamen uit bij de haven. Willem bleef staan.

'Bergen… Mijn nieuwe thuis! Denk jij dat het een goede beslissing van me is, Ally?'

'Ik zou het echt niet weten, maar een mooiere woonplaats lijkt me moeilijk te vinden. Ik kan me niet voorstellen dat hier ooit iets naars zou gebeuren.'

'Daar maak ik me nou juist zorgen over. Trek ik me niet terug? Vlucht ik opnieuw voor wat Jack is overkomen? Ik heb als een gek rondgereisd nadat ze was overleden en nu vraag ik me af of ik hier naartoe gekomen ben om me te verstoppen,' zei hij zuchtend, terwijl we over de kade naar ons hotel liepen.

Ik trok mentaal mijn wenkbrauwen op toen ik hem zijn partner 'ze' hoorde noemen.

'Of je ziet het positiever en zegt dat je ergens anders naartoe gaat om een nieuwe start te maken,' suggereerde ik.

'Dat zou ook kunnen, ja. Eigenlijk wilde ik je vragen, Ally, of jij je ook weleens hebt afgevraagd waarom wij leven en zij dood zijn gegaan?'

'Natuurlijk, en dat doe ik nog steeds. Theo had kort voordat hij verdronk tegen me gezegd dat ik van het jacht waarmee we aan de race deelnamen af moest gaan. Ik heb er uren en uren over nagedacht hoe ik hem had kunnen redden als ik bij hem was geweest, hoewel ik wist dat ik niets voor hem had kunnen doen.'

'Ja... Daar kun je over blijven piekeren. Ik heb me gerealiseerd dat het leven een serie willekeurige gebeurtenissen is. Jij en ik zijn achtergebleven en we moeten doorgaan. Mijn psychotherapeut zegt dat ik daarom symptomen van obsessief-compulsieve stoornis heb. Na het overlijden van Jack had ik het gevoel dat ik geen controle meer had, dus dat heb ik overmatig gecompenseerd. Maar ik ben beter aan het worden, zelfs dat glaasje champagne vanavond, na negen uur...' Willem haalde zijn schouders op. 'Met kleine stapjes, Ally, hele kleine stapjes.'

'Ja. Wat was Jacks volledige naam, trouwens?'

'Jacqueline. Naar Jacqueline du Pré. Haar vader was cellist.'

'Toen je het voor de eerste keer over haar had, dacht ik dat "ze" een "hij" was...'

'Haha! Ja, dat zal wel een andere vorm van controle van me geweest zijn, en het werkte. Zo beschermde ik me tegen de mannenverslindsters die ik tegenkwam. Die deinsden meteen terug als ik mijn partner Jack noemde. Ik mag dan wel geen rockster zijn, maar toch hangen er na de voorstelling altijd wel een paar concertpianistgroupies bij me rond. Ze gapen me aan en dan vragen ze of ze mijn eh... instrument mogen zien. Op een keer vertelde een van hen me zelfs dat het haar fantasie was om me naakt Rachmaninovs "Pianoconcert nummer twee" te zien spelen.'

'Nou, ik hoop niet dat je dacht dat ik er ook eentje was.'

'Natuurlijk niet.' We waren blijven staan voor het hotel en Willem keek uit over het kalme water dat zacht tegen de kade klotste. 'Eigenlijk dacht ik precies het tegenovergestelde. En, zoals ik je eerder al zei, was mijn uitnodiging om te gaan eten niet gepast. Typisch iets voor mij,' verzuchtte hij, plotseling somber. 'In ieder geval bedankt voor vanavond en ik hoop dat we contact houden.'

'Ik zou jou juist moeten bedanken, Willem. Je hebt me weer met de muziek in aanraking gebracht. Nou, dan ga ik nu vlug naar bed, voordat ik me hier oprol en op de stoep in slaap val.'

'Ik ben morgenochtend meteen weg,' zei hij terwijl we de verlaten lobby in liepen. 'Ik heb een heleboel te regelen thuis in Zürich. Thom wil dat ik me zo snel mogelijk bij het orkest aansluit.'

'Wanneer ben je terug?'

'Tegen november, op tijd om me voor te bereiden op het Honderd Jaar Grieg Concert. Blijf jij nog langer hier?' vroeg hij terwijl we voor de lift bleven staan.

'Ik weet het echt niet, Willem.'

'Nou,' zei hij, terwijl we de lift in stapten en op de nummers van onze respectievelijke verdiepingen drukten, 'hier heb je mijn kaartje. Laat me weten hoe het met je gaat.'

'Doe ik.'

De lift stopte op zijn verdieping. 'Goede avond nog, Ally.' Hij keek me vluchtig glimlachend aan, knikte nog een keer en stapte de lift uit.

Tien minuten later knipte ik de lamp op mijn nachtkastje uit. Ik hoopte dat Willem en ik echt contact zouden houden. Ook al was ik lichtjaren van een andere relatie verwijderd, ik mocht hem graag. En na wat hij even tevoren tegen me had gezegd, dacht ik dat hij mij ook graag mocht.

36

'Hallo,' zei Thom glimlachend terwijl hij de deur van Froskehuset opende en ik achter hem aan naar binnen liep. 'Kom maar mee naar de salon. Wil je iets drinken?'

'Een glas water, graag.'

Terwijl Thom het ging halen, keek ik om me heen. De zitkamer was merkwaardig gemeubileerd, eenvoudig en heel gezellig, in wat, begon ik me te realiseren, een unieke Noorse stijl was. Er stond een verzameling niet bij elkaar passende leunstoelen en een bank met antimakassars over de rugleuning om een enorme ijzeren kachel, die, dacht ik, ongetwijfeld de nachtelijke kou zou weghouden. Het enige wat opviel in de kamer was de zwartgelakte vleugel in de erker, die uitzicht over de prachtige fjord beneden bood.

Ik bekeek de verzameling ingelijste foto's op een afzichtelijk fauxrococobureau in de hoek. Een ervan trok me aan, een afbeelding van een jongetje van een jaar of drie – Thom nam ik aan – die in de zon aan de fjord bij een vrouw op schoot zat. Ze hadden dezelfde brede glimlach, gelaatskleur en grote, expressieve ogen. Toen Thom terugkwam herkende ik iets van de kleine jongen op de foto in zijn gezicht.

'Sorry voor het huis, hoor,' zei Thom, 'maar ik ben hier een paar maanden geleden ingetrokken, na het overlijden van mijn moeder, en ik heb nog steeds geen tijd gehad om het anders in te richten. Ik heb zelf een minimalistische smaak, meer modern Scandinavisch; deze relikwieën van het verleden passen daar niet bij.'

'Ik dacht eigenlijk net dat ik het leuk vind. Het is zo...'

'Echt!' zeiden we allebei tegelijk.

'Je leest mijn gedachten,' zei Thom. 'Hoewel, als jij onderzoek doet naar Jens en Anna, moet je hebben gezien wat er vroeger allemaal in dit huis heeft gestaan, voordat ik het merendeel bij de vuilnis zet. Veel van deze meubelen zijn van hen geweest en zijn nu zo'n honderdtwintig jaar oud. Net als alles in dit huis, met inbegrip van het sanitair. Ze hebben de grond gekocht, of ik moet zeggen dat Anna de grond heeft gekocht, in 1884, en toen hebben ze het huis in een jaar gebouwd.'

'Ik had nog nooit van ze gehoord voordat ik het boek gelezen had,' zei ik verontschuldigend.

'Nou, Anna was in Europa het bekendst van de twee, maar in zijn tijd was Jens ook best een vooraanstaande figuur, vooral in Bergen. Hij kreeg pas echt erkenning na het overlijden van Grieg, hoewel zijn muziek zwaar op de muziek van de maestro leunde en er eerlijk gezegd een mindere versie van was. Ik weet niet wat jij weet over Griegs bemoeienis met het leven van Jens en Anna...'

'Aardig wat, nu ik Jens' verhaal gelezen heb. Hij heeft vooral veel gedaan voor Anna, door haar weg te halen uit dat pension in Leipzig.'

'Ja. Nou, je hebt míjn boek nog niet kunnen lezen, dus wat je bijvoorbeeld nog niet weet, is dat Grieg ontdekte dat Jens in Montmartre samenwoonde met een vrouw die kunstenaarsmodel was. Hij was in de steek gelaten door zijn beschermvrouw de barones en scharrelde zijn kostje bij elkaar met vioolspelen, meestal dronken en onder invloed van opium, zoals veel bohemiens in het Parijs van die tijd. Kennelijk heeft Grieg hem toen flink de les gelezen en zijn reiskosten naar Leipzig betaald, nadat hij hem in klare taal duidelijk had gemaakt dat hij terug moest gaan en zich moest overleveren aan Anna's genade.'

'Wie heeft je dat verteld?'

'Mijn overgrootvader Horst, aan wie Anna het op haar sterfbed had verteld.'

'Wanneer was Jens dan bij haar teruggekomen?'

'In 1884, ongeveer.'

'Dus een paar jaar nadat Grieg Anna had gered in Leipzig? Om het je ronduit te zeggen, Thom, ik voelde me gedeprimeerd toen ik aan het eind van het boek gekomen was. Ik kon niet begrijpen waarom Anna Jens terugnam, nadat hij jarenlang bij haar weg geweest was. En ik begrijp evenmin waarom Grieg Jens in Parijs zou hebben opgezocht. Hij moet toch geweten hebben wat Anna van hem vond? Het klopt gewoon niet.'

Thom keek me aandachtig aan, alsof hij over iets nadacht. 'Tja, dat is nou net het probleem met geschiedenis, zoals ik heb ontdekt toen ik het verhaal van mijn familie onderzocht,' zei hij uiteindelijk. 'De feiten kom je wel te weten, maar het is altijd moeilijk te achterhalen wat de motieven van de mensen zijn geweest. Vergeet niet dat de biografie door Jens geschreven is. We horen nergens wat Anna over het hele verhaal dacht. Het boek is na haar dood gepubliceerd en was in wezen een eerbetoon van haar man aan haar.'

'Zelf had ik mijn keukenmes gepakt als Jens met hangende pootjes bij me teruggekomen was. Ik vond Lars, haar eerste verloofde, een veel betere keus voor haar.'

'Lars Trulssen? Wist je dat die later naar Amerika is gegaan en daar een redelijk bekende dichter is geworden? Hij trouwde met een vrouw uit een rijke, derde generatie, New Yorkse familie met Noorse wortels en ze kregen kinderen.'

'O, ja? Dan voel ik me nu veel beter. Ik had erg met hem te doen, maar wij vrouwen kiezen niet altijd voor de juiste man, toch?'

'Daar ga ik niet op in,' zei Thom grinnikend. 'Ik kan alleen maar zeggen dat ze de rest van hun leven voor de buitenwacht een gelukkig getrouwd stel gebleven zijn. Kennelijk was Jens Grieg eeuwig dankbaar dat hij hem uit de bordelen van Parijs had gered en Anna dat ze hem vergeven had. In ieder geval staat het vast dat de twee echtparen veel tijd met elkaar doorbrachten, want ze woonden vlak bij elkaar. Nadat Grieg was overleden, hielp Jens met zijn financiële nalatenschap een muziekafdeling op te zetten aan de Universiteit van Bergen. Nu is dat de Grieg Academie, waar ik heb gestudeerd.'

'Ik weet echt niets over de familie na 1907, het jaar waarin Jens' boek eindigt, en ik heb ook nog nooit een compositie van hem gehoord.'

'Ik vind dat veel van wat hij heeft geschreven het aanhoren niet waard is. Hoewel ik iets heel bijzonders tegenkwam toen ik zijn vele mappen met bladmuziek uitzocht, die hier jarenlang op de zolder in dozen hadden gestaan. Een pianoconcert dat hij heeft geschreven en dat, voor zover ik weet uit mijn onderzoek, nooit voor een publiek is opgevoerd.'

'Echt waar?'

'Nu het dit jaar honderd jaar geleden is dat Grieg is overleden, zullen hier in Bergen diverse evenementen gehouden worden, waaronder een groot concert om het feestjaar af te sluiten.'

'Ja, daar had Willem het ook al over.'

'Je kunt je natuurlijk wel voorstellen dat de Noorse muziek hoog op de agenda zal staan, en het zou geweldig zijn als het werk van mijn betovergrootvader in première kon gaan. Ik heb met de programmacommissie en Andrew Litton zelf gesproken. Hij is onze hooggeachte dirigent en mijn mentor dirigeren, op het ogenblik. Ze hebben het, naar mijn mening, prachtige muziekstuk gehoord en het is voorlopig opgenomen in het concertprogramma voor de zevende december. Omdat ik alleen de pianomuziek op mijn zolder kon vinden, heb ik het stuk voor orkestbewerking naar een zeer getalenteerde kennis van me gestuurd. Maar toen ik gisteren thuiskwam uit New York, stond er een bericht op mijn antwoordapparaat dat zijn moeder een paar weken geleden ziek was geworden, en hij is er nog niet aan begonnen.'

Thom zweeg een paar tellen en ik zag aan zijn gezicht dat hij teleurgesteld was. 'Ik zie het niet gebeuren dat het voor december af is. Dat is erg jammer... Het is veruit Jens' beste compositie, vind ik. En het zou natuurlijk perfect zijn om een oorspronkelijk werk van een Halvorsen die zowaar de eerste uitvoering van *Peer Gynt* heeft gespeeld in première te laten gaan. Maar goed, genoeg over mijn problemen. Hoe zit het met jou, Ally? Heb jij ooit met een orkest opgetreden?'

'Lieve hemel, nee. Ik denk niet dat mijn fluitspel daar ooit goed genoeg voor is geweest. Ik ben meer een tevreden amateur.'

'Ik heb je gisteravond gehoord en ben het niet met je eens. Willem heeft me verteld dat je vier jaar fluit gestudeerd hebt aan het conservatorium van Genève. Dan ben je niet echt een "tevreden amateur", Ally,' wees hij me terecht.

'Misschien niet, maar tot een paar weken geleden was ik profzeilster.'

'Echt waar? Hoe ben je dat geworden?'

Bij een kop thee van kruiden die Thom in een kast gevonden had, vertelde ik hem in het kort mijn levensverhaal en de gebeurtenissen die ertoe hadden geleid dat ik naar Bergen was gekomen. Ik realiseerde me dat ik er gewend aan raakte om het eerder zakelijk dan emotioneel te herhalen. En ik wist niet of dat een goed of slecht teken was.

'Hemel, Ally! Ik dacht dat míjn leven gecompliceerd was, maar dat van jou... Nou, ik weet niet hoe je de afgelopen weken doorgekomen bent, maar chapeau hoor, ik meen het.'

'Ik heb mezelf beziggehouden met graven in mijn verleden,' zei ik gespannen. Ik wilde niet meer over het onderwerp praten. 'Dus denk je, nu ik je stierlijk verveeld heb met mijn levensverhaal, dat je me een wederdienst kunt bewijzen door me meer over de Halvorsens van het recentere verleden te vertellen? Als je het niet erg vindt,' voegde ik er snel aan toe, me welbewust van het feit dat ik het over Thoms familie had. Ik wilde niet dat hij van me zou denken dat ik op een of andere manier tot de conclusie was gekomen dat ik daartoe behoorde. 'Ik bedoel, wat mijn relatie met hen ook is, het moet met het recente verleden te maken hebben, want ik ben nog maar dertig.'

'Ik ook, toevallig. Ik ben geboren in juni. En jij?'

'Op 31 mei, heeft mijn adoptievader me verteld.'

'Echt waar? Nou, ik op de eerste juni,' zei Thom.

'Een verschil van maar één dag,' zei ik nadenkend. 'Maar goed, ga verder, ik ben een en al oor.'

'Nou,' Thom nam een slok koffie, 'ik ben hier in Bergen grootgebracht, door mijn moeder, die een jaar geleden is overleden. Zodoende ben ik in Froskehuset gaan wonen.'

'Wat naar voor je, Thom. Zoals ik je al gezegd heb, weet ik hoe het is om een ouder te verliezen.'

'Dank je. Het was verschrikkelijk toen het gebeurde, want we hielden heel veel van elkaar. Mam was een alleenstaande moeder. Er was geen vader om ons te onderhouden.'

'Weet je wel wie hij was?'

'O ja.' Thom trok zijn wenkbrauwen op. 'Hij is degene met het bloed van Jens Halvorsen. Mijn vader Felix is zijn achterkleinzoon. Maar in tegenstelling tot Jens, die uiteindelijk toch terugkwam bij Anna, heeft mijn vader zijn verantwoordelijkheid nooit genomen.'

'Leeft hij nog?'

'Zeker, hoewel hij twintig jaar ouder was dan mijn moeder toen ze elkaar leerden kennen. Van alle generaties mannen van de Halvorsens had mijn vader het grootste muzikale talent, vind ik. En mijn moeder had ook een prachtige zangstem, net als Anna. Dus ze nam pianoles bij mijn vader en hij verleidde haar. Hij maakte haar zwanger op haar twintigste. Hij weigerde te accepteren dat ik zijn kind was en raadde haar aan om me te aborteren.'

'Dat zegt veel over hem. Heeft je moeder je dat verteld?'

'Ja. En Felix kennende geloof ik elk woord van haar,' zei Thom mat. 'Ze had het zwaar te verduren nadat ik geboren was. Haar eigen familie wilde haar niet meer zien. Het waren mensen van het platteland in het noorden, en die zijn erg ouderwets wat dat soort zaken betreft. Martha, mijn moeder, kon geen kant meer op. Vergeet niet dat Noorwegen dertig jaar geleden nog een betrekkelijk arm land was.'

'Wat verschrikkelijk, Thom. Dus wat heeft ze toen gedaan?'

'Gelukkig bemoeiden mijn overgrootouders Horst en Astrid zich ermee, en ze zeiden dat we allebei bij hen konden komen wonen. Toch is mijn moeder nooit meer de oude geworden na wat mijn vader haar had aangedaan. Ze leed de rest van haar leven aan verschrikkelijke depressies. En ze heeft nooit wat met haar talent als zangeres gedaan.'

'Erkent Felix je nu als zijn zoon?'

'Daar is hij toe gedwongen, omdat de rechter een DNA-onderzoek gelastte toen ik een tiener was,' legde Thom met een somber gezicht uit. 'Mijn overgrootmoeder was overleden en ze had het huis aan mij nagelaten, niet aan Felix, haar kleinzoon. Felix vocht het testament aan en beweerde dat mijn moeder en ik hebzuchtige bedriegers waren, vandaar de DNA-test. En bingo! Honderd procent bewijs dat er Halvorsenbloed door mijn aderen stroomt. Niet dat ik ooit gedacht heb dat het niet zo was. Over zulke dingen zou mijn moeder nooit gelogen hebben.'

'Juist. Nou, op de eerste plaats moet ik je zeggen dat je verleden al even dramatisch klinkt als dat van mij,' voegde ik er grijnzend aan toe. Opgelucht zag ik dat Thom teruggrijnsde. 'Zie je je vader nog weleens?'

'Af en toe, in de stad, maar verder gaan we niet met elkaar om, nee.'

'Dus hij woont hier in de buurt?'

'O ja, in de bergen, met zijn flessen whisky en een eindeloze stoet vrouwen die de deur bij hem platloopt. Hij is nu echt een "Peer Gynt", een man die nooit heeft ingezien dat hij fout bezig was.' Thom haalde treurig zijn schouders op.

'Nu weet ik het even niet meer... Je had het over je overgrootouders, maar er ontbreekt nog een generatie, dacht ik. Wat is er met je grootouders gebeurd? Felix' vader en moeder?'

'Dat is het verhaal waar ik het gisteravond met je over had. Ik heb ze geen van beiden gekend. Ze zijn allebei overleden voordat ik geboren was.'

'Neem me niet kwalijk, Thom.' Tot mijn verbazing schoten mijn ogen vol tranen.

'O hemel, Ally, huil nou niet. Het gaat nu goed met me en ik heb een fijn leven. Jij hebt het de laatste tijd veel zwaarder gehad.'

'Ik weet het, Thom. Sorry, maar het verhaal heeft me ontroerd, dat is alles,' zei ik, niet helemaal begrijpend waarom.

'Je kan je wel voorstellen dat het iets is waarover ik niet vaak praat. Het verbaast me zelfs dat ik het jou zo eerlijk heb kunnen vertellen.'

'En ik ben je dankbaar dat je het met me hebt gedeeld, Thom, echt waar. Nog één vraag: heb je je vaders kant van het verhaal ooit gehoord?'

Thom keek me verwonderd aan. 'Hoezo zou er een andere kant kunnen zijn?'

'Och, je weet...'

'Behalve dat hij een waardeloze, egoïstische rotzak is die mijn moeder heeft laten stikken toen ze zwanger was, bedoel je?'

'Ja,' zei ik zacht. Ik realiseerde me dat ik een teer punt had geraakt en bond snel in. 'Uit wat je hebt gezegd maak ik op dat je waarschijnlijk gelijk hebt en dat er niet meer over valt te zeggen.'

'Soms heb ik best met Felix te doen,' gaf hij toe. 'Hij heeft een verschrikkelijke puinhoop van zijn leven gemaakt en niets gedaan met zijn fantastische talent. Gelukkig heb ik daar een sprankje van geërfd, en daar zal ik altijd dankbaar voor zijn.'

Ik zag dat Thom op zijn horloge keek en legde het uit als een teken dat hij wilde dat ik wegging. 'Ik moet gaan. Je hebt nu wel genoeg van je tijd aan mij besteed.'

'Nee, Ally, blijf nog even, alsjeblieft. Ik merkte net dat ik trek heb. In New York is het nu ontbijttijd. Wil je een paar pannenkoeken? Dat is zowat het enige wat ik zonder recept kan maken.'

'Echt, Thom, als je me eruit wilt gooien, zeg het me dan.'

'Dat zal ik zeker doen, maar ik wil het niet. Jij kunt souschef in de keuken zijn, oké?'

'Oké.'

Terwijl we met de pannenkoeken bezig waren, begon Thom me meer vragen over mijn leven te stellen.

'Uit wat je eerder hebt verteld, begreep ik dat je adoptievader een heel bijzondere man was.'

'Dat was hij zeker, ja.'

'En al die zussen van je... Het zal je nooit aan gezelschap ontbroken hebben. Als enig kind was ik soms erg alleen. Ik wilde niets liever dan broers en zussen toen ik opgroeide.'

'Het enige waar ik nooit aan heb geleden is eenzaamheid. Er was altijd wel iemand om mee te spelen, om iets mee te doen. En ik heb zeker leren delen.'

'Terwijl ik alles voor mezelf had en er een hekel aan had dat ik de kroonprins van mijn moeder was,' zei hij, terwijl hij de pannenkoeken op de borden liet glijden. 'Ik voelde altijd dat ze druk op me uitoefende om aan haar verwachtingen te voldoen. Ik was alles wat ze had.'

'Mijn zussen en ik werden alleen aangemoedigd om onszelf te zijn,' zei ik, terwijl we aan de keukentafel gingen zitten om te eten. 'Voelde jij je schuldig dat je moeder zoveel had geleden om je ter wereld te brengen?'

'Ja. En om het bot te zeggen, toen ze die depressies kreeg en ze tegen me zei dat het allemaal míjn schuld was dat haar leven van de rails gelopen was, wilde ik haar toeschreeuwen dat ík er nooit om had gevraagd geboren te worden, en dat dat háár keus was geweest.'

'Nou, we zijn een mooi stel bij elkaar, niet?'

Hij keek me aan en hield zijn vork horizontaal. 'Ja, Ally, dat zijn we zeker. Het doet me eigenlijk wel goed dat ik iemand heb leren kennen die mijn ongewone familieomstandigheden kan begrijpen.'

'Mij ook.' Ik keek hem glimlachend aan vanaf de andere kant van de tafel. Hij glimlachte terug en ik kreeg een heel sterk déjà-vugevoel.

'Vreemd genoeg,' zei Thom een paar seconden later peinzend, 'heb ik het gevoel dat ik je altijd al gekend heb.'

'Ik begrijp wat je bedoelt,' zei ik.

Later bracht Thom me in zijn auto terug naar mijn hotel in de stad.

'Ben je morgen vrij?' vroeg hij.

'Ik heb nog geen plannen.'

'Mooi. Dan kom ik je ophalen en maken we een boottochtje door de haven. En dan vertel ik je wat er is gebeurd met Pip en Karine, mijn grootouders. Zoals ik je heb verteld is dat een pijnlijk hoofdstuk in de geschiedenis van de Halvorsens.'

'Goed, maar vind je het erg om aan land te blijven? Sinds Theo is overleden heb ik absoluut geen zeebenen meer.'

'Ik begrijp het. Kom dan maar weer naar mij in Froskehuset. Ik kom je wel ophalen om elf uur. Goede avond nog, Ally.'

'Goede avond, Thom.'

Ik wuifde hem na vanuit de voordeur van het hotel en liep naar mijn kamer. Ik ging bij het raam staan en keek uit over het water. Het verbaasde me dat ik in de uren die ik met Thom had doorgebracht zo moeiteloos en op zo'n natuurlijke manier over van alles en nog wat met hem had kunnen praten. Ik nam een douche en ging naar bed. Ik wist dat ik in ieder geval nieuwe vrienden aan het maken was, wat mijn onderzoek naar het verleden ook zou opleveren.

En met die gedachte viel ik meteen in slaap.

37

Toen ik de volgende ochtend wakker werd en naar de badkamer rende om over te geven, verdween de kalmte die ik de avond tevoren had gevoeld. Ik strompelde terug naar mijn bed en ging erop liggen, met tranen in mijn ogen en niet begrijpend waarom ik me zo ellendig voelde. Ik had mijn gezondheid altijd als een gegeven beschouwd, had bijna nooit een kinderziekte gehad, was altijd sterk geweest en hielp Ma als er een venijnig virus onder mijn zusjes circuleerde.

Ik voelde me absoluut verschrikkelijk die dag en dacht erover na of die eerste aanval van misselijkheid inderdaad was veroorzaakt door een maagbacterie die ik in Naxos had opgelopen en die er nog steeds niet uit was, omdat ik me sindsdien voortdurend misselijk had gevoeld. En het was erger aan het worden... Of, dacht ik hulpeloos, kwam het simpelweg doordat de spanning van de afgelopen weken me te veel aan het worden was? Ik moest wat eten – mijn bloedsuikerspiegel was waarschijnlijk te laag – en dus bestelde ik een groot continentaal ontbijt en nam me voor het helemaal op te eten. Zo behandel je zeeziekte, Ally, zei ik tegen mezelf, terwijl ik met het dienblad op mijn knieën op het bed ging zitten en dapper probeerde zoveel mogelijk naar binnen te werken.

Twintig minuten later gooide ik het hele ontbijt weg. Terwijl ik me rillend aankleedde, besloot ik Thom, die me over een half uur zou komen ophalen, te vragen of hij een goede arts wist, want het was me nu wel duidelijk dat ik ziek was. Op het moment dat ik dat dacht, ging mijn mobiel.

'Hallo?'

'Ally?'

'Tiggy, hoe gaat het met je?'

'Nou, eh... goed. Waar ben je?'

'Nog steeds in Noorwegen.'

Het bleef even stil en toen zei ze: 'O.'

'Wat is er, Tiggy?'

'Niets... helemaal niets. Ik vroeg me alleen af of je al terug was in Atlantis.'

'Nee, sorry. Hoe gaat het?'

'Goed, heel goed. Ik belde je zomaar om te horen hoe het met je gaat.'

'Prima, en ik ontdek veel over de aanwijzingen die Pa me heeft nagelaten.'

'Mooi. Nou, laat me weten wanneer je terug bent uit Noorwegen, misschien kunnen we elkaar dan een keer zien,' zei ze, met een gemaakt opgewekt klinkende stem. 'Ik hou van je, Ally.'

'Ik ook van jou.'

In de lift naar beneden dacht ik erover na hoe vreemd Tiggy had geklonken. Ik was gewend aan haar sereniteit, haar vermogen om iedereen die bij haar was altijd een beter gevoel te geven door zonder dat ze het merkte een persoonlijk soort hoop uit te stralen. Maar aan de telefoon had ze helemaal niet zo geklonken. Ik nam me voor haar later te mailen.

'Hallo.' Thom kwam naar me toe lopen nadat ik de lift was uitgestapt.

'Hoi,' zei ik. Ik keek hem glimlachend aan en probeerde zo kalm mogelijk over te komen.

'Gaat het, Ally? Je ziet zo... bleek.'

'Ja hoor, of eigenlijk nee,' zei ik terwijl we naar de uitgang van het hotel liepen. 'Ik voel me niet zo goed. Al dagenlang niet, eerlijk gezegd. Het zal wel niets ernstigs zijn, alleen een maagbacterie of zo, maar ik wilde je vragen of je een dokter weet die ik kan spreken.'

'Natuurlijk. Wil je er nu heen?'

'Hemel, nee, zo beroerd voel ik me nou ook weer niet, ik ben alleen niet... mezelf,' zei ik, terwijl hij me in zijn gedeukte Renault hielp stappen.

'Je ziet er echt vreselijk uit, Ally,' zei hij en pakte zijn mobiel. 'Zal ik voor later vandaag een afspraak voor je maken?'

'Oké, dank je. Sorry, hoor,' mompelde ik terwijl hij een nummer belde met zijn mobiel en Noors begon te spreken tegen de persoon aan het andere eind van de lijn.

'Goed. Je hebt een afspraak om half vijf.' Hij keek naar mijn bleke gezicht en glimlachte. 'Ik stel voor dat we nu direct naar Froskehuset gaan, dan stop ik je knus onder een donsdeken op de bank. En dan kun je beslissen of je het verhaal over mijn grootouders wilt horen of dat je me liever op mijn viool hoort spelen.'

'Kan het ook allebei?' Ik glimlachte flauwtjes naar hem terug en vroeg me af hoe hij in vredesnaam wist dat de enige dingen waaraan ik met mijn zwakke maag op deze kille herfstdag behoefte had, een donsdeken, een verhaal en wat muziek waren.

Een half uur later lag ik met mijn benen opgetrokken op de bank. Wat me ook goed deed, was dat de enorme ijzeren kachel brandde, en ik vroeg Thom of hij voor me op zijn viool wilde spelen.

'Kun je beginnen met je favoriete stuk aller tijden voor viool?'

'Oké.' Hij zuchtte schertsend. 'Maar gezien jouw toestand van vandaag, zou ik niet willen dat je denkt dat het op een of andere manier op jou van toepassing is.'

'Dat zal ik niet doen,' beloofde ik hem, lichtelijk verbaasd door zijn opmerking.

'Oké dan.'

Thom zette zijn viool met een teder gebaar onder zijn kin, stemde hem even, en toen vloeiden de aangrijpende klanken van een van mijn eigen favoriete muziekstukken uit zijn strijkstok. Ik barstte in lachen uit, want ik begreep wat hij bedoeld had.

Thom hield even op met spelen en grijnsde. 'Ik zei het toch.'

'"De stervende zwaan" is ook een van míjn favoriete stukken, echt waar.'

'Mooi.'

Daarop begon hij weer te spelen, terwijl ik knus en gerieflijk op de bank lag en een serenade van een van nature begaafde, virtuoze muzikant kreeg. Ik voelde me vereerd dat hij voor mij alleen een recital gaf. Toen stierf de laatste gevoelige noot weg en ik bracht mijn handen naar elkaar en begon te klappen. 'Dat was prachtig.'

'Dank je. En wat wil je nu horen?'

'Wat jij graag speelt.'

'Oké, daar gaat-ie dan.'

De volgende veertig minuten hoorde ik Thom een prachtige selectie van zijn favoriete stukken spelen, waaronder het eerste deel van Tsjaikovski's 'Vioolconcert in D-majeur' en de 'Duivelssonate' van Tartini, en ik zag hem opgaan in een andere wereld, een wereld die ik alle echte musici bij het spelen had zien binnengaan. En opnieuw vroeg ik me af hoe ik het de afgelopen tien jaar zonder muziek en musici in mijn leven had kunnen stellen. Ik had dat gevoel ook ooit gekend. Op een gegeven moment moest ik weggedoezeld zijn en ik voelde me zo ontspannen, veilig en warm dat ik leek te zweven. Tot ik iemand zacht mijn schouder voelde aanraken.

'Sorry, sorry,' zei ik. Ik knipperde met mijn ogen, opende ze en zag dat Thom bezorgd op me neerkeek.

'Ik had serieus beledigd kunnen zijn toen mijn eenvrouwspubliek in slaap viel, maar ik zal het niet persoonlijk opvatten.'

'Dat moet je echt niet doen, Thom. Het is een compliment, op een ironische manier, neem dat maar van me aan. Kan ik even naar de wc?' vroeg ik hem. Met trage bewegingen kwam ik onder de deken vandaan.

'Ja, het is in de gang, links.'

'Dank je.'

Toen ik terugkwam, opgelucht dat ik me wat beter voelde dan die ochtend, stond Thom in de keuken bij het fornuis waar iets in een pan stond te pruttelen.

'Wat ben je aan het doen?' vroeg ik.

'De lunch aan het maken. Het is één uur geweest. Ik heb je meer dan twee uur laten slapen.'

'O, lieve hemel! Geen wonder dat je beledigd bent. Het spijt me ontzettend.'

'Ach, Ally, je hebt de laatste tijd veel meegemaakt, begreep ik uit wat je me verteld hebt.'

'Ja, dat is zo,' bevestigde ik. 'Ik mis Theo heel erg.' Ik schaamde me niet om het toe te geven.

'Dat geloof ik graag. Ik weet dat het misschien vreemd klinkt, maar in zekere zin benijd ik je.'

'In welk opzicht dan?'

'In het opzicht dat ík dat gevoel voor een vrouw nog moet krijgen. Ik heb relaties gehad, ja, maar die hebben nooit ergens toe geleid. Ik moet "die ene" over wie iedereen het altijd heeft nog tegenkomen.'

'Het zal je vast een keer overkomen, Thom.'

'Misschien, maar eerlijk gezegd geloof ik dat steeds minder naarmate ik ouder word. Het lijkt me allemaal te veel moeite kosten, Ally.'

'Er zal iemand in je leven komen, Thom, net als Theo bij mij, en dan weet je het gewoon. Wat ben je eigenlijk aan het koken?'

'Een van de weinige andere dingen die ik niet kan verknallen: pasta. À la Thom.'

'Nou, ik weet niet wat jij erin doet, maar ik weet zeker dat mijn "speciale pasta" veel beter is dan die van jou,' zei ik plagerig. 'Het is mijn specialiteit.'

'Echt waar? Maar ik weet niet of je aan die van mij kunt tippen, hoor. De mensen komen in drommen uit de heuvels rond Bergen hiernaartoe om ervan te proeven,' zei hij terwijl hij de pasta afgoot, er een saus over uitspreidde en het geheel door elkaar roerde. 'Ga zitten, alsjeblieft.'

Ik at aarzelend, want ik wilde niet graag nog een keer naar de wc rennen, maar ik merkte dat ik Thoms gerecht – een smakelijke mix van kaas, kruiden en ham – goed kon verdragen.

'En,' zei hij, terwijl hij naar mijn lege kom keek, 'lekker?'

'Uitstekend. Je speciale pasta heeft me nieuwe kracht gegeven. Laat het concert van je betovergrootvader nu maar horen, ik ben er klaar voor. Tenminste, als jij het voor me wilt spelen.'

'Natuurlijk. Hoewel je moet weten dat de piano niet mijn eerste instrument is, dus ik zal het stuk geen recht doen.'

We gingen terug naar de zitkamer en ik ging weer op de bank zitten, rechtop dit keer, terwijl Thom de muziek van een plank pakte.

'Is dat de originele bewerking voor piano?'

'Ja,' zei hij, en hij zette de bladen op de muziekstandaard. 'Oké, steun me terwijl ik me erdoorheen werk, oké?'

Toen Thom begon te spelen, sloot ik mijn ogen en concentreerde ik me op de muziek. Er klonken duidelijk overtonen van Grieg in, maar het had ook iets unieks en er was een prachtig, hypnotiserend thema in verwerkt, dat me deed denken aan Rachmaninov, met misschien een vleugje Stravinsky. Thom eindigde het stuk virtuoos en keek me weer aan.

'Wat vind je ervan?'

'Ik neurie het al in mijn hoofd. Het is fascinerend, Thom, echt waar.'

'Dat vind ik ook, net als David Stewart en Andrew Litton. Morgen probeer ik iemand te vinden die door kan gaan met de orkestbewerking. Ik weet nu nog niet of iemand anders die op tijd af kan krijgen, maar het is de gok waard. Echt, ik snap niet hoe onze voorouders het voor elkaar kregen. Het is tegenwoordig nog steeds moeilijk, ook al hebben we nog zoveel computerhulpmiddelen, maar om handmatig elke noot voor elk instrument van een heel orkest op te schrijven moet echt een enorm werk zijn geweest. Geen wonder dat de grote componisten zo lang over de notatie van hun symfonieën en concerten deden. Ik neem mijn hoed af voor Jens en mensen zoals hij, echt waar.'

'Je maakt echt deel uit van een illustere familie, hè?'

'Nou, Ally, de grote vraag is, jij ook?' zei Thom. Hij sprak langzaam. 'Nadat je gisteren weg was, heb ik lang nagedacht over hoe je verwant met de Halvorsenclan zou kunnen zijn. Omdat mijn vader Felix enig kind was en geen van mijn beide grootouders broers of zussen hadden, kon ik maar één mogelijkheid bedenken.'

'Welke dan?'

'Ik ben bang dat je beledigd zult zijn, Ally.'

'Zeg het maar, Thom, echt, ik kan er wel tegen,' hield ik aan.

'Oké. Nou, gezien mijn vaders veelbewogen geschiedenis met vrouwen, vroeg ik me af of hij een onwettig kind zou hebben. Misschien zonder dat hij het zelf weet.'

Ik keek Thom aan en ging in gedachten na wat hij had gezegd.

'Theoretisch zou het kunnen, ja. Maar Thom, denk er alsjeblieft aan dat het nog niet bewezen is dat ik een bloedverwant van de Halvorsens ben. En ik voel me er heel ongemakkelijk bij dat ik zomaar uit het niets hier ben verschenen en je hele familiegeschiedenis overhoop aan het halen ben.'

'Luister, hoe meer Halvorsens, hoe meer vreugd, vind ik. Op het ogenblik ben ik de laatste van de familielijn.'

'Nou, er is maar één manier om erachter te komen. En dat is het je vader te vragen.'

'Ik weet zeker dat hij zal liegen,' zei Thom verbitterd. 'Zoals gewoonlijk.'

'Na wat je over hem verteld hebt, hoop ik dat hij absoluut niets met mij te maken heeft.'

'Ik probeer echt om niet negatief te zijn, Ally. Maar er valt gewoon niet veel positiefs over hem te vertellen,' zei Thom schouderophalend.

'Oké,' zei ik, het gesprek op een ander onderwerp brengend, 'laat me de generaties uitwerken. Dus Jens en Anna hadden een zoon die Horst heette.'

'Dat klopt, ja.' Thom stapte naar zijn bureau en pakte een boek. 'Dit is de biografie die ik geschreven heb, en ik heb een stamboom van de familie Halvorsen gemaakt,' zei hij, en gaf me het boek aan. 'Hier. Hij staat achterin, voor de dankbetuiging.'

'Dank je.'

'Horst was een prima cellist en hij ging studeren in Parijs, niet in Leipzig,' ging Thom verder terwijl ik de bladzij opzocht. 'Hij kwam terug naar Noorwegen en speelde het grootste deel van zijn leven in het Bergens Filharmonisch. Hij was een heel aardige man en hoewel hij al tweeënnegentig was toen ik geboren werd, herinner ik me dat hij in de eerste jaren van mijn leven nog steeds van alles deed. Toen ik drie was, zette hij voor het eerst mijn vingers op een viool, heeft mijn moeder me verteld. Toen hij overleed, was hij honderdeneen, en hij was nog nooit een dag van zijn leven ziek geweest. Laten we hopen dat ik zijn genen heb geërfd.'

'En wat weet je over zijn kinderen?'

'Horst was getrouwd met Astrid, die vijftien jaar jonger was dan hij, en ze hebben het grootste deel van hun leven hier in Froskehuset gewoond. Ze hadden een zoon, die ze de naam Jens hadden gegeven, naar zijn grootvader, hoewel iedereen hem om een of andere reden Pip noemde.'

'En wat is er met hem gebeurd?' vroeg ik, verward, terwijl ik de stamboom bestudeerde.

'Dat is het verhaal waarover ik het had, en het is behoorlijk aangrijpend, Ally. Je bent niet in je beste doen, dus weet je wel zeker dat je het wilt horen?'

'Ja,' zei ik vastberaden.

'Oké dan. Dus Jens junior bleek ook een getalenteerd musicus te zijn en hij vertrok naar Leipzig om te studeren, net als zijn naamgenoot voor hem. Maar dat was natuurlijk in 1936, en de wereld was aan het veranderen...'

PIP

LEIPZIG, DUITSLAND
NOVEMBER 1936

38

Jens Horst Halvorsen, beter bekend als Pip, een bijnaam die hij had gekregen toen hij nog maar een klein kiempje in zijn moeders buik was, liep snel naar het grote gebouw van witte natuursteen waarin het conservatorium van Leipzig was gevestigd. Deze ochtend hadden hij en zijn medestudenten een masterclass met Hermann Abendroth, de beroemde dirigent van het Leipzig Gewandhausorkest, en hij tintelde van opwinding. Sinds zijn aankomst in Leipzig, nu tweeënhalf jaar geleden, was er na de kleingeestige muzikale beperkingen die zijn geboortestad Bergen hem had opgelegd een hele nieuwe wereld voor hem opengegaan, zowel in creatief als persoonlijk opzicht.

In plaats van de prachtige, maar in Pips oren ouderwets klinkende muziek van componisten als Grieg, Schumann en Brahms, waarnaar hij van kinds af aan met zijn vader Horst had geluisterd, was hij aan het conservatorium bekend geraakt met componisten die nog leefden. Op het ogenblik was zijn favoriet Rachmaninov, die Pip met zijn twee jaar geleden in Amerika in première gegane 'Rapsodie op een thema van Paganini' had geïnspireerd om zelf muziek te gaan schrijven. Terwijl hij door de brede straten van Leipzig liep, floot hij zacht de melodie. Zijn piano- en compositiestudie had zijn creatieve verbeelding gestimuleerd en hem in aanraking gebracht met vooruitstrevende muzikale ideeën. Hij bewonderde niet alleen Rachmaninovs briljantheid, maar was ook in de ban van Stravinsky's 'Lenterite', een stuk zo modern en gewaagd dat zijn eigen vader, zelf een getalenteerd cellist, het nog steeds 'obsceen' noemde, ook al was het meer dan twintig jaar geleden, in 1913, in Parijs in première gegaan.

Onder het lopen dacht Pip aan de andere liefde van zijn leven, Karine. Zij was de muze die hem inspireerde en dreef om zichzelf te verbeteren. Op een dag zou hij een concert aan haar opdragen.

Ze hadden elkaar een jaar geleden leren kennen, op een kille oktoberavond, bij een recital in de concertzaal van het Gewandhaus. Pip was toen juist aan zijn tweede jaar aan het conservatorium begonnen en Karine aan haar eerste. In de foyer van het Gewandhaus hadden ze gewacht tot ze hun plaats op de achterste rij van het publiek konden innemen, en daarbij had ze een wollen handschoen laten vallen die Pip voor haar had opgepakt. Ze hadden elkaar aangekeken toen hij hem aan haar had teruggegeven en sindsdien waren ze onafscheidelijk.

Karine was van exotische, gemengd Frans-Russische afkomst en ze was opgegroeid in een uitgesproken onconventioneel huishouden in Parijs. Haar vader was een redelijk bekende beeldhouwer en haar moeder een succesvolle operazangeres. Haar eigen creativiteit had zijn métier gevonden in de hobo en ze was een van de weinige vrouwen die aan het conservatorium studeerden. Haar zwarte, fluweelachtige haar was zacht als een pantervacht en ze had glinsterende donkere ogen boven hoekige jukbeenderen. Karines huid was ook midden in de zomer altijd even blank en wit als Noorse sneeuw. Ze kleedde zich in een unieke stijl, schuwde de gebruikelijke vrouwelijke opschik en droeg liever een broek in combinatie met een kunstenaarskiel of een op maat gemaakt jasje. Haar kleding maakte haar uiterlijk niet mannelijk, maar droeg juist bij aan haar sensuele schoonheid. Haar enige zichtbare onvolkomenheid, waarover ze zich regelmatig beklaagde, was haar neus, die ze klaarblijkelijk van haar Joodse vader had geërfd. Maar voor Pip was dat geen probleem, ook al zou haar neus even groot geweest zijn als die van Pinokkio na een leugen. Voor hem was ze perfect, in één woord perfect.

Ze hadden hun gezamenlijke toekomst al besproken. Ze zouden proberen werk te vinden in de orkesten van Europa, en dan hoopten ze genoeg te sparen om naar Amerika te kunnen gaan en een nieuw leven te beginnen. Eerlijk gezegd was dat meer Karines droom dan die van Pip. Hij kon overal gelukkig zijn, zolang zij maar bij hem was, maar hij begreep wel waarom ze wilde vertrekken. Hier in Duitsland won de anti-Joodse propaganda van de nazipartij snel aan kracht en in andere delen van het land werden Joden voortdurend lastiggevallen.

Gelukkig was de burgemeester van Leipzig Carl Friedrich Goerdeler nog steeds een verklaard tegenstander van het nazi-ethos. Pip verzekerde Karine dagelijks dat haar in deze stad niets ergs zou overkomen en dat hij op haar zou letten. En als ze trouwden, voegde hij er dan aan toe, zou ze een Noorse achternaam krijgen in plaats van haar opvallende Rosenblum. 'Ook al ben je een prachtige roos in de knop,' zei hij altijd plagerig tegen haar wanneer het onderwerp ter sprake kwam.

Maar dit was een prachtige zonnige dag en het angstaanjagende gerommel van de nazidreiging leek ver weg en overschat. Deze ochtend had hij ondanks de kou in de lucht besloten de aangename, twintig minuten durende wandeling van zijn logement in de Johannisgasse naar het conservatorium te maken in plaats van de tram te nemen. De stad was veel groter dan in de tijd dat zijn vader er had gewoond, dacht hij. Hoewel Horst Halvorsen het grootste deel van zijn leven in Bergen had doorgebracht, was hij in Leipzig geboren, en omdat Pip van die familieband met de stad wist, voelde hij zich er nog meer thuis.

Terwijl hij het conservatorium naderde, liep hij langs het bronzen standbeeld van Felix Mendelssohn, de stichter van de muziekschool, dat voor de concertzaal van het Gewandhaus stond. Hij tikte mentaal zijn pet aan voor de grote man, keek op zijn horloge, realiseerde zich dat hij het maar net zou halen en begon sneller te lopen.

Twee van Pips beste vrienden, Karsten en Tobias, stonden al op hem te wachten, geleund tegen een van de zuilen van de booggalerij die de ingang van de school vormde.

'Goedemorgen, slaapkop. Karine heeft je gisteravond zeker weer lang wakker gehouden?' zei Kars met een ondeugende grijns.

Pip glimlachte amicaal om de plagerij. 'Nee, ik ben komen lopen en deed er langer over dan ik had gedacht.'

'Schiet in hemelsnaam op jullie twee,' onderbrak Tobias hen. 'Of willen jullie te laat komen bij Herr Abendroth?'

De drie sloten zich aan bij de gestage stroom studenten die nu achter elkaar de *Großer Saal* binnengingen, een grote, door rijen pilaren ondersteunde ruimte met een gewelfd plafond en een bovengalerij die uitzag op de benedenverdieping en het podium, die werd gebruikt als college- en concertzaal. Terwijl Pip ging zitten, dacht hij aan zijn eerste pianorecital hier en trok een grimas. Zijn medestudenten en professoren waren een veel kritischer gehoor dan het publiek dat hij later in openbare concertgebouwen zou aantreffen, en ze hadden zijn optreden toen prompt geanalyseerd en de grond in geboord.

Nu, tweeënhalf jaar later, was hij bijna onkwetsbaar voor scherpe opmerkingen over zijn spel; het conservatorium ging er prat op dat het professionele musici voortbracht die na hun studie sterk en klaar waren om zich bij welk orkest ter wereld ook te kunnen aansluiten.

'Heb je de krant gezien vanochtend? Onze burgemeester is in München voor een bijeenkomst met de Partij,' fluisterde Tobias terwijl ze gingen zitten. 'Daar zullen ze hem ongetwijfeld verder onder druk zetten om hun antisemitische tactieken ook hier in Leipzig toe te passen. Het wordt hier elke dag onveiliger.'

Er ging een stormachtig gejuich op toen Hermann Abendroth de zaal binnenkwam en terwijl Pip in zijn handen klapte, begon zijn hart sneller te kloppen vanwege het nieuws dat hij zojuist van Tobias had gehoord.

Die avond ontmoette hij Karine en haar beste vriendin Elle in hun vaste koffiehuis, tussen zijn logement en dat van hen in. De twee vrouwen hadden elkaar leren kennen tijdens hun eerste jaar aan het conservatorium, toen ze een kamer hadden gekregen die ze moesten delen. Omdat ze allebei in Frankrijk geboren waren en dezelfde moedertaal spraken, was er direct een band tussen hen ontstaan. Elle had een jongeman meegenomen, Bo, van wie Pip niet meer wist dan dat hij ook een tweedejaarsmuziekstudent was. Ze bestelden een rondje Gosebier en Pip werd getroffen door het contrast tussen Karines fascinerende donkere trekken en Elles blonde schoonheid met haar blauwe ogen. De zigeunerin en de roos, dacht hij terwijl de glazen op hun tafeltje werden neergezet.

'Je hebt het nieuws zeker wel gehoord?' Karine sprak met gedempte stem. Je wist tegenwoordig nooit wie er allemaal meeluisterde.

'Ja,' antwoordde hij. Hij zag de diepe spanningsrimpels in Karines gezicht.

'Elle en Bo maken zich ook ongerust. Je weet dat Elle ook Joods is, hoewel ze er niet zo uitziet. Ze heeft geluk gehad,' zei Karine zacht. Toen richtte ze haar aandacht op haar vrienden tegenover hen aan het tafeltje.

'We denken dat het niet meer dan een kwestie van tijd is voordat wat in Beieren gebeurt ook hier gaat gebeuren,' zei Elle zacht.

'We moeten afwachten en zien wat de burgemeester in München kan bereiken. Maar zelfs in het ergste geval zullen ze de studenten van onze school met rust laten, dat weet ik zeker,' stelde Pip hen gerust. 'De Duitsers houden met hart en ziel van muziek, welke politieke mening ze er ook op na houden.' Terwijl hij het zei, wenste hij dat zijn woorden niet zo hol zouden klinken. Hij keek over de tafel naar Bo, die er met een sombere, gekwelde blik in zijn ogen bij zat en zijn arm beschermend om de schouder van zijn vriendin had geslagen. 'Hoe gaat het met jou, Bo?' vroeg Pip.

'Het gaat wel,' antwoordde hij.

Bo was een man van weinig woorden. Pip wist dat hij een van de meest getalenteerde cellisten van het conservatorium was en dat er grote dingen van hem werden verwacht.

'Waar zijn jullie met de kerst?'

'Ik...' Op dat moment keek Bo over de schouder van Pip. Er ging een schok door zijn lijf en hij trok wit weg. Pip draaide zich om en zag twee ss-officieren binnenkomen, in hun opvallende grijze uniform en met een pistool in een leren holster op hun heup. Pip zag dat Bo huiverde en zijn ogen afwendde. Helaas liepen er tegenwoordig wel meer van zulke figuren rond in Leipzig.

De twee mannen lieten hun ogen over de klanten in het café gaan en namen plaats aan een tafeltje vlak bij hen.

'We hebben nog geen definitieve plannen,' antwoordde Bo. Hij had zichzelf weer in de hand. Hij wendde zich tot Elle en fluisterde haar iets toe. Een paar minuten later stonden ze op om te vertrekken.

'Wat zijn ze bang, die twee,' zei Karine met een zucht, terwijl zij en Pip het paar dat zo onopvallend mogelijk de deur uitging nakeken.

'Is Bo ook Joods?'

'Hij zegt van niet, maar veel mensen die wel Joods zijn ontkennen het. Hij maakt zich zorgen om de vrouw van wie hij houdt. Ik denk dat ze binnenkort uit Duitsland weggaan.'

'Waarheen?'

'Dat weten ze nog niet. Parijs misschien, hoewel Elle zegt dat Bo zich zorgen maakt dat Frankrijk niet gespaard zal blijven als Duitsland oorlog wil. Mijn geboorteland.' Karine stak haar hand uit. Pip pakte hem beet en hij voelde dat ze beefde.

'Zoals ik zei, laten we zien wat er gebeurt wanneer burgemeester Goerdeler terugkomt,' herhaalde Pip. 'Als het moet, Karine, vertrekken wij ook.'

De volgende dag liep Pip in een zachte, grijze novembermist door Leipzig naar het conservatorium. Aangekomen bij het Gewandhaus staarde hij met knikkende knieën naar de menigte die zich ervoor verzameld had. Op de plaats waar een dag tevoren het trotse standbeeld van Felix Mendelssohn had gestaan, de Joodse stichter van het oorspronkelijke conservatorium, lag nu alleen nog een hoop puin en gruis.

'O god,' mompelde hij in zichzelf terwijl hij zich langs de mensen haastte en de scheldkoren van een grote groep jongeren hoorde, die in het uniform van de Hitlerjugend bij de puinhopen van het standbeeld stond. 'Het is begonnen.'

Aangekomen bij het conservatorium trof hij een menigte geschokte studenten in de zaal bij de ingang aan. Hij zag dat Tobias erbij was en stapte naar hem toe. 'Wat is er gebeurd?'

'Haake, de locoburgemeester, heeft bevolen het standbeeld te verwoesten. Het was allemaal beraamd voor als Goerdeler in München was. Nu zullen ze hem er zeker uit gooien. En dan is Leipzig verloren.'

Pip zocht in de chaos naar Karine en hij zag haar bij een van de boogramen staan en naar buiten staren. Ze schrok op toen hij op haar schouder tikte en draaide zich naar hem om. Hij zag de tranen in haar ogen. Ze schudde haar hoofd zonder iets te zeggen en hij nam haar in zijn armen.

Walther Davisson, de directeur van het conservatorium, had alle colleges van die dag afgelast; de spanningen in de buurt waren hoog opgelopen en voor de studenten was het er te gevaarlijk, vond hij. Karine zei dat ze Elle in een koffiehuis op de hoek van de Wasserstraße zou ontmoeten en Pip bood aan met haar mee te gaan. Toen ze aankwamen zaten Elle en Bo in een onopvallende nis.

'Nu dit is gebeurd hebben we niemand meer om ons te beschermen,' zei Karine terwijl zij en Pip bij hen aanschoven. 'We weten allemaal dat Haake een antisemiet is. Kijk maar naar die verschrikkelijke wetten die in de rest van Duitsland zijn ingevoerd en die hij geprobeerd heeft op te leggen. Hoe lang zal het duren voordat ze hier in Leipzig Joodse artsen gaan verbieden praktijk te houden en Ariërs om ze te consulteren?'

Pip keek naar de drie bleke gezichten om hem heen. 'We moeten niet in paniek raken, maar wachten tot Goerdeler terugkomt. Volgens de kranten zal dat nog een paar dagen duren. Hij is van München naar Finland gereisd om een missie voor de Kamer van Koophandel uit te voeren. Wanneer hij dit hoort, komt hij vast direct terug naar Leipzig.'

'Maar de stemming in de stad is zo vol haat!' riep Elle uit. 'Iedereen weet hoeveel Joden er aan het conservatorium studeren. Wat gebeurt er als ze besluiten om nog verder te gaan, en ze alles met de grond gelijkmaken, zoals ze met de synagogen in andere steden hebben gedaan?'

'Het conservatorium is een muziektempel, en geen politieke of religieuze macht. Laten we alsjeblieft proberen kalm te blijven,' herhaalde Pip. Maar Elle en Bo waren al in een gefluisterd gesprek gewikkeld.

'Jij hebt makkelijk praten,' bekritiseerde Karine hem, met gedempte stem sprekend. 'Jij bent geen Jood, en ze zullen je voor een van hen houden.' Ze keek nadenkend naar zijn lichtblauwe ogen en golvende roodblonde haar. 'Voor mij ligt het anders. Vlak nadat het standbeeld was neergehaald liep ik op weg naar het conservatorium langs een groep jongeren die '*Jüdische Hundin*!' naar me riepen.

Ze sloeg haar ogen neer bij de herinnering. Pip wist heel goed wat dat betekende: 'Joodse teef.' Zijn bloed kookte, maar het zou Karine niet helpen als hij zijn zelfbeheersing verloor.

'En bovendien,' ging ze verder, 'kan ik ook niet met mijn ouders spreken. Die zijn in Amerika en bereiden een tentoonstelling van mijn vaders nieuwe beelden voor.'

'Ik zal je beschermen, liefste. Ook al moet ik je meenemen naar Noorwegen, er zal je niets gebeuren.' Hij nam haar hand in de zijne en streek een lok glanzend zwart haar uit haar bezorgde gezicht.

'Beloof je me dat?'

Pip kuste haar teder op haar voorhoofd. 'Ik beloof het je.'

Tot Pips opluchting werd het de daaropvolgende dagen rustiger in de stad. Goerdeler kwam terug en beloofde het standbeeld van Mendelssohn weer op te richten. Het conservatorium heropende zijn deuren en Pip en Karine probeerden de ravage niet te zien wanneer ze er voorbijliepen. Het leek alsof de studenten met hernieuwde passie en gedrevenheid musiceerden. Alsof ze allemaal speelden voor hun leven.

Het werd kerst, maar Pip en Karine hadden niet genoeg tijd om terug naar huis te gaan. In plaats daarvan brachten de twee een week in een hotelletje door, waar ze zich inschreven als man en vrouw. Omdat Pip was opgegroeid in een luthers gezin met strenge opvattingen over seks voor het huwelijk, had hij zich verbaasd over Karines veel vrijere houding toen ze hem maar een paar weken nadat ze elkaar hadden leren kennen had voorgesteld om met elkaar naar bed te gaan. Hij had ontdekt dat ze ook geen maagd meer was, zoals hijzelf. Karine had het amusant gevonden dat hij zo bedeesd was toen ze voor de eerste keer hadden gevrijd.

'Het is toch iets natuurlijks voor twee mensen die verliefd zijn?' had ze plagerig gezegd toen ze naakt voor hem stond en haar lange witte ledematen met moeiteloze elegantie in positie bracht, zodat haar kleine, perfect gevormde borsten omhoogstaken. 'Ons lichaam is gemaakt om ons genot te schenken. Waarom zouden we het dat niet gunnen?'

De afgelopen maanden had Pip een leerschool in de lichamelijke liefde doorlopen en hij was met alle genoegen vervallen tot wat de dorpspredikant de zonden des vlezes had genoemd. Het was de eerste kerst die hij niet thuis doorbracht en Pip besloot dat met Karine naar bed gaan beter was dan welk cadeau dan ook dat hij thuis van de Kerstman zou hebben gekregen.

'Ik hou van je,' fluisterde hij voortdurend in haar oor terwijl hij wakend of slapend naast haar lag. 'Ik hou van je.'

Het nieuwe collegejaar begon in januari en Pip, die wist dat hij niet lang meer aan het conservatorium zou studeren, richtte zijn energie op het absorberen van alles wat hem was bijgebracht. De hele ijskoude Leipzigse winter lang neuriede hij Rachmaninov, Prokofjev en Stravinsky's 'Symfonie der psalmen' terwijl hij door de sneeuw ploeterde. En terwijl hij dat deed, begonnen zijn eigen melodieën zich te vormen in zijn hoofd.

Wanneer hij was aangekomen bij het conservatorium, pakte hij een blanco vel muziekpapier uit zijn tas en krabbelde het met half bevroren handen vol voordat hij de noten zou vergeten. Hij had gaandeweg geleerd dat vrij denken en zijn verbeelding de vrije loop laten de compositiemethode was die voor hem het beste werkte, en niet de werkwijze waaraan andere studenten de voorkeur gaven, die bestond uit het nauwgezet uitwerken van thema's en een voor een noteren van zorgvuldig gearrangeerde maten.

Hij liet zijn werk zien aan zijn mentor, die er kritiek op uitoefende maar hem ook stimuleerde. Pip leefde in een staat van grote opwinding, want hij wist dat dit nog maar het begin van zijn unieke leerproces was. Zijn bloed bruiste van levenslust en stroomde sneller door zijn aderen toen hij naar zijn innerlijke muze begon te luisteren.

Toen Goerdeler zich in maart herkiesbaar stelde, was het nog betrekkelijk rustig in de stad. Het hele conservatorium steunde hem, er werden pamfletten uitgedeeld en biljetten aangeplakt om er bij de burgers op aan te dringen te gaan stemmen, en Karine was ervan overtuigd dat hij zou winnen.

'Ook al is het hem tot dusver niet gelukt het standbeeld weer te laten oprichten, zodra de mensen hun stem hebben uitgebracht en hij herkozen is, heeft het *Reich* toch geen andere keus dan hem te laten begaan?' had ze hoopvol gezegd, terwijl ze koffiedronken met Elle nadat ze thuisgekomen waren van een lange dag campagne voeren.

'Ja, maar we weten allemaal dat Haake openlijk tegen zijn herverkiezing is,' wierp Elle tegen. 'Na de vernietiging van het standbeeld van Mendelssohn weten we heel goed wat hij van de Joden vindt.'

'Haake is gewoon spanning aan het veroorzaken om zijn nazinest van veren te voorzien,' had Karine somber met haar ingestemd.

De avond dat de stemmen werden geteld sloten Pip, Karine, Elle en Bo zich aan bij de menigte voor het stadhuis. En ze juichten opgetogen toen ze hoorden dat Goerdeler herkozen was.

Toen in mei de bomen bloesemden en de zon zich eindelijk weer liet zien, bleek helaas dat de euforie in de stad niet lang zou duren.

Pip had alle door God gegeven uren gewerkt in zijn oefenruimte in het conservatorium. Karine ging hem opzoeken met het laatste nieuws. 'Er is bericht uit München. Het standbeeld wordt niet heropgericht,' zei ze buiten adem.

'Dat is verschrikkelijk nieuws, maar zit er alsjeblieft niet over in, liefste. Binnenkort is het collegejaar om, en dan kunnen we zien hoe alles ervoor staat en ons plan trekken.'

'Maar Pip, wat als de toestand sneller verslechtert?'

'Dat zal vast niet gebeuren. Ga nu naar huis, dan zie ik je vanavond.'

Maar Karine had het goed gezien en een paar dagen later legde Goerdeler zijn ambt neer. Er ontstond opnieuw chaos in de stad.

Pip bereidde zich voor op zijn staatsexamen en perfectioneerde tegelijkertijd zijn eerste eigen compositie, die uitgevoerd zou worden op een afstudeerconcert aan het eind van het collegejaar. Hij was tot laat opgebleven om de orkestratie af te maken en had moeite om zich ervan los te maken en de wanhopige Karine te troosten.

'Elle zegt dat zij en Bo onmiddellijk uit Leipzig weggaan wanneer het collegejaar over twee weken is afgelopen, en dat ze niet terugkomen. Ze zeggen dat het te gevaarlijk is, nu de nationaalsocialisten vrij spel hebben om ook hier de anti-Joodse maatregelen te eisen die in andere steden worden opgelegd.'

'Waar gaan ze naartoe?'

'Dat weten ze nog niet. Naar Frankrijk, misschien, maar Bo maakt zich zorgen en denkt dat daar ook problemen zullen ontstaan. Het Reich heeft overal in Europa medestanders. Ik zal mijn ouders schrijven en vragen wat zij ervan denken. Maar als Elle vertrekt, ga ik ook.'

Pip spitste zijn oren toen hij het nieuws hoorde. 'Maar ik dacht dat je ouders in Amerika waren?'

'Dat klopt. Mijn vader denkt eraan om daar te blijven zolang de antisemitische beroering in Europa aanhoudt.'

'En ga jij dan ook?' Pip kreeg een paniekerig gevoel in zijn maag.

'Als mijn ouders denken dat het wijs is, dan vertrek ik, ja.'

'Maar... hoe moet het dan met ons? Wat moet ik zonder jou beginnen?' vroeg hij. Hij hoorde de egoïstische jammertoon in zijn eigen stem.

'Je zou met me mee kunnen gaan.'

'Je weet dat ik geen geld heb voor een reis naar Amerika, Karine. En hoe moet ik daar de kost verdienen als ik niet eerst afstudeer aan het conservatorium en wat ervaring opdoe?'

'Chérie, volgens mij begrijp je niet hoe ernstig de situatie is. In Duitsland geboren Joden die hier generaties lang hebben gewoond, is het burgerschap afgenomen. Mensen van mijn volk mogen niet trouwen met Ariërs of dienen in het leger, en het is hun verboden de Duitse vlag te hijsen. Ik heb zelfs gehoord dat ze in sommige streken alle Joden hebben opgepakt en gedeporteerd. Als dit allemaal wordt toegelaten, wie weet wat er dan nog meer zal gebeuren?' Ze stak haar kin uitdagend vooruit.

'Dus je vaart alleen naar Amerika en laat mij hier achter?'

'Als ik daardoor mijn leven kan redden, ja, natuurlijk. En in hemelsnaam, Pip, ik weet dat je druk bezig bent met je compositie, maar ik neem aan dat je me liever levend dan dood hebt?'

'Natuurlijk! Hoe kun je zelfs maar suggereren dat ik daar anders over zou denken?' zei hij. Zijn stem begon boos te klinken.

'Omdat jij dit niet serieus wilt nemen. In jouw veilige Noorse wereldje is er nooit gevaar. Terwijl wij Joden begrijpen dat we altijd vervolgd zullen worden, dat is de hele geschiedenis door gebeurd en dat is nog steeds niet veranderd. We voelen het, allemaal. Misschien is het iets tribaals, maar wij weten gewoon wanneer er gevaar dreigt.'

'Ik kan me niet voorstellen dat je zonder mij zou gaan.'

'Alsjeblieft, Pip, word toch eens volwassen! Je weet dat ik van je hou en dat ik de rest van mijn leven bij je wil zijn, maar deze... situatie is niet nieuw voor me. We werden al gehaat voordat het Reich het legaal maakte om ons te vervolgen. Toen mijn vader jaren geleden in Parijs zijn beelden tentoonstelde, gooiden ze met eieren naar hem. Antisemitisme bestaat al duizenden jaren. Dat moet je goed begrijpen.'

'Maar waarom?'

Karine haalde lichtjes haar schouders op. 'Omdat de geschiedenis ons tot zondebok gemaakt heeft, chérie. Als je anders bent, zijn de mensen altijd bang voor je, en door de eeuwen heen zijn we gedwongen het ene thuisland na het andere te verlaten. En waar we aankomen, vestigen we ons en we hebben succes. We vormen een hechte gemeenschap, dat hebben we geleerd. Zo overleven we.'

Pip sloeg beschaamd zijn ogen neer. Karine had gelijk. Hij had zijn hele leven veilig verscholen in een stadje in het hoge noorden doorgebracht, en wat Karine hem nu vertelde, klonk als een fictief verhaal uit een andere wereld. En ook al had hij met zijn eigen ogen het puin van het neergehaalde standbeeld van Mendelssohn gezien, op een of andere manier had hij dat vergoelijkt door zichzelf wijs te maken dat dat alleen maar was gedaan door een groep jongemannen die protesteerden, zoals de vissers thuis soms deden wanneer de prijs van brandstof voor hun boten plotseling omhoogging en de viskopers weigerden de prijs per kilo te verhogen.

'Je hebt gelijk,' stemde hij met haar in. 'Neem me niet kwalijk, Karine. Het was naïef en dwaas van me dat ik je niet begreep.'

'Ik denk dat dit meer te maken heeft met het feit dat jij de waarheid niet wílt zien. Je wilt niet dat de grote, wijde wereld je dromen en plannen voor de toekomst verstoort. Dat willen we geen van allen. Maar toch zijn we hier,' zei ze met een zucht. 'En de nuchtere waarheid is dat ik me niet langer veilig voel in Duitsland. Dus moet ik gaan.' Ze stond op. 'Ik zie Elle en Bo over een half uur in de Coffe Baum om de situatie te bespreken. Tot later.' Karine kuste Pip boven op zijn hoofd en liep de deur uit.

Nadat ze was vertrokken, keek Pip naar zijn met bladmuziek bezaaide bureau. Over twee weken zou zijn compositie worden uitgevoerd. Terwijl hij zich verwijten maakte om zijn egoïsme, vroeg hij zich onwillekeurig af of het wel zover zou komen.

Toen ze elkaar later die dag weer zagen was Karine kalmer.

'Ik heb mijn ouders geschreven om raad, en intussen heb ik geen andere keus dan hun antwoord af te wachten. Dus misschien kan ik je toch nog je meesterstuk horen spelen.'

Pip reikte over de tafel naar haar hand. 'Wil je me vergeven dat ik alleen maar aan mezelf gedacht heb?'

'Natuurlijk. Ik begrijp dat het moment je niet slechter had kunnen uitkomen.'

'Ik heb nagedacht...'

'Over wat?'

'Dat de beste oplossing misschien zou zijn dat jij van de zomer met me meegaat naar Noorwegen. Daar hoef je je geen zorgen over je veiligheid te maken.'

'Ik? Meegaan naar het land van rendieren, kerstbomen en sneeuw?' zei Karine plagerig.

'Het sneeuwt er heus niet altijd. Ik denk dat je het in de zomer zelfs heel mooi zult vinden,' zei Pip. Hij schoot meteen in de verdediging. 'We hebben een kleine Joodse bevolkingsgroep die precies zoals alle andere Noorse burgers behandeld wordt. Je zult er veilig zijn. En als er oorlog uitbreekt in Europa, zal die niet naar Noorwegen komen, evenmin als de nazi's. Thuis zegt iedereen dat we een veel te klein en onbetekenend landje zijn en dat ze ons links zullen laten liggen. Er is ook een heel goed orkest in Bergen, een van de oudste ter wereld. Mijn vader speelt er cello in.'

Karine keek hem opmerkzaam aan met haar donkere, vochtige ogen. 'Dus je wilt me meenemen naar je huis?'

'Natuurlijk! Mijn ouders weten alles over jou en onze trouwplannen.'

'Weten ze dat ik Joods ben?'

'Nee.' Pip voelde dat hij bloosde en werd boos op zichzelf omdat hij het had laten gebeuren. 'Niet omdat ik niet wílde dat ze het zouden weten, maar eenvoudig omdat ze het onbelangrijk vinden welke religie je hebt. Het zijn ontwikkelde mensen, Karine, geen bergboeren. Je weet toch nog wel dat mijn vader in Leipzig geboren is? Hij heeft in Parijs muziek gestudeerd en ons altijd verteld over zijn leven als bohemien op de straten van Montparnasse tijdens de belle époque.'

Nu was het Karines beurt om haar excuses aan te bieden. 'Je hebt gelijk, ik deed neerbuigend.' Ze legde haar wijsvinger op de plek tussen haar ogen net boven haar neus, zoals ze altijd deed wanneer ze nadacht. 'En misschien is dat de oplossing als ik niet naar Amerika kan gaan. Dank je, chérie. Het helpt te weten dat ik ergens naartoe kan, mocht de situatie hier in de toekomst verslechteren.'

Toen Pip later die avond op zijn bed lag, bad hij dat 'de toekomst' zou wachten tot na de uitvoering van zijn compositie.

Hoewel ze in de kranten lazen dat er Joden werden bekogeld met stenen terwijl ze uit de synagoge kwamen en er nog veel meer uiterst zorgwekkende incidenten plaatsvonden, leek Karine minder bang nu ze wist dat ze een plan B hadden. Dus de twee weken die volgden boog Pip zich geconcentreerd over zijn muziek. Hij durfde niet verder te kijken dan het eind van het collegejaar en wachtte met ingehouden adem tot Karine antwoord van haar ouders zou krijgen en ze misschien naar Amerika zou afreizen. Hij kreeg koude rillingen als hij eraan dacht, want hij wist dat hij het geld niet zou hebben om haar te volgen tot hij als musicus in zijn onderhoud kon voorzien.

Op de dag van het afstudeerconcert, waarop zes korte, nieuwe werken van studenten zouden worden uitgevoerd, kwam Karine naar hem toe.

'*Bonne chance*, chérie,' zei ze. 'Elle en ik zijn er vanavond ook, dan kunnen we voor je juichen. Bo vindt jouw compositie de beste van allemaal.'

'Dat is heel sympathiek van hem. En hij levert met zijn cellospel in het orkest een prachtige bijdrage aan mijn compositie. Maar nu moet ik voor de laatste keer gaan repeteren.' Pip kuste Karine op haar neus en liep door de lange, tochtige gang naar zijn oefenruimte.

Stipt om half acht zat Pip in jacquet op de eerste rij van de Großer Saal, samen met de vijf andere jonge componisten. Walther Davisson, de directeur van het conservatorium, stelde hen alle zes voor aan het publiek en de eerste componist kwam het podium op. Pip zou als laatste opgaan en hij zou nooit de kwellingen vergeten die hij moest doorstaan in de anderhalf uur voordat hij aan de beurt was. Maar toen was het moment aangebroken. Hij deed een schietgebedje, beklom de treden en hoopte dat hij niet zou struikelen omdat zijn benen zo trilden. Hij maakte een korte buiging naar het orkest en ging achter de piano zitten.

Naderhand kon hij zich niet veel herinneren van het applaus en de toejuichingen die opgingen toen hij samen met de andere componisten boog voor het publiek. Hij wist alleen dat hij die avond het beste van zichzelf gegeven had en dat was het belangrijkste.

Later werd hij omringd door medestudenten en professoren, die hem allemaal op de rug klopten en zeiden dat hij nog grote dingen zou gaan doen. Een journalist van een krant vroeg ook of hij hem mocht interviewen.

'Mijn eigen Grieg,' zei Karine giechelend nadat ze erin geslaagd was zich door het publiek heen te dringen om hem te omhelzen. 'Chérie, je glanzende carrière is zojuist begonnen.'

Omdat Pip na het optreden veel te veel champagne had gedronken, was hij geïrriteerd toen hij de volgende ochtend in zijn logement werd gewekt door iemand die op de deur klopte. Hij kwam moeizaam zijn bed uit om open te doen en zag dat het zijn hospita was, nog in haar nachtjapon. Ze keek geërgerd en afkeurend.

'Herr Halvorsen, er is een jongedame die zegt dat ze u dringend wil spreken. Ze wacht beneden.'

'Danke, Frau Priewe,' zei hij, voordat hij de deur sloot en het hemd en de broek aantrok die hij het snelst kon vinden.

Op de stoep stond een wit weggetrokken Karine op hem te wachten. Frau Priewe handhaafde zelfs in noodgevallen de regel 'geen jongedames in huis'.

'Wat is er? Wat is er gebeurd?'

'Gisteravond zijn er drie huizen in Leipzig in brand gestoken, en in alle drie woonden Joden. Bo's logement was er ook bij.'

'O lieve hemel! Is hij...'

'Hij leeft nog. Hij kon ontsnappen. Hij klom uit zijn raam op de eerste verdieping en sprong. Met zijn dierbare cellostrijkstok, natuurlijk.' Karine slaagde erin droevig en ironisch te glimlachen. 'Pip, hij en Elle vertrekken onmiddellijk uit Leipzig. En ik vind echt dat ik met hen mee moet gaan. Kom, ik heb koffie nodig, en jij ook, zo te zien.'

Het kleine koffiehuis vlak bij het conservatorium was nog maar net open en er waren nog geen klanten. Ze gingen aan een tafeltje bij het raam zitten en bestelden. Pip wreef zijn gezicht in een poging weer bij zinnen te komen. Hij had een flinke kater.

'Heb je al van je ouders gehoord?' vroeg hij aan haar.

'Je weet dat ik gisteren nog geen nieuws had. En vandaag is het nog te vroeg. De postbode is nog niet geweest,' antwoordde Karine geërgerd. 'Het is minder dan twee weken geleden dat ik ze geschreven heb.'

'Wat gaan Elle en Bo doen?'

'Ze gaan zo snel mogelijk weg uit Duitsland, dat is zeker. Maar ze hebben geen van beiden genoeg geld voor een verre reis. En trouwens, we weten geen van allen waar het veilig is om naartoe te gaan. Wat mij betreft, het appartement van mijn familie in Parijs is verhuurd terwijl mijn ouders in Amerika zijn. Ik heb geen thuis om naartoe te gaan,' zei ze met een schouderophalen.

'Dan...' Pip wist wat ze zou gaan zeggen.

'Ja, Pip, als jouw aanbod nog steeds geldig is, ga ik met je mee naar Noorwegen, tenminste, tot ik van mijn ouders heb gehoord. Dat is alles wat ik kan doen. Nog maar een paar dagen, en het collegejaar is voorbij. Je compositie is uitgevoerd, dus ik zie geen reden om nog langer te wachten. Toen ik Elle en Bo vanochtend zag, zeiden ze dat de exodus van Joden uit Leipzig na de brandstichtingen van gisteravond echt gaat beginnen, dus we moeten gaan nu het nog kan.'

'Ja,' stemde Pip met haar in. 'Natuurlijk.'

'En... ik wilde je nog iets anders vragen.'

'Wat dan?'

'Je weet dat Elle sinds ik in Leipzig ben aangekomen als een zus voor me geweest is. Haar ouders zijn dood – omgekomen in de Eerste Wereldoorlog – en toen zijn zij en haar broer in een weeshuis ondergebracht. Hij is geadopteerd als baby en sindsdien heeft ze hem niet meer gezien. Elle had dat geluk niet, en dat ze toch een toekomst heeft, komt alleen doordat haar muziekleraar haar talent voor de fluit en de altviool ontdekte en haar voordroeg voor een beurs hier.'

'Dus ze heeft geen thuis?'

'Naast het weeshuis is haar enige thuis de kamer die ze hier in Leipzig deelt met mij. Bo en ik zijn de enige familie die ze heeft. Kunnen zij ook met ons meegaan naar Noorwegen, Pip? Ook al is het maar voor een paar weken? Dan kunnen ze vanuit een veilige plek zien hoe de situatie in Europa zich ontwikkelt en beslissen wat te doen. Ik weet dat het veel gevraagd is, maar ik kán Elle gewoon niet in de steek laten. En aangezien zij Bo niet wil achterlaten, moet hij ook meekomen.'

Pip zag haar wanhopige gezichtsuitdrukking en stelde zich voor hoe zijn ouders zich zouden voelen als hij met hen kwam aanzetten en aankondigde dat hij drie vrienden had meegenomen naar Noorwegen om vakantie te houden. Hij wist dat ze vrijgevig en gastvrij zouden zijn, vooral omdat ze alle drie musicus waren.

'Ja, natuurlijk kunnen ze mee. Als jij denkt dat dat het beste voor ze is, liefste.'

'Kunnen we zo snel mogelijk gaan? Hoe eerder we hier weg zijn, hoe beter. Alsjeblieft? Dan mis jij je officiële afstudeerceremonie, maar...'

Pip wist dat elke dag dat Karine langer in Leipzig bleef niet alleen gevaarlijk was voor haar, maar ook een dag dichter bij een antwoord van haar ouders, die haar zouden voorstellen om naar hen in Amerika te komen. 'Natuurlijk. Dan gaan we met zijn vieren.'

'Dank je!' Karine sloeg haar armen om Pips schouders en hij zag aan haar ogen dat ze opgelucht was. 'Kom, dan gaan we Elle en Bo zeggen dat ze met ons mee kunnen gaan.'

39

Twee dagen later liep Pip in de haven van Bergen voor zijn vrienden uit de loopplank van de stoomboot af. De enige waarschuwing die hij zijn ouders voor hun onverwachte gasten had gegeven was een kort telefoontje vanuit het kantoor van de directeur van het conservatorium. Daarna had Pip haastig afscheid genomen van al zijn vrienden en leraren en hen bedankt. De directeur had hem een speciaal schouderklopje gegeven en gezegd dat het edelmoedig van hem was om zijn vrienden naar Noorwegen mee te nemen.

'Jammer dat ik niet tot het eind van het collegejaar kon blijven,' had Pip gezegd terwijl hij de hand van Walther Davisson schudde.

'Ik vind het verstandig van je dat je nu vertrekt. Wie weet zal het binnenkort niet meer zo gemakkelijk zijn,' had Davisson met een treurige zucht gezegd. 'God zij met je, jongen. Schrijf me als je aangekomen bent.'

Pip draaide zich om naar zijn vrienden, die vermoeid naar de rij donkerbruine houten huizen op de kade staarden en probeerden zich op hun omgeving in te stellen. Bo kon amper lopen. Zijn gezicht zat vol blauwe plekken waar hij na zijn sprong uit het raam op de grond terechtgekomen was en Pip dacht dat hij ook een gebroken elleboog had. Elle had zijn rechterarm geïmmobiliseerd door die in haar sjaal voor zijn borst te hangen, en tijdens de lange reis had hij geen kik gegeven, hoewel aan zijn gezicht goed te zien was dat hij hevige pijnen leed.

Toen Pip zijn vader Horst op de kade zag staan, liep hij breed glimlachend naar hem toe. 'Far!' zei hij, terwijl zijn vader zijn armen om de schouders van zijn zoon sloeg en ze elkaar omhelsden. 'Hoe gaat het met je?'

'Prima, dank je. En met je moeder ook,' zei Horst. Hij keek hen alle vier vriendelijk glimlachend aan. 'Nou, stel me maar eens voor aan je vrienden.'

Pip stelde hen voor en ze schudden alle drie dankbaar de hand van zijn vader.

'Welkom in Noorwegen,' zei Horst. 'We zijn blij dat jullie naar ons toe gekomen zijn.'

'Far,' bracht Pip hem in herinnering, 'mijn vrienden spreken geen Noors, weet je nog?'

'Ach ja, natuurlijk! Neem me niet kwalijk. Duits dan? Frans?'

'Onze moedertaal is Frans,' zei Karine, 'maar we spreken ook Duits.'

'Dan spreken we Frans!' Horst klapte in zijn handen als een opgewonden kind. 'Ik krijg nooit de kans om mijn uitstekende accent te laten horen,' zei hij grijnzend, en hij praatte verder terwijl ze naar zijn auto liepen.

Het gesprek ging door, de hele slingerende weg omhoog door de heuvels achter Bergen naar Froskehuset, hun huis, en nu was het Pip die zich een buitenstaander voelde omdat hij erg weinig Frans sprak. Hij zat voorin op de passagiersstoel en keek naar zijn vader naast hem; zijn terugwijkende haar was achterovergekamd en aan de pretrimpeltjes in zijn gezicht was te zien dat hij altijd opgewekt was – Pip kon zich hem niet herinneren zonder glimlach. Horst had een sik en snor laten staan, en hij deed Pip nu denken aan de portretten van Franse impressionistische schilders die hij weleens had gezien. Zoals hij had gedacht, was Horst blij zijn vrienden te leren kennen, en hij hield meer dan ooit van zijn vader omdat hij hen zo hartelijk welkom had geheten.

Bij het huis aangekomen deed zijn moeder Astrid, nog altijd even mooi, de deur open, en ze heette hen al even hartelijk welkom, maar dan in het Noors. Ze keek meteen naar Bo, die nu zo uitgeput was en zoveel pijn leed dat hij op Elle moest leunen om overeind te kunnen blijven.

Astrid bracht haar hand naar haar mond. 'Wat is er met hem gebeurd?'

'Hij is uit een raam gesprongen toen zijn logement in brand gestoken werd,' legde Pip uit.

'De arme schat! Horst, nemen jij en Pip onze andere gasten mee naar de zitkamer. En Bo,' zei ze, gebarend naar een stoel die bij de telefoon in de gang stond, 'ga zitten, dan bekijk ik je verwondingen.'

'Mijn moeder is gediplomeerd verpleegster,' legde Pip Karine fluisterend uit, terwijl ze Horst en Elle de gang in volgden. 'Jullie zullen vast een keer het verhaal te horen krijgen dat ze verliefd werd op mijn vader toen ze hem verpleegde na een blindedarmoperatie.'

'Ze ziet er veel jonger uit dan hij.'

'Dat is ze ook, vijftien jaar. Mijn vader zegt altijd dat hij een kindbruid heeft gehad. Ze was nog maar achttien toen ze zwanger werd van mij. Ze zijn echt dol op elkaar.'

'Pip...'

Hij voelde Karines slanke, delicate vingers op zijn arm. 'Ja?'

'Dank je wel, namens ons alle drie.'

Nadat ze er een arts bij hadden gehaald om Bo's wonden te verbinden en een afspraak met het ziekenhuis hadden gemaakt om te controleren of zijn elleboog gebroken was, werd Bo die avond door Elle en Astrid naar boven geholpen en op Pips kamer in bed gestopt.

'De arme jongen,' zei Astrid toen ze naar beneden kwam om de avondmaaltijd te bereiden en Pip met haar de keuken in liep. 'Hij is gewoonweg uitgeput. Je vader heeft me iets verteld over wat er in Leipzig is gebeurd. Kun je me de aardappelschrapper even aangeven?'

'Jazeker.' Pip gaf hem aan.

'Dus het zijn alle drie vluchtelingen in plaats van vrienden die Noorwegen komen bezoeken?'

'Ze zijn het allebei, zou ik zeggen.'

'En hoe lang blijven ze?'

'Dat zou ik echt niet weten, mor.'

'Zijn ze alle drie Joods?'

'Karine en Elle, ja. Van Bo weet ik het niet zeker.'

'De dingen die in Duitsland gebeuren zijn ongelooflijk. Maar ze gebeuren echt. De wereld is erg wreed.' Astrid zuchtte. 'En Karine? Is zij het meisje over wie je ons zoveel verteld hebt?'

'Ja.' Pip keek toe terwijl zijn moeder de aardappelen schilde en hij wachtte tot ze meer zou zeggen.

'Ze lijkt me heel slim en levenslustig. En ik denk dat ze af en toe behoorlijk lastig kan zijn,' voegde ze eraan toe.

'Ze maakt het me weleens moeilijk, ja, dat is zo. Ik heb veel over de wereld geleerd van haar,' zei Pip, met een zweem van afweer in zijn stem.

'Een sterke vrouw is net wat jij nodig hebt. De hemel weet wat je vader zonder mij had moeten beginnen,' zei Astrid lachend. 'En ik ben trots op je om wat je voor je vrienden hebt gedaan. Je vader en ik zullen doen wat we kunnen om hen te helpen. Hoewel...'

'Wat, mor?'

'Je edelmoedigheid je naar de bank in de zitkamer heeft verbannen tot Bo beter is.'

Na de avondmaaltijd op de veranda, met uitzicht op de prachtige fjord onder hen, ging Elle naar boven om te kijken hoe het ging met Bo, die zijn eten eerder op een dienblad had gekregen, en daarna ging ze naar bed. Horst en Astrid kondigden aan dat zij ook gingen slapen en Pip hoorde hen zachtjes lachend de trap op klimmen. Onder het eten had hij de spanning van de gezichten van zijn vrienden zien verdwijnen, en hij was nog nooit trotser geweest op zijn ouders, of dankbaarder om in Noorwegen te zijn.

'Eigenlijk zou ik ook naar boven moeten gaan,' zei Karine. 'Ik ben doodmoe, maar het uitzicht is gewoon te schitterend. Zie je? Het is al bijna elf uur in de avond en het is nog steeds licht.'

'En morgen is de zon al lang op als jij nog in je bed ligt. Ik had je toch gezegd dat het hier mooi was?' zei Pip. Ze stond op, liep achter de tafel door naar de rand van de veranda en boog zich over de houten leuning, die de afbakening vormde tussen het huis en het eindeloze dennenbos dat de bergen tot aan het water bedekte.

'Het is meer dan alleen maar mooi... het is adembenemend. En niet alleen het landschap. Het welkom van je ouders, hun vriendelijkheid... Ik ben diep onder de indruk.'

Pip nam haar in zijn armen en ze huilde zacht van opluchting tegen zijn schouder. Toen keek ze naar hem op en liet haar ogen over zijn gezicht gaan.

'Zeg me dat ik hier nooit meer weg hoef.'

En dat deed hij.

De volgende ochtend bracht Horst Bo en Elle met de auto naar het plaatselijke ziekenhuis. Bo kreeg de diagnose ontwrichte elleboog en gecompliceerde fractuur, en hij bleef er om een operatie te ondergaan en de botbreuk te laten zetten. Elle bracht de volgende dagen bij hem in het ziekenhuis door, en dus was Pip vrij om Karine de bezienswaardigheden van Bergen te laten zien.

Hij nam haar mee naar Troldhaugen, het huis van Grieg, vlak bij zijn eigen huis, dat een museum was geworden. En hij zag haar genieten toen ze de hut met uitzicht over de fjord bezochten, waar de maestro sommige van zijn composities had geschreven.

'Krijg jij ook zo'n werkplaats als je beroemd bent?' vroeg ze hem. 'Dan kom ik je snoepgoed en wijn brengen als het lunchtijd is en kunnen we vrijen op de vloer.'

'Ah, maar dan zal ik me moeten opsluiten. Een componist mag niet worden afgeleid als hij aan het werk is,' zei hij plagerig.

'Dan zal ik misschien een minnaar moeten nemen om de eenzame uren door te komen,' diende ze hem ondeugend glimlachend van repliek. Toen draaide ze zich om en liep van hem vandaan.

Pip lachte, haalde haar in, sloeg van achteren zijn armen om haar middel en hield haar tegen. Met zijn lippen zocht hij de zachte kromming van haar hals. 'Dat nooit,' fluisterde hij. 'Voor jou ben ik de enige.'

Ze namen het treintje richting de stad, wandelden door de smalle klinkerstraten en lunchten in een café, zodat Karine haar eerste aquavit kon proeven.

Ze giechelden allebei toen haar ogen begonnen te tranen. Ze verklaarde dat het 'sterker dan absint' was, en vroeg meteen daarop om nog een glaasje. Na de lunch nam hij haar mee naar Den Nationale Scene, het grootste theater van de stad, waar Ibsen vroeger artistiek leider was geweest en Grieg het orkest had gedirigeerd.

'Nu spelen ze in hun eigen zaal, het Konsertpalæet, waar mijn vader een groot deel van zijn leven als eerste cellist in het orkest heeft gespeeld,' vertelde hij.

'Denk je dat hij ons allebei werk zou kunnen geven, Pip?'

'O ja, hij zal zeker een goed woordje voor ons kunnen doen,' zei hij. Hij wilde Karines enthousiasme niet temperen door haar te zeggen dat het Bergens Filharmonisch Orkest geen vrouwelijke leden had en ook nog nooit had gehad.

Op een andere dag namen ze de Fløibanen, het kabelspoorbaantje naar de top van de berg Fløyen, een van de zeven imposante toppen rond Bergen. Vanaf het uitzichtplatform hadden ze een spectaculair uitzicht over de stad onder hen en de glinsterende fjord verder weg. Karine zuchtte vergenoegd terwijl ze over de balustrade gebogen naar het uitzicht staarde.

'Een mooier uitzicht kan er op de hele wereld niet bestaan,' zei ze ademloos.

Pip hield van Karines oprechte geestdrift voor Bergen, aangezien ze haar dromen tot dan toe altijd op het veel grotere Amerika had gericht. Ze vroeg Pip of hij haar wat eenvoudig Noors wilde leren, want het stond haar tegen dat ze niet zonder tolk met zijn moeder kon praten.

'Ze is zo aardig voor me geweest, chérie, dat ik haar in haar eigen taal wil zeggen hoe dankbaar ik haar ben.'

Bo kwam terug naar huis met zijn rechterarm stijf in het verband. 's Avonds dineerden ze op de veranda, en daarna volgde een geïmproviseerd concert. Pip ging achter de piano in de zitkamer zitten, met de deuren naar het terras wijd open, en afhankelijk van het stuk speelde Elle altviool of fluit, Karine hobo en Horst cello. Ze speelden van alles, van de eenvoudige Noorse volksliederen die Horst hen geduldig had geleerd tot stukken van oude meesters als Beethoven en Tsjaikovski, tot modernere composities van mensen als Bartók en Prokofjev, hoewel Horst Stravinsky te ver vond gaan. De prachtige muziek klonk van de bergen omlaag naar de fjord. Pips leven werd een harmonisch samengaan van alles waarvan hij hield en hij was blij dat het lot zijn vrienden naar Noorwegen had gebracht.

Pas wanneer hij 's avonds laat op zijn geïmproviseerde bed lag, in de kamer die hij nu met Bo deelde, en verlangde naar Karines sensuele, naakte lichaam naast zich, besefte hij dat niets ooit helemaal volmaakt was.

Terwijl een milde augustus ten einde liep, werd er in het huis van de Halvorsens serieus over de toekomst gepraat. Allereerst door Pip en Karine, tijdens een late avond op de veranda, nadat de anderen zich hadden teruggetrokken. Karine had eindelijk een brief van haar ouders gekregen, die hadden besloten in Amerika te blijven tot de donkere oorlogswolken waren overgedreven. Haar ouders raadden haar aan niet naar Duitsland terug te gaan voor het nieuwe collegejaar. Ze vonden het ook niet nodig dat hun dochter meteen al de lange, dure reis naar Amerika zou maken, aangezien ze nu veilig verscholen in Noorwegen zat. 'Ze sturen hun liefde en dank aan je ouders,' zei Karine. Ze vouwde de brief op en stopte hem terug in de envelop. 'Denk je dat Horst en Astrid het goed zullen vinden dat ik langer blijf?'

'Vast en zeker. Ik denk dat mijn vader een beetje verliefd op je is. Tenminste, als je op je hobo speelt,' zei Pip glimlachend.

'Maar als ik hier moet blijven, kunnen we niet van de gastvrijheid van je ouders gebruik blijven maken. En ik mis jou, chérie,' fluisterde Karine. Ze kroop tegen hem aan en beet zacht in zijn oor. Haar lippen zochten die van hem en ze kusten elkaar, maar toen ging er boven een deur open en Pip trok snel zijn hoofd terug.

'We zijn bij mijn ouders in huis en je moet begrijpen dat...'

'Natuurlijk begrijp ik dat, chérie. Maar misschien kunnen we een eigen plek vinden. Ik wil zó graag bij je zijn...' Karine pakte zijn hand en legde die op haar borst.

'En ik wil bij jou zijn, schat,' zei Pip. Hij bewoog zijn hand voorzichtig van haar vandaan, voor het geval dat iemand hen zou verrassen. 'Maar ook al kunnen mijn ouders leven met een heleboel dingen waarmee andere Noren problemen zouden hebben, elk teken dat we ongetrouwd met elkaar naar bed gaan, onder hun dak of dat van onszelf, zou onacceptabel voor hen zijn. En van ons zou het respectloos zijn, na alles wat ze voor ons hebben gedaan.'

'Dat weet ik, maar wat kunnen we doen? Dit is gewoon erg pijnlijk voor me.' Karine rolde met haar ogen. 'Je weet dat ik dat deel van onze relatie hard nodig heb.'

'Ik ook.' Als het om hun lichamelijke betrekkingen ging, had Pip soms het idee dat hij de vrouw was en zij de man. 'Maar zo gaat het hier in Noorwegen, tenzij je bereid bent om van godsdienst te veranderen om met mij te trouwen.'

'Moet ik dan christen worden?'

'Je zou lutherse moeten worden, om precies te zijn.'

'Mon Dieu! Dat is een hoge prijs om met jou te kunnen vrijen. In Amerika zullen ze zulke regels vast niet hebben.'

'Dat kan best, maar we zijn hier in een provinciestad in Noorwegen, en niet in Amerika, Karine. En hoeveel ik ook van je hou, om zonder blikken of blozen onder de neus van mijn ouders met je te gaan samenleven zou ik gewoon niet kunnen. Begrijp je dat?'

'Ja, ja, maar om van godsdienst te veranderen... Nou, dan zou ik mijn volk verraden. Maar mijn moeder was een niet-joodse voordat ze zich bekeerde om met mijn vader te kunnen trouwen, dus genetisch gezien ben ik maar een halve Jodin. Ik moet mijn ouders vragen wat ze ervan vinden. Ze hebben het telefoonnummer van de galerie van mijn vader gegeven voor noodgevallen en ik vind dat dit er een is. Als ze akkoord gaan, kunnen we dan snel trouwen?'

'Ik ken de regels niet uit mijn hoofd, Karine, maar ik denk dat de predikant je doopakte zal willen zien.'

'Die heb ik niet, zoals je weet. Kun jij ervoor zorgen dat ik er een krijg?'

'Dus je wilt het doen? Je tot lutherse laten dopen?'

'Een paar druppels water en een kruisje op mijn voorhoofd maakt me in mijn hart nog geen christen, Pip.'

'Nee, maar...' Pip dacht dat ze niet begreep waar het om ging. 'Wil je naast met me kunnen vrijen ook met me trouwen?'

'Neem me niet kwalijk, Pip,' zei Karine glimlachend. 'Ik wil zo graag de praktische kant van de zaak regelen dat ik niet aan de romantische kant denk. Natúúrlijk wil ik met je trouwen! En dus zal ik al het mogelijke doen om het zover te laten komen.'

'Wil je echt voor mij van godsdienst veranderen?' Pip was overdonderd en ontroerd. Hij wist maar al te goed wat haar Joodse afkomst voor haar betekende.

'Ja, als mijn ouders ermee akkoord gaan. Ik moet mijn verstand gebruiken, chérie. En gezien de omstandigheden weet ik zeker dat welke god dan ook me zal vergeven, of het nu die van jou of van mij is.'

'Hoewel ik begin te denken dat je me alleen wilt om mijn lichaam,' zei Pip plagerig.

'Waarschijnlijk,' stemde ze gelijkmoedig met hem in. 'Morgen zal ik je vader vragen of ik naar Amerika mag bellen.'

Karine liep de kamer uit en Pip keek haar na. Ze deed hem voortdurend versteld staan, met haar veranderlijke temperament en grillige manier van denken, dacht hij. Hij vroeg zich af of hij ooit zou begrijpen hoe gecompliceerd ze was. In ieder geval zou hij zich nooit vervelen als ze konden trouwen.

De avond daarop belden Karines ouders hun dochter op.

'Ze gaan akkoord,' zei ze somber. 'En niet alleen zodat ik met jou kan trouwen. Ze denken ook dat het veiliger is als ik jouw achternaam neem, voor het geval dat...'

'Daar ben ik dolblij om, liefste,' zei hij. Hij nam Karine in zijn armen en drukte zijn lippen op die van haar.

'Zo.' Een tijdje later maakte Karine zich met een opgewektere blik in haar ogen los uit zijn omhelzing. 'Hoe snel kan het gebeuren?'

'Zodra je kennis hebt gemaakt met de predikant en hij heeft toegezegd dat hij je zal dopen.'

'Morgen?' vroeg ze, terwijl ze haar hand naar zijn kruis liet afdalen.

'Even serieus,' vermaande hij haar. Hij kreunde toen ze hem aanraakte, maar duwde haar hand met tegenzin weg. 'Ben je gelukkig, nu je voorlopig in Noorwegen kunt blijven?'

'Er zijn ergere plaatsen om te wonen, en we moeten bij de dag leven tot we weten wat er gaat gebeuren. Je weet dat ik het hier prachtig vind, op die verschrikkelijke taal van jullie na, natuurlijk.'

'Dan moet ik onmiddellijk werk als musicus zien te vinden om de kost voor ons te verdienen. In het orkest hier of anders misschien in Oslo.'

'Misschien kan ík ook werk vinden.'

'Misschien, ja, maar dan moet je eerst wat meer woorden hebben geleerd dan "alstublieft" en "dank u wel" in onze "verschrikkelijke" taal,' zei hij plagend.

'Oké, oké! Ik zal mijn best doen.'

'Ja.' Pip kuste haar op haar neus. 'Dat weet ik.'

Astrid bereidde een feestmaal voor hen zessen nadat Pip en Karine hadden aangekondigd dat ze wilden trouwen.

'Willen jij en Karine in Bergen gaan wonen?' vroeg ze.

'Voorlopig wel, ja. Als jij ons kunt helpen werk als musicus te vinden, far,' zei Pip.

'Ik kan zeker informeren,' antwoordde Horst. Toen stond Astrid op en omhelsde haar toekomstige schoondochter.

'Nou, zo hebben we wel genoeg gepraat over de praktische kanten van de zaak. Dit is een speciale avond. Gefeliciteerd, kjære, en welkom in de familie Halvorsen. Ik ben er heel blij mee, want ik dacht dat we Pip en zijn talenten aan Europa of Amerika zouden verliezen. En jij hebt onze zoon teruggebracht naar huis.'

Pip vertaalde de woorden van zijn moeder en zag tranen in haar ogen en in die van zijn toekomstige vrouw.

'Gefeliciteerd,' zei Bo plotseling, en hij bracht een dronk op hen uit. 'Binnenkort hopen Elle en ik jullie voorbeeld te volgen.'

Astrid ging praten met de predikant van de plaatselijke kerk, die ze goed kende. Wat ze over Karines Joodse afkomst wist, hield ze voor zich, maar de predikant zei dat hij haar direct kon dopen. De familie Halvorsen was aanwezig bij de korte plechtigheid en later nam Horst Pip thuis ter zijde.

'Het is in meer dan één opzicht goed wat Karine vandaag heeft gedaan. Een vriend van me in het orkest is net terug van een concert in München. De nazicampagne tegen de Joden wordt snel erger.'

'Maar hier kunnen ze toch nooit bij ons komen?'

'Je zou denken van niet, maar als één gek zoveel aandacht heeft getrokken, en niet alleen in Duitsland,' zei Horst, 'wie weet dan waar het allemaal zal eindigen?'

Niet lang daarna kondigden Bo en Elle aan dat zij voorlopig ook in Bergen zouden blijven. Bo's gips was verwijderd, maar zijn elleboog was nog steeds te stijf om cello te kunnen spelen.

'We bidden allebei dat het zo snel mogelijk zal genezen. Hij is zó getalenteerd,' vertrouwde Elle Karine die avond toe in de slaapkamer die ze deelden. 'Al zijn dromen zijn erop gebaseerd. Voorlopig heeft hij werk gevonden in een kaartenmakerswinkel in de haven. Er is een appartementje boven, en dat is ons aangeboden. We hebben gedaan alsof we al getrouwd zijn en ik ga schoonmaakwerk doen voor de vrouw van de kaartenmaker.'

'Spreken jullie daar allebei genoeg Noors voor?' vroeg Karine jaloers aan haar vriendin.

'Bo leert snel. En ik werk gewoon hard. Trouwens, de kaartenmaker is een Duitser, en die taal spreken we allebei heel goed, zoals je weet.'

'En jullie gaan echt trouwen?'

'Dat zouden we graag willen, ja, maar eerst moeten we sparen. Dus voorlopig moeten we doen alsof. Bo zegt dat de waarheid in het hart thuishoort, en niet op papier.'

'Dat vind ik ook.' Karine stak haar hand uit naar Elle. 'Beloof je dat we elkaar blijven zien als jullie naar de stad verhuisd zijn?'

'Natuurlijk. Jij bent als een zuster voor me, Karine. Ik hou van je, en ik ben jou en Pip ontzettend dankbaar voor alles wat jullie voor ons hebben gedaan.'

'En krijgen wij nou binnenkort ook een eigen dak boven ons hoofd?' vroeg Karine de volgende ochtend aan Pip, nadat ze hem het nieuws over Elle en Bo had verteld.

'Als het sollicitatiegesprek morgen gaat zoals ik hoop, dan wel,' zei Pip. Horst had een auditie bij Harald Heide, de dirigent van het Bergens Filharmonisch Orkest, voor hem aangevraagd.

'Het zal goed gaan, chérie,' zei Karine geruststellend, en ze kuste hem. 'Het zal goed gaan.'

Toen Pip aankwam bij het Konsertpalæet was hij bijna nog nerveuzer dan toen hij auditie had gedaan voor een plaats aan het conservatorium. Misschien, dacht hij met enige zelfspot, kwam dat doordat zijn prestatie dit keer invloed zou hebben in de echte wereld, terwijl hij indertijd een zorgeloze jongeman was geweest die alleen verantwoordelijk was voor zichzelf. Hij zei wie hij was tegen de vrouw achter het kaartjesloket, en ze leidde hem door een gang naar een ruime oefenkamer waar een piano stond en stapels muziekstandaards waren opgeslagen. Daar kreeg hij algauw gezelschap van een lange, breedgeschouderde man met pretlichtjes in zijn ogen en dik, donkerblond haar, die zich voorstelde als Harald Heide.

'Uw vader heeft uw talenten bij meer dan één gelegenheid geprezen, Herr Halvorsen. Het is hem een groot genoegen dat u teruggekomen bent naar Noorwegen,' zei hij en schudde Pip hartelijk de hand. 'Ik heb begrepen dat u zowel piano als viool speelt?'

'Dat klopt, meneer, maar de piano was mijn hoofdinstrument bij mijn studie in Leipzig. Ik hoop op een dag componist te worden.'

'Kom, dan beginnen we.' Herr Heide gebaarde naar Pip dat hij achter de piano moest plaatsnemen en ging zelf op een smal bankje tegen een muur van het vertrek zitten. 'Speelt u maar als u er klaar voor bent, Herr Halvorsen.'

Pip hield zijn licht trillende handen boven de toetsen, maar toen hij de langzame reeks klokachtige klanken inzette waarmee Rachmaninovs 'Concert voor piano nr. 2 in c-mineur' opende, was hij niet langer nerveus. De stormachtige passie van de muziek maakte zich van hem meester, hij kneep zijn ogen dicht en hoorde in gedachten de begeleidende partijen voor snaren en hout en zijn vingers dansten door de snelle opeenvolging van arpeggio's die volgde. Hij was halverwege het lyrische, trage gedeelte in E-majeur toen Herr Heide zei dat hij moest stoppen.

'Ik heb genoeg gehoord, vind ik. U speelt prachtig. Ook als u maar half zo goed viool speelt, Herr Halvorsen, zie ik geen reden waarom ik u geen werk zou aanbieden. We gaan nu naar mijn kantoor, dan praten we daar verder.'

Een uur later ging Pip terug naar huis met een gevoel alsof hij in de zevende hemel was, en hij vertelde Karine en zijn ouders meteen dat hij nu officieel voor het Bergens Filharmonisch Orkest werkte.

‘Ik zit alleen maar op de “wip” en speel afwisselend piano en viool wanneer de musici die die instrumenten bespelen niet beschikbaar of ziek zijn, maar Herr Heide heeft me verteld dat de pianist die ze nu hebben oud is en vaak niet kan optreden. Misschien gaat hij binnenkort met pensioen.’

‘Franz Wolf heeft artritis in zijn vingers en hij is een krakende wagen. Je zult veel kansen krijgen om te spelen. Goed gedaan, jongen!’ Horst gaf hem een schouderklopje. ‘We zullen samen in het orkest spelen, net als mijn vader Jens en ik vroeger.’

‘Heb je hem ook verteld dat je componist bent?’ vroeg Karine nadrukkelijk.

‘Ja, maar Rome is niet in één dag gebouwd, en voorlopig ben ik alleen maar dankbaar dat ik je kan onderhouden als we getrouwd zijn.’

‘Misschien kom ik op een dag ook in je orkest spelen,’ zei Karine pruilend. ‘Ik denk niet dat ik een goede *Hausfrau* zal zijn.’

Pip vertaalde voor zijn moeder wat Karine had gezegd en ze glimlachte. ‘Maak je geen zorgen. Terwijl jij en je vader muziek maken zal ik Karine alles leren wat ze over het huishouden moet weten.’

‘Weer twee Halvorsens in een orkest, een zoon die op het punt staat te gaan trouwen en in de toekomst vast veel kleinkinderen om van te houden.’ Horsts ogen glinsterden van geluk.

Pip zag dat Karine haar donkere wenkbrauwen optrok en hem aankeek. Ze had vaak gezegd dat ze niet het moederlijke type en veel te veel met zichzelf bezig was om kinderen te krijgen. Dat nam hij niet serieus; zeggen wat je niet mocht denken was haar manier om te choqueren. En hij hield van haar omdat ze zo was.

Karine en Pip trouwden op de dag voor kerst. Er lag een deken van vers gevallen sneeuw over Bergen en de twinkelende lichtjes in de straten van het centrum gaven het gebeuren een sprookjesachtige sfeer toen de twee in een door paarden getrokken rijtuig naar het Grand Hotel Terminus reden. Na de receptie, die Horst met alle geweld had willen betalen, wensten de pasgetrouwden hun gasten ten slotte goedenacht, en gingen naar boven. Toen ze hun hotelkamer binnenkwamen, die Elle en Bo bij wijze van cadeau voor hen hadden betaald, omhelsden ze elkaar met een begeerte die alleen kon voortkomen uit een half jaar onthouding. Terwijl ze elkaar kusten, maakte Pip de knoopjes van Karines roomkleurige trouwjurk los, en toen die van haar schouders gleed, volgden zijn vingers de weg naar beneden. Ze gingen over haar sierlijke sleutelbeenderen, daalden af en streken over haar donkerroze tepels. Ze kreunde en pakte hem bij zijn haar, maakte zijn mond los van die van haar en leidde hem naar haar borst. Ze hijgde van genot toen zijn lippen zich om haar tepel sloten en tegelijkertijd duwde ze de jurk over haar heupen, zodat hij op de vloer viel. Toen nam Pip haar in zijn armen, tilde haar op en droeg haar naar het bed. Hij was gek van verlangen en ademde snel en oppervlakkig. Terwijl hij bij het bed stond en zijn kleren uittrok, ging Karine op haar knieën op de matras zitten en hield hem tegen.

'Nee, nu is het mijn beurt,' zei ze hees. Ze maakte behendig de knoopjes van zijn overhemd los, en toen die van zijn broek. Een paar seconden later trok ze hem boven op zich en toen verloren ze zich in elkaar.

Daarna lagen ze bevredigd op het bed en hoorden de klok op het oude stadsplein middernacht slaan.

'Dat was het zeker waard om van godsdienst voor te veranderen,' verklaarde Karine. Ze richtte zich half op, ondersteunde zich met haar ellebogen, keek Pip glimlachend aan en streelde zijn gezicht met de rug van haar vingers. 'En als ik het nog niet gezegd had, dan zeg ik het je nu, als je vrouw sinds een paar uur, die wil dat je dit nooit vergeet: ik hou van je, chérie, en ik kan me niet herinneren dat ik ooit gelukkiger ben geweest dan vanavond.'

'Ik ook niet,' fluisterde hij. Hij nam haar hand van zijn wang en drukte hem tegen zijn lippen. 'Op altijd.'

'Op altijd.'

40

1938

Terwijl de sneeuw en regen in januari, februari en maart onophoudelijk neervielen op Bergen en de uren dat het licht was snel overgingen in duisternis, repeteerde Pip elke dag een paar uur met het Bergens Filharmonisch Orkest. In het begin werd er alleen een beroep op hem gedaan om op te treden bij de avondconcerten, hoogstens één keer in de week, maar toen de arme Franz, de oude pianist, vaker vrij begon te nemen omdat hij steeds meer last van zijn artritis kreeg, werd Pip geleidelijk een vaste waarde in het orkest.

Intussen besteedde hij zijn vrije tijd grotendeels aan het componeren van zijn eerste concert. Hij liet de resultaten van zijn inspanningen aan niemand zien. Zelfs niet aan Karine, maar hij zou het werk wel aan haar opdragen als het klaar was. In de middagen na de repetities bleef Pip vaak in de concertzaal, om achter de piano in de orkestbak te werken aan zijn compositie, in de spookachtige sfeer van een auditorium zonder orkest of publiek.

Karine werd beziggehouden door Astrid, van wie ze innig was gaan houden. Haar Noors werd langzaam beter en onder de opgewekte leiding van haar schoonmoeder deed ze haar best om de kunst van het huishouden onder de knie te krijgen.

Zo vaak Elles werk het toestond, ging Karine bij haar vriendin op bezoek in het appartementje boven de kaartenmakerszaak aan de haven en dan bespraken ze met zijn tweeën hun plannen en hoop voor de toekomst.

'Ik kan er niets aan doen, maar ik ben jaloers op je omdat je een huis hebt,' bekende Karine toen ze op een ochtend koffie zaten te drinken. 'Pip en ik zijn nu getrouwd, en toch wonen we nog onder één dak met zijn ouders en we slapen in zijn jongenskamer. Niet bepaald een ruimte die uitnodigt tot liefdesavonturen. We moeten altijd zorgen dat we stil zijn, maar ik zou graag de vrijheid hebben om hartstochtelijk te kunnen vrijen.'

Elle was gewend aan de openhartige uitspraken van haar beste vriendin. 'Jullie tijd zal vast nog wel komen,' zei ze glimlachend. 'En jullie hebben het geluk dat Pips ouders jullie steunen. Wij hebben het nog steeds moeilijk. Bo's elleboog is een stuk beter, maar nog niet voldoende hersteld om auditie te kunnen doen bij het orkest hier, of waar dan ook. Hij is er kapot van dat hij zijn passie niet kan uitleven. Net als ik, trouwens.'

Karine wist precies hoe ze zich moest voelen. Sinds ze in Bergen was aangekomen, was ze binnengebleven en had ze niet meer met haar eigen talent voor muziek gedaan dan af en toe een avondje in Froskehuset spelen. Maar ze gaf ook toe dat haar problemen niets voorstelden in vergelijking met die waarmee Elle en Bo geconfronteerd werden.

'Het spijt me, Elle, dat was egoïstisch van me.'

'Nee, dat was het niet, zuster. Muziek is ons levensbloed en ik kan niet zonder. Het heeft in ieder geval nog íéts goeds opgeleverd dat Bo niet kan spelen. Hij houdt van zijn werk voor de kaartenmaker en verdiept zich in het leren van navigatiemethoden. Voorlopig is hij daar tevreden mee, en ik ook.'

'Daar ben ik blij mee,' zei Karine. 'En ik ben ook blij dat we nog steeds in dezelfde plaats wonen en elkaar zo vaak als we willen kunnen zien. Ik weet niet wat ik zonder jou zou moeten beginnen.'

'En ik zonder jou.'

Begin mei zei Pip tegen Karine dat hij genoeg had gespaard om een huisje te kunnen huren aan Teatergaten, in het hart van de stad, op maar een steenworp afstand van het theater en de concertzaal.

Toen hij het Karine vertelde, barstte ze in tranen uit. 'Heel goed getimed van je, chérie. Want dat is nog niet alles. Ik moet je ook nog vertellen dat ik zwanger ben, mon Dieu!'

'Maar dat is fantastisch nieuws!' riep Pip uit. Hij rende naar zijn vrouw toe en omhelsde haar dolblij. 'Probeer niet zo ontzet te kijken,' zei hij plagerig, en hij tilde haar trillende kin op met zijn vingertoppen om haar aan te kunnen kijken. 'Jij, met je naturalistische overtuigingen, zou toch de eerste moeten zijn om toe te geven dat een kind simpelweg het gevolg van twee verliefde harten is.'

'Dat weet ik allemaal wel, maar 's ochtends ben ik zo ziek als een hond. En als ik nou niet van het kind hou? Of als ik een verschrikkelijke moeder blijk te zijn? Wat moet ik als...'

'Stil nou maar. Je bent gewoon bang. Net als alle vrouwen die voor het eerst moeder worden.'

'Nee! De vrouwen die ik ken vonden het altijd geweldig om zwanger te zijn. Ze klopten als merries die een veulen verwachten op hun bolle buik en genoten van de aandacht. Maar alles wat ík zie, is iets vreemds binnen in me dat me mijn platte buik afneemt en me van mijn energie berooft!'

En daarop wierp Karine zich opnieuw in tranen uitbarstend in zijn armen.

Pip onderdrukte een glimlach, haalde diep adem en deed wat hij kon om haar te troosten.

Later die avond vertelden ze Horst en Astrid dat ze grootouders zouden worden. En dat hij en Karine in een eigen huis zouden gaan wonen.

Er werd over en weer gefeliciteerd, hoewel Horst Karine geen glas gaf toen de fles aquavit tevoorschijn kwam.

'Zie je nou wel?' klaagde ze, toen ze naast hem in bed stapte. 'Alles wat ik leuk vond is verleden tijd.'

Pip trok haar grinnikend tegen zich aan, sloeg zijn armen om haar heen en stak zijn hand onder haar nachtjapon om de kleine bolling te liefkozen. Het was, dacht hij, alsof hij voor het eerst de halve maan in een sterrenhemel zag. Ze hadden het kind samen gemaakt. En het was een wonder.

'Het duurt nog maar zes maanden, Karine. En ik beloof je dat ik op de avond na de geboorte een volle fles aquavit naar je bed zal brengen, dan kun je die helemaal opdrinken.'

Begin juni verhuisden ze naar hun nieuwe woning aan Teatergaten. Het was een piepklein maar mooi huisje, met muren van lichtblauw geschilderde planken en een houten veranda voor de keuken. Terwijl Pip die zomer aan het werk was, werkte Karine met hulp van Astrid en Elle hard aan de inrichting en zette potten met petunia's en lavendel op de veranda. Hoewel hun middelen beperkt waren, werd het geleidelijk een toevluchtsoord vol huiselijke rust.

Op de avond van zijn tweeëntwintigste verjaardag, in oktober, kwam Pip thuis na een avondoptreden in het theater en hij trof Karine, Elle en Bo staand in de zitkamer aan.

'Gefeliciteerd, chérie,' zei Karine. Haar ogen schitterden van opwinding toen de drie opzijgingen en een staande piano onthulden, achter hen in een hoek van de kamer. 'Het is geen Steinway, ik weet het, maar het is in ieder geval een begin.'

'Maar hoe...' vroeg Pip verbaasd. 'We hebben het geld niet voor zo'n ding.'

'Het is aan mij om me daar zorgen over te maken en aan jou om ervan te genieten. Een componist moet altijd over zijn eigen instrument kunnen beschikken om zijn muze te volgen,' zei ze. 'Bo heeft de piano uitgeprobeerd en gezegd dat hij goed gestemd is. Kom, Pip, speel eens wat voor ons.'

'Natuurlijk.'

Pip liep naar de piano, liet zijn vingers over de klep die de toetsen beschermde gaan en bewonderde het eenvoudige inlegwerk waarmee het goudkleurige hout van het paneel erboven was verfraaid. Er was geen merkplaatje van de maker op aangebracht, maar het instrument was goed gebouwd, uitstekend onderhouden en zo te zien liefdevol geboend. Hij tilde de klep op, onthulde de glimmende toetsen en keek zoekend naar iets om op te zitten om zich heen.

Elle stapte snel naar voren. 'En dit is een cadeau van ons,' zei ze. Ze pakte een gestoffeerde kruk vanachter de stoel waar ze hem hadden verstopt en zette hem voor de piano. 'Het houtsnijwerk is van Bo en ik heb het zitkussen genaaid.'

Pip keek snel naar de fraai gedraaide grenen poten en het kunstige borduurwerk op de zitting. Hij was overdonderd. 'Ik... weet niet wat ik moet zeggen,' zei hij, en ging erop zitten. 'Behalve dank jullie wel allebei.'

'Het stelt niks voor in vergelijking met wat jij en je familie voor óns hebben gedaan,' zei Bo zacht. 'Gefeliciteerd met je verjaardag.'

Pip hield zijn vingers boven de toetsen en speelde de eerste maten van Tsjaikovski's 'Capriccio in G-majeur. Bo had gelijk, het instrument had echt een prachtige klank, en hij dacht opgetogen dat hij nu elk moment van de dag en nacht aan zijn concert kon werken.

Terwijl Karine steeds verder uitdijde en het nog maar een paar weken zou duren voordat ze het kind kreeg, zat Pip verwoed schrijvend en experimenterend met akkoorden en harmonievariaties achter zijn geliefde piano, want hij wist dat het onherroepelijk met de rust in huis gedaan zou zijn wanneer de baby er eenmaal was.

Felix Mendelssohn Edvard Halvorsen – genoemd naar Karines vader – kwam gezond en gelukkig ter wereld op 15 november 1938. En zoals Pip had verwacht voelde Karine zich als moeder als een vis in het water, hoewel ze zelf bang was geweest dat dat niet zo zou zijn. Pip was blij haar zo tevreden en gelukkig te zien, maar hij moest eerlijk toegeven dat hij zich soms buitengesloten voelde door de hechte band tussen moeder en kind. Zijn vrouw besteedde al haar aandacht aan haar geliefde zoontje. Die verandering van focus beviel Pip tegelijkertijd wel en niet. Het moeilijkst om mee om te gaan, vond hij, was dat Karine hem voorheen altijd had aangemoedigd om te werken aan zijn compositie, maar nu leek het net of ze hem elke keer dat hij achter de piano ging zitten maande stil te zijn. 'Pip! De baby slaapt, je zult hem wakker maken.'

Maar anderzijds was hij blij dat Karine in de cocon van het moederschap zat, want daardoor nam ze niet de moeite om de kranten te lezen, die week na week toenemende spanningen in Europa meldden. Nadat Duitsland in maart Oostenrijk had geannexeerd, was er eind september een sprankje hoop dat oorlog vermeden zou kunnen worden: Frankrijk, Duitsland, Groot-Brittannië en Italië hadden het Verdrag van München ondertekend, waarbij het Sudetenland in Tsjecho-Slowakije was toegewezen aan Duitsland, in ruil voor een belofte van Hitler dat Duitsland geen verdere aanspraken op grondgebied zou maken. De Britse premier Neville Chamberlain had zelfs in een toespraak aangekondigd dat de overeenkomst tot 'vrede in onze tijd' zou leiden. Pip bad met heel zijn hart dat Chamberlain gelijk zou hebben. Maar naarmate de herfst vorderde, werden de gesprekken in de orkestbak en op de straten van Bergen steeds somberder en steeds minder mensen geloofden dat het Verdrag van München nageleefd zou worden.

Het kerstfeest vormde een welkome afwisseling. Ze brachten Eerste Kerstdag door met Elle en Bo bij Horst en Astrid thuis. Op oudejaarsavond hielden Karine en Pip een feestje in hun eigen huis en toen de klokken middernacht sloegen en 1939 begon, nam Pip zijn vrouw in zijn armen en kuste haar teder.

'Lieve schat, alles wat ik ben, heb ik aan jou te danken. Ik kan je niet dankbaar genoeg zijn voor wat je voor me bent geweest. En voor wat je me hebt gegeven,' fluisterde hij. 'Op ons drieën.'

Op nieuwjaarsdag ging Karine, die was overgehaald om Felix in de liefhebbende zorg van zijn grootouders achter te laten, samen met Pip, Bo en Elle in de haven van Bergen aan boord van de Hurtigrutenboot, die langs de prachtige westkust van Noorwegen voer. Karine vergat zelfs haar moederlijke ongerustheid toen ze de talloze schitterende landschappen waar ze langsvoeren zag. De Zeven Zusters-waterval aan de rotswand boven de Geirangerfjord was haar favoriet.

'Het is echt adembenemend, chérie,' zei ze, terwijl ze samen met Pip aan dek stond, gekleed in lagen wol tegen de winterse temperatuur. Ze staarden allebei vol ontzag naar de ongelooflijke sculpturen van natuurijs die zich hadden gevormd toen de zich neerstortende waterstromen aan het begin van de winter bevroren waren.

De Hurtigruten voer de fjorden verder noordwaarts langs de kust in en uit en legde aan bij allerlei kleine havenplaatsjes met voedsel en post. Het was de navelstreng die de bewoners van de geïsoleerde gemeenschappen langs de kust verbond.

Toen ze het noordelijkste punt van de tocht naderden, Mehamn, boven aan de arctische kust van Noorwegen, legde Pip zijn reisgenoten het fenomeen van het noorderlicht uit.

'Het noorderlicht is de lichtshow van God zelf,' zei hij. Hij probeerde de schoonheid van het schouwspel in woorden weer te geven, maar wist dat het hem niet zou lukken.

'Heb je het weleens gezien?' vroeg Karine.

'Ja, maar één keer, toen de omstandigheden goed waren en het licht zelfs bij Bergen in het zuiden zichtbaar was. Deze reis heb ik nog nooit gemaakt.'

'Hoe ontstaat het?' vroeg Elle, opkijkend naar de heldere sterrenhemel boven hen.

'Er zal vast een natuurkundige verklaring voor zijn,' bekende Pip, 'maar ik ben niet de aangewezen persoon om die te geven.'

'En misschien is dat ook niet nodig,' zei Bo.

Ten noorden van Tromsø werd de zee onstuimig en de beide vrouwen bleven in hun hut terwijl het schip de Noordkaap naderde. De kapitein kondigde aan dat dit het punt was vanwaar het noorderlicht het best waarneembaar was, maar Pip wist hoe zeeziek Karine was en hij had geen andere keus dan Bo alleen en starend naar de hemel aan dek achter te laten en benedendeks te gaan om voor haar te zorgen.

'Ik had je toch gezegd dat ik een hekel aan water heb,' kreunde Karine, over een van de braakzakken gebogen die de bemanning aan zeezieke passagiers had uitgedeeld.

Toen het ochtend werd, was het water rustiger, en ze voeren van de Noordkaap terug naar Bergen in het zuiden. Bo begroette Pip met een opgewonden gezicht in de eetzaal.

'Ik heb het gezien, mijn vriend! Ik heb het wonder gezien! En het was majestueus genoeg om zelfs de meest verstokte ongelovige ervan te overtuigen dat er een hogere macht bestaat. De kleuren.... groen, geel, blauw... de hele hemel straalde! Ik...' Bo's stem stokte, maar toen herstelde hij zich. Zijn ogen glinsterden van ingehouden tranen. Hij stak zijn armen uit naar Pip en omhelsde hem. 'Dank je wel,' zei hij. 'Dank je wel.'

Terug in Bergen trok Pip zich om de baby niet te storen terug in de verlaten concertzaal, of in het huis van zijn ouders om de piano daar te gebruiken. Hij merkte dat zijn hoofd niet helder was, door de ontelbare verstoorde nachten waarin Felix onophoudelijk huilde na een aanval van koliek, waarvoor hij vatbaar was. Hoewel

Karine dan opstond om voor de baby te gaan zorgen en haar man liet slapen, omdat ze wist dat hij het druk had met zijn werk, klonk het schrille gehuil van Felix dwars door de dunne wanden van het huisje heen, waardoor ze geen van beiden rust konden vinden.

'Misschien zou ik gewoon wat aquavit in zijn flesje moeten doen, dan is het zo over,' zei een uitgeputte Karine aan het ontbijt na een bijzonder onrustige nacht. 'Die baby wordt mijn dood nog eens,' verzuchtte ze. 'Het spijt me ontzettend dat hij je uit je slaap houdt, chérie, maar ik krijg hem niet stil. Ik ben gewoon geen goede moeder.'

Pip sloeg zijn armen om haar heen en streek haar tranen weg met zijn vingers. 'Ach, welnee, liefste. Als hij wat groter is, doet hij het niet meer, let maar op.'

Toen de zomer naderde, betwijfelden de beide ouders of ze ooit nog een hele nacht slaap zouden krijgen. De eerste nacht dat het stil bleef werden ze allebei automatisch om twee uur wakker, de tijd waarop Felix gewoonlijk begon te krijsen.

'Zou het wel goed met hem gaan, denk je? Waarom huilt hij niet? Mon Dieu! Als hij maar niet dood is!' zei Karine. Ze vloog uit bed en sprong naar de wieg die in een hoek van het kamertje stond. 'Nee, nee, hij ademt nog en lijkt geen koorts te hebben,' fluisterde ze. Ze boog zich over Felix heen en legde haar hand op zijn voorhoofdje.

'Wat doet hij dan?' vroeg Pip.

Karines lippen plooiden zich tot een glimlach. 'Hij slaapt, chérie. Hij slaapt gewoon.'

De rust in huis was wedergekeerd en Pip werkte verder aan zijn muziek. Na er diep over te hebben nagedacht besloot hij het 'Het heldenconcert' te noemen. Het verhaal dat hij had gelezen over een priesteres die de regels van haar tempel in de wind sloeg door een jonge aanbidder toe te staan de liefde met haar te bedrijven en hem na te springen toen hij in zee verdronk, paste goed bij Karines theatrale, onafhankelijke karakter. Bovendien was Karine ook echt zijn 'heldin', en Pip wist dat hij hetzelfde zou doen als hij haar ooit zou verliezen.

Op een middag in augustus legde hij het potlood waarmee hij op het muziekblad had geschreven neer en rekte zich opgelucht uit. De laatste orkestratie was compleet. Zijn compositie was klaar.

De zondag daarop gingen hij en Karine op bezoek bij zijn ouders in Froskehuset en ze namen Felix mee in de trein. Na de lunch gaf hij hun de bladmuziek met de delen voor cello, viool en hobo en hij vroeg Karine en Horst of ze ze wilden bestuderen. Na een snelle repetitie – ze waren allebei ervaren notenlezers – ging Pip achter de piano zitten, en het orkestje begon te spelen.

Twintig minuten later legde Pip zijn handen in zijn schoot. Hij draaide zich om en zag dat zijn moeder tranen uit haar ogen streek.

'Dat heeft mijn zoon geschreven,' fluisterde ze, opkijkend naar haar man. 'Ik denk dat hij de gave van jouw vader heeft geërfd, Horst.'

'Ja, waarachtig,' zei Horst, ook zichtbaar ontroerd. Hij gaf Pip een vriendschappelijke klap op zijn schouder. 'Het is echt een geïnspireerd stuk, mijn jongen. Het moet zo snel mogelijk voor Harald Heide gespeeld worden. Ik weet zeker dat hij het hier in Bergen in première zal willen laten gaan.'

'Het kopen van de piano was natuurlijk helemaal voor mijn rekening,' zei Karine luchtig in het treintje naar huis. 'En nu je toch rijk gaat worden, kun je het parelsnoer dat ik ervoor heb verkocht vervangen.' Ze zag de verschrikte uitdrukking op zijn gezicht en boog zich naar hem toe om zijn wang te kussen. 'Maak je geen zorgen, liefste. Je maakt Felix en mij heel trots en we houden van je.'

Pip verzamelde de moed om Harald Heide in de concertzaal op te zoeken voordat de eerste avondvoorstelling van die week begon. Hij vond hem achter de coulissen, legde hem uit dat hij een concert had geschreven en zei dat hij graag wilde weten wat Harald ervan vond.

'Er is geen beter moment om het te beoordelen dan nu. Wilt u het voor me spelen?' stelde Harald voor.

'Eh... goed, meneer.' Pip ging nerveus achter de piano zitten, hield zijn vingers boven de toetsen en speelde het hele concert uit zijn hoofd. Harald onderbrak hem niet, en nadat Pip het stuk had gespeeld, applaudisseerde hij luid voor hem.

'Nou, nou, het is echt heel goed, Herr Halvorsen. Het repeterende thema is verrukkelijk origineel en hypnotiserend. Ik neurie het al. Als ik deze bladen doorkijk, zie ik dat sommige orkestraties nog wat bewerkt moeten worden, maar daar kan ik u wel bij helpen. Ik vraag me af,' zei hij, terwijl hij de bladmuziek teruggaf aan Pip, 'of we een tweede jonge Grieg in ons midden hebben. Er zat iets van zijn werk in de structuur, en misschien hoorde ik er ook iets van Rachmaninov en Stravinsky in.'

'En hopelijk heeft u er ook iets van mij in gehoord, meneer,' antwoordde Pip dapper.

'O, ja, dat zeker. Goed gedaan, jongeman. Ik denk dat we het aan het programma kunnen toevoegen als het voorjaar begint, dan heeft u genoeg tijd om aan de orkestratie te werken.'

Na het concert was Pip zo vrij om zijn al slapende vrouw wakker te maken. 'Ongelooflijk, kjære! Het gaat door. Misschien ben ik volgend jaar om deze tijd een professionele componist.'

'Dat is het mooiste bericht dat ik ooit heb gehad. Niet dat ik er ook maar een seconde aan heb getwijfeld. Je zult invloed krijgen,' zei ze giechelend. 'En dan ben ik de vrouw van de beroemde Pip Halvorsen.'

'Natuurlijk zal ik me "Jens Halvorsen" noemen,' corrigeerde hij haar. 'Ik neem de naam van mijn grootvader over.'

'Die zeker heel trots op je zou zijn, chérie, net als ik.'

Ze klonken op het nieuws met een glaasje aquavit en besloten hun feestje met een stille vrijpartij, om Felix, die vredig lag te slapen in zijn wieg aan het voeteneind van hun bed, niet wakker te maken.

Waarom duurt geluk toch altijd zo kort, vroeg Pip zich treurig af toen hij op 4 september in de krant las dat Frankrijk en Engeland na de invasie van Polen op 1 september de oorlog hadden verklaard aan Duitsland. Pip ging zijn huis uit en legde de kleine afstand naar de concertzaal lopend af om te gaan repeteren. Hij voelde dat er een sombere stemming over de inwoners van de stad was neergedaald.

'Maar Noorwegen was neutraal in de laatste oorlog, dus waarom niet ook in deze? We zijn een vredelievend land en hebben niets te vrezen,' zei Samuel, een van Pips collega-musici, terwijl ze hun instrument stemden in de orkestbak. Ze waren allemaal verontrust door het nieuws en er heerste een nerveuze sfeer.

'Ah, maar vergeet niet dat Vidkun Quisling, de leider van de Noorse fascistische partij, zijn best doet om steun voor Hitlers zaak op te trommelen,' antwoordde Horst somber, terwijl hij zijn cellostrijkstok met hars insmeerde. 'Hij heeft al een heleboel lezingen gegeven over wat hij "het Joodse probleem" noemt. En als hij, God verhoede, aan de macht komt, zal hij ongetwijfeld partij voor de Duitsers kiezen.'

Na het concert nam Pip zijn vader ter zijde. 'Far, denk je echt dat we bij deze oorlog betrokken zullen raken?'

'Ik ben bang dat het best zou kunnen.' Horst haalde treurig zijn schouders op. 'En zelfs als ons land de oproep om de wapens voor een van de beide partijen op te nemen naast zich neerlegt, betwijfel ik of het Duitse regime ons met rust zal laten.'

Die avond probeerde Pip Karine te troosten. In haar ogen blonk opnieuw de angst die hij er in Leipzig in had gezien.

'Rustig, alsjeblieft,' zei hij tegen haar terwijl ze met een trappelende Felix beschermend tegen haar borst gedrukt heen en weer liep in de keuken, alsof de nazi's plotseling door de voordeur konden binnenstormen en haar zoontje uit haar armen zouden rukken. 'Denk eraan dat je tot lutherse bent gedoopt en Halvorsen heet. Zelfs als de nazi's hier binnenvallen, wat heel onwaarschijnlijk is, zal niemand weten dat je Joodse van geboorte bent.'

'O, Pip, wees toch niet zo naïef! Ze hoeven maar even naar me te kijken, en ze hebben het door. Dan een onderzoekje, en het is bewezen. Je begrijpt niet hoe grondig ze te werk gaan. Ze zullen voor niets terugdeinzen om ons uit te roeien! En hoe moet het nu met onze zoon? Hij heeft ook Joods bloed! Misschien nemen ze hem ook mee!'

'Ik zou niet weten hoe ze daar achter kunnen komen. En trouwens, we moeten ervan uitgaan dat ze hier niet zullen komen,' zei Pip. Hij zette de eerdere opmerkingen van zijn vader vastberaden uit zijn hoofd. 'Ik heb van verschillende mensen gehoord dat er via Zweden constant kleine groepjes Joden uit Europa naar Noorwegen komen om te ontsnappen aan de nazidreiging. Ze zien dit land als een veilig toevluchtsoord. Waarom doe jij dat ook niet?'

'Omdat ze het mis kunnen hebben, Pip… Misschien zien ze dat verkeerd.' Opeens plofte ze met een zucht op een stoel. 'Zal ik dan altijd bang moeten zijn?'

'Ik zal doen wat ik kan om jou en Felix te beschermen, Karine, ik zweer het je. Wat er ook voor nodig is, liefste.'

Ze keek naar hem op, haar donkere, gekwelde ogen vol ongeloof. 'Ik weet dat jij dat wilt, chérie, en ik dank je ervoor, maar helaas kun zelfs jij me dit keer misschien niet redden.'

Net als na de verwoesting van het standbeeld van Mendelssohn in Leipzig, voelde Pip aan dat de gespannen sfeer de volgende maand afnam, toen iedereen in Noorwegen de situatie begon te accepteren en navenant reageerde. Koning Haakon en premier Johan Nygaardsvold deden wat ze konden om de burgers te verzekeren dat Duitsland niet in hun uithoekje van de wereld geïnteresseerd was. Er was geen reden tot paniek, herhaalden ze, hoewel het leger en de marine gemobiliseerd waren en er diverse voorzorgsmaatregelen getroffen waren voor het geval dat het ergste toch zou gebeuren.

Terwijl dat allemaal gebeurde, bracht Pip, begeleid door de ervaren en koesterende hand van Harald, uren door met het perfectioneren van zijn orkestratie. Op een dag kort voor kerst kreeg hij van Harald het geweldige nieuws dat 'Het heldenconcert' in het voorjaarsprogramma zou worden opgenomen. Toen hij die avond na het concert thuiskwam, werd de fles aquavit tevoorschijn gehaald.

'De eerste uitvoering zal ik aan jou opdragen, liefste,' zei Pip tegen Karine.

'En ik zal erbij zijn om je je meesterwerk ter wereld te horen brengen. Jij was er ook bij toen ik het mijne ter wereld bracht,' zei ze, en ze wierp zich dronken in zijn armen. En daarop bedreven ze de liefde, luidruchtig en niet weerhouden door hun zoontje, dat bij zijn grootouders logeerde.

41

Op een regenachtige maandagochtend in 1940 zat Pip aan de ontbijttafel tegenover zijn vrouw, en hij zag de rimpels in haar voorhoofd dieper worden terwijl ze de brief van haar ouders las.

'Wat is er, liefste?'

Ze keek hem aan. 'Mijn ouders zeggen dat we onmiddellijk naar Amerika moeten gaan. Ze zijn ervan overtuigd dat Herr Hitler uit is op werelddominantie. Dat hij onverzadigbaar zal zijn tot hij de macht over Europa in handen heeft en dan nog verder zal gaan. Kijk maar, ze hebben zoveel mogelijk dollars bijgesloten om ons te helpen met de kosten van de reis.' Ze zwaaide met een paar dunne briefjes. 'Als we de piano verkopen, hebben we de rest van het bedrag zo bij elkaar. Ze zeggen dat Frankrijk, en zelfs Noorwegen, niet langer veilig zijn voor een invasie.'

Pip keek haar strak aan. Over een paar weken zou zijn compositie in première gaan. De uitvoering was gepland voor het speciale zondagmiddagconcert van 14 april in het theater Den Nationale Scene. 'Neem me niet kwalijk, maar hoe kunnen je ouders nu meer over de situatie in Europa weten dan wij? Ze zitten er duizenden kilometers vandaan.'

'Omdat zij overzicht hebben en neutraal kunnen zijn, in tegenstelling tot ons. Wij zitten er "middenin" en misschien maken we ons hier in Noorwegen wel wijs dat er niets aan de hand is omdat we anders de moed er niet in kunnen houden. Echt waar, Pip, ik vind dat het tijd is om te gaan,' smeekte ze.

'Maar lieve schat, je weet net zo goed als ik dat de toekomst voor ons alle drie afhangt van het succes van de première van mijn concert. Dan kan ik nu toch niet weglopen?'

'Ook niet om je vrouw en kind in veiligheid te brengen?'

'Alsjeblieft, Karine, zeg dat niet! Ik heb gedaan wat ik kon om je te beschermen en dat zal ik blijven doen. Als wij een toekomst in Amerika willen, moet ik eerst naam hebben gemaakt. Als ik dat niet doe, kom ik daar gewoon aan als de zoveelste zogenaamde componist uit een land waarvan de meeste Amerikanen nog nooit gehoord hebben. Ik betwijfel of ik bij het New Yorks Filharmonisch Orkest of welk ander orkest dan ook aangenomen zou worden als theeschenker, laat staan als iemand om serieus te nemen.'

Pip zag de plotseling opgekomen woede in Karines ogen flitsen. 'Weet je wel zeker dat het om het geld gaat? Of zeg je dit omdat je je ego belangrijker vindt?'

'Doe alsjeblieft niet zo neerbuigend tegen me,' zei hij kil, terwijl hij opstond van de tafel. 'Ik ben je man en de vader van onze zoon. En ík neem de beslissingen in dit huis. Over twintig minuten heb ik een ontmoeting met Harald. We hebben het hier later nog over.'

Ziedend van verontwaardiging liep Pip het huis uit. Soms ging Karine echt te ver, dacht hij. Hij las niet alleen elke krant die hij te pakken kon krijgen, maar legde ook voortdurend zijn oor te luisteren, op straat en in de orkestbak, en hij wist welke geruchten daar de ronde deden. Er speelden twee Joodse musici in het orkest die geen van beiden leken te denken dat er reden tot paniek was. En tot dusver had niemand gesuggereerd dat Herr Hitler plannen had om Noorwegen de komende tijd binnen te vallen. Het was bangmakerij van Karines ouders, dacht hij terwijl hij door de straten van de stad liep. De première was over drie weken, en dus zou het volslagen krankzinnig van hen zijn om nu te vertrekken.

Voor deze ene keer, dacht Pip, moest Karine maar eens luisteren naar haar man. Hij ergerde zich er groen en geel aan dat ze zijn mening in twijfel trok.

'Nou, goed dan.' Karine haalde afkeurend haar schouders op toen Pip haar die avond vertelde dat de familie tot na de première in Bergen zou blijven. 'Als jij denkt dat je vrouw en zoon hier veilig zijn, zit er voor mij niets anders op dan je te vertrouwen.'

'Ik geloof dat je hier veilig bent. Voorlopig, in ieder geval. Later kunnen we de situatie herzien, als we dat nodig vinden.' Pip keek naar haar terwijl ze opstond, nadat ze zijn besliste afwijzing van wat haar ouders dachten en zij zelf voelde gespannen had aangehoord. 'Natuurlijk kan ik je niet tegenhouden als je toch wilt gaan,' voegde hij er met een vermoeid schouderophalen aan toe.

'Je hebt me erop gewezen dat je mijn man bent en ik moet me neerleggen bij je mening en inzichten. Natuurlijk blijven Felix en ik hier bij jou. Dat is onze plaats.' Ze wendde zich van hem af en liep naar de deur. Toen bleef ze staan en draaide zich naar hem om. 'Ik hoop dat je gelijk hebt, Pip. Want God sta ons bij als het niet zo is.'

Vijf dagen voordat Pips concert in première zou gaan, viel de Duitse oorlogsmachine Noorwegen aan. Het land, waarvan de hele koopvaardijvloot was ingezet om Engeland te helpen bij een blokkade van het Kanaal om het tegen een invasie te beschermen, werd volledig verrast. De Noren probeerden met wat er nog over was van hun marine de havens van Oslo, Bergen en Trondheim te verdedigen en slaagden er zelfs in een Duits oorlogsschip met wapens en voorraden tot zinken te brengen in de Oslofjord. Maar het zee-, land- en luchtbombardement was niet tegen te houden en hield aan.

Toen Bergen werd belegerd vluchtten Pip, Karine en Felix de bergen in, naar hun toevluchtsoord Froskehuset, en daar zaten ze verschrikt zwijgend bij elkaar en luisterden naar het geronk van de Luftwaffe in de lucht en het schieten in de stad onder hen.

Pip durfde Karine niet in de ogen te kijken; hij wist wat hij erin zou zien. Die avond gingen ze allebei zwijgend naar bed, en ze sliepen als twee vreemden met Felix tussen hen in. Ten slotte kon Pip het niet langer verdragen en hij tastte naar haar hand.

'Karine,' zei hij in het donker, 'hoe zul je me dit ooit kunnen vergeven?'

Er viel een lange stilte. Toen antwoordde ze: 'Het moet. Je bent mijn man en ik hou van je.'

'Ik zweer je dat we veilig zijn, zelfs nu dit is gebeurd. Iedereen zegt dat de burgers van Noorwegen niets te vrezen hebben. De nazi's zijn alleen bij ons binnengevallen om hun bevoorrading met ijzererts vanuit Zweden veilig te stellen. Het gaat niet om jou of mij.'

'Nee, Pip,' zei Karine met een zucht van uitputting. 'Maar het gaat altijd om óns.'

De volgende twee dagen verzekerden de Duitse bezetters de inwoners van Bergen dat ze niets van hen te vrezen hadden en dat het leven gewoon zou doorgaan. Er hingen swastikavlaggen aan het stadhuis en op straat wemelde het van de soldaten in naziuniform. Het stadscentrum was zwaar beschadigd tijdens de slag om Bergen en alle toekomstige concerten waren afgelast.

Pip was wanhopig. Hij had het leven van zijn vrouw en zoontje op het spel gezet voor een première die nooit meer zou plaatsvinden. Hij ging naar buiten en liep het bos in, waar hij in elkaar gedoken en met zijn hoofd in zijn handen op de stam van een omgevallen boom ging zitten. Voor de eerste keer in zijn volwassen leven huilde hij van schaamte en afgrijzen.

Die avond kwamen Bo en Elle bij hen in Froskehuset op bezoek en met zijn zessen bespraken ze de situatie.

'Ik heb gehoord dat onze dappere koning is gevlucht uit Oslo,' zei Elle tegen Karine. 'Hij houdt zich ergens in het noorden schuil. En Bo en ik vertrekken ook.'

'Wanneer? Hoe?' vroeg Karine.

'Bo heeft een vriend die visser is. Hij werkt vanuit de haven. Hij heeft gezegd dat hij ons en anderen die mee willen naar Schotland zal brengen. Gaan jullie mee?'

Karine keek steels naar Pip en zag dat hij diep in gesprek was met zijn vader. 'Ik betwijfel of mijn man mee wil. Zijn Felix en ik hier in gevaar? Alsjeblieft, Elle, zeg het me. En wat denkt Bo ervan?'

'Niemand van ons weet het, Karine. En ook al lukt het ons om Engeland te bereiken, dan vallen de Duitsers daar misschien ook binnen. Deze oorlog is als een plaag die overal doordringt. Hier ben je in ieder geval met een Noor getrouwd, en je bent nu lutherse. Heb je iemand over je oorspronkelijke religie en afkomst verteld?'

'Nee! Nou ja, behalve mijn schoonouders, natuurlijk.'

'Dan kun je misschien beter hier bij je man blijven. Je bent beschermd door zijn naam en de geschiedenis van zijn beroemde Bergense familie. Voor mij en Bo ligt het anders. Wij hebben niets om ons achter te verschuilen. We zijn Pip en zijn familie alleen maar dankbaar dat ze ons toevlucht hebben geboden en ons uit de gevarenzone hebben gehaald. Als we in Duitsland waren gebleven, dan...' Elle haalde haar schouders op. 'Ik heb verhalen gehoord over Jodenkampen, over hele families die midden in de nacht uit hun huis verdwijnen.'

Karine had die verhalen ook gehoord. 'Wanneer gaan jullie?'

'Dat zeg ik niet. Het is beter als jij het niet weet, voor het geval dat de situatie hier verslechtert. En zeg alsjeblieft niets tegen Pip of zijn ouders.'

'Maar gaan jullie binnenkort?'

'Ja,' zei Elle en ze pakte haar vriendin bij de hand. 'En Karine, we moeten nu afscheid nemen. Ik kan alleen maar hopen en bidden dat we elkaar op een dag zullen weerzien.'

Toen omhelsden ze elkaar, met ogen die glinsterden van de tranen, en ze hielden elkaars hand vast in stilzwijgende eensgezindheid.

'Ik zal er altijd voor je zijn, mijn vriendin,' fluisterde Karine. 'Schrijf me wanneer jullie in Schotland aangekomen zijn.'

'Dat zal ik doen, ik beloof het je. Vergeet niet dat je echtgenoot, hoewel hij de situatie verkeerd beoordeeld heeft, een goed mens is. Hoe zou iemand die geen Jood is dit verwacht kunnen hebben? Vergeef hem, Karine. Hij kan niet begrijpen wat het is om altijd in angst te leven.'

'Ik zal het proberen,' zei Karine.

'Goed.' Elle stond flauwtjes glimlachend op en gebaarde naar Bo dat ze klaar was om te gaan.

Karine keek hen na. Diep in haar hart wist ze zeker dat ze geen van beiden ooit zou weerzien.

Twee dagen later waagden Karine en Pip de tocht bergafwaarts naar huis. Ze zagen dat er nog steeds rook opsteeg uit de uitgebrande huizen aan de haven, die waren verwoest door de beschietingen en branden.

Een ervan was de kaartenmakerszaak.

Met zijn tweeën bleven ze naar de smeulende hoop puin staan kijken.

'Zouden ze binnen geweest zijn?' bracht Pip met verstikte stem uit.

'Ik weet het niet,' antwoordde Karine. Ze dacht aan wat ze Elle beloofd had. 'Misschien.'

'O, god.' Pip viel op zijn knieën en begon te huilen, maar op datzelfde moment zag Karine een peloton Duitse soldaten aankomen.

'Opstaan!' siste ze. 'Nu!'

Pip deed wat ze hem gezegd had en ze knikten allebei respectvol toen de militairen langs hen marcheerden, in de hoop dat ze simpelweg zouden denken dat ze een jong, verliefd Noors paartje waren.

Op de ochtend van de dag dat 'Het heldenconcert' in première had moeten gaan zag Pip toen hij wakker werd dat Karine de slaapkamer al uit was. Hij zag ook dat Felix nog vredig lag te slapen in zijn wieg aan het voeteneind van hun bed en ging naar beneden om zijn vrouw te zoeken. Hij liep de keuken in en zag een briefje op de tafel liggen.

Ik ben brood en melk halen. Zo terug. X

Pip liep naar de voordeur en ging ongerust de straat op om te kijken waar ze gebleven was. Hij vroeg zich af wat haar in hemelsnaam bezield kon hebben om er alleen op uit te gaan. Af en toe hoorde hij schoten in de verte. Er waren nog geïsoleerde troepen van het Noorse leger die tot het bittere einde doorvochten, hoewel niemand zich illusies maakte over wie de strijd gewonnen had.

Pip zag geen sterveling in de verlaten straat aan wie hij kon vragen waar zijn vrouw was, en dus ging hij weer naar binnen om zijn zoontje wakker te maken. Felix was nu zeventien maanden. Hij kroop uit bed en waggelde aan de hand van zijn vader de trap af. Er barstten opnieuw geweerschoten los.

'Pang! Pang!' zei Felix met een brede glimlach. 'Waar mama? Honger!'

'Mama komt zo. Kom, dan gaan we kijken in de keuken of er wat te eten voor je is.'

Pip opende de provisiekast en begreep meteen waarom Karine het huis uit was gegaan. Er zat niets in en toen zag hij de twee lege melkflessen bij de gootsteen staan. Pip nam zijn toevlucht tot een broodkorst die nog van de avondmaaltijd over was om Felix stil te houden tot ze terug was. Hij nam de jongen op schoot, las hem een verhaaltje voor en probeerde zich op iets anders dan zijn eigen angst te concentreren.

Twee uur later was Karine nog steeds in geen velden of wegen te bekennen. Wanhopig klopte Pip aan bij de buren. De vrouw stelde hem gerust. Ze zei dat er al voedseltekorten waren en dat ze de vorige dag een uur in de rij had gestaan om brood te kopen.

'Ze kan nu elk moment terugkomen. Misschien heeft ze verder dan gewoonlijk moeten lopen om eten te vinden.'

Pip ging terug naar huis en besloot dat hij er niet langer tegen kon. Hij kleedde Felix aan en ging de deur weer uit met zijn zoontje stevig bij de hand. Er hingen nog slierten bijtende rook van het bombardement van de Luftwaffe boven de baai en nu en dan werd er nog geschoten. De straten waren grotendeels verlaten, hoewel het al over elven was. Hij zag dat de luiken van hun vaste bakkerij gesloten waren, net als die van de groenteboer en visboer verderop aan Teatergaten. Hij hoorde de zware voetstappen van een patrouille, en toen hij de hoek omsloeg, zag hij dat de mannen naar hem toe kwamen marcheren.

'Soldaat!' Felix wees naar hen, zich niet bewust van het gevaar dat ze vormden.

'Ja, soldaat,' zei Pip. Hij pijnigde zijn hersens over de vraag waar Karine naartoe kon zijn gegaan. Toen dacht hij aan het rijtje winkels aan Vaskerelven, dicht bij het theater. Op weg van of naar het werk had Karine hem vaak gevraagd er even langs te gaan als ze iets nodig hadden.

Terwijl hij het theater naderde, keek hij omhoog. De gevel was compleet weggeschoten. Hij hield zijn adem in van afschuw toen hij het zag. Zijn eerste gedachte was dat hij de originele pianomuziek van zijn stuk in Froskehuset had bewaard, maar de rest van de orkestratie was achter slot en grendel gehouden in het hoofdkantoor van het theater.

'Mijn god, het is bijna zeker verloren gegaan,' mompelde hij ontzet.

Pip wendde zijn ogen af om zijn zoontje niet te laten zien dat hij bang en verward was en liep vastbesloten om niet na te denken over wat daarbinnen was gebeurd langs de puinhopen van het theater.

'Far? Waarom die mensen slapen?' Felix wees naar het plein een paar meter verderop. Op dat moment zag Felix een stuk of tien, twaalf lijken die eruitzagen alsof ze als afgedankte lappenpoppen op de grond waren gegooid. Hij zag dat twee ervan het Noorse legeruniform aanhadden. De andere waren burgers, zo te zien, mannen, vrouwen en er was ook een kleine jongen bij. Eerder die ochtend moest er een schermutseling hebben plaatsgevonden waarbij onschuldige mensen in het kruisvuur terechtgekomen waren.

Pip probeerde zijn zoontje mee te trekken, maar Felix bleef als aan de grond genageld staan en wees naar een van de lijken.

'Far, gaan we mor nu wakker maken?'

ALLY

BERGEN, NOORWEGEN
SEPTEMBER 2007

'ÅSES' DOOD'

42

Toen Thom, die op en neer had gelopen terwijl hij zijn verhaal vertelde, eindelijk op een stoel neerplofte, had ik tranen in mijn ogen.

'Hemel, Thom, ik weet gewoon niet wat ik moet zeggen. Wat verschrikkelijk,' fluisterde ik ten slotte.

'Ja. Afschuwelijk. Het is moeilijk te geloven dat het nog maar twee generaties geleden is gebeurd. En dat het híér is gebeurd, in wat jij tot dusver als ons veilige toevluchtsoord in het hoge noorden hebt beschouwd.'

'Hoe zou Pip het overlijden van Karine in vredesnaam verwerkt hebben? Hij moet zich volledig verantwoordelijk hebben gevoeld voor haar dood.'

'Ally, ik... Dat heeft hij niet gedaan. Haar overlijden verwerkt, bedoel ik.'

'Wat bedoel je?'

'Nadat Pip Karine doodgeschoten op het plein gevonden had, nam hij Felix mee naar hier, naar zijn grootouders. Hij zei tegen Horst en Astrid dat hij een eind ging wandelen, dat hij tijd nodig had om na te denken. Toen hij bij het vallen van de avond nog niet terug was, ging Horst hem zoeken. En hij vond hem dood, in het bos vlak achter het huis. Hij had het jachtgeweer van zijn vader uit de schuur gepakt en zelfmoord gepleegd.'

Ik was sprakeloos, geschokt en ontzet. 'O, hemel, die arme, arme Felix.'

'Och, voor hem viel het wel mee,' zei Thom kortaf. 'Hij was nog te klein om te begrijpen wat er was gebeurd en Horst en Astrid namen hem natuurlijk in huis.'

'Maar toch, om allebei zijn ouders te verliezen, op één dag...' Ik las de gezichtsuitdrukking op Thoms gezicht en besloot mijn mond te houden.

'Sorry, Ally.' Thom bond in. Hij begreep hoe bars zijn stem geklonken moest hebben. 'Het was erger dat een slimmerik van het Bergens Filharmonisch op een dag besloot hem te vertellen hoe zijn vader aan zijn einde was gekomen. Hij dacht dat Felix dat wel wist, terwijl niemand het hem ooit verteld had.'

'Ai.' Ik huiverde.

'Hij was toen tweeëntwintig en juist bij het orkest aangenomen. Ik heb me vaak afgevraagd of dat de reden was dat hij ontspoorde, de kluts kwijtraakte en begon te drinken...' Thoms stem stierf weg.

'Wie weet,' zei ik behoedzaam. Ik wilde eigenlijk zeggen dat ik ervan overtuigd was dat die onthulling iedereen uit zijn of haar evenwicht gebracht zou hebben, maar hield het voor me.

Ineens sprong Thom op en keek op zijn horloge. 'Tijd om te gaan, Ally, of we missen je afspraak bij de dokter.'

We liepen het huis uit en sprongen in de auto. Thom reed snel bergafwaarts naar het centrum van Bergen. Aangekomen bij de kliniek, stopte hij voor de ingang. 'Ga jij vast naar binnen. Ik kom zodra ik geparkeerd heb.'

'Dat hoeft echt niet, Thom.'

'Ik kom toch. Niet iedere Noor spreekt Engels of Frans, weet je. Succes.' Hij keek me glimlachend aan en reed naar de parkeerplaats.

Ik werd direct in de spreekkamer geroepen en hoewel het Engels van de vrouwelijke arts niet perfect was, begreep ze goed genoeg wat ik haar probeerde te vertellen. Ze stelde me een paar vragen, en daarna onderwierp ze me aan een grondig bekkenonderzoek.

Toen ik weer rechtop zat, zei ze dat ze een paar bloedtests wilde doen en een urinemonster wilde nemen.

'Wat denkt u dat er aan de hand is?' vroeg ik nerveus.

'Wanneer heeft u uw laatste menstruatie gehad, juffrouw... D'Aplièse?'

'Ik...' Eerlijk gezegd kon ik het me niet herinneren. 'Ik weet het niet zeker.'

'Zou het kunnen dat u zwanger bent?'

'Ik... weet het niet,' antwoordde ik. Op dat moment kon ik nog niet alle consequenties van haar vraag bevatten.

'Nou, we zullen uw bloed onderzoeken om andere dingen uit te sluiten. Maar uw baarmoeder is duidelijk vergroot, vandaar dat ik vermoed dat uw misselijkheid toe te schrijven is aan de eerste weken van de zwangerschap. Ik denk dat u ongeveer tweeënhalve maand geleden in verwachting bent geraakt.'

'Maar ik heb gewicht verloren,' zei ik. 'Dan kan ik toch niet zwanger zijn?'

'Sommige vrouwen verliezen gewicht door de misselijkheid. Het goede nieuws is dat die misselijkheid na de eerste drie maanden overgaat. Binnenkort zult u zich stukken beter voelen.'

'Ja, ja. Eh... dank u wel.' Ik stond op. Opeens voelde ik me zwak en gespannen. Ze gaf me een potje om mee te nemen naar de wc en zei waar ik de verpleegster die mijn bloed zou afnemen kon vinden. Ik liep vanuit de spreekkamer naar de dichtstbijzijnde wc, deed wat ik moest doen en bleef nog even zitten. Zwetend en trillend probeerde ik me uit alle macht te herinneren wanneer ik voor het laatst een bloeding had gehad.

'O, lieve hemel,' zei ik tegen de echoënde muren. Het was vlak voordat ik met Theo en zijn bemanning aan boord van het jacht was gegaan om te trainen voor de Cycladenrace in juni...

Terwijl ik wankelend de wc uit liep om bloed te laten prikken, herinnerde ik me somber hoe vaak ik andere vrouwen had horen zeggen dat ze zich niet hadden gerealiseerd dat ze zwanger waren. Ik had altijd om hen gelachen en me afgevraagd hoe een vrouw een maandelijkse bloeding kon missen zonder dat het tot haar doordrong. Nu was ik zelf zo'n vrouw. Omdat ik er gewoon niet op had gelet, door alles wat me de afgelopen weken was overkomen.

Maar hoe was het dan gebeurd, vroeg ik me af nadat ik de verpleegster die me zou prikken had gevonden en mijn mouw tot boven mijn elleboog opstroopte, zodat ze me de elastische stuwband kon omdoen. Ik was altijd zo voorzichtig geweest, had de pil stipt op tijd ingenomen. Maar toen herinnerde ik me die nacht in Naxos waarin ik doodziek was geworden en Theo me zo teder had verzorgd. Zou het kunnen dat de contraceptieve werking van de pil daar op een of andere manier door was verminderd? Of was ik simpelweg vergeten hem in te nemen omdat ik uit mijn doen was na de dood van Pa?

Ik liep terug naar de receptie en gaf mijn urinemonster af. Ik kreeg te horen dat de resultaten de volgende middag bekend zouden zijn en dat ik dan de kliniek kon bellen.

'Dank u,' zei ik tegen de receptioniste. Ik draaide me om en zag dat Thom naast me stond.

'Gaat het, Ally?'

'Ja, hoor.'

'Mooi.'

Ik liep achter Thom aan terug naar de auto en zat zwijgend naast hem terwijl hij naar mijn hotel reed.

'Weet je zeker dat het goed gaat? Wat zei de dokter?'

'O, dat ik… moe ben, gestrest. Ze doet een paar onderzoekjes,' antwoordde ik nonchalant. Ik wilde de details van wat misschien wel een levensveranderend kwartier was geweest niet bekendmaken tot ik het zelf had verwerkt.

'Nou, ik moet morgenochtend bij het orkest in de Griegzaal zijn, maar zal ik daarna bij jou in je hotel langskomen om te zien hoe het met je gaat, om een uur of twaalf 's middags?'

'Ja, dat zou geweldig zijn. Bedankt voor alles, Thom.'

'Dat is wel goed. En neem me niet kwalijk als ik je ongerust heb gemaakt met mijn verhaal eerder vandaag. Bel me als je nog iets nodig hebt, oké?' zei hij, terwijl ik de auto uit stapte en zijn bezorgde gezicht zag.

'Dat zal ik zeker doen. Dag.'

Ik bleef bij de ingang van het hotel staan en zag de auto over de kade wegrijden. Ik wilde het zeker weten, maar de apotheek die ik had gezien toen Thom en ik hierheen waren gereden zou bijna gesloten zijn. Dus rende ik de paar honderd meter heuvelopwaarts en kwam hijgend voor de deur aan, precies op het moment dat ze gingen sluiten. Ik kocht wat ik nodig had en liep in een veel rustiger tempo terug naar het hotel.

In de badkamer volgde ik de instructies, en ik wachtte de twee minuten die het volgens de bijsluiter zou duren.

Ik keek snel naar het plastic staafje en zag dat het lijntje na een paar seconden al onmiskenbaar blauw verkleurde.

Die avond doorliep ik allerlei emoties. Een overweldigende opluchting dat ik niet ziek maar alleen zwanger was, gevolgd door de dubbele angst dat er niet alleen iets met mijn lichaam gebeurde waarover ik geen controle had, maar ook dat ik er alleen voor zou staan wanneer het zover was. En toen, uiteindelijk, borrelde er totaal onverwacht een geleidelijk toenemende vreugde in me op.

Ik zou Theo's kind krijgen. Een deel van hem zou verder leven... En op het ogenblik gebeurde dat binnen in mijn lichaam, het groeide en werd elke dag sterker. Die gedachte had iets zo wonderbaarlijks dat ik, ondanks mijn angst, huilde van vreugde omdat het leven echt manieren leek te vinden om voort te bestaan.

Toen ik de eerste schok te boven was, stond ik op en liep heen en weer in de kamer. Ik voelde me niet langer lusteloos, ziek en bang, maar vol nieuwe energie. Dit gebeurde, of ik het nu leuk vond of niet, en nu moest ik nadenken over wat ik zou doen. Wat voor thuis zou ik mijn kind bieden? En waar? Gelukkig speelde geld geen rol. En als ik hulp wilde, zou het me daar zeker niet aan ontbreken, met Ma in Genève en Celia in Londen. Om nog maar te zwijgen van de vijf liefhebbende tantes die mijn zussen zouden worden. Het zou geen conventionele opvoeding zijn, maar ik beloofde mezelf plechtig dat ik mijn best zou doen om tegelijk moeder en vader te zijn voor het kind van mij en Theo.

Toen ik veel later in bed was gaan liggen en in slaap probeerde te komen, realiseerde ik me plotseling dat het sinds ik zeker wist dat ik een kind zou krijgen geen seconde bij me was opgekomen dat ik het niet wilde.

'Ha, Ally,' zei Thom de dag daarop in de lobby van het hotel, en hij kuste me op beide wangen. 'Je ziet er beter uit vandaag. Gisteravond maakte ik me zorgen om je.'

'Ik voel me ook beter... denk ik,' voegde ik eraan toe. Ik keek hem met een spottend lachje aan. En besloot dat ik mijn nieuws eigenlijk ontzettend graag met iemand wilde delen. 'Het ziet ernaar uit dat ik zwanger ben. Daarom voelde ik me zo beroerd.'

'Ik... O, wauw, dat is fantastisch... toch?' zei hij. Hij probeerde te peilen wat ik ervan vond.

'Ja, dat is het zeker, Thom. Ook al is het even flink slikken. Het overkomt me onverwacht en er is geen vader, maar toch ben ik zo... blij!'

'Dan ben ik ook blij voor jou.'

Ik wist dat Thom me nog steeds aankeek om na te gaan of ik me niet simpelweg groothield. 'Echt, ik vind het oké. Meer dan oké, zelfs.'

'Oké. Dan feliciteer ik je.'

'Dank je.'

'Heb je het al aan anderen verteld?' vroeg hij.

'Nee. Jij bent de eerste.'

'Dan ben ik zeer vereerd,' zei hij. We liepen op ons gemak vanuit het hotel naar zijn auto. 'Hoewel ik me nu wel afvraag of wat ik vanmiddag voor je in petto had je wel uitkomt, gezien je... delicate toestand.'

'Wat was je dan van plan?'

'Ik had gedacht bij Felix langs te gaan om te zien wat hij voor zichzelf te zeggen heeft. Maar dat zal vast ergerniswekkend zijn, dus misschien kunnen we dat beter een andere keer doen.'

'Nee, ik voel me prima, echt. Ik weet zeker dat ik nog zieker geworden ben door mijn angst omdat ik me zo rot voelde. Nu ik weet waarom, kan ik mijn plan trekken. Dus ja, laten we bij hem langsgaan.'

'Zoals ik gister al zei, is er kans dat hij zal ontkennen dat je bestaat, ook al weet hij wie je bent. Ik leefde zelf recht onder zijn neus, en toch wilde hij niet accepteren dat ik zijn zoon was.'

'Thom?' vroeg ik toen we in de auto zaten.

'Ja?'

'Je schijnt er zekerder van te zijn dan ikzelf dat ik verwant aan jou en de Halvorsens ben.'

'Misschien, ja,' zei hij instemmend, terwijl hij de motor startte. 'Feit één, je hebt me verteld dat je vader jullie allemaal een aanwijzing over jullie verleden, over het begin van jullie verhaal heeft nagelaten. In jouw geval was dat het boek van mijn betovergrootvader. Feit twee, je bent musicus of bent het geweest, en het is wetenschappelijk bewezen dat talent genetisch doorgegeven kan worden. Feit drie, heb je de laatste tijd nog in de spiegel gekeken?'

'Waarom vraag je dat?'

'Kijk naar ons, Ally!'

'Oké.' We staken onze hoofden bij elkaar en keken in de achteruitkijkspiegel.

'Ja,' concludeerde ik, 'we lijken op elkaar. Maar eerlijk gezegd was dat een van de eerste dingen die ik dacht toen ik in Noorwegen aankwam, dat ik op alle andere mensen in dit land leek.'

'Je hebt de Noorse huidskleur, ja. Zelfs onze sproeten lijken op elkaar.' Thom streek met zijn vingers over die van hem en ik volgde zijn voorbeeld en streek over mijn eigen sproeten.

Ik omhelsde hem over de versnellingspook heen. 'Nou, ook al komen we erachter dat we geen familie van elkaar zijn, dan heb ik toch mijn nieuwe beste vriend gevonden, vind ik. Sorry als dat klinkt als een tekstregel uit een Disneyfilm, maar op een of andere manier heb ik het gevoel dat ik op het ogenblik meespeel in een film,' zei ik, lachend om de absurditeit van het hele verhaal.

'Zo,' zei hij, terwijl we wegreden, 'dus wil je me nog een keer zeggen dat je hier echt tegen kunt? Dat je klaar bent om bij de bergtrol, die al dan niet je biologische vader zou kunnen zijn, op bezoek te gaan?'

'Dat ben ik, ja. Dus zo noem je hem? Een trol?'

'Dat is nog mild in vergelijking met de namen die ik hem vroeger gaf, laat staan de bijvoeglijke naamwoorden die mijn moeder gebruikte.'

'Moeten we hem niet waarschuwen dat we eraan komen?' vroeg ik, terwijl we langs de haven wegreden.

'Als hij weet dat we bij hem langskomen, zal hij vrijwel zeker "uitgaan", dus we zeggen niks.'

'Nou, vertel me in ieder geval wat meer over hem voordat we bij hem aankomen.'

'Behalve dat hij een waardeloze nietsnut is, die zowel zijn leven als zijn talent verknald heeft?'

'Ach, kom nou, Thom. Felix heeft een verschrikkelijke jeugd gehad, dat heb je me gisteren zelf verteld. Hij heeft allebei zijn ouders verloren, op een afschuwelijke manier.'

'Oké, oké, Ally, het spijt me. Dat ik dit zeg, komt gewoon door jaren van aangeleerde haat, waarbij mijn moeder, toegegeven, olie op het vuur gegoten heeft. Om een lang verhaal kort te maken, het was Horst die mijn vader heeft leren pianospelen. Kennelijk speelde hij op zijn zevende al concerten, volgens de verhalen, en toen hij twaalf was, had hij zijn eerste compositie geschreven. Compleet met orkestraties,' voegde Thom er onder het rijden aan toe. 'Op zijn zeventiende won hij een beurs om in Parijs te gaan studeren, en nadat hij ook nog de Chopincompetitie in Warschau had gewonnen, werd hij direct in het orkest hier opgenomen. Hij was de jongste pianist die het Filharmonisch ooit heeft gehad. Daarna raakte hij aan lagerwal, heeft mijn moeder me verteld. Hij had geen positieve werkinstelling, kwam te laat bij repetities, vaak met een kater, en tegen de avond was hij alweer dronken. Niemand zei er iets van omdat hij zo'n groot talent was, tot het echt niet meer met hem ging.'

'Dus hij was een beetje als zijn overgrootvader Jens,' zei ik peinzend.

'Precies. Maar goed, uiteindelijk werd hij uit het orkest gegooid omdat hij te vaak te laat of helemaal niet kwam. Horst en Astrid trokken hun handen ook van hem af, en ze hadden geen andere keus dan hem uit Froskehuset te zetten. Een geval van wat therapeuten tegenwoordig *tough love* noemen, zou je kunnen zeggen. Hoewel Horst hem wel de hut liet gebruiken die hij en Astrid jaren geleden hadden gebouwd voor als ze op jacht gingen in de bossen. Die was heel primitief, zacht uitgedrukt. Hij leefde grotendeels op kosten van de vrouwen die hij versierde en hij fladderde van de een naar de ander, heeft mijn moeder me verteld. Zelfs nu hij er elektriciteit en waterleidingen heeft laten aanleggen, is het niet veel meer dan een veredelde hut.'

'Hij begint met elke zin van je meer op Peer Gynt te lijken. Hoe houdt hij het vol zonder werk?'

'Hij moet wat geld verdienen om zijn alcoholconsumptie te betalen, en daarom geeft hij pianoles aan particulieren. Zo heeft hij mijn moeder leren kennen. En in de dertig jaar sindsdien is hij jammer genoeg niet veel veranderd. Hij is nog steeds alcoholist en altijd blut, een ouder wordende losbol, iemand die voor geen cent te vertrouwen is.'

'Wat een verspilling van zijn talent,' zei ik met een zucht.

'Ja, het is tragisch. Dus ziedaar. Het levensverhaal van mijn vader in het kort.'

'Maar wat doet hij de hele dag hierboven?' vroeg ik, terwijl we steeds hoger de bergen in reden.

'Ik zou het je echt niet kunnen zeggen. Hij neemt nog wel af en toe een leerling aan, en het geld dat hij met zijn lessen verdient geeft hij uit aan whisky. Felix wordt oud, maar hij heeft zijn charmes nog. Ally, ik weet dat het niet erg gepast is om te zeggen, gezien de reden waarom we bij hem op bezoek gaan, maar ik ben bang dat hij met je zal flirten.'

'Daar kan ik wel mee omgaan, Thom,' zei ik met een somber lachje.

'Dat geloof ik graag. Ik wil je alleen... beschermen. En ik begin me af te vragen waarom ik je dit eigenlijk laat doormaken. Zou het niet beter zijn als ik hem eerst alleen opzoek en uitleg waarom we hier zijn?'

Ik voelde aan dat Thom nerveus was en probeerde hem op zijn gemak te stellen. 'Op het ogenblik betekent je vader helemaal niets voor me. Hij is een vreemdeling. We moeten maar raden wat er in hem omgaat. En of het nu wel of niet zo is, voor mij zal het niet pijnlijk zijn, dat verzeker ik je.'

'Ik hoop het niet, Ally, ik hoop het echt niet,' zei hij. Hij minderde vaart en parkeerde bij een met dennen begroeide helling. 'We zijn er.'

Terwijl ik achter Thom aan een overwoekerde stenen trap op klom die kennelijk naar een soort woning leidde, begreep ik dat dit voor hem veel pijnlijker moest zijn dan voor mij. Wat ik ook bovenaan deze trap zou vinden, ik had nog altijd een vader die me mijn hele jeugd door had liefgehad en gekoesterd. En ik was zeker niet op zoek naar een andere, en had daar ook geen behoefte aan.

Op de kam van de heuvel ging de stenen trap omlaag, naar een open plek in het bos waar ik een houten hutje zag staan. Het deed me denken aan het huis van de heks in het sprookje van Hans en Grietje.

Toen we voor de deur stonden, kneep Thom in mijn hand. 'Klaar?'

'Klaar,' zei ik.

Ik zag dat hij aarzelde voordat hij aanklopte. We wachtten op een reactie. 'Ik weet dat hij thuis is, want ik heb zijn brommer onderaan de heuvel zien staan,' zei Thom zacht. Hij klopte opnieuw. 'Het is triest, maar hij heeft tegenwoordig zelfs geen geld meer voor een auto. Bovendien is hij vroeger zo vaak door de politie aangehouden dat hij nu lijkt te denken dat een brommer een onopvallender vervoermiddel is. God, wat is hij toch een stommeling!'

Ten slotte hoorden we het geluid van voetstappen binnen, de voordeur ging open en een stem zei iets in het Noors. Thom vertaalde het voor me. 'Hij verwacht een leerling en denkt dat wij het zijn.'

Er verscheen iemand in de deuropening en ik keek recht in de ogen van Thoms vader. Als ik een verlopen ouwe kerel met een knobbelige drankneus en een door jarenlang alcoholmisbruik gesloopt lichaam had verwacht, kwam ik bedrogen uit. De man op de drempel van de voordeur had blote voeten, droeg een spijkerbroek met een grote scheur op de knie en een T-shirt dat eruitzag alsof hij er dagenlang in had geslapen. Ik had berekend dat hij achter in de zestig moest zijn, maar hij had nog niet veel grijze haren en weinig ouderdomsrimpels in zijn gezicht. Als ik hem op straat was tegengekomen zou ik hebben gedacht dat hij minstens tien jaar jonger was.

'Hallo, Felix, hoe gaat-ie?' zei Thom.

Hij knipperde met zijn ogen en keek ons duidelijk verbaasd aan. 'Uitstekend. Wat doe jij nou hier?'

'We komen op bezoek. Lang niet gezien enzovoort. Dit is Ally.'

'Dus je hebt een nieuwe vriendin?' Hij bekeek me en ik kreeg de indruk dat hij mijn lichaam beoordeelde. 'Knappe meid.'

'Nee, Felix, ze is niet mijn vriendin. Kunnen we binnenkomen?'

'Ik... De huishoudster is de laatste tijd niet meer geweest, dus het is een bende, maar ja, kom binnen, alsjeblieft.'

Ik had natuurlijk niets van hun gesprek begrepen, want ze spraken Noors.

'Spreekt hij Engels?' vroeg ik fluisterend, terwijl ik achter Thom aan naar binnen stapte. 'Of Frans?'

‘Waarschijnlijk wel, ik zal het hem vragen.’ Thom legde uit dat ik het Noors niet machtig was. Felix knikte en ging onmiddellijk over op het Frans.

‘*Enchanté,* mademoiselle. Woont u in Frankrijk?’ vroeg hij, terwijl hij voor ons uit een grote maar chaotische, onopgeruimde woonkamer in liep, met overal wankele stapels verfomfaaide boeken en kranten, vuile koffiemokken en lukraak op verschillende meubelstukken gedumpte kleren.

‘Nee, in Genève,’ legde ik uit.

‘Zwitserland… Daar ben ik één keer geweest, voor een pianoconcert. Het is een heel… georganiseerd land. Bent u Zwitserse?’ vroeg hij, gebarend dat we moesten gaan zitten.

‘Ja,’ antwoordde ik en schoof onopvallend een oude trui en slappe deukhoed opzij om ruimte voor Thom en mij op de versleten leren bank te maken.

‘Nou, dat is jammer, want ik hoopte dat we over Parijs konden praten, waar ik mijn jeugd vergooid heb,’ zei hij, schor grinnikend.

‘Het spijt me dat ik u moet teleurstellen. Hoewel ik die stad wel heel goed ken.’

‘Niet zo goed als ik, mademoiselle, neemt u dat maar van me aan. Maar dat is een ander verhaal.’ Felix gaf me een knipoog, en ik wist niet of ik moest huiveren of giechelen.

‘Dat zal best,’ antwoordde ik terughoudend.

‘Kunnen we Engels spreken, alsjeblieft?’ vroeg Thom ineens. ‘Dan kunnen we elkaar alle drie begrijpen.’

‘Dus wat brengt u hier?’ vroeg Felix, van taal wisselend zoals hem was gevraagd.

‘Ally is op zoek naar antwoorden, om kort te zijn,’ zei Thom.

‘Op wat?’

‘Haar ware afkomst.’

‘Wat bedoel je daarmee?’

‘Ally is geadopteerd als baby. Een paar weken geleden is haar adoptievader overleden, en hij heeft wat informatie voor haar achtergelaten aan de hand waarvan ze haar biologische familie zou kunnen vinden, als ze dat zou willen,’ voegde Thom eraan toe. ‘Een van de aanwijzingen was de biografie van Jens en Anna Halvorsen, geschreven door jouw overgrootvader. Dus toen dacht ik, misschien kun jij haar helpen.'

Ik zag dat Felix' ogen weer naar mij flitsten. Hij schraapte zijn keel, pakte een buidel met tabak en vloeitjes en begon een sigaret te draaien. 'Hoe dacht je dat ik haar precies zou kunnen helpen?'

'Nou, Ally en ik hebben ontdekt dat we even oud zijn.' Ik zag dat Thom enige innerlijke weerstand moest overwinnen voordat hij verderging. 'En ik vroeg me af of je ooit een vrouw gekend hebt... als vriendin, misschien... die... eh, nou ja, een meisje heeft gehad, ongeveer op hetzelfde tijdstip dat mam mij kreeg?'

Felix begon bulderend te lachen en stak zijn sigaret op.

'Alsjeblieft, Felix, dit is niet om te lachen.'

Ik pakte Thoms hand vast en kneep in een poging om hem te kalmeren.

'Sorry, dat weet ik.' Felix herstelde zich. 'En Ally, is dat afgekort van Alison?'

'Alcyone, eigenlijk.'

'Een van de Zeven Zussen van de Pleiaden,' merkte hij op.

'Dat klopt. Daar ben ik naar genoemd.'

'Echt waar?' Hij ging ineens weer over op het Frans, en ik vroeg me af of hij dat met opzet deed om Thom te ergeren of niet. 'Nou, Alcyone, helaas weet ik niet of ik nog meer nakomelingen heb. Maar als je wilt dat ik al mijn vroegere vriendinnen opbel en hun vraag of een van hen dertig jaar geleden zonder dat ik het wist een kind van me heeft gehad, dan wil ik dat met alle plezier voor je doen.'

'Wat zei hij?' fluisterde Thom in mijn oor.

'Niks belangrijks. Dus Felix,' ging ik in rap Frans verder, 'neem het Thom niet kwalijk als hij moeilijke vragen stelt. Ik heb steeds gedacht dat dit een hopeloze onderneming was. Je zoon is een heel goed mens en hij heeft alleen geprobeerd om me te helpen. Ik weet dat jullie relatie vroeger moeilijk was, maar je zou trots op hem moeten zijn. Maar we zullen niet nog meer van je tijd in beslag nemen.' Ik stond op, want ik had genoeg van zijn neerbuigende manier van doen. 'Kom mee, Thom,' zei ik, weer overschakelend op het Engels.

Thom stond ook op en ik zag de pijn in zijn ogen. 'Jezus, Felix, wat ben je toch een rotzak,' merkte hij op.

'Wat heb ik nou weer gedaan?' zei Felix protesterend en met een schouderophalen.

'Ik wist dat dit tijdverspilling zou zijn,' mompelde Thom boos, terwijl we snel naar de deur liepen om onszelf uit te laten en de stenen traptreden weer te beklimmen.

Ik voelde een hand op mijn schouder. Het was Felix.

'Neem me niet kwalijk, Ally, het was een schok voor me. Waar logeer je?'

'In het Havnekontoret Hotel,' zei ik kortaf.

'Oké. Dag dan.'

Ik negeerde hem en liep snel achter Thom aan.

'Het spijt me, Ally, het was een stom idee van me,' zei hij, terwijl hij de portieren van zijn auto opende en erin stapte.

'Nee hoor, dat was het niet,' zei ik troostend. 'Dank je wel dat je het geprobeerd hebt. Nou, zullen we dan nu teruggaan naar je huis? Dan zet ik een kop kalmerende koffie voor je.'

'Oké,' zei hij. Hij keerde en we scheurden weg. De kleine motor van de Renault brulde als een woeste leeuw door de nodeloze druk van Thoms voet op het gaspedaal.

Terug in Froskehuset verdween Thom voor een tijdje. Het was duidelijk dat hij alleen wilde zijn. Ik begreep nu hoe diep de pijn van het verleden bij hem zat. Felix' afwijzing had een lelijk, etterend litteken bij Thom achtergelaten, en nu ik Felix had leren kennen, betwijfelde ik of de wond ooit geheeld zou kunnen worden. Ik ging op de bank zitten en doodde de tijd met het doorkijken van de oude, handgeschreven bladmuziek van het pianoconcert van Jens Halvorsen, die op een slordige stapel voor me op de tafel lag. Terwijl ik loom het eerste blad bekeek, zag ik rechtsonder aan het vel een paar Romeinse cijfertjes staan. Ik pijnigde mijn hersenen om me de lessen die ik op school had geleerd te herinneren, pakte een pen en vertaalde de getallen op de achterste bladzijde van mijn agenda.

'Hè, natuurlijk!' zei ik hardop, en ik slaakte een triomfkreet. Misschien zal Thom hier vrolijker van worden, dacht ik.

'Gaat het?' vroeg ik toen Thom een tijd later weer binnenkwam.

'Jawel.' Hij ging naast me zitten.

'Het spijt me ontzettend dat je zo van streek bent, Thom.'

'En míj spijt het ontzettend dat ik je aan hem heb voorgesteld. Waarom dacht ik dat hij dit keer anders zou zijn? Niets of niemand verandert ooit, Ally, zo is het gewoon.'

'Misschien heb je gelijk, maar luister, Thom,' onderbrak ik hem. 'Sorry dat ik over iets anders begin, maar misschien heb ik daarnet iets heel opwindends ontdekt.'

'Wat dan?'

'Nou, ik dacht dat jij gewoon had aangenomen dat dit concert het werk van je betovergrootvader Jens was?'

'Ja. Waarom zou ik dat niet gedacht hebben?'

'Nou, stel je voor dat het niet zo is?'

'Zijn naam staat op het originele titelblad van de bladmuziek, Ally.' Thom keek me verward aan en wees. 'Hier staat het, voor je neus. Het is door hem geschreven.'

'En als het pianoconcert dat jij gevonden hebt nou eens niet door je betovergrootvader Jens, maar inderdaad door je grootvader Jens Halvorsen junior, beter bekend als Pip, geschreven is? Stel dat dit het nooit gespeelde, aan Karine opgedragen 'Het heldenconcert' is? En dat Horst het, om redenen die je gisteren hebt uitgelegd, op zolder heeft gezet, omdat hij het niet aankon om het nog een keer te horen na wat zijn zoon en schoondochter was overkomen?'

Mijn gedachten bleven in de lucht hangen en ik wachtte tot Thom ze zou opvangen.

'Ga verder, Ally, ik luister.'

'Ik weet nog dat je zei dat het concert Noors klonk, en ja, die invloeden heeft het zeker. Ik ben geen muziekhistoricus, dus vaar niet blind op me, maar de muziek die je gisteren voor me hebt gespeeld, klonk anders dan wat er aan het begin van de twintigste eeuw geschreven is. Ik hoorde er flarden van Rachmaninov in en, belangrijker nog, van Stravinsky. En díé heeft zijn belangrijkste werken pas in de jaren twintig en dertig van de twintigste eeuw gecomponeerd, een hele tijd nadat de eerste Jens Halvorsen was overleden.'

Er viel opnieuw een stilte, en ik sloeg Thom gade terwijl hij nadacht over wat ik had gezegd.

'Je hebt gelijk, Ally. Ik zal gewoon hebben aangenomen dat het werk van de eerste Jens was. Oude bladmuziek is gewoon oud voor mij, of het nu van tachtig of honderd jaar geleden is. Ik heb daarboven op zolder zoveel bladmuziek gevonden die zeker door de eerste Jens Halvorsen geschreven moet zijn dat ik gewoon aannam dat dit concert ook van hem was. En er staat ook nergens 'Het heldenconcert' op. Weet je, hoe langer ik erover nadenk, hoe meer ik vermoed dat je weleens gelijk zou kunnen hebben,' zei Thom instemmend.

'Je hebt me verteld dat alle officiële partituren van het orkest zo goed als zeker vernietigd zijn toen het theater werd gebombardeerd. Dit,' zei ik, wijzend naar de pagina's, 'was waarschijnlijk Pips originele pianomuziek, geschreven voordat hij er zelfs een naam voor had bedacht.'

'Tot nu toe waren de werken van mijn betovergrootvader veel romantischer en niet erg origineel. Maar dit heeft vuur en passie... Het is anders dan alle andere composities waarvan ik heb gehoord dat hij ze had geschreven. Mijn hemel, Ally.' Thom glimlachte flauwtjes. 'We zijn begonnen met jouw mysterie, en nu ziet het ernaar uit dat we met dat van mij bezig zijn.'

'Er is trouwens onomstotelijk bewijs voor,' zei ik, en ik hoorde hoe zelfvoldaan mijn stem klonk.

'O ja?'

'Ja, kijk maar.' Ik wees naar de kleine druklettertjes onderaan het papier.

'MCMXXXIX.' Ik las ze hardop voor.

'En?'

'Heb je Latijn gehad op school?' vroeg ik.

'Nee.'

'Nou, ik wel, en die letters staan voor een getal.

'Ja, dat weet *ík* zelfs nog. Maar voor *wélk* getal dan?'

'Het jaar 1939.'

Thom verwerkte zwijgend wat dat betekende. 'Dus dan is het toch de compositie van mijn grootvader.'

'Te oordelen naar het jaartal dat erop staat, moet hij de schrijver zijn, ja.'

'Ik... weet niet wat ik ervan moet zeggen.'

‘Ik ook niet. Vooral niet na wat je me gisteren hebt verteld.’

We bleven allebei een tijdje zwijgend zitten.

‘Hemel, Ally, dit is echt een ongelooflijke vondst,’ zei Thom toen hij eindelijk zijn spraakvermogen terug had. ‘Ik bedoel, niet alleen vanwege de emotionele betekenis, maar ook omdat het in eerste instantie zeventig jaar geleden bij het Bergens Filharmonisch in première had moeten gaan. Maar vanwege alles wat ik je heb verteld, heeft het nooit het licht gezien.’

‘En Pip had het opgedragen aan Karine... zijn “held”...’ Mijn ogen schoten vol tranen en ik beet op mijn onderlip. De overeenkomst met mijn eigen leven ontging me niet.

Ook zij waren allebei nog jong toen het lot hen zo meedogenloos getroffen had. Meteen daarop besefte ik dat ik het geluk had dat ik in een betere tijd geboren was; ik leefde nog wel, en als het geluk me goed gezind was, zou ik zo bevoorrecht zijn te kunnen zorgen voor het kind dat in me leefde.

‘Ja.’ Thom had aan mijn gezicht gezien wat er door me heen ging en hij sloeg spontaan zijn armen om me heen. ‘Wat we ook ontdekken dat we van elkaar zijn, Ally, ik zal altijd voor je klaarstaan. Dat beloof ik je.’

‘Dank je, Thom.’

‘Goed, dan breng ik je nu naar huis en daarna ga ik even bij de Griegzaal langs om te kijken of David Stewart, de orkestleider, er is. Ik moet hem het verhaal over ‘Het heldenconcert’ vertellen. En hij moet me helpen iemand te vinden die het op tijd voor het Honderd Jaar Grieg Concert kan orkestreren. Het móét die avond gespeeld worden. Zo simpel is het.’

‘Ja,’ stemde ik met hem in, ‘dat zeker.’

De receptie had een bericht voor me toen ik het hotel binnenkwam nadat Thom me had afgezet. Ik vouwde het papiertje open in de lift en zag tot mijn verbazing dat het van Felix was.

Bel me, stond er. Eronder had hij een mobiel telefoonnummer geschreven.

Na zijn rampzalige gedrag van eerder die dag had ik natuurlijk geen zin om hem te bellen. Ik nam een douche en kroop in bed, overdacht de gebeurtenissen van de afgelopen dag en merkte opnieuw dat mijn hart naar Thom uitging.

Thom, die vanaf het begin van zijn leven had geweten dat hij een vader had die wist dat hij bestond, maar die hem niettemin had verworpen. En ik herinnerde me de avonden toen ik als tiener had gerebelleerd tegen het ouderlijk gezag van Ma en Pa Salt en gewenst had dat ik echte ouders had, die, dat wist ik toen zeker, me veel beter begrepen zouden hebben.

Terwijl ik in slaap viel, realiseerde ik me meer dan ooit dat ik een gezegende jeugd had gehad.

43

De volgende ochtend belde ik allereerst de arts voor de uitslag van mijn urinetest. Zoals ik al wist, was de test positief en de arts was zo aardig om me te feliciteren.

'Wanneer u weer thuis in Genève bent, juffrouw D'Aplièse, moet u kraamhulp regelen,' voegde ze eraan toe.

'Dat zal ik doen. En u hartelijk bedankt.'

Ik bleef op bed liggen en dronk slappe thee, want ik kon de geur van koffie niet verdragen. Hoewel ik me nog steeds zo ziek als een hond voelde, wist ik nu dat dat normaal was, en ik was er niet ongerust over. Ik prentte in mijn geheugen dat ik een zwangerschapsboek moest bestellen op internet. Ik had geen flauw benul van alles wat met het krijgen van een kind te maken had, maar welke vrouw wist dat nu wel, tot het haar overkwam?

Ik had altijd tamelijk ambivalent tegenover het moederschap gestaan, was er niet sterk voor of tegen. Het was een van die dingen die me in de toekomst wel of niet zouden overkomen. Theo en ik hadden erover gepraat, natuurlijk, en we hadden ginnegappend belachelijke namen voor onze denkbeeldige nakomelingen bedacht. En we hadden besproken dat de geitenschuur van 'Ergens' groot genoeg moest zijn om onze door de zon gekuste nakomelingen te huisvesten terwijl ze een jeugd als in een Lawrence Durrell-roman genoten. Helaas was die idylle niet voor ons weggelegd. En in de nabije toekomst zou ik op een gegeven moment moeten besluiten waar ik de baby wilde krijgen. En waar 'thuis' eigenlijk was.

De telefoon bij mijn bed ging en ik nam op. Iemand van de receptie zei dat er een telefoontje van een zekere meneer Halvorsen voor me was. Ik nam aan dat het Thom was en zei tegen de vrouw dat ze het gesprek kon doorverbinden.

'*Bonjour*, Ally. *Ça va*?'

Tot mijn afschuw was het Felix.

'Goed, ja,' antwoordde ik kortaf. 'En met jou?'

'Zo goed als mogelijk is met mijn oude lichaam. Heb je het druk?'

'Hoezo?'

Het bleef een ogenblik stil aan de andere kant van de lijn. Toen antwoordde hij: 'Ik wil met je praten.'

'Over wat?'

'Ik wil het niet over de telefoon bespreken, dus zeg me wanneer je me kunt zien.'

Aan de klank van zijn stem hoorde ik dat het om iets serieus ging.

'Over een uur, ongeveer? Hier?'

'Prima.'

'Oké. Tot straks dan.'

Ik zat bij de receptie op hem te wachten toen hij aankwam, met een motorhelm vol krassen in zijn hand. Ik stond op om hem te begroeten en vroeg me af of het licht ongenadig was of dat hij echt in één nacht veel ouder was geworden. Vandaag zag hij eruit als de oudere man die hij was.

'Bonjour, mademoiselle,' zei hij met een geforceerd glimlachje. 'Dank u dat u tijd voor me heeft. Kunnen we ergens praten?'

'Ik geloof dat er een gastenlounge is. Is dat goed?'

'Prima.'

Ik liep door de lobby voor hem uit naar de verlaten lounge. Hij ging zitten, staarde me een tijdje aan en glimlachte flauwtjes. 'Is het te vroeg voor een borrel?'

'Geen idee, Felix, dat moet jij weten.'

'Doe eerst maar een koffie dan.'

Ik ging een serveerster zoeken om koffie en voor mij een glas water te bestellen en dacht eraan hoe uitgeblust Felix er vanochtend uitzag, alsof de energie die hem dreef uit hem was weggestroomd en hij leeg en verschrompeld was achtergebleven. We praatten over koetjes en kalfjes tot de serveerster met onze bestellingen kwam en weer was weggelopen. Ik wist dat we ongestoord en onder vier ogen met elkaar moesten praten. Ik keek Felix vol verwachting aan terwijl hij van zijn koffie nipte en zag dat zijn hand met het kopje trilde.

'Allereerst, Ally, wil ik het met je over Thom hebben. Je hebt duidelijk een hechte band met hem.'

'Ja, maar we kennen elkaar nog maar een paar dagen. Het is heel bijzonder. Dat er al een echte band tussen ons bestaat.'

Felix kneep zijn ogen even samen. 'Dat moet ook wel. Toen ik jullie gisteren samen zag, dacht ik dat jullie elkaar al jaren kenden. Maar goed, vooruit, ik neem aan dat hij je verteld heeft dat ik niet wilde accepteren dat ik zijn vader was?'

'Dat heeft hij me verteld, ja.'

'En als ik je nu zeg dat ik, tot ik die DNA-test deed, echt geloofde dat hij niet van mij was, wil je me dan geloven?'

'Als jij het zegt, dan moet ik wel.'

'Dat zeg ik zeker, Ally.' Felix knikte fel. 'Thoms moeder Martha zat op les bij me. Ja, we hadden een korte affaire, maar misschien heeft niemand Thom ooit verteld dat ze tegelijkertijd een langdurige, stabiele relatie met een andere man had. Ze was zelfs verloofd met hem toen we elkaar leerden kennen, en ze hadden trouwplannen.'

'Ik snap het.'

'Ik wil niet opscheppen,' ging Felix verder, 'maar Martha viel gelijk als een blok voor me. Ze werd halsoverkop verliefd op me, op het obsessieve af. Voor mij betekende het natuurlijk niets. Om het maar ronduit te zeggen, het was me om seks te doen, punt uit. Meer heb ik nooit van haar of welke andere vrouw dan ook gewild. Eerlijk gezegd, Ally, ik ben nooit een man voor het huwelijk geweest, en al helemaal niet het type om vader te zijn. Bindingsangst noemen ze dat tegenwoordig, maar ik heb mijn vriendinnen altijd duidelijk gezegd waar het op stond. Ik ben volwassen geworden in de tijd van de vrije liefde, de swingende jaren zestig, toen iedereen plotseling bevrijd was van de oude regels. En of je het nou leuk vindt of niet, dat is altijd mijn houding gebleven. Zo ben ik nu eenmaal,' zei hij met een schouderophalen.

'Oké,' zei ik, 'dus wat zei je tegen Thoms moeder toen ze je vertelde dat ze zwanger was?'

'Dat ze, als ze de baby wilde, van wie ik indertijd aannam dat die van haar verloofde moest zijn, aangezien wij maar een paar keer met elkaar naar bed waren gegaan, het hem moest vertellen en dat ze dan zo snel mogelijk met hem moest trouwen. Toen zei ze dat ze de verloving de avond tevoren had verbroken, omdat ze zich gerealiseerd had dat ze niet van hem hield. Kennelijk hield ze van míj.' Felix legde zijn hand op zijn voorhoofd en streek ermee omlaag over zijn gezicht. 'Ik schaam me te moeten zeggen dat ik haar in haar gezicht uitlachte en zei dat ze gek was. Afgezien van het feit dat het niet bewezen kon worden dat de baby van mij was, vond ik het een absurd idee dat we ons met zijn tweeën zouden settelen en het gelukkige gezinnetje zouden spelen. Ik leefde van de hand in de tand in een ijskoude hut… Wat had ik een vrouw en kind in hemelsnaam kunnen bieden, ook als ik het wel had gewild? En dus stuurde ik haar weg. Ik dacht dat ze, als ze wist dat een toekomst met mij hoe dan ook uitzichtloos was, geen andere keus zou hebben dan naar haar verloofde terug te rennen. Maar dat deed ze natuurlijk niet. In plaats daarvan vluchtte ze kort na de geboorte naar Horst en Astrid, mijn grootouders, die intussen drieënnegentig en achtenzeventig waren, en ze vertelde hun wat een rotzak ik voor haar geweest was. Daarvoor was mijn relatie met hen al niet best, maar toen kwam er voorgoed een eind aan. Mijn grootvader en ik hebben bijna geen woord meer tegen elkaar gezegd voordat hij overleed, ook al aanbad ik hem toen ik nog een jongen was. Horst was echt een fantastische man, Ally. Vroeger beschouwde ik hem als mijn held.' Felix keek me treurig aan. 'Vind jij me ook een klootzak, Ally? Net als Thom?'

'Ik ben hier niet om je te veroordelen, maar om te luisteren naar wat je te zeggen hebt,' zei ik behoedzaam.

'Oké, dus Martha verdween nadat ik haar gezegd had dat ik niks met de baby te maken wilde hebben, hoewel ze me wel schreef dat ze de zwangerschap wilde voortzetten en logeerde bij een vriendin van haar, in het noorden, dicht bij haar familie, tot ze had besloten wat ze zou doen. In de eindeloze brieven die ze me schreef, bleef ze me maar zeggen dat ze van me hield. Ik beantwoordde ze niet en hoopte dat mijn stilte haar zou aanmoedigen om verder te gaan met haar leven. Ze was jong en heel aantrekkelijk, en ik wist zeker dat het geen probleem voor haar zou zijn om iemand anders te vinden die haar zou geven wat ze wilde. Toen kreeg ik… een brief met een bijgesloten foto, van vlak na de bevalling. Ik…'

Felix zweeg even en ik zag dat hij me op een vreemde manier aanstaarde. Toen ging hij verder met zijn verhaal. 'De maanden daarna liet ze niets meer van zich horen, tot ik haar hier in Bergen achter een kinderwagen zag. Ik verstopte me, lafaard die ik ben,' hij trok zijn gezicht in een grimas, 'maar later vroeg ik een vriend van me of hij wist waar ze woonde. Hij vertelde me dat mijn grootouders haar bij zich in huis hadden genomen omdat ze nergens anders naartoe kon. Kennelijk had de vriendin bij wie ze had gewoond haar eruit gegooid. Misschien heeft Thom je verteld dat ze aan depressies leed, en ik kan me wel voorstellen dat ze er na de bevalling ook een heeft gekregen.'

'Wat vond je ervan dat ze bij je grootouders ingetrokken was?' vroeg ik hem.

'Ik was woest! Ik vermoedde dat iemand ze had omgepraat om een vrouw bij hen op te nemen die beweerde dat ze een kind van mij had, maar wat kon ik daaraan doen? Ze hadden me jaren daarvoor al afgeschreven als een immorele nietsnut, en dus hadden ze niet anders van me verwacht dan dat ik me zo zou gedragen. Jezus christus, Ally, wat was ik boos. En boos bleef ik, jarenlang. Ja, het was fout van me dat ik die vrouw zwanger had gemaakt, maar ze wilden míjn kant van het verhaal niet horen, niet één keer. Martha had hen ervan overtuigd dat ik een waardeloze vent was, en daarmee was de kous af. Hoor eens even, ik ga iets te drinken halen. Wil jij ook wat?'

'Nee, dank je.'

Ik zag hem opstaan en zoekend naar de bar bij de receptie de lounge uit lopen. Ik probeerde me Pa Salts woorden over de andere kant van een verhaal te herinneren. Alles wat Felix tot dan toe had gezegd klonk zinnig. En ook al was hij een onverantwoordelijke dronkaard, ik hield hem niet voor een leugenaar. Integendeel, hij was juist veel te bot en openhartig. Als het waar was wat hij had verteld, had ik alle begrip voor zijn standpunt.

Felix kwam terug met een groot glas whisky in zijn hand.

'*Skål*!' zei hij en nam een diepe teug.

'Heb je ooit geprobeerd om dit aan Thom te vertellen?'

'Natuurlijk niet.' Hij barstte in lachen uit. 'Vanaf de dag van zijn geboorte heeft hij gehoord dat ik een rotvent was. En bovendien is hij opgegroeid met het idee dat hij voor zijn moeder moest opkomen. Dat is ook begrijpelijk,' voegde hij eraan toe. 'Hoewel ik, naarmate de jaren voorbijgingen, wel met hem te doen kreeg, of hij nou wel of niet van mij was. Via het plaatselijke roddelcircuit wist ik dat Martha regelmatig depressief was. In ieder geval moet het feit dat Thom tijdens de eerste jaren van zijn leven bij mijn grootouders woonde hem dat onmisbare gevoel van stabiliteit gegeven hebben. Martha was echt een beetje maf, ze had iets kinderlijks, geloofde altijd dat alles precies zo zou zijn als zij het wilde.'

'Dus je liet de situatie zoals die was tot je erachter kwam dat Thom het huis van je familie had geërfd?'

'Ja. Horst overleed toen Thom acht was, maar mijn grootmoeder, die jaren jonger was dan hij, ging pas dood toen hij achttien was. Toen de notaris me vertelde dat Horst me zijn cello en een klein bedrag had nagelaten, en dat al het andere naar Thom was gegaan, vond ik dat ik echt iets moest doen.'

'Hoe voelde je je toen je erachter kwam dat je echt Thoms vader was?'

'Ik stond absoluut versteld,' gaf Felix toe, en hij nam nog een flinke slok whisky. 'Maar zo gaat het nu eenmaal, hè?' zei hij grinnikend. 'De natuur haalt trucjes met je uit. Ik weet dat Thom me nog meer haatte nadat ik het testament had aangevochten. Maar in het licht van wat ik je zojuist verteld heb, zul je vast kunnen begrijpen waarom ik zeker meende te weten dat Thom een koekoeksjong in mijn erfelijke nest was.'

'Deed het je goed te weten dat Thom van jou was?' vroeg ik hem, met een vaag gevoel alsof ik een therapeut was die een cliënt analyseerde. Theo zou dit prachtig gevonden hebben, dacht ik.

'Eerlijk gezegd kan ik me niet herinneren wat ik voelde,' bekende Felix. 'Ik was een paar weken erg dronken nadat de test positief teruggekomen was. Martha schreef me natuurlijk een sarcastische, triomfantelijke brief, die ik in het vuur gooide.' Hij slaakte een diepe zucht. 'Wat een puinhoop, wat een verrekte puinhoop.'

We zaten er allebei een tijdje zwijgend bij en ik verwerkte wat hij had verteld. Ik was intens verdrietig om levens die zo fout gelopen waren.

'Thom heeft me verteld dat je een getalenteerd pianist en componist was,' waagde ik te zeggen.

'"Was?" Laat me je zeggen dat ik dat nog steeds ben!' Felix glimlachte oprecht, voor de eerste keer.

'Dan vind ik het jammer dat je niets met je talent doet.'

'En hoe weet mademoiselle dat? Het instrument daar in mijn hut is mijn minnares, folteraar en geestelijke gezondheid. Ik mag dan te dronken en onbetrouwbaar zijn om voor werk als professional in aanmerking te komen, maar dat betekent nog niet dat ik opgehouden ben met spelen voor mezelf. Wat dacht je anders dat ik de hele dag in die godvergeten hut uitvoer? Ik speel, voor mij. Misschien laat ik je op een dag een keer komen luisteren,' zei hij grijnzend.

'En Thom ook?'

'Ik betwijfel of hij dat zou willen, en dat kan ik hem niet kwalijk nemen. Hij is het slachtoffer in deze situatie. Hij zit klem tussen een verbitterde, depressieve moeder en een vader die nooit verantwoordelijkheid voor hem genomen heeft. Hij heeft alle recht om me te verachten.'

'Maar Felix, waarom heb je hem dan nooit verteld wat je míj zojuist verteld hebt?'

'Ik verzeker je, Ally, dat ik maar één negatieve opmerking over zijn dierbare moeder hoef te maken, en hij zou direct de deur uit rennen. Bovendien zou het wreed zijn om Thoms levenslange overtuiging dat zij de onschuldige partij was teniet te doen en haar van haar voetstuk te stoten, vooral nu ze dood is. Maar wat maakt het uit?' zei hij met een zucht. 'Er valt nu toch niks meer aan te doen.'

Vanaf dat moment vond ik Felix aardiger, want met wat hij even tevoren had gezegd bewees hij dat hij om hen gaf. Ook al was het duidelijk dat hij niet veel had gedaan om zijn zoon voor zich in te nemen.

'Mag ik je vragen waarom je me dit allemaal verteld hebt? Omdat je wilt dat ík het aan Thom vertel?'

Felix staarde me een paar tellen aan. Toen pakte hij zijn whiskyglas op en dronk het leeg. 'Nee.'

'Om mij te zeggen dat Thom gelijk had, dan? Dat ik ook een onwettig kind van je ben? Bij een andere verovering?' Ik vroeg het luchtig, ook al zag ik aan de blik in zijn ogen dat hij nog meer te zeggen had.

'Zo simpel is het niet, Ally. Shit! Neem me niet kwalijk.' Hij stond opnieuw op en rende bijna naar de bar. Een paar minuten later kwam hij terug met nog een enorm glas whisky. 'Sorry hoor, maar ik ben nu eenmaal alcoholist. En het is maar dat je het weet, maar ik speel ook beter wanneer ik gedronken heb.'

'Wat wilde je me vertellen, Felix?' vroeg ik dringend. Ik was bang dat hij niet helder meer zou kunnen denken als de whisky eenmaal in zijn bloed zat.

'Het gaat erom... Gisteren, toen jij en Thom naast elkaar bij me op de bank zaten, zag ik dat jullie als twee druppels water op elkaar lijken. En toen viel het kwartje. Ik heb er de hele nacht over nagedacht of het goed of verkeerd zou zijn om het je te vertellen. In tegenstelling tot wat iedereen van me denkt, heb ik wel degelijk een paar morele en emotionele normen. En het laatste wat ik wil, is nog meer schade veroorzaken dan ik al heb toegebracht.'

'Vertél het me nou alsjeblieft, Felix,' herhaalde ik.

'Oké, oké, maar zoals ik al zei, is dit voor mij ook giswerk. Maar goed...'

Ik zag dat hij zijn hand in zijn zak stak en er een oude envelop uit haalde. Hij legde hem voor me op tafel.

'Ally, toen Martha me schreef dat ze een kind had gekregen, had ze een foto bijgesloten.'

'Ja, dat zei je. Van Thom.'

'Van Thom, ja. Maar ze had ook nog een andere baby in haar armen. Een meisje. Martha had een tweeling gekregen. Wil je de brief en de foto zien?'

'O, god,' mompelde ik. Plotseling begon alles om me heen te draaien en ik hield me vast aan de zijkant van de bank. Ik liet mijn hoofd tussen mijn benen zakken en Felix kwam naast me zitten en klopte me op mijn rug.

'Hier, Ally, drink een beetje whisky. Dat helpt altijd als je erg geschrokken bent.'

'Nee.' Ik duwde het glas weg. De geur maakte me misselijk. 'Ik mag niet drinken, ik ben zwanger.'

'Jezus!' hoorde ik Felix uitroepen. 'Wat heb ik gedaan?'

'Geef me mijn water maar. Het gaat alweer.'

Hij gaf me het glas aan. Ik nam een paar slokken en voelde dat de duizeligheid afnam.

'Neem me niet kwalijk, het gaat wel weer.' Ik keek naar de envelop op de tafel en pakte hem op. Met handen die net zo trilden als die van Felix maakte ik hem open. Er gleden een vel gelinieerd papier en een oude zwart-witfoto uit, van de knappe vrouw die ik op de ingelijste foto's in Froskehuset had gezien en van wie ik wist dat het Thoms moeder was. Ze had twee in doeken gewikkelde baby's op haar armen.

'Mag ik de brief lezen?'

'Hij is in het Noors. Laat mij hem aan je voorlezen.'

'Ja. Doe dat, alsjeblieft.'

'Oké. Hij begint met het adres, het St Olav's Hospital in Trondheim. De datum is 2 juni 1977. Goed, daar gaat-ie dan.' Felix schraapte zijn keel. '"Lieve Felix, ik vond dat ik je moet laten weten dat ik een tweeling heb gekregen. Een jongen en een meisje. Het meisje is het eerst geboren, net voor middernacht, op 31 mei, en onze zoon een paar uur later, in de kleine uurtjes van 1 juni. Ik ben erg moe vanwege de lange bevalling en misschien moet ik hier nog ongeveer een week blijven, maar ik herstel goed. Ik sluit een foto van je kinderen bij, en als je ze wilt zien nu ze hier zijn, of als je mij wilt zien, kom dan alsjeblieft op bezoek. Ik hou van je, Martha." Ziedaar. Dat stond erin.'

Felix' stem klonk hees, en ik dacht dat hij in tranen uit zou kunnen barsten.

'31 mei... dat is mijn verjaardag.'

'O, ja?'

'Echt waar.' Ik keek Felix met lege ogen aan, en toen richtte ik ze weer op de baby's op de foto. In doeken gewikkeld waren ze niet van elkaar te onderscheiden, en ik had geen idee welke van de twee ik zou kunnen zijn.

'Aangezien Martha geen huis of man had, kan ik alleen maar aannemen dat ze meteen besloot een van jullie ter adoptie af te staan,' zei Felix.

'Maar toen je haar zag in Bergen, waar ze na de geboorte teruggekomen was, moet je je toch afgevraagd hebben waar de andere baby,' ik slikte krampachtig, 'waar ík was?'

'Ally,' zei Felix, en hij legde aarzelend zijn hand op die van mij, 'ik vrees dat ik had aangenomen dat de andere baby overleden was. Ze heeft nooit meer tegen me gezegd dat je nog leefde, en voor zover ik weet ook niet tegen mijn grootouders of Thom. Misschien omdat het simpelweg een te pijnlijke herinnering was, dacht ik, en dat ze die daarom uit haar gedachten had gewist. Bovendien heb ik haar bijna nooit meer gesproken, naderhand, en als het er al een keer van kwam, waren het alleen boze, verbitterde woorden.'

'Die brief...' Verward fronste ik mijn wenkbrauwen. 'Het lijkt alsof Martha geloofde dat jullie twee toch samen zouden gaan wonen?'

'Misschien dacht ze dat ik emotioneel zou reageren als ik die foto van wat kennelijk mijn kinderen waren zou zien. Dat ik, omdat ze op de wereld waren gekomen, geen andere keuze zou hebben dan mijn verantwoordelijkheid te nemen.'

'Heb je haar teruggeschreven?'

'Nee, Ally, vergeef me, maar dat heb ik niet gedaan.'

Mijn hoofd voelde aan alsof het zou barsten van de informatie die ik zojuist gekregen had, en mijn hart was al even vol met tegenstrijdige emoties. Als ik niet had geweten dat Felix zo goed als zeker mijn genetische vader was, had ik kunnen rationaliseren wat hij me over het verleden had verteld. Maar nu wist ik niet wat ik voor hem voelde.

'Misschien ben ík het niet. Er is geen enkel solide bewijs dat ik het ben,' mompelde ik vertwijfeld.

'Dat is zo, maar als ik jullie zo bij elkaar zie en weet dat jullie vlak na elkaar in hetzelfde jaar geboren zijn en dat jouw adoptievader je op een zoektocht naar een Halvorsen heeft gestuurd, zou ik stomverbaasd zijn als het niet zo was,' zei Felix mild. 'Maar tegenwoordig is het heel gemakkelijk om zekerheid te krijgen, zoals ik tot mijn schande ondervonden heb. Een DNA-test zal het onmiddellijk uitwijzen. Ik zal je met alle genoegen helpen als je er een wilt laten afnemen, Ally.'

Ik leunde met mijn hoofd tegen de rugleuning van de bank, ademde diep in, sloot mijn ogen en wist dat ik geen bevestiging nodig had. Alles klopte, zoals Felix even daarvoor had gezegd. En naast alle redenen die hij zojuist had aangehaald, was er het feit dat ik, toen ik Thom voor het eerst zag, het gevoel had dat ik hem al mijn hele leven kende, dat hij me op een of andere manier vertrouwd was. We leken echt als twee druppels water op elkaar. De afgelopen dagen hadden we vaak tegelijkertijd dezelfde gedachte uitgesproken en erom gelachen. Het duizelde me van geluk bij het idee dat ik mijn tweelingbroer gevonden had, maar tegelijkertijd moest ik het feit verwerken dat de moeder die me ter wereld had gebracht had moeten kiezen welk kind ze zou afstaan. En dat ze mij gekozen had.

'Ik weet wat je denkt, Ally, en het spijt me.' Felix stoorde me in mijn gedachten. 'Als je er wat aan hebt, toen Martha me voor de eerste keer vertelde dat ze zwanger was, zei ze dat ze ervan overtuigd was dat het een jongen zou zijn en dat ze ook graag een jongen wilde. Ik weet zeker dat het gewoon een kwestie van sekse is geweest dat ze dat besluit nam. Meer niet.'

'Dank je, maar daar krijg ik geen beter gevoel door.'

'Nee, dat zal wel niet. Wat kan ik ervan zeggen?' zei hij met een zucht.

'Niets. Nog niet, in ieder geval. Maar bedankt dat je me dit hebt verteld. Mag ik de brief en foto nog een tijdje houden? Ik beloof je dat ik ze terug zal geven.'

'Natuurlijk.'

'Neem me niet kwalijk, maar ik wil een eindje gaan wandelen. Alleen,' voegde ik er bits aan toe terwijl ik opstond. 'Ik heb frisse lucht nodig.'

'Dat begrijp ik. En nogmaals, neem me niet kwalijk dat ik je dit verteld heb. Ik zou het zeker niet hebben gedaan als ik had geweten dat je zwanger was. Dat moet het erger maken.'

'Eigenlijk, Felix, maakt dat het een stuk beter. Bedankt dat je zo eerlijk tegen me geweest bent.'

Ik liep de lounge uit en door de hoofdingang van het hotel de bijtende, zilte lucht in. Met energieke stappen wandelde ik langs de kade in de richting van de zee. Er lagen schepen in de haven die gelost werden of lading innamen. Ten slotte kwam ik uit bij een bolder en ik ging op het harde, koude oppervlak zitten. Het was een winderige dag. Mijn haar wapperde om mijn gezicht en ik hield het op zijn plaats met het elastiekje dat ik altijd om mijn pols droeg.

Dus nu wist ik het. Een vrouw die Martha heette was in Bergen in verwachting geraakt van mij door toedoen van een man die Felix heette. Ze had me het leven geschonken en me prompt weggegeven. Mijn verstand zei me dat dat laatste simpelweg het onvermijdelijke gevolg van mijn onderzoek naar mijn ware ouders was, maar het deed me nog steeds pijn dat mijn moeder van ons tweeën mij gekozen had.

Zou ik liever het kind geweest zijn dat ze had gehouden en had ik liever Thoms plaats ingenomen?

Ik wist het echt niet…

Maar ik wist wél dat er vanaf de dag van mijn geboorte een parallel universum naast me had bestaan dat net zo goed míjn bestemming geweest had kunnen zijn. En nu waren die twee werelden met elkaar in aanraking gekomen en ik werd tegelijkertijd van links naar rechts geslingerd.

'Martha. Mijn moeder.' Ik sprak de woorden hardop uit en vroeg me af of ik haar, gezien haar voornaam, ook 'Ma' genoemd zou hebben. Ik glimlachte om de ironie, keek op en zag een paar meeuwen op de wind zweven. Toen dacht ik aan het leven dat in míj groeide, een leven waarvan ik nooit had gedacht dat het zou bestaan…

Ook al wist ik het nog maar vierentwintig uur en had ik tot dan toe nog nooit echt over het moederschap nagedacht, het beschermingsinstinct dat in me opkwam was even diep als welke liefde die ik ooit gevoeld had.

'Hoe heb je me weg kunnen geven?' riep ik tegen het water. 'Hoe heb je dat nou kunnen doen?' vroeg ik opnieuw met een snik in mijn stem. Ik liet mijn tranen de vrije loop en de gure wind droogde ze terwijl ze langs mijn wangen stroomden.

Ik zou nooit weten waarom ze het had gedaan. Ik zou haar kant van het verhaal nooit horen. Nooit weten hoe ze had geleden toen ze me had afgestaan en voor de laatste keer dag tegen me had gezegd. En hoe ze Thom waarschijnlijk twee keer zo stijf tegen zich aan had gedrukt, omdat ze hem nog wel had om te koesteren.

Terwijl mijn gedachten wild over elkaar heen tuimelden, stond ik op en begon opnieuw driftig op en neer te lopen. Mijn gedachten botsten op elkaar als de golven in de haven, verward omdat ze niet natuurlijk konden stromen, en weerspiegelden mijn vertwijfeling.

Het deed pijn. Het deed echt ontzettend pijn.

Wat wilde ik vinden op deze reis, vroeg ik me af. Pijn?

Ally, je denkt alleen maar aan jezelf, hield ik mezelf streng voor. En Thom dan? Je hebt je tweelingbroer gevonden.

Ja. En Thom dan?

Toen ik kalmer werd en nadacht over de positieve kanten, realiseerde ik me dat ik, net als Maia, die ook op zoek naar haar verleden was gegaan, liefde had gevonden, zij het op een heel andere manier dan zij. Toen ik de avond ervoor naar bed was gegaan had ik medelijden gehad met Thom en zijn moeilijke jeugd. Ik moest ook toegeven dat ik me tot nu toe zorgen had gemaakt over mijn hechte band met hem. En omdat ik niet precies kon zeggen wat hij voor me betekende, had ik niet willen toegeven dat ik liefde voor hem voelde. Maar dat voelde ik wel degelijk. En nu ik wist dat hij mijn tweelingbroer was, waren al die gevoelens natuurlijk en acceptabel.

Toen ik naar Noorwegen kwam, had ik de twee mensen die het allermeest voor me betekenden verloren. En toen ik de lange weg langs de kade terug naar het hotel aflegde, wist ik dat de pijn van wat ik had ontdekt meer dan goed werd gemaakt doordat ik Thom gevonden had.

Weer aangekomen bij het hotel was ik doodmoe. Ik zei bij de receptie dat ze mijn telefoon moesten blokkeren, ging naar mijn kamer en viel in een diepe, droomloze slaap.

Toen ik wakker werd, was het donker. Ik keek op mijn horloge en zag dat het nog maar even na achten 's avonds was en dat ik een paar uur had geslapen. Ik gooide het dekbed van me af en waste mijn gezicht met koud water. Terwijl ik dat deed, herinnerde ik me wat Felix me had verteld. Maar voordat ik dat nader begon te analyseren besefte ik dat ik rammelde van de honger, en dus trok ik snel een spijkerbroek en trui met capuchon aan en liep de trap naar beneden af om iets te gaan eten in het restaurant.

Toen ik de lobby in liep, zag ik tot mijn verbazing Thom aan een van de tafeltjes zitten. Hij sprong met een bezorgd gezicht op toen hij me zag.

'Ally, gaat het wel met je? Ik heb geprobeerd je te bellen op je kamer, maar je telefoon was geblokkeerd.'

'Ja... Waarom ben je hier? Het was toch niet de bedoeling dat we elkaar vandaag zouden zien?'

'Nee, maar zo rond lunchtijd deed ik de deur open en toen stond Felix voor mijn neus. Hij was in alle staten. Mijn god, Ally, hij huilde zelfs, dus ik zei dat hij binnen kon komen, gaf hem een glas whisky en vroeg wat er in vredesnaam aan scheelde. Hij vertelde me dat hij iets tegen jou had gezegd waarover hij had moeten zwijgen, maar dat hij op dat moment niet had geweten dat je zwanger was. Hij maakte zich de grootste zorgen over je gemoedstoestand. Hij zei dat je alleen langs de haven was gaan wandelen.'

'Nou, zoals je ziet, ben ik er niet in gesprongen. Thom, vind je het goed om verder te praten in het restaurant? Ik rammel van de honger.'

'Natuurlijk. Dat is in ieder geval een goed teken,' zei Thom oprecht opgelucht. We zochten een tafeltje en gingen zitten. 'En toen heeft hij me het hele treurige verhaal verteld.'

Ik keek hem aan over de rand van de menukaart die ik had opgepakt. 'En?'

'Ik was natuurlijk erg geschokt, net als jij, maar Felix was zo van streek dat ik hem zelfs getroost heb. Ik had voor de eerste keer van mijn leven met hem te doen.'

Ik riep de serveerster, vroeg haar of ze meteen brood wilde brengen en bestelde een biefstuk met friet. 'Wil jij ook iets eten?' vroeg ik aan Thom.

'Waarom niet? Doe mij maar hetzelfde. En een biertje, alsjeblieft,' riep hij de serveerster na.

'Je zei dat je vader je het "hele" verhaal heeft verteld. Dus ook de waarheid over je moeder toen Felix haar leerde kennen?'

'Ja, maar of ik hem geloof of niet is een heel andere zaak.'

'Tot een paar dagen geleden wist ik niets van dit hele verhaal af, maar ik denk dat ik hem geloof. Niet dat het hem excuseert voor wat hij heeft gedaan... of moet ik zeggen, níét heeft gedaan,' voegde ik er snel aan toe. Ik wilde niet dat Thom zou denken dat ik partij voor Felix koos en hem verdedigde. 'Maar misschien kan het toch zijn gedrag verklaren. Hij voelde zich door iedereen aan de kant gezet.'

'Ik vrees dat ik nog niet in het stadium ben waarin ik hem kan vertrouwen of vergeven, maar vandaag zag ik tenminste een beetje spijt. Maar goed, genoeg over hoe ik me misschien voel of niet voel. Hoe zit het met jou? Jij bent degene die de schok te verwerken heeft gekregen. Het spijt me echt ontzettend, Ally. Ik vind dat ik je mijn verontschuldigingen moet aanbieden dat ik het kind was dat mijn moeder heeft gehouden.'

'Ach, kom nou, Thom. We zullen nooit zeker weten waarom ze heeft gedaan wat ze heeft gedaan, en ook al is het nu behoorlijk pijnlijk voor me om erover na te denken, wat gebeurd is, is gebeurd. Voor mijn eigen gemoedsrust zou ik willen zien of het ziekenhuis waar Martha van ons is bevallen een archief heeft en of daar gegevens over mijn adoptie in te vinden zijn. En, als je het niet erg vindt, vragen of we daar allebei een DNA-test kunnen doen.'

'Natuurlijk. Maar echt, Ally, ik denk niet dat er veel twijfel is, toch?'

'Nee,' zei ik, terwijl het brood op tafel werd gezet. Ik brak een stuk af en propte het gulzig in mijn mond.

'Nou, je eetlust is in ieder geval weer goed, lijkt me, ondanks het trauma. Misschien is dit niet het goede moment om over de positieve kanten na te denken, Ally, nu je nog steeds de schok van de negatieve moet verwerken, maar ik heb me zojuist gerealiseerd dat ik oom word. En daar ben ik erg blij om.'

'Het is nooit te laat om de dingen van de zonnige kant te bekijken, Thom,' stemde ik met hem in. 'Voordat ik naar Noorwegen kwam, voelde ik me erg verloren en alleen. En nu lijkt het erop dat ik een nieuwe familie gevonden heb. Hoewel mijn echte vader een dronkenlap is die overal buiten staat.'

Thom reikte over de tafel heen naar mijn hand en pakte hem verlegen vast. 'Hallo, tweelingzus.'

'Hallo, tweelingbroer.'

We hielden elkaars hand een hele tijd vast en waren allebei vol emoties, wist ik. We waren de twee helften van een geheel. Zo simpel was het.

'Het is vreemd...' zeiden we allebei op hetzelfde moment, en we giechelden.

'Jij eerst, Ally. Jij bent de oudste, tenslotte.'

'Lieve hemel, dat is een vreemd idee. Bij ons thuis speelde ik altijd tweede viool naast Maia. Maar je kunt ervan opaan dat ik gretig gebruik zal maken van mijn zojuist gevonden positie van superioriteit,' zei ik plagerig.

'Daar twijfel ik geen moment aan,' zei Thom. 'Nou, we vonden allebei dat er iets vreemds aan de hand was...'

'Ja, maar ik weet niet meer precies wat, omdat er op het ogenblik zoveel vreemde dingen spelen,' zei ik toen ons eten werd gebracht.

'Je meent het!' Hij schonk zijn bier in en hief het glas naar mijn glas water. 'Nou, op ons, na dertig jaar herenigd. Weet je wat?'

'Wat?'

'Ik ben niet langer een enig kind.'

'Dat is zo,' zei ik. 'En weet je wat nog meer?'

'Wat?'

'De Zes Zussen hebben nu een broer.'

44

Onder het eten zei Thom dat ik onmiddellijk bij hem in Froskehuset moest komen wonen.

'Er is niets ellendiger dan in een hotel logeren, en technisch gezien, Ally, is de helft van het huis waarschijnlijk toch van jou,' voegde hij eraan toe, terwijl hij later die avond mijn rugzak de stenen trap naar de voordeur op sjouwde.

'Trouwens,' vroeg ik hem, 'wat betekent "Froskehuset" eigenlijk?'

'"Het Kikkerhuis". Kennelijk heeft Horst Felix verteld dat hij ooit een replica van de kikker die Grieg altijd bij zich had op de muziekstandaard van de piano had staan. Ik weet niet wat ermee gebeurd is, maar misschien had het iets te maken met de naam die ze het huis gegeven hebben.'

'Nou, dat is ook toevallig.' Terwijl Thom mijn rugzak in de gang dumpte, stak ik mijn hand in mijn zak en haalde glimlachend mijn eigen kikkertje tevoorschijn. 'Kijk, dit is de andere aanwijzing die Pa Salt me had nagelaten. Ik heb er tientallen van in het Grieg Museum gezien.'

Thom pakte het kikkertje van me aan en bekeek het aandachtig. Toen keek hij me glimlachend aan. 'Hij heeft je hierheen gestuurd, Ally. Naar je echte thuis.'

Thom en ik regelden een genetische test en Felix stond erop ook een speeksel- en haarmonster te leveren. Binnen een week hadden we bevestiging dat ik echt Thoms tweelingzus was en dat Felix mijn teruggevonden vader was.

'We zijn natuurlijk geen identieke tweeling omdat we van sekse verschillen,' zei ik, terwijl we de gegevens in de uitslagbrief bestudeerden. 'We hebben allebei ons eigen afzonderlijke DNA-profiel.'

'Uiteraard. En ik ben veel knapper dan jij, grote zus.'

'Dank je.'

'Tot je dienst. Dus zullen we onze verdoolde vader opbellen en hem het goede nieuws vertellen?'

'Waarom niet?' zei ik.

Die avond kwam Felix op de tijd die we met hem hadden afgesproken langs met een fles champagne en whisky voor zichzelf. We toostten met zijn drieën op het feit dat we dezelfde genen hadden. Ik zag dat Thom nog altijd heel terughoudend met zijn vader omging, maar hij deed zijn best omdat ik erbij was. Het viel me ook op dat Felix probeerde het goed te maken. Dat was tenminste een begin, dacht ik, terwijl ik samen met mijn vader en broer champagne nipte, het was een begin.

Felix stond op om te vertrekken en liep waggelend naar de deur.

'Weet je zeker dat het veilig is om de berg op te rijden met dat ding?' vroeg ik hem toen hij zijn helm opzette.

'Dat doe ik al bijna veertig jaar, Ally, en ik ben er nog nooit af gevallen,' bromde Felix. 'Maar bedankt dat je het vraagt. Het is lang geleden dat iemand genoeg om me gaf om dat te doen. Nog een goede avond en bedankt. En kom nog eens langs, wil je?' riep hij. Toen liep hij op onvaste benen het donker in.

Ik duwde de deur achter hem dicht en zuchtte. Ik wist dat ik niet moest laten merken dat ik medelijden met Felix had als Thom in de buurt was.

Maar zoals gewoonlijk had mijn tweelingbroer mijn gedachten gelezen.

'Het is oké,' zei hij toen ik de kamer weer in kwam en naar de kachel liep om mijn koude handen te warmen.

'Wat is oké?'

'Dat je met Felix te doen hebt. Ondanks alles heb ik zelf ook eigenlijk medelijden met hem. Ik wil hem niet vergeven voor wat hij mijn moeder heeft aangedaan, maar hij heeft zijn eigen moeder letterlijk dood op straat zien liggen, en toen pleegde zijn vader een paar uur later zelfmoord...' Thom huiverde. 'Ook al kan hij zich de details niet herinneren, erger had niet gekund, toch? En wie weet welke littekens dat bij hem achtergelaten heeft.'

'Ja, wie weet?' zei ik.

'Maar goed, genoeg over Felix, Ally.' Thom ademde uit en keek me aan. 'Ik heb nog iets wat ik met je wil delen.'

'O, ja? Je ziet er zo serieus uit dat ik me afvraag of je me soms gaat vertellen dat ik nog een broer of zus heb.'

'Dat is aan Felix om te zeggen, en je weet maar nooit,' zei hij gekscherend. 'Maar dit is…' Thom dacht ingespannen na om het juiste woord te vinden. '… fundamenteler.'

'Wat kan er fundamenteler zijn dan weten dat ik echt een Halvorsen van geboorte ben?'

'Ally, je hebt zonder het zelf te weten de spijker op de kop geslagen. En nu wil ik je iets laten zien.' Hij stond op, liep door de kamer naar het bureautje in de hoek en pakte een sleutel uit een vaas die erop stond. Hij maakte een la open, haalde er een dossiermap uit en kwam weer naast me op de bank zitten. Ik zei niets en wachtte tot hij zijn gedachten over wat het ook was verzameld had.

'Oké, weet je nog hoe geïrriteerd je was nadat je Jens Halvorsens biografie over hemzelf en Anna had gelezen? Dat je niet kon geloven dat Anna Jens zonder gemopper teruggenomen had nadat hij haar jaren tevoren in Leipzig had achtergelaten?'

'Natuurlijk herinner ik me dat nog. Maar ik begrijp het nog steeds niet. In het boek zegt Jens zelf dat hij dacht dat ze de liefde en hem had opgegeven. En zij wordt als een vrouw met een sterk karakter beschreven, dus ik kan niet geloven dat ze hem zomaar teruggenomen heeft.'

'Precies.' Thom keek me weer aan.

'Zeg het maar,' moedigde ik hem aan.

'En als ze dat nou moest?'

'Als ze wát moest?'

'Hem terugnemen?'

'Bedoel je voor de buitenwacht? Omdat een vrouw in die tijd niet kon scheiden zonder een schandaal te veroorzaken?'

'Ja, maar niet precies om die reden. Je hebt het zeker bij het rechte eind wat de moraal van die tijd betreft.'

'Thom,' zei ik, 'het is al over elven 's avonds en ik heb niet echt zin in raadsels. Zeg me nou maar waar je heen wilt.'

'Oké, Ally, maar voordat ik dat doe, moet ik je totale geheimhouding laten zweren. Ook tegenover Felix, onze vader. Ik heb hier nooit iets aan wie dan ook over verteld.'

'Je zegt het alsof je het onder Froskehuset begraven gulden vlies gevonden hebt, Thom. Ga nou maar verder.'

'Sorry, het is gewoon licht ontvlambare informatie. Maar goed, toen ik dus voor mijn boek Jens en Anna Halvorsens relatie met Grieg onderzocht, trad ik in hun voetsporen en ging naar Leipzig. En daar vond ik dit.'

Thom pakte een envelop uit de map, haalde er een vel papier uit en gaf het aan me. 'Bekijk dit maar eens.'

Ik las het document snel door en zag dat het een geboorteakte van een zekere Edvard Horst Halvorsen was. 'Onze overgrootvader. Nou en?'

'Je zult het wel niet meer uit het hoofd weten, maar in zijn biografie schrijft Jens dat hij in april 1884 terug in Leipzig was.'

'Nee, dat kan ik me eerlijk gezegd niet herinneren.'

'Nou, hier is de gefotokopieerde bladzijde uit het boek.' Hij gaf me een ander papier aan. 'Ik heb de betreffende passage gemarkeerd. Maar volgens de geboorteakte is Horst geboren op 30 augustus 1884. Dus strikt genomen heeft Anna een levend kind gebaard na een zwangerschap van vier maanden. Zelfs een eeuw later is dat nog steeds onmogelijk.'

Ik bekeek de datum op de geboorteakte en zag dat het was zoals hij had gezegd. 'Nou, misschien was Jens vergeten in welke maand hij precies in Leipzig teruggekomen was? Tenslotte heeft hij dit achteraf opgeschreven, vele jaren nadat het gebeurd was.'

'Dat dacht ik ook. In het begin, tenminste.'

'Probeer je me nou te zeggen dat het kind van wie Anna in verwachting was, met andere woorden Horst, niet van Jens geweest kan zijn?'

'Ja, dat zeg ik.' Opeens liet Thom zijn schouders hangen, van opluchting, vertwijfeling of angst, ik wist het niet. Of misschien van alle drie tegelijk.

'Oké, tot hier kan ik je volgen. Wat heb je nog meer ontdekt om je theorie te bevestigen?'

'Dit.'

Thom gaf me nog een papier uit de map aan. Ik zag dat het een fotokopie van een oude, in het Noors geschreven brief was. Voordat ik mijn beklag kon doen en zeggen dat ik hem niet kon lezen gaf hij me een ander papier aan. 'Dit is de vertaling in het Engels.'

'Dank je.' Ik las door wat er stond. De datering was maart 1883.

'Het is een liefdesbrief.'

'Dat klopt, ja. En er zijn er nog veel meer van dezelfde afzender.'

'Thom,' zei ik, naar hem opkijkend, van wie is deze brief? Wie is die 'Kikkertje', zoals hij zichzelf noemt?' Voordat hij antwoord kon geven wist ik het opeens. 'O god,' stamelde ik. 'Je hoeft het niet te zeggen. Je zei toch dat er nog meer waren?'

'Tientallen. Hij was een heel productieve briefschrijver. In de loop van zijn leven heeft hij bijna twintigduizend brieven aan allerlei mensen geschreven. En ik heb het handschrift vergeleken met dat in het museum van Bergen. Het kan niet anders, of hij was het.'

'Waar heb je deze gevonden?' vroeg ik. Ik slikte krampachtig.

'Ze lagen onder ieders neus in deze kamer verstopt. Al honderdtien jaar.'

'Waar dan?' Ik keek om me heen in de zitkamer.

'Ik heb de plaats waar ze verstopt waren puur bij toeval ontdekt. Er rolde een pen onder de vleugel daar, en toen ik op mijn knieën ging zitten om hem op te rapen, stootte ik mijn hoofd tegen de onderkant. Ik keek op en zag dat er een smalle houten la van misschien een paar centimeter diep in de kast was aangebracht. Kijk maar, ik zal het je laten zien.'

We gingen allebei op handen en knieën onder de piano zitten om te zien wat hij bedoelde. En daar, in het midden, was ruwweg een brede maar ondiepe schuifla van triplex onder aan de snarenkast vastgemaakt. Thom stak zijn hand uit, pakte de onderkant beet en trok hem uit de smalle houten steunlatjes.

'Zie je?' zei hij toen we onder de piano vandaan waren gekropen en hij de la op de tafel zette. 'Het zijn er tientallen.'

Ik pakte voorzichtig brief na brief op en onderzocht ze verwonderd. De inkt op het vergeelde perkament was zo verbleekt dat het handschrift bijna niet te ontcijferen was, ook al had ik Noors kunnen lezen, maar ik zag wel dat de data die erop stonden van 1879 tot 1884 opliepen en dat ze allemaal ondertekend waren door een zekere '*Liten Frosk*'.

'Hoewel iedereen hem "Horst" noemde, is het je misschien opgevallen dat de doopnaam van onze overgrootvader volgens zijn geboorteakte "Edvard" is,' ging Thom verder.

'Ik... weet niet wat ik ervan moet zeggen,' zei ik. Ik staarde naar het prachtige handschrift op de papieren voor me. 'Deze brieven van Edvard Grieg aan Anna zijn goud waard. Heb je ze aan een historicus laten zien?'

'Zoals ik daarnet al zei, Ally, heb ik ze aan niemand laten zien.'

'Maar waarom heb je ze in vredesnaam niet opgenomen in je boek? Dit is het absolute bewijs dat Grieg en Anna Halvorsen een relatie hadden.'

'Het bewijst nog meer dan dat. Als je ze allemaal leest, weet je zeker dat ze minnaars waren. Minstens vier jaar lang.'

'Wauw. Nou, als dat waar is, en je had die pikante onthullingen over een van de grootste componisten ter wereld opgenomen in je boek, dan zou je vast miljoenen exemplaren hebben verkocht. Waarom heb je dat niet gedaan, Thom? Dat begrijp ik niet.'

'Maar Ally,' zei hij fronsend, 'dat kun je toch wel raden? Had je de voor de hand liggende conclusie dan nog niet getrokken?'

'Doe niet zo neerbuigend tegen me, Thom,' diende ik hem geergerd van repliek. 'Ik probeer het grote geheel te zien, maar geef me de tijd. Deze brieven bevestigen dat Anna en Grieg minnaars waren. Dus ik neem aan dat je denkt dat Grieg de vader van Anna's baby was?'

'Ik denk dat daar alle kans op is, ja. Je herinnert je toch nog wel dat ik je heb verteld dat Grieg zelf naar Jens op zoek ging in de achterbuurten van Parijs? Dat was aan het eind van 1883, toen hij het grootste deel van het jaar weg was van zijn vrouw Nina en Duitsland als uitvalsbasis had. Dan herenigt Grieg zich in Kopenhagen met Nina in het voorjaar van 1884. En in augustus van dat jaar wordt Edvard Horst Halvorsen geboren.'

'Edvard Horst Halvorsen, de zoon van Grieg,' stamelde ik. Ik probeerde te bevatten wat die mogelijkheid betekende.

'Zoals je zelf zei nadat je het verhaal gelezen had, waarom zou

Grieg zes jaar nadat het was gebeurd naar Parijs zijn gegaan om Jens te zoeken? En waarom was Anna bereid om hem terug te nemen? Alleen als zij en Grieg om fatsoensredenen een overeenkomst hadden gesloten. Vergeet niet dat Grieg indertijd een van de beroemdste mannen van Europa was. Het was wel acceptabel voor hem om in de stad als begeleider van getalenteerde muzen zoals Anna te worden gesignaleerd, maar iets zo verwerpelijks als voor de vader van een onwettig kind te worden aangezien had hij niet kunnen riskeren. Vergeet ook niet dat Grieg indertijd niet bij Nina was, en dat archiefonderzoek documentair bewijs heeft opgeleverd dat hij en Anna samen door Duitsland reisden om recitals te geven. Er zal wel over hun relatie geroddeld zijn, maar het feit dat Anna's man weer bij haar terugkwam en dat er een paar maanden later een baby werd geboren, zal een eind hebben gemaakt aan alle praatjes. Een jaar later verhuisden Anna en Jens naar Bergen, en in Noorwegen zeiden ze dat de baby van hen was.'

'Maar zou Anna dat geaccepteerd hebben? Dat ze moest leven in een leugen?'

'Je weet toch dat Anna toen zelf ook beroemd was? Als ze bij een schandaal betrokken zou worden, ook al was het maar een kleintje, zou het ook met haar zangcarrière gedaan zijn. Ze realiseerde zich dat Grieg nooit van Nina zou scheiden. En we weten in ieder geval dat Anna een praktische, verstandige jonge vrouw was. Ik wil wedden dat ze dit samen bekokstoofd hebben.'

'Maar als het is gegaan zoals jij zegt, en Jens kwam terug en hij trof Anna vijf maanden zwanger aan, waarom bleef hij dan bij haar?'

'Waarschijnlijk omdat hij wist dat hij, als hij dat niet zou doen, korte tijd later op straat in Parijs van armoede gestorven zou zijn. En ik weet haast zeker dat Grieg heeft beloofd te doen wat hij kon om Jens te helpen naam te maken als componist in Noorwegen. Begrijp je, Ally? Het kwam hun alle drie goed uit.'

'En nog geen jaar later woonden de twee echtparen hier naast elkaar. Lieve hemel, Thom, denk je dat Nina ooit vermoed heeft wat er was gebeurd?'

'Ik zou het echt niet weten. Ze aanbad Edvard, ongetwijfeld, en hij haar, maar getrouwd zijn met zo'n beroemdheid had een prijs.

Dat heeft het altijd, als je het mij vraagt. Misschien was ze blij dat haar man naar haar teruggekomen was. En natuurlijk was Horst er ook nog. Dat ze zo dicht bij elkaar woonden, betekende dat Grieg zijn mogelijke zoon kon zien, zo vaak hij wilde en zonder achterdocht te wekken. Vergeet niet dat hij en Nina zelf geen kinderen hadden. In een van zijn vele brieven aan een vriend die ook componist was, zegt Grieg dat hij dol was op de kleine Horst.'

'Dus Jens moest zich bij de situatie neerleggen.'

'Ja. Zelf denk ik dat hij dubbel en dwars gestraft was voor het verlaten van Anna. Hij leefde voorgoed in de muzikale schaduw van Grieg en wist bijna zeker dat hij zijn onwettige kind grootbracht alsof het van hemzelf was.'

'Dus waarom heeft hij dan een biografie over hen twee geschreven als hij en Anna zo'n diep geheim moesten bewaren?'

'Je weet waarschijnlijk wel dat Anna in hetzelfde jaar als Grieg is overleden. Dat was toen Jens' composities bekend begonnen te worden. Ik zou denken dat het boek niet meer was dan een poging om munt te slaan uit de roem waarvan Jens vond dat hij die tot dan toe nooit vergaard had. Het was een bestseller, indertijd, en waarschijnlijk heeft hij er een aardig bedrag mee verdiend.'

'Hij zou voorzichtiger geweest moeten zijn met het noemen van data,' merkte ik op.

'Wie had dit kunnen weten, Ally? Tenzij ze naar Leipzig waren gegaan om de originele geboorteakte van Horst op te sporen, zoals ik.'

'Ja, honderdtwintig jaar later. Het is allemaal puur giswerk, Thom.'

'Bekijk deze maar eens,' zei hij. Hij haalde drie foto's uit de map. 'Dit is Horst als jonge man, en dat zijn twee mogelijke vaders. Op wie vind je dat hij lijkt?'

Ik bekeek de foto's en zag dat er bijna geen twijfel mogelijk was. 'Maar Anna was blond en had blauwe ogen, net als Grieg. Misschien leek Horst uiterlijk op zijn moeder.'

'Dat zou kunnen,' zei Thom instemmend. 'Dit zijn allemaal conclusies op grond van de enige hulpmiddelen waarmee we het verleden kunnen onderzoeken, documentair bewijs en heel veel veronderstellingen.'

Ik had maar half naar wat Thom zei geluisterd, want op dat moment begon me opeens duidelijk te worden wat het betekende.

'Dus als jij gelijk hebt, dan zijn Horst, Felix, jij en ik...'

'Ja. Zoals ik in het begin al zei, Ally, misschien ben je strikt genomen toch geen Halvorsen.'

'Echt, Thom, het is bijna te veel om te bevatten. Zouden we het op een of andere manier kunnen bewijzen als we dat wilden?'

'Zeker. Griegs broer John had kinderen, en hun nakomelingen leven nog. We zouden hun het bewijs kunnen presenteren en vragen of ze mee willen doen aan een DNA-test. Ik heb er heel vaak over nagedacht om contact met hen op te nemen, maar ik vraag me af of dat wel zin zou hebben, gezien de ophef die het zou veroorzaken en de mogelijke schade aan Griegs brandschone reputatie. Dit alles is honderdtwintig jaar geleden gebeurd, en persoonlijk zou ik graag publiciteit voor mijn muziek krijgen om goede redenen, niet omdat ik winst heb gemaakt met een of ander historisch schandaal. Vandaar dat ik besloten heb het verleden te laten rusten en wat ik heb ontdekt niet op te nemen in het boek. Jij moet ook beslissen, Ally, en ik zou het je niet kwalijk nemen als je het zeker wilt weten, ook al zou ík de zaak liever laten rusten.'

'Lieve hemel, Thom. Ik ben er al dertig jaar heel tevreden mee om niets over mijn afkomst te weten. Dus ik vind één nieuwe genenpool voorlopig wel genoeg,' zei ik met een glimlach. 'Maar hoe zit het met Felix? Je zei toch dat je hier niks over tegen hem gezegd hebt?'

'Nee, omdat ik hem niet vertrouw. Hij zou in een dronken bui kunnen rondbazuinen dat hij de achterkleinzoon van Grieg is en ons allemaal een hoop last bezorgen.'

'Dat is zo. Wauw,' zei ik met een zucht, 'wat een verhaal.'

'Ja. En wil je een kop thee, nu ik mijn hart gelucht heb?'

Toen mijn originele geboorteakte een paar dagen later aankwam, liet ik Thom het document zien. Ik had geschreven naar het ziekenhuis en het bevolkingsregister van Trondheim, niet alleen omdat ik het bewijs wilde zien, maar ook om zoveel mogelijk details over hoe Pa Salt me had gevonden te ontdekken.

'Zie je?' zei ik. 'Ik heette oorspronkelijk Felicia, naar Felix, waarschijnlijk.'

'Mooie naam. Klinkt heel knap en meisjesachtig,' zei Thom plagerig.

'Sorry, hoor, maar meisjesachtig ben ik niet. Ik heet liever Ally,' wierp ik tegen.

Ik liet hem nog een document zien dat tegelijk met de geboorteakte was aangekomen. Er stond in dat ik op 3 augustus 1977 geadopteerd was. Het was voorzien van een officieel uitziend stempel, maar bevatte geen nadere details.

'Alle adoptiebureaus die ik benaderd heb, schreven me terug dat ze geen gegevens over mijn officiële adoptie hebben, en dat ze daarom concluderen dat die privé geregeld moet zijn. Wat betekent dat Pa Salt Martha een keer ontmoet moet hebben,' zei ik nadenkend terwijl ik de recentste brief weer in de map stopte.

'Het is maar een idee, hoor, Ally,' zei Thom plotseling, 'maar je hebt me verteld dat Pa Salt de meisjes die hij geadopteerd had alle zes naar de sterren van de Pleiaden had genoemd. Zou het niet kunnen dat híj jou gekozen heeft? En míj heeft achtergelaten?'

Ik dacht erover na en realiseerde me dat Thom een punt had. Het verzachtte de pijn onmiddellijk. Ik stond op en liep naar hem toe. Hij was achter de piano gaan zitten en ik sloeg mijn armen om zijn hals en kuste hem boven op zijn hoofd. 'Dank je dat je dat gezegd hebt.'

'Oké.'

Ik keek naar de bladmuziek op de standaard en zag dat het vel was volgekrabbeld met aantekeningen in potloodschrift. 'Wat was je aan het doen?'

'O, nakijken wat de jongen die David Stewart me had aangeraden om de orkestratie van 'Het heldenconcert' te bewerken tot nu toe heeft gedaan.'

'En wat vind je ervan?'

'Van wat ik er zojuist van heb gezien ben ik eerlijk gezegd niet onder de indruk. Ik betwijfel sterk of het klaar zal zijn om bij het Honderd Jaar Grieg Concert in december in première te gaan. Het is nu bijna eind september en de definitieve muziek moet eind volgende maand bij de drukker liggen, dan heeft het orkest de tijd om het stuk te repeteren. Ik heb het groene licht gehad van David om het in het concertprogramma op te nemen, en ik zou er kapot van zijn als het niet lukt.' Hij haalde zijn schouders op. 'Maar dit geeft me gewoon geen goed gevoel. En het is zeker niet goed genoeg om de orkestleider te laten zien.'

'Ik zou willen dat ik je kon helpen,' zei ik. Toen kreeg ik opeens een idee, maar ik wist niet of ik het hem kon vertellen.

'Wat is er?' vroeg Thom. Het was onmogelijk om iets voor mijn pas ontdekte tweelingbroer geheim te houden, merkte ik.

'Als ik het je vertel, beloof je dan dat je het niet gelijk zult afkeuren?'

'Oké. Ga maar verder.'

'Misschien kan Felix – ik bedoel onze vader – het doen. Tenslotte is hij Pips zoon. Hij zal vast gevoel voor de muziek van zijn eigen vader hebben.'

'Wat? Ben je nou helemáál gek geworden, Ally? Ik weet dat je ons allemaal de gelukkige familie probeert te laten spelen, maar nu ga je toch echt te ver. Felix is een dronkaard en een nietsnut en hij heeft nog nooit van zijn leven iets afgemaakt. Ik wil het geliefde concert van onze grootvader niet door hém laten verknallen. Of, erger nog, riskeren dat hij het voor de helft doet en er dan de brui aan geeft. Als we nog een klein kansje willen hebben om dit stuk op het concert in première te laten gaan, moeten we niet zó beginnen.'

'Je weet toch dat Felix nog steeds uren per dag pianospeelt? Gewoon voor zijn eigen vermaak? En zelf heb je me wel tig keer verteld dat hij een genie was en als tiener al zijn eigen werken componeerde en orkestreerde,' hield ik vol.

'Genoeg, Ally. Discussie gesloten.'

'Oké.' Ik haalde mijn schouders op en liep verslagen en teleurgesteld de kamer uit. Het was de eerste keer dat Thom en ik het niet met elkaar eens waren.

Later die middag ging Thom van huis omdat hij een orkestoproep gekregen had. Ik wist dat hij Pip Halvorsens originele bladmuziek in het bureau in zijn zitkamer bewaarde. Hevig twijfelend of het wel goed was wat ik deed, maakte ik het bureau open en pakte de stapel papieren eruit. Ik stopte ze in een boodschappentas, pakte de sleutels van de auto die ik een tijdje geleden had gehuurd en verliet het huis.

'Wat denk je ervan, Felix?'

Ik had het verhaal achter 'Het heldenconcert' verteld en gezegd dat we dringend verlegen zaten om iemand die het kon orkestreren. Even tevoren had ik hem het hele concert van het begin tot het einde horen spelen. Hoewel hij er nog nooit een blik op had geworpen, had hij het zonder één foute noot gespeeld. En met de technische bekwaamheid en flair van een echt begaafde pianist.

'Ik vind het prachtig, echt waar. Mijn god, wat had mijn ouwe vader een talent.'

Felix was zichtbaar aangedaan en ik liep in een opwelling naar hem toe en pakte hem bij zijn schouder. 'Ja, hè?'

'Jammer dat ik me niets meer van hem kan herinneren. Ik was niet veel ouder dan een baby toen hij is overleden, weet je.'

'Ik weet het. En het was een tragedie dat zijn stuk nooit in première heeft kunnen gaan. Zou het niet prachtig zijn als dat nu alsnog gebeurde?'

'Ja, ja, met de juiste orkestratie... bijvoorbeeld hier, in de eerste vier maten een hobo, en dan hier een altviool erbij.' Hij wees de maten aan. 'En dan bijna gelijktijdig de pauken laten invallen, bij wijze van verrassing, zo.' Hij sloeg de maat met twee potloden. 'Daar zouden degenen die denken de zoveelste Grieg-imitatie te horen van opkijken.' Hij grijnsde ondeugend en ik zag de lichtjes in zijn ogen toen hij zijn hand naar een blanco vel muziekpapier uitstak en er het arrangement dat hij zojuist had beschreven op noteerde. 'Zeg maar tegen Thom dat dat een meesterzet zou zijn. En dan,' zei Felix, en hij begon opnieuw te spelen, 'zetten de violen in, nog steeds begeleid door het slagwerk om die onderstroom van dreiging in stand te houden.'

Hij vulde opnieuw een paar maten in op het muziekblad. Toen stopte hij plotseling en keek naar me op. 'Sorry, ik laat me meeslepen. Maar toch bedankt dat je me dit hebt laten zien.'

'Felix, hoe lang zou je nodig hebben om dit te orkestreren, denk je?'

'Zeg twee maanden? Misschien komt het doordat mijn vader het origineel geschreven heeft, maar ik kan nu al horen hoe het zou moeten klinken.'

'Zou het je ook in drie weken lukken?'

Hij staarde me aan, rolde met zijn ogen en grinnikte. 'Nu neem je me zeker in de maling?'

'Nee hoor. Ik moet fotokopieën van de pianomuziek voor je laten maken, maar als jij dit kunt orkestreren en het even briljant als je me zojuist hebt laten zien aan Thom kunt aanbieden, denk ik niet dat hij en de leider van het Bergens Filharmonisch nee kunnen zeggen.'

Felix dacht een tijdje zwijgend na. 'Dus je daagt me uit? Is dit om Thom te bewijzen dat ik het kan?'

'Naast het feit dat dit op het ogenblik op het programma van het Honderd Jaar Grieg Concert in december staat, ja. Want uit wat ik zojuist van je heb gehoord, maak ik op dat je volslagen briljant bent. En als je het niet erg vindt dat ik het zeg, door de strakke deadline zul je je hier voluit op moeten concentreren.'

'Dat waren een aantal complimenten en beledigingen door elkaar, jongedame,' snoof Felix verontwaardigd. 'Ik kies voor de complimenten, want je hebt natuurlijk gelijk. Ik ben veel beter als ik tegen een deadline werk, en die heb ik de laatste jaren weinig gehad.'

'Dus je probeert het?'

'Ik zal veel meer dan mijn best op deze klus doen, dat kan ik je verzekeren. Ik begin er vanavond aan.'

'Nou, ik vrees dat ik de originele pianomuziek mee moet nemen. Ik wil niet dat Thom erachter komt wat we aan het doen zijn.'

'O, maak je daar geen zorgen om, ik heb het al in mijn hoofd.' Felix pakte de bladmuziek bij elkaar, legde de vellen op een nette stapel en gaf ze me aan. 'Kom morgen die kopieën maar brengen, maar dan wil ik je hier niet constant aan de deur hebben om te controleren of ik wel aan het werk ben. En dan zie ik je over drie weken.'

'Maar...'

'Niks te maren,' zei Felix, terwijl hij met me naar de deur liep.
'Oké, dan kom ik morgen met de muziek. Dag, Felix.'
'O, Ally?'
'Ja?'
'Bedankt dat je me deze kans gegeven hebt.'

45

De volgende drie weken liep ik veel heen en weer door het huis. Ik wist dat het orkestreren van een symfonie normaal gesproken maanden ingespannen werk kostte. Maar als Felix de eerste vijf minuten af kon krijgen, hoopte ik dat het genoeg zou zijn om Thom te overtuigen van wat ik zelf had gehoord. Als hij niets had gedaan, was er ook niets verloren en Thom zou het nooit weten.

Iedereen verdient een tweede kans, dacht ik terwijl ik de voordeur hoorde opengaan en Thom thuiskwam na een uitvoering van de opera *Carmen* met het orkest. Het concertseizoen was begonnen en nadat hij grauw van vermoeidheid op de bank was neergeploft, gaf ik hem een koud biertje uit de koelkast.

'Dank je, Ally. Ik zou hier gewend aan kunnen raken,' zei hij terwijl hij het blikje opentrok. 'Ik heb eens nagedacht, de laatste dagen.'

'O ja?'

'Had je al besloten waar je Duimelijntje wilt krijgen?'

Het was een door Thom bedacht koosnaampje voor de baby. Hij had me gevraagd hoe groot hij of zij op het ogenblik was, en toen had ik, afgaand op mijn splinternieuwe zwangerschapsboek, mijn duim opgestoken om het aan te geven.

'Nee, nog niet.'

'Nou, wat dacht je ervan om hier bij mij in Froskehuset te blijven wonen? Je zegt steeds dat je graag de inrichting zou vernieuwen, en daar heb ík zeker geen tijd voor. Zou je die nesteldrang waarover je gisteren in je zwangerschapsboek hebt gelezen niet op een praktisch doel richten en hier aan het werk gaan? In ruil voor kost en inwoning, waarvoor de rekening snel oploopt gezien je grote dubbele eetlust,' zei hij plagerig. 'En natuurlijk de helft van het officiële eigenaarschap?'

'Kom nou, Thom, het huis is van jou! Het zou nooit in me opkomen om je de helft af te nemen.'

'O, maar wat zou jij ervan vinden om wat geld, als je dat hebt, in het moderniseren van dit huis te investeren? Dat lijkt me een eerlijke ruil. Begrijp je? Ik ben lang niet zo vrijgevig als je denkt.'

'Ik zou het aan Georg Hoffman, Pa's advocaat, kunnen vragen. Ik weet zeker dat hij het een goede investering zal vinden. Het zal niet veel kosten om de boel hier te moderniseren, maar ik vind wel dat die vreselijke kachel door een modernere vervangen moet worden en misschien moet er in de rest van het huis vloerverwarming komen. O, en de boiler en de leidingen in alle badkamers moeten vernieuwd worden. Ik word doodziek van het miezerige straaltje warm water uit de douche, en...'

'Daar gaan we dan,' zei Thom grinnikend. 'Ik had op minstens een miljoen kronen gerekend als we het goed willen doen. Het huis is vier miljoen waard, dus als jij mijn interieurontwerpster wordt, zal ik je wat extra betalen. Als een van ons het in de toekomst nodig vindt om het te verkopen, moeten we afspreken dat de ander het recht heeft zijn of haar helft uit te kopen, maar het belangrijkste vind ik, Ally, dat jij en de baby het gevoel hebben dat jullie een eigen dak boven jullie hoofd hebben.'

'Tot nu toe heb ik heel goed zonder gekund.'

'Tot nu toe had je ook geen kind. En als iemand die is opgegroeid in een huis waarvan mijn moeder constant tegen me zei dat het niet van ons was, zou ik graag willen dat mijn nichtje of neefje daar niet over in hoeft te zitten. Misschien kan ik mijn diensten als vaderfiguur en mentor aanbieden tot er een andere kandidaat opduikt. Wat zeker zal gebeuren, op een dag,' voegde hij eraan toe.

'Maar Thom, als ik hier blijf...'

'Ja?'

'Dan zou ik Noors moeten leren! En dat is echt een onmogelijke taal.'

'Nou, dan kunnen jij en de baby het samen leren,' zei hij glimlachend.

'Maar hoe moet het dan wanneer een van ons, of wij allebei, iemand anders vinden?'

'Zoals ik al zei, dan kunnen we verkopen, of het gedeelte van de ander uitkopen. Vergeet trouwens niet dat we vier slaapkamers hebben. En omdat ik niet wil dat je met een man gaat samenleven die ik onsympathiek vind, zou ik niet weten waarom we hier niet met elkaar zouden kunnen samenwonen. Maar goed, persoonlijk vind ik dat we ons niet te veel zorgen moeten maken over wat er zou kúnnen gebeuren. Is dat niet een van jouw favoriete gezegdes?'

'Dat was het vroeger, maar... ik moet nu plannen voor onze toekomst maken.'

'Natuurlijk. Het moederschap is je al aan het veranderen.'

Toen ik die avond in mijn bed lag, besefte ik dat Thom gelijk had. Ik dacht niet alleen meer aan mezelf, maar aan wat het beste voor mijn kindje was. Ik was zeker gelukkig, veilig en tevreden in dit land waarvan ik begon te houden. En dat mij nooit iets over mijn afkomst was verteld, maakte het op een of andere manier belangrijker voor me dat mijn kind wel zou weten waar het vandaan kwam. We zouden het samen doen.

De volgende ochtend vertelde ik Thom dat ik het in principe een prima idee vond en graag wilde blijven om de baby hier te krijgen.

'Ik zal ook kijken of iemand Theo's Sunseeker-jacht hiernaartoe kan zeilen. Ook al kan ik nooit meer de moed opbrengen om een voet aan boord te zetten, misschien wil jij 's zomers met je neefje of nichtje op de Noorse fjorden gaan varen.'

'Goed idee,' zei Thom. 'Hoewel je op een gegeven moment ooit terug moet naar het water, Ally, als het niet omwille van de baby is, dan omwille van jezelf.'

'Dat weet ik, maar voorlopig is het nog niet zover,' zei ik kortaf. 'Het enige waarover ik me zorgen maak, is wat ik moet doen nadat ik voor interieurontwerpster heb gespeeld en de baby heb gekregen.' Ik zette de pannenkoeken waarmee hij zo graag ontbeet op de tafel.

'Zie je? Nu doe je het weer, Ally, vooruitlopen op de toekomst.'

'Hou je mond, Thom. Je ziet hier een vrouw die haar hele leven heeft gewerkt en alle dagen op de proef gesteld is.'

'Dus jij vindt naar een nieuw land verhuizen en een kind krijgen niet genoeg?'

'Natuurlijk is dat genoeg, voorlopig. Maar ook al word ik moeder, ik moet ook andere dingen te doen hebben.'

'Ik kan je waarschijnlijk wel een been toegooien,' zei Thom langs zijn neus weg.

'Wat bedoel je daarmee?'

'Er is altijd plaats in het orkest voor een fluitiste met jouw talent. Ik wilde je zelfs een voorstel doen.'

'O, en wat dan wel?'

'Je wist al dat "Het heldenconcert" zou worden opgenomen in het programma van het Honderd Jaar Grieg Concert, maar waarschijnlijk gaat dat nu niet door. De eerste helft zal uit de 'Peer Gyntsuite' bestaan en het zou toepasselijk zijn om een echte, levende Halvorsen de openingsmaten van 'Ochtendstemming' te laten spelen, dacht ik zo. Ik heb het er zelfs al over gehad met David Stewart, en hij vindt het een prachtidee. Wat denk jij ervan?'

'Heb je hem al gesproken?'

'Natuurlijk, Ally. Het lag voor de hand, en...'

'Ook al kan ik er niks van, ik krijg de klus vanwege mijn achternaam,' maakte ik zijn zin voor hem af.

'Nu doe je opzettelijk alsof je er niks van kunt! Hij heeft je samen met Willem horen spelen in het Logen Theater, weet je nog? Ik probeer je alleen maar te zeggen dat je nooit weet wat voor gevolgen die avond misschien nog voor je heeft. Dus ik zou me echt geen zorgen maken over het vinden van een baan als je besluit je hier permanent te vestigen.'

Ik keek hem boos en met samengeknepen ogen aan. 'Je hebt het al helemaal geregeld, hè?'

'Zeker. Dat zou jij ook gedaan hebben.'

Precies drie weken nadat ik met het concert naar Felix was gegaan, klopte ik aarzelend op zijn voordeur. Er kwam geen antwoord en ik begon te denken dat hij een kater had en uitsliep, hoewel het al bijna middag was.

Toen hij de deur opendeed, met wallen onder zijn ogen en in een

T-shirt en boxershort, zonk de moed me in de schoenen.

'Ha, Ally, kom binnen.'

'Dank je.'

In de woonkamer stonk het naar verschaalde alcohol en tabak, en ik werd nog nerveuzer toen ik een rij lege whiskyflessen als kegels op de salontafel zag staan.

'Sorry voor de rotzooi, maar ga zitten,' zei hij. Hij pakte een rafelige deken en een kussen van de bank. 'Ik vrees dat ik de afgelopen weken heb geslapen waar ik neergevallen ben.'

'O.'

'Iets drinken?'

'Nee, dank je. Je weet toch waarom ik hier ben, hè?'

'Zo ongeveer,' zei hij, en hij haalde een hand door zijn dunner wordende haar. 'Had het niet met het concert te maken of zo?'

'Ja, dat klopt. Nou?' zei ik kortaf. Ik wilde nu weleens weten of hij de lastige taak tot een goed einde had gebracht.

'Ja... Eens even zien, waar had ik het ook weer neergelegd?'

Er lag overal bladmuziek op stapels, en veel andere papieren die ik bij mijn laatste bezoek had gezien had hij verfrommeld en die lagen nu stof en spinrag te verzamelen waar hij ze had neergegooid. Ik keek ontredderd toe terwijl hij zocht op zijn boekenplanken, in zijn overvolle laden en achter de bank waarop ik was gaan zitten.

'Ik weet nog dat ik het op een veilige plek had gelegd...' mompelde hij, terwijl hij zich boog om onder de piano te kijken. 'Ah!' zei hij triomfantelijk. Hij opende de bovenklep van de prachtige Blüthnervleugel en zette de houten steunlat eronder. 'Daar heb ik het.' Hij stak zijn hand in de kast en haalde een reusachtige stapel bladmuziek tevoorschijn. Hij kwam ermee naar mij toe en kwakte hem op mijn knie, die bijna bezweek onder het gewicht. 'Helemaal klaar.'

Op de eerste bladen stond de originele pianomuziek, zag ik. Hij had ze in een doorzichtige plastic map gestopt. Het volgende gedeelte was voor fluit, en dan kwamen de gedeelten voor altviool en pauken, precies zoals hij had beschreven. Ik draaide blad na blad vol onberispelijk geschreven muziek om, en toen ik bij het kopergedeelte kwam, was ik de tel van de instrumenten waarvoor hij de orkestratie had gedaan kwijtgeraakt. Ik keek met pure, ongeveinsde verbazing naar hem op en zag dat hij me zelfvoldaan glimlachend aankeek.

'Als je me langer had gekend, mijn pas teruggevonden, lieve dochter, had je geweten dat ik een muzikale uitdaging altijd aanneem. Vooral een die zo belangrijk is als deze.'

'Maar...' Mijn ogen gingen naar de whiskyflessen op de tafel voor me.

'En zoals ik me levendig herinner dat ik je verteld heb, werk ik beter als ik dronken ben. Triest maar waar. In ieder geval, het is er allemaal, klaar om aan mijn geliefde zoon te laten zien en door hem beoordeeld te worden. Ik vind zelf dat mijn vader en ik een geniaal werk hebben gecreëerd.'

'Nou, ik ben niet de aangewezen persoon om de kwaliteit ervan te beoordelen, maar het werk dat jij hebt gedaan in de tijd die je had is zeker bewonderenswaardig.'

'Dag en nacht, lieverd, dag en nacht. Dus ga nu maar.'

'Meen je dat nou?'

'Ja, ik wil weer gaan slapen. Daar heb ik niet veel tijd voor gehad sinds ik jou voor het laatst heb gezien.'

'Oké,' zei ik. Met de enorme stapel papieren tegen mijn borst geklemd stond ik op.

'Laat me weten wat hij ervan vond, hè?'

'Natuurlijk.'

'O, en zeg tegen Thom dat het enige gedeelte wat ik niet overtuigend vind het gedeelte is waar de hoorns met de hobo invallen, in de derde maat van het tweede deel. Misschien is dat iets te veel van het goede. Tot ziens, Ally.'

En daarop werd de deur stevig achter me dichtgedaan.

'Wat is dat?' vroeg Thom toen hij thuiskwam na een orkestoproep die middag en de stapels bladmuziek zag die ik keurig netjes op de salontafel in de zitkamer had gelegd.

'O, de complete orkestratie van "Het heldenconcert",' zei ik luchtig. 'Koffie?'

'Alsjeblieft,' antwoordde hij. Toen realiseerde hij zich op een grappige manier wat het was wat er voor hem lag en keek er nog eens naar.

Ik liep kalmpjes naar de keuken, schonk de koffie in en liep ermee terug naar de zitkamer, waar Thom al in de papieren zat te bladeren, net zoals ik had gedaan.

'Hoe? Wanneer? Wie?'

'Felix. De afgelopen drie weken.'

'Dat meen je niet?'

'O, jawel.' Ik wilde triomfantelijk mijn armen opsteken toen ik zijn verbaasde gezichtsuitdrukking zag.

'Nou, ik weet natuurlijk niet,' zei hij, zijn keel schrapend, waardoor zijn stem een octaaf lager klonk, 'van welke kwaliteit dit is, maar...'

Ik keek toe terwijl hij het gedeelte voor hobo en altviolen neuriede. Toen kwam hij bij de pauken en begon te grinniken. 'Briljant! Ik vind het prachtig.'

'Ben je boos?'

'Dat vertel ik je later nog wel.' Toen keek hij me aan en ik zag de opwinding en het oprechte ontzag in zijn ogen. 'Maar op het eerste gezicht heeft Felix fantastisch werk geleverd. Vergeet die koffie maar, ik ga David Stewart bellen, dan krijg ik hem misschien nog net voordat hij vertrekt te pakken. Ik breng het nu meteen naar hem toe. Ik weet zeker dat hij net zo verbaasd zal zijn als ik.'

Opgewonden hielp ik hem de bladmuziek te verzamelen. Toen zwaaide ik hem uit en wenste hem veel succes.

'Pip,' fluisterde ik, terwijl ik vanuit de voordeur opkeek naar de sterren, 'je "held" krijgt eindelijk haar première.'

Terwijl de herfst voorbijging en de plannen voor de uitvoering van het concert, compleet met de geïnspireerde orkestratie van Felix, op gang kwamen, hield ik me bezig met mijn eigen plannen. Ik had contact opgenomen met Georg Hoffman en de situatie uitgelegd. Hij vond het ook verstandig van me dat ik een dak waarvan ik gedeeltelijk eigenaar was boven mijn en mijn baby's hoofd zou hebben. Ik legde mijn beetje spaargeld en Theo's kleine legaat bij elkaar en begon aan de verbouwing van Froskehuset. Ik zag al een prachtig Scandinavisch toevluchtsoord voor me, met een gerenoveerde vloer en muren van blank grenenhout, meubelen van jonge Noorse ontwerpers en de laatste energiebesparende technologie.

Ik had moeite met het feit dat Thom en ik er goed aan zouden doen om Felix minstens een derde deel van het huis te geven als we mijn naam in de eigendomsakten zouden opnemen. Toen ik Felix over zijn aandeel in Froskehuset aansprak, keek hij me grijnzend aan. 'Nee dank je, lieverd. Het is aardig van je dat je het aanbiedt, maar ik ben heel gelukkig in mijn hut, en we weten allebei maar al te goed waar het geld naartoe zou gaan.'

De week tevoren had Edition Peters – dat C.F. Peters heette toen het vele jaren geleden Griegs muziekuitgever was geweest – geïnformeerd naar 'Het heldenconcert' en voor het nieuwe jaar was er een opname met het Bergens Filharmonisch gepland. Als wettelijk erfgenaam van de opvoerings- en publicatierechten van het werk van zijn vader, en van zijn eigen orkestratie, was de kans groot dat Felix een hoop geld zou verdienen als het concert een even groot succes zou worden als Andrew Litton dacht.

Of het aan de nesteldrang lag of niet, nu mijn geweten was gesust, stelde ik vol optimisme en energie vragen aan plaatselijke vaklui en aannemers, overlegde met de planningsautoriteiten en bestudeerde ontelbare tijdschriften en websites. Mijn zussen zouden moeten lachen als ze hoorden dat ik, Ally, tegenwoordig geïnteresseerd was in interieurontwerp. Ik kwam tot het inzicht dat hormonen verantwoordelijk waren voor veel van wat mensen deden.

Terwijl ik een boek met stoffenmonsters doorbladerde, realiseerde ik me schuldig dat ik Ma lang niet zoveel had gebeld als ik had horen te doen terwijl ik in Bergen was. Hetzelfde gold voor Celia. En nu ik wat werd beschouwd als de gevarenzone van drie maanden voorbij was, verdienden ze allebei het nieuws te horen.

Eerst belde ik Ma in Genève.

'Hallo?'

'Met mij, Ma, Ally.'

'Chérie! Wat leuk van je te horen.'

Ik glimlachte opgelucht toen ik de warmte en het volkomen gebrek aan verwijt in haar stem hoorde.

‘Hoe gaat het met je?’ vroeg ze.

‘Tja, dat is een heel verhaal,’ zei ik met een lachje. Daarop vertelde ik haar alles over Thom en Felix en hoe de aanwijzingen van Pa Salt me met hen in contact hadden gebracht.

‘Dus ik hoop dat je zult begrijpen, Ma, waarom ik heb besloten om nog een tijdje in Bergen te blijven,’ zei ik ten slotte. ‘En er is nog iets wat ik je niet had verteld en dat de dingen iets gecompliceerder maakt. Ik ben zwanger van Theo’s kind.’

Het bleef even stil aan de andere kant van de lijn, en toen werd er verrukt ingeademd. ‘Maar dat is geweldig nieuws, Ally! Ik bedoel, na alles wat je... hebt meegemaakt. Wanneer komt de baby?’

‘Op 14 maart.’ Ik vertelde haar maar niet dat ik, nadat de scan een precieze datum had bevestigd, had uitgerekend dat de baby op of rond de datum dat Pa was overleden verwekt had moeten zijn.

‘O, Ally, ik had niet blijer voor je kunnen zijn, chérie. Ben je er zelf ook blij om?’ vroeg ze.

‘Heel blij,’ zei ik geruststellend.

‘Je zussen zullen ook blij zijn. Je zult tantes krijgen en er zal een nieuwe baby bij ons in Atlantis op bezoek komen. Heb je het hun al verteld?’

‘Nee, nog niet. Ik wilde het eerst aan jou vertellen. Ik heb de afgelopen weken contact gehad met Maia, Star en Tiggy, maar Electra kan ik maar niet te pakken krijgen. Ze heeft mijn sms’jes en e-mailtjes niet beantwoord. Toen heb ik haar agent in Los Angeles gebeld en een bericht voor haar achtergelaten, maar er heeft nog niemand teruggebeld. Is alles goed met haar?’

‘Ze zal het vast erg druk hebben. Je weet wat een hectisch weekprogramma ze heeft.’ Ma’s antwoord kwam na enige aarzeling, dacht ik. ‘Voor zover ik weet, maakt ze het goed.’

‘Nou, dat is een opluchting. Maar toen ik Star in Londen belde, heb ik ook gevraagd of ik CeCe kon spreken, en toen zei Star dat ze er niet was. Sindsdien heb ik van geen van beiden meer iets gehoord.’

‘Ik begrijp het,’ zei Ma neutraal.

‘Dus heb jij enig idee wat dat allemaal te betekenen heeft?’

‘Niet echt. Maar ik zeg je nog een keer dat ik zeker weet dat je je nergens zorgen over hoeft te maken.’

'Laat me weten als je van ze hoort, hè?'

'Natuurlijk, chérie. En vertel me nu maar eens wat meer over je plannen voor als de baby komt.'

Nadat ik eindelijk de verbinding met Ma verbroken had en haar en alle zussen die ze bij elkaar kon krijgen had uitgenodigd voor het Honderd Jaar Grieg Concert in december, belde ik Celia. Net als Ma klonk ze dolblij om van me te horen.

Ik had al besloten dat ik Celia persoonlijk over de baby zou vertellen, want ik wist wat een emotioneel moment het voor haar zou zijn. En dan was er ook nog de onopgeloste kwestie van de as van Theo.

'Celia, ik ben bang dat ik nu niet lang de tijd heb om te praten, maar zou je het erg vinden als ik over een paar dagen op het vliegtuig stap en bij je langskom?'

'Dat hoef je niet te vragen, Ally. Je bent hier altijd welkom. Ik zou je dolgraag zien.'

'We zouden naar Lymington kunnen gaan om...' Ik kon niet voorkomen dat mijn stem haperde toen ik die woorden uitsprak.

'Ja, daar is het tijd voor,' antwoordde ze zacht. 'We zullen het samen doen, dat zou hij graag gewild hebben.'

Twee dagen later landde mijn vlucht op Heathrow, waar Celia me opwachtte in de aankomsthal. Terwijl we in haar oude Mini van het vliegveld wegreden, keek ze me zijdelings aan.

'Ally, ik hoop dat je het niet erg vindt, maar we gaan nu eerst naar Lymington, en niet naar Chelsea. Ik weet niet of ik ooit tegen je heb gezegd dat ik daar nog steeds een huisje heb. Het is klein, maar Theo en ik gingen er altijd in de schoolvakanties naartoe. Het leek me op een of andere manier... toepasselijk om er nu ook naartoe te gaan.'

Ik reikte naar haar stijf om het stuur geklemde hand en kneep erin.

'Het lijkt me perfect, Celia.'

En dat was het ook. Het huisje met ronde voorgevel lag knus midden in het georgiaanse centrum van Lymington, omringd door klinkerstraatjes en schilderachtige, pastelkleurige gebouwen. We zetten onze bagage in het smalle gangetje en ik volgde Celia naar de gezellige zitkamer met zichtbare plafondbalken. Toen nam ze mijn handen in die van haar.

'Ally, voordat ik je je kamer laat zien, wil ik je waarschuwen. Dit huisje heeft twee slaapkamers, een van mij, en de andere… nou, die was van Theo vroeger, en dus zijn er natuurlijk nog een heleboel… herinneringen.'

'Dat is oké, Celia,' verzekerde ik haar, zoals gewoonlijk ontroerd door haar vriendelijkheid en attentie.

'Misschien wil jij je bagage naar boven brengen? Dan maak ik het haardvuur aan en begin met koken. Ik heb wat dingen gekocht, dus ik kan iets voor ons in elkaar flansen. Of ga je liever uit eten?'

'Ik vind het prima om hier te blijven, dank je, Celia. Ik kom zo weer naar beneden om je te helpen.'

'De deur van je kamer is de eerste links, bovenaan de trap,' riep ze me na.

Ik pakte mijn rugzak en klom de trap op. Boven zag ik een lage houten deur met de woorden THEO'S HUT erop gekalkt. Ik duwde hem open en zag een smal bed onder het schuifraam staan, met een versleten, toffeekleurige teddybeer in een heel klein visserstruitje achteroverleunend in de kussens. De ongelijke muren hingen vol afbeeldingen van jachten, en boven de geverfde ladekast hing een ouderwetse, rood-wit gestreepte reddingsboei. Ik kreeg prikkende tranen in mijn ogen toen ik zag hoeveel zijn kamer op mijn eigen kinderkamer in Atlantis leek.

'Mijn zielsverwant,' fluisterde ik. Opeens voelde ik Theo's aanwezigheid overal om me heen.

Toen ging ik op het bed zitten. Ik pakte de teddybeer en drukte hem tegen mijn borst. De tranen rolden over mijn wangen toen ik tot me door liet dringen dat Theo nooit zijn eigen kind zou zien.

Die avond kletsten Celia en ik vriendschappelijk met elkaar terwijl zij de kipstoofschotel opdiende. Er brandde een knapperend vuurtje in de open haard in de woonkamer en we installeerden ons op de zachte, verschoten bank om te eten.

'Het is hier lekker huiselijk, Celia. Ik begrijp waarom je hier zo graag bent.'

'Ik had het geluk dat ik dit van mijn ouders heb geërfd. Zij waren ook zeevaarders en het was een perfecte plek om Theo mee naartoe te nemen toen hij opgroeide. Peter was niet zo'n zeiler. Bovendien was hij altijd bezig met zijn zaken in die tijd, en dus brachten Theo en ik hier hoe dan ook veel tijd door.'

'Over Peter gesproken, heb je nog van hem gehoord, de laatste tijd?' polste ik haar.

'Ja, vreemd genoeg. We zijn de afgelopen weken zelfs vrienden geworden. Hij belt me regelmatig op en het zou zelfs kunnen dat hij met kerst bij mij in Chelsea komt logeren. Omdat we dan allebei niets omhanden hebben.' Celia had een blosje op haar wangen gekregen. 'Ik weet dat het misschien afgezaagd klinkt, maar het is alsof Theo's dood op een of andere manier de verbittering tussen ons heeft weggenomen.'

'Dat klinkt helemaal niet afgezaagd. Ik weet dat hij je vreselijk heeft gekwetst, Celia, maar ik heb echt het gevoel dat hij heeft ingezien dat hij fouten heeft gemaakt en jou pijn heeft gedaan.'

'Nou, niemand is perfect, Ally. En misschien ben ik volwassener geworden en heb ik ingezien dat ik het zelf ook niet altijd goed doe. Ik weet wel dat Theo jarenlang mijn wereld was nadat hij was geboren. Ik stootte Peter af, en zoals je je intussen waarschijnlijk wel gerealiseerd hebt, is hij niet goed in genegeerd worden.' Ze glimlachte.

'Nee, dat kan ik me wel voorstellen. Ik ben blij dat jullie tenminste weer met elkaar praten.'

'Ik heb hem in ieder geval verteld dat jij en ik morgenochtend bij zonsopkomst Theo's as gaan verspreiden, maar ik heb daarna niets meer van hem gehoord. Typisch Peter,' zei Celia met een zucht. 'Hij is nooit goed geweest in communiceren over dingen die er echt toe doen. Maar genoeg over mij gekletst,' zei Celia. 'Vertel jij me nu maar eens over alles wat je in Noorwegen hebt gedaan. In de auto zei je al dat je de aanwijzingen die je vader je had nagelaten hebt gevolgd. Als het kan, zou ik graag het hele verhaal van je horen.'

Het volgende uur vertelde ik haar tot in de kleinste bijzonderheden over mijn vreemde zoektocht naar mijn wortels. Net als in mijn telefoongesprek met Ma, sloeg ik alleen de mogelijke bloedverwantschap met Edvard Grieg over. Ik was het met Thom eens dat ik die onthulling beter voor mezelf kon houden. Zonder solide bewijs betekende het niets en daarom deed het er niet toe.

'Nou, ik sta paf, moet ik zeggen!' riep Celia uit toen ik was uitverteld en we allebei ons dienblad hadden weggezet. 'Je hebt een nieuwe tweelingbroer gevonden, en ook nog een vader erbij. Het is een heel bijzondere wending van gebeurtenissen. Wat vind je ervan?'

'Ik vind het eigenlijk wel spannend. Thom is zo... net als ik,' zei ik met een glimlach. 'En ik hoop dat ik niet ongevoelig ben als ik zeg dat ik, hoewel ik in Pa Salt mijn mentor en in Theo mijn zielsverwant heb verloren, een andere man lijk te heb gevonden met wie ik een band kan vormen, maar dan op een heel andere manier.'

'Maar Ally, liefje, dat is juist geweldig, vind ik! Wat een reis heb je de afgelopen weken gemaakt.'

'Die reis is nog niet voorbij, Celia. Er is nog iets wat ik je moet vertellen.' Ik keek haar in de ogen, zag de vragende uitdrukking erin en haalde diep adem. 'Je wordt grootmoeder.'

Ze liet mijn woorden bezinken en de uitdrukking van verbazing veranderde even in onbegrip. Toen vormde haar mond een gelukzalige glimlach en ze stak over de bank heen haar handen naar me uit en drukte me zo stijf als ze kon tegen zich aan.

'O, Ally, ik durf het nauwelijks te geloven. Weet je het zeker?'

'Heel zeker. Een dokter in Bergen heeft bevestigd dat ik zwanger ben. En een week geleden heb ik mijn eerste echo gehad.' Ik stond op van de bank om mijn handtas te pakken en rommelde erin tot ik had gevonden wat ik zocht. Ik haalde de korrelige zwart-witfoto eruit en gaf hem aan haar. 'Ik weet dat het nog niet veel voorstelt, Celia, maar dit is je kleinkind.'

Ze pakte de foto aan en bestudeerde hem, volgde met haar vingers de vage omtrekken van het piepkleine leventje dat binnen in me groeide.

'Ally...' zei ze uiteindelijk met een door emoties verstikte stem. 'Dit is... het mooiste wat ik ooit heb gezien.'

Nadat we hadden gelachen, gehuild en elkaar tientallen keren hadden omhelsd, gingen we allebei weer op de bank zitten. Het duizelde ons allebei een beetje.

'Nu kan ik tenminste nadenken over onze… taak voor morgen met een beetje hoop in mijn hart,' zei Celia. 'Nu we het er toch over hebben, ik heb een zeilbootje in de jachthaven. Misschien moesten we er morgenochtend vroeg maar eens mee uitvaren en hem dan… een laatste rustplaats in de zee geven.'

'H… het spijt me ontzettend,' stamelde ik, 'maar dat zal niet gaan. Na Theo's dood heb ik gezworen dat ik nooit meer het water op zou gaan. Ik hoop dat je dat begrijpt.'

'Dat begrijp ik zeker, liefje, maar denk eens na. Zoals je zelf zei, kun je het verleden niet simpelweg buitensluiten. Je weet waarschijnlijk al dat Theo er een hekel aan zou hebben gehad als hij jou van je passie af zou houden.'

En hoe moeilijk het ook zou zijn, op dat moment wist ik dat ik het aan Theo en ons kind te danken had dat ik weer zou uitvaren.

'Je hebt gelijk, Celia,' zei ik, na een paar tellen stilte. 'Dat is precies wat we moeten doen.'

De ochtend daarop werd ik voor zonsopgang gewekt door de wekker van mijn mobiel. Het volgende moment was ik gedesoriënteerd, maar toen voelde ik iets borsteligs over mijn wang strijken. Ik knipte het lampje naast mijn bed aan en zag Theo's oude teddybeer op het kussen naast me liggen. Ik stak mijn hand ernaar uit, pakte hem vast en begroef mijn neus in de ruwe vacht, alsof ik op een of andere manier zijn geest kon inademen. Ik stapte uit bed en trok snel een legging en een dikke trui aan. Toen ging ik naar beneden, waar Celia al op me zat te wachten. We hadden geen woorden nodig toen ik de onopvallende blauwe vaas in haar handen zag.

De straten van Lymington waren nog verlaten toen we met zijn tweeën het huisje verlieten en in het melkachtige schemerlicht dat aan de dageraad voorafging naar de jachthaven liepen. We bleven staan op de houten aanlegsteiger waar Celia's zeilbootje was afgemeerd, en het enige andere teken van activiteit in de buurt was afkomstig van de vissersboot ernaast. De twee bemanningsleden knikten ons kort toe en gingen verder met het boeten van de netten om zich voor te bereiden op de vangst van die dag.

'Weet je, Theo zou dit prachtig gevonden hebben. Het eeuwige ritme van eb en vloed en de zee, onveranderd sinds het begin der tijden.'

'Ja, hij zou het echt prachtig hebben gevonden, hè?'

We keerden ons allebei om toen we de bekende stem hoorden en zagen dat Peter op ons af kwam lopen. Celia keek verbluft op en haar gezicht begon te stralen toen Peter zijn armen voor haar spreidde en zij zich erin liet vallen. Ik bleef staan waar ik stond en liet ze het moment samen beleven, maar toen stapten ze naar mij toe en Peter omhelsde mij ook.

'Oké,' zei Peter met een schorre stem, 'we gaan het water op.'

Terwijl Celia aan boord klom, fluisterde Peter in mijn oor: 'Ik hoop alleen dat ik dit plechtige moment niet voor jullie bederf door mijn ontbijt uit te braken. Ik ben niet zo'n held op het water, Ally.'

'Ik ook niet meer tegenwoordig,' zei ik zacht en stak mijn hand naar hem uit. 'Kom mee, we moeten dit samen doen.'

We stapten in de boot en ik hield Peter in evenwicht terwijl hij ging zitten en ik nerveus mijn zeebenen probeerde te vinden.

'Klaar om af te varen, Ally?'

'Ja,' zei ik geruststellend tegen Celia, terwijl ik de trossen losgooide en de zeilen hees.

De eerste goudroze zonnestralen reikten uit naar de kust en deden de toppen van de lome golven schitteren toen we de Solent op voeren. Celia nam het roer en ik liep heen en weer op het dek en stelde de zeilen bij. De stijve bries dreef het bootje voort over het water en blies mijn haar uit mijn gezicht. Hoewel ik bang was geweest om de zee weer op te gaan, voelde ik me merkwaardig kalm. Beelden van Theo flitsten door mijn hoofd, maar voor de eerste keer sinds hij van me was weggenomen, maakten mijn gedachten aan hem me evengoed blij als droevig.

Aangekomen bij een punt een paar honderd meter uit de kust met een prachtig uitzicht op de haven van Lymington, reefden we de zeilen en Celia ging benedendeks. Een paar tellen later kwam ze weer boven met de blauwe urn in haar handen. We stapten naar Peter, die met een groen gezicht bij de achtersteven van de boot zat, namen hem tussen ons in en hielpen hem op te staan.

'Doe jij het maar, Peter,' zei Celia, terwijl de ochtendzon in alle glorie boven de horizon uitrees.

'Klaar?' vroeg hij.

Ik knikte en we klemden alle drie onze handen om de urn, die er aan de buitenkant onbetekenend uitzag, maar zoveel dromen, hoop en herinneringen bevatte. Peter tilde het deksel op, verstrooide de inhoud in de wind en we zagen de fijne as naar de schuimende zee onder ons dwarrelen. Ik kneep mijn ogen dicht en er biggelde één traan langs mijn wang.

'Vaarwel, liefste,' fluisterde ik, terwijl mijn hand onwillekeurig naar mijn bolle buik ging en ik die streelde. 'Weet dat onze liefde blijft bestaan.'

46

7 DECEMBER 2007

Zoals gewoonlijk werd ik vroeg gewekt door een zacht getrappel in mijn buik. Ik keek op de klok, zag dat het even over vijven was en hoopte dat dit niet de toekomstige gang van zaken was, dat de baby in mijn baarmoeder nog geen slaappatroon gevormd zou hebben. Buiten was het nog donker. Ik gluurde met waterige ogen door de kier tussen de gordijnen en zag dat het raam met een dikke ijslaag was bedekt. Ik ging naar de wc en kroop weer in bed om te proberen nog wat te slapen. Vandaag zou het Honderd Jaar Grieg Concert plaatsvinden en ik wist dat het een lange dag ging worden. De Griegzaal zou helemaal vol zitten met vijftienhonderd mensen. En mijn vrienden en familieleden zouden er ook bij zijn. Star en Ma zouden vanmiddag met het vliegtuig in Bergen aankomen om het concert bij te wonen en ik kon niet wachten om hen te zien.

Ik had het merkwaardige gevoel dat mijn zwangerschap en de baby in mijn buik me met anderen verbonden. Hoewel ik de moeder en beschermster was, zou het als het over drie maanden geboren werd een groep mensen met elkaar in contact brengen die elkaar daarvoor niet hadden gekend.

Er was een verbinding met mijn hervonden verleden, met Felix, mijn biologische vader en Thom, mijn tweelingbroer, en de tantes, die vast alle vijf dol op hem of haar zouden zijn. Electra, die me eindelijk een felicitatiemail had gestuurd, had al een doos belachelijk dure designerbabykleertjes gestuurd. Ik had ontroerende mailtjes gehad van de meeste van mijn andere zussen, en natuurlijk ook van Ma, die, wist ik, op haar kalme, onopvallende manier heel graag een pasgeboren kindje in haar armen wilde nemen en de dierbare herinneringen aan de tijd waarin we allemaal bij haar waren aangekomen en aan haar zorgen toevertrouwd waren zou willen ophalen. En dan was er Theo's familie, Celia en Peter, die deel uitmaakten van mijn recentste verleden en vanavond ook zouden komen. En die, wist ik, een zeer gewenst deel van mijn en mijn baby's toekomst zouden worden.

'De kringloop van het leven...' mompelde ik in mezelf. Ondanks mijn vreselijke verlies, besefte ik, was er zeker ook voor mij nieuw leven en nieuwe hoop. En zoals Tiggy had gezegd over de mooie roos die bloeide voor zijn tijd, had ook ik, nu de andere knoppen aan dezelfde plant opbloeiden terwijl de blaadjes van de oude bloemen afvielen, het wonder van de natuur leren kennen. En ook al had ik in een paar maanden tijd de twee belangrijkste mensen in mijn leven verloren, ik was opnieuw vervuld van een liefde waarvan ik wist dat die alleen maar sterker kon worden en ik voelde me erdoor gezegend.

Vanavond, tijdens het diner na het concert, zouden de verschillende lijnen van mijn verhaal voor het eerst samenkomen.

En dat bracht mijn gedachten weer op Felix...

Het programma van de avond was heel rechtlijnig: eerst de 'Peer Gyntsuite', met mij op fluit zelfs, de achterachterkleindochter van Jens Halvorsen, die de iconische eerste maten zou spelen, net als Jens zelf meer dan honderdeenendertig jaar geleden bij de première. Of, zoals Thom en ik onder vier ogen hadden gegrapt, misschien zelfs de achterachterkleindochter van de componist. Hoe het ook zij, we zouden geen van beiden de boel bedriegen. Thom zou dicht bij me zijn en de eerste viool – Jens' tweede instrument – spelen, en daarmee zou de cirkel van de Halvorsengeschiedenis rond zijn.

Onze verwantschap had veel aandacht in de Noorse media gekregen en de belangstelling was nog groter vanwege het feit dat de tweede helft van het programma zou bestaan uit de première van het recentelijk teruggevonden pianoconcert van Jens Halvorsen junior, georkestreerd door Felix, de zoon van de componist, die het orkest zou leiden op de piano.

Andrew Litton, de aanbeden dirigent van het Bergens Filharmonisch, was in de wolken over de herontdekking van het verloren werk en hij verbaasde zich over Felix' geïnspireerde orkestratie, en nog meer toen hij hoorde dat hij die in zo'n korte tijd geschreven had. Maar toen Thom aan David Stewart had gevraagd of zijn vader het concert op de avond van de première mocht spelen, had de orkestleider beslist nee gezegd.

Toen Thom na het gesprek was thuisgekomen had hij hoofdschuddend gezegd: 'Hij zei dat hij Felix van vroeger kent en dat de avond zelf en de première van dit werk te belangrijk zijn om op het spel te zetten. En ik moet zeggen dat ik het daarmee eens ben, Ally. Hoe geweldig jouw idee ook is om,' hij wees naar mijn bolle buik, 'in wezen vijf generaties Halvorsen met elkaar te herenigen, Felix is de zwakke schakel. Stel je voor dat hij de avond tevoren doorzakt en gewoon niet komt opdagen? Je weet net zo goed als ik dat het succes van dit concert van de pianist afhangt. Als hij achter in het orkest de bekkens zou slaan, zou het iets anders zijn, maar Felix zal de hoofdrol spelen. En de hoge pieten in het Filharmonisch willen niet riskeren dat onze waarde vader hen voor gek zou zetten door niet op te komen dagen. Zoals ik je heb verteld, is hij er jaren geleden uit gegooid omdat hij zo onbetrouwbaar was.'

Ik begreep het. Maar ik wilde Felix niet laten vallen.

Dus was ik hem gaan opzoeken in wat Thom en ik zijn 'hol' noemden, en ik had hem gevraagd of hij me, als ik de strijd voor hem aanbond, plechtig op het leven van zijn kleinkind dat binnenkort geboren zou worden wilde beloven dat hij alle repetities zou bijwonen en er op de avond van de uitvoering zou zijn.

Het was ochtend en Felix had me met zijn waterige drankogen aangestaard en zijn schouders opgehaald. 'Natuurlijk. Niet dat ik die repetities nodig heb. Met een paar flessen in mijn kraag zou ik het slapend kunnen spelen, Ally, schat.'

'Je weet dat het zo niet werkt,' wierp ik tegen. 'En als je er zo tegenover staat, dan...' Ik wendde me van hem af en liep naar de voordeur.

'Oké, oké.'

'Oké wat?' vroeg ik hem.

'Ik beloof dat ik me zal gedragen.'

'Echt waar?'

'Ja.'

'Omdat ik het je gezegd heb?'

'Nee. Ik beloof zelf dat ik het zal doen omdat het mijn vaders concert is en ik hem die eer wil geven. En ook omdat ik weet dat niemand het beter kan spelen dan ik.'

Daarop was ik persoonlijk naar David Stewart gegaan, en toen die opnieuw weigerde toestemming te geven om Felix te laten spelen, had ik, moest ik tot mijn schaamte bekennen, mijn toevlucht tot chantage genomen. 'Felix is nu eenmaal Pips zoon en dus de wettige eigenaar van de rechten op het concert,' zei ik, met mijn ogen neergeslagen om te voorkomen dat ik zou blozen. 'Mijn vader heeft serieuze twijfels over de uitvoering. Als hij de muziek niet kan spelen zoals zijn vader graag gewild had, vreest hij, zal het misschien beter zijn om het helemaal niet in het concertprogramma op te nemen.'

Ik had erop gerekend dat het orkest de eerste uitvoering van de spannendste Noorse compositie sinds die van Grieg zelf wilde geven. En goddank bleek mijn vermoeden juist. Ten slotte was David overstag en akkoord gegaan.

'Maar we zullen Willem ook met het orkest laten repeteren. Dan zal de hele avond in ieder geval niet op een ramp uitlopen als je vader verstek laat gaan. En ik zal de pers niet van tevoren laten weten dat hij meedoet. Afgesproken?'

'Afgesproken,' zei ik. We schudden elkaar de hand en ik liep de deur uit, hoofd hoog en mentaal mijn overwinning vierend.

Hoewel Felix echt woord had gehouden en de afgelopen week op tijd was gekomen voor de repetities, wisten we allemaal dat het niet zeker was dat hij er ook op het kritieke moment zou zijn. Het was tenslotte wel vaker voorgekomen dat hij niet was komen opdagen.

Felix was niet officieel aangekondigd als de pianist, en Thom vertelde me dat hij had gezien dat er twee verschillende programma's waren gedrukt: een met Felix' en een met Willems naam.

Daar voelde ik me behoorlijk schuldig over, aangezien het niet erg strelend voor Willems ego zou zijn te weten dat hij het was die, om een muzikale uitdrukking te gebruiken, tweede viool zou spelen en een oude, onbetrouwbare dronkaard de eerste. Alleen omdat zijn achternaam Halvorsen was. Maar in de eerste helft van het concert zou hij Griegs 'Pianoconcert in a-mineur' spelen, en dat was in ieder geval een troost.

De week tevoren was ik op een avond gaan kijken toen Thom in het orkest speelde en Willem de hoofdrol achter de piano vervulde en Liszts 'Concert voor piano nr. 1' had uitgevoerd. Terwijl ik zijn slanke, getalenteerde vingers over de toetsen zag vliegen, zijn neusgaten opengesperd en zijn donkere haar over zijn voorhoofd hangend, had ik een welbekend gevoel in mijn maag gekregen dat niet door de baby die ik in me meedroeg werd veroorzaakt. Ik had mezelf voorgehouden dat mijn instinctieve fysieke reactie op hem in ieder geval betekende dat ik het verlies van Theo geleidelijk zou verwerken, ook al had ik het er nu nog moeilijk mee. En dat ik me er niet schuldig over moest voelen. Ik was dertig en had mijn hele leven nog voor me. En ik wist ook zeker dat Theo niet gewild zou hebben dat ik als non verder zou gaan.

Ironisch genoeg waren Thom en Willem bevriend geraakt, in eerste instantie omdat ze samenwerkten, maar naast de professionele band had zich ook een persoonlijke vriendschap tussen hen ontwikkeld. Thom had Willem de volgende week bij ons thuis uitgenodigd en ik had nog niet besloten of ik er dan wel of niet zou zijn.

Ten slotte legde ik me neer bij het feit dat ik die ochtend toch niet genoeg slaap zou krijgen, en zette mijn laptop aan om mijn e-mail te controleren. Ik zag dat er een bericht van Maia was en opende het.

Lieve Ally, ik wilde je alleen maar zeggen dat mijn gedachten vandaag naar jou uitgaan. Ik zou willen dat ik er ook bij kon zijn, maar van Brazilië naar Noorwegen is een erg lange reis. We zijn naar de bergen gegaan, want zelfs voor mij was het te heet in Rio. We verblijven op de fazenda en het is hier onbeschrijflijk mooi. Er moet veel gerenoveerd worden, maar we zijn plannen aan het bespreken om dit tot een centrum voor kinderen uit de favela's te verbouwen, zodat die hierheen kunnen komen en de vrijheid en ruimte hebben om rond te rennen in de prachtige natuur. Goed, zo weet je weer genoeg van mij. Ik hoop dat jij en de baby het goed maken en ik popel om mijn nieuwe neefje of nichtje een keer te zien. Ik ben trots op je, zusje. Maia xx

Ik zat glimlachend naar het mailtje te kijken en was blij dat Maia gelukkig klonk. Toen nam ik een douche en daarna trok ik de broek van mijn trainingspak aan, een van de weinige kledingstukken die nog om mijn steeds verder uitdijende middel pasten. Ik wilde geen geld aan positiekleding uitgeven en bracht de meeste dagen in een van Thoms ruimzittende truien door. Ik had een zwarte stretchjurk gekocht om die avond op het podium in te verschijnen en Thom had lief opgemerkt dat hij me heel goed stond, maar ik dacht dat hij alleen maar vriendelijk wilde zijn.

Nadat ik de trap was afgedaald, liep ik de geïmproviseerde keuken in, die tijdelijk naar de zitkamer was verplaatst terwijl het huis gerenoveerd werd en bestond uit een brede plank met een waterkoker en een magnetronoventje erop. De keuken zelf was helemaal ontmanteld, maar het meeste zware werk in het huis was nu tenminste gedaan, dacht ik. We hadden een nieuwe boiler en de aannemers stonden op het punt de nieuwe vloerverwarming aan te brengen, maar het werk zou twee keer zo lang duren als ik had verwacht, en ik begon me paniekerig af te vragen of het huis wel klaar zou zijn voordat de baby kwam. De nesteldrang dreef mij voort en de bouwvakkers, begrijpelijk genoeg, tot waanzin.

'Goedemorgen,' zei Thom achter me. Zijn haar stond rechtovereind, zoals gewoonlijk wanneer hij net wakker was. 'Nou, vandaag is de grote dag,' zei hij met een zucht. 'Hoe voel je je?'

'Nerveus, opgewonden, en ik vraag me af...'

'Of Felix op zal komen dagen,' zeiden we in koor.

'Koffie?' bood ik aan. Het water kookte.

'Graag, dank je. Hoe laat komt jouw aanhang?' vroeg hij, terwijl hij verstrooid naar de nieuwe, tot op de vloer reikende ramen bij de veranda liep, die een prachtig uitzicht op het dennenbos en de fjord beneden boden.

'O, allemaal op verschillende tijden vandaag. Ik heb tegen Ma en Star gezegd dat ze voor het begin van het concert bij de artiesteningang langs moeten komen om hallo te zeggen.' Bij die gedachte kreeg ik vlinders in mijn branderig aanvoelende maag. 'Het is belachelijk, niet? Ik maak me veel meer zorgen om een handjevol vrienden en familieleden die me zien optreden dan over wat de recensenten misschien gaan zeggen.'

'Natuurlijk maak je je zorgen, dat is normaal. In ieder geval komt jouw solo meteen aan het begin, en dan hoeven we alleen nog maar bezorgd te zijn tot Felix de laatste noot van "Het heldenconcert" gespeeld heeft.'

'Ik heb nog nooit voor zo'n groot publiek opgetreden,' klaagde ik. 'En al helemaal niet voor een betalend publiek.'

'Het zal je wel lukken,' zei hij, maar toen ik hem zijn koffie aangaf, zag ik dat hij zelf ook nerveus was. Het was voor ons allebei een grote dag. We hadden allebei het gevoel dat we een nieuwe muzikale entiteit hadden verwekt, die bijna ter wereld was gekomen. En die avond zouden we als trotse ouders getuige van de geboorte zijn.

'Ga je Felix nog bellen om te controleren of hij het nog weet?' vroeg Thom.

'Nee.' Ik had al besloten dat ik dat niet zou doen. 'We moeten het aan hemzelf overlaten, en aan niemand anders.'

'Ja,' zei hij met een zucht, 'dat is zo. Goed, ik ga douchen. Ben jij over twintig minuten klaar om te gaan?'

'Ja.'

'God, ik hoop dat hij komt opdagen.'

Op dat moment realiseerde ik me dat het voor Thom, ondanks zijn protesten die het tegenovergestelde deden vermoeden, nog veel belangrijker was dan voor mij dat Felix die avond zou komen opdagen.

'Hij zal er zijn, ik weet het zeker.'

Maar toen ik twee uur later mijn plaats in het orkest had ingenomen om aan de repetitie te beginnen en de onbezette pianokruk zag, nam mijn vertrouwen af. Om kwart over tien zei Andrew Litton dat we niet langer konden wachten en moesten beginnen, en ik nam nerveus mijn mobiel in mijn koortsige handen.

Nee, ik zou hem niet bellen.

Willem was opgeroepen om Felix' plaats achter de piano in te nemen, en toen Andrew Litton zijn dirigeerstok hief om te beginnen, wierp Thom me een vertwijfelde blik toe.

'Hoe kon je dat nou doen? Klootzak!' zei ik zacht vloekend in mezelf. Toen zag ik dat Felix met een bleek gezicht en buiten adem door het auditorium naar het podium kwam rennen.

'Ik weet dat niemand het zal willen geloven,' zei hij, terwijl hij de treden op klom, 'maar halverwege de berg gaf mijn brommer er de brui aan en toen heb ik een lift gekregen. Ik heb de vriendelijke dame die me langs de kant van de weg gevonden en gered heeft meegebracht om het te bewijzen. Is het waar of niet, Hanne?' riep hij.

Honderdeen paar ogen volgden Felix' wijzende vinger naar achter in het auditorium, waar een nerveuze vrouw van middelbare leeftijd stond die zich kennelijk met haar figuur geen raad wist.

'Zeg het maar, Hanne.'

'Ja, hij had pech met zijn brommer, en toen heb ik hem een lift gegeven.'

'Dank je. Er ligt een kaartje voor de avondvoorstelling voor je klaar bij het loket.' Felix keerde zich om naar het orkest en maakte een theatrale buiging. 'Neem me niet kwalijk dat ik jullie opgehouden heb, maar schijn bedriegt soms.'

Na de repetitie zag ik Felix tegen de muur bij de artiesteningang geleund staan en een sigaret roken, en ik liep naar hem toe.

'Ha, Ally. Het spijt me van daarnet. Maar deze keer had ik een geldige reden, voor de verandering.'

'Ja. Ga je mee iets drinken?'

'Nee, dank je, lieverd. Ik zou me goed gedragen, met het oog op de uitvoering, weet je nog?'

'Ja. Het is echt verbazingwekkend, hè? Vier, of zelfs vijf generaties Halvorsen bij elkaar, vanavond.'

'Of Griegs, zou je kunnen zeggen,' zei hij met een schouderophalen.

'Ik... Weet je daar dan van?'

'Natuurlijk. Anna heeft het Horst op haar sterfbed verteld, ook waar ze de brieven had verstopt. En vlak voordat ik in Parijs ging studeren heeft Horst het aan mij verteld. Ik heb ze allemaal gelezen. Het is pikante lectuur, nietwaar?'

Zijn terloopse onthulling verbaasde me. 'Heb je er nooit over gedacht om er iets over te zeggen? Om er gebruik van te maken?'

'Sommige geheimen moeten echt geheim blijven, niet dan, lieverd? En van alle mensen zou jij toch helemaal moeten weten dat het er niet toe doet wat je genetische afkomst is, maar tot wie je je ontwikkelt. Veel succes vanavond.' Daarop maakte Felix een wuivend gebaar naar me en hij verdween door de artiesteningang.

Om half zeven kreeg ik een sms'je van Star dat zij en Ma er waren. Ik ging Thom uit de artiestenfoyer halen en we liepen de gang door. Ik werd uitgesproken nerveus bij het idee dat ik mijn tweelingbroer aan mijn zus ging voorstellen.

'Ma,' zei ik, mijn pas versnellend toen ik haar zag, zoals gewoonlijk chique gekleed in een boucléjasje van Chanel en marineblauwe rok.

'Ally, wat leuk je te zien, chérie.' Ma sloot me in haar armen en ik rook haar bekende parfum dat veiligheid en geborgenheid voor me betekende.

'Hallo, Star, wat fantastisch om je weer te zien.' Ik omhelsde haar. Toen wendde ik me tot mijn tweelingbroer, die mijn zusje met open mond aangaapte. 'En dit is Thom, mijn nieuwste broer,' zei ik. Star keek naar hem op en glimlachte bedeesd.

'Hallo, Thom,' antwoordde ze. Ik stootte hem aan om duidelijk te maken dat hij iets tegen haar moest zeggen.

'Ja, hallo. Het is, eh... geweldig kennis met je te maken, Star. En met jou ook, eh... Ma... Of Marina, bedoel ik.'

Thom deed erg vreemd, en ik keek hem fronsend aan. Normaal gesproken was hij uitbundig wanneer hij mensen begroette, en ik was er een beetje boos over dat hij dat nu niet was.

'En wij vinden het leuk om jou te leren kennen, Thom,' antwoordde Marina. 'Bedankt dat je voor Ally hebt gezorgd.'

'Wij zorgen voor elkaar, nietwaar, zusje?' zei hij, Star nog steeds aangapend.

Op dat moment werden de musici over de intercom opgeroepen om naar het podium te gaan.

'Goed, we moeten gaan, vrees ik, maar we zien jullie na afloop in de foyer,' zei ik. 'Hemel, wat ben ik nerveus,' voegde ik er met een zucht aan toe, en ik kuste hen allebei ten afscheid.

'Je zult geweldig spelen, chérie, ik weet het zeker,' zei Ma geruststellend.

'Dank je.' Ik wuifde naar hen en liep samen met Thom de gang weer in. 'Had je je tong verloren?' vroeg ik hem.

'Lieve hemel, wat heb jij een knappe zus,' was alles wat hij kon zeggen. Toen liepen we het podium op voor de peptalk van Andrew Litton voor de voorstelling.

'Ik maak me zorgen,' fluisterde ik tegen Thom toen we precies om zeven uur zevenentwintig die avond onder een daverend applaus het podium weer opkwamen. 'Hij lijkt me nog nuchter. En hij heeft tegen me gezegd dat hij beter speelt als hij dronken is.'

Thom grinnikte toen hij zag dat ik oprecht bezorgd mijn wenkbrauwen fronste. 'Ik heb echt met Felix te doen. De arme kerel, hij kan gewoon niet winnen! En vergeet niet dat hij de hele eerste helft heeft, plus de pauze, om de situatie recht te zetten. Maar goed,' fluisterde hij, 'maak je geen zorgen meer over hem en geniet van dit prachtige moment in de geschiedenis van de Halvorsens, of de Griegs. Ik hou van je, zusje,' voegde hij er met een grijns aan toe toen we uit elkaar gingen om onze plaats in het orkest in te nemen.

Ik ging op mijn stoel in de houtsectie zitten. Over drie minuten, wist ik, moest ik opstaan om de eerste vier maten van 'Ochtendstemming' te spelen. Ik wist ook dat het er niet toe deed wie me verwekt had, zoals Felix eerder tegen me had gezegd. Alleen dat iemand me het leven had geschonken, en dat het aan mij was om het beste van mijn leven en mezelf te maken.

Terwijl de lichten werden gedimd en er een stilte neerdaalde, gingen mijn gedachten uit naar iedereen in het donkere auditorium die van me hield en me dreef om verder te gaan.

En ik dacht aan Pa Salt, die me had gezegd dat ik mijn grootste kracht in mijn zwakste moment zou vinden. En Theo, die me had geleerd hoe het echt was om van iemand te houden. Ze waren geen van beiden fysiek aanwezig, maar ik wist dat ze vanuit de sterrenhemel op me neerzagen en heel trots op me zouden zijn.

En toen dacht ik aan het nieuwe leven binnen in me dat ik nog niet kende, en ik glimlachte.

Ik zette de fluit aan mijn lippen en speelde voor hen allemaal.

STAR

7 DECEMBER 2007

'HET HELDENCONCERT'

De lichten in het auditorium werden gedimd en ik zag dat mijn zus opstond van haar stoel op het podium. Onder haar zwarte jurk tekenden zich duidelijk de contouren van het nieuwe leven in haar buik af. Ally kneep haar ogen even dicht, alsof ze bad. Toen ze daarna de fluit aan haar lippen zette, zocht een hand die van mij en kneep er zacht in. Ik wist dat ook Ma de resonantie voelde.

Toen de prachtige, bekende melodie, die deel had uitgemaakt van mijn jeugd en die van mijn zussen in Atlantis, door de zaal zweefde en de muziek geleidelijk aanzwol, voelde ik wat van de spanning van de afgelopen weken uit me wegstromen. Terwijl ik luisterde, wist ik dat Ally speelde voor iedereen van wie ze hield en die ze had verloren, maar ik begreep ook dat er nu nieuw licht in haar leven was, net zoals de zon na een lange, donkere nacht weer opkomt. En toen het orkest met haar inviel en de prachtige muziek een hoogtepunt bereikte om het aanbreken van een nieuwe dag te huldigen, voelde ik hetzelfde.

Maar in míjn wedergeboorte hadden anderen geleden, en dat was het deel waarvoor ik nog een verklaring moest vinden. Ik was nog maar kortgeleden tot het inzicht gekomen dat er veel verschillende soorten liefde zijn.

In de pauze gingen Ma en ik naar de bar, en Peter en Celia Falys-Kings, die zich voorstelden als Theo's ouders, sloten zich bij ons aan om een glaasje champagne te drinken. Peter had zijn arm beschermend om Celia's middel geslagen en ze zagen eruit als een jong, verliefd stel.

'Santé,' zei Ma, en we proostten. 'Wat een fantastische avond, hè?'

‘Zeker,’ antwoordde ik.

‘Ally heeft prachtig gespeeld. Ik zou willen dat je andere zussen haar ook hadden kunnen zien. En je vader, natuurlijk.’

Ik zag dat Ma ineens bezorgd haar wenkbrauwen fronste en vroeg me af wat haar geheimen waren. En hoe zwaar ze eronder gebukt ging. Net als ik onder mijn geheimen.

‘Kon CeCe er dan niet bij zijn?’ vroeg ze aarzelend.

‘Nee.’

‘Heb je haar nog gezien, de laatste tijd?’

‘Ik ben tegenwoordig niet vaak meer in het appartement, Ma.’

Ze vroeg niet verder over het onderwerp. Ze wist dat ze dat niet moest doen.

Er streek een hand over mijn schouder en ik sprong op. Ik ben altijd gevoelig geweest voor aanrakingen. Peter verbrak de veelbetekenende stilte, die voor mij echter normaal was. Hij wendde zich tot Ma. ‘Dus jij bent de “mama” die voor Ally heeft gezorgd toen ze nog klein was?’

‘Ja,’ antwoordde ze.

‘Je hebt geweldig werk geleverd,’ zei hij.

‘Dat heeft ze zelf gedaan, niet ik,’ antwoordde Ma bescheiden. ‘Ik ben heel trots op al mijn meisjes.’

‘En jij bent een van Ally’s beroemde zussen?’ Peter richtte zijn doordringende ogen op mij.

‘Ja.’

‘Hoe heet je?’

‘Star.’

‘En de hoeveelste ben jij?’

‘De derde.’

‘Interessant.’ Hij keek me opnieuw aan. ‘Ik was ook een derde. Er werd nooit naar me geluisterd en zelf liet ik me nooit horen. Komt dat je bekend voor?’

Ik reageerde niet.

‘Maar er gaat veel in dat hoofd van je om, nietwaar?’ ging hij verder. ‘In dat van mij wel, in ieder geval.’

Ook al had hij het goed geraden, ik wilde het hem niet zeggen. En dus haalde ik zwijgend mijn schouders op.

'Ally is een heel speciaal mens. We hebben allebei een heleboel van haar geleerd,' zei Celia. Ze keek me hartelijk glimlachend aan en we veranderden van onderwerp. Ik vermoedde dat ze dacht dat mijn stiltes betekenden dat ik moeite had met Peter, maar zo was het niet. Anderen hadden moeite met mijn stiltes.

'Ja, dat klopt. En nu worden we grootouders. Wat een geschenk heeft je zus ons gegeven, Star,' zei Peter. 'En dit keer zal ik er wél zijn voor de kleine. Het leven is gewoon veel te kort, nietwaar?'

De bel om aan te geven dat het concert over twee minuten hervat zou worden luidde en de mensen om me heen dronken snel hun glas leeg, hoe vol het ook was. We liepen allemaal terug naar het auditorium en namen weer plaats. Ally had me gemaild over haar ontdekkingen in Noorwegen. Felix Halvorsen kwam het podium op en ik sloeg hem nauwlettend gade. Ik besloot dat Ally fysiek niet op hem leek, ook al was ze zijn naaste bloedverwant. Wat me ook opviel, was de waggelende gang waarmee hij naar de piano liep, en ik vroeg me af of hij dronken was. Ik deed een schietgebedje dat het niet zo zou zijn. Uit wat Ally me eerder had verteld wist ik hoeveel deze avond voor haar en haar pas teruggevonden broer Thom betekende. Toen we eerder die dag met elkaar kennis hadden gemaakt, had ik meteen een goede indruk van hem gekregen.

Felix hield zijn vingers boven de toetsen en ik voelde dat iedereen in het publiek net als ik de adem inhield. De spanning werd pas doorbroken toen zijn vingers op de toetsen neerdaalden en de openingsmaten van 'Het heldenconcert' voor het eerst in het openbaar werden gespeeld. Achtenzestig jaar nadat ze geschreven waren, volgens het programma. Het volgende half uur werden we allemaal getrakteerd op een zeldzaam mooie uitvoering, die voortkwam uit een perfecte alchemie tussen componist en vertolker, vader en zoon.

En terwijl mijn hart samen met de prachtige muziek opsteeg, ving ik een glimp van de toekomst op. 'Muziek is liefde op zoek naar een stem.' Zacht citeerde ik Tolstoi. Nu moest ik míjn stem nog vinden. En de moed om te spreken.

Het applaus was verdiend stormachtig, het publiek was opgesprongen, stampte en juichte. Felix maakte buiging na buiging, wenkte zijn zoon en dochter uit het orkest om bij hem te komen staan, maande het publiek tot stilte en droeg zijn uitvoering op aan zijn overleden vader en zijn kinderen.

In zijn gebaar zag ik het levende bewijs dat het mogelijk is om verder te gaan. En om een verandering door te maken die anderen ten slotte zullen accepteren, hoe moeilijk dat ook is.

Terwijl de mensen overeind kwamen van hun zitplaats, tikte Ma me op mijn schouder en ze zei iets tegen me.

Ik knikte haar niet-begrijpend toe omdat ik haar niet verstond en stamelde dat ik haar in de foyer zou zien. En toen zat ik daar. Alleen. Na te denken. Terwijl ik dat deed, was ik me er vaag van bewust dat de toeschouwers over het gangpad langs me liepen. Op dat moment zag ik een bekende figuur vanuit mijn ooghoeken.

Terwijl mijn hart sneller begon te kloppen, stond mijn lichaam uit eigen beweging op en ik rende door het lege auditorium naar de woelende menigte bij de achteruitgangen. Ik zocht wanhopig naar nog een glimp, smeekte of ik dat onmiskenbare profiel nog een keer mocht zien.

Ik baande me een weg door de foyer en mijn benen droegen me naar buiten, de ijskoude decemberlucht in. Op de straat bleef ik staan. Ik hoopte nog een flits op te vangen om het zeker te weten, maar ik wist dat hij verdwenen was.

DANKWOORD

Heel veel mensen hebben me geholpen met het onderzoek voor *De zeven zussen – Storm*. Mijn vrienden bij Cappelen Damm, de fantastische uitgeverij van mijn boeken in Noorwegen, stelden me voor aan de mensen die ik moest spreken. Vandaar dat mijn eerste (en grootste) dank uitgaat naar Knut Gørvell, Jorid Mathiassen, Pip Hallen en Marianne Nielsen.

In Oslo dank ik Erik Edvardsen van het Ibsen Museum, Lars Roede van het Oslo Museum, en Else Rosenqvist en Kari-Anne Pedersen van het Norsk Folkemuseum. En ook Bjørg Larsen Rygh van Cappelen Damm (die in zijn dissertatie over de riolering en het loodgieterswerk in het Christiania van 1876 veel meer behandelde dan ik had verwacht). Verder Hilde Stoklasa van het Oslo Cruise Network, en mijn speciale dank gaat uit naar het personeel van het Grand Hotel in Oslo, dat me dag en nacht van voedsel en water voorzag toen ik daar de eerste versie aan het schrijven was.

In Bergen dank ik John Rullestad, die me voorstelde aan Erling Dahl, de ex-directeur van het Edvard Grieg Museum in Troldhaugen, en Sigurd Sandmo, de huidige directeur. Henning Målsnes van het Bergens Filharmonisch Orkest, en Mette Omvik, die me veel heeft verteld over het theater Den Nationale Scene in Bergen. En de beroemde Noorse componist Knut Vaage, die me uitlegde hoe componeren en orkestreren in zijn werk gaat. Verder dank ik het personeel van hotel Havnekontoret in Bergen voor hun goede zorgen toen ik daar logeerde.

In Leipzig dank ik Barbara Wiermann van de Felix Mendelssohnschool voor Muziek en Theater, en mijn fantastische vriendin Caroline Schatke van Edition Peters in Leipzig, wier vader Horst ons toevallig met elkaar in aanraking bracht.

Ik ben niet erg nautisch aangelegd, dus bij alles wat de zeevaart betreft, heb ik veel hulp gehad van David Beverley, en in Griekenland van Jovana Nikic en Kostas Gkekas van Sail in Greek Waters. Voor hun hulp bij mijn onderzoek naar de Fastnet Race dank ik het personeel van zowel de Royal London Yacht Club als de Royal Ocean Racing Club in Cowes. Ook gaat mijn dank uit naar Lisa en Manfred Rietzler, die me een dagje meenamen op hun Sunseeker en me lieten zien wat een zeilboot allemaal kan.

Verder wil ik mijn geweldige agent Olivia bedanken, en Susan Moss en Ella Micheler, die mijn hardwerkende redactie- en onderzoeksteam vormen. Zij moesten alle drie heel flexibel werken, niet alleen aan de *Zeven zussen*-serie, maar ook bij het herschrijven en redigeren van andere door mij geschreven boeken.

Ook dank ik mijn dertig internationale uitgevers overal ter wereld, vooral Catherine Richards en Jeremy Trevathan van Pan Macmillan UK, Claudia Negele en Georg Reuchlein van Random House Germany, Annalisa Lottini en Donatella Minuto van Giunti Editori in Italië en Peter Borland en Judith Curr van Atria in de VS. Ze hebben me allen gesteund en de uitdaging – en opwinding – van een serie van zeven delen aangenomen.

En ik dank mijn ongelooflijke man en kinderen, voor hun geduld terwijl ik mijn huidige leven constant doorbreng met een manuscript en pen. Zonder Stephen (tevens mijn vertegenwoordiger), Harry, Bella, Leonora en Kit, zou deze schrijfreis erg weinig voor me betekend hebben. Ik dank mijn moeder Janet, mijn zus Georgia, en Jacquelyn Heslop, en een heel speciale vermelding gaat uit naar Flo, mijn trouwe schrijfmaatje. We verloren haar in februari en ik mis haar nog steeds vreselijk. Verder dank ik Rita Kalagate, João de Deus en al mijn fantastische vrienden van Casa de Dom Inácio in Abadiânia in Brazilië.

En ten slotte, beste lezers, dank ik jullie. Jullie liefde en steun terwijl ik naar alle uithoeken van de wereld reis inspireert me en maakt me nederig. Ik besef erdoor dat niets wat ik kan schrijven ooit aan de verbazingwekkende en eindeloos complexe reis van het leven kan tippen.

Lucinda Riley
Juni 2015

BIBLIOGRAFIE

De zeven zussen – Storm is een fictief werk met een historische achtergrond. Hieronder zijn de bronnen weergegeven die ik heb geraadpleegd bij mijn onderzoek naar de historische periode en de bijzonderheden van de levens van mijn personages:

Munya Andrews, *The Seven Sisters of the Pleiades* (North Melbourne, Victoria: Spinifex Press, 2004).

Finn Benestad (red.), *Edvard Grieg: Letters to Colleagues and Friends* (vert. William H. Halverson) (Columbus, Ohio: Peer Gynt Press, 2000).

Finn Benestad (red.) en William H. Halverson (red. and vert.), *Edvard Grieg: Diaries, Articles, Speeches* (Columbus, Ohio: Peer Gynt Press, 2001).

Erling Dahl Jr., *My Grieg: A Personal Introduction to Edvard Grieg's Life and Music* (Bergen: Vigmostad & Bjoerke, 2007).

Robert Ferguson, *Henrik Ibsen: A New Biography* (London: Faber & Faber, 2010).

M. C. Gillington, *A Day with Edvard Grieg* (London: Hodder & Stoughton, 1886).

Robert Graves, *The Greek Myths* (London: Penguin, 2011).

Robert Graves, *The White Goddess* (New York: Farrar, Straus and Giroux, 2013).

Henrik Ibsen, *Peer Gynt* (Harmondsworth: Penguin Classics, 1970).

David Monrad-Johansen, *Edvard Grieg*, (vert. Madge Robertson) (New York: Princeton University Press, 1938).

Oslo Jewish Museum, *What Happened in Norway? Shoah and the Norwegian Jews* (2013).

Rudolf Rasmussen, *Rulle: De andre. Minner og meninger om livet på scene og podium* (Oslo: Classica Antikvariat, 1936).

Het motto op pagina 7 is ontleend aan: *Middlemarch*, George Eliot, vertaald door Annelies Roeleveld en Margret Stevens.

NOOT VAN DE AUTEUR

De zeven zussen-serie is gebaseerd op de legenden over de zeven zussen van de sterrengroep de Pleiaden. Het is een enorm project: zeven boeken, waarvan er zes gaan over de afzonderlijke zussen die Pa Salt van over de hele wereld heeft geadopteerd en heeft meegenomen naar Atlantis, zijn sprookjesachtige huis op een groot en beschut stuk land aan de oevers van het Meer van Genève.

Voor mij is de serie simpelweg een gigantisch verhaal, dat ik in zeven delen heb verdeeld, ofschoon elk boek op zichzelf staat en de verhalen over de afzonderlijke zussen in willekeurige volgorde gelezen kunnen worden, omdat alle delen op hetzelfde tijdstip beginnen. Maar aan elk afzonderlijk deel ligt een verborgen plot ten grondslag, die als een rode draad door de hele serie loopt. Het volledige verhaal daarvan zal de basis van deel zeven vormen.

Het onderzoek voor zowel de allegorische als historische elementen van de plot was een hele klus. Ondanks de 'technische' aspecten van het schrijven van de plot en het op elkaar afstemmen van de kleine details, is *De zeven zussen – Storm* toch helemaal holistisch geschreven en ik heb de personages simpelweg gevolgd naar hun verschillende bestemmingen. Voor mij als schrijfster was die reis vaak ontroerend en verrassend, en ik hoop dat het dat voor jullie, als lezers, ook is geweest.

Op www.thesevensistersseries.com kun je meer lezen over de mythologie en astronomie van het Zevengesternte, en je kunt er ook meer te weten komen over Grieg en zijn meesterlijke 'Peer Gyntsuite', het conservatorium van Leipzig, de Fastnet Race en het Bergens Filharmonisch Orkest, een van de oudste orkesten ter wereld.

Hartelijk dank, ten slotte, voor het lezen van Ally's verhaal. Ik weet dat het lang was, maar ik kan er alleen een punt achter zetten als de personages me zeggen dat hun verhaal – voorlopig – ten einde is gekomen...

Lucinda